Über dieses Buch

Durch eine regennasse Straße New Yorks irrt ein Mann, durchnäßt, zerschunden und auf der Suche nach seiner Vergangenheit. Wer ist er, wo kommt er her, wann und wie verlor er sein Gedächtnis? Er versucht, sich in sein altes Leben zurückzutasten und ringt, unter unsäglicher Spannung, um seine Identität. Welche Rolle spielt er bei den tragischen Vorfällen in seiner Umgebung? Er fühlt sich zur Verantwortung gezogen. Drei schreckliche Tage – bis er die Lösung der verwirrenden Fragen entdeckt.

Der Autor

Joseph Hayes, 1918 in Indianapolis geboren, schrieb viele seiner erfolgreichen Stücke und Romane gemeinsam mit seiner Frau, Marijane Johnston. Seit dem Erfolg von ›An einem Tag wie jeder andere‹ lebt Hayes als freier Schriftsteller. Er arbeitet zeitweise als Regisseur und Produzent und eroberte sich so sein amerikanisches Publikum auch als Verfasser von Bühnenstücken und Fernsehrollen.
Im Fischer Taschenbuch Verlag sind außerdem erschienen: ›Zwei auf der Flucht‹ (1426), ›An einem Tag wie jeder andere‹ (1645), ›Die Stunden nach Mitternacht‹ (1715), ›Eine lange dunkle Nacht‹ (1730), ›Der Schatten des Anderen‹ (2015).

Joseph Hayes

Der dritte Tag

Roman

Fischer
Taschenbuch
Verlag

Fischer Taschenbuch Verlag
1.–25. Tausend: Januar 1970
26.–30. Tausend: Januar 1973
31.–35. Tausend: Februar 1974
36.–40. Tausend: August 1975
41.–45. Tausend: Dezember 1976
46.–50. Tausend: Juni 1978
51.–55. Tausend: November 1980
Ungekürzte Ausgabe

Umschlagentwurf: Hans Maier

Titel der amerikanischen Originalausgabe: ›The Third Day‹
Deutsch von Jo Klein

Fischer Taschenbuch Verlag GmbH, Frankfurt am Main
Lizenzausgabe mit freundlicher Genehmigung
des S. Fischer Verlages GmbH, Frankfurt am Main

Gesamtherstellung: Hanseatische Druckanstalt GmbH, Hamburg
Printed in Germany
780-ISBN-3-596-21071-2

Für Marrijane, in Liebe

9. Und Gott sprach: Es sammle sich das Wasser unter dem Himmel an besondere Örter, daß man das Trockene sehe. Und es geschah also.
13. Da ward aus Abend und Morgen der dritte Tag. *Genesis.*

Alle Personen, Handlungen und Namen
in diesem Buch sind frei erfunden.
Ähnlichkeiten mit lebenden oder toten Personen
sind rein zufällig.

Der erste Tag

1

Er tauchte aus stillen, dunklen Tiefen empor; wie ein hinaufgleitender Fisch in toten, geheimnisvollen Wassern, vom Grund einer lautlosen See.

Dann, mit einem Einbruch tobender Laute und überwältigender Empfindungen, fand er sich an einer Straßenecke. Und allein. Klarheit überkam ihn mit solcher Intensität, daß sich alles in seinem Kopf drehte. Der Lärm war betäubend. Der Widerschein des Regens auf schwarzem Asphalt blendete ihn. Es war, als hätte sich in seinem Gehirn ein Verschluß geöffnet, und alles – der kreischende Verkehrslärm, die unglaubliche Hetze und Konfusion, der ganze rasende Tumult der Stadt – stürmte plötzlich einer Springflut gleich auf ihn ein. Es verschlug ihm den Atem. Ein Pfiff schrillte, die Fehlzündung eines Taxis knallte, Autobusse brummten und röhrten hinter ihm. Langsam kehrte sein Bewußtsein zurück, er spürte seine steifen, verkrampften Beine, den leeren Magen, seine merkwürdige Haltung, regungslos und schlaff zugleich, seine Sinne waren verwirrt, er fühlte sich wie ausgelaugt. Der steinerne Brunnen auf dem kleinen Platz quer über der Straße setzte in dieser Wirrnis einen unpassenden Akzent heiterer Ruhe.

Der Brunnen kam ihm bekannt vor. Er wußte, wo er war. Aber diese Erkenntnis brachte ihm, nach der anfänglichen Konfusion, keine rechte Erleichterung. Er war in New York, an einer Straßenecke. Hinter ihm erstreckte sich die Fifth Avenue. Auf der anderen Straßenseite stand das Hotel Plaza, und wenn er in ein paar Augenblicken ganz wach sein würde, dann würde er auch den Rest begreifen; warum er hier im Regen stand, naß bis auf die Haut, wie er hierher gekommen war, warum, was er vorhatte und – wer er war.

Schlagartig überfiel ihn panische Angst. Welch wüster, unwahrscheinlicher Gedanke! Natürlich wußte er, wer er war. Er konnte sich nur im Augenblick nicht auf seinen Namen besinnen, das war alles. Er taumelte, seine Knie wurden weich. Wenn er erst diesen Schwindelanfall überwunden hatte, würde ihm natürlich wieder alles einfallen. Wenn er nur still hielt und es mit sich geschehen ließ, sagte er sich, dann würde der Alptraum weichen, wie alle Alpträume unweigerlich weichen, und dann würde er in jener größeren Wirklichkeit erwachen, die, er spürte es, gleich jenseits seiner Bewußtseinsgrenze lag, und die er in ein oder zwei Augenblicken ganz begreifen würde. –

Ein Fiaker, von einem schwerfälligen Pferd gezogen, unauffällig

und von einer rührenden Schönheit im trägen Verkehrsfluß, hielt am Bordstein vor ihm. Regentropfen glitzerten auf dem seltsam heiter wirkenden Zylinder des Kutschers, fielen auf seine Knollennase. Ein Pärchen stieg feierlich lächelnd aus, beide in ein privates und geheimes Glück gehüllt, das sie gegen das gehetzte Chaos um sie herum abschirmte. Er sah ihnen nach, wie sie unbekümmert durch den fauchenden Verkehrsdschungel über die Straße gingen und in einem Hotel verschwanden. Unvermittelt stieg eine Welle von Heimweh in ihm hoch. Sein Hals war zugeschnürt, sein Herz zuckte. Er war wie ausgehöhlt. Und einen kurzen Augenblick dachte er, er würde weinen müssen. Es war, als wüßte er, daß er etwas verloren hatte, etwas Wertvolles und Lebenswichtiges, oder daß er etwas Versprochenes nicht gefunden hatte; aber er hatte keine Ahnung, was es sein mochte, oder wer es ihm versprochen hatte, oder wann. Immer noch brannten seine Augen vor ungeweinten Tränen.
Er mußte weiter. Er konnte nicht hier stehenbleiben, steif und schwach in dem Gefühl, etwas verloren zu haben – traurig und für ewig verloren –, und mit einer ungewissen, namenlosen Anwandlung von Scham. Er überquerte die Straße zum Hotel, aber auf dem Bürgersteig davor verhielt er zaghaft seinen Schritt. Ob er dort hineingehen konnte? Er gehörte nicht ins Hotel Plaza. Sein Kopf zersprang fast vor einem ungeheuren, stechenden Schmerz, er bekam eine Gänsehaut und zitterte in der rauhen Luft. Wie konnte er ins Hotel Plaza gehen, wenn er nicht einmal seinen Namen wußte?
Der uniformierte Portier sah ihm entgegen, sein Gesichtsausdruck war von Berufs wegen undurchdringlich. Dann bemerkte er, wie der Mann die Augen zusammenkniff, als erkenne er ihn.
»Scheußlicher Morgen, nicht wahr?« sagte der Portier. »Der Regenguß hat sie anscheinend erwischt, Mr. Bancroft.«
Bancroft. Hatte der Mann Bancroft gesagt?
»Ich wußte nicht, daß Sie wieder da sind, Sir. Ist Mrs. Bancroft diesmal mitgekommen?«
Er wartete zum Glück nicht auf eine Antwort, sondern ging mit einer gemurmelten Entschuldigung an ihm vorbei zu einer Limousine, die eben unter der Markise am Bordstein hielt.
Es waren nur ein paar Schritte bis zur Drehtür der Hotelhalle. Während er noch zögerte, ergriff ihn wieder die Panik. Der Portier hatte sich geirrt, hatte ihn mit jemand anderem verwechselt. Er stürzte die Straße entlang weiter.
Die Bäume im Park rechts gegenüber waren rostbraun mit gelben Flecken, einige waren schon ganz kahl. Central Park. Er erkannte den Central Park, nicht wahr? Und wenn die Blätter bunt waren, dann war es Herbst. Es würde ihm alles wieder einfallen, zur rechten Zeit, Stück um Stück. Herbst. Morgen. Aber welcher Monat? Welches Jahr? Welche Uhrzeit?

Er blickte auf seine Armbanduhr. Sie zeigte 5 Uhr 37. Unmöglich. Um halb sechs Uhr morgens wären die Straßen noch verlassen. Und um halb sechs Uhr abends wäre es um diese Jahreszeit bereits dämmrig, vielleicht sogar dunkel. Er hielt die Uhr an sein Ohr: sie tickte nicht. Ganz automatisch zog er sie im Weitergehen auf. Und mit einem Mal wurde es ungemein wichtig, aus irgendeinem Grund, die genaue Zeit zu erfahren – unlogischerweise sogar wichtiger als zu wissen, wer er war.

An der nächsten Straßenecke blieb er stehen, um einen Entschluß zu fassen: nach rechts in die gewundenen Pfade des tropfenden, grauen Parks, oder nach links in eine der wenig einladenden Steinschluchten der City? Saß ihm die Panik auch nicht mehr so unmittelbar im Nacken, so verkrampfte sich sein Magen doch bei jedem Gedanken.

Ein Verkehrspolizist in Uniform dirigierte den Verkehr. Er blieb stehen. Was, wenn er einfach zur Straßenmitte ging, wenn er dem Beamten einfach erzählte, was geschehen war –

Aber Dickköpfigkeit, Stolz oder auch ein vorsichtiges Zögern hielten ihn zurück. Schließlich wußte er ja bereits seinen Namen. Der Rest würde sich finden. Früher oder später.

Er wandte sich nach Westen, der Sixth Avenue entgegen. Avenue of the Americas. Sein Widerspruchsgeist erwachte: er wußte, wo er war, oder nicht? Der Regen fiel nur noch leicht, aber er spürte die Nässe auf seinen Schultern und im Nacken wie eine dünne Eisschicht unter den Kleidern. Was, zum Teufel, suchte er hier, bei diesem Wetter, ohne Mantel?

Ihm fiel auf, wie die Blicke Vorübergehender über ihn hinwegglitten, nicht verächtlich, nicht einmal neugierig, nur abwesend und desinteressiert. Niemand kümmerte sich um einen. Wie war er zu dieser Erkenntnis gelangt? Wo?

Jeder Knochen im Leib tat ihm weh, aber diese Tatsache schien ihm nach einer gewissen Zeit gegenstandslos, absolut unwichtig. Ein Taxi streifte ihn fast, als er eine Seitenstraße überquerte; der Fahrer kurbelte das Fenster hinunter und beschimpfte ihn grob. Seine Muskeln zogen sich kampfbereit zusammen, aber das Taxi schoß weiter. Er wußte, daß er um Ecken bog, weiterging, wieder abbog: was machte es, wohin er ging? Wie lange er so planlos durch nasse, fremde Straßen lief – vorbei an Läden, an Schaufenstern, an steinernen Vortreppen – er wußte es nicht. Irgendwo in seinem Bewußtsein hegte er die vage Überzeugung, oder Hoffnung, daß es früher oder später, wenn er es nicht zu forcieren versuchte, wenn er sich nicht darauf versteifte, in seinem Kopf wieder klicken und alles sich klären würde.

Im Vorübergehen erblickte er in einem Schaufenster, hinter dem sich Konservendosen türmten, seine Gestalt. Ein erschrecktes Zittern überlief ihn. Beim nächsten Schaufenster sah er sich wieder – blieb stehen, um das verschwommene Spiegelbild ungläubig anzustarren: die Schultern müde vornübergebeugt, die Haltung zusammengesunken, die Krawatte lose baumelnd, das vertraute Gesicht seltsam fremd und dunkel vor Bartstoppeln, der Anzug feucht und unförmig an seinem schlanken, aber muskulösen Körper klebend, das Haar verfilzt und naß, ohne Hut. Er sah einem betrunkenen Landstreicher sehr ähnlich.

Seine Gedanken überschlugen sich vor Furcht. Konnte es sein, daß er betrunken gewesen war? Natürlich. Er litt wahrscheinlich nur unter einem Kater. Sonst nichts. Einem gewaltigen, himmelschreienden Kater. Das konnte jedem passieren, nicht wahr? Die Furcht ebbte etwas ab. Alles, was er brauchte, war eine kalte Dusche, eine Rasur – etwas Zeit, um seine Gedanken zu ordnen, Zeit, um das Gift des Alkohols in seinem Blutkreislauf zu verbrennen. Er ging weiter in dem Bewußtsein, daß er – was auch sein Name sein mochte – mit dieser verkommenen, fremden Figur im Fenster nichts gemein hatte.

Ein paar Straßenblocks weiter kam er an einer Uhr im Schaufenster eines Juweliers vorbei. 10 Uhr 46. Morgen. Herbst. New York. War es möglich, daß er in New York wohnte? – Er hob den Arm, um seine Uhr zu stellen – und entdeckte mit Schrecken, daß die Zeiger noch auf 5 Uhr 37 standen, obwohl er die Uhr zuvor aufgezogen hatte. Er horchte nochmals: die Uhr tickte nicht.

Er war fast an dem rot-weiß gestreiften Pfahl vorbeigelaufen, bevor er ihn sah. Beim Betreten des Friseurladens drehte sich ihm vor der Duftmischung von Seife, Rasierwasser und Knoblauch fast der leere Magen um. Der feiste Barbier, allein in dem engen, ärmlichen Raum, betrachtete ihn aus dunklen, südländischen Augen und mit einem Achselzucken, sprach dann in gebrochenem Englisch von den Gefahren einer Lungenentzündung.

Er sank dankbar in den weichen, abgeschabten Sessel, aber auf den Anblick, der ihm aus dem Spiegel entgegenstarrte, war er nicht vorbereitet: scharfe Züge, ziemlich eckig, ein festes Kinn, fast ein bißchen brutal. Am meisten erschreckte ihn der Ausdruck seiner Augen: erstaunt, unsicher, verwundbar, wie die Augen eines Kindes – und gar nicht wie seine eigenen. Und diagonal über seine linke Wange liefen vier deutlich sichtbare, lange rote Kratzer, häßlich und rot, wo die Haut abgeschürft und das Blut verkrustet war. In dem Moment, bevor der Friseur den Stuhl mit einem gewohnheitsmäßigen Seufzen zurückgekantet hatte, fragte er sich, ob es an diesen Kratzern oder an den dunklen Bartstoppeln liegen mochte, daß sein Gesicht viel älter aussah, als es aussehen sollte.

Unter dem heißen Handtuch und nach dem ersten brennenden Schmerz in den Wunden entspannten sich seine Muskeln etwas. Er sank in eine Benommenheit, die zwischen Schlaf und Wachsein lag, nichts als eine dankbare Hingabe des Körpers an große Müdigkeit.

Als er wieder aufrecht saß, betrachtete er aufmerksam sein Gesicht, während der Friseur sein braunes Haar kämmte. Frisch rasiert, mit Puder auf den Kratzern, sahen seine Züge noch immer – auf irgendeine subtile und unbeschreibliche Weise – älter aus. Und dabei ergriff ihn zum ersten Mal ein Gefühl echter Angst. Fast im gleichen Augenblick schoß ein anderer Gedanke durch seinen Kopf – lächerlich komisch, wirklich lachhaft –, und er sah im Spiegel, wie das Lachen in seine Augen stieg. Er hatte keine Ahnung, ob er Geld bei sich trug, um den armen Friseur zu bezahlen. Wäre das nicht der Gipfel einer Komödie, wenn die ganze bizarre Situation zu einem so lachhaften und schimpflichen Ende käme, bevor sie eigentlich angefangen hatte – damit, daß der Friseur bedauernd die Achseln zuckte und die Polizei herbeirief. Damit wäre ihm die Entscheidung aus der Hand genommen, nicht mehr seine Sache.

Als er aufstand und in seine Tasche langte, wußte er sofort, daß er diese trügerische Hoffnung fallen lassen mußte. Er zog eine schwarze Brieftasche heraus und holte aus einem Bündel einen feuchten Geldschein hervor. Warum hatte er nicht früher daran gedacht? Die schwarze Brieftasche enthielt alle Antworten! Er steckte das Wechselgeld ein und eilte hinaus auf die Straße. Die Aufregung übertönte alle anderen Gedanken. Er blieb stehen und öffnete die Brieftasche: es war alles da, alles, was er brauchte. Aber während er noch den Inhalt herauszog, überfiel ihn eine namenlose und schreckliche Furcht – ein Zögern. Sogar noch in dem Moment, als er seinen Führerschein in der Hand hielt, fragte er sich unwillkürlich, ob er wirklich wissen wollte, was sich ihm nun, unweigerlich und beängstigend, enthüllen würde.

Die Schrift war etwas verwischt und das Papier selbst feucht und verzogen. Der Name, Charles F. Bancroft, könnte der irgend eines Vorübergehenden sein. Die Anschrift, 210 Shepperton Green, Shepperton, Connecticut, weckte ein kurzes, quälendes, unbeschreibliches Gefühl des Erkennens: das Bild eines Parks in Neuengland mit weißen Häusern huschte durch sein Gehirn, entschwand. Und die anderen Daten – geboren am 15. August 1928, Augenfarbe: braun, Haarfarbe: braun, Größe: 1,76 m, Gewicht: 80 kg – besagten nichts. Kalt und präzise, wie sie waren, gaben sie seinen Gedanken keine Hinweise. Die freudige Spannung sank in sich zusammen – zusammen mit der Angst. Vier unausgefüllte Scheck-Formulare zerfielen ihm in den Fingern; beim Zusammenballen sah er den Namen eingedruckt: Charles Bancroft. Er warf sie in die Gosse. Drei Kundenkreditkarten aus Plastik trugen den gleichen Namen, das Wasser hatte sie nicht beschädigt.

Außer dem Geld, das er gar nicht erst zählte, fand er noch zwei Sachen in der Brieftasche: ein aufgeweichtes, gefaltetes Stück Papier und eine Photographie. Er steckte die Brieftasche wieder ein und ging weiter, den Blick auf die vergilbte Photographie gerichtet. Ein

Schnappschuß, aufgenommen in hellem Sonnenschein vor einem Haus: ein Junge und eine Frau standen auf einer Veranda zwischen zwei weißen Säulen oder Pfeilern, der Junge neun oder zehn Jahre alt, ernst, ohne zu lächeln und absolut unbekannt, die Frau mit einem Arm um seine Schultern gelegt, mit geneigtem Kopf, wehendem, dunklem Haar, mit strahlendem Gesicht und einem Lächeln, das etwas amüsiert und spöttisch aussah, aber nicht ganz heiter. Einen Augenblick war er sicher, daß sich sein Geist nicht länger verschließen, daß sich das Dunkel nun lichten würde. Er konzentrierte sich auf die Frau: sie war nicht eigentlich schön, aber auf ihre Weise anmutig, schlank und mädchenhaft, und als er abwartend auf ihr Gesicht starrte, regte sich in ihm eine Sehnsucht, ein seltsames Verlangen, das weit zurückreichte und schon seit langem ein Teil seiner selbst sein mußte. Mit einem Mal kam er sich unglaublich jung vor, und die Straße, der er folgte, war von Bäumen überschattet, durch die ein sanfter Frühlingswind wehte. Die weißen Säulen und die Flügeltür hinter den zwei Gestalten erinnerten bereits an Vielversprechendes, an Ruhm und Erfüllung. Im Weitergehen versuchte er noch, sich dieses Gefühl zu bewahren, selbst als das Bild der beiden Figuren schwächer wurde; in diesem fliehenden Augenblick hatte er noch die Gewißheit, daß die beiden Männer – er selbst, wer er auch war, und der Mann namens Bancroft – jetzt bestimmt ineinander verschmelzen würden, wie sich zwei Teile einer Szene im Sucher einer Kamera in einem einzigen, erkennbaren Bild decken. Aber der Eindruck verwischte sich wieder, und er starrte die Gesichter eines Jungen und einer Frau an, die er nicht kannte, die Frau und wahrscheinlich den Sohn dieses Charles Bancroft.

Langsam ergriff ihn Verzweiflung. Er hatte keine Ahnung, wie weit er gelaufen war, bevor er das Bild in seine Brusttasche steckte, bevor er entdeckte, daß er noch immer das zusammengefaltete Papierstückchen in der Faust hielt. Er faltete es auseinander – ein Briefkopf, unsanft von einem Stück Briefpapier abgerissen, mit dem Namen *Adele Barachois* und einer Adresse in der Park Avenue aufgeprägt, und darunter, in Tinte hingekritzelt: 28. September 1963. Es war kaum zu glauben, sein Geist wehrte sich dagegen. Wie konnte man das Jahr 1963 schreiben? Der ganze Spaß wurde hintergründiger und hoffnungsloser. Wenn jetzt das Jahr 1963 war, und wenn er oder Charles Bancroft im Jahre 1928 geboren war, dann war er jetzt 35 Jahre alt. Unglaublich. Seine Gedanken wehrten sich gegen diese Widersinnigkeit.

Er befand sich jetzt in einer Straße mit vielen Theatern, Baldachinen, einem nach dem anderen, die ganze Straßenfront entlang auf beiden Seiten. Eine dunkle Erinnerung stieg auf. Diesmal versuchte er nicht, sie zu erzwingen, sie gewaltsam voll ins Gedächtnis zu rufen, statt dessen ließ er seinen Gedanken freien Lauf, und ein Titel fiel ihm ein: *Glocke, Buch und Kerze*. Nur ein Titel.

Er suchte eine Markise nach der anderen ab. Der Titel stand nirgends. Hatte er ihn irgendwie während des Morgens gelesen?
Er ging in das Foyer eines der Theater. Ein dunkeläugiger, spitznasiger Mann sah ihm von seinem vergitterten Fensterchen aus entgegen. Er überquerte die verlassene Marmorfläche.
Als er nickte, brummte der Mann nur. Aber das sollte ihn nicht abhalten. »Haben Sie schon einmal von einem Stück gehört, das *Glocke, Buch und Kerze* heißt?« fragte er, und seine Stimme klang angenehm und ungezwungen, vollkommen beherrscht.
»Glocke, Buch und Kerze?« wiederholte der Mann in einem heiseren, erstaunten und zynischen Tonfall. »Mann, nehmen Sie mich auf den Arm?«
Zu seinem eigenen Erstaunen amüsierte ihn die Szene, ihm war, als sei er ein unbeteiligter Zuschauer, und die Sache versprach, lustig zu werden: »Das weiß ich selber nicht so genau«, hörte er sich sagen, »aber vielleicht möchte ich es gern sehen.«
»Mann, ich hab 'ne Menge Zeit für Spielereien. Hab sonst nichts zu tun. Ich kenne jedes Stück, das hier am Broadway lief, seit dreißig Jahren. Das da war über 'ne Hexe, 'ne richtige Hexe, und ein falsches Frauenzimmer spielte mit, mit so einem ausgefallenen Namen, und Rex Harrison spielte mit. Nicht das Frauenzimmer, natürlich. Mein lieber Mann, ich will Ihnen mal was sagen. Für dieses Stück kommen Sie ein bißchen zu spät. So an die elf oder zwölf Jahre zu spät.«
Elf Jahre. Und jetzt war 1963.
Er wandte sich vom Schalterfenster mit einem gemurmelten Dank ab, öffnete die schweren Flügel der Tür.
»Nicht weiter tragisch«, rief der Mann ihm nach. »Hab schon alle möglichen Leute hier gesehen. Kürzlich kam eine Dame, die wollte wissen, wann es wieder *Showboat* gibt.«
Der Mittag hatte die Kälte etwas aufgesogen, auch wenn keine Sonne schien ... Elf Jahre. 1963. Fünfunddreißig Jahre alt. Adele Barachois. In diesem Augenblick wurde ihm der Entschluß schlagartig bewußt.
Er ging zur Straßenecke, winkte einem vorbeifahrenden Taxi, kletterte hinein und nannte die Adresse in der Park Avenue.
Er schloß die Augen, aber nur einen Moment; ihm fiel ein, was für ein Narr er gewesen war: nachdem die Brieftasche ihm soviel enthüllt hatte, was mochte in den anderen Taschen stecken? In der rechten Rocktasche fand er ein merkwürdig trockenes Stückchen Karton, das sich als Eisenbahn-Fahrkarte entpuppte. *Von* LANCASTER FALLS, CONN. *Nach* NEW YORK CITY. Das Datum, aufgestempelt, war verwischt, unleserlich. Lancaster Falls: besagte ihm nicht das geringste. Die Verwirrung wuchs, immer mehr Fragen tauchten auf: Wenn Charles Bancroft in Shepperton wohnte, warum hatte er dann einen Zug von Lancaster Falls genommen? War er vielleicht

nach New York gekommen, um eine Frau namens Adele Barachois aufzusuchen?

Er wurde ärgerlich: es war schon nicht mehr zum Lachen. Er wollte keine Fragen mehr, keine mehr, keine mehr.

»Alles in Ordnung, Captain?« fragte eine brummige, tiefe Stimme. Er entdeckte die Augen des Fahrers, die ihn im Rückspiegel beobachteten. Der Neger sah ihn mit so viel unverhüllter Anteilnahme an, daß er sich wunderte. »Ich meine... es geht mich nichts an, aber Sie sind doch nicht krank oder sowas? Schauen mitgenommen aus, Mann, richtig mitgenommen.«

Und plötzlich wußte er, daß er diesen mitleidigen Augen, diesem Mann die Wahrheit sagen würde. Wenn er sie ihm sagte und der Mann ihm glaubte, dann würde sich vielleicht zu guter Letzt das düstere Leichentuch des Unglaubhaften lüften.

»Im Krieg gewesen?« fragte der Fahrer. »Nee. Zu jung dafür, mein' ich. Vielleicht Korea.«

»Ja«, hörte er sich sagen. »Korea.« Und wie er die Worte hörte, überraschten sie ihn selbst: wie, zum Teufel, konnte er das wissen? Trotzdem war er sicher, die Wahrheit gesprochen zu haben. Wie konnte er es wissen, ohne sich daran zu erinnern?

»Hab einen Burschen in Deutschland gesehen« – hörte er die Stimme des Fahrers, aber sie schien von weither zu kommen –, »an einem Brückenkopf... in der Nähe von Aachen... ein Leutnant... hat genug gehabt. Dem hat's gereicht. Sie wissen, was ich meine. Der Bursche, der hatte so einen Blick. Ab und zu steigt jemand in meinen Wagen, dann seh ich den Blick wieder. Kann's nicht recht beschreiben. Halt so ein Blick.« Er fuhr um eine Ecke, wandte sich im Sitz um. »Nichts für ungut, Captain! Wollen Sie, kann ich etwas für Sie tun, vielleicht?«

Er spürte, wie er den Kopf schüttelte: was konnte der Mann schon für ihn tun? Dann hörte er sich fragen: »Wann war Korea? Wissen Sie noch? Vor wie vielen Jahren?«

»Ich weiß nicht recht. Neunzehnhundertfünfzig, so ungefähr, kann auch neunzehnhunderteinundfünfzig oder zweiundfünfzig gewesen sein.«

Vor elf Jahren. Wieder – elf Jahre. Und doch war er sicher, daß er sich nicht während all der Zeit in diesem Zustand befunden hatte. Da war der Führerschein und der Briefkopf mit dem Datum aus dem Jahr 1963 –

»Wie kommt's, daß Sie nicht wissen, wie lang es her war, wenn Sie dabei waren, Captain?«

»Ich weiß vieles nicht«, sagte er langsam – und wußte, daß dies aus ebenso zwingenden wie obskuren Gründen der Wahrheit so nahe wie möglich kam.

Das Taxi rollte in einer Seitenstraße der Park Avenue aus. Als er unter dem Vordach stand, das sich vom Haus bis zum Bordstein spannte, hätte er gern etwas mehr gesagt. »Danke!« schien so unzureichend, stand in keinem Verhältnis zu dem überwältigenden Gefühl von Dankbarkeit, das ihn erfüllte. Der Fahrer schien auf mysteriöse Weise nicht nur einen Blick in ihn hinein getan zu haben, er hatte ihn außerdem von seiner Verwirrung und seiner Furcht befreit – während niemand ihm auch nur eine Hand entgegengestreckt hatte, den ganzen Morgen lang.

Der Fahrer sagte rauh: »Geben Sie auf sich acht, Captain. Hören Sie?« Dann gab er Gas und fuhr weg, als sei er wütend über seine eigene Hilflosigkeit.

Er sah dem Taxi nach, als es in die Park Avenue einbog, blieb zögernd noch einen Augenblick stehen, bevor er sich dem Gebäude zuwandte.

Was wollte er hier? Was hoffte er, hier zu erreichen, zu entdekken?

Die Eingangshalle war dämmerig, still, mit schweren Teppichen und Wandvorhängen bedeckt, unvermittelt heiß nach der Straßentemperatur. Ein ältlicher Portier in brauner Uniform mit einer Ascot-Krawatte trat aus den Schatten und sagte etwas herausfordernd: »Sie wünschen, Sir?«

»Miss Barachois.«

»Sind Sie bei Mrs. Barachois angemeldet?« Die Kritik war deutlich und das ›Sir‹ hatte er auch weggelassen, nachdem er ihn unauffällig gemustert hatte.

»Mein Name ist Charles Bancroft«, sagte er, die Worte hallten fremd im Ohr, und sein Ton wurde schärfer, in einem prickelnden Gefühl von Verärgerung. »Bitte, sagen Sie Mrs. Barachois, daß ich da bin.«

»Einen Augenblick, Sir«, sagte der Portier und verschwand.

Während er wartete, hörte er deutlich ein Stimmengemurmel aus der angrenzenden Portiersloge; er stellte fest, daß er hier jedenfalls nicht erkannt worden war. Charles Bancroft zählte also nicht zu den regelmäßigen Besuchern.

In der Hitze des Hausflurs spürte er ein Jucken am rechten Fuß. Und er wußte sofort, was es war: natürlich seine Frostbeulen. Er hatte ziemlich starke Erfrierungserscheinungen am rechten Fuß. Von Korea. Das Krankenhaus fiel ihm ein, aufgetürmte Schneehaufen vor dem Fenster, die bleichen Hügel wellten sich unerbittlich bis dorthin, wo die anderen – MacDonald und Blassingame und Kantor und Glendinning – noch immer kämpften. Elf Jahre. Was mochte aus ihnen allen geworden sein? Blassingame war gefallen. Und die anderen? Das konnte doch nicht elf Jahre her sein?

Ein neuer Hoffnungsstrahl durchfuhr ihn: wenn ihm so viel, wenn auch verschwommen, wieder einfiel, dann würde der Rest, Stückchen um Stückchen, aus dem Nichts, auch folgen. Wenn er Adele Barachois tatsächlich vor sich sah, würde er sie vielleicht erkennen,

der Inhalt ihres Briefes würde ihm einfallen, die Mauer, die sein Gedächtnis gefangen hielt, würde in Stücke springen. –
»Hierher, Sir«. Die sanfte Stimme klang etwas ehrerbietiger, der Portier führte ihn zu einem Fahrstuhl, drückte auf einen Knopf, trat zurück und sagte: »Häßliches Wetter, nicht wahr? Oktoberwetter ist unberechenbar.«
Die Tür schloß sich lautlos, sperrte ihn in der langsam hinaufgleitenden Kabine ein, man spürte kaum die Bewegung. Oktober. Adele Barachois' Brief war am 28. September geschrieben worden, und jetzt war es erst Oktober. Er schaute wieder auf seine Armbanduhr. 5 Uhr 37. Die Uhr ging nicht, aber jetzt wußte er wenigstens, welcher Monat war. Welcher Monat und welches Jahr.
Er hatte nicht gemerkt, wie der Aufzug anhielt; nun öffnete sich die Tür, nicht vor ihm, sondern zu seiner Linken. Er wandte sich um, trat in die Diele einer Wohnung, sanftes Blau und Gold, und die vage Unsicherheit kehrte zurück, die Unbeholfenheit, das Gefühl der Entfremdung, das ihn zuvor davon abgehalten hatte, tatsächlich ins Hotel Plaza hineinzugehen. Er spürte, wie sein ganzer Körper wieder in Spannung geriet.
Eine grobknochige, dunkeläugige Frau in der Kleidung einer Zofe erschien; ihr Gesicht, breit und ausdruckslos, erinnerte ihn an einen Eindruck aus der Kindheit: Madame Defarge, strickend unter der Guillotine. »Bitte, folgen Sie mir«, sagte das Mädchen kühl mit französischem Akzent. »Madame Barachois genießt noch ihr Frühstück.«
Er folgte ihr durch zwei weitläufige und luxuriöse Zimmer; er fand es ausgesprochen amüsant und ironisch, daß ihm jetzt eine Szene aus einem Roman von Dickens einfiel, den er in der Oberschule gelesen hatte, nicht aber sein eigener Name. Er hatte den Eindruck von verschiedenen offenen Kaminen aus weißem Marmor, während er heimlich über die Worte des Mädchens lächelte – woher wußte sie eigentlich, daß Madame Barachois ihr Frühstück *genoß*?
Als er Madame Barachois sah, allein in einem kleinen weißen Zimmer, das Tageslicht fiel hinter ihr durch die Schlitze der Jalousie ein, schien sie überhaupt nichts zu genießen. Sie hielt ihren Kopf etwas geneigt, vermittelte ihm dadurch den verwirrenden Eindruck, als begegne er jetzt der Frau auf der Photographie in seiner Tasche.
Er bemerkte aber fast gleichzeitig, daß die Frau, wenngleich sie schlank war und die Bewegung schnell, mit der sie eine goldumrandete Brille neben ihrer Tasse aufnahm, viel älter war als das Mädchen auf dem Bilde, viele Jahre älter. Der Gesichtsschnitt war allerdings so ähnlich, daß er wieder das Gefühl hatte, sich getäuscht zu haben – als könne er seinen eigenen Augen und Eindrücken weder glauben, noch sich darauf verlassen, noch seine Schlußfolgerungen darauf aufbauen. Als sie die Brille aufsetzte, wurden ihm ihre tiefen Falten fast schmerzlich bewußt; die etwas ausgetrocknete und

verschrumpelte Haut, die in einem so merkwürdigen Gegensatz zu der aparten Schönheit und Jugend des Mädchens auf dem Bild stand, erweckte einen inneren Widerstand in ihm: dies konnte nicht das Mädchen sein, unmöglich! Und im gleichen Augenblick fühlte er sich von ihrem offenen abschätzenden Blick aus blauen Augen durchbohrt, biß die Zähne aufeinander und wappnete sich gegen die zu erwartenden Schlußfolgerungen.

»So«, sagte Mrs. Barachois. »So. Nun, nachdem Sie gekommen sind, trotzdem, setzen Sie sich. Ich habe Sie in meinem Brief gewarnt, daß es sinnlos wäre.« Sie hob ihre schmalen Schultern. »Und doch –« Ihr Tonfall erinnerte nicht direkt an einen ausländischen Akzent, aber verschiedene Sprachen schienen mitzuschwingen. Dann fragte sie unvermittelt: »Haben Sie zu Mittag gegessen?«

Er schüttelte den Kopf, noch immer stehend. »Noch nicht einmal Frühstück, wenn ich's recht bedenke.«

»Hmm. Nun, ich habe nur Croissants und Tee. Aber setzen Sie sich doch und sagen Sie etwas, wo Sie doch den ganzen weiten Weg gekommen sind. Leute, die herumstehen, regen mich auf.«

Als er ihr gegenübersaß, musterte sie ihn ein oder zwei Augenblicke schweigend, während er mit Erstaunen merkte, wie sein innerer Widerstand wuchs. Dann nahm sie die Brille ab und goß Tee ein.

»Sie sehen hungrig aus. Eigentlich noch schlimmer. Sind Sie vom Regen überrascht worden?«

»Ich sehe immer so aus«, hörte er sich sagen – und wunderte sich selbst über seinen Tonfall ungezogenen Übermuts. »Oft noch schlimmer.«

»Wirklich? Dann bin ich froh, Sie nicht näher zu kennen.« Und als er lachte, warf sie ihm einen scharfen Seitenblick zu. »Wie sind Sie eigentlich an die Parsons gekommen? Verzeihen Sie, aber Sie scheinen nicht gerade zu dieser Bande zu passen.«

»Bande«, sagte er, voller Erstaunen über sich selbst, »ist ein harter Ausdruck.«

Mrs. Barachois lachte zum ersten Mal. »Nicht hart genug, fürchte ich. Meine Güte, wie diese Familie unter Ihrem Sinn für Humor leiden muß. Ich nehme an, daß Sie da ein Eindringling sind, Mr. Bancroft, wie ich es war. Hier, essen Sie, essen Sie ruhig. Es ist schon lange her, seit ich mit einem Mann gefrühstückt habe.« Sie stieß ein kehliges, selbstironisches Lachen aus, das unerwartet schlüpfrig klang. »Zu lange.« Sie lehnte sich zurück, warf ihm einen langen Blick zu, unter dem sich seine Hemmungen lösten. »Shepperton muß um diese Jahreszeit sehr hübsch sein. Besonders, wenn man etwas für Bäume und Hügel übrig hat. Sind Sie einer dieser Naturschwärmer, Mr. Bancroft?«

»Ich fürchte, ja«, entgegnete er.

»Das ist wirklich eine unverbindliche Antwort. Sie fürchten!« Ihre tiefe Stimme klang amüsiert und spöttisch. »Sind Sie in Ihren Aussagen immer so unbestimmt? Nun, ich bin genau so unsicher, wenn es um Bäume, Hügel und so etwas geht. In meinen schwachen Momenten bin ich sogar närrischer Sehnsüchte fähig. Stellen Sie sich das vor! Die Hügel der Heimat. Kindheit. Aber das dauert nicht lange, gottlob. Dann schaltet sich der Verstand ein und erinnert mich daran, was für ein trauriges Nest Shepperton wirklich ist.« Ihre zarten Hände strichen unruhig und planlos über den Tisch. »Mich schaudert, wenn ich daran denke, was für Geschichten Sie über mich gehört haben müssen. Unnatürliche Mutter, große Abenteuerin, dreimal verheiratet, drei Streiche und dann Schluß. Sagen Sie, würden die mich überhaupt aus dem Zug lassen, falls ich nicht einen scharlachroten Buchstaben aufgenäht trüge?« Sie stieß wieder das kehlige Lachen aus, in dem Vergnügen und bittere Ironie unvermittelt nebeneinander lagen; das Lachen erstarb. »Nun, und wie geht es Alexandria?« Die Frage kam schnell, scharf und gleichzeitig ein wenig überdrüssig.

Der heiße Tee, das köstliche frische Gebäck und ihre Stimme hatten ihn in eine falsche Sicherheit gewiegt. Dabei überrascht, richtete er sich nun auf, wachsam, wie ein Boxer, der sich Zeit läßt, seinen Gegner einzuschätzen. »Es geht ihr gut«, sagte er, da offensichtlich eine Reaktion von ihm erwartet wurde.

»So? Und ist sie schön? Sie war ein wunderhübsches Kind.«

Er dachte an die Photographie. »Ja, ich glaube«, sagte er vorsichtig und fragte sich, ob sie wohl über die gleiche Person sprachen.

»Wirklich? Wie lange sind Sie jetzt verheiratet?«

Schweigen. Er zögerte – lahmgelegt.

Und Mrs. Barachois lachte wieder. »Das weiß kein Mann so ohne weiteres Nachdenken, nicht wahr? Nun, es ist auch nicht besonders wichtig.« Sie stand auf und begann, im Zimmer auf und ab zu gehen. »Und, ist sie verbittert? Sie brauchen darauf nicht zu antworten. Sie sind nicht hergekommen, um verhört zu werden. Und wie geht es Houghton? Ich hätte eigentlich von ihm, in all den Jahren, eine natürliche Neugier in bezug auf seine Mutter erwartet. Und Catherine – die arme närrische Dame. Lebt sie noch? Und Austin – Austin darf man nicht auslassen, den guten, selbstgerechten Austin mit seinem unbeugsamen Rückgrat und seinem noch unbeugsameren Gewissen!« Eine Spur von Ärger lag jetzt in ihrem Ton, als entsinne sie sich vergangener Demütigungen oder Schmerzen. »Wollen wir jetzt mit der geheuchelten Freundlichkeit aufhören?« fragte sie brüsk. »So freundlich klang es nicht«, sagte er darauf und schob seinen Stuhl zurück. »Und nur Sie können beurteilen, ob sie geheuchelt waren.«

Sie blieb stehen, schaute ihn einen Moment aus zusammengekniffenen, feindseligen Augen an, meinte dann mit Genugtuung: »Woher kommt dieses plötzliche Interesse an Parsons-Company-Aktien?«

»Gibt es ein plötzliches Interesse?« parierte er vorsichtig.

»Bitte, bitte« – und er spürte, wie die Spannung im Raum knisterte, ihre Nervosität stieg –, »bitte, keine Spiegelfechterei. Diese geschäftlichen Fragen langweilen mich zu Tode. So viel können sie gar nicht wert sein, daß alle sie auf einmal haben wollen. Und mir ist völlig gleichgültig, was mit ihnen geschieht. Ihr Brief war genau so ausweichend, wie Sie selbst sind, Mr. Bancroft. Möchte die Familie meinen Aktienanteil kaufen? Ist es das?«
»Würden Sie verkaufen?«
»An die Familie? Warum sollte ich?«
Als Antwort zuckte er mit den Achseln, und dies schien ihre Haltung zu verhärten, als sie vor ihn trat.
»Mr. Bancroft, ich kann nicht behaupten, daß mir Ihre Einstellung gefällt!« Dann schlug sie mit einer enormen Willensanstrengung eine andere Tonart an. »Sie lächeln nicht, Mr. Bancroft? Und ich dachte, das würde Sie amüsieren. Nehmen wir an, die Parsons-Aktien hätten für mich einen gewissen – Erinnerungswert? Sie sind die niedrigste Abfindung, die ich je von einem Ehemann bekam. Trotzdem könnten sie Austin einiges wert sein, oder nicht?« Ihre Augen blitzten kurz auf. »Ich werde sie nicht an Austin verkaufen. Falls sie im Auftrag von Austin sprechen, dann können Sie ihm sagen, daß ich ihn eher in der Hölle sehe, von der sie da drüben so viel reden.«
»Und falls ich nicht im Auftrag von Austin spreche?« fragte er tastend.
Er sah einen Anflug von Mißtrauen in ihrem Blick. »Was ist da oben los, Mr. Bancroft? Versuchen Sie etwa, den Parsons die Fabrik wegzunehmen?« Sie lachte kurz auf, ohne Heiterkeit. »Mein Gott, welch angenehme Vorstellung! Bieten Sie persönlich auf die Aktienanteile, damit Sie das Geschäft an sich reißen können?«
Er zögerte diesmal nicht, Charles Bancroft kam ihm langsam verdächtig vor. »Würden Sie unter diesen Umständen an mich verkaufen, Mrs. Barachois?«
»Vielleicht.« Sie sprach jetzt langsam, hinter ihren Worten lag eine leise Genugtuung. »Wer weiß? Falls Sie etwas Bestimmtes vorhaben? Aber ich müßte wissen, was.«
Das konnte er natürlich nicht sagen, das Ganze widerte ihn langsam aber desto mehr an. »Es wäre möglich.«
»Ich sagte, daß ich es *wissen* müßte. Verstehen Sie, Mr. Bancroft, ich bekam schon ein anderes Angebot – das mein Anwalt für ziemlich großzügig hält, wenn man die Rückläufigkeit von Parsons-Aktien in Betracht zieht.«
Er wartete; als sie nicht fortfuhr, fragte er: »Wer hat dieses Angebot gemacht?«
»Mr. Bancroft, Sie sind der raffinierteste Mann, den ich seit Jahren getroffen habe. Ich kann nicht sagen, daß ich Sie so übel finde. Ich vermute, daß Sie ein gerissener und skrupelloser Geschäftsmann sind. Aber ich finde Ihre Haltung ausgesprochen unangenehm.«

Ihre Worte überschlugen sich fast, und ihre Stimme klang etwas schrill. »Machen Sie Ihr Angebot bei meinen Anwälten, Mr. Bancroft. Das habe ich Ihnen schon in meinem letzten Brief geraten. Warum haben Sie sich mir überhaupt aufgedrängt? Hat Alexandria Sie geschickt? Dann soll sie selbst kommen. Oder Austin –«

»Tut mir leid«, sagte er.

»Was haben Sie mit Ihrem Gesicht gemacht?« fragte Mrs. Barachois. »Das sieht ja aus wie Krallen. Sagen Sie bloß nicht, meine Tochter sei genau so brutal und jähzornig wie ihr Vater! Das würde mich nicht überraschen.« Sie sprach abgehackt und schnell, ihre Hände, vor der Brust verschlungen, waren an den Knöcheln weiß. »Nun, Mr. Bancroft, Sie sind lange genug verheiratet, um sie zu kennen. Was halten Sie von der Familie Parsons? Wie halten Sie es aus?« Sie ging zur Tür, und die aufgestaute Erregung machte sich in einem gequälten Ausruf Luft, als sie nach Roxanne rief. Dann wandte sie sich ihm mit feindseligen Augen zu. »Wenn Sie versuchen, mich mit einem Trick hereinzulegen, daß ich etwas für die tue, dann können Sie sich darauf verlassen, daß ich hinter die Wahrheit komme.«

»Es tut mir leid, wenn ich Sie aufgeregt habe, Mrs. Barachois.«

»Das sollte Ihnen auch leid tun«, sagte sie scharf. »Mit welchem Recht kommen Sie hierher, ohne Aufforderung und –« Das Mädchen erschien. »Roxanne, Mr. Bancroft will gehen.« Mrs. Barachois hatte den Blick nicht von ihm abgewandt. »Mr. Bancroft, ich habe Shepperton weit hinter mir gelassen, und dabei soll es auch bleiben. Richten Sie meine herzlichsten Empfehlungen aus, immerhin.« Sie stieß wieder das verbitterte, kehlige Lachen aus. Dann ging sie mit kurzen hastigen Schritten aus dem Zimmer. »Roxanne, sobald Mr. Bancroft gegangen ist, möchte ich mein Medikament.«

Auf der Straße lief er blindlings fort, ohne auf die Richtung zu achten. Nach dieser Begegnung schwirrte sein Kopf voller Fragen. Einige waren beantwortet worden. Charles Bancrofts Frau hieß Alexandria. Sie hatte einen Bruder namens Houghton, und ihr Vater hieß Austin. Der Nachname war Parsons. Außerdem gab es eine Catherine im Haus. Und Charles Bancroft hatte, obwohl er schon seit einiger Zeit verheiratet war, nie seine Schwiegermutter kennengelernt. Bis heute. Warum? Diese Frage schien ihn in etwas hineinzuziehen, ihn in etwas einzugliedern, das ihn seinem Gefühl nach nicht betraf. Nichts davon hatte in Wirklichkeit mit ihm zu tun. Er war ein freier Mann. Er hatte keine Bindungen, keine Beziehungen. Er konnte tun, was er wollte, gehen, wohin er wollte. Hatte er nicht schon von solchen Fällen gelesen? Ein Mann verliert sein Gedächtnis, er zieht in einen anderen Teil des Landes, fängt ein neues Leben an; nach Jahren vielleicht kommt sein Erinnerungsvermögen zurück – Aber dazu war es schon zu spät. Er kannte seinen Namen – wenn auch dieses Wissen nicht mehr als eine Eselsbrücke war. Und er wußte, wo er wohnte. Er war nicht ganz sicher, ob es an der häufigen

Wiederholung lag oder an einer Erkenntnis seines Unterbewußtseins, daß ihm der Name Shepperton bereits vertraut war. Shepperton, Connecticut.

Jetzt war es zu spät für einen Rückzug, und der Gedanke, weiterhin ziellos, ohne Aussicht auf ein Ende, weiterzugehen, war unerträglich. Vor ihm lag Leere. Nur ein blankes Nichts.

Er entdeckte das gläserne Viereck einer Telephonzelle auf dem Bürgersteig einen Straßenblock weiter. Erst, als er es erreicht hatte, wurde er sicher. Eine böse Vorahnung überfiel ihn, auch noch, als ihm klarwurde, daß die Entscheidung irgendwie ohne sein Dazutun gefallen war; er betrat die Zelle. Sein Herz klopfte, als er die Tür hinter sich schloß. Es gab einiges Hin und Her, als die Fernamtsvermittlung nach ein paar Minuten feststellte, daß es keinen Anschluß auf den Namen Charles Bancroft in Shepperton, Connecticut, gebe. Plötzlich etwas ängstlich, aufgeregt und leicht verärgert verlangte er die Nummer von Parsons und gab als Adresse 210 Shepperton Green an. Während der Apparat in der Ferne klingelte, schoß eine Frage durch seinen Kopf: Wohnte Charles Bancroft mit der Familie seiner Frau in einem Haus?

»Hier bei Parsons«, meldete sich die höfliche Stimme eines offenbar älteren Mannes.

»Hallo«, war alles, was er herausbrachte. »Hallo.«

Dann bekam er seine Antwort. »Oh, Mr. Bancroft«, sagte die Stimme spontan und überzeugt. »Einen Augenblick, bitte, Sir. Mrs. Bancroft hat Ihren Anruf erwartet.«

Nun waren die Würfel gefallen, die Unmittelbarkeit, Autorität und das sofortige Erkennen in der Stimme des Mannes hatten ihm die weitere Entscheidung abgenommen. Was kommen sollte, würde nun kommen. Er hatte den Atem angehalten, jetzt stieß er die Luft aus. Was nun? Was kommt als nächstes?

»Charles«, klang eine Frauenstimme an sein Ohr, eine warme dunkle, klangvolle Stimme, in der Sorge, aber auch ein leichter Ärger mitschwang. »Charles, du bist doch in Ordnung, nicht wahr?«

»Ja«, sagte er sehr vorsichtig, »ja, es geht mir gut.«

»Natürlich geht es dir gut. Ich habe eigentlich nie daran gezweifelt. Nur, als sie mir beim Mittagessen alle möglichen Lügen auftischen wollten.«

Die Stimme klang so selbstsicher und gelassen, so unbekümmert, daß er nur zuhören konnte, während ein Gefühl warmer Erwartungsfreude in ihm aufkeimte. »Man könnte meinen, ich sei ein Vollidiot. So, wie die sich aufgeführt haben. Obwohl man eigentlich darüber lachen kann; was glauben sie, was man ihnen durchgehen läßt.« Das Bildnis auf der Photographie stand vor seinen Augen; das strahlende Lächeln, der geneigte Kopf. Aber er war sicher, diese Stimme nie zuvor gehört zu haben. »Je mehr Lügen sie erfinden, um dich zu decken, desto schlimmer schaut es für dich

aus. Oh, oh, Houghton kommt mir in die Quere. Schnell, du kommst doch heim, Lieber?« Das »Lieber« klang beiläufig, fast schon unhörbar.
»Ja«, sagte er – denn schließlich war die Entscheidung ja schon gefallen, nicht wahr? »Ja, ich komme« – aber er konnte es nicht über sich bringen, »heim« zu sagen, oder »Liebes«.
»Langsam, Houghton, bitte«, sagte die Stimme, ein spielerisch-scherzhafter Ton klang durch die Gereiztheit. Dann, unverblümter: »Charles, was du auch gemacht hast, komm schnell heim. Ich kann nicht gerade sagen, daß dir alles verziehen ist, weil ich nicht weiß, was es zu verzeihen gibt. Da kommt Houghton.«
»Auf Wiedersehen«, hörte Charles sich zu gedämpften Geräuschen am anderen Ende sagen. Sein Spiegelbild stand ihm im Glas der Telephonzelle gegenüber, er untersuchte die Kratzer auf seiner Wange und Mrs. Barachois' Worte fielen ihm wieder ein: *Sagen Sie bloß nicht, meine Tochter sei genau so brutal und jähzornig wie ihr Vater!*
Dann rief eine ziemlich hohe, nasale männliche Stimme laut seinen Namen: »Charles? Ich habe zu erklären versucht, daß du nach Boston gefahren bist, um diesen Leverton zu besuchen, und wahrscheinlich dort übernachtet hast. Aber Alexandria ist eine sehr skeptische junge Frau. Hast du Genaueres über Levertons Pläne erfahren?«
Er hatte das Gefühl, nun in einen Strudel gekommen zu sein, war vor Erstaunen sprachlos, als Houghton am anderen Ende der Leitung mit falscher Herzlichkeit lachte, als hätte er soeben eine amüsante Bemerkung gehört.
»Das ist gut für dich, Charles. Das bestätigt nur, was ich dem Aufsichtsrat über Levertons Syndikat berichtet habe, nicht wahr?« Dann, nach einer kurzen Pause, sank seine Stimme zu einem heiseren Flüstern: »Ich weiß nicht, ob es mir gelungen ist, Alexandria zu überzeugen. Wo, zum Teufel, steckst du eigentlich?«
»Ich bin in New York«, antwortete er ruhig und war erstaunt, daß ihn die rauhe, gemurmelte Verwünschung, die der Mann namens Houghton ausstieß, fast freute. Er wartete.
»Du lieber Gott«, sagte Houghton dann, es klang dünn und angewidert. »Der Teufel soll mich holen, ich begreife nicht, was du dir eigentlich vorstellst. Du weißt doch, daß es für dich um so übler aussieht, je länger du wegbleibst. Kein Mensch hat eine Ahnung, wo du bist, seit du gestern um fünf Uhr die Fabrik verlassen hast.«
Automatisch schaute er auf seine Uhr: sie stand immer noch auf 5 Uhr 37.
»Dann bin ich nur ungefähr zwanzig Stunden weggewesen«, sagte er mit Bedacht, fragte sich dabei, wie es möglich war, bei all der Verwirrung mit den elf oder zwölf Jahren, daß er erst gestern von Shepperton weggegangen war.

»Nur!« wiederholte Houghton schockiert und zornig. »Nun hör mal zu, Charles – du hältst das Ganze doch wohl nicht für einen Witz? Nicht, daß das irgend jemanden überraschen würde, aber dann steht dir einiges bevor. Wir haben uns gestern abend sogar überlegt, ob wir nicht den Fluß nach deiner Leiche absuchen sollten!«
Schrecken durchfuhr wieder seine Glieder. Seine Kleider waren also nicht nur durch den Regen so naß geworden. Er hatte keine Ahnung, was er erwartet hatte, aber –
»War das ernüchternd?« Houghton schien die Sache allmählich Spaß zu machen. »Warst du auf einer Sauftour? Lawrence sagte, das wäre seine Hoffnung; das könnte dir helfen, wenn die Sache vor Gericht kommt. Sofern du nicht betrunken warst, als es passierte. Lawrence tut, was er kann – wie wir alle – aber nicht einmal ein Anwalt kann Wunder wirken, besonders, wenn sein Klient aus Panik davonläuft. Meine Güte, Charles, ich gebe zu, daß ich dich in den ganzen elf Jahren nie verstanden habe...« Und in der Pause, während Houghton sich in neue Wut steigerte, verfolgte ihn wieder die Tatsache der elf Jahre – Korea, das Stück *Glocke, Buch und Kerze,* elf Jahre verheiratet. »Aber im vergangenen Jahr bist du einfach unmöglich geworden. Mein Gott, Charles, willst du dich nicht einmal nach dem Mädchen erkundigen?«
Er sagte nichts. Widerspenstigkeit erwachte in ihm, er mochte nicht antworten, einmal, weil Houghton es von ihm verlangte, aber auch, weil er unter der Lawine der Schläge schockiert und betäubt und erstarrt in der heißen, kleinen Zelle stand, die Hand um den Hörer verkrampft, verwundert: was kommt noch? Welches Mädchen?
»Na ja, sie ist natürlich im Krankenhaus. Zu krank oder zu hysterisch, um zusammenhängend zu sprechen – was vielleicht kein Schaden ist. Aber früher oder später wird sie reden. Und wenn sie es tut, dann sieh zu, daß du hier bist und dich verantwortest!« Houghtons Stimme sank zu einem zornigen Flüstern: »Hör zu, verdammt, ein solcher Skandal kann Vater töten! Wenn dir auch die Stellung der Familie hier gleichgültig ist, so bedeutet der Name Parsons etwas in dieser Stadt. Du bist vor elf Jahren ein Teil dieser Familie geworden, und du wirst, zum Teufel, deine Pflicht tun, nachdem du uns in diese Klemme gebracht hast. Und jetzt mach, daß du herkommst!«
Nach einer kurzen Pause, wobei es ihn nicht mehr wunderte, wie ihn der keuchende, befehlende Tonfall der nasalen Stimme reizte, sagte er: »Ich habe Alexandria gesagt, daß ich komme.«
»Gut, nimm den nächsten Zug von Grand Central. Und sei bloß nüchtern, wenn du hier bist. Du wirst deine Sinne beieinander haben müssen, um aus der Klemme herauszukommen – und damit meine ich nicht deine üblichen Witzchen. Wir tun, was wir können, um alles zu vertuschen. Lawrence hat die Zeitungen ausgeschaltet – bis jetzt. Lawrence hätte es besser gefunden, wenn du gestern abend

hier geblieben wärst und alles der Polizei überlassen hättest. Dann hätte man es allerdings nicht aus den Zeitungen heraushalten können. Aber dafür ist es ohnehin zu spät. Hast du verstanden? Jetzt ist es zu spät, um zur Polizei zu gehen. Jedenfalls, bis du mit Lawrence gesprochen hast. Also spar dir eventuelle edle Anwandlungen – falls dir noch irgend etwas an der Familie liegt, oder an Alexandria.«
Die Stimme hielt inne, holte Atem. Dann: »Hörst du überhaupt zu? Spar dir dein überlegenes Lächeln und mach, daß du herkommst!«
Er hörte ein hartes Klicken, dann war die Leitung tot. Fragen überschlugen sich in seinem Kopf – zu viele Fragen, zu viele.
Geistesabwesend trat er aus der Zelle, der scharfe Oktoberwind blies durch seine feuchten Kleider, und er merkte, daß er schweißgebadet war. Er winkte ein vorbeifahrendes Taxi heran und stieg ein. »Grand Central« hörte er sich sagen, überblendet von Alexandrias warmer Stimme, die ihm noch im Ohr lag. Er mußte dorthin zurückkehren. Was würde mit Alexandria geschehen, wenn er es nicht täte? Der Gedanke war ebenso lachhaft und unwahrscheinlich wie alle anderen, die ihm den ganzen Tag durch den Kopf gezogen waren – aber auf geheimnisvolle, dabei traumwandlerisch sichere Weise wußte er, daß er zu ihr gehen mußte.
Er hatte ziemlich viel erfahren in diesen wenigen Stunden – dieser Zeitbegriff war noch immer vage –, seit er aus dieser Welt vollkommener Leere aufgetaucht war, an der Straßenecke gegenüber dem Hotel Plaza. Aber trotz all diesem neuerworbenen Wissen war ihm, als hätte das alles mit jemand anderem zu tun, mit einem Fremden namens Charles Bancroft. Falls es irgendeine Hoffnung gab, dieses Stadium des Außerhalbstehens, des Vergessenseins, der Anonymität und der Leere zu durchbrechen, dann lag diese Hoffnung in Shepperton, Connecticut.
Als das Taxi anhielt, zahlte er die Gebühr und schritt mit einer erstaunlichen Frische in das weitläufige Bahnhofsgebäude mit dem Kuppeldach. Es verblüffte ihn, wie aufgeregt, voller Vorfreude er war: er fühlte sich auf eine merkwürdige Weise belebt und wach, voll bewußt der Tatsache, daß er sich auf eine Entdeckungsreise voller Abenteuer begab. Und was er zu entdecken hoffte, war – er selbst.
Am Fahrscheinschalter verlangte er eine Karte nach Lancaster Falls, Connecticut, dann fielen ihm seine früheren Vermutungen über den anderen Charles ein und wie er wohl nach New York gekommen sein mochte – und er fragte, ob der Zug auch in Shepperton hielte.
»Shepperton ist die Station *nach* Lancaster Falls«, informierte ihn der Beamte am Schalter. »Wohin wollen Sie?«
Er zögerte nur eine Sekunde, überlegte es sich, sagte dann: »Shepperton, bitte.«
»Einfach oder Rückfahrkarte?«
Diesmal zögerte er nicht. »Einfach.«

Und während er es sagte, wurde ihm klar, daß er aus Gründen, die viel zu undurchsichtig und kompliziert waren, um sich erfassen zu lassen, sich bis zu einem gewissen Grad bereits festgelegt hatte. Noch einmal überfiel ihn Unsicherheit, kurz, wie ein Schauer. Als er weiterging und das Billett ansah, entdeckte er, daß es auf den 3. Oktober gestempelt war. Nun wußte er sogar, welcher Tag heute war...

2

Der stampfende Rhythmus von Rädern und Schienen, fern und doch vertraut, wiegte ihn zur Ruhe, nicht aber in Schlaf. Erst als er in die Polster gesunken war, hatte er gemerkt, wie müde er war, wie todmüde. Nun, nach ungefähr drei Stunden, schaute er zum Fenster hinaus auf die vorüberziehende Landschaft. Die Intensität der Farben, das merkwürdig goldene Licht, das sich über allem ausbreitete, nachdem sich die Nachmittagssonne eine Stunde zuvor eine Bahn durch die Wolken gebrochen hatte, die sanft geschwungenen Hügel mit herausragenden Felsbrocken, die Bauernhöfe, umgeben von den geometrischen Mustern ihrer Steinmauern – die ganze Lieblichkeit der Landschaft von Neuengland entspannten und beruhigten ihn, nichts aber erreichte oder dämpfte diese zitternde Erwartung, dieses Vorgefühl und diese Verzagtheit, die so tief in ihn gedrungen war, daß die äußerliche Ruhe nur auf geheimnisvolle Weise ihr Schutzwall zu sein schien.
Was ihn wirklich verblüffte, war, wie seine Mitreisenden sitzen und schlafen oder lesen konnten – und sich die wilde Schönheit der Herbstlandschaft entgehen ließen. Er fragte sich, ob Charles Bancroft, der andere Charles, dies alles bewußt erlebt, oder ob er, wie die anderen, es als selbstverständlich hingenommen hatte, in blinder Ignoranz all dessen, was hier zu genießen und mit Lust in sich aufzunehmen war. Eigentlich ein merkwürdiger Gedanke: war ein Teil seiner Sinne durch ein seltsames Wunder oder einen Unfall gelähmt, ein anderer erschlossen worden? Die ungelöste Frage erhöhte, zusammen mit den vielen anderen, nur noch seine Freude.
Vom Zugschaffner hatte er erfahren – obwohl er noch immer kein Zeitempfinden hatte –, daß die Fahrt von New York nach Shepperton zwei Stunden und fünfundvierzig Minuten dauerte. Da er die lakonische Ankündigung vom folgenden Waggon her hörte: »Lancaster Falls, nächste Haltestelle Lancaster Falls«, richtete er sich auf und schaute zum Fenster hinaus. Vielleicht jetzt. Vielleicht schon so bald –
Als aber das kleine, blaßrote Bahnhofsgebäude in Sicht kam und der Zug hielt, konnte er es nur grübelnd anstarren: war er gestern oder heute morgen hier in einen Zug gestiegen? Er sah saubere Straßen

mit kalkweißen Häusern, einigen altmodischen Läden, und eine hölzerne Brücke, die sich über den Fluß spannte. Er hätte schwören können, obwohl er es besser wußte, daß er noch nie in seinem Leben in Lancaster Falls gewesen war.
Einige Meilen weiter nördlich liefen die Bahngeleise am rechten Ufer neben dem Fluß her. Er ging auf die andere Wagenseite. Und da sah er die Wasserfälle, von denen die Stadt zweifellos ihren Namen hatte: ein tosendes Gefälle sprühenden Wassers, das in Windungen nach Süden weiterfloß. Auf der jenseits liegenden Seite des Flusses – der reißender und enger zu werden schien, die Ufer steil aufragende Klippen – führte eine Straße, auf der nur wenige Wagen dahinkrochen oder rasten.
Wäre Shepperton die nächste Bahnstation, war es zwar nicht sicher, aber doch wahrscheinlich, daß Charles Bancroft die fünfunddreißig Jahre seines Lebens hier in dieser Gegend verbracht hatte. Und doch –
Da sah er im Hintergrund, wo sich das Flußbett verengte, die Schlucht. Spannung ergriff ihn. Die Straße machte hier eine scharfe Kurve, nahe am Abhang; er sah, wie ein Lastwagen sie nahm und dann, dem Zug der Straße folgend, sich nach Norden hin von der Klippe entfernte. Einen Augenblick hatte es ausgesehen, als ob das Fahrzeug von der Straße abkommen und in die Schlucht stürzen würde. Er konnte den tiefsten Punkt nicht sehen, aber anscheinend hatte sich das Wasser einen steilen, reißenden Graben durch die Enge gespült. Als der Zug die Szenerie hinter sich ließ, hatte er den flüchtigen und undeutlichen Eindruck von etwas Bekanntem – als erkenne er diese Stelle, die Klippe, die Straße und den Fluß wieder.
Dann wurde der Fluß breiter und träger, die Straße führte vom Berg herunter, wand sich und verlor sich hinter Baumgruppen. Und der Eindruck wich.
Er lehnte sich zurück. Eben hatte er es fast mit Händen greifen können – aber nur fast, fast. Und er wußte, daß der Augenblick oder Blitz des Erkennens ähnlich sein würde: plötzlich, unerwartet, aus heiterem Himmel. War er nicht eigentlich diesem Augenblick gerade ein wenig, ein quälend winziges bißchen näher gekommen?
Als sich der Zug Shepperton näherte, ratternd in ein zwischen zwei Hügelketten gelegenes Tal fuhr, wehrte er sich nicht länger dagegen: mochte es nun geschehen, sollte es kommen. Vielleicht war er deshalb so gelassen, weil diese Gegend, im Gegensatz zu New York, auf eine seinem Bewußtsein verborgene Weise tief Vertrautes in ihm zum Klingen brachte.
Shepperton selbst war größer, als er es sich die paar Male während der Fahrt vorgestellt hatte, da er sich im Geist ein Bild zu entwerfen versuchte: eine Industriestadt, mit Rauchschwaden, die in der beginnenden Dämmerung wie eine Wolke darüber hingen. Der Zug fuhr noch immer am Fluß entlang, an häßlichen, engen Häusern

und Wohnungen, grau und eckig und lieblos, vorbei, schob sich bremsend und pfeifend auf einer Eisenbahnbrücke über den Fluß. Vom Fenster aus konnte er eine parallellaufende Brücke sehen, auf der Autos fuhren, die Fabriken auf dem einen Ufer des Gewässers, und dann, weit flußaufwärts nach Norden, die schwache Silhouette von Landschaft und Hügeln, zu weit entfernt, als daß durch die graue, düstere Industrieatmosphäre hindurch noch Herbstfarben zu unterscheiden gewesen wären.

Ein trauriges Nest hatte Adele Barachois es genannt. In gewissem Sinne war es das sicher. Trotzdem verliehen ihm der Fluß und die Hügellandschaft im verschwimmenden Licht der Dämmerung auch einen gewissen Charme. Und von seinem Aussichtspunkt auf der Eisenbahnbrücke entdeckte er auf dem gegenüberliegenden Hügel, jenseits der Innenstadt, weiße Häuser und baumbestandene Straßen.

Er war schon fast vorbeigefahren, ehe er das Schild lesen konnte. Er drehte sich im Sitzen um. PARSONS COMPANY – QUALITÄTSHÜTE SEIT 1877. Das Schild stand auf dem First eines Klinkerhauses, dessen altes und verwittertes Aussehen durch Ranken grünen Efeus gemildert wurde. Neben dem Fabrikgebäude stand ein flaches, modernes Haus, mit viel Glas und hellen Ziegelsteinen, und weiter flußabwärts spien andere Fabriken dunkle Rauchwolken in den Himmel. Dann hatte der Zug das andere Ufer erreicht, und Schild und Gebäude waren aus seinem Gesichtskreis verschwunden.

Der Bahnhof war aus Holz gebaut, wie er schon einige gesehen hatte, und es standen nur ein paar Leute wartend herum, als er ausstieg. Was nun? Ein Mann ging an ihm vorbei zu einem anderen Waggon und nickte. Es dauerte einen Augenblick, bevor er begriff, daß der Mann ihm zugenickt hatte, doch da war es schon zu spät. Er beobachtete, wie der Mann, mit dem Rücken zu ihm, einer älteren Dame aus dem Zug half. Und er wandte sich ab: er wollte eine beiläufige Begegnung mit einem Fremden vorerst vermeiden.

»Taxi?«

Hatte er erwartet, abgeholt zu werden? Er war sich nicht sicher – der Gedanke war weit hergeholt, selbst wenn es nur einen Nachmittagszug von New York aus geben sollte – doch nun nickte er dem Taxifahrer zu und wartete auf ein Stichwort von ihm.

»Haben Sie Gepäck, Mr. Bancroft?«

Er stockte einen Augenblick – nicht nur, weil er ohne Gepäck ankam, sondern weil ihn bereits jemand, den er nicht mit sich in Beziehung bringen konnte, mit Namen ansprach. Er schüttelte den Kopf und folgte dem Fahrer zum Taxi, einem alten Cadillac mit einem komfortablen Fond, wie sich herausstellte. War der Fahrer überrascht? Bancroft sank in die Polster und wartete ab, bis der Wagen sich langsam in die dämmerigen Straßen in Bewegung setzte.

»Sie kennen mich nicht mehr, stimmt's?« fragte der Fahrer, und es

lag der leise Anflug eines spöttischen Grinsens in seinen Worten, obwohl er den Kopf nicht umwandte.
Das war natürlich genau die Frage, die er erwartete, brüsk ausgesprochen, und er mußte sich schnell entscheiden, ob er lügen sollte.
»Natürlich kenne ich Sie«, sagte er.
»Nö, nö, das merkt man doch.« Der Mann hatte einen schmalen Schädel, eine Schirmmütze salopp in den Nacken geschoben. »Warum sollten Sie auch. Ich habe früher in der Lyndhurststraße gewohnt, als Sie noch in der Euklidstraße waren. Als Kind, natürlich.«
Er seufzte erleichtert auf und betrachtete aufmerksam die Stadt durch das Fenster, versuchte, sich zu konzentrieren, wunderte sich, in seiner völligen Unkenntnis des Ortes, daß er schon einmal hier gewesen sein sollte. Von dem Fahrer hatte er gottlob nichts zu befürchten: er nahm ohnehin an, daß sich Charles Bancroft nicht an ihn erinnerte, also hatte sein Versagen hier nichts mit seinem derzeitigen Zustand zu tun.
». . . Ihren Namen in der Oberschule. Alle versuchten, ebenso gut zu sein wie Sie, aber keiner hat es geschafft. Sie waren wirklich für die meisten von uns ein Vorbild. Ich glaube, daß niemand seither so viele Tore geschossen hat wie Sie im letzten Schuljahr. Interessieren Sie sich noch immer für Fußball?«
»Gelegentlich«, sagte er. Das Taxi hatte sich in eine Kolonne eingeordnet, hielt an jeder Ecke bei rotem Licht. Die Straßen wirkten geschäftig, und in den Schaufenstern wurde die Beleuchtung eingeschaltet. Es wirkte nicht anders als die Geschäftsstraßen jeder beliebigen Kleinstadt.
»Seither ist viel Wasser den Damm hinuntergeflossen«, sagte der Fahrer gerade. »Und Sie fahren ja kaum einmal mit dem Taxi. Aber« – hier war wieder ein leichtes, den Groll milderndes Grinsen zu spüren – »Sie und ich, wir verkehren heutzutage ja nicht gerade in den gleichen Kreisen, oder?« Er steuerte den schweren Wagen an der Steinfassade des Gerichtsgebäudes vorbei, die im Dämmerlicht streng und unnahbar aussah, bog in eine Seitenstraße ein und gab Gas. »Wenn man bedenkt, zwei Jahre Altersunterschied und so, und als Kinder zusammen gespielt –« Seine Stimme wurde leiser. »Ich fahre die längere Strecke, aber hier kommt man schneller den Berg hinauf auf die andere Seite. Einverstanden?«
»Ja, einverstanden.«
»Danke.« Der Spott war unverkennbar, und Charles empfand eine Regung von Unwillen.
Sie fuhren jetzt durch Wohnbezirke: alte Häuser, einige grau und offenbar alt, die meisten im viktorianischen Stil, einige mit Veranden, und hier und da gepflegte Rasenflächen und ehrwürdige Bäume. Er betrachtete alles aufmerksam und versuchte, seinen Eifer und seine Verwunderung vor den forschenden, skeptischen Augen im Rückspiegel zu verbergen.

Der Hügel vor ihnen wurde steiler. Es gab hier mehr Bäume, und die Häuser wurden größer, eindrucksvoller. Das Taxi kam aus einem Gewölbe von Ulmen und Ahornbäumen auf eine Chaussee, die ein parkähnliches Grundstück von der Länge einiger Straßen und der Breite eines Blocks, mit Bogenlampen auf beiden Seiten, säumte. Sie erleuchteten auch die rechteckige, von Gebüsch umstandene Rasenfläche eines Golfplatzes mit einer hellschimmernden Tribüne in der Mitte und einem weißen Kirchturm an der einen Ecke. Ein paar Jungen kickten sich im dämmrigen Licht einen Fußball zu. Sonst war alles still.

Der lange Wagen kroch an der Rasenfläche entlang, bog um eine Ecke, fuhr in eine abschüssige, gewundene Auffahrt bis vor die Front eines prächtigen Hauses. Vier weiße Säulen reckten sich bis in das zweite Stockwerk, und gepflegte Rasenflächen erstreckten sich nach allen Seiten.

Das mußte ein Irrtum sein. Das mußte wirklich ein Irrtum sein. Hatte sich der Fahrer etwa mit ihm einen Scherz erlaubt?

Und doch überfiel ihn, als er ausstieg, zum ersten Mal seit seiner Ankunft in Shepperton, ein plötzliches Gefühl von Vertrautheit – zu undeutlich, um es Wiedersehen zu nennen. Ja, hier war er früher schon gewesen. Was er jedoch sah, als er auf den Stufen stand, die zur Haustür führten, war nicht nur die Vorderfront, sondern das Haus als Ganzes; das Bild, das ihm vorschwebte, war die Perspektive aus einer gewissen Entfernung, vielleicht von der anderen Straßenseite: ein klassizistisches Herrenhaus, blendend, strahlend weiß, mit Säulen, mit klassisch schönen Proportionen, vollkommen bis ins letzte Detail. Aber dieses Wissen, das er einige Augenblicke lang reglos auskostete, öffnete ihm keine weiteren Türen. Und merkwürdigerweise entsann er sich keiner Einzelheit des Inneren, in das er jetzt wohl hineingehen mußte.

»Was bekommen Sie?« fragte er den Fahrer und überlegte sich, ob er wohl unter den Attacken von Halb-Erinnerungen die äußere Ruhe und Gelassenheit, die ihm im Zug noch so notwendig geschienen hatte, würde bewahren können.

»Zwei Dollar.«

Es gelang ihm, eine Fünfdollarnote aus der Brieftasche zu ziehen und sie dem Fahrer zu geben, der ihn immer noch aus schmalen Augen abschätzend beobachtete. Dann ging er die Stufen hinauf. Er hatte es mit einemmal eilig, ins Innere zu gelangen. Was immer auch geschehen mochte, es würde in dem Augenblick beginnen, in dem er die Tür öffnete, das wußte er.

»Danke«, sagte der Fahrer und steckte den Schein ein. »Vielen Dank, Chuck. Wie gewonnen, so zerronnen, sage ich immer.«

Dann setzte er sich mit einem Lachen, das zwischen Befriedigung und Herausforderung schwankte, in seinen Wagen und fuhr pfeifend fort.

Die Tür mit dem ovalen Flurfenster darüber: er hatte sie schon gesehen. Aber nicht in der Vergangenheit – sondern erst kürzlich. Dann, als er vor ihr stand, fiel es ihm ein: es war diese Veranda, auf der das Bild der Frau mit dem kleinen Jungen aufgenommen worden war. Alexandria hatte sich an eine der Säulen gelehnt. Und über der Tür stand in sauberen, kleinen Metallzahlen ›210‹. Dies war also ohne Zweifel 210 Shepperton Green, und dies war ebenso zweifellos das Haus der Parsons, Charles Bancrofts Heim.
Ein furchtbares, schwindelndes Zögern erfaßte ihn einen Moment, dann griff er nach dem Türknauf und öffnete die schwere Türe.
Die geräumige untere Diele, von der eine breite, teppichbelegte Treppe nach oben führte, lag verlassen. Sein erleichtertes Aufatmen verging ihm fast sofort wieder, als er feststellte, daß er keine Ahnung hatte, wohin er sich wenden sollte. Er schaute sich um: Wohnzimmer rechts, Eßzimmer links. Der klassischen Eleganz der Fassade entsprach der Schnitt der Räume, aber die Jahre waren nicht spurlos vorübergegangen – die Teppiche ein wenig fadenscheinig, die Wände etwas verblichen –, als hätte man in dem Haus lange Zeit gewohnt, ohne sich viel um seinen Zustand zu kümmern. Auf der einen Seite zerstörte dies etwas die Wirkung der ziemlich strengen Fassade, andrerseits verlieh es dem Haus eine gewisse Gemütlichkeit, als sei es ein wirkliches Zuhause, in dem tatsächlich Menschen wohnten, und nicht eine zwar eindrucksvolle, aber unbelebte und unechte Bühnendekoration. Trotzdem konnte er sich des Eindrucks nicht erwehren, ein Schauspieler auf einer Bühne zu sein, der auftritt – ein Schauspieler, der versehentlich auf die offene Bühne läuft oder sein Stichwort oder auch die Charaktereigenschaften der Gestalt vergessen hat, die er annehmen, spielen muß.
Er wollte eben die Treppe hinaufsteigen, als ein älterer Mann in weißem Jackett über ihm erschien und steifbeinig herunterkam. Bevor er zu sprechen anfing, wußte Charles bereits, daß es dieses Mannes Stimme war, die er zuerst am Telephon gehört hatte. »Mr. Bancroft, Sie müssen mit dem Zug gekommen sein. Das tut mir leid, Sir; wenn Sie es mir am Telephon gesagt hätten, hätte ich Sie abholen können. Sie haben kein Gepäck, nicht wahr?«
Er wußte nicht, ob er diese letzte Bemerkung als Frage oder als Zurechtweisung – oder vielleicht als gut versteckte Ironie auffassen sollte. »Nein«, sagte er und wartete ab, nicht sicher, was die Reaktion sein würde. Ein betroffener Blick? Der Schimmer von Zweifel, wenn ihn der Mann erst richtig angesehen hatte? Ein etwas niederträchtig wissendes Lächeln?
Statt dessen blieb der Diener am Fuß der Treppe stehen, nachdem er mit einem höflichen Nicken an ihm vorbeigegangen war. »Sie werden wahrscheinlich ein heißes Bad nehmen wollen. Soll ich Ihnen einen Whisky-Soda ins Schlafzimmer bringen?«
»Nein, danke.« Und er spürte wieder mit einem Ruck, wie absurd

seine Rolle war. Er wollte keinen Whisky, aber er hätte einen Hinweis gut gebrauchen können, wie er das verdammte Schlafzimmer finden sollte.
»Es ist nach fünf Uhr, Sir«, sagte der Butler, und es dauerte eine Sekunde, ehe er begriff, daß der Mann auf seine Ablehnung eines Drinks anspielte. Der Diener schaute jetzt mit hochgezogenen, weißen Augenbrauen stirnrunzelnd zu ihm herauf. Anscheinend lehnte Charles Bancroft einen Drink selten, nach fünf Uhr nie ab. »Wie Sie wünschen, Sir. Mrs. Bancroft reitet, aber sie wollte rechtzeitig zum Cocktail vor dem Abendessen zurück sein. Ich hoffe, Ihre Reise war angenehm und erfolgreich.«
Diesmal war es nicht nur eine Frage, es lag ein Erstaunen in ihr: warum sollte ein Mann wie Charles Bancroft von einer kurzen Reise ohne Gepäck zurückkommen? Die ganze lächerliche Maskerade würde durch ihre eigene Unglaubwürdigkeit bald genug hinfällig und er selbst entlarvt werden. Er betrat die Stufen. »Eine unübertreffliche Reise«, sagte er mit einem heimlichen Lächeln. »Ich habe tatsächlich noch nie etwas Ähnliches erlebt.« Und das war vielleicht das erste wahre Wort, das er den ganzen Tag geäußert hatte.
Der obere Korridor erstreckte sich geheimnisvoll nach beiden Seiten. Er mußte schon wieder einen Entschluß fassen. Einige Türen standen offen, zwei angelehnt, und eine Tür am Ende des Ganges, nach der Hinterfront des Hauses zu, war fest geschlossen. Wenn er jetzt etwas falsch machte, war alles vorbei, bevor es angefangen hatte. Er setzte sich in Bewegung, der dicke Teppich verschluckte seine Schritte. Nun gut, wer nichts wagt, der nichts gewinnt.
Nichts gewagt, Charlie, nichts gewonnen. Die Stimme, die er plötzlich, aus heiterem Himmel, im Ohr hatte, war die einer Frau und klang vertraut. *Denk darüber nach, Charlie. Dein Vater hat nie etwas riskiert.* Die Stimme einer Mutter. Aber aus einer längst vergangenen Zeit – diese unvergeßliche Mischung von Zielstrebigkeit und schmollendem Klagen. *Darum ist es mit uns auch so weit gekommen. Aber du, du –* Die Stimme verlor sich. Sie gehörte nicht hierher, nicht in dieses Haus. Euklidstraße. Er kam dem Ganzen näher, quälend nahe: Euklidstraße und diese Stimme, die Stimme seiner Mutter, an deren Gesicht er sich nicht erinnern konnte.
Zu seiner Rechten hörte er das Geschmetter von Musik – schnell, laut, ein ganzes Orchester, untermalt vom Rhythmus klopfender Hufschläge. Langsam weitergehend, warf er einen Blick in das Zimmer, aus dem der Lärm kam.
Ein schmächtiger kleiner Junge lag bäuchlings auf dem Bett, seine Augen hafteten mit leichtem Desinteresse am Fernsehschirm. Nun hörte man Schüsse fallen. Der Junge, den Kopf auf die Hände gestützt, die Ellbogen in die Matratze gebohrt, starrte auf den flim-

mernden Bildschirm mit dem gleichen Ausdruck von Ernst und Skepsis, den Charles auf dem Schnappschuß gesehen hatte.
Er war erschreckt und merkwürdig angewidert. Ganz unbewußt hatte sich in ihm während der Fahrt die Annahme gefestigt, der Junge auf dem Bild sei Charles Bancrofts Sohn. Nachdem er nun das Kind, wenn auch nur diesen einen Augenblick gesehen hatte, wünschte er im Weitergehen, daß es nicht so sei. Er konnte nicht sagen, warum, aber was immer er hier anzutreffen erwartet hatte, er fühlte sich völlig außerstande, sich mit einem Kind zu befassen. Die Gegenwart des Jungen – er wußte nicht einmal, wie er hieß – hatte in ihm nur den einen Wunsch erweckt, er möge sich geirrt haben.
Die Musik wurde mit einem Knacken abgedreht.
»Vati –«
Dieses Wort zerschlug seine Hoffnung. Charles blieb stehen, wandte sich um. Der Junge lehnte am Türrahmen, sehr klein, sehr dünn, fast nur Haut und Knochen, in einer Haltung gleichgültiger Geringschätzung, und betrachtete ihn mit ausdruckslosen Augen.
»Ich mag keinen Kalbsbraten«, sagte der Junge lakonisch, als läge in den Worten irgendein Versuch der Herausforderung. »Hannah sagt immer, ›Schau mal, der schöne Kalbsbraten, den ich für dich gemacht habe, Eugene, ham-ham‹, wo sie genau weiß, daß Eugene den verdammten Kalbsbraten nicht mag, ham-ham.«
Unter dem abwartenden, direkten Blick des Jungen ging Charles langsam zurück. Jetzt wußte er wenigstens den Namen des Kindes. Das war schon etwas. Was sollte er darauf antworten? Er mußte fast lachen.
»Nun, wenn du ihn nicht magst, dann iß ihn nicht, Eugene.«
Daraufhin runzelte Eugene perplex die Stirn, als liefe ein Ritual, was immer es sein mochte, nicht planmäßig und wie üblich ab. »Seit wann nennst du mich Eugene?«
Er schluckte verlegen: die Sache wurde noch schwieriger, als er befürchtet hatte. »Nennt dich Hannah nicht so?«
»Sie nennt mich so, weil mich Catherine so nennt, und Onkel Houghton. Und Mutter. Du hast einmal zu Mutter gesagt, daß es dir verdammt gleichgültig ist, wie die Köchin mich nennt, oder sonstwer, du nennst mich Gene. Ändert sich da etwas?«
Er schwamm, ging einen Schritt vorwärts und hätte dabei liebend gern den Rückzug angetreten, erwiderte: »Gene, warum tust du nicht, was Hannah will?«
»Das«, sagte Eugene, »sagst du immer.« Er trat in sein Zimmer zurück und warf sich rücklings auf das Bett.
Gut, endlich hatte er zumindest etwas gesagt, was man von ihm erwartete. Charles schaute von der Tür her ins Zimmer: ein geräumiges Zimmer, Zirkusmotive auf der Tapete mit vielen Regalen, in denen Spielsachen von jeder Größe und nur denkbaren Art standen.

Trotzdem hatte das Schlafzimmer etwas Steril-Ordentliches. Und Charles begriff plötzlich, daß er in Wirklichkeit gar nicht kehrtmachen und weggehen wollte: irgendwie konnte er die gebrechliche, hilflos auf dem Bett ausgestreckte Gestalt nicht im Stich lassen.
»Tut mir leid, Gene. Aber wahrscheinlich sagen die meisten Leute immer wieder das gleiche, nicht?«
»Das sagst du auch immer«, sagte er mit lustloser Stimme.
Unwillkürlich reizte ihn das. »Na, was erwartest du eigentlich?«
»Nichts.«
Oh, das konnte heiter werden. Das nahm ja schöne Formen an! »Schau, Gene, es ist Fußballwetter. Warum bist du nicht draußen und spielst mit den anderen Kindern?«
Der Junge richtete sich auf, schaute Charles endlich mit keimendem Interesse im Blick an. »Du weißt, warum«, war alles, was er sagte.
So kam er weiter. Und wie er weiterkam! Er sah das Essen unberührt auf einem Tablett auf dem Fußboden. »Wie wär's, wenn ich Hannah bitte, dir etwas anderes zu machen?«
»Zubereiten.«
»Wie bitte?«
»Nicht machen – zubereiten. Mutter sagt immer, ich soll nicht ›machen‹ sagen. Aber du sagst es die ganze Zeit.«
Wieder eine Sackgasse. Er ging zum Bettrand und setzte sich hin, seine Schuhspitze berührte das silberne Tablett auf dem Boden. »Das sieht mir ziemlich appetitlich aus.«
»Prima. Dann iß es.«
Er holte tief Luft. »Ich habe keinen Hunger. Und außerdem habe ich es nicht nötig.«
»Das ist eine Schlange, die sich in den Schwanz beißt, nicht wahr?« fragte Eugene, als mache ihm die ganze Unterhaltung langsam Spaß. »Wenn ich nicht esse, was Hannah mir vorsetzt, dann bekomme ich nichts anderes. Und ich muß etwas essen, weil ich sonst nicht Fußball spielen kann, weil ich zu mager bin. Und wenn ich nicht Fußball spiele, dann bist du traurig. Und wenn ich nicht esse, dann ist Mutter traurig. Nennt man das nicht eine Schlange, die sich in den Schwanz beißt?« Er stand vom Bett auf und spazierte im Zimmer umher, sein Gesicht bewußt ausdruckslos, seine Finger berührten das eine oder andere Spielzeug, ohne viel Interesse. »Ich wollte nur, Mutter würde sich nicht so viel Sorgen um mich machen. Besonders wegen der verdammten Esserei.«
Dies war das zweite Mal, daß Eugenes Ausdrucksweise Charles schockierte: der Junge konnte nicht älter als neun Jahre sein. »Fluchst du immer so?« fragte er, und bedauerte es, noch bevor er den Satz zu Ende gesprochen hatte.
»Meine Esserei und mein verdammtes Fluchen und alles. Wenn sie mich nur in Ruhe lassen würde. Wenn sie mich nur alle in Ruhe lassen würden.«

»Vielleicht«, spekulierte Charles, »macht sich deine Mutter Sorgen, weil sie dich liebt, Gene.«
Eugene nickte feierlich, als hätte er das auch schon des öfteren gehört, dann ging er zum Fenster und starrte hinaus, Charles den Rücken kehrend. »Machst du dir deshalb keine Sorgen?«
Mit Verblüffung hörte Charles die Abwehr und Herausforderung in dem aufs äußerste beherrschten und beiläufigen Tonfall des Jungen, dann sah er, wie Eugene zu ihm herumfuhr. Das Gesicht war nicht mehr ausdruckslos: die braunen Augen blitzten ihm ungestüm entgegen, Frage und Anklage waren offensichtlich. Und Charles erkannte eine Sehnsucht, eine Forderung. Er spürte, wie sein Herz schmerzlich zusammenzuckte. Ein unwiderstehlicher Impuls erfaßte ihn, auf das Kind zuzueilen, sich hinzuknien und den Jungen in die Arme zu schließen – er war so jung und verwundbar und unglücklich. Und das alles lag so klar, so offensichtlich und unverhüllt vor seinen Augen. Insgeheim fing er an, den anderen Charles zu verfluchen.
Mit dem Gefühl der eigenen Unzulänglichkeit, einer größeren Verlassenheit als am Morgen im Regen an der Straßenecke, stand er vom Bett auf und ging zur Tür.
»Mach dir nichts draus, Vati«, sagte die kleine Stimme ermutigend. Und als er dem Jungen ins Gesicht sah, war der anklagende Blick wieder dem vertrauten, ernsthaften und reservierten Ausdruck gewichen. »Aber den verdammten Kalbsbraten esse ich nicht.«
Ohne sich umzuwenden, nickte Charles, ging auf den Gang und schloß die Tür. Einen Moment später hörte er, wie der Fernsehapparat eingeschaltet wurde. Warum hatte er nicht daran gedacht, Eugene dazu zu bringen, ihm zu zeigen, wo sein eigenes Zimmer lag? Dann hörte er Schüsse und Pferdegewieher, gedämpft durch die Tür.
Das arme Kind. Der arme, einsame Junge.
Und dieser Gedanke machte ihm gleichzeitig bewußt, daß er auf eine subtile Weise zum ersten Mal mit dem anderen Charles Bancroft eine wirkliche Verbindung angeknüpft hatte: was der andere Charles Bancroft blindlings versäumt hatte, wollte er wiedergutmachen, wenn er nur die geringste Chance bekam. Was schlimmer war, dies war kein von ihm gefaßter Entschluß, sondern eine Verpflichtung, die ihm insgeheim auferlegt worden war. »Alexandria? Bist du das, Alexandria?«
Eine Frau tauchte in einer Tür weiter unten im Gang auf: eine hauchzarte Frau, die Stimme nicht weniger zerbrechlich als ihr Körper.
»Oh. Charles, du bist es. Ich bin so froh, daß du da bist. Ist dieses Flurlicht nicht scheußlich? Ich habe immer wieder gesagt, daß sich auf dem Gang noch jemand zu Tode stürzen wird. Es ist wie in einer Gruft. Komm herein, wo ich dich sehen kann, Charles. Oder hast du keine Zeit? Bitte, Charles, ehe die anderen heimkommen. Wir

haben uns schon lange nicht mehr unterhalten. Und ich habe mich oft gefragt, warum.«

Wie hypnotisiert durch die hohe und trotzdem klangvolle Stimme, folgte Charles der Frau in ein kleines Wohnzimmer, das leicht nach Veilchen oder Moschus roch. Das Licht war hier heller, aber auch gedämpft, und sein erster Eindruck war der eines so ausgesprochen femininen Zimmers, daß er Angst hatte, fest aufzutreten, um nicht unbeholfen die zierlichen Elfenbein- und Jadefiguren umzustoßen, die alle verfügbaren Flächen schmückten. Er warf einen Blick in das dahinter liegende Schlafzimmer: ein Bett mit einem Chintz-Überwurf, eine Frisiertoilette auf spindeldürren Beinen.

»Mir sagt natürlich niemand etwas, nie«, sagte die Frau, aber ihr Ton war frei von quengelnder Selbstbemitleidung. »Möchtest du nicht etwas Tee? Ich fürchte, er ist nicht mehr ganz heiß. Oh, ich weiß, was du lieber hättest, aber dafür ist es früh genug, wenn die anderen da sind. Ich habe ja nie meine Leidenschaft für Tee beherrschen können, auch wenn ich weiß, daß er unweigerlich meinen Appetit für das Abendessen verdirbt. Charles? *Du bist nicht Charles!*«

Sein Herz schlug. Sie starrte zu ihm hinauf, ihre violetten und überraschend schönen Augen blickten ihn verblüfft und anklagend unter zierlichen Brauen an. Trotz der vielen kleinen Fältchen, die von den Augenwinkeln nach allen Seiten liefen, war ihr Gesicht von anmutiger, fast mädchenhafter Schönheit. Auch das strenge und altmodische Gewand, mit einem Spitzenkragen am schlanken Hals, nahm der Gestalt dieser zerbrechlichen Frau, die ihm jetzt fragend und erstaunt in die Augen blickte, nichts von ihrer äußerst weiblichen Wirkung.

»Aber natürlich bist du es. Ist das nicht merkwürdig? Ein ganz seltsames Gefühl. Tut mir leid, Charles. Bitte, setz dich. Tut mir wirklich leid. Jetzt habe ich deinen Besuch verdorben, nicht wahr? Es ist nur ... nun, du bist so anders als sonst. Ich weiß, daß etwas Schreckliches geschehen ist, aber du bist sonst so ... wie soll ich sagen, so zuversichtlich und vital ... aber jetzt ... bitte, setz dich, Charles, wenigstens einen Moment ... aber jetzt ... auch deine Kleider ... bist du in den Regen gekommen? Aber es hat ja gar nicht geregnet. Liegt es am Geschäft? Ist in der Fabrik etwas Schlimmes passiert? Vergib mir, Lieber, bitte. Das kommt davon, wenn man so lebt ... so einsam ... Ich rede und rede, und jetzt willst du nicht hierbleiben. Bin ich unmöglich, Charles? Sag mir, liegt es daran, Lieber, daß du mich schon so lange nicht mehr besucht hast?«

Er lächelte, obwohl er gleichzeitig die verschiedenen Eindrücke und Informationen, die sie ihm in ihrer hohen, fast zwitschernden Stimme hingeworfen hatte, ordnen und klären mußte. »Ich habe viel zu tun gehabt«, sagte er und wartete auf ihre Reaktion.

Sie winkte mit ihrer zarten Hand ab und setzte sich in einen kleinen

Schaukelstuhl, mit lächelndem Gesicht, das nun zu einer Maske fein eingravierter Fältchen wurde und mit einem Mal sehr alt aussah. »Bitte, mach mir nichts vor, Charles. Viel zu tun! Du hattest nicht zu viel zu tun – alles andere, als zu viel zu tun – seit Austins Schlaganfall –« Ihre zerbrechliche Stimme wurde leiser, und sie schaute abwesend vor sich hin. »Wie lange ist das schon her? Ich bringe die Zeit immer mehr durcheinander.«

Mit einem leichten Zögern, gehemmt, reichte Charles zu dem kleinen Tischchen hinüber und holte eine Tasse Tee. Das Porzellan war hauchdünn und trug ein purpurrotes Muster auf Kanne und Tassen. Dann, immer noch abwartend, gab er ihr die Tasse. Sie erwachte aus ihrer Träumerei und lächelte: obwohl die Falten ein Altersmuster über ihr ganzes Gesicht webten, lag etwas so Rührendes und Schönes in diesem Lächeln, etwas, das Charles so anziehend fand, daß er diese Frau um keinen Preis enttäuschen wollte.

»Aber Charles, du hast sogar vergessen, daß ich Zucker in den Tee nehme und etwas Sahne. Ich müßte eigentlich beleidigt sein. Aber ich bin es nicht. Mach dir nichts daraus; du bist liebenswürdig, Charles. Das war auch mit das erste, was mir an dir auffiel. Hinter der ganzen Selbstsicherheit war immer eine gewisse – Güte. Und ich muß dir etwas gestehen – ein Geheimnis zwischen uns beiden –, ich war immer skeptisch wegen deines Benehmens. Es ist in der letzten Zeit so viel schlechter geworden. Diese Anmaßung – so nennt man das doch? Klingt das zu hart? Charles, ich will nicht hart sein. Das weißt du. Aber wenn wir so ab und zu zusammensaßen, dann fiel mir auf... wenn du von den anderen getrennt bist, entspannt wie hier... dann bist du so, wie du jetzt bist. Ruhig. Vielleicht irgendwo verletzt. Irgendwie. Ich rede und rede, nicht wahr? Charles, du mußt mich daran hindern. Aber ich habe so viel darüber nachgedacht, und niemand will auf eine alte Frau hören, die den Tag allein herumsitzt und ihren trüben Gedanken nachhängt... Charles, du würdest doch nichts tun, was uns Schande bringt, nicht wahr?«

»Ich weiß nicht.« Aus irgendeinem Grund konnte er sie nicht anlügen; aus irgendeinem Grund verlangte die Persönlichkeit dieser Frau nach Gradlinigkeit. »Ich weiß nicht.«

»Oh, ich habe damit nicht das gemeint, was du vor ein paar Wochen Clinton Moores Sohn im Golfclub angetan hast.« Sie nippte an ihrem Tee und lächelte verschmitzt, als sei ihr der Gedanke ebenso erfreulich wie schockierend. »Du hast nicht gewußt, daß ich davon erfahren habe, nicht wahr? Ich hasse Gewaltanwendung, Charles... schon immer. Aber was immer dich soweit gebracht hat, ich würde sagen, daß er es nicht anders verdiente. Ich habe die ganze Familie Moore noch nie leiden können – würde nicht einmal zu ihrer Bank gehen, wenn ich die Wahl hätte. Aber wir sind alle gefangen, nicht wahr? In diesen Gewohnheiten, diesen Traditionen. Jedenfalls, Charles, ich bin sicher, daß er es verdient hatte, aber ich hoffe, daß du nicht von dir aus noch einmal jemanden schlagen wirst... auch nicht, wenn du getrunken hast, wie du es offensichtlich an dem Abend tatest.«

Charles konnte nur nicken, und dann klingelte das Telephon. Moore – Clinton Moore; den Namen mußte er sich merken. Er beobachtete, wie die Frau mit großer Vorsicht und Behutsamkeit nach dem Telephon griff, den Hörer abhob, ihn ans Ohr legte, ohne zu sprechen, und mit der anderen, faltigen Hand das Mundstück bedeckte. Er vernahm ein undeutliches Stimmengemurmel. Ihre Augen, mit denen sie ihn über den Apparat weg anschaute, sahen jetzt fast fröhlich aus; der Übermut und die Unschuld eines Kindes lagen in ihrem Blick. Dann legte sie nach einigen Sekunden den Hörer wieder auf, langsam und leise, um das Klicken zu dämpfen.

»Houghton«, berichtete sie, »rief Logan an, um zu hören, ob du schon gekommen bist. Logan sagte, du seist schon vor über fünfzehn Minuten angekommen, und Houghton sagte, er fahre sofort von der Fabrik nach Hause.«

Charles überkam ein dringendes Bedürfnis, die Namen auseinanderzuhalten. Da der Butler der einzige Mensch war, der ihn außer dem Jungen Eugene und der Frau gesehen hatte, mußte sein Name Logan sein. Und obwohl Charles nicht genau wußte, wer diese Frau war und in welchem Verwandtschaftsverhältnis sie zu dem anderen Charles oder zu Alexandria stand, war ziemlich klar, daß sie von seinem Besuch in New York wußte, weil sie von ihrer Nebenleitung aus sein Gespräch mit Houghton am Mittag mit angehört hatte. Was mochte sie dann noch alles wissen? Was konnte er, durch vorsichtiges Fragen, von ihr alles erfahren?

Es war aber sie, die die erste Frage stellte: »Wer ist im Krankenhaus, Charles?« Mit zurückgeworfenem Kopf schaute sie ihn aus schmalen Augen an. »Ein Mädchen im Krankenhaus? Und hysterisch?«

Panischer Schrecken ergriff ihn wieder. Er wußte es natürlich nicht. Wenn er ihr aber nicht antworten konnte...

»Ich weiß es nicht«, sagte er sanft – und dabei kam ihm wieder in den Sinn, daß er sie nicht anlügen konnte.

Nach einer langen Pause sagte sie messerscharf: »Charles, Aufrichtigkeit zwischen Freunden ist – Güte. Deshalb ziehe ich meine Frage über das Mädchen zurück, bevor ich dich zu einer Unwahrheit zwinge, Charles. Aber sag mir eines: was ist in der Fabrik los? Seit der arme Austin krank ist, hat sich so vieles verändert – unter anderem auch du, nicht zu vergessen. Sogar die Dividende ist praktisch auf Null gefallen. Was gibt's jetzt?«

Plötzlich hatte er den dringenden Wunsch, ihr antworten zu können. Aber er wußte die Antworten nicht. So sagte er wieder, und riskierte dabei, sie zu verärgern: »Ehrlich, ich weiß es nicht.« Sie erhob sich. Ihre sonst so klangvolle und leise Stimme überschlug

sich. »Hör auf, mir etwas vorzumachen, Charles. Du kennst das Geschäft besser als sonst wer – außer Austin. Das hat er mir immer wieder gesagt. Houghton mag jetzt Präsident geworden sein, aber du kannst mir nicht vormachen, du wüßtest nicht, was vorgeht!«
Er stand ebenfalls auf, sie ließ den Blick nicht von ihm. Die schönen, violetten Augen waren nun fast schwarz, glühten vor verhaltenem Ärger und dem Gefühl des Verratenseins. »Es tut mir leid«, murmelte er.
»Du –« sagte sie, »o du, du brichst mir noch das Herz. Es tut dir leid. Ja, ja. Du denkst, ich verstehe überhaupt nichts. Du denkst, ich würde nicht begreifen, wie demütigend und enttäuschend es für dich sein muß, zusehen zu müssen, wie Houghton die Firma zugrunde richtet, wo du genau weißt, wie man es richtig machen müßte. Versuch also nicht, Houghton vor mir in Schutz zu nehmen, Charles. Auch wenn er mein Neffe ist, habe ich keine Achtung vor ihm, will nichts von ihm wissen, wollte es nie. Aber du – o du – wie du in unsere Familie gekommen bist, da habe ich mir gesagt: hier ist der Mann, der uns retten wird. Die Vitalität. Wir sind dekadent, aber du – o du –« Sie wandte sich ab, klein und verletzt, ganz von Mitgefühl erfüllt.
Impulsiv wollte er zu ihr gehen, vielleicht beruhigend die Hand auf ihre Schulter legen, ihre zarten Hände mit den seinen umschließen. Und dann verfluchte er wieder den anderen Charles, wenngleich ihm jetzt die erste, schwache Ahnung aufgestiegen war, wieso der andere Mann – der er natürlich selbst war – dazu gekommen war, so zu handeln, wie er es getan hatte. Vorsichtig, jetzt vorsichtig sein, ermahnte ihn eine innere Stimme: jetzt durfte er sich nicht auf Ausreden verlegen. Noch nicht, zumindest nicht, bevor die beiden Charles wieder ein Ganzes geworden waren – falls das jemals geschehen würde.
»Charles –«
»Ja?«
»Wie bist du zu den Kratzern in deinem Gesicht gekommen?« Ihr Tonfall war wieder sanft; sie glitt auf ihn zu. »Du brauchst nicht zu antworten. Ich frage zuviel ...« Dann brach sie ab, nachdenklich, mit einem Stirnrunzeln. »Charles, würdest du zu Austin hineingehen? Würdest du es bitte?«
»Ja«, sagte Charles. »Wenn du mitgehst.«
Mit fließenden Schritten ging sie zur Tür. »Du hast Austin auch vernachlässigt. Ich weiß, es ist nicht leicht, aber es ist das mindeste, was wir für ihn tun können, nicht wahr?« Sie ging den schwach beleuchteten Gang hinunter bis zu der geschlossenen Tür am hinteren Ende. »Oh, Austin war nie leicht zu nehmen, nicht einmal als Kind. Was haben wir uns als Kinder gestritten. Ja. Ja. Es ist schon immer schwierig gewesen, mit ihm zu leben. Aber als dies passierte – seltsam, seltsam – bevor es geschah, du wirst es kaum glauben, wußte

ich nie, wie sehr ich meinen Bruder liebe. Stell dir vor.« Sie blieb vor der Tür stehen. »Keine Ahnung gehabt. Und jetzt, wo ich es weiß, ist es zu spät. Er wird es vielleicht niemals erfahren. Auch wenn ich bei ihm sitze, stundenlang – ob er es spürt, was glaubst du? Wahrscheinlich. Glaubst du nicht, daß er es dadurch spürt, Charles?«
Der Wunsch war unverhüllt in ihrem Gesicht zu lesen. Charles nickte nur. Dann klopfte sie mit den Fingerspitzen an die geschlossene Tür. Vom anderen Ende des Ganges konnte er gedämpft Eugenes Fernsehgerät hören: Kinderstimmen gemischt mit schrillem Gelächter. Er fragte sich, ob Eugene wohl mit ihnen lachte. Vor seinen Augen öffnete sich die Tür langsam.
Ein Gesicht erschien – das ziemlich runde Gesicht eines jungen Mannes mit vollen Lippen und aufmerksamen, glänzenden Augen.
»Schläft Mr. Parsons, Montgomery?« flüsterte die Frau.
Statt zu antworten, öffnete Montgomery, in weißer Krankenhausuniform, die Tür weit und trat beiseite.
»Wir werden's sehen«, sagte der junge Mann in einem so einschmeichelnden Ton, daß er fast lustig wirkte, »in einer Sekunde werden wir es sehen, Miss Catherine.«
Miss Catherine. Charles fielen sofort die Worte von Adele Barachois in New York ein: *Und Catherine – die arme närrische Dame. Lebt sie noch?*
Charles folgte ihr in ein kleines Wohnzimmer, das im Gegensatz zu dem, aus dem sie kamen, sehr unpersönlich, betont schmucklos, krankenhaussteril und wenig einladend wirkte.
»Der Junge«, flüsterte sie. »Er tut, als gehöre er zur Familie. Nennt mich einfach ›Miss Catherine‹. Ich kann einen Mann nicht leiden, der seinen Charme spielen läßt. Wenn man sich denkt, ein gut aussehender, junger Mann, der aus freien Stücken Krankenpfleger wird!«
Was immer Charles auch erwartet hatte, auf das, was nun geschah, war er vollkommen unvorbereitet. Ein Rollstuhl wurde von Montgomery hereingeschoben, der immer noch mit verkniffenen Lippen lächelte. Im Stuhl saß, vollkommen regungslos, ein hagerer Mann mit grauem Haar, das an den Schläfen so weit zurückgewichen war, daß sein Ansatz auf der Mitte der Stirn eine senkrechte Linie zu bilden schien, mit einer tiefen Einkerbung zwischen den buschigen, grauen Augenbrauen über der schmalen, geknickten, langen Nase und dem kantigen Kinn. Seine Haut war bleich, totenblaß, als wären alle Adern blutleer. Die Wangen waren tief eingefallen und der Mund eine schmale, gerade Linie. Auch seine Augen waren grau. Sie bewegten sich nicht, starrten blicklos vor sich hin, folgten keiner Bewegung. Er schien leblos. Seine Beine, von einer Decke umhüllt, blieben auch regungslos. Seine mageren Arme, die auf den Lehnen des Stuhls ruhten, sahen aus, als seien sie dorthin gelegt worden;

sie blieben liegen, nicht weil in dem Körper des Mannes noch ein Sinn für Behaglichkeit steckte, sondern wegen seiner vollkommenen Hilflosigkeit. Es war unmöglich, Austin Parsons' Alter zu schätzen: er sah zeitlos aus, gehörte zu keiner Altersgruppe. Charles spürte einen kalten Schock bei diesem Anblick. Konnte dies wirklich der Mann sein, den Adele Barachois in New York brutal und jähzornig genannt hatte?

Montgomery stellte den Stuhl diensteifrig so, daß das Licht der einzigen Lampe nicht in die Augen des Patienten schien. »So, bequem? Natürlich ist es ihm bequem. Sie werden nicht lange bleiben, Mr. Parsons. Miss Catherine kennt die Verordnung. Es ist sowieso bald Zeit fürs Bett, nicht wahr?«

Die tiefe Hilflosigkeit des Mannes löste in Charles ein Mitgefühl aus. Er konnte es nicht ertragen, hier zu bleiben, zu schauen. Hier hatte er zum ersten Mal, seit er das Haus betreten hatte, das Gefühl, ohne Rücksicht auf die unwirkliche Identität, die man ihm zusprach, ein unerwünschter Eindringling, ein Störenfried zu sein. Sein Geist rebellierte dagegen: er hatte kein Recht, hier zu sein.

Miss Catherine ging leichtfüßig zu ihrem Bruder, gab ihm einen angedeuteten Kuß auf die Stirn, wandte sich zum Gehen, mit einem schnellen Seitenblick auf Montgomery, der beiseite getreten war, abwartend, lächelnd, still. Dann richtete sich ihr Blick auf Charles; sie sahen einander in die Augen.

Als sie sich wortlos zurückzog, war etwas von banger Unsicherheit in ihrem Gesicht.

Austin Parsons' Augen schienen ihn anzustarren, verschwommen. Sein Blick war ausdruckslos – nicht mit der betont beherrschten Interesselosigkeit seines Enkels Eugene, sondern ausdruckslos auf eine tote, abwesende, losgelöste Weise: so abwartend, als starre er bereits in den Tod. Charles schauderte.

»Setzen Sie sich doch, Mr. Bancroft, setzen Sie sich«, sagte Montgomery strahlend. »Hierher, wo Mr. Parsons Sie sehen kann. Wir haben Sie schon eine ganze Weile nicht mehr hiergehabt, nicht wahr?«

Charles ignorierte den Krankenwärter, setzte sich nicht hin; statt dessen sprach er Austin Parsons an: »Ich hätte öfters kommen sollen. Wie geht es Ihnen, Sir?«

Keine Reaktion. Nichts.

Montgomery lachte, ein sanfter, serviler Heiterkeitsausbruch, der Charles dazu veranlaßte, sich ihm zuzuwenden. »Immer witzig, was?« sagte Montgomery, und dann, immer noch glucksend, mit flüsternder Stimme: »Es wird gut sein, wenn Sie vor der Familie nicht so einen Witz reißen, meine ich.« Der junge Mann blinzelte ihm zu. »Die würden es glatt für ein Sakrileg halten, oder nicht? Auch wenn der alte Mann kein Wort hören kann.«

»Woher wissen Sie das?« fragte Charles.

Montgomerys servile Verschwörermiene verlor den sonnigen Ausdruck. »Was soll das?« fragte er schließlich stirnrunzelnd. »Woher wissen Sie, daß Mr. Parsons nicht hören kann?«
»Das wissen wir. Sie wissen es doch auch.«
»*Woher* wissen wir es?«
»Weil der Arzt es gesagt hat. Was soll denn das? Sie wissen es doch selbst.«
»Warum reden Sie dann mit ihm?«
»Ich rede nicht mit ihm.«
»Als Sie ihn gerade hereingeschoben haben, haben Sie aber mit ihm gesprochen.«
»Ach, das. Das ist so meine Art. Für die anderen ist eine Erleichterung, auch wenn der Patient nur sehen kann, wie ich die Lippen bewege.«
»Dann kann Mr. Parsons also sehen?«
»Das habe ich nicht gesagt.«
»Sie sagten doch zu mir, ich solle mich da hinsetzen, wo er mich sehen kann, oder nicht?«
»Fragen Sie mich doch nicht in einem fort. Ich bin kein Arzt. Fragen Sie Dr. Wheeler. Sie tun geradeso, als wären Sie noch nie hier gewesen, nie zuvor. Sie tun so, als ob –«
Charles schnitt ihm das Wort ab. »Lassen Sie es gut sein. – Wenn er sehen kann, woher wissen Sie dann, daß er nicht hören kann? Woher wissen Sie, daß er nicht versteht, was ich jetzt spreche?«
Montgomery blinzelte verblüfft – doch dann kehrte sein Charme wieder. Ein Grübchen erschien in seiner fleischigen Wange, als er den Mund verzog, seine Augen blickten spöttisch und amüsiert. »Ich kann nur sagen, was der Arzt mir erzählt hat, Mr. Bancroft. Nun – wenn er nicht antworten kann, und wenn er uns nicht sagen kann, was er denkt, was macht es dann schon aus, ob er weiß, was wir sprechen, oder nicht?«
Einen Augenblick lang zuckte es Charles in der Hand, dann beherrschte er mit einer eisernen Willensanstrengung den Impuls, dem Krankenwärter eine Ohrfeige zu geben. Er machte auf dem Absatz kehrt, als sich die Tür unvermittelt öffnete.
Er erkannte sie sofort wieder: das herabfallende, dunkle Haar, die geneigte Kopfhaltung, als sie stehenblieb und ihn betrachtete, die lebhaften, blauen Augen, in denen eine Frage zu stehen schien. Es gab eine ganz kleine Pause, während er sie nur anstarrte, dann ging sie auf ihn zu.
»Der Vagabund sei willkommen«, sagte sie mit der dunklen, fast übermütigen Stimme, die er von dem Telephongespräch schon kannte. »Logan sagte, du seist schon angekommen. Ich hoffe, du hast erreicht, was du erreichen solltest in ... wo war es? Boston?«
Er hatte keine Zeit, den Anflug konspiratorischer Ironie in ihrem Ton und ihren Augen voll zu würdigen, denn sie hob ihr Gesicht

und küßte ihn leicht auf den Mund. Dann neigte sie ihren Kopf wieder zur Seite und zog eine schmale, dunkle Augenbraue in die Höhe. Sie war klein, kleiner als er sie sich irgend vorgestellt hatte, feinknochig. Sehr schlank, aber wohlproportioniert. »Du schaust aus wie ein Gespenst«, sagte sie und ging ein paar Schritte weiter, mit einer leichtfüßigen, weiblichen Anmut, die durch die knabenhaften Jodhpurs und die anliegende Reitjacke aus Tweed noch unterstrichen wurde. Er spürte die Sanftheit ihrer Lippen auf den seinen, als er ihr zusah, wie sie sich zu ihrem Vater niederbeugte und ihre Wange an die bleiche, reglose Backe des alten Herrn legte; neben dieser Blässe wirkte ihre Lebhaftigkeit noch stärker auf ihn: ihr Teint, vom Ritt und der Abendkühle gerötet, dazu die geschwungenen, nicht nachgezogenen, dunklen Brauen, die volle Röte ihres weichen Mundes, das flammend gefärbte Tuch um den Hals.
Eine neue, fremde Erschütterung ergriff ihn, eine Art von Erregung, die er nicht leugnen konnte und die auf alarmierende Weise mit erneuter Furcht verbunden war. Auf was hatte er sich eigentlich eingelassen?
». . . nicht sehr sonnig und ein ziemlich kühler Wind auf den Reitwegen, aber du solltest die Blätter sehen, Vater. In ein oder zwei Wochen sind sie abgefallen, aber jetzt sehen sie am prachtvollsten aus. Ich fahre mit dir morgen aus. Wenn die Sonne auch nur ein bißchen scheint, wird es herrlich sein!«
Sie sprach mit Austin Parsons. Charles stand vor einem neuen Rätsel, warf Montgomery einen Seitenblick zu; der beobachtete nicht Alexandria, sondern ihn. Er zuckte leicht mit den Achseln, als wollte er sagen, daß es ihn nichts anging, wenn diese närrische Mrs. Bancroft so tat als ob, wenn sie ihre Zeit damit verschwendete, mit einem Mann zu sprechen, der nicht hören konnte. Die Abneigung, die Charles langsam gegen Montgomery zu empfinden begann, wurde stärker.
». . . sorgen für dich, Vater, denn wenn sie es nicht tun, dann bekommen sie es mit mir zu tun.« Sie sagte es halb im Scherz, halb als Warnung, und schaute dabei Montgomery an.
»Wir tun unser Bestes, Mrs. Bancroft. Es ist kein leichter Fall, aber wir tun unser Bestes. Miss Hazlehurst wird mich um sieben Uhr ablösen. Wenn ich ihr irgendwelche Instruktionen geben soll, wenn sie etwas versäumt haben sollte, dann stehe ich gern zu Diensten.«
»Sie können ihr sagen, daß ich Vater morgen vormittag nach dem Frühstück gern zu einer Spazierfahrt mitnehmen möchte.«
»Morgen früh habe ich wieder Dienst, Mrs. Bancroft. Wenn Dr. Wheeler nichts gegen den Ausflug hat . . .«
Alexandria unterbrach ihn: »Ich werde das mit Dr. Wheeler regeln.« Mit schnellen Schritten ging sie zur Tür.
Montgomery verzog seinen Mund, so daß das Grübchen wieder sichtbar wurde. »Daran habe ich keinen Zweifel.«

Alexandria warf dem jungen Mann einen eiskalten, blauen Seitenblick zu und verließ den Raum. Charles folgte ihr, befriedigt von dem Ausgang dieser Begegnung, begleitet von Montgomerys süffisantem Lächeln. Er mußte sich beeilen, um sie einzuholen, und als er hinter ihr ging, sah er, wie steif und entschlossen sie ihre schmalen Schultern hielt. Als sie sprach, bebte ihre Stimme vor Wut: »Wenn Montgomery nicht so nett zu Eugene wäre, würde ich darauf bestehen, daß Houghton ihn entläßt. Nicht, daß Houghton es auf *meine* Bitte hin täte!«
Charles mußte heimlich lächeln: ihre Wut schien der Schwere des Ereignisses nicht sehr angemessen, war kindisch, aber irgendwie rührend. Eine merkwürdige Erregung raubte ihm fast den Atem. Als sie am anderen Ende des Ganges eine Tür öffnete, stolperte er, blieb dann wie angewurzelt stehen. Eine winzige Sekunde lang war sie keine Fremde mehr – ebensowenig wie das geräumige, wohlproportionierte Schlafzimmer, in das sie ging, ihm fremd vorkam. In dem Dämmerlicht, noch bevor sie das Licht einschaltete, erblickte er einen offenen Kamin an genau der Stelle, an der er ihn mysteriöserweise zu sehen erwartet hatte, mit zwei tiefen Sesseln davor; er sah das Bett und die bis zur Erde reichende Fensterfront, ehe Alexandria die Vorhänge zuzog. Dann war der Augenblick vorüber, und er betrat ein fremdes Zimmer, in einem fremden Haus, mit einer fremden Frau, die sich ihm zugewandt und etwas gesagt hatte, was ihm entgangen war. Jetzt schaute sie ihn mit forschenden Augen an.
»Nun, du bist es doch, nicht wahr?«
»Wie bitte?« Das war alles, was er herausbrachte, benommen, wie er war, und wieder mit dem alten Anflug von Panik.
Alexandria saß nun auf dem Bettrand und zog an ihren halbhohen Reitstiefeln. »Ich sagte, daß du doch sonst derjenige bist, der am liebsten Montgomery am Kragen packen möchte und ihn persönlich zum Fenster hinauswerfen. Wieso läßt dich das alles dann so kalt?«
»Glaubst du, daß er Austin gewissenhaft pflegt?« hörte er sich fragen, während Angst und Erregung in ihm kämpften, als er seine fremd klingende Stimme vernahm, seine unwirklich vorsichtig gewählten Worte.
Alexandria schleuderte mit unerwarteter Heftigkeit einen Stiefel in hohem Bogen auf den teppichbelegten Boden. »Ah, Horatio, das ist wirklich die Frage. Und woher solltest du es wohl wissen?« Bevor er antworten konnte, stieß sie den anderen Stiefel mit einem Seufzer weg und stand auf. »Vergiß es, bitte. Ich will keinen Streit vom Zaun brechen. Der Herr bewahre mich davor.« Ohne ihn anzusehen, ging sie in den kleinen Ankleide-Alkoven und öffnete eine Schranktür. »Nur manchmal, wenn ich Vater so sehe, dann muß ich daran denken, wie er früher war. Wie gütig und humorvoll und – oh, du kennst ihn ja, Charles.«

»Ja«, log er, »ich kenne ihn.« Und wieder fielen ihm Adele Barachois' Worte ein: *Sagen Sie bloß nicht, meine Tochter sei genau so brutal und jähzornig wie ihr Vater.* Gleichzeitig war er sich der schattenhaften Gestalt, die sich im Alkoven bewegte, sehr bewußt, die in ihm ein unterdrücktes Schuldgefühl gemischt mit atemraubender Erregung erweckte: mit welchem Recht war er in diesem fremden, gemütlichen Zimmer, zusammen mit dieser fremden, reizvollen Frau? »Natürlich kenne ich ihn, Alexandria«, sagte er und probierte, wie ihr Name von seiner Zunge klang.
Nach einer kurzen Pause sagte sie mit veränderter Stimme: »Jetzt muß ich fragen, was meinst du? –«
»Ich sagte, ich kenne ihn . . .« Und dabei fragte er sich, ob der andere Charles ihn wirklich gekannt haben mochte.
Sie kam aus dem Alkoven. Jackett und Halstuch hatte sie abgelegt. Ihr Pullover war dick, jedoch eng anliegend, und ohne die Stiefel wirkte sie noch zierlicher. »Warum bist du mit einemmal so förmlich? Du hast mich bis jetzt noch nie Alexandria genannt. Und wenn ich mich recht entsinne, hast du auch Vater noch nie beim Vornamen genannt, bis vor ein paar Minuten.«
Sie stand regungslos, und unter ihrem abwägenden Blick stieg in ihm wieder das alte Angstgefühl hoch. Eine so triviale Sache, und doch –
Wie gelähmt sagte er: »Ich wollte nur hören, wie Alexandria klingt«, die Entschuldigung klang faul, und ihn wunderte, wie schnell er und alles um ihn auseinanderfiel.
Ihr Stirnrunzeln – die dichten, dunklen Brauen überschatteten die wachen, blauen Augen – wurde noch ausgeprägter, als sie einen Schritt auf ihn zutrat, und er wehrte sich mit ganzer Seele gegen die Entdeckung. Hatte sie es erraten? Hatte sie den Unterschied gespürt? Ihr Blick, der über seine Züge huschte, brachte sein Blut in Wallung.
Sie neigte den Kopf zur Seite: »Du weißt sicher, daß du ziemlich böse Kratzer hast.«
»Ja«, erwiderte er mit steigendem Alarmgefühl. »Ich weiß.«
Als er daraufhin schwieg, sagte sie hastig: »Ich stelle keine Fragen.« Und wie sich ihre Stirn glättete, empfand Charles eine unbeschreibliche und unsinnige Erleichterung. Ihre Mutter hatte also nicht recht gehabt: es waren nicht Alexandrias Finger, die diese Spuren hinterlassen hatten. »Ich entwickle mich zu einem abscheulichen Feigling, nicht wahr? Aber solange ich von den Dingen nichts weiß, kann ich so tun, als existierten sie nicht.« Sie drehte sich auf dem Absatz um und lief zur Tür. »Ich habe Eugene noch nicht begrüßt. Gehst du wohl unter die Dusche? Ich brauche die Wanne, um den Stallgeruch loszuwerden.«
Als er wieder allein war, ließ die Spannung nach – unmerklich, aber doch spürbar – und er war etwas enttäuscht. Wie absurd seine Lage

war, kam ihm wieder in den Sinn, diesmal noch stärker. Welch Unsinn – am Leben zu sein und doch nicht zu leben, keine Identität zu besitzen außer der, die einem aufgezwungen wird.
Er machte verschiedene Schranktüren auf. Falls er das Spiel weitertreiben wollte – und was für eine andere Wahl hatte er schon –, dann würde er es nach den spaßigen Spielregeln spielen müssen, die er im Verlauf des Spieles zwangsläufig erlernte. Er holte wahllos einen Tweedanzug aus dem Schrank, suchte sich ein Paar dunkle Schuhe von einem Regal und lachte über den ausgesprochen unwahrscheinlichen Gedanken, daß sie *ihm* vielleicht nicht paßten, da sie Charles Bancroft gehörten. Früher oder später, gleichgültig, ob sein Gedächtnis zurückkehrte oder nicht, würde er es als unleugbare Tatsache hinnehmen müssen, daß er Charles Bancroft *war.*
Er zog Schubladen heraus, entdeckte in den Sekunden, bevor er sie wieder zurückschob, weiche Seide, bunte Spitzen – und spürte einen Duft. Es war ein delikater Hauch von Parfüm, sauber und wild, wie ein Wald nach dem Regen, und gemächlich ließ er sich in das Gefühl treiben, das in ihm aufgestiegen war, als er das Schlafzimmer im Dämmerlicht sah: ein unfaßbarer Eindruck von Vertrautheit, nicht aber Wiedererkennen. Er rührte sich nicht. Vielleicht jetzt... vielleicht würde es jetzt geschehen. Jedoch – er wußte, es konnte nicht anders sein – der Anflug von Erinnerung entzog sich ihm, sogar als ihm der Anblick des Liebespärchens, wie es aus dem Fiaker gegenüber dem Hotel Plaza ausgestiegen war, in den Sinn kam. Wie lange schien das her zu sein. Er schob Alexandrias Schublade zu, überrascht darüber, daß sich in die Enttäuschung wegen der entglittenen Erinnerung eine unpassende Erleichterung mischte. War es möglich, daß er sich auf einer tieferen Bewußtseinsebene gegen die Erinnerungen wehrte?
Dann zog er weitere Schubladen auf, eine nach der anderen. Er wollte schon die unterste schließen, die, in Zedernholz furniert, nichts als Pullover zu enthalten schien, als er die Briefe entdeckte. Vornübergebeugt betastete er das Bündel, drehte es um. Es war mit einem blauen Band zusammengebunden. Der oberste Umschlag, graues Luftpostpapier, war an *Miss Alexandria Parsons, 210 Shepperton Green, Conn.* adressiert. Als er aber den Namen des Absenders in der linken oberen Ecke las, bekam er Herzklopfen: Sgt. Charles Bancroft, mit einer langen Feldpost-Anschrift in San Franzisko. Er bekämpfte die plötzliche Versuchung, das Bündel herauszuziehen, konnte sich eines leisen Schuldgefühls aber nicht erwehren, als er sich aufrichtete.
Er ging zu einer anderen Kommode. Hier fand er Hemden zur Auswahl und Unterwäsche, die er benötigte. Ein Bademantel hing an einem Haken hinter der Badezimmertür. Er zog sich schnell aus, warf seine Kleider mitsamt dem zerdrückten Anzug in ein Wäschepuff an der gekachelten Wand, stieg in die Duschwanne und zog die

Eisglastür hinter sich zu. In dem brennenden, nadelscharfen Wasserguß kam er sich merkwürdig isoliert vor, eine euphorische Heiterkeit überschwemmte ihn. Ihm war, als habe er mit dem Ablegen seiner Kleider, mit der Hingabe seines Körpers, nackt und widerstandslos, in dieser leicht angreifbaren Position unter den Wassermassen der Dusche seine Seele einem Strom unerbittlicher Bestimmung übergeben, die er nicht erfassen konnte, vielleicht nie erfassen würde. Und auf eine seltsame, nicht greifbare Weise war es auch nicht mehr wichtig. Was immer kommen würde, würde kommen. Er konnte es nur mit sich geschehen lassen. Neue Lebenskraft erfüllte ihn, ein berauschendes Gefühl von Erleichterung und Entronnensein. Gleichgültig, was kommen mochte, er selbst, auch wenn er mitmachte, würde nie wirklich ein Teil davon sein. Es geschah alles und würde weiter geschehen, aber nicht mit ihm, sondern mit dem anderen Charles.
Das Geräusch der Dusche wurde mit einemmal von einem anderen, tieferen Geräusch übertönt: nur einen Meter weiter lief Wasser in eine Badewanne. Jenseits der schwach durchsichtigen Tür sah er deutlich Bewegung. Er lehnte sich an die gekachelte Wand und wartete, daß das Tosen und die schattenhafte Bewegung aufhören würden. Als er die Dusche abdrehte, hörte er das gleitende Geräusch einer anderen Glastür und konstatierte mit einem erleichterten Seufzer, daß Alexandria sich in die Badeecke eingeschlossen hatte. Die Erleichterung wich einer Enttäuschung, gemischt mit Erheiterung: was für eine lächerliche Situation! Die Maskerade nahm allmählich alle Aspekte einer ausgesprochenen Farce an.
Dieser Eindruck wurde während der nächsten Minuten noch verstärkt, als er aufstand und im Spiegel seine clownähnliche Figur – seine oder die des anderen Charles, oder beider! – sah, wie er behutsam die Glastür beiseite schob, in den Baderaum hinaustrat, den Bademantel an sich riß und, als wäre er von allen Furien verfolgt, ins Schlafzimmer hastete, wie ein zweifelhafter Geselle in einem schlechten Film oder wie ein Clown im Zirkus, sich schnell abtrocknete und ebenso hastig die Kleider anzog, die er sich zuvor zurechtgelegt hatte. Während er sich noch über dieses lächerliche Bild amüsierte, konnte er seine Gedanken nicht ganz von der Vorstellung losreißen, daß Alexandria – oder wie Charles Bancroft seine Frau nannte – nur ein paar Meter entfernt in der Badewanne lag. Da ging es ihm durch den Sinn, daß Alexandria die ganze komisch-absurde Situation, in der er sich befand, genau so erheiternd finden würde, wenn ihr alle Einzelheiten bekannt wären.
Er hatte sich überlegt, daß er, mit einem bißchen Glück, angezogen und aus dem Schlafzimmer sein konnte, bevor sie zurückkam. Aber diesmal verließ ihn das Glück, das ihm bisher so treu zur Seite gestanden hatte. Als er mit zitternden Fingern seine Krawatte knüpfte, hörte er das gleitende Geräusch, und im nächsten Augenblick stand

sie in der Badezimmertür. Sie trug einen seidenen Morgenmantel, leuchtend blau, der, obwohl er bis zum Boden reichte, kaum die geschwungenen Konturen ihres Körpers verhüllte – deren er sich immer mehr und immer erschreckender bewußt wurde. Ihr Gesicht sah frisch gewaschen, gerötet und strahlend aus, aber ihre Augen, die ihn schmal und abschätzend beobachteten, waren überschattet.

Aus der Fassung gebracht, mit dem Anflug eines Schuldgefühls, brachte er sich mit einer Frage in Sicherheit, die er wie nebenbei stellte und die wahrscheinlich von ihm erwartet wurde: »Wie geht es Eugene?«

»Eu-gene«, sagte sie und betonte die erste Silbe, so daß ihm sofort klarwurde, daß er schon wieder den vollen Namen benutzt hatte, was dem anderen Charles fernlag, »Eu-gene erzählte mir, daß du dich vor einer Weile mit ihm unterhalten hast.«

»Nicht mit großem Erfolg, fürchte ich.« Er kämmte sich vor dem Spiegel die Haare.

»Den Eindruck hatte ich auch. Aber manchmal ist eine schlechte Unterhaltung besser als gar keine.« Sie ging langsam in den Ankleide-Alkoven, und nun waren die Umrisse ihres Körpers unter dem feuchten Morgenmantel deutlich zu erkennen. »Weißt du«, sagte sie in einem anderen, vielleicht sogar leichteren Tonfall, als sie sich vor ihren Frisiertisch setzte, »seit wir verheiratet sind, habe ich, glaube ich, noch nie gebadet, ohne daß du zu mir hereingeschaut hast, wenn du auch nur in hundert Meter Entfernung warst. Willst du mir Angst machen, Charles?«

»Nein«, antwortete er, und während sich seine Kehle zuschnürte, fragte er sich, woher seine Fähigkeit zu schlagfertigem Lügen kam. »Ich hatte Angst, du würdest es falsch auffassen. Unter den Umständen.«

»Oh? An welche Umstände hast du dabei gedacht?« Sie wandte sich zu ihm. »Na, jetzt siehst du wenigstens wieder so aus, wie man es bei dir gewohnt ist. Ich habe beim Baden darüber nachgedacht, warum du mir heute so anders vorgekommen bist – nicht nur dein Anzug, der anscheinend vollkommen ruiniert ist. Du hattest den Scheitel auf der falschen Seite.«

»Ich habe mich in New York rasieren lassen«, sagte er. »Fremde Friseure machen das immer.«

»Aha. Nun, Friseur oder sonstwas. Eines ist dadurch wenigstens klar, nicht wahr?«

»Ja? Was?«, und er wappnete sich gegen alles, was sie nun entgegnen würde.

»Dadurch ist klar, daß du vergangene Nacht in New York warst, Lieber. Nicht in Boston.«

Er sank innerlich in sich zusammen. Das war also das Ende – einfach und schmerzlos.

»Hast du das mit ›Umstände‹ gemeint, Charles?« Sie bürstete ihre

Haare mit langen, raschen Strichen, und er hörte ein elektrisches Knistern im Zimmer. »Ist das, was in New York passiert ist, der Grund, warum du dachtest, ich würde es falsch auffassen, wenn du im Bad zu mir gekommen wärst?«
Seine Nerven waren bis zum Zerreißen gespannt. Er war versucht, mit der Wahrheit herauszuplatzen. Schließlich, wie lange konnte er noch so weitermachen? Wie lange konnte er die Irreführung noch aufrecht erhalten, wo sie jedes seiner Worte auf die Goldwaage legte?
»Alexandria«, hub er an, fassungslos, daß er wirklich dabei war, ihr alles zu sagen. »Alexandria – hör zu –«
»Bitte«, sie hielt abrupt im Bürsten inne. »Hör endlich auf, mich Alexandria zu nennen. Und was du mir beichten willst, ich will es nicht hören. Nicht jetzt. Wir haben über Eugene gesprochen.« Ihre Worte folgten schnell, in ihrer Stimme klang Anspannung und ein leichtes, ängstliches Zittern mit. »Er sagte, du hättest wieder vom Fußball gesprochen. Ich finde wirklich, es wäre besser, du würdest Eugene weiterhin ignorieren, wie üblich, als daß du ihm das Herz schwer machst, weil er zu schwächlich ist, um Sport zu treiben.«
Er zog sein Jackett an, vermied es, in den Spiegel zu schauen, und ihrem Blick zu begegnen. Sie bürstete wieder ihr Haar, diesmal mit langsameren Strichen, als kämpfe sie innerlich um Beherrschung.
»Gene ...« hörte er sich sagen und merkte, wie vorsichtig er den Namen aussprach, »Gene könnte sicher Sport treiben, wenn er nur richtig essen würde.«
»Wirklich?« Es gelang ihr, in das eine Wort eine unendliche Ironie und bitteren Hohn zu legen; sie hörte auf zu bürsten und drehte sich zu ihm, wobei der Morgenmantel auseinanderfiel und ein nacktes, schlankes Bein sichtbar wurde. »Aber Charles, hast du nicht immer gesagt, er ginge nur durch eine Entwicklungsphase? Das sagst du doch immer? Hieß es nicht: ›Alex, zwinge ihn nicht. Laß es ihm durchgehen, dann macht er sich schon!‹?«
Aus irgendeinem geheimnisvollen, ihn jedoch leicht irritierenden Grund kam sich Charles plötzlich beim Gedanken an den schmächtigen Jungen, wie er auf dem Bett lag und mit fast erloschenen Augen den Bildschirm anstarrte, in höherem Maß verantwortlich und festgelegt vor, als irgendwann vorher seit seiner Ankunft. Es erstaunte ihn, wie gelassen er antworten konnte: »Er verweigert das Essen, weil er will, daß du ihn bittest.«
»Ich?« Sie stand auf. »Ich?«
»Vielleicht wir beide«, fügte Charles hinzu, und dies kam der Wahrheit sicher näher.
»Hör zu, Charles, ich bin durchaus bereit, wie bisher weiterzumachen – das ganze Affentheater mit Eugene – aber fang bloß jetzt nicht mit plötzlich tiefschürfenden Erkenntnissen an, wo alles vor-

her genau so offensichtlich war – und schieb mir nicht die Schuld in die Schuhe.«

»Ich hatte nicht die Absicht, dir die Schuld –«

»Glaubst du etwa, mir macht es Spaß, wenn ich zu einer keifenden und dauernd schimpfenden Mutter werde – nur weil ich nicht mit ansehen kann, wie er immer magerer wird? Wenn ich ihn nicht bitte und bettle und ihm drohe, dann ist das für ihn der Beweis für etwas, was er ohnehin schon fast glaubt, nämlich, daß ihn niemand liebt! Möchtest du vielleicht auch in den kleinen Affenstall? Na, komm ruhig rein, das Gitter ist offen.« Dann färbte eine flehende Note ihren spröden, herausfordernden Tonfall. »Glaubst du, mir gefällt der Gedanke, einen Jungen allein großzuziehen?«

Unwillkürlich erschreckt wiederholte er: »Allein?«

Sie hatte den Kopf erhoben, einen entschlossenen Zug und zugleich ein Zittern um den Mund. »Ja, allein! Habe ich dich nicht oft genug angefleht? Habe ich dir nicht erklärt, daß er von mir zu abhängig wird, daß er zu sehr an mir hängt? Habe ich nicht ...« Sie riß sich mit Gewalt zusammen, ihr Kopf sank herab. »Ich sagte, ich wollte keinen Streit anfangen. Ich habe es versprochen, nicht wahr? Und jetzt schau mich an.«

Er schaute sie an: ihre Hilflosigkeit und ihre Verwirrung steigerten noch ihre Anziehungskraft. Impulsiv wollte er zu ihr hingehen, aber in Gedanken begann er wieder, den anderen Charles zu verfluchen. Er regte sich nicht.

»Sag mir wenigstens eines«, sagte sie nach einer Weile. »Hat dich unser Streit vorgestern abend aus dem Haus getrieben? Oder war es wirklich geschäftlich?«

Diese Frage überfiel ihn unerwartet. In Gedanken suchte er fieberhaft einen Ausweg. Vielleicht war es jetzt Zeit, ihr die Wahrheit zu erzählen. Aber würde sie das nicht noch elender machen? »Ich weiß nicht einmal mehr, worum der Streit ging«, sagte er ausweichend und mit einer gewissen Aufrichtigkeit.

Und Alexandria lächelte leicht. »Worum drehen sich heutzutage schon all unsere Streitigkeiten?« Sie ging ruhelos im Zimmer auf und ab. »Du bist in letzter Zeit so abstoßend, wenn du trinkst. Früher war es gerade umgekehrt. Du wurdest dann lustig – sogar noch charmanter. Aber immer mehr dieses Jahr –« Sie unterbrach sich abrupt. »Ich hatte Angst um dich gestern nacht, Charles, ich war wie gelähmt. Warum hast du nicht wenigstens angerufen?«

Warum? Diesmal fiel ihm so schnell keine Lüge ein. Er antwortete sanft: »Es tut mir leid, daß du dich gesorgt hast.« Dann fügte er hinzu: »Ich bin gerührt.«

Staunen stieg in ihre Augen. »Du meinst das ernst, wirklich?«

»Ja«.

»Du machst dich nicht über mich lustig –«

»Nein.«

Ihr Blick war direkt, fragend, in banger Ungewißheit, ob sie hoffen durfte. »O Charles, ich muß zugeben, ich weiß nie, was hinter deiner Stirn vorgeht. Manchmal glaube ich, daß ein ... geheimnisvoller Film dahinter abrollt. Und ich habe das Gefühl, ausgeschlossen zu werden – von dir. Und dann tue ich mir selbst leid, statt zu versuchen, dich zu verstehen, und dann werde ich wütend. Weil du zwischen uns eine Wand stellst – die mich ausschließt. Als wärst du zu stolz, zu hochmütig, zu –« Sie hielt inne. »Bitte, sei mir nicht böse«, sagte sie flüsternd.

»Ich bin dir nicht böse«, antwortete er.

Sie kam zu ihm, ihren Kopf etwas geneigt, blieb stehen. »Als ich vorhin heimkam und merkte, daß du zu Hause warst, aber dein Wagen nicht in der Garage stand ... und als ich dich dann sah ... und deine Kleider ... da überfiel mich wieder alles, was ich mir ausgemalt hatte, als ich nicht einschlafen konnte. Und ich konnte nur noch denken: er lebt.«

Ihre Stimme war so sanft, daß er die Worte kaum verstehen konnte. Er war sprachlos, hatte fast Angst, daß, was immer er jetzt sagte, diese merkwürdige, spannungsgeladene Beziehung zerreißen würde, die sich auf so geheimnisvolle Weise zwischen ihnen angebahnt hatte. Er wagte nicht mehr, ihr jetzt zu beichten. Still und kostbar dehnte sich der Moment, sie sah Charles voll und zärtlich in die Augen. Seine eigene Verwirrung wuchs. Und der andere Charles war ganz vergessen. Draußen – in der Auffahrt oder auf der Straße – hörte man Motorengeräusch, dann erstarb es. Unten öffnete sich eine Tür, schlug zu.

»Ich frage mich«, sagte Alexandria schließlich, »ich frage mich, ob es nicht gut ist, manchmal Angst zu haben. Und einsam zu sein. Und ob man nicht dadurch dann plötzlich spürt –« Ohne Übergang und aus keinem ersichtlichen Grund wurde ihre Stimme härter. »Ich habe dir nicht die ganze Wahrheit erzählt, Charles. Ich war ... mißtrauisch und hatte Angst. Auch wenn ich mir immer und immer wieder sagte, daß es für dich niemand anderen gibt, nie gegeben hat, nicht geben konnte –« Sie hob entschlossen ihr Kinn, ihre Augen funkelten vor verhaltenem Ärger. »Nun, so wie du dich in letzter Zeit benommen hast, ist es kein Wunder, wenn diese Frage auftaucht, Charles? Oder?«

Er schüttelte langsam den Kopf. Natürlich mußte diese Frage auftauchen. Und er hörte im Geist Houghtons Stimme: *Mein Gott, Charles, willst du dich nicht einmal nach dem Mädchen erkundigen?* Furcht ergriff ihn, und ein Gefühl von Haß, von Verachtung stieg bitter in ihm auf. Er versuchte in Gedanken, diesen Umschwung der Gefühle auf den anderen Charles abzuwälzen, von sich selbst abzuleiten. Er schwieg.

»Jetzt bist du doch böse«, sagte Alexandria zerknirscht, kam näher, mit entschuldigender, aber selbstironischer Miene. »Du mußt mir

verzeihen, Charles. Ich weiß, daß es nicht so ist. Ich kenne dich besser. Aber er ist immer da; dieser Zweifel. Wahrscheinlich ist alles auf meine Mutter zurückzuführen. Das Ganze. Meinst du nicht?«
Und sofort fielen ihm Adele Barachois' Worte in New York ein: *Würden die mich überhaupt aus dem Zug lassen, falls ich nicht einen scharlachroten Buchstaben aufgenäht trüge?*
Alexandria hob die Hand, legte sie auf sein Revers. »Das«, sagte sie dann mit einem unsicheren Lachen, »war schon immer mein Lieblingsanzug. Du hast ihn schon lange nicht mehr getragen.«
»Ich wußte nicht, daß er dir gefällt«, sagte Charles, Mitleid und Schrecken durchströmten ihn noch immer.
Nun lächelte sie, mädchenhaft, als schäme sie sich, als sei ihr bewußt, zuviel von sich preisgegeben zu haben, und sei nun unsicher, ob sie darüber traurig oder erfreut sein sollte. »So etwas vergißt du leicht, Charles, das ist alles«, sagte sie betont gelassen. Und dann lächelte sie ihn an, entschlossen und ohne Vorbehalte. »Es ist schön, wieder mit dir zu sprechen, Charles. Wirklich zu sprechen.« Und sie kam noch näher. »Wie lange ist es her, seit dem letzten Mal? Wie entsetzlich lange?«
»Viel zu lange«, sagte er, und wußte, daß es die Wahrheit war; das Wissen erschreckte ihn, ebenso, daß er hier einen ihm nicht gebührenden Blick in eine Ehe werfen durfte, in die er eigentlich nicht gehörte, in dem Bewußtsein, daß ihm hier die offen liegenden Nervenenden dieser Ehe gezeigt wurden, aber auch, was der andere Charles hier angerichtet hatte, in dem anderen Leben; und das konnte das Ganze völlig zerstören. Als sie ihren Kopf an seine Schulter legte, durchschoß ihn der Gedanke, ob der andere Charles je einen so deutlichen Einblick in seine Ehe bekommen hatte. Er konnte es unmöglich, denn wie hätte er sich sonst von diesem erregenden Anruf, diesem Versprechen abwenden können –
»Habe ich dir gestern abend gefehlt?« fragte Alexandria, mit gedämpfter Stimme, den Kopf noch immer an seiner Brust.
Er zögerte kurz: plötzlich schien ihm, als habe sie ihm alle Nächte seines Lebens gefehlt. »Ja«, sagte er, und dachte an die dunklen Tiefen des Nichts, aus denen er erst kürzlich aufgetaucht war, einen Moment unsicher, wo er die Nacht verbracht haben mochte. »Ja.« Er hörte die Befangenheit in seiner Stimme, die Rührung, und ihre Nähe erfüllte ihn mit einer atemberaubenden Leidenschaft und Zärtlichkeit, gegen die sich ein Teil von ihm wehrte.
»Liebling, trink heute abend nicht zu viel.« Sie flüsterte, und er mußte sich anstrengen, um die Worte zu verstehen. »Bitte.« Ihre Arme umfingen ihn, und ihr Körper war ihm nahe – schlank, gespannt, doch unglaublich sanft. »Ich will, daß du heute wach und ganz du selbst bist.«
Als sie ihr Gesicht hob, verschlug ihm ihre Nähe den Atem. Unwillkürlich und ohne zu überlegen, nahm er sie in die Arme. Er

wehrte sich nicht mehr dagegen, und als sie sich ihm entgegenneigte, küßte er sie hart, mit einer Wildheit und Gier, die ihn erschreckte, und sie erwiderte seinen Kuß mit offener Leidenschaftlichkeit, sogar einem bißchen Verzweiflung.
Nachher, sie atmete schnell, vergrub sie ihr Gesicht wieder an seiner Schulter, und er hielt sie fest umschlungen, als habe er Angst, daß, wenn er sie losließ, das, was folgen würde – heute abend unten im Haus, oder sogar in den nächsten Minuten in diesem Zimmer – dieses Empfinden für immer zerstören würde, dieses Gefühl, das er sich, er wußte es, um jeden Preis erhalten mußte.
Es war Alexandria, die sich zuerst löste. »Bin ich nicht schamlos?« fragte sie, und die Fröhlichkeit in ihrer Stimme, die spielerische Selbstironie in ihrem strahlenden, hoch erhobenen Gesicht ließen in ihm plötzlich und unsinnigerweise die Gewißheit reifen, daß nichts, nicht einmal die Wahrheit, diesem fremden Wunder in ihm etwas anhaben könnte. »Aber das war ich ja immer, nicht wahr? Bei dir. Nur bei dir.« Sie ging schemenhaft zum Ankleideraum, ihre Finger nestelten an ihrem Gürtel. »Immerhin, ohne Rücksicht auf alles andere, ich finde es wirklich bemerkenswert, nicht wahr? So zu fühlen – nach elf Jahren.«
Da waren sie schon wieder: die elf Jahre.
Schweigend wandte er sich ab, deutlich und fast schmerzhaft ihrer Bewegungen in dem Alkoven bewußt: er trat auf den Gang hinaus.
Elf Jahre. *Glocke, Buch und Kerze.*
Er ging den Korridor entlang bis zur Treppe. Wenn überhaupt, dann war das Geheimnis undurchdringlicher geworden – und er hatte sich jede Minute, die vergangen war, weiter hinein verwoben. Wie konnte der andere Charles so blind, ein solcher Narr gewesen sein? Vor der Tür zu Miss Catherines Zimmer roch er den feinen Duft von Lavendel oder Moschus, oder bildete es sich ein. Die einsame, alte Frau: *Wer ist im Krankenhaus, Charles? Ein Mädchen im Krankenhaus?* Hinter der anderen, verschlossenen Tür stellte er sich die bleiche, hilflose Gestalt von Austin Parsons vor. Brutal oder sanft? Und wie lange schon war der arme Mann diesem feixenden Krankenwärter namens Montgomery auf Gnade und Barmherzigkeit ausgeliefert? Und als er fast am Treppenabsatz war, konnte er Eugenes Fernsehempfänger hören: die unecht heitere Stimme eines Ansagers im Werbefernsehen. Sein Sohn? Sein eigener Sohn? Warum war er da drinnen allein? Charles' Gefühl des Verlassenseins verschwand.
Widerspruchsgeist und heiteres Selbstvertrauen erfüllten ihn. War es möglich, daß ihm – Charles Bancrofts anderem Ich, oder Geist, aber erlöst von Charles Bancrofts selbstsüchtigen Sorgen, was immer sie waren – dieser Unfall die Fähigkeit verliehen hatte, zu erkennen, was der andere Charles übersehen hatte, und zu vollbringen, was

der andere Charles nicht fertiggebracht hatte? Was, zum Beispiel? Er hätte es nicht sagen können.
Aber das Selbstvertrauen verließ ihn nicht, als er die fremde Treppe hinabstieg –; dann blieb er langsam stehen, als er eine hohe, männliche Stimme hörte, die er sofort wiedererkannte.
»Schau, schau. Der verlorene Sohn kehrt heim. Hast du dich entschlossen, deine Strafe wie ein Mann auf dich zu nehmen, Charles?«
Der hochgewachsene, magere Mann, der ihn aus belustigten, blitzenden grauen Augen von der Eingangshalle aus anblickte, stand in scharfem Gegensatz zu dem Bild, das sich Charles nach dem Telephongespräch von ihm ausgemalt hatte. Alexandrias Bruder wirkte weder wie ein Spatz noch säuerlich.
»Guten Abend, Houghton«, hörte Charles sich sagen.
Der belustigte Spott verwandelte sich blitzartig in blasse, graue Bösartigkeit. »Du Lump«, sagte Houghton, wandte sich ab und schritt aus der Halle.

3

Cocktails vor dem Abendessen im Wohnzimmer schienen ein Familienritual zu sein. Houghton, in der Rolle des Gastgebers, schenkte ein. Sogar Miss Catherine nippte an einem blassen Sherry mit einem Ausdruck schuldbewußten Behagens in ihren violetten Augen. Alexandria, in einem besonders frappierenden, langen Abendkleid, dessen fließende Linien ihre Weiblichkeit anmutig betonten, schien jetzt entspannt und recht heiter.
»Wenn ich zuschaue, wie Houghton einen Martini mixt«, sagte sie, ohne sich einem einzelnen in der Runde zuzuwenden, »glaube ich immer, er will ihn der Farbe der Wände anpassen. Vielleicht will er auch nur den Wermut sparen.«
»Zuviel Wermut verdirbt den guten Gin«, sagte Houghton und gab Charles ein Glas. »Wenn dir zu wenig Scotch drin ist, dann melde dich, alter Junge. Brauchst dich nicht zu genieren. Bist ja unter Freunden.«
War er das? Trotz der heiteren Atmosphäre war er geneigt, daran zu zweifeln. Hatte er tatsächlich hier mit ihnen zusammengesessen, einen Abend nach dem anderen, Jahr um Jahr? Elf Jahre? Unmöglich. Die abgeschirmten Lampen schimmerten warm vor dem dunklen Hintergrund der Terrassentüren, und das Stimmengemurmel war angenehm, sogar beruhigend, in seinem Auf und Ab.
Und nach einer Weile hatte Charles den Eindruck, er hätte sich das alles nur vorgestellt oder eingebildet, statt daran teilgenommen zu haben, er hätte es sich schon als Kind ausgemalt und herbeigesehnt. Er versuchte, diesen Hauch eines Eindrucks festzuhalten, aber er entzog sich ihm, wie die anderen, ungreifbar, unwirklich.

Houghton sagte gerade, er habe auf der Heimfahrt von der Fabrik in seinem Autoradio gehört, daß es in Boston fast den ganzen Tag geregnet habe, zu dumm, daß Charles nicht so vorsichtig war, seinen Regenmantel mitzunehmen.
»Oh, es war ein übereilter Aufbruch«, sagte Alexandria. »Er hat nicht einmal einen Koffer mitgenommen.« Und dabei blinzelte sie Charles über den Rand ihres Glases zu.
Dann sprach Houghton von einem Artikel, den er in irgendeiner illustrierten Zeitschrift gelesen hatte, über das allgemeine Bedürfnis der heutigen Gesellschaft nach Verwurzeltsein, und fragte Charles, ob er ein solches Bedürfnis wirklich für allgemein zutreffend halte. Houghton selbst habe nie ein solches Bedürfnis verspürt, er wüßte nicht, worauf der Autor eigentlich hinauswollte, aber vielleicht sei seine eigene Situation auch ungewöhnlich. Oh, er wisse wohl, daß alle in diesem Land ihre ursprünglichen Wurzeln auf das Gebiet um Boston herum zurückführten. Jedenfalls habe die ganze amerikanische Idee doch wohl hier ihren Anfang genommen, nicht wahr?
»Houghton«, sagte Alexandria, »scheint heute abend von Boston besessen zu sein, nicht wahr?«
Miss Catherine nickte vorlaut. »Concord vielleicht noch mehr als Boston. Oder wurde der erste Schuß in Lexington abgefeuert? Aber Houghton, man sollte Philadelphia dabei nicht vergessen. Die Revolution war schließlich nicht ein einziger Kampf. Die Ideen dahinter –«
»Ja, natürlich, Tante Catherine, entschuldige«, sagte Houghton, »aber war es nicht der Schuß in Lexington, von dem gesagt wurde, die ganze Welt hätte ihn gehört? Oder denke ich vielleicht an den Mord in Sarajewo?«
»Bitte sprechen wir nicht von *dem* Krieg«, sagte Tante Catherine flehend. »Wenn jemand diesen *entsetzlichen* Krieg erwähnt, erinnert es mich immer an Vetter Newcomb. Du entsinnst dich doch noch an Vetter Newcomb, Houghton?«
Houghton seufzte tief, mit einem mild-nachsichtigen Lächeln. »Nur von Photographien, Tante Catherine. Du verwechselst es schon wieder. Vetter Newcomb ist zehn Jahre vor meiner Geburt gefallen.«
»Ach richtig, man verwechselt die Dinge so leicht, besonders die Zeit. Aber es liegt auch daran, daß du aus irgendeinem Grund älter wirkst, als du bist, Houghton.«
Houghton seufzte gequält auf, sank noch tiefer in die Polster des Sofas, warf einen hilfesuchenden Blick zur Decke hinauf.
Während Charles zuhörte, fragte er sich, ob sich der andere Charles jemals in diese müßigen, abschweifenden Familiengespräche eingemischt hatte, oder ob er sich Abend für Abend aus diesem Kreis deutlich ausgeschlossen gefühlt hatte. Charles versuchte, desinteressiert zu wirken, aber er spürte, wie er sich mehr und mehr auf

Houghton konzentrierte. Es stimmte, daß er älter wirkte, als er wahrscheinlich war. Er hatte nichts von der Lebhaftigkeit seiner Schwester: sein Haar war sandfarben und dünn, und sein hochgewachsener, hagerer Körper bewegte sich mit einer fast trägen Langsamkeit. Außer während des einen Augenblicks von ein paar Minuten draußen in der Diele, wirkte er angenehm, freundlich und gelassen. Er betrachtete Charles – und die Welt im allgemeinen – aus blaßgrauen Augen unter sandfarbenen Brauen, ein ziemlich spärlicher, heller Schnurrbart verlieh seinem Mund eine Breite, die er nicht besaß.

»Na, Charles«, sagte er nun, »du scheinst heute abend ziemlich kleinlaut.« Er goß sich noch einen Martini ein. »Müssen dich öfters auf eine Geschäftsreise schicken, wenn die Wirkung so ist. Spart eine Menge Alkohol.«

»Du, Houghton«, sagte Alexandria ruhig, »scheinst dagegen ganz wie sonst zu sein – was nicht unbedingt ein Vorteil ist.«

»Aber, aber«, beschwichtigte Tante Catherine sanftmütig aus ihrer Ecke, »aber Kinder, keine Kabbelei, bitte.«

Der Alkohol schien auf Charles keinerlei Wirkung zu haben. Falls überhaupt, vermehrte er allenfalls sein Gefühl von Abgespanntheit und Gleichgültigkeit. Obwohl er sich vorgenommen hatte, wachsam zu bleiben, spürte er nun doch die Anstrengungen des Tages. Ihre Stimmen, sanft und leise, wiegten ihn ein. Oh, die Versuche Houghtons, den anderen Charles zu quälen, zu tun, als gehöre er nicht hierher, wurden ihm entfernt bewußt, aber es war ihm eine Genugtuung, daß er Houghton deswegen nicht grollte. Hinter Houghtons Unfreundlichkeiten lag etwas Rührendes – Schwäche und Unfertigkeit. Er fragte sich, ob der andere Charles es auch so empfunden hatte.

Dann fuhr er auf, als er seinen Namen hörte – oder den Namen von Charles, den er innerlich noch immer nicht als den seinen akzeptierte. Er stellte mit einem schnellen Blick in die Runde fest, daß er dem unzusammenhängenden Fluß der Unterhaltung nicht mehr gefolgt war. Alexandria stellte gerade ihr Glas mit einem Ruck auf die gläserne Tischplatte, sah ihn mit einem fragenden Stirnrunzeln an, und Tante Catherine sagte gerade: »Houghton, wenn das ein Witz sein soll, dann muß ich für mich sagen, daß mir dein Sinn für Humor mißfällt.«

Houghton selbst wirkte zufrieden, erfreut, als er sich mit einem verhaltenen Lächeln zurücklehnte.

»Houghton«, sagte Alexandria, und ihre Stimme klang leise und gleichmäßig, »hat in seinem Leben noch nie einen Sinn für Humor gehabt.« Sie schaute Charles auffordernd an. »So ist es doch, Charles?«

Aber Charles hatte nicht gehört, womit Houghton diese Spannung provoziert hatte.

Houghton hingegen sprach in die erwartungsvolle Stille hinein. »Oh, Charles hat etwas dagegen. Aber er kann nichts dagegen tun, weil er persönlich keinen Aktienanteil besitzt. Aber er ist dagegen. Schon aus Prinzip, wie er, glaube ich, sagte. Es braut sich schon seit sechs Wochen zusammen, aber jetzt haben wir ein offizielles Angebot. Und ein sehr großzügiges. Morgen wird der Aufsichtsrat die Empfehlung aussprechen, daß wir verkaufen. So einfach ist das alles, Alexandria – wobei die Empfehlung des Aufsichtsrates nur eine reine Formalität ist.«
Alexandria sah ihren Bruder nun forschend an: »Wir?« fragte sie.
Houghton zuckte mit den Achseln. »Diejenigen unter uns, die klug genug sind, die Gelegenheit dieses sehr attraktiven Angebots wahrzunehmen.«
»Soll das heißen« – und Tante Catherines zerbrechliche Stimme klang vor ungläubigem Erschrecken noch leiser –, »soll das etwa heißen, du willst das Geschäft deines Vaters, das Geschäft deines Großvaters, in fremde Hände übergehen lassen, Houghton?«
Charles fielen die Worte von Adele Barachois in New York ein: *Woher kommt dieses plötzliche Interesse an Parsons Company-Aktien?* Ob darin wohl der Grund lag, warum der andere Charles nach New York gefahren war? Aber Adele Barachois hatte eine weitere Andeutung gemacht: *Versuchen sie etwa, den Parsons die Fabrik wegzunehmen?*
Er sah, wie sich Alexandrias Verwunderung in Angst verwandelte – dann in eine Anklage, als sie sich ihm zuwandte: »Sechs Wochen? Seit sechs Wochen weißt du schon davon und du hast mir nichts gesagt?«
Houghton lachte. »Das war mein Geburtstagsgeschenk für dich, Charles, nicht wahr?«
»Warum hast du nicht einmal mir etwas gesagt, Charles?«
»Ach, beruhige dich, liebe Schwester«, sagte Houghton. »Jedem das Seine. Charles hat alle möglichen phantastischen Luftschlösser gebaut, in der Hoffnung, damit meinen Verkauf zu verhindern. Undurchführbare Pläne. Eine vollkommene Reorganisation, Veränderungen, Ausweitung auf andere Fabrikationsgebiete, sogar Elektronik! Nicht, daß der Aufsichtsrat ihn ernst genommen hätte. Noch einen Drink, alter Junge? Du siehst aus, als könntest du einen brauchen.«
Als er den Kopf schüttelte, betrachtete Alexandria ihn mit verändertem Ausdruck, wenn auch noch der gleichen Entschlossenheit. »Wirst du ihnen das durchgehen lassen, Charles?« fragte sie in einem sanfteren Ton.
»Durchgehen lassen?« wiederholte Houghton. »Ich sagte dir doch: Charles kann gar nichts tun!«
»Charles mag keine Aktien besitzen, Houghton«, entgegnete Alexan-

dria, »aber ich habe welche. Und ich kann dir gleich sagen, daß ich niemals verkaufen werde.«
»Oh, vielleicht tust du es doch, Alexandria. Ich glaube, du wirst es doch tun – wenn dir erst klargeworden ist, daß du durch den Verkauf um eine stattliche Summe reicher wirst.« Er beugte sich vor und goß ihr hochstieliges Glas nach. »Und daß eine Weigerung für dich einen Verlust bedeuten würde.« Er reichte ihr das Glas. »Und wenn dir das erst einmal klargeworden ist, und das wird es sicherlich, dann hast du keine andere Wahl.«
Während er zuhörte und beobachtete, kam Charles zu der Überzeugung, daß Houghton das Ganze ausgesprochen Spaß machte: wahrscheinlich hatte er seit sechs Wochen auf diesen Augenblick gewartet und wollte ihn jetzt bis zum äußersten auskosten. Charles' wachsendes Unbehagen wurde zu bitterer Verachtung. Gleichgültig, ob der andere Charles ein eigennützig falsches und skrupelloses Spiel getrieben hatte, es wurde ihm klar, daß er Mittel und Wege finden mußte, um Houghton entgegenzutreten, auch wenn er das eigene Unvermögen lähmend spürte. Wie konnte er von sich erwarten, wo er die Lage nicht kannte, Houghtons Absichten einen Riegel vorzuschieben, wenn es dem anderen Charles, im Besitz aller Informationen, nicht gelungen war?
»Weißt du«, sagte Houghton nun, »ich verlasse mich dabei auf Charles, der – was immer er sonst sein mag – kein Narr ist, wenn es sich um geschäftliche Belange dreht. Ich verlasse mich darauf, daß Charles dich überzeugen wird, Alexandria.« Er lächelte zu Charles hinüber. »Wenn es darauf ankommt, dann weiß Charles sehr wohl den Rahm abzuschöpfen, wie man so sagt.«
Alexandria setzte ihr Glas ab, ohne einen Schluck getrunken zu haben. »Niemand kann mich überzeugen«, sagte sie. »Ich verkaufe nicht, und damit basta.«
Houghton zuckte mit den Achseln. »Nun, darüber läßt sich streiten, wirklich. Ich hatte von dir natürlich eine gewisse Ablehnung erwartet. Du warst bei Geschäftsfragen schon immer entsetzlich sentimental – es war ja auch nie deine Verantwortung, die Firma weiterzuführen. Aber wir können die Sache auch ohne deinen Aktienanteil durchziehen, mein gutes Kind.«
Alexandria schaute wieder Charles an, forschend und mit einer verzweifelten Nachdenklichkeit, mit der flehenden Bitte, er möge diese Auffassung widerlegen. Er hatte keine Ahnung, ob das stimmte, was Houghton behauptete, aber ein Unterton in Houghtons Selbstvertrauen, die Tatsache, daß er wiederholt darauf bestand, Alexandrias Anteil nicht zu benötigen, machten Charles mißtrauisch. Er warf Tante Catherine einen Seitenblick zu.
Dann sagte er, unter Alexandrias anspornendem Blick: »Du brauchst jeden Anteil, den du in die Finger bekommen kannst, Houghton, und das weißt du auch. Wenn sich genügend Mitbesitzer weigern,

deinem Plan zu folgen –« Mit einem Achselzucken ließ Charles, unschlüssig, ob seine Vermutung zutraf, die Andeutung in der Luft hängen.
Houghtons Ausdruck bekam eine neue Härte: er starrte Charles nun streng an, mit abschätzenden Blicken, die Lippen unter dem sandfarbenen Schnurrbart zu einem Strich verkniffen.
Aber bevor er antworten konnte, erhob Tante Catherine ihre Stimme, was Charles gehofft hatte: »In meinem ganzen Leben bin ich noch nicht so schockiert worden. Aber, Houghton, die Parsons-Hutfabrik hat es schon immer gegeben.«
Ohne Charles aus den Augen zu lassen, sagte Houghton munter: »Es wird sie auch noch weiterhin geben, Tante Catherine. Nur wird sie nicht mehr in unserem Besitz sein.«
»Sie wird dir gehören, Tante Catherine«, sagte Charles darauf, »solange du nicht verkaufst.«
»Eine sehr tiefgründige Bemerkung, Charles«, meinte Houghton mit einem dünnen Lächeln.
»Grundlegend, wäre das richtige Wort«, sagte Alexandria. »Tante Catherine weiß genau, was Charles meint.«
»Ich weiß«, sagte sie. »Houghton, ich habe nicht die Absicht, meine Aktien zu verkaufen, unter gar keinen Umständen.«
Houghtons Lächeln erstarrte für einen flüchtigen Augenblick. Dann wandte er sich wieder an Charles. »Das ist also das Spiel, das du jetzt treiben willst, nicht wahr?«
Ein Triumphgefühl überschwemmte Charles. Er hatte keine Ahnung, wieviele Anteile sich in Tante Catherines Besitz befanden, aber es war jetzt offensichtlich, daß Houghton sie brauchte.
»So«, sagte Tante Catherine mit Nachdruck, »ich will jetzt nichts mehr über Geschäfte hören.«
»Wenn das deine Meinung ist«, erklärte Houghton ihr – und diesmal war seine Stimme rauh vor mühsam unterdrückter Gefühlsaufwallung – »dann ist das sehr unklug.«
Tante Catherine erhob sich. »Gut. Aber dann bin ich eben eine sehr unkluge, alte Frau. Das ist für niemanden etwas Neues.«
»Du hast keine Ahnung vom Geschäftlichen.«
»Houghton.«
»Und dann wirst du auf einmal eine sehr arme Frau sein.«
»Houghton, ich kann heute abend wirklich keine weiteren Aufregungen ertragen.« Sie hob ihr mageres Kinn, und ihre ausdrucksvollen Augen überschatteten sich. »Soll das etwa eine Drohung sein?«
Houghton überlegte einen Moment, das eingefrorene Lächeln dementierte sein erschrockenes Leugnen: »Du weißt doch, daß ich dir niemals drohen würde, Tante Catherine. Du weißt doch, wir haben dich alle viel zu gern, um dir zu drohen. Deshalb würde ich es so bedauerlich finden, vielleicht auch Charles, wenn du

dich auf einen Standpunkt stelltest, der deinen eigenen Interessen entgegensteht.«

»Es ist direkt schade«, entgegnete sie daraufhin, »daß du nicht all diese Energie und Geschicklichkeit darauf verwendet hast, geschäftliche Erfolge zu erringen, Houghton. Statt hinter unserem Rücken zu versuchen, das Ganze zu verkaufen.«

»Ach, du meine Güte«, sagte Houghton und stand auf. »Ich werde mit dir nicht streiten. Ich hätte mir gleich denken können, wie ihr beide die Sache auffaßt. Jeder weiß, daß mit Hüten kein Geschäft mehr zu machen ist. In ganz Neuengland – na, es gibt gerade noch zwei oder drei Firmen bei Danbury unten!«

Logan erschien auf der Schwelle. »Das Abendessen ist angerichtet«, sagte er und zog sich zurück.

»Ich entsinne mich noch an die Zeiten«, sagte Tante Catherine, als sie langsam zur Diele hinging, »wo über solche Angelegenheiten, Geschäftsfragen, nie, absolut nie im Wohnzimmer debattiert wurde – überhaupt nicht zu Hause. Austin sah sehr darauf, in aller Ruhe und Wohlerzogenheit. Er sagte immer, es gibt Zeiten für angenehme Dinge und Zeiten für unangenehme Dinge; wenn man die beiden mischt, macht man sie bloß beide unangenehm.«

Alexandria hatte sich auch erhoben. »Ich glaube auch nicht eine Sekunde, daß du ihm das Ganze durchgehen läßt, Charles.« Der vertraute Duft stieg ihm in die Nase, delikat, eigentlich nur der Hauch eines Duftes. Sie wartete seine Antwort nicht ab, ging in die Diele – und ließ ihn mit dem deutlichen Eindruck zurück, deutlicher als je zuvor, daß diese Sekunde, in diesem Augenblick alles völlig klar werden würde. Er erkannte den Duft nun, wußte sogar seinen Namen: Muguet. Er sah sogar im Geist die zierlichen, weißen Blütenkelche. Sie wuchsen einst auch vor dem Haus in der Euklidstraße, an der Nordseite –

»Du Lump«, drang Houghtons Stimme an sein Ohr – und der Augenblick war vorüber.

Charles wandte sich ihm zu, verärgert. Aber als er antwortete, geschah es in einem leichten, hänselnden Ton: »Wenn du mich weiter so nennst, glaube ich es bald selbst.«

»Du kannst dich auf mein Wort verlassen«, sagte Houghton verbissen. »Und deine Witze kannst du dir auch sparen. Meinst du, ich hätte nicht gemerkt, wie du Tante Catherine künstlich beeinflußt hast? Na gut, aber es wird nichts nützen.« Houghton sah abgespannt und eingefallen aus, seine hellen Augen hatten einen zurückweisenden, und, wie Charles zum ersten Mal auffiel, gefährlichen Ausdruck. »Ich kann wirklich nicht verstehen, warum du gegen diese Sache kämpfst. Wenn Alexandria einmal verkauft hat, dann brauchst du dich nicht einmal mehr zu verstellen. Dann brauchst du nicht mehr jeden Tag in die Fabrik zu gehen. Du kannst Golf spielen, trinken, herumkajolen in deinem Wagen – nein, in dem nicht mehr

– na, aber du kannst alles sonst machen, was du in dem vergangenen Jahr gemacht hast. Und das ohne schlechtes Gewissen.« Seine mageren Schultern steif hochziehend, folgte Houghton den anderen. »Nicht daß du jemals nennenswert in Gewissenskonflikten gewesen wärst, alter Junge, oder?« In der Diele hob er seine Stimme etwas. »Oder hast du etwa Angst, daß du woanders keine Stellung findest? Dann könntest du dich ja von Alexandria scheiden lassen und in eine andere Branche einheiraten.«
Charles spürte wohl, wie die Spitzen auf ihn eindrangen, aber der Schmerz war nicht der, den der andere Charles empfunden hätte. Es war wieder, als spiele er eine Rolle in einem Stück und sitze gleichzeitig im Zuschauerraum, unfähig, die vorgeschriebenen Dialogtexte zu ändern, die, nachdem sie einmal feststanden und geprobt worden waren, die Gestalten des Stücks unweigerlich ihrem Schicksal zuführten. Er ging durch die Diele zum Eßzimmer und beobachtete dabei sich selbst aus der Entfernung, objektiv, aber gleichzeitig erwartungsfreudig und voller Spannung. Alexandrias Blässe war gewichen, und auf ihren hohen Backenknochen zeichneten sich zwei rote Flecke ab. Houghton saß an der Spitze des Tisches, eingerahmt von zwei hohen Fenstern, und hatte seine träge Haltung wiedergewonnen. Mit einer leicht gelangweilten Stimme bat er Tante Catherine, das Tischgebet zu sprechen – »nachdem Charles es für richtig gefunden hat, sich wieder zu uns zu gesellen« – und bevor Tante Catherine anhub, wartete sie, bis Charles seinen Platz gegenüber Alexandria eingenommen hatte.
Alsdann nahm Houghton den schweren Silberlöffel auf und probierte seine Suppe. Seine sandfarbenen Brauen hoben sich anerkennend, und er tupfte seine Lippen mit der Serviette ab, bevor er sagte: »Logan, sagen Sie Hannah, sie hätte sich heute selbst übertroffen.«
Logan versicherte ihm, bevor er sich zurückzog, daß er Hannah das Lob ausrichten würde, und sie aßen einige Augenblicke schweigend unter dem glitzernden, tiefhängenden Lüster, der über der langen Tafel schwebte.
»Es wird nicht mehr lange dauern«, sagte Houghton, »dann werden wir im Kamin Feuer anmachen müssen. Es ist kaum zu glauben, daß der Winter bereits vor der Tür steht, nicht wahr?«
Charles schaute zum Kamin, der ihm gegenüber hinter Alexandria lag: er konnte sich die flackernden und zischenden Flammen darin gut vorstellen, während die Familie hier speiste, Mahlzeit für Mahlzeit, ein Jahr ums andere. Und doch hatte er nicht das Gefühl, dazuzugehören. Er sah, wie Logan zurückkam und die Suppenteller abservierte, seine Haltung war so steif, daß es fast wehtat, und als der alte Mann den Teller aufhob, auf dem der Suppenteller gestanden hatte, sah Charles die roten Linien zwischen den Falten, sah, daß Logans Hand leicht zitterte, vor Schmerz oder Altersschwäche, oder

beidem. Er fragte sich, wie lange der alte Mann schon der Familie diente – und was er von ihr hielt. Sein Gesichtsausdruck blieb immer unergründlich.

Es war Houghton, der die Stille durchbrach. »Tante Catherine, Charles und ich wollen uns bei dir entschuldigen, daß wir vor dem Essen über das Geschäft gesprochen haben.« Charles war überrascht, mit einbezogen zu sein. »Es war ziemlich geschmacklos. Vater hätte das Gespräch sofort abgebrochen.«

»Entschuldigung akzeptiert«, sagte Tante Catherine mit echter Neuengland-Knappheit.

Aber Houghton fuhr fort: »Du hättest von Alexandria und mir wirklich etwas anderes erwarten können.«

Charles hörte die Unterscheidung wohl, fing Alexandrias merkwürdig berührten Seitenblick auf – und fragte sich, wie wohl der andere Charles auf diese unvermittelten, fast unmerklichen Spitzen von Houghtons scharfer Zunge reagiert haben mochte.

»Ich könnte mir allerdings vorstellen«, fuhr Houghton fort, als Logan einen Rostbraten vor ihn auf den Tisch stellte, »daß alles und jedes am Abendessentisch, oder sonstwo, bei den Leuten unten in der Stadt besprochen wird.«

»Houghton –« sagte Alex.

»Ja, Alexandria?« meinte Houghton höflich.

»Sei so lieb – und hör auf.«

Houghton begann, den Braten aufzuschneiden. »Habe ich etwas Falsches gesagt? Tut mir leid.« Er beugte seinen schmalen Kopf zu Charles. »War nicht persönlich gemeint, alter Junge.« Er legte eine Scheibe des Bratens auf einen Teller und reichte ihn Charles, der einen Augenblick lang nicht wußte, was er damit tun sollte. »Für Tante Catherine«, sagte Houghton mit dem Anflug eines Lächelns. »Wie üblich!«

Er fuhr ohne Eile und unbekümmert fort, den Braten aufzuschneiden, und eine winzige Sekunde lang fragte sich Charles: hat er es gemerkt, weiß er es? »Ganz plötzlich heute abend ist Alexandria viel empfindlicher als du, Charles. Für eingebildete Geringschätzung. Scheinbare Beleidigungen. Möchtest du gern eine dicke Scheibe, Charles? Normalerweise mochtest du eine, aber du bist nicht so wie sonst heute abend. Etwas Unrechtes getrunken vielleicht? Man sagt, der Shepperton-Fluß sei von den oberhalb liegenden Fabriken schrecklich verseucht.«

»Eine dicke Scheibe, bitte«, sagte Charles und wunderte sich über die kalte Wut, die ihn innerlich schüttelte. Ihm fielen Houghtons Worte wieder ein: *Wir haben uns gestern abend sogar überlegt, ob wir nicht den Fluß nach deiner Leiche absuchen sollten!*

»Schade, daß es nicht Kalbsbraten ist. Bitte um Vergebung«, sagte Houghton. »Weißt du, du bist zu spät gekommen, sonst hätte ich noch ein gemästetes Kalb bestellt.« Er reichte einen Teller weiter.

Alex legte ihr Messer mit einem betont scharfen Klicken auf den Teller. Aber es war Tante Catherine, die eingriff: »Houghton, wenn du unbedingt weiterhin so ein ungehobeltes –«
»Was habe ich denn gesagt?« fragte Houghton unschuldig.
»Wenn«, wiederholte Tante Catherine mit Nachdruck, »du unbedingt weiterhin ein so ungehobeltes Benehmen an den Tag legen willst, möchte ich dich nur daran erinnern, daß Clark Sanford nicht zulassen wird, daß die Parsons Company verkauft wird.«
»Aber, Tante Catherine, aber, aber – Geschäfte bei Tisch?«
»Ich kenne Clark Sanford. Wir sind – zusammen aufgewachsen. Ich *weiß*, daß er es nicht zulassen würde.«
»Zulassen? Mr. Sanford mag Aufsichtsratsvorsitzender sein –«
»Ja. Zulassen. Niemals –«
». . . aber er kann den Aktionären keine Vorschriften machen.«
»Clark würde niemals –«
»Mr. Sanford ist ein reicher Mann –«
». . . niemals das zulassen!«
»– und ein gerissener.«
»Ein Mann seiner Integrität –«
»Mr. Sanford, Tante Catherine, ist von ganzem Herzen dafür.«
Daraufhin war es still, während Houghton ruhig weiteraß. Charles vergewisserte sich, daß er den Namen richtig registriert hatte: Clark Sanford, Aufsichtsratsvorsitzender.
Schließlich sagte Tante Catherine mit niedergeschlagenen Augen leise: »Ich glaube es dir nicht, Houghton.«
Houghton blickte nicht auf. »Wie du willst, Tante Catherine.«
Da schob Tante Catherine ihren Stuhl zurück und stand auf. Ihre violetten Augen blickten erstaunt und verletzt drein, als sie die Gesichter überflogen. »Houghton, ich kann nicht mit dir an einem Tisch sitzen bleiben.« Houghton legte seine Serviette beiseite und schob den Stuhl zurück. »Nein, nein«, sagte Tante Catherine. »Mach dir nicht mehr die Mühe, jetzt höflich zu sein. Es ist zu spät, Houghton. Jahrhunderte zu spät.«
Und sie verließ eilig den Raum. Nach einer kurzen Weile nahm Houghton seine Serviette wieder auf und schnitt sich ein Stückchen Fleisch auf seinem Teller ab.
Nun sprach Alexandria ihn an: »Und was ist mit Vater?«
»Vater?« fragte er.
»Glaubst du, daß Vater zustimmen würde, wenn er es wüßte?«
Houghton zuckte mit den Achseln. »Vater war immer ein sehr vernünftiger Geschäftsmann.«
»Ja, das war er. Er hielt die Fabrik in Betrieb, als andere geschlossen wurden. Mit Charles' Hilfe, natürlich.«
»*Charles'* Hilfe?« Zum ersten Mal zeigten sich in Houghtons nasaler Stimme seine nervösen Bemühungen um Selbstkontrolle, spiegelten sich in seinen plötzlich aufflammenden Augen.

»Ja. Solange Vater die Zügel in der Hand hielt, war nicht die Rede von Schließen *oder Verkaufen*. Es ging erst im vergangenen Jahr abwärts – seit Vaters Schlaganfall.«
Houghton gewann sichtbar seine Beherrschung wieder. »Seit Charles nicht mehr seinen Willen durchsetzen konnte, das meinst du doch? Nun, wie du es nimmst, Vater hat hier nichts zu sagen, oder?«
Alexandria konnte das nicht fassen, auf jeden Fall nicht glauben, was sie da hörte; ihre Brauen waren zusammengezogen, ihre blauen Augen glitzerten scharf wie Nadeln. »Vater gehören mehr Aktien als irgend jemand sonst, als irgend jemand! Wie kannst du nur so etwas machen, ohne ihn zu konsultieren?«
»Wie«, fragte Houghton – und es zuckte um seine Mundwinkel – »wie hast du vor, Vater zu befragen?«
»Du *weißt*, was seine Einstellung ist.«
»Ich weiß gar nichts«, sagte er kurz angebunden. »Ehrlich genommen, ich weiß nicht einmal, ob der alte Junge überhaupt eine Einstellung hat.«
»Wenn er könnte, wie er wollte, würde Vater dich das nie tun lassen!«
»Ich bin inzwischen ein großer Junge, Alexandria. Man braucht mich nicht mehr zu *lassen*. Ich tue, was ich für richtig halte. Es ist nun einmal so, daß Vater nicht in der Lage ist, die Fabrik zu leiten, und daß er nicht in der Lage ist, mich an irgend etwas zu hindern. Er steht außerhalb, vollkommen. Stimmt das etwa nicht, Alexandria?« Und als sie nicht gleich antwortete, vor Unglauben blinzelte, wiederholte er: »Stimmt das etwa nicht, Alexandria?«
Wahr oder nicht, die Worte standen brutal klirrend in der Luft. Alexandrias Augen, überschattet, suchten Charles' Blick, schwankten, schlossen sich schließlich. Ihre Knöchel schimmerten so weiß wie das Tischtuch, ihr Essen war unberührt. Irgendwo in der Ferne klingelte ein Telephon. Und Charles sah, wie Houghton an seinem letzten Bissen Fleisch kaute, und fühlte eine bittere, kameradschaftliche Verbundenheit mit dem anderen Charles: wie hatte er vermocht, Houghton in diesen ganzen elf Jahren auszuhalten? Houghton fing seinen Blick auf, lächelte wieder, ganz sanft, ohne Heiterkeit, aber spöttisch und triumphierend. Und in diesem Moment fragte sich Charles mit geballten Fäusten, wie lange es wohl dauern würde, bis er Houghton prügelte. Jeder Nerv schrie nach dem Ausbruch, und der Impuls brachte sein Blut wie ein Fieber zum Kochen. Das Telephon klingelte wieder, man hörte eine gedämpfte Stimme, dann Schritte.
»Telephon, Mr. Parsons«, sagte Logan. »Es ist Mr. Conway, Sir.«
Houghton nickte und erhob sich, warf seine Serviette auf den Tisch. »Entschuldigt mich«, sagte er und schlenderte vom Tisch. Conway

– Charles versuchte, den Namen unterzubringen. Er besagte ihm aber nichts.
Alexandria hielt noch immer den Kopf gesenkt. Er wollte gerade aufstehen und zu ihr hingehen, als er sah, wie sich ihre Hand ihm über den Tisch entgegenstreckte. Als sie den Kopf hob, standen Tränen in ihren Augen. Erschreckt und angeekelt spürte er, wie seine Verachtung für Houghton sich unweigerlich in Wut steigerte. Er reichte ihr die Hand. Als sie sich berührten, schlossen sich ihre Finger fest und sanft zugleich um seine Hand mit zunehmend heftigem Druck.
»Kannst du ihn abhalten?« fragte sie.
Charles antwortete freimütig: »Ich bin nicht sicher.«
Die Antwort mißfiel Alexandria. Sie entzog ihm hastig ihre Hand. »Ich bin auch nicht sicher!« Ihr Ton war entschieden, ohne jede Weichheit; sie erhob sich. »Es gab eine Zeit, da hätte ich volles Vertrauen gehabt. Aber seit Vater krank ist –« Sie brach ab und ging um den Tisch herum. »Was ist los, Charles? Du weißt, wie sehr Vater sich auf dich verlassen hat. Aber im vergangenen Jahr, seit Vater ... so, wie er jetzt ist –« Sie unterbrach sich und betrachtete ihn mit plötzlich kalten Augen. »Was ist mit dir geschehen, Charles? Ist dir alles gleichgültig geworden?«
Dann war ihre Stimmung plötzlich, ehe ihm eine Antwort einfiel – was *konnte* er schon sagen? –, wieder verwandelt, sie besänftigte sich. Da stand sie hinter Tante Catherines Stuhl, den Kopf zur Seite geneigt, mit hängenden Schultern. »Da siehst du es, ich keife, Charles. Ich keife und keife – und es ist mir so zuwider!«
Houghton kam zur Dielentür. Sein Lächeln war verschwunden, sein Kinn wirkte entschlossen, der Blick fest. »Es war Lawrence. Er ist schon auf dem Weg.« Sogar seine Stimme klang anders: gelassen und vibrierend. »Könnte ich dich in der Bibliothek sprechen, Charles? Allein.«
Alexandria sagte: »Vielen Dank, Houghton. Aber nachdem du das Abendessen für alle, außer dir selbst, verdorben hast, werde ich meinen Kaffee oben bei Eugene und den Cowboys trinken. Ich wollte nur, du würdest dich nicht immer wie ein schlechter Schauspieler benehmen, der gerade erfahren hat, daß sein Lieblingshund Lassie operiert werden muß.«
Houghton zögerte eine Sekunde, dann sagte er: »Vielleicht kommt dir morgen früh nicht mehr alles so verdammt komisch vor.« Er stelzte fort.
Alexandria stieß ein Lachen aus, das nach verbittertem Vergnügen und überwältigendem Ekel klang. »Mein Gott, es ist kein Wunder, wenn du uns alle verachtest, Charles.«
Er wollte protestieren, als sie zu ihm hinging. Aber er sagte kein Wort: woher wollte er wissen, ob der andere Charles sie nicht wirklich alle verachtete? Sie war nahe bei ihm, sehr nahe, und er spürte

wieder die nun schon beinahe gewohnte Anspannung seiner Nerven, das Gefühl von Erwartung und steigender Erregung, sinnlich und doch unbeschreiblich zärtlich.
»Ich lese noch, bis du heraufkommst, Liebling.« In ihrem Flüstern lag ein Versprechen. Dann sagte sie: »Tante Catherine wird mit Mr. Sanford in New York sprechen – ich glaube, sie ist gerade dabei. Und ohne ihre Aktien, und meine, und Vaters – die Houghton nämlich nicht kontrolliert – ich meine doch, daß wir ihm die gierigen, kleinen Hände binden können.« Sie wandte sich um und ging zu einer dekorativen Trennwand, die die Küchentür abschirmte, drehte sich noch einmal mit schelmischen Augen zu ihm um, ihre Stimme klang wieder verspielt: »Trink einen Kognak oder auch zwei, Liebling. Ich glaube, ich beginne sogar zu verstehen, warum du trinkst. Wer könnte auch Houghton aushalten, ganz nüchtern?« Sie verschwand, und er konnte hören, wie sie in der Küche Anweisungen erteilte.
Charles dachte nicht mehr an Houghton oder an das Geschäft. *Ich lese noch, bis du heraufkommst.* Widerstreitende Gefühle, Angst und Begehren: wie konnte er sich immer tiefer hineinziehen lassen? Der bizarre Aspekt der ganzen Situation verblüffte ihn aufs neue. Eigentlich sehr komisch – direkt ein Witz. Er hatte sich in seine eigene Frau verliebt. Doch wie konnte er vor der Verwandlung, die aus ihm wieder ein geschlossenes Ganzes machen würde, statt der zwei Teile, wie konnte er diese Frau, oder dieses Mädchen, das er nicht einmal kannte, liebend in die Arme nehmen? Seine Gedanken spielten ihm einen Streich: kannte er sie nicht wirklich schon seit elf Jahren? Nein, nicht er – der andere Charles. Er selbst kannte sie erst seit ein paar Stunden.
Er ging in die untere Diele. Eine andere Facette des selben, ungeheuren Witzes: wenn er elf Jahre lang in diesem Haus gewohnt hatte, wie kam es dann, daß er nicht wußte, wo die Bibliothek lag?
»Verdammt nochmal, Charles, kommst du endlich?« rief Houghtons Stimme gereizt.
Charles beschleunigte seinen Schritt, innerlich lächelnd, als er an Alex' Kommentar dachte. »Komme schon, Houghton«, sagte er und spürte, wie seine Laune besser wurde; er ging dem Klang der Stimme nach. »Komme schon, *alter Junge*!«
Houghton war allein in der Bibliothek, stand mit gespreizten Beinen vor dem Kamin, die Arme auf dem Rücken verschränkt. Charles fiel sofort Alexandrias Bemerkung wieder ein: Houghton benahm sich wirklich wie ein schlechter Schauspieler, hatte gewisse Haltungen und Gesten eingeübt, um den inneren, tiefen Ernst zu bekunden, die schwere Sorge und die Probleme, die ihn bewegten. Und er schien – ohne die Absurdität zu bemerken – diese Rolle bis zum Äußersten zu genießen.
Der Raum war mit warm gemasertem Holz getäfelt, im Gegensatz

zu den hellen Farben der Wände in den anderen Räumen des Hauses. Ein heruntergebranntes Feuer glühte im offenen Kamin, der von zwei eingebauten Regalwänden voller Bücher flankiert war. Eine lederbezogene Couch stand vor dem Kamin, mit dem Rücken zum Zimmer. Über dem Kaminsims blickte ein Porträt von Austin Parsons in den Raum – nicht das Gesicht des Mannes im oberen Stock, bleich und totengleich, sondern ein glühend warmes Gesicht mit sanften Augen, deren Ausdruck, eingefangen von der Hand eines Künstlers, sehr lebendig wirkte: anteilnehmend amüsiert, wissend und jovial zugleich, mit einem Anflug von Fröhlichkeit dahinter. Der Kontrast zwischen dem Porträt des Vaters und dem darunter stehenden, finster blickenden Sohn versetzte Charles etwas unvermittelt in gute Laune.
»Sergeant Bancroft zur Stelle, Sir«, hörte er sich sagen – und fragte sich gleichzeitig, woher diese Phrase, spöttisch und munter, stammen mochte.
»Du brauchst mich nicht daran zu erinnern, daß du ein Kriegsheld bist«, sagte Houghton. »Ich habe deine Orden gesehen.« Dann begann er, auf und ab zu schreiten. »Gieß dir einen Kognak ein, du wirst ihn nötig haben.«
»Glänzende Idee«, sagte Charles. »Und was möchtest du, Houghton? Einen Spritzer Galle, einen Tropfen Zyankali?«
»So ist es recht – immer witzig. Ich gebe nicht vor, dich zu verstehen. Habe es nie. Aber so wirkst du wenigstens wieder natürlicher als vorhin – Gott mag wissen, was über Nacht mit dir geschehen ist –, der Kognak steht wie immer drüben im Schrank.«
»Ich weiß, wo er steht«, sagte Charles. »Ich wollte dich nur deinen Satz zu Ende reden lassen.«
Houghton blieb neben dem blankpolierten Schreibtisch stehen. »Wenn du nicht immer so überschlau wärst, dann wärst du jetzt nicht in der Klemme.«
»Houghton«, sagte Charles, während er sich einen Kognak in einen Schwenker goß, das Glas fast automatisch an die Nase hob und den scharfen, würzigen Duft tief einatmete. »Houghton, diesmal kannst du dich auf *mein* Wort verlassen: in *einige* Klemmen kann man ganz ohne eigenes Dazutun geraten.«
Houghton schlug mit der flachen Hand auf den Schreibtisch. »Jetzt hör mal zu, verdammt nochmal! Die Sache wird jede Stunde ernster. Außer den inneren Verletzungen – und niemand hat bis jetzt verlauten lassen, was sie sind – hat sie Lungenentzündung bekommen. Von dem kalten Bad, das sie abbekommen hat. Sie liegt unter dem Sauerstoffzelt.« Während er noch den Duft des Kognaks süß in der Nase hatte, versuchte Charles krampfhaft, die volle Bedeutung dessen zu erfassen, was Houghton erklärte. Er sah, wie Houghton voller Genugtuung seine Brauen hob. »Das verschlägt dir die Sprache? Deshalb hat Lawrence angerufen.«

Er hörte draußen den Motor eines Autos. Scheinwerfer huschten über die hohen Fenster – erloschen.
»Lawrence muß mit dir eine Menge Dinge ins reine bringen, falls die Polizei doch noch mit Fragen anfängt.«
Nun war alles vorbei. Das Gefühl von Vitalität ebbte ab. Es war ein närrischer Versuch gewesen, wirklich – Verrücktheit, mit einem Bluff hier durchkommen zu wollen, in der Hoffnung, hier so etwas wie Sinn und Identität wiederzuerlangen. Und was hatte er dabei wirklich erreicht? Was immer an Leid und Unannehmlichkeit ihn erwartete, konnte nur noch schlimmer sein, als wenn er sich den Behörden in New York gestellt hätte. Damals hatte er Alexandria noch nicht gekannt; und dann hätte er zumindest ihren Kummer nicht mit anzusehen brauchen, wenn sie die Wahrheit erfuhr.
Von einem anderen Teil des Hauses hörte man einen Klopfer, und ein Schatten bewegte sich durch die Diele.
Houghton sprach weiter, mit einer Mischung von Geduld und Gereiztheit, als rede er mit einem widerspenstigen Kind: »Siehst du nicht ein, zum Teufel, daß jeder dir helfen will? Aber dir selbst scheint ja alles gleichgültig zu sein.«
Charles hörte eine schwere Stimme, die mit Logan in der Diele sprach, und dann erschien die Gestalt eines Mannes, nicht hochgewachsen, aber breitschultrig und mächtig, ein Mann, der mit gelassenem Selbstvertrauen in die Bibliothek kam, seinen Mantel über eine Sessellehne warf, und ihm mit einem festen Griff die Hand schüttelte, wobei er Charles aus blauen Augen, die weder freundlich noch feindlich wirkten, direkt und voll ansah.
»Gut, daß Sie da sind, Charles«, sagte Lawrence Conway. »Würde Ihnen raten, heute abend nicht viel zu trinken. Sie werden einen klaren Kopf brauchen. Hallo, Houghton.«
»Ob du es glaubst oder nicht«, sagte Houghton, »er hat nichts getrunken.«
»Danke, ich hätte gern einen Drink«, sagte Lawrence Conway dann, ließ sich auf die Couch fallen, streckte seine dicken Beine weit von sich. Er schien Mitte dreißig zu sein, trug sein rostrotes Haar kurz geschnitten. »Einen, um den Verstand zu schärfen, zwei, um ihn zu trüben – hatte mal einen Professor, der das sagte. Und dann sechs trank, was wahrscheinlich auch etwas bewies.« Er lachte grunzend, während er Houghton beim Eingießen zusah.
Lawrence tut, was er kann – wie wir alle, hatte Houghton gesagt, *aber nicht einmal ein Anwalt kann Wunder wirken, besonders wenn sein Klient aus Panik davonläuft.*
Houghton sagte kurz angebunden: »Lawrence, bringen wir's hinter uns.« Er schob dem Anwalt sein Glas in die Hand. »Das Mädchen hat Lungenentzündung. Ist das günstig oder schlecht?«
»Für das Mädchen oder für . . . Charles hier?« Conway hob das Glas. »Prost.« Er nahm einen Schluck, ließ den Brandy auf der Zunge zer-

fließen, legte ein Bein über die Armlehne und sagte: »Wer kann schon sagen, was günstig und was schlecht ist. Wasser in der Lunge. Infektion. Verwickelte technische Frage. Kann man jemals beweisen, daß sie an den Unfallfolgen starb?«
»Starb?« wiederholte Charles, und das Wort vibrierte in seinem Gehirn.
»Falsches Wort gewählt. Verzeihung.« Conway betrachtete Charles, während er die bernsteinfarbene Flüssigkeit in seinem Glas schwenkte. »Wollte nur sehen, ob Sie mit den Gedanken bei der Sache sind. Wollte außerdem sehen, ob Sie die Gefahren erkennen.« Seine Augen waren blau, mit gelben Flecken. »Ist wohl nicht anzunehmen, daß Sie nicht dort waren, natürlich. Nicht möglich, daß Sie dem Mädchen den Wagen geliehen haben –«
Es war nicht eigentlich eine Frage, mehr eine optimistische Andeutung. Charles dachte an die feuchten Kleider oben im Wäschepuff, den verwaschenen Führerschein, die ausgebleichte Photographie. »Nicht möglich«, sagte Charles.
Conway nickte. »Dabei wird eine andere Frage akut: wie ist es Ihnen beiden gelungen, aus dem Wagen zu kommen? Er war vollkommen unter Wasser.«
Die Sinnlosigkeit weiterer Lügen wurde ihm erdrückend bewußt. Wenn er andererseits einfach die Wahrheit sagte – *Ich weiß es nicht, weil ich mich an nichts entsinnen kann* –, würde ihm dieser Mann Conway glauben? Und selbst dann, würde es überhaupt etwas nützen?
»Waren Sie zu diesem Zeitpunkt blau?« fragte Lawrence Conway gedehnt.
»Zum Teufel«, sagte Houghton, »was soll diese dumme Frage? Wenn er seinen Wagen über die Klippe in den Fluß gefahren hat, dann kann er wohl nicht nüchtern gewesen sein, nicht wahr?«
Lawrence Conway wandte seinen Kopf zu Houghton. »Ich möchte gern soviel wie möglich ausfindig machen, solange wir noch Zeit haben, Houghton. Falls du nichts dagegen hast.«
Houghton machte eine heftige Bewegung mit der Hand. »Natürlich nicht, Lawrence – was geht's mich schon an?«
»Ich weiß sehr wohl, was für dich auf dem Spiel steht, Houghton. Für euch alle. Aber –« Er holte eine kleine Zigarre aus seiner Brusttasche und begann, sie auf seinem Daumennagel zurechtzustoßen. »Sind Sie deshalb von der Unfallstelle weggelaufen, Charles? Weil Sie betrunken waren? Das werden sie als erstes fragen. Fahrerflucht ist bereits ein Vergehen. Wenn Sie betrunken waren, natürlich, dann hätte Ihr Bewußtsein eine Weile aussetzen können. Andererseits –« und er steckte die Zigarre zwischen die Zähne, »wenn Sie betrunken am Steuer gesessen haben, dann könnte es noch viel schlimmer werden.« Er zündete die Zigarre mit einem Streichholz an. »Also eine Schlange, die sich in den Schwanz beißt, nicht wahr?«
Der Ausdruck erinnerte Charles wieder an den Jungen im Schlaf-

zimmer oben: was bedeutete das alles für ihn, für sein Leben? Hatte der andere Charles das nie in Betracht gezogen?

»Ich freue mich, daß dich das Ganze amüsiert, Lawrence«, sagte Houghton säuerlich.

»*Haben* Sie den Wagen gefahren?« fuhr Conway ihn an, Charles schrak zusammen.

»Ich glaube schon«, antwortete er. Die Worte »Bewußtsein eine Weile aussetzen« gingen ihm nicht aus dem Sinn. Lag darin denn eine Hoffnung? Aber was bedeutete »eine Weile«, wenn er weiterhin Gedächtnisschwund hatte? Er betrachtete Conway forschend: er war der erste, der diese Möglichkeit wenigstens in Erwägung gezogen hatte.

»Übrigens«, sagte der Anwalt beiläufig, mit freundlicherem Gesicht, »wenn Sie jemals auf die Zeugenbank kommen – was der Himmel verhüten möge –, antworten Sie nie mit einer Annahme. Selbst wenn es die Wahrheit ist, wirken Sie dann gleich weiß Gott wie schuldig.« Diese gelassene Versicherung beruhigte Charles etwas. »Eine Bewußtseinsstörung, während Sie den Unfallort verlassen haben, würde wahrscheinlich bedeuten, daß Sie zu betrunken zum Fahren waren. Das ist also eine riskante Sache.« Charles schauderte, die Beruhigung hielt nicht an. »Ich habe die Frage von allen Seiten beleuchtet. Mir sogar überlegt, ob Sie zur Polizei gehen sollen und eine Aussage machen. Wo sind Sie hinterher hingegangen?«

»Nach New York«, sagte Houghton. »Du vergeudest deine Zeit, Lawrence. Ich sagte dir schon heute mittag, daß er von New York aus angerufen hat, während du hier beim Essen warst.«

»Houghton, warum läßt du nicht Charles die Fragen beantworten? Ich versuche nur, ihn auf das, was vielleicht kommt, vorzubereiten.«

»Was kommt?« fragte Houghton. »Wer wird Fragen stellen? Du wirst doch hoffentlich Reporter Adam Tylers fernhalten können?«

»Adam Tyler hat nur über zwei Lokalzeitungen Kontrolle. Er hat heute abend die Sache mit dem *Herald* für uns bereinigt, aber ich bin nicht sicher, ob wir auf ihn zählen können, wenn es dick kommt.«

»Dein eigener Schwiegervater?«

»Ex-Schwiegervater«, korrigierte Conway mit einem heimlichen Lächeln um seinen breiten Mund. Dann winkte er ungeduldig mit der Zigarre. Seine Stimme klang zum ersten Mal etwas abgespannt. »Die Sache droht, immer größer und häßlicher zu werden, von Minute zu Minute. Wir müssen alle Seiten bedenken, und alle Löcher verstopfen. Wenn das Mädchen sterben sollte –«

»Gib ihnen Geld«, sagte Houghton scharf. »Und schick Charles die Rechnungen.«

Lawrence Conway fuhr sich mit breiten, rötlichen Fingern durch die Bürste rostroter Haare und kaute an seiner Zigarre. »Das kann man auch nur bis zu einem gewissen Grad machen. Und es ist auch nicht nur eine Frage des Geldes. Da ist hier eine Gefälligkeit, da eine Gefälligkeit, alles viel komplizierter. Und der Name Parsons hilft natürlich, doch – schau, ich spiele mit vollem Einsatz. Die Versicherung wird auch noch eine Untersuchung starten –«

»Warum sie überhaupt für den verdammten Wagen in Anspruch nehmen? Die Polizei hat ihn sowieso. Du hast mir selbst gesagt, es sei ein Totalschaden. Charles' Schaden.« Houghton klang sehr vergnügt. »Wirklich schlecht.«

Lawrence Conway verlor sichtlich die Geduld, und Charles spürte, wie seine Nerven vor Unruhe und Angst kribbelten. *Wenn das Mädchen sterben sollte –*

»Ich kann Sie nicht vor den Fragen schützen, Charles«, sagte der Anwalt. »Ich kann Sie nur darauf vorbereiten.« Er betrachtete Charles aufmerksam. »Wissen Sie, das sieht Ihnen gar nicht ähnlich. Normalerweise würden *Sie* mich mit Fragen löchern.« Seine Augen wurden schmal. »Stehen Sie noch immer unter den Nachwirkungen eines Schocks?«

Das Wahrnehmungsvermögen dieses Mannes wirkte auf Charles etwas beruhigend. Nachwirkungen eines Schocks. Durch den Unfall verursacht. Durch die Heftigkeit des Unfalls und vielleicht auch durch Trinken hervorgerufen – konnte die Erklärung so einfach sein?

»Das ist möglich«, sagte Charles und sank in einen breiten Ledersessel am Fenster.

»Himmeldonnerwetter«, explodierte Houghton. »Glaubst du, daß du dich so herauswinden kannst?«

Conway sagte: »Meine Aufgabe ist es, meinen Klienten zu helfen, Houghton. Du hast mich darum gebeten. Soll ich ihm jetzt helfen oder nicht?«

»Du sollst ihm helfen«, sagte Houghton. »Der Familie zuliebe. Nicht um seinetwillen.« Die blassen, grauen Augen glitzerten vor Feindseligkeit, und Charles fragte sich nach deren Ursache. »Mir ist völlig gleichgültig, ob das Mädchen lebt oder stirbt. Manchmal wollte ich sogar, es stürbe. Dann wäre das Ganze nicht länger zu vertuschen, und Alexandria würde zugeben müssen, was für einen Mann sie geheiratet hat.« Sein Ausdruck wechselte, wurde sanft, spöttisch und lässig. »Das Ganze beweist nur, daß ich dich von jeher richtig eingeschätzt habe, alter Junge.«

Bevor er sich darüber klar wurde, handelte Charles, war auf den Beinen, stürzte kopfüber durch den Raum, plötzlich von einem wilden und übermäßigen Zorn ergriffen. Er sah, wie Houghtons erschrecktes Gesicht vor Angst blaß wurde, und als er seinen Arm, mit geballter Faust, hob, wand sich ein anderer Arm um den seinen, verhinderte den Schlag, riß ihn herum, brachte ihn aus dem Gleichgewicht, schleuderte ihn auf die Couch – und die Wut ebbte ab, statt zu explodieren. Er starrte nun in das ruhige, zuversichtliche Gesicht von Lawrence Conway vor ihm, der ihn festhielt.

»Houghton, mach, daß du rauskommst«, sagte der Anwalt.

Houghton zog sich statt dessen nur einige Schritte zur Tür hin zurück. »Auf diese Art Streitigkeiten regeln, das tut man vielleicht da, wo du herkommst –«

Conway hielt Charles' zusammengesunkenen Körper nicht mit Gewalt fest, ließ ihn aber auch nicht los. »Geh nach oben, Houghton. Ich rede später mit dir.«

Houghton atmete schwer, und seine Stimme war schrill, fast feminin kreischend: »– benimmt man sich in der Spelunke, die der Vater von deiner Freundin da drüben hat, aber nicht in unserer Gegend –«

»*Houghton!*« warnte ihn Conway und trat von Charles weg, der sich nicht rührte.

Houghton nahm seine Schultern zurück, hob das Kinn. »Wenn du weiterhin die Leute zusammenschlägst, dann wird dich das jeden Pfennig kosten, den du besitzt. Der Schlag, den du Clinton Moore versetzt hast, wird dich hunderttausend Dollar kosten. Und außerdem deine Mitgliedschaft im Lake Club. Und ich weiß genau, daß du zufällig keine hunderttausend Dollar besitzt.« Er hatte seine Haltung wiedergewonnen, ging gemächlich zur Tür, wo er sich nochmals umwandte, Charles einen verdrossenen Blick zuwarf und mit gesenkter Stimme sagte: »Du hast mir nicht zu befehlen, Lawrence. Ich erwarte dich im Salon. Und zwar verdammt schnell.« Er ging und warf die Tür hinter sich zu.

Sein Abgang war absurd-theatralisch, aber Charles fand es nicht mehr so lächerlich wie zuvor: Die Bösartigkeit dieses Mannes war nicht zum Lachen. Übertrieben und lächerlich breitete sie sich nach allen Seiten aus, wie ein unheilvolles Gift, das der grundlegenden Schwäche des Mannes entsprang, und das irgendwie schrecklicher und destruktiver war, als eine Bedrohung durch Stärke gewesen wäre.

»Tut mir leid, daß ich das tun mußte«, sagte Conway, bückte sich, um seine Zigarre vom Boden aufzuheben. »Würde allerdings vorschlagen, daß Sie sich beherrschen. Gewaltanwendung macht die Sache nur noch schlimmer.« Er ließ sich in einen Sessel fallen und drückte die ohnehin schon ausgebrannte Zigarre aus. »Hatte angenommen, daß Sie das gelernt hätten.«

In seinem Erstaunen lehnte Charles sich zurück, sagte nichts. Anscheinend hatte er gerade unbewußt, unwillkürlich so gehandelt, wie es der andere Charles unter diesen Umständen getan hätte – wie er sich gegenüber Clinton Moore verhalten hatte. *Vor ein paar Wochen,* hatte Tante Catherine gesagt. *Ich habe die ganze Familie Moore noch nie leiden können ... würde nicht einmal zu ihrer Bank gehen, wenn ich die Wahl hätte.* Unter der Verwirrung schwelte ein bitterer Zorn auf Houghton.

Lawrence Conway sagte leicht: »Da fällt mir etwas ein. Habe nochmals mit Clinton Moore gesprochen. Er will die Klage nicht zurückziehen. Und weigert sich, eine Entschuldigung zu akzeptieren.« Conway grinste. »Ich warnte ihn, er könne nicht viel tatsächlichen Schaden nachweisen. Eine neue Brücke, eine gewisse Verletzung seiner männlichen Eitelkeit. Seine Anwälte führen an, er sei lächerlich gemacht worden, sein Ruf als Bankier sei in den Augen der Stadt geschädigt, und so weiter und so weiter.«

»Und kann er dafür hunderttausend Dollar einstecken?«

Conway zuckte mit den Achseln. »Wer kann voraussagen, wie eine Geschworenenversammlung entscheidet? Sie werden davon ausgehen, daß Sie betrunken waren. Oder daß Sie gegen solche Verrücktheiten versichert sind; und wir können das nach dem Gesetz vor Gericht nicht ableugnen.« Er verlagerte sein Gewicht, und der Ledersessel quietschte leise. »Nachdem Sie sich geweigert haben, mir zu sagen, was Sie zu dem . . . Angriff wie Clints Anwälte es nennen, provoziert hat, habe ich Clint gefragt.«

»Und –?« regte Charles ihn behutsam zum Weitersprechen an.

»Waren Sie so betrunken, daß Sie sich an nichts mehr entsinnen?« Conway lachte. »Clint sagte, er hätte eine unschuldige, vielleicht boshafte Bemerkung fallen lassen, daß Eifersucht in dieser Gegend am falschen Platz sei. Das heißt, Eifersucht auf die eigene Frau. Das einzige, was ich mir vorstellen kann, ist, daß Sie auf ihn losgingen, weil er gewagt hat, Ihre Herkunft zu kritisieren, oder so etwas.« Er schaute Charles jetzt offen an. »Auf der anderen Seite, wenn Clint mit der Eifersucht recht hatte, dann verstehe ich nicht, warum Sie sich nicht auf mich gestürzt haben. Clint ist nicht nur gute zwanzig Pfund schwerer und stärker, sondern ich war es ja, der den ganzen Abend mit Alexandria getanzt hat.«

Eine neue Wachsamkeit überkam Charles. Er sagte nichts, beherrschte sich, um nicht die Stirn zu runzeln. Aber seine Zunge schmeckte blechern, als er sich vorstellte, wie Conway Alexandria in den Armen hielt.

»Wäre sehr geschmeichelt, wenn Sie auf mich eifersüchtig wären«, fuhr Conway fort, und zum ersten Mal hörte Charles einen persönlich gemeinten Unterton in Conways Stimme, nicht direkt spöttisch, nicht direkt feindselig.

Charles erhob sich unvermittelt, machte einen Schritt, blieb wie angewurzelt stehen. »Was passiert, wenn Clinton Moore die Klage gewinnt und ich das Geld nicht habe?« fragte er mit plötzlicher Härte.

»Das haben wir doch alles gestern nachmittag telephonisch besprochen, nicht wahr?« fragte Conway. »Kurz bevor Sie das Werk verließen.«

Charles spürte eine Versuchung: vielleicht war jetzt der günstigste Augenblick, um die Wahrheit zu sagen. Einhunderttausend Dollar. Der Betrag war niederschmetternd.

»Vielleicht erklären Sie es mir noch einmal, Conway«, sagte er tastend.
»Sie würden sich das Geld von Alexandria geben lassen müssen. Oder Sie können sich bankrott erklären lassen.«
Und Charles spürte einen Hauch des Schocks, der den anderen Charles am vergangenen Nachmittag geschüttelt haben mußte – am vergangenen Nachmittag, bevor er die Fabrik verlassen und den Wagen über die Klippe in den Fluß gefahren hatte.
Conway stand nun auf und holte sich sein Glas. Er warf Charles im Vorbeigehen einen abschätzenden, fragenden Seitenblick zu; dann goß er sich noch einen Kognak ein.
»Würde vorschlagen, daß wir ein anderes Mal über das Verfahren sprechen. Viel wichtiger, was gestern passierte. Müssen die Möglichkeiten aussieben. Haben Sie gestern, bevor Sie die Fabrik verließen, etwas getrunken? Ihre Stimme am Telephon klang allerdings ausgesprochen nüchtern.«
»Ich entsinne mich nicht«, sagte Charles aufrichtig, und spielte mit dem Gedanken, die Wahrheit zu sagen. Konnte er sie Conway gegenüber riskieren? Oder würde er sich dadurch vollkommen in seine Hand begeben?
»Sie täten verdammt gut daran, sich zu entsinnen«, erklärte ihm Conway. »Wenn das Mädchen abkratzt, gibt es wahrscheinlich eine Anklage wegen fahrlässiger Tötung. Und wenn Sie außerdem noch betrunken waren, dann könnte sie auf Totschlag lauten.« Er ging zu seinem Sessel zurück, setzte sich aber nicht. »Also. Sie verließen die Fabrik und holten das Mädchen ab. Entweder trafen Sie sie auf der Straße – oder Sie fuhren zu ihrer Wohnung. Im Augenblick ist es gleichgültig, aber später könnte es wichtig werden. Sie fuhren zur Stadt hinaus, auf der River Road. Bedeckter Himmel. Dämmerung. Vielleicht war es auch schon dunkel. Der Wagen kam von der Straße ab und stürzte in den Fluß. Fünf Uhr dreißig.«
»Fünf Uhr siebenunddreißig«, sagte Charles.
Conway zuckte mit den Achseln. »So um diese Zeit.« Er nahm einen Schluck. »Also. Sie näherten sich der Kurve an der Klippe über dem Fluß. Wie schnell sind Sie gefahren?«
Was konnte er sagen? »Ich weiß nicht.«
Conway runzelte die Stirn. »Es ist aber wichtig. Rücksichtsloses Fahren ist allein schon ein strafbares Vergehen, aber wenn dabei jemand den Tod findet –«
»Sie ist nicht tot«, erinnerte Charles ihn. Warum tat Conway immer wieder so, als würde das Mädchen bestimmt sterben?
Conway winkte ab und setzte sich. »Ich befasse mich mit allen Möglichkeiten ... Der Bug des Wagens kam zuerst ins Schleudern. Haben Sie nasse Blätter auf dem Asphalt gesehen?«
Charles brauchte alle Informationen, die er nur bekommen konnte. Wenn er Conway jetzt die Wahrheit sagte, wenn Conway ihm

glaubte, dann würde er selbst nie genau erfahren, was geschehen war. »Ich weiß nicht«, sagte er.
»Verdammt nochmal, dann fangen Sie langsam an zu überlegen«, Conway schnellte ein Bein über die Armlehne. »Eine freundschaftliche Warnung, Charles: machen Sie Ihrem Anwalt nie etwas vor. Ist ein altes, chinesisches Sprichwort. Also. Es gibt auch noch andere, schwerwiegendere Möglichkeiten.« Sein Tonfall war nachdenklich und zaudernd. »Charles, dieses vergangene Jahr war schwierig für Sie. Wahrscheinlich auch all die anderen Jahre davor, auf ihre Weise. Als aber Mr. Parsons den Herzinfarkt hatte und Houghton die Fabrik übernahm und Sie beiseite stieß, muß es für Sie ein fürchterlicher Schlag gewesen sein. Mr. Parsons hat es immer zu schätzen gewußt, wie Sie den Betrieb in Gang hielten. Und dann wurde Ihnen ganz plötzlich der Boden unter den Füßen entzogen. Und Houghton, ehrlich gesagt, kann unleidlich sein. Und dann ist da Alexandria – sie würde mir nie persönliche Fragen anvertrauen, aber ich habe so meine Gedanken. Zumindest war es, besonders vergangenes Jahr, kein ideales Leben, wenn wir es so formulieren wollen. Und dann die Trinkerei – die schlimmer geworden zu sein scheint.« Er nahm einen Schluck Kognak. »Es ist meine Pflicht, dies alles zu sondieren, wenn ich Ihnen helfen soll, ob es Ihnen paßt oder nicht. Ich erwähne dies auch nur, damit Sie wissen, daß ich schon eine Ahnung habe, in was für Schwierigkeiten Sie stecken. Das soll aber nicht besagen, daß Sie nicht einiges ziemlich – ungeschickt angefaßt haben.« Er machte eine Pause. Dann stand er auf. »Charles, Sie sollten mir gegenüber aufrichtig sein. Sie haben den Wagen doch nicht etwa absichtlich über die Klippe gefahren?«
Der Schock benahm Charles den Atem. In seinen wildesten Vorstellungen war ihm dieser Gedanke noch nicht gekommen. Er wollte es abstreiten, aber dann hielt er sich in Zaum. Woher wollte er es wissen? Wenn er heute nichts anderes gelernt hatte, dann wenigstens das, daß alles im Bereich des Möglichen lag. Alles.
»Ist Ihnen der Gedanke irgendwie durch den Kopf gegangen?« Conway bestand auf einer Antwort.
Charles schüttelte den Kopf. »Ich weiß nicht.«
»Merkwürdigerweise ist es auch juristisch ein Vergehen, sich das eigene Leben zu nehmen. Ein Vergehen. Und wenn jemand anderer getötet wird in Zusammenhang mit einem Vergehen –« Er brach ab, fuhr ihn an: »Wie sind Sie unter Wasser aus dem Wagen gekommen?«
»Ich weiß nicht.«
»Wie ist das Mädchen herausgekommen?«
»Ich sagte doch, ich weiß nicht.« Charles erhob sich und stellte sich vor Conway. »Ich lüge nicht. Ich weiß es nicht.«
Conway stieg die Zornesröte ins Gesicht. »Passen Sie einmal auf, Charles. Ich weiß, daß Sie mich nicht leiden können. Nun, das be-

ruht auf Gegenseitigkeit, wie Sie sicherlich ahnen. Sie wissen, was ich für Alexandria empfunden habe – schon immer empfand. Es ist kein Geheimnis. Wenn Sie also nicht wollen, daß ich Ihre Interessen vertrete, dann brauchen Sie es nur zu sagen. Ich will den verdammten Fall nicht haben, und es kann mir völlig gleichgültig sein, was mit Ihnen persönlich geschieht.«
»Dann sind es schon zwei«, sagte Charles. »Sie und Houghton.«
»Ich versuche nur um Alexandrias willen, Ihnen zu helfen!«
Conways Gesicht war nun dunkelrot, seine gefleckten blauen Augen schimmerten. Hatte der andere Charles dies alles gewußt? Haßte er Conway wirklich? Vertraute er ihm? Und doch konnte Charles sich der unterschwelligen Überzeugung nicht entziehen, daß, wenn überhaupt jemand fähig war, das Geschehene zu verstehen, es dieser Mann Lawrence Conway war.
»Schauen Sie mich nicht so schockiert an«, sagte der Anwalt mit gesenkter Stimme. »Meine Gefühle für Alexandria waren seit Jahren ziemlich offensichtlich.« Er ließ sich wieder schwer in den Sessel fallen. »Was dieses Leben so kompliziert macht, ist die Tatsache, daß es immer so verdammt viele verschiedene sich widersprechende und überschneidende Motive gibt. Es ist immer eine Mischung, eine Kombination. Ein Geschworener weiß das auch, in seinem Privatleben, aber sobald er im Gericht ist, will er alles übersichtlich in Schwarz und Weiß haben. Vor Gericht ist es immer das sicherste, wenn man nur eine einzige Interpretation einer bestimmten Handlung annimmt. Nun will ich Ihnen noch einen letzten juristischen Rat geben, dann können Sie mich hinauswerfen, Charles. Entschließen Sie sich zu der einfachsten glaubhaften Erklärung und beharren Sie auf ihr, gleich, was kommt.«
Während alle widersprüchlichen Eindrücke durch seine Gedanken rasten, kam Charles doch zu einem Entschluß. »Die Erklärung hier ist nicht so einfach, daß sie niemand glauben wird, Conway. Nicht einmal Sie.«
»Probieren Sie es –«
»Ich habe den ganzen Abend die Wahrheit gesagt. Ich kann mich an nichts entsinnen.«
Conway lehnte sein Haupt zurück und schloß die Augen, als überlege er im Geist noch einmal jedes Wort der Unterhaltung. Charles wartete, hörte in der Ferne, jenseits der Rasenfläche einen Hund bellen. Es war atemberaubend spannend.
Schließlich sagte Conway, ohne die Augen zu öffnen: »Riskant, Charles, ein sehr riskanter Trick.«
Charles stieß enttäuscht den Atem aus. Was konnte er anderes erwarten – er war schon fast darauf vorbereitet gewesen. »Es ist kein Trick«, sagte Charles ruhig.
Conway öffnete die Augen, nachdenklich, wach: »Es ist riskant, Charles, aber es könnte klappen –«

»Verdammt, es ist die Wahrheit!«
Conway ignorierte die Bemerkung. Er erhob sich, begann mit schweren Schritten, die Hände in die Taschen vergraben, in dem kleinen Raum auf und ab zu gehen. »Man kennt solche Fälle. In der Jurisprudenz, meine ich. Hab' während des Studiums davon gehört. Eine ganze Menge. Mögliche Präzedenzfälle. Muß sie nachsehen. Entsinne mich an einen – Frau hat Mann mit Axt erschlagen, dann ist ihr der Film gerissen. Frage, ob vorher oder nachher? Sie konnte sich an nichts entsinnen. Sehr riskant, aber –« Er drehte sich auf dem Absatz zu Charles um. »Unter den gegebenen Umständen könnte diese Verteidigung so gut wie irgendeine andere sein.«
»Ich suche keine Verteidigungsmöglichkeiten«, sagte Charles mutlos. »Nennen Sie es Schock, oder sonst etwas – ich kann mich an absolut nichts erinnern.«
Conway bellte: »Sie haben sich sehr genau an die Zeit erinnert, als Sie in den Fluß stürzten. 5 Uhr 37.«
Charles nahm wortlos seine Armbanduhr ab, warf sie quer durchs Zimmer Conway zu. Der fing sie auf, schaute sie an, runzelte die Stirn, lächelte.
»Sie sind ziemlich gerissen, Charles.« Er ging wieder auf und ab, die Armbanduhr in der Hand. »Weiß der Himmel, wir können genügend psychischen Druck, emotionelle Überforderung und Überanstrengung anführen. Jeder Mensch hat nur eine bestimmte Widerstandskraft. Wenn dann ein schrecklicher seelischer Schock dazukommt. Weiß Gott wie lang unter Wasser in einem abgeschlossenen Wagen –« Er drehte sich abrupt um. »Es könnte klappen.«
Charles protestierte nicht mehr. Er setzte sich hin. Er war mit seinem Widerstand am Ende. Es würde ihm ja doch niemand glauben.
»Dazu müßten Sie aber gut schauspielern, Charles«, sagte Conway aufgeregt. »Glauben Sie, daß Sie es schaffen?«
Was konnte er gegen diese glatte Mauer grinsender Genugtuung und Erwartung unternehmen? »Ich habe keinerlei Erinnerung an mein früheres Leben«, hörte er sich ohne Hoffnung sagen. »Heute früh in New York wußte ich nicht einmal, wie ich heiße, bevor ich meine Brieftasche entdeckte.«
Conway grinste noch immer. »Nicht schlecht, nicht schlecht, Charles – Sie machen sich sehr gut. Aber forcieren Sie nichts. Überspielen Sie es nicht. Es wirkt glaubhafter – oder besser gesagt, ich würde einem Mann den Gedächtnisschwund eher abnehmen, wenn er sich an, sagen wir, einige Stunden . . . oder ein paar Tage, vielleicht an einige Jahre nicht erinnerte –«
Verzweifelt, von seiner schrecklichen Hilflosigkeit gelähmt, sagte Charles tonlos: »Ich kann mich an kaum etwas entsinnen. Nur an ein Stückchen hier und ein Stückchen da, Bruchstücke, manchmal eine Stimme, den Titel eines Theaterstücks, einen gewissen Duft –«
Unvermittelt, wie von übermächtigen Marionettenfäden gezogen,

sprang er auf die Füße, schrie fast vor blinder, steigender Wut. »Ich spiele kein Theater, warum wollen Sie das nicht glauben, ich lüge nicht, verdammt nochmal. *Warum wollen Sie mir nicht glauben?*«
Das brachte den ersten Schimmer eines Zweifels in die Augen von Conway. Charles beobachtete, wie Conway unsicher wurde, schließlich seine Stirn nachdenklich runzelte. Charles wartete, innerlich zitternd: war es ihm gelungen, diese Wand von Skepsis zu durchbrechen?
»Na gut, Charles«, sagte der Anwalt. »Ganz gut.« Und er wich einige Schritte zurück, als wäre der Ausdruck in Charles' Augen bereits ein Angriff auf seine Mutmaßungen. »Ich sagte doch, es wäre möglich.« Seine Stimme klang grüblerisch. »Nur ein Verrückter konnte nach der Sache gestern abend einfach davongelaufen – einfach weggelaufen und nach New York gefahren sein.«
Verrückter? Das Wort dröhnte in Charles' Kopf, erschreckend und schockierend, und ihm fiel sofort der verblüffte Gesichtsausdruck des Taxifahrers in New York wieder ein: *Schauen mitgenommen aus, Mann. Richtig mitgenommen. Hab einen Burschen in Deutschland gesehen – dem hat's gereicht.*
»Verrückter?« hörte Charles sich heiser flüstern, während in ihm eine neue Furcht nagte.
Conway gab Charles die Uhr zurück und zuckte seine massiven Schultern. »Es ist doch wirklich gleich, wie man es nennt, nicht wahr? *Verrückt* ist ein zu starker Begriff. Man kann es genauso einen Nervenzusammenbruch nennen, einen Kollaps –« Dann wurde sein Tonfall hart und rauh: »Verdammt, Charles, Sie können nicht beides haben! Wenn Sie mir gerade die Wahrheit gesagt haben, dann müssen Sie zugeben, daß es nicht ein normaler Geisteszustand ist.«
Charles ging zu dem Sessel hinter dem Schreibtisch. Merkwürdig, daß ihm dieser Gedanke noch gar nicht gekommen war. Die nagende Furcht riß an seinen Eingeweiden.
»Juristisch gesehen wird es sich darum drehen, wann es geschah«, sagte Conway. »Wir müssen den Zeitpunkt zu unserem Vorteil festsetzen – bevor der Wagen in den Bach fiel, oder hinterher. Kann von lebenswichtiger Bedeutung sein, falls das Mädchen –« er unterbrach sich. »Verzeihung, Charles – ich weiß, daß es nicht tot ist.«
Charles fand keine Genugtuung in der Tatsache, daß Conway nun die Echtheit seines Zustandes akzeptierte – falls Conway sie überhaupt für bare Münze nahm und nicht nur eine neue juristische Spielart. *Nervenzusammenbruch, Kollaps.* Die beißende Furcht steigerte sich nicht, sie wurde ein ständiger Schmerz, jenseits seiner Einflußmöglichkeit, nicht seinem Willen unterworfen. ». . . Ihnen schon aufgefallen, daß mich das hier in eine komische Zwitterlage bringt?«
Charles mußte zugeben, daß er nicht aufgepaßt hatte. »Wie bitte?« fragte er und zwang sich zur Aufmerksamkeit.

Conway steckte sich eine zweite Zigarre an. »Ich sagte, Charles, daß ich nicht weiß, ob Ihnen schon aufgefallen ist, daß ich den größten Teil des gestrigen Tages damit verbracht habe, die Geschehnisse vor Alexandria zu vertuschen.«
»Wieso?« fragte Charles, und der blecherne Geschmack kam ihm wieder auf die Zunge. »Wieso bringt Sie das in eine merkwürdige Position?«
Conway blies eine Rauchwolke ins Zimmer. »Verzeihung. Ich vergaß Ihren ... Gedächtnisschwund.« Das Wort kam spöttisch aus seinem Mund, er grinste schief. »Ich bin deshalb in einer komischen, zwiespältigen Position, Charles, weil Alexandria mit mir – vor geraumer Zeit, als wir noch verlobt waren, aus einem Grund gebrochen hat, der in keinem Verhältnis zu Ihrer derzeitigen Verirrung stand. Ich hatte ein kindisches und unschuldiges Rendezvous mit einem anderen Mädchen. Aber Sie kennen ja Alexandria: in dem Moment, als sie davon erfuhr, wumm, war es mit unserer Verlobung aus.« Er erhob sich. »Habe mir die ganze Zeit eingeredet, daß sie Sie aus Rache geheiratet hat, Charles. Beruhigt meine verletzte Eitelkeit.«
Was konnte Charles darauf sagen? Er sah Conway nach, wie er gleich einem Bären zur Tür zottelte, und spürte, wie sein früheres Gefühl von Vertrauen und Freundschaftlichkeit in eine blinde, eifersüchtige Ungewißheit umschlug. Ob es dem anderen Charles auch so ergangen war? Ob er den Verdacht gehabt haben mochte, daß Alexandria ihn aus Rache geheiratet hatte? War dies ein weiteres Glied der Kette von Konflikten und Unsicherheiten, die auf ihm lastete?
». . . ist so reizend idealistisch. Immer noch. Wenn sie dahinterkommt, Charles –«, und Conway lachte grunzend, »dann kommen Sie bei ihr mit Ihrem Gedächtnisschwund keinen Zentimeter weiter.«
»Es wäre mir lieber, wenn sie nichts von meinem – Zustand erführe. Und die anderen auch nicht, wenn wir schon dabei sind.«
»Halte das aber nicht für sehr klug, Charles. Wenn wir es brauchen –«
»Ich habe es Ihnen im Vertrauen gesagt, Conway.«
Conway öffnete die Tür. »Berufsgeheimnis. Vertrauliche Kommunikation, heiliger Eid, und so weiter. Ihr Geheimnis ist bei mir in guten Händen, Charles. Nur – noch eine Warnung. Wenn die Polizei mit Fragen ankommt, rufen Sie mich. Ist das klar? Wenn Sie diese Sache nämlich nicht ganz richtig anpacken, kann es Sie eine Gefängnisstrafe kosten. Und zwar möglicherweise zehn Jahre, falls sie stirbt.« Er grinste freundlich. »Womit ich dann freie Hand bei Alexandria hätte. Oh, dieser verwerfliche Gedanke ist mir schon gekommen, Charles. Das würde Sie dann wirklich verrückt machen, nicht wahr?«

Die Tür fiel hinter Conway ins Schloß. Gefängnis. Fahrlässige Körperverletzung. Totschlag. Zehn Jahre. Verrücktheit... Aber das alles hatte doch mit ihm nichts zu tun! Seine Gedanken wehrten sich verzweifelt dagegen: warum sollte er für die Handlungen des anderen Charles die Konsequenzen tragen?
Verzweiflung schlug über ihm zusammen: er mußte alles wissen, mußte es begreifen! Seine Zeit war abgelaufen. Er schlug das Wörterbuch auf, das auf der Ecke des Schreibtischs lag. Er fand das Wort fast sofort. *Amnesia. Gedächtnisschwund durch Gehirnverletzung, Schock, Verdrängung usw., auch eine Lücke im Erinnerungsvermögen.* Das half nicht. Half gar nicht.
Im Bücherbord neben dem Kamin entdeckte er eine dickbäuchige Enzyklopädie. Er blätterte darin und fand: *Amnesie*, zeitweiliger oder längerer Verlust des Gedächtnisses, der Erinnerung an Ereignisse vor oder nach einem ursächlichen Schock, einer Verletzung, oder eine Geisteskrankheit. Sie kann gewöhnlich durch die Schaffung von Beziehungen zur Vergangenheit, durch Suggestion oder Hypnose geheilt werden. Sie unterscheidet sich von Aphasia, dem Verlust des Sprechvermögens.
Schock, Geisteskrankheit. Diese Sätze hafteten düster in seinen Gedanken. Und doch – falls sie durch die Schaffung von Beziehungen zur Vergangenheit geheilt werden konnte, dann bestand vielleicht noch Hoffnung. Wenn er weitermachte, würde er die ganze Geschichte erfahren, im Verlauf der Sache gab es vielleicht etwas, das ihm die Geschehnisse klarmachte, das ihm die Kongruenz aufzwingen würde und ihn aus dieser Schattenwelt von Entfremdung und Verwirrung erlöste.
Zeitschriften aller Größen und Art lagen in ordentlichen Stapeln, übersichtlich nach Titeln, auf dem langen niederen Tisch hinter der Couch. Keine Zeitungen. Sogar hier stellten sich ihm Hindernisse in den Weg – bei einer so einfachen Sache! Die Abendzeitung lag wahrscheinlich aus alter Gewohnheit und Sitte auf einem bestimmten Platz in einem bestimmten Zimmer – aber wie sollte er wissen, wo?
Er ging gemächlich in die Diele und hörte Conways und Houghtons Stimmen durch die geschlossene Wohnzimmertür. Logan kam die Stufen herab. Seine Schultern waren jetzt eingesunken, und mit einer Hand rieb er sich müde den schmerzenden Rücken; als er sich aber beobachtet fühlte, richtete er sich zu der gewohnten steifen Haltung auf.
»Kann ich irgend etwas für Sie tun, Sir?« fragte Logan, blieb, sich mit einer mageren und etwas zittrigen Hand am Treppenpfosten festhaltend, stehen.
Die tiefere Bedeutung dieser Frage entging Charles nicht; er blickte Logan forschend in die Augen. Hatte der alte Mann etwas erraten?

»Ich suche die Abendzeitung«, sagte Charles.
Und Logan nickte, leicht. »Natürlich, Sir. Ich glaube, Hannah hat sie in der Küche.« Aber bevor Logan weiterging, blinzelte er Charles einmal zu, und Charles empfand sofort ein warmes, seltsames Gefühl von innerer Verwandtschaft.
Dann folgte er Logan in die Küche. Es war ein blitzend sauberer, praktisch wirkender Raum, groß und warm, die an der Wand hängenden Kupferpfannen leuchteten im hellen Licht. Eine große, magere Frau, mit einem strengen Knoten im Nacken, grauhaarig, sah ihnen entgegen, wischte sich die Hände an einem Handtuch ab, mit glitzernden, aber ausdruckslosen Augen.
»Hannah«, sagte ihr Logan. »Mr. Bancroft würde gern das Abendblatt sehen.«
»Es ist in der Anrichte«, entgegnete sie kurz angebunden.
Logan verschwand um die Ecke. Hannah hängte eine langstielige Kupferpfanne an ein Wandregal, ohne von Charles' Gegenwart Notiz zu nehmen. Er hatte den undeutlichen Eindruck, daß ihre Kälte unpersönlich war, nicht gegen ihn gerichtet; aber er war sich nicht sicher. Als Logan zurückkam, ihm die gefaltete Zeitung hinhielt, sagte Hannah: »Ich habe es noch nicht lesen können.«
Charles schaute erstaunt zu ihr hin; sie hatte ihm den breiten, aber knochigen Rücken zugedreht, war am Spülstein beschäftigt.
»Ich bringe es wieder«, hörte er sich sagen. Und fügte dann hinzu: »Ich verspreche, ich zerreiße es nicht, Hannah.«
»Danke«, sagte Hannah und ging, ohne Charles anzusehen, aus dem Raum.
Logan lächelte nicht, aber es schien ihn zu freuen. Eine Unterströmung von Freundlichkeit, die an Vertraulichkeit grenzte, war zu spüren, und Charles fragte sich, ob er sie sondieren sollte. Hier schien wenigstens ein Mensch zu sein, der Charles leiden konnte.
»Gehen Sie heute abend aus, Mr. Bancroft?« fragte Logan.
»Ich bin nicht sicher –«
»Nun, falls Sie sich doch entschließen sollten, finden Sie Kaffee in der Bibliothek, wie üblich, wenn Sie heimkommen. Wollten Sie Mrs. Bancrofts Wagen nehmen?«
Charles entgegnete vorsichtig: »Ich habe mir darüber noch keine Gedanken gemacht –«
Logans faltiges Gesicht zeigte keine Reaktion. »Nur für den Fall –« Er ging an Charles vorüber zu einer eingerahmten Korkplatte neben der Haustür. Er holte einen Satz Schlüssel an einer Kette, kam zurück und legte ihn auf einen hohen, runden Hackstock vor Charles in der Mitte des Raumes. Dann zog Logan sich zurück. »Gute Nacht, Sir. Und alles Gute!«
Warum hatte ihm der Mann die Schlüssel zu Alexandrias Wagen gegeben? Charles Bancroft würde wissen, wo die Reserveschlüssel aufbewahrt wurden.

Charles faltete die Zeitung auf dem Hackstock auseinander. Er brauchte nicht zu suchen, sein Blick fiel sofort auf eine Photographie mit einer Schlagzeile darüber: MÄDCHEN AUS SHEPPERTON VERLETZT. Er betrachtete das Gesicht einer jungen Frau – mit einem strahlenden, aber etwas schmollenden Lächeln – bevor er den darunterstehenden Artikel las.
Außer dem Namen des Mädchens, Holly Mitchell, den bisher niemand erwähnt hatte, seiner Adresse, die er sich automatisch merkte, 1038 Bosart Street, und seinem Alter, 22 Jahre, enthielt die Reportage wenig, was er nicht schon gewußt hätte. Der Bericht war trocken und unemotionell: ... *sieben Meilen südlich von Shepperton ... Kurve der River Road oberhalb des Shepperton-Flusses am Aussichtspunkt Lancaster-Fälle ... etwa fünf Uhr dreißig ... niemand den ungewöhnlichen und auffallenden Unfall gesehen ... anscheinend allein im Auto ... Kontrolle über den Wagen verloren ... vielleicht auf nassen Blättern ins Schleudern gekommen ... unter Wasser ... sich allein aus dem Wagen befreit ... Staatspolizei hat sie ins Memorial-Krankenhaus transportiert ... möglicherweise innere Verletzungen ... abwechselnd bewußtlos und hysterisch von Schock und kaltem Bad ... unzusammenhängende Antworten auf Fragen der Polizei ... Polizei setzt Untersuchung fort ...*
Und während ihm die unpersönlichen Standardsätze noch durch den Kopf gingen, beugte er sich über die Platte und konzentrierte sich auf das Bild. Bestimmt würde jetzt – wenn er dort gewesen war, wenn er den Wagen gefahren hatte – der Anblick des Mädchens in ihm den Schock auslösen, dem das Erkennen folgte.
Es war ein ziemlich gewöhnliches junges Gesicht – auf dem Bild war nicht einmal die Farbe des Haares zu erkennen –, das auf eine mädchenhafte, landläufige Art, die er selbst nicht einmal anziehend fand, hübsch war. Hinter dem Einheitslächeln, strahlend, aber ohne Fröhlichkeit oder Heiterkeit, lag ein Anflug von Aufbegehren. Charles fand das Gesicht so durchschnittlich und unattraktiv, daß er sich fragte, wie der andere Charles etwas anderes empfunden haben konnte – wenn es so war. Dann umfing ihn ein seltsames Gefühl von Mitleid, als er in die Augen des Mädchens starrte: hinter dem auftrumpfenden, schmollenden Ausdruck entdeckte er eine Sehnsucht, verborgenes Elend, eine wortlose Bitte. Er war bestürzt und verwirrt. Bildete er sich das alles ein?
Doch darum drehte es sich nicht. Er spürte keinen Funken von Wiedererkennen. So betrachtet, war es das Gesicht einer völlig Fremden.
Er schaute auf den Datumstreifen am Kopfende des Blattes. *Donnerstag*, 3. Oktober 1963. Nun kannte er also auch den heutigen Wochentag.
Er riß seinen Blick von der Zeitung los. Wieder eine Sackgasse. Trotzdem machte ihn eine Vorahnung, eine Dringlichkeit, die ihn hinderte, hier stehenzubleiben, fast schwindelig.

Er riß die Schlüssel zu Alexandrias Wagen an sich – und hielt abrupt inne, als er an sie oben dachte. *Ich lese noch, bis du heraufkommst.* Sein Herz blieb stehen.
Aber er ging trotzdem zur Haustür. Er konnte nicht so vor sie hintreten. Nicht, bevor er ihr die Wahrheit sagen konnte. Nicht, bevor er wieder eine Einheit in sich hatte. Er stolperte. Was hätte der andere Charles empfunden? Dieselbe Zärtlichkeit, dieselbe schmerzhafte Sehnsucht? Er öffnete die Tür nach draußen, sein ganzer Körper brannte.
Der scharfe Herbstwind schnitt eiskalt in seine Haut. Er ging auf einem plattenbelegten, kaum sichtbaren Weg über den Rasen zu einem großen, weißen Gebäude, das sich beim Näherkommen als Wagenremise mit hohen, alten Toren erwies, die in Angeln hingen.
Er konnte nicht zu Alexandria hinaufgehen, er hatte bereits genügend Grund, sich – oder den anderen Charles – zu verachten, ohne noch diesen bestimmten Betrug und Verrat der immer länger werdenden Liste hinzuzufügen.
Aber auch der kalte Wind konnte Alexandrias Bild, wie es sich in seine Gedanken eingebrannt hatte, nichts anhaben. Er öffnete die Tore und vermied ängstlich, einen Blick zu den erleuchteten Fenstern im zweiten Stock hinaufzuwerfen ...

4

Die Nacht war kühl. Man sah keinen Mond, keine Sterne, und als er dahinfuhr, wirbelten tiefe Windböen Laub und Staub in die Lichtkegel seiner Scheinwerfer. Er verließ sich auf seine Erinnerung an die Strecke, die das Taxi gefahren war, um den Berg hinab und in die Stadtmitte zu gelangen. Er wollte zum Fluß.
Einmal vom Haus entfernt, spürte er, wie ihn ein neues Gefühl von Freiheit überkam. Und Hoffnung. Wenn er sich nicht entmutigen ließ, wenn er genügend Durchhaltevermögen bewies und jede neue Entdeckung ihr Wunder wirken ließ – wer weiß, was geschah? Vielleicht würde die Tür der Zelle, die sein Gehirn einkerkerte, bereits aufgestoßen sein, ehe er noch in das Haus auf dem Rasen zurückkehrte. Und schließlich, wenn man es recht bedachte, wie viele Menschen in den Häusern, an denen er vorüberfuhr – oder überhaupt wie viele Menschen im ganzen – bekamen jemals diese Gelegenheit, ihr Leben so zu überblicken, wie es ihm jetzt durch den Zwang der Umstände geschah. Wie viele von ihnen hatten jemals den Versuch unternommen, sich selbst zu entdecken, zu erkennen? Ihre eigene Persönlichkeit aufzuspüren?
Er fuhr Alexandrias schnelles, viertüriges Kabriolett ohne Schwierigkeit, und dachte dabei, daß er merkwürdigerweise all die nor-

malen, automatischen Reaktionen des täglichen Lebens mühelos bewältigte, ohne sich bewußt anzustrengen, während er nicht einmal ihren Wagen wiedererkannte oder sich entsann, jemals einen ähnlichen gesehen zu haben. Er war kastanienfarben, mit Chromlettern *Continental* am Kotflügel, und er konnte die Stärke unter seinen Händen fühlen. Einen kurzen Augenblick lang in der Garage konnte er die Wagentür nicht öffnen, ehe er den Sperrknopf unterhalb des Türgriffs entdeckt hatte, den er hineindrücken mußte, um die Tür aufzubekommen. Während er nun einen abschüssigen Hügel zwischen Reihen großer, weißer Häuser hinabfuhr, rutschten die Hinterräder plötzlich auf den Lagen nasser Blätter unter den Bäumen; er steuerte unwillkürlich dagegen, wußte instinktiv, wie der schleudernde Wagen unter Kontrolle zu bekommen war. Und dann entsann er sich der Mutmaßungen Conways über die Unfallursache am vergangenen Abend – und spürte einen kurzen Stich von Panik.

Am frühen Abend war das Zentrum der Stadt hell, fast blendend erleuchtet, im Vergleich zur beruhigenden Stille der Gegend am Hügel und der Straßen um den Golfplatz. Ladenfenster glitzerten und Kinoreklamen blitzten; Leute gingen eilig durch die kalten Straßen, stemmten sich gegen den Wind, und die wenigen Fahrzeuge fuhren schnell, als wollten die Fahrer möglichst bald ihre warme Stube erreichen.

Aus dem Augenwinkel sah er den Reflex von Lichtern auf dem Wasser und schwang den Wagen in eine Seitenstraße, die zum Fluß führte. Während er über die beleuchtete Betonbrücke fuhr, konnte er zur Linken die Eisenbahnbrücke und am anderen Ufer das angesplitterte alte Schild, das nun von unten angestrahlt war: PARSONS COMPANY – QUALITÄTSHÜTE SEIT 1877 – erkennen. Obwohl erst einige Stunden verstrichen waren, seitdem er den Fluß auf der Eisenbahnbrücke überquert hatte, erschienen sie ihm wie ein halbes Leben. Er hatte kaum das jenseitige Ufer des Flusses erreicht, lenkte den Wagen langsam auf schlecht beleuchteten Straßen zwischen alten Fabrikgebäuden und an hohen Drahtzäunen vorbei, als ihn wieder das Gefühl von Vertrautheit überkam. Er ließ sich in ihm treiben, diesmal ohne Hoffnung: er erwartete nicht mehr das Aufblitzen von Erkenntnis, das Aufschnappen der Blende, um seinen Geist zu erleuchten. Zu oft hatte ihn dieses quälende, nervenaufreibende Gefühl getäuscht.

Er begann, nach Straßenschildern zu suchen. Er erkannte keine Namen, bis er hinter den Fabriken in enge Seitenstraßen kam, wo alte Häuser in dicht gedrängten Zeilen standen. *Lyndhurst.* Beim Anblick des Namens bremste er. *Ich habe früher in der Lyndhurststraße gewohnt, als Sie noch in der Euklidstraße waren:* der Taxifahrer, der ihn vom Bahnhof gefahren hatte. Er fuhr langsam weiter, strengte seine Augen an, um das Schild am nächsten Pfosten lesen zu können.

Es wurde deutlich: *Euklid*. Er bog ein. Das gewisse Gefühl der Vertrautheit schnürte ihm fast die Kehle zu. Die Häuser waren klein und ärmlich, die Straße eng, zu beiden Seiten waren dicht hintereinander Wagen geparkt. Er war etwa fünf Straßenblocks gefahren, als er das Haus sah.

Es war den anderen Häusern ziemlich ähnlich, ebenso klein, ebenso dunkel von Alter und Ruß. Ein kleines Viereck von Rasen war davor, das Gras war fast braun, und hier und da schaute die blanke Erde hervor. Um den Hof stand ein altmodisches schmiedeeisernes Gitter – das einzige Merkmal, das das Haus von den anderen abhob. Charles vermeinte, in seinen Handflächen wieder einen Stock zu spüren, der an den Eisenstäben entlangschlug; er konnte sogar in Gedanken das Klick-Klick-Klick hören. Willenlos ließ er sich in dieses gebrochene, unsichere Gefühl, diese Erinnerungen treiben. Er sah die Zahl am Eingang: 1337. Und da überkam ihn die fast nicht bezähmbare Zwangsvorstellung, er müsse aus dem Auto aussteigen und in das Haus gehen – ohne zu klopfen, einfach die Haustür aufstoßen, wie er es tausend- und aber tausendmal getan hatte, und eintreten. Dort hinein, wo der würzige Duft und das Brutzeln von bratendem Fleisch die Räume durchzog, wo der Vater im Wohnzimmer saß und die Abendzeitung las, seine Mutter in der Küche am Herd stand und seine Schwester Mady in dem Zimmer war, das sie mit Charles geteilt hatte. Wenn er durch die Haustür hineinstürmte, dann wären sie alle wieder da; er wußte es!

Doch der Impuls verflog so schnell, wie er gekommen war. Und er blieb hinter dem Steuer von Alexandrias schnellem Wagen sitzen, ein Mann von fünfunddreißig Jahren, gut gekleidet, der langsam zu frösteln begann, auf einer Straße, die jetzt nur noch die schwächste und entfernteste Ähnlichkeit mit einer vertrauten Atmosphäre hatte. Wenn er seine Kindheit in dieser öden Straße verbracht hatte, dann weinte er ihr keine Träne nach. Er hatte sie ja schließlich aus eigenen Stücken und bewußt hinter sich gelassen: soviel war ihm klargeworden.

Er fuhr an, bog nun in kleine Vorstadtstraßen mit Geschäften ein, wo Gemüseläden, unbeleuchtet daliegende Kleidergeschäfte, Färbereien und Drogerien in Reih und Glied direkt am Bürgersteig in verwaschenen Backsteinhäusern oder grauen, matten Schiefergebäuden untergebracht waren. Er konnte die ganze Nacht weiterfahren und die Bosartstraße erfolglos suchen, wenn er nicht fragte. Am Bordstein auf der anderen Straßenseite stand ein Mann mit einem Netz voll Bierflaschen in der Hand und einer in die Stirn gezogenen Mütze.

Charles bremste und beugte sich hinüber, um das rechte Fenster hinunterzukurbeln.

»Können Sie mir bitte sagen, wo die Bosartstraße ist?« fragte Charles.

»Bosartstraße?« sagte der Mann mit einer versoffenen Stimme; Charles sah eine dicke, breitgequetschte Nase. »Sie meinen die Bosartstraße?« Er schaute neugierig in den Wagen mit der Andeutung eines Lächelns auf seinen wulstigen Lippen. »Welche Nummer?« fragte er in leicht amüsiertem Tonfall.
»1038«, sagte Charles etwas verärgert.
»1038?« Den Mann schüttelte es vor unterdrückter Heiterkeit. »Nächste Ecke links, zwei Blocks geradeaus, dann rechts.« Nun brach der Mann in Gelächter aus. »Lieber Gott, Chuck, was du für Einfälle hast. Du mußt schon einen gezwitschert haben, wenn du den nächstbesten Mann auf der Straße nach Pete's Bar und Imbißstube fragst.« Er ging weiter, klopfte mit der flachen Hand auf den kastanienfarbenen Kotflügel, lachte immer noch. »Du würdest Pete's auch mit einer Binde vor den Augen finden, du verrückter Hund.«
Charles nahm den Fuß vom Bremspedal, fuhr langsam an. Chuck. So hatte ihn auch der Taxifahrer genannt. Chuck war also Charles Bancroft – oder eine andere Lesart des gleichen Namens.
Pete's Bar und Imbißstube. Es war ein rotes Ziegelgebäude an einer Ecke, mit drei dreieckigen Stufen, die zur geschlossenen Tür emporführten. Das Neonlicht von Bier- und Whiskyreklamen flackerte rot und gelb in den Fenstern. Nachdem Charles den Wagen in einer Seitenstraße geparkt hatte, schritt er langsam, aber entschlossen auf das Gebäude zu. Wenn Holly Mitchell unter dieser Adresse wohnte, wie die Zeitungen berichtet hatten, dann mußte sie in den Räumen im oberen Stockwerk leben. Aus diesen Fenstern fiel kein Lichtschimmer.
Als Charles die drei ausgetretenen Stufen zur Tür der Bar hinaufstieg, fielen ihm Houghtons kreischend entgegengeschleuderte Worte ein, für die er ihn fast geschlagen hätte: ... *benimmt man sich in der Spelunke, die der Vater deiner Freundin da drüben hat, aber nicht in unserer Gegend –*
Er war eingetreten: ein langer Raum mit niedriger Decke, schwach beleuchtet, in dem Rauchschwaden vermischt mit dem Dunst von Bier und Whisky hingen. Er ging an der Theke entlang und spürte, wie ihn die Blicke aus den Nischen an der anderen Wand verfolgten und wie sich Leute nach ihm umdrehten. Der Barkeeper war ein junger Mann mit einer Tätowierung am linken Arm und einem gedunsenen, pockennarbigen Gesicht, der mit ausdrucksloser Miene einen Bierdeckel vor Charles auf die Theke legte und dann, ohne zu fragen, in ein Glas einen doppelten Scotch auf Eiswürfel goß und es auf den Untersatz stellte.
»Preston ist im Hinterzimmer«, krächzte er ohne Grußformel. »Großes Spiel im Gang.«
Charles nickte, sagte nichts. Er ließ den Tag und den Abend vor seinen Gedanken vorbeiziehen: den Namen Preston hatte er noch

nicht gehört. Aber er war sich bewußt, als er das kantige Glas hob, daß er hier in eine völlig andere Welt kam oder gekommen war.
Der Barkeeper zögerte noch. »Wundert mich, daß Sie hier sind«, sagte er.
»Warum?« fragte Charles tastend.
Der Barkeeper zuckte mit den Achseln. »Schon lange her.«
»Nicht sehr lange«, sagte Charles – und wartete.
»Seit Ihrem Geburtstag. Wie lange ist der her?«
Charles konzentrierte sich auf die Angaben in seinem Führerschein. Er rechnete schnell nach, während er an seinem Whisky nippte – der scharf und ranzig schmeckte. »Ungefähr sechs Wochen.«
»Eine ganz schöne Zeit. Wo Sie doch früher zwei- oder dreimal die Woche gekommen sind. Wenigstens letztes Jahr.« Während Charles dies verdaute, wortlos nickte und an seinem Whisky nippte, fügte er noch hinzu: »Sie haben sich aber einen verdammt komischen Abend dafür ausgesucht.«
Charles schaute konzentriert auf die Eiswürfel, die in der wäßriggelben Flüssigkeit schwammen. »Ja, wirklich?«
»Pete ist im Krankenhaus. Wenn er zurückkommt und Sie hier findet –«
Jemand schlug an sein Glas weiter hinten an der Theke, und der Barkeeper entfernte sich, zapfte zwei Bier vom Faß. Charles schaute sich im Raum um. Er kam ihm vollkommen fremd vor. Und doch wußte er nun, daß er hier, zumindest während des vergangenen Jahres, ziemlich häufig gewesen war. Aber nicht seit sechs Wochen. Nicht seit seinem Geburtstag.
Eine Musikbox, neon- und chromblitzend, stampfte Rhythmen in der Ecke. Ein paar Frauen mittleren Alters, von ungepflegtem Äußeren, saßen an der Theke oder in den Nischen in Begleitung von Männern in Arbeitskleidung und ohne Krawatten. Überall wurde Bier getrunken. Während Charles noch das Ganze überflog, blieb sein Blick an einer Nische hängen; dort saß ein junger Mann, allein, regungslos – und starrte Charles an. Zuerst dachte er, er bilde sich das ein; er ließ seine Augen über ihn weggleiten, schaute dann zurück. Der junge Mann beobachtete ihn noch immer, zurückgelehnt, starren Blicks, weder freundlich noch feindselig, nur direkt, dunkel und unentwegt. Im Gegensatz zu den anderen trug er einen sauberen Anzug. Verlegen nickte Charles ihm zu und verwünschte diese Regung im gleichen Augenblick. Der Gesichtsausdruck des jungen Mannes – der Anfang zwanzig zu sein schien – veränderte sich kein bißchen. Seine ziemlich hübschen, klar geschnittenen Züge regten sich nicht. Eine Schulter etwas höher als die andere, saß er da, rauchte eine Zigarette, blies die Rauchwolken von sich und starrte durch den Qualm zu ihm hinüber.
Charles wandte sich wieder zur Theke, aus der Fassung gebracht und aus einem nicht greifbaren Grund leicht verärgert über den

arroganten, gleichmütigen Blick, der weder freundlich noch aufsässig, jedoch entschieden nicht beiläufig war. Wer war denn dieser junge Mann? Und was wußte er von dem anderen Charles?
Der Barkeeper, der vielleicht die Antwort wußte, wenn man ihn fragte, wartete hinter der Theke, teilnahmslos. »Noch einen?«
»Nein, danke.«
»Nein?«
»Nein.«
Der Barkeeper lehnte sich mit einem Achselzucken über den Tresen. »Keine zehn Pferde brächten Pete vom Krankenhaus weg. Sie haben Holly unter Sauerstoff. Wußten Sie das?« Dann, als Charles nickte, fuhr er fort: »Begreif das nicht, daß Pete es so schwernimmt. Man kennt ihn ja nicht wieder. Er kniet in der Krankenhauskapelle und betet die ganze Zeit. Nicht zu begreifen.«
»Warum nicht?«
Der Barkeeper runzelte die Stirn, flüsterte: »Hat Ihnen Holly das nie gesagt?«
»Was gesagt?«
Er kam noch näher, sein Atem roch unangenehm. »Wie der Alte sie immer geschlagen hat? Lieber Gott, manchmal, wenn wir zugemacht hatten und Pete einen in der Krone hatte und Holly vielleicht einen zu nahe kommen ließ –« Er schüttelte den Kopf, und Charles stellte das Glas ab, angewidert, mit einem ekelerregenden, bitteren Geschmack im Mund, der sich mit dem des Whiskys mischte. »Mein Alter hat mich auch verdroschen, und so weiter. Aber Holly ist doch kein Kind mehr!«
Charles schluckte den Ekel herunter – ihm fiel das verborgene Elend wieder ein, das er in Holly Mitchells Augen auf der Photographie gesehen hatte: er hatte es sich nicht eingebildet. Seine Gedanken rebellierten gegen die Vorstellung von dem Vater, der seine erwachsene Tochter in den tristen Zimmern über dieser traurigen Bar schlägt. Mitleid überflutete ihn, machte ihn krank und schwach, mehr noch als der Widerwillen. Hatte der andere Charles es auch so empfunden? War es möglich, daß er genau so gerührt war?
»Holly hat sich viel mit Ihnen unterhalten, nicht wahr?« tastete er sich vor – er hatte schließlich keine andere Wahl, als sich kopfüber in die Tiefen fallen zu lassen, diese Tiefen der Häßlichkeit, in die er hineingezogen wurde mit einer Empfindung von Ausgedörrtsein und seltsamem Verdruß.
»Sie wissen, wie's ist. Ich bin eben da. Und meistens ist Pete nicht da, wenn ich Dienst habe. Holly wußte, daß ich nichts mit ihr haben wollte – wenn mir mein Job lieb ist.« Er wischte die ohnehin trockene Platte der Theke mit einem Handtuch ab. »Haben Sie sie im Krankenhaus gesehen?«
Charles schüttelte den Kopf. Dieser Gedanke war ihm noch gar

nicht gekommen. Hätte der andere Charles diese Möglichkeit in Erwägung gezogen? »Warum sollte ich?«
Ein bösartiges Schillern trat in die Augen des Barkeepers. »Machen Sie mir nichts vor, Chuck. Ich sagte doch: Holly spricht oft mit mir. Die letzten sechs Wochen hat sie von fast nichts anderem als von Ihnen geredet. Also ehrlich: Ich dachte, sie erfindet das alles. Oh, Teufel, ich hab gesehen, wie Sie den Abend mit ihr weg sind, an Ihrem Geburtstag, aber sonst hab ich Sie nie mit ihr reden hören. Und damals waren Sie so besoffen, daß ich glaube, Sie wußten gar nicht, wer sie war. Sie wissen ja, wie Holly ist –«
Als der Barkeeper innehielt, sagte Charles: »Ich bin nicht sicher, ob ich das weiß –«
»Sie kennen sie doch, Holly, das arme Ding: sieht so aus, als ob sie alles was sie glauben will, sich so lange einredet, bis sie es glaubt. Deshalb hab ich gedacht, es wäre nur Gerede – über Sie. Über sie beide.« Seine Augen wurden schmal und gemein und herausfordernd. »Aber dann, wie Sie überhaupt nicht mehr hierher gekommen sind, nach dem Abend damals, und nach dem, was ich heute über das Auto gehört habe –«
Charles spürte, wie sich seine Nerven anspannten. »Das Auto?« fragte er vorsichtig.
»Die Polizei hat ihren Volkswagen heute zurückgebracht. Der war bestimmt nicht auf dem Grund des verdammten Flusses. Aber der andere Wagen, den sie herausgefischt haben, der alte Packard, von dem es keinen zweiten hier in der Gegend gibt. Und wieso haben Sie ihr den teuren alten Schlitten geliehen, wenn sie nicht die ganze Zeit die Wahrheit von Ihnen beiden gesprochen hat?«
Die Wahrheit. Um die Wahrheit zu erfahren, war er ja gekommen. Und hier erfuhr er sie. Sein Verdacht wurde bestätigt. Er hatte wieder den bitteren Geschmack von Selbstverachtung, spürte, wie er durch alle Poren drang, auch wenn er sich sagte, daß es nicht ihn, sonderen den anderen Charles betraf. Sein Abscheu wuchs.
Dann beugte sich der Barkeeper plötzlich zu ihm herüber und Charles spürte wieder seinen üblen Mundgeruch. »Warum machen Sie nicht, daß Sie fortkommen, ehe Pete zurückkehrt? Ich glaube nicht, daß er schon etwas weiß, aber die Leute reden viel. Die Leute haben gesehen, wie Ihr Wagen herausgezogen wurde. Es wird nicht mehr lange dauern, und Pete zählt zwei und zwei zusammen.« Und dann wurde der Ausdruck des häßlichen, pockennarbigen Gesichts aus keinem erkennbaren Grund giftig. »Warum besuchen Sie sie nicht? Sie ist verrückt nach Ihnen. Ich hab sie noch nie so gesehen. Noch nie. Klar, sie ist ein verwirrtes Geschöpf, aber das Ganze macht sie krank. Krank. Hab so etwas noch nie gesehen. Ich glaube, sie ist mit Absicht in den verdammten Fluß gefahren, das glaube ich! Ich glaube, sie wollte Ihretwegen ins Wasser gehen, so wie sie in Sie verschossen ist.«

Charles stand wie angewurzelt und spürte die Schuld wie ein Bleigewicht auf seinen Schultern – Schuld und diese neue Unsicherheit, dieses neue Geheimnis. Der Barkeeper hatte unrecht – mußte einfach unrecht haben. Dann dachte Charles an seine feuchten Kleider auf der Straße in New York. Eines war nun klargestellt, gleichgültig, was wirklich geschehen war, nämlich, daß der andere Charles verantwortlich war. Es führte kein Weg um diese eine zerschmetternde Tatsache herum.

Er wandte sich von der Theke ab. Was nun? Wohin?

»Chuck –«

Der Name, leise gerufen, klang seltsam in seinen Ohren. Er blickte zuerst in die Richtung der Nische und des jungen Mannes, er war sicher, daß er ihn gerufen hatte. Aber der junge Mann saß unverändert wie zuvor: ruhig, ihn finster betrachtend, eine Zigarette rauchend.

»Ich lad dich zu einem Whisky ein, Chuck.«

Charles wandte sich um und sah einen breitschultrigen, älteren Mann allein an einem Tisch sitzen, einen Arm erhoben. Das Gesicht – fleischig, rötlich, mit sanften, aber besorgt blickenden Augen unter einem Busch ungebärdigen grauen Haars – kam ihm nicht im entferntesten bekannt vor. Trotzdem trat Charles näher.

Der Mann lächelte fast, als er sagte: »Setz dich, Chuck«, aber die Augen blickten weiterhin traurig. »Ich bereite mich auf morgen vor. Du wahrscheinlich auch.«

Rätselnd setzte sich Charles an den kleinen, runden Tisch. Er merkte jetzt, daß dem Mann trotz der Kleidung und der schwieligen Hände – zwei Finger seiner rechten Hand fehlten – eine gewisse selbstgenügsame und unmittelbar einnehmende Würde zu eigen war: sie schien einer verborgenen, ruhigen Tiefe seines Seins zu entsteigen. Sofort spürte Charles – im festen Blick, im zartfühligen Verhalten – eine echte Freundlichkeit, die sich gleich auf ihn in einer Welle von Wärme übertrug.

»Herbie«, rief der Mann zur Theke hinüber, ohne seine Stimme im geringsten zu erheben, und machte eine kurze, entschiedene Bewegung, die den Barkeeper dazu veranlaßte, zwei Whiskys einzugießen. Er lehnte sich zurück, und seine breite Brust schwoll unter der Reißverschlußjacke. »Ich trinke sonst nicht«, sagte er, »wie du weißt. Aber, lieber Himmel, jeder hat das Recht auf einen solchen Seelentröster am Abend vor der Hinrichtung. Das seltsame ist nur: es ist nicht meine Hinrichtung, die mir nahegeht. Ich würde wahrscheinlich sowieso in drei oder vier Jahren in Pension gehen.« Er lehnte sich zu Charles hinüber. »Ich habe hier gesessen und dich beobachtet, Chuck. Habe dir die Schuld für etwas gegeben. Weißt du, wofür?«

»Keine Ahnung«, sagte Charles.

»Dafür, daß du Mr. Parsons überzeugt hast, ich wäre für den Aufsichtsrat geeignet. Ich habe mich da nie richtig wohl gefühlt, weißt du, unter all den gebildeten Herren. Nicht, daß Mr. Parsons nicht versucht hätte, mich zu ermutigen, verschiedene Male, als er noch sprechen konnte. Sagte, ich sei eine wertvolle Bereicherung des Aufsichtsrates.« Er seufzte tief auf. »Und dabei finde ich immer noch, er hätte besser dich in den Aufsichtsrat genommen. Dann wäre vielleicht –«

Der Barkeeper kam und stellte zwei Gläser auf den Tisch. »Auf Ihre Rechnung, Mr. Jackson?« fragte er den älteren Mann.

»Mr. Bancroft«, sagte Jackson mit einem schüchternen Lächeln, »ist mein Gast.« Er hob sein Glas. »Auf das Wohl der Parsons Company.«

Charles hob seines. »Qualitätshüte seit 1877«, sagte er.

Unvermittelt stellte Jackson seinen Whisky auf den Tisch, und Bestürzung, fast Trauer wischte das Lächeln aus seinen breiten, massiven Zügen. »1877 bis 1963«, sagte er. »Ich habe seit 1928 für die Familie Parsons gearbeitet. Das sind fünfunddreißig Jahre. Zwanzig davon als Betriebsleiter. Wenn mir jemals einer gesagt hätte, daß man eines Tages die Pforten schließt –« Er schüttelte langsam den Kopf und nahm einen tiefen Schluck aus dem Glas.

Charles fiel wieder die Unterhaltung im Haus der Parsons vor und während dem Abendessen ein. *Morgen wird der Aufsichtsrat die Empfehlung aussprechen, daß wir verkaufen,* hatte Houghton gesagt. *So einfach ist das alles, Alexandria.*

»Vielleicht passiert das nicht«, sagte er langsam. »Und selbst, wenn sie verkaufen sollten, wird deshalb nicht die Fabrik geschlossen.«

Jackson warf ihm einen erstaunten Seitenblick zu, in dem Unglauben lag. »Das kannst du doch nicht wirklich glauben, Chuck?«

Charles konnte nicht antworten. Er war nicht sicher. Er wußte ja so wenig. Er dachte nur an Alexandrias Entschiedenheit, an Tante Catherines Empörung, an Austin Parsons Hilflosigkeit – und an seine eigene.

»Du glaubst es eigentlich selbst nicht«, sagte Jackson schließlich. »Schau doch, was überall sonst passiert. Denk an Danburry. Du weißt doch, was kommt, Chuck. Und man spricht darüber, mach dir da nichts vor. Es gibt heute nacht in dieser Stadt eine Menge Leute, die Angst haben.«

Noch immer wehrte Charles sich eigensinnig und dickköpfig – das Bild von Alexandrias Entschiedenheit vor Augen – dagegen, die Fakten so zu akzeptieren, wie sie ihm aufgedrängt wurden – nicht nur von diesem Mann Jackson in bezug auf die Fabrik, sondern auch durch Herbie, den Barkeeper, in bezug auf das Mädchen Holly.

»Wenn ich nichts als Betriebsleiter wäre«, sagte Jackson gerade, »hätte ich wahrscheinlich genau so Angst, aber dann käme ich mir wenigstens nicht so verdammt . . . verantwortlich vor.«

Verantwortlichkeit. Charles kannte das Gefühl.
»Die vergangenen anderthalb Monate, seit diese Sache akut wurde«, sagte Jackson, »waren die reine Hölle.«
Anderthalb Monate. Sechs Wochen. *Das war mein Geburtstagsgeschenk für dich, Charles, nicht wahr?* hatte Houghton gesagt. Und es war vor sechs Wochen, daß der andere Charles zum ersten Mal mit Holly Mitchell gesprochen hatte –
»Zum Teufel, ja, ich frage ihn«, hörte er eine Stimme hinter sich sagen; Charles wandte sich um und sah einen großen, jüngeren Mann von der Theke auf seinen Tisch zugehen. Seine rechte Schulter war streitsüchtig nach vorn geschoben, und seine Augen, in einem grobschlächtigen Gesicht, blickten herausfordernd, aber nicht direkt ärgerlich. »Ich leg die Karten auf den Tisch«, sagte er, diesmal lauter als zuvor.
Und eine Stille breitete sich im ganzen Raum aus. Alle Unterhaltungen brachen ab.
Der jüngere Mann stand nun breitbeinig am Tisch, und Charles sah, daß sein mächtiger Kopf kahl war, völlig kahl, ohne auch nur die Andeutung eines Härchens auf dem häßlichen, weißen, nackten Schädel.
»*Mister* Bancroft«, sagte er. »Mein alter Herr will den Mund nicht aufmachen, also frage ich Sie. Verkaufen die Parsons alles?«
Bevor Charles antworten konnte, hatte Jackson das Wort ergriffen: »Bud, dies ist eine freundschaftliche Unterhaltung und keine Gewerkschaftsversammlung.« Er fuhr sich mit seiner schwieligen Hand durch sein volles, kurz geschnittenes, graues Haar.
»Gut«, sagte Bud, »wenn dies eine freundschaftliche Unterhaltung ist, dann bin ich mit von der Partie.« Er griff nach hinten, zog einen Stuhl heran, setzte sich umgekehrt darauf, sein Kinn auf den verschränkten Armen über der Rückenlehne, Charles zugewandt. »Haben Sie was dagegen, *Mr. Bancroft?*«
Charles merkte, wie ihn Buds Haltung aufbrachte. »Ich habe nichts dagegen, Bud«, sagte er leichthin. »Was wollen Sie trinken?«
»Ich will keine Gefälligkeiten. Wenigstens noch nicht.«
»Bud«, rügte Jackson ihn scharf, »Mr. Bancroft hat dir lediglich einen Drink angeboten. Ich habe ihn gerade zu einem eingeladen.«
»Jaa, ich weiß schon«, sagte Bud gedehnt. »Aber ich trinke nicht mit jedem. Du doch sonst auch nicht, Paps.«
Charles' Ärger wuchs gefährlich; er vermied, Jackson nun ins Gesicht zu schauen, sah statt dessen, wie sich seine Hände um die Tischkante schlossen, sah, wie die breiten Fingerspitzen weiß wurden. Gleichzeitig war er über das Wort ›Paps‹ bestürzt: war es möglich, daß dieser aufsässige junge Bursche namens Bud der Sohn des verständnisvollen Betriebsleiters war, der offensichtlich zu Charles Bancrofts Freunden zählte?
»Laß mich das jetzt machen«, sagte Bud gerade. »Wir wollen nur

eine einfache Frage stellen, *Mister* Bancroft, eine, die heute abend viele Leute beschäftigt. Wird Parsons' Hutfabrik verkauft?«
Der Ärger wuchs stetig. »So leicht läßt sie sich nicht verkaufen«, sagte Charles. »Der Aktienbesitz ist in verschiedenen Händen. Soweit ich weiß, hat noch keine Aktie den Besitzer gewechselt.«
Bud stieß ein unangenehmes Lachen aus. »Schöne Redensarten. Nach dem, was ich gehört habe, versucht irgendwer, die Fabrik zu kaufen, damit er sie schließen kann –« Er ließ die Frage in den Rauchschwaden über dem Tisch hängen, und Charles spürte fast körperlich, wie sie im Raum vibrierte.
»So, haben Sie das gehört?« fragte Charles und sah in das breite, häßliche Gesicht. »Nun, Ihr Vater ist im Aufsichtsrat, und ich bin sicher, daß er Ihnen etwas anderes gesagt hat. Vielleicht haben Sie Gerüchten geglaubt.« Und noch während er sprach, wurde ihm bewußt, daß der andere Charles unter diesen Umständen genau so ausweichend reagiert hätte; und doch fühlte er sich nicht imstande, etwas anderes zu tun.
Jacksons Stimme klang kühl und ruhig, mit einem Anflug unterdrückter Gefühlsanwandlungen, als er sagte: »Bud, ich habe es dir schon oft gesagt: Chuck ist einer von uns. Er hat bisher schon alles Erdenkliche versucht, um den Betrieb am Laufen zu erhalten. Meine Güte, ich habe dir von dem Reorganisationsplan erzählt –«
Bud winkte mit einer Geste ab. »Das hab ich alles schon gehört, Paps. Aber der Plan ist nicht einmal ausprobiert worden, oder? Warum? Das kann ich dir sagen.« Er wandte sich zu Charles. »Ob das Geschäft weiterläuft oder nicht, für euch, für Leute wie Sie, bedeutet es nur, Geld zu machen oder Geld zu verlieren. Gleich was, Sie können es sich leisten. Die Parsons, Mr. Sanford, ihr alle. Sie haben immer noch regelmäßig zu essen – und nicht schlecht. Teufel, vielleicht sogar besser. Ich möchte wetten, daß jeder von euch es so ausgeknobelt hat, daß er an der Sache noch gewinnt. Stimmt's, *Mister* Bancroft?«
»*Bud* –« Diesmal lagen Jacksons Hände zu Fäusten geballt auf dem Tisch, und seine Stimme war ein lautes Knurren. »Du hast keinen Grund, so zu reden. Jetzt steh auf und mach, daß du rauskommst.«
Bud schaute von Charles auf seinen Vater – mit träger, kalter Verachtung. Und Charles bemühte sich krampfhaft, die in ihm aufsteigende Wut zu beherrschen.
»Ich habe nur eine einfache Frage gestellt, Paps«, sagte Bud mit gespielter Sanftheit. »*Hat Mister* Bancroft vor, sich eine Stange Geld mit der Sache zu verdienen, weil er sich eine reiche Frau zugelegt hat?«
Die Stille war intensiv und gespannt. Charles spürte die Blicke aller auf sich, hörte das gespannte Schweigen in seinem Herzschlag. Seine Nerven verkrampften sich. Jetzt in eine Wirtshausschlägerei verwickelt zu werden, würde alles nur noch mehr komplizieren. Trotzdem zitterte er vor Anstrengung, nicht aufzustehen und seine Faust

in das feixende, abwartende Gesicht zu schmettern. Und er wußte auch, daß der andere Charles unter diesen Umständen nicht anders reagiert hätte.
Statt dessen sagte er gelassen in die überwältigende Stille hinein: »Ich tue alles, was ich kann, um einen Verkauf zu verhindern.« Und während er dies sagte, wurde ihm klar, wieviel mehr auf dem Spiel stand, als er sich während des Abendessens vorgestellt hatte: der Lebensunterhalt einer großen Anzahl anderer Menschen, die er nicht einmal kannte, denen gegenüber der andere Charles aber verpflichtet war – ob es dem anderen Charles jemals klar war oder nicht. Und er wußte auch, daß er diese Verantwortung auf seine eigenen Schultern genommen hatte.
Bud starrte mit einem dummen Grinsen vor sich hin. Eine Stimme aus einiger Entfernung sagte: »Steck's auf, Bud. Chuck hat daran keine Schuld, verflucht nochmal.«
Bud runzelte die Stirn, der arrogante Spott in seinem Gesicht wich einer Verblüffung, die langsam den ganzen Kopf bis zum nackten Schädel mit Röte überzog.
Im Hintergrund lachte eine Frau.
Bud knurrte: »Wollen wir nicht nach draußen gehen, Bancroft?« Dann stand er auf, sein Stuhl krachte zur Erde, und als Charles spürte, wie sich sein Magen verkrampfte – er hatte die ganze Zeit geahnt, daß es so weit kommen würde –, griff Bud mit einer Hand in Charles' Revers und drehte es herum.
»Haben Sie nicht gehört, was ich gesagt habe?« fragte er barsch und beugte sich über den Tisch, so daß die Äderchen in seinen blutunterlaufenen Augen gleichsam wie Straßen auf einer Landkarte aussahen.
Und im gleichen Augenblick erwog Charles, ohne bewußtes Nachdenken, während er seine verkrampften Muskeln und den kaum zu zügelnden Impuls in jedem Nerv spürte, dem anderen einen Kinnhaken zu versetzen. Kalter Schweiß stand ihm im Nacken. Die aufgestaute Gewalt hatte schon den ganzen Abend nach einer explosiven Entladung verlangt. Jetzt –
»Chuck!«
Das war eine neue Stimme, sie kam vom Hintergrund des Raumes.
»*Chuck!*«
Und diesmal klang das Wort wie Donnerrollen in der gespannten Stille.
»Hört damit auf, hört auf damit, verdammt nochmal!«
Der Neue, ein großer Mann in ausgewaschenem Arbeitsanzug, kam aus dem Hinterzimmer. Mit einem glatten Lächeln schob er sich heran, umfaßte Buds Schulter mit einer Hand, wirbelte ihn herum, so daß er Charles' Revers loslassen mußte. Dann lachte er.
»Was willst du, Bud? Suchst du Streit? Nun, probier's einen anderen Abend. Ich hab mit dem Jungen über Geschäfte zu reden.« Dann

lehnte er sich zu Charles herüber. »Kann ich auch nicht einen Augenblick den Rücken drehen, ohne daß du irgend etwas anstellst?« Während er wieder lachte, sah Charles, wie Bud sich knurrend, aber geschlagen zurückzog.
»Komm her, Junge. Der Chef will dich sprechen.«
Charles stand verwirrt auf, und der andere legte einen Arm fest auf seine Schulter und schob ihn zur Tür, an dem einsamen jungen Mann in der Nische vorbei, und dann nach draußen, während er mit gutmütigem Spott weiterredete: »Willst du schon wieder eine Klage, Junge? Heutzutage kann man sich mit niemandem mehr prügeln, die verklagen einen sofort. Das solltest du doch wissen.« Hinter ihm ertönte Gelächter, als Charles vor der Tür war und die drei Stufen auf den Bürgersteig hinabstieg. Der große Mann senkte die Stimme und nahm den Arm von Charles' Schultern. »Meine Güte, Junge, du kannst dir keine Schlägerei mehr leisten. In der Zeitung stand, daß der Kerl, dem du im Lake Club eine runtergehauen hast, dich auf hunderttausend verklagt hat. Verdammt, ich wußte nicht mal, daß du soviel hast.«
Plötzlich wünschte Charles, an dem Gelächter, das er hinter sich gelassen hatte, teilzuhaben. Die kalte Luft schnitt durch seinen Anzug. Die ganze bizarre Episode nahm den Aspekt eines schlechten Traums an, unzusammenhängend, unwirklich, zu komplex und fragmentarisch, um jemals ganz erfaßt zu werden, unheilschwanger, voller Gewalten, die nie zum Ausbruch kamen. Nun marschierte er wie eine Marionette neben diesem Riesen von einem Mann her, einem Ziel entgegen, von dem er sich eine Erklärung erhoffte, von dem er aber gleichsam ahnte, daß es ihn nur tiefer in das Geheimnis und die ganze Verwirrung stürzen würde. *Der Chef will dich sprechen.* Obwohl ihn schauderte, mußte Charles doch lachen. Ihm kam der völlig absurde Gedanke, daß er durch irgendeinen üblen Scherz in einen Gangsterfilm geraten sei. Der Chef würde sich wahrscheinlich als glattzüngiges, pomadefrisiertes Individuum mit schwarzem Hemd, einer weißen Krawatte und einer Brillant-Krawattennadel entpuppen.
»Das gefällt mir immer an dir«, sagte sein Begleiter. »Gleich, was kommt, dir ist es immer zum Lachen. Aber ich bin verdammt böse auf dich. Das weißt du doch, oder nicht?«
»Es überrascht mich nicht«, sagte Charles, abwechselnd amüsiert, verwirrt und seltsam hilflos. »Es überrascht mich kein bißchen. Wer ist mir schon nicht böse?«
»Bei Gott, das klingt schon wieder wie der alte Chuck!« sagte der Mann und hieb Charles seine Pranke auf den Rücken. »Nicht, daß ich nicht immer noch sauer bin. Das geht mir sehr gegen den Strich, wenn man einfach meine Anrufe nicht beachtet. Diese verdammte Sekretärin von dir ist das schlimmste Lügenmaul, das mich jemals angelogen hat.«

Sogar die Redeweise des Mannes schien die geheimnisvolle Heiterkeit eines Traums zu haben. In dem Augenblick, als sie um eine Ecke bogen, fielen ihm die ersten Worte des Barkeepers wieder ein: *Preston ist im Hinterzimmer! Großes Spiel im Gang!*
»Ich war den ganzen Tag nicht in der Fabrik«, sagte Charles. »Das ist wahr –« und dann probierte er den Namen »– Preston.«
»Ich meine nicht heute. Vergangene Woche. Und die Woche davor. Der Logan im Haus, das muß ich zugeben – der kann lügen wie gedruckt!«
»Ich werde es ihm ausrichten«, sagte Charles.
»Gut, freut mich, daß du es so auffaßt, Junge. Hatte aber schon so 'ne Ahnung, daß du's würdest.«
In dem Gefühl, beim nächsten Schritt noch hoffnungsloser in Treibsand zu versinken, erwog Charles, ob er wohl eine Frage wagen sollte, die der andere Charles in Kenntnis der Dinge wahrscheinlich nicht gestellt hätte. »Was hätte ich sonst tun können?«
Aus seinem Augenwinkel sah er, wie der Kopf des anderen zu ihm herumgerissen wurde. »Oh, du hättest mich wegen der Bank verhaften lassen können, wenn du genügend in Rage gewesen wärst. Aber wie ich schon sagte, so, wie du bist –« Er senkte die Stimme, machte eine Pause, sagte dann fast vorwurfsvoll: »Es wäre alles nicht geschehen, wenn du meine Telephonanrufe entgegengenommen hättest.«
Wenn. Ursache und Wirkung. Wenn der andere Charles das getan hatte oder versäumt hatte, das andere zu tun, dann wären die Konsequenzen nicht so unaufhaltsam, so unweigerlich, wie sie hinterher erschienen, dann wären die Konsequenzen andere.
Er hatte keine Ahnung, worauf Preston sich bezog – es hatte mit einer Bank zu tun. Falls er weiterfragte, mochte er Preston mißtrauisch machen. Andrerseits sollte er es vielleicht doch. Wenn niemand außer dem Anwalt, Conway, wußte, was mit seinem Gedächtnis geschehen war, wie konnte er dann später die Echtheit dieses Zustandes beweisen, falls dies nötig wurde?
Kommentarlos bog Preston auf eine kleine, ungepflegte Rasenfläche vor der Veranda eines alten Hauses, von der Straße abgesetzt, ein – ein schmalbrüstiges, graues Schieferhaus, das dicht gedrängt in einer Reihe ähnlicher Häuser stand; es wirkte verlassen und düster. Auf der kleinen Vorveranda stolperte Preston über Kinderspielzeug, fluchte leise vor sich hin und öffnete dann die Tür. Charles folgte ihm nach innen. Von oben fiel ein schwacher Lichtschein auf nackte Stufen, und die Diele roch nach Staub, Alter, Verfall und einer Mischung von tausend verwehenden Kochdünsten. Der große Schatten führte ihn die Treppe hinauf.
»Junge, ich passe auf«, flüsterte Preston laut. »Vergiß das nicht. Du kriegst jeden Pfennig zurück, wirklich. Mit Zinsen.«
Die Treppenstufen quietschten unter den Schritten. Eine einzelne

nackte Birne am ersten Treppenabsatz warf groteske Schattenbilder an die Wand. Preston blieb vor einer geschlossenen Tür stehen, öffnete sie verstohlen und trat ein. Charles folgte ihm. Der Raum war dämmerig, freudlos und stark überheizt.

Und doch, als Preston eine Lampe einschaltete, weckte dieser Raum, vollgestopft mit schweren, dunkel gebeizten Möbelstücken eine Erinnerung – einer seltsam fernen Sehnsucht ähnlicher als einer Erinnerung, als habe Charles das alles schon einmal gesehen: den ausgeblichenen, einstmals farbenfreudigen Teppich, den Kaminsims über einem eingeschalten Kamin, die Nippesfiguren auf jeder möglichen Stellfläche, die Reproduktionen nicht erkennbarer, aber schablonenhafter Landschaften an den Wänden. Während Preston mit unbeholfener Heimlichkeit zu einer Tür schlich, warf Charles einen Blick durch einen Bogen, der den Wohnraum vom Eßzimmer mit seinem runden, schweren Tisch trennte, und hinter einem Spitzenvorhang voll künstlicher Blumenmuster kaum verborgen war. Das Gefühl von Vertrautheit, gemischt mit einem im Gegensatz dazu stehenden Widerwillen, hielt ihn in Bann.

Dann erschien Mady.

Und er erkannte sie sofort wieder.

Kein Mechanismus hatte in seinem Gehirn geklickt, keine Tür hatte sich aufgetan – es war dieses völlig natürliche Wiedererkennen und ein Schuß von Erstaunen und Ungläubigkeit in ihm, als seine Schwester Mady durch das Zimmer auf ihn zukam.

Sie gab ihm mit rauhen, roten Lippen einen Kuß auf die Wange, trat dann zurück. Er mußte sich fürchterlich getäuscht haben. Das war überhaupt nicht Mady. Mady war schlank, fast mager, immer schon; und Mady konnte noch nicht so alt sein. Ihr braunes Haar war ohne Glanz, von grauen Fäden durchzogen und fiel in Strähnen auf die Schultern eines ausgewaschenen Kimonos. Und ihre Haut wirkte sogar im schummerigen Licht der einen Lampe völlig grau und glanzlos. Es mußte ein schrecklicher Irrtum sein, man hielt ihn zum Narren.

»Meine Güte«, rief sie aus, und ihre Stimme – schmetternd, gleichzeitig derb und fast zärtlich-verachtungsvoll – weckte vertraute Assoziationen. »Meine Güte, Chuck, du stehst da und tust so, als hättest du mich noch nie gesehen! Ich habe schon geschlafen. Glaubst du, daß du besser aussiehst, wenn du aus dem Schlaf gerissen wirst?«

Ihre Selbstverständlichkeit war irgendwie erschreckend, aber er achtete nicht auf ihre Worte. Sie ging mit nervösen Schritten im Zimmer auf und ab, schimpfte mit Preston wegen der Biertrinkerei, schob ihn fast in die Küche, setzte sich hin, schleuderte ihre Pantoffel in die Ecke, legte ihre Beine auf ein kunstledernes Sitzkissen, suchte sich auf dem Tisch eine Zigarette. Ihre Gegenwart erfüllte den Raum, und unvermittelt kam sich Charles wieder wie ein Junge

vor – unglaublich jung; er hatte den flüchtigen Eindruck, das alles sei schon früher geschehen, irgendwie, irgendwo. Und gleichzeitig spürte er eine außergewöhnliche Gefühlsaufwallung, eine überwältigende Erregung.
»Fernseher kaputt, da hab ich eben gepennt. Ist das irgendwie polizeiwidrig, Chuck? Zieh deine Schuhe aus, Junge, zieh die Schuhe aus und tu so, als wärst du zu Hause. Du bist lange weggeblieben, kommst dir vor wie ein Gast? Denk nicht dran. Setz dich und trink ein Bier. Pres, mein Gott, was hast du bloß die ganze Zeit gemacht?«
Charles sank in einen Polstersessel und fühlte, wie sich ein paar abgebrochene Federn in seinen Rücken bohrten. Er war fast atemlos und wußte gleichzeitig, daß er, wenn er sprach, sobald er sprach, sich sofort und völlig preisgeben würde. Mady war die erste Person, die er sofort erkannt hatte: was das bedeutete, wußte er nicht, er konnte nur abwarten, bis er es merkte. Er hatte nicht die leiseste Vorstellung, was er sagen sollte, oder was von ihm erwartet wurde.
»Betrunken, Chuck? Bist du deshalb hergekommen?«
Bevor er antworten konnte, erschien Preston wieder und hielt in seinen breiten Pranken drei Dosen Bier. Er gab Charles eine, eine Mady. Die Blechdose, vor Kälte angelaufen, fühlte sich eisig an; und ein malziges Aroma, das auch auf mysteriöse Weise zu diesem Raum und zu diesen Leuten zu gehören schien, entstieg der dreieckigen Öffnung im Deckel der Dose. Er sah, wie Mady ihre Dose zum Mund führte, einen tiefen Schluck nahm und zufrieden aufseufzte. Er nahm nur einen Schluck, immer noch sprachlos, und warf Preston über den Rand der Dose einen forschenden Blick zu. Ein Kranz dunkler Haare wuchs um seinen kahlen Schädel, der wie gegerbtes Leder glänzte, und sein breites Gesicht war von feinen Linien durchzogen, die noch keine Falten waren. Wie war es möglich, daß er sich an seine Schwester Mady erinnerte, nicht aber an ihren Mann, Preston?
»Was ist mit dir los, Chuck?« fragte Mady, immer noch in dem rechthaberischen Ton, der durch einen Anflug von Besorgtheit gemildert wurde. »Was ist passiert?« Dann warf sie Preston einen mißtrauischen Blick zu.
Ihr Mann saß breitbeinig da, wollte gerade einen Schluck trinken, als er diesen Blick auffing und ihn stirnrunzelnd und abwehrend erwiderte. »Ich glaube, ich geh mal schlafen«, kündete er in brummigem, abgehacktem Ton an. »Langer Tag gewesen. 'Nacht, Chuck. Freu mich, wenn du wieder kommst.«
Und er schlenderte aus dem Raum, nicht ganz siegessicher, und vermied es, Madys Blick noch einmal zu begegnen.
Mady lachte einmal kurz auf. »Die Großen, die brauchen eine Menge Schlaf.« Ihr Tonfall, liebevoll und mit erschöpfter Geduld, glich

ihrem Gesichtsausdruck. »Wenn du das Kind aufweckst«, rief sie ihm in laut hörbarem Flüstern nach, »dann trägst du es heute nacht spazieren.« Dann schaute sie wieder Charles an. »Er hat dich doch nicht etwa angepumpt?«

»Nein«, antwortete Charles schlicht und offen, »aber er hat versprochen, zurückzuzahlen, was er mir schuldet.«

Seine Schwester lachte. »Mit Zinsen!« rief sie. »Das tut er doch immer. Und dann wundert er sich, wenn du dich bei uns nicht mehr blicken läßt. Warum solltest du kommen, sage ich ihm immer, wenn dich jeder zweite Besuch ein paar hundert Dollar kostet. Zieh deine Schuhe aus, Chuck. Kommst mir ganz merkwürdig vor, wenn du so dasitzt und mich anstarrst, ob du betrunken bist oder nicht.«

Charles beugte sich herab und band seine Schnürsenkel auf, schlüpfte aus den Schuhen. Obwohl er sich daran nicht erinnern konnte, schien dies eine Art Ritual zu sein, dem er sich beugen wollte, um seine – oder des anderen Charles – Pflicht zu erfüllen.

Sie hatte sich bequem zurückgelehnt, in einer Hand die Bierdose, in der anderen eine Zigarette. Sie sah müde aus, und ihr Gesicht trug jetzt, entspannt, wie sie war, einen Ausdruck stummen Duldens, das nicht recht zu ihr paßte, wenn er auch nicht hätte sagen können, warum. Genau so wenig hätte er sagen können, warum ihm bei ihrem Anblick das quälende Gefühl aufstieg, das einen Reisenden überfällt, der nach vielen Jahren heimkehrt und einen geliebten Menschen unrettbar durch Alter, Schmerz und Zeit gezeichnet findet.

Das Schweigen hing nun schon minutenlang zwischen ihnen, aber er hatte auch hier das Empfinden eines gewohnten Ritus. Ein Gefühl von Frieden überkam ihn, und er merkte, wie die Erregung etwas abgeebbt war. Nicht aber die Angst.

Dann trank Mady einen Schluck Bier, zog an ihrer Zigarette und fragte: »Kannst du eigentlich so wie hier auch zu Hause mal herumsitzen? Oh, ich habe deine Telephonnummer, schon seit Jahren, Chuck.« Dann blies sie eine Rauchwolke zur Decke und fuhr in anderem Tonfall fort: »Hab ich es richtig gemacht, als ich dir sagte, du sollst uns nichts mehr geben, Chuck? Du bist dann nie mehr gekommen. Ich könnte Pres verfluchen – warum hat er dich um dies hier gebracht? Warum konnte er dich nicht in Ruhe lassen?«

Charles sagte nichts; das Bild wurde deutlicher. Es gab aber noch etwas, wovon Mady nichts wußte: *Oh, du hättest mich wegen der Bank verhaften lassen können, wenn du genügend in Rage gewesen wärst.* Warum verhaften?

»Preston hat Schwierigkeiten mit der Bank«, sagte er vorsichtig.

Mady drückte die Zigarette aus. »Nur, wenn du ihn anklagst«, erwiderte sie scharf, stand auf. »Aber es liegt an dir, du mußt etwas unternehmen. Eines kommt zum anderen, das geht immer so weiter.

Wenn er erst einmal ungestraft Schecks fälschen kann, mit deinem Namen – was kommt danach? Gott allein weiß, wie das alles enden mag.«
Jetzt, da er die Wahrheit kannte, wünschte er, er hätte nicht darauf gedrängt. Madys bestürztes Gesicht ergriff ihn, rührte an sein Mitleid. Sie lief nun ruhelos im Zimmer auf und ab, suchte etwas.
»Ich habe nicht vor, ihn zu verklagen«, sagte er.
Sie drehte sich heftig zu ihm. »Aber du mußt! Du hast keine andere Wahl. Wenn man ihm das auch noch durchgehen läßt, dann ist es wie alles andere – schon allein das Spielen. Wenn man ihm jetzt das noch durchgehen läßt, dann zapft er dich dauernd an, und du merkst es nicht einmal. Dann bist du ihm ausgeliefert, Chuck, und nichts könnte ihm besser passen. Nichts. Für dich ist das kein Problem, Chuck. Aber mich geht es etwas an!«
Aber war das denn richtig? Fand der andere Charles das richtig? Anscheinend nicht – denn warum hätte er sonst Madys Mann Geld geben sollen? Und warum hatte er keine Klage, über die Bank, eingereicht?
»Oh, ich kenne dich, Chuck. Ich weiß genau, was du jetzt denkst. Ich habe es mir selbst tausendmal hin und her überlegt, aber es gibt keinen anderen Weg.« Sie hatte ihre Suche im Zimmer wieder aufgenommen. »Mein Gott, so habe ich es nicht gemeint. Ich könnte es nicht ertragen, wenn er ins Gefängnis kommt. Aber du hast Pres gegenüber keine Verpflichtungen. Kein Grund, warum du dir darüber Gedanken machen sollst, weil du es geschafft hast, und wir nicht, oder?«
Charles kämpfte das Gefühl von Hoffnung, das in ihm aufgestiegen war, nieder. Wenn Charles Bancroft so denken konnte, wie es zumindest seine Schwester annahm, dann konnte das Bild von Charles, wie er es im Haus der Parsons und in der Bar zusammengefügt hatte, nicht vollständig sein.
»Meine Güte, hast du eine Zigarette?« fragte Mady schließlich. »Ich hab nie genug Zigaretten im Haus.«
»Nein«, sagte Charles und stellte zum ersten Mal fest, daß er den ganzen Tag nicht geraucht hatte. »Tut mir leid, Mady.«
»Entschuldige dich nicht!« rief sie in plötzlicher Wut. »Bitte, entschuldige dich nicht immer.« Sie stand nun hoch aufgerichtet dicht neben ihm. »Meine Güte, du bist ein hoffnungsloser Fall. Du warst schon als Kind genau so: wenn du gedacht hast, du hättest jemand beleidigt, dann sah dein Gesicht so aus, daß ich es einfach nicht mit ansehen konnte.« Sie schüttelte den Kopf, ging weiter. »Und dann in der letzten Zeit – besonders im vergangenen Jahr, wo du so verbittert warst – da war ich froh. Ehrlich, Chuck, richtig froh! Ich dachte, du wärst endlich hart geworden. Und als du dich immer am Telephon verleugnen ließest, wenn Preston anrief, da wußte ich nicht, ob ich mich freuen sollte, weil du hart geworden bist, oder

ob ich traurig sein müßte...« Ihre Stimme erstarb; dann fuhr sie sanfter fort: »Traurig, weil es so viele Leute gibt, die hart sind. Und ich wußte, daß du ihm aus dem Wege gehst, weil *ich* dich darum gebeten hatte. Und dann tut er ganz einfach etwas viel Schlimmeres – fälscht deinen Namen auf einem Scheck! Du lieber Gott, wie soll man nur wissen, was das Beste ist?« Sie stand vor ihm, die Fäuste in die breiten Hüften gestemmt. »Es ist komisch, wenn man darüber nachdenkt. Da habe ich dir erklärt, du sollst endlich erwachsen und hart werden, und wenn du es tust, dann wünsche ich mir dich so, wie du früher warst.« Sie ging einen Schritt beiseite. »Und heute abend –« sagte sie stirnrunzelnd.

Er sah ihr in die Augen. »Ja, Mady?«

Sie blinzelte. »Ich weiß nicht. Du wirkst so anders. Mehr, wie du früher warst –« Sie ging zu ihm hin. »Ich weiß nicht. Du siehst so – verletzt aus, so...« Und dann beugte sie sich vor, betrachtete sein Gesicht. »Wer hat dich so gekratzt?« fragte sie mit einem Anflug von Zorn in ihrer Stimme. »Wer hat es gewagt, dir das Gesicht so zu zerkratzen?«

Er wußte es sofort, dies war seine Chance. Er brauchte nur zu sagen, daß er es nicht wisse, und Mady würde nicht locker lassen, bis er ihr alles gesagt hätte. Es wäre eine große Erleichterung, ihr alles sagen zu können.

Statt dessen riß Mady ihren Blick los, richtete sich auf, ging mit ärgerlichen Schritten durch das Eßzimmer in die dahinter liegende Küche und verschwand hinter der Pendeltür.

Die Gelegenheit war vorbei.

Charles ließ seinen Blick durch das Zimmer wandern. Auf einem kleinen Tischchen neben der Tür stand ein Bilderrahmen mit zwei Photographien. Die beiden Gesichter wirkten wie Traumgestalten, halb bekannt und halb fremd. Er schlüpfte in seine Schuhe, stand auf und trat näher heran. Es waren Bilder von seiner Mutter und seinem Vater: er kannte sie sofort, obwohl auch sie älter aussahen, als er sie in Erinnerung hatte. Sein Gefühl für Zeit schien immer mysteriöser, immer verwirrter zu werden. Während er seinen Blick weiter schweifen ließ, drängte sich ihm ein anderes Bild auf: das Haus, das er erst vor kurzem gesehen hatte, das Haus in der Euklidstraße, mit dem eisernen Zaun darum. Und die Maiglöckchen daneben. Und dabei fiel ihm auf, daß das Wohnzimmer in jenem Haus und das, in dem er jetzt stand, eine nicht zu erklärende, aber trotzdem deutliche Ähnlichkeit miteinander hatten. Er konnte förmlich seinen Vater sehen, als stünde er in dem anderen Haus, wie der alte Herr auf dem Sofa ausgestreckt lag, seine Pfeife rauchte und die Abendzeitung las, während seine Mutter in der Küche herumrumorte. Er bemühte sich nicht, die Klarheit dieses Augenblicks festzuhalten. Noch sah er das Bild, durch die Zeit verzerrt und nicht ganz in Ordnung, zerbrechlich und ungegenständlich, mit dem

deutlichen Bewußtsein, wie kostbar es war; aber es würde verschwinden, verschwand bereits –
Sein Vater schaute ihn an: ziemlich traurig, gedankenvoll, grübelnd.
Die Worte entschlüpften ihm gedankenlos: »Er ist gestorben, nicht wahr?«
Hinter sich hörte er eine leise Bewegung. »Was?«
Er mußte es wissen. Rücksichtslos fragte er wieder: »Vater ist gestorben, nicht wahr?«
»Mein Gott«, sagte Mady in einem erstickten Flüstern. Sie stand unter dem Bogen zum Eßzimmer. »Mein Gott, Chuck, wovon redest du nur? Du weißt doch, daß Vater gestorben ist, während du in Korea warst? Du bist doch extra zur Beerdigung heimgeflogen.«
»Ja«, sagte er, und plötzlich fielen ihm auch fragmentarische, aber deutliche Bruchstücke ein: das stille Gesicht, ohne Leben, die Lippen auch im Tod noch sanft fragend, er selbst, stumm danebenstehend, in Uniform. Mady, tränenüberströmt, die immer wieder murmelte: *Ich kann es nicht glauben,* und neben ihr seine Mutter mit steinernem Gesicht und ohne Tränen –
Es kam ihm wieder. Stückchen für Stückchen. Und in einigen Sekunden, einigen wenigen Stunden vielleicht –
»Und Mutter –« fragte seine Stimme und klang fremd und unwirklich in dem nachtstillen Zimmer, während er auf das Ebenbild seiner Mutter schaute, »wo ist sie?«
Madys Flüstern hatte nun einen Unterton von Entsetzen, als sie hinter seinem Rücken näher trat. »Chuck, was ist? Was ist mit dir los? Ich kriege Angst –«
»Wo ist sie?« fragte er nochmals.
»Mein Gott –«
»Bitte, Mady – sag es mir.«
»Sie ist vor vier Jahren gestorben, Chuck. Das weißt du doch. Du weißt –«
Als er sich zu ihr umwandte, hielt sie inne, beim Anblick eines gewissen Ausdrucks in seinem Gesicht. Ihre eigenen Augen waren erschreckt, verblüfft.
»Mady . . . Ich weiß es *nicht* –«
Und nun mußte er es ihr einfach erzählen. Sie würde, im Gegensatz zu allen anderen, ihm glauben – glaubte ihm vielleicht bereits, oder hatte eine Ahnung.
Er setzte sich fröstelnd und erzählte ihr alles mit leiser und ruhiger Stimme, während sie ihm gegenübersaß, alles, woran er sich entsinnen konnte: das Erwachen, oder wie man es sonst nennen sollte, an der Straßenecke in New York am Morgen – war es möglich, daß dies nur Stunden zurücklag? – und seine Rückkehr nach Shepperton, das völlige Fehlen von Erinnerung, sogar an seine Frau, seinen

Sohn, das Haus neben dem Golfplatz auf der anderen Seite des Flusses, die Reportage in der Zeitung, die Enthüllungen und die unbeantworteten Fragen, die er mit sich herumtrug.
Als er geendet hatte, lehnte er sich zurück und wartete: Mady würde ihm helfen. Mady wußte immer, was zu tun war.
Schließlich sagte sie nach einer langen Pause: »An einige Dinge kannst du dich doch erinnern –«
»An Bruchstücke und Teile. Mutter, Vater, das Haus in der Euklidstraße, nur Eindrücke, nicht sehr deutlich. Und an nichts in den letzten elf Jahren. *Nichts*.«
Dann beugte sich Mady zu ihm hinüber, ergriff seine Hände, nahm sie in ihre, die stark und knochig und rauh waren.
»Du hast mich erkannt«, sagte sie. »Wie du hereinkamst –«
Er nickte. »Aber nicht Preston. Und dieses Zimmer nicht – oder nur sehr vage. Ja, ich habe dich erkannt, Mady.«
»Hast du es irgend jemand gesagt?«
»Nur einem. Er hat es mir nicht geglaubt. Er dachte, ich machte ihm etwas vor. Glaubst du mir?«
»Mein Gott!«
»Du glaubst mir doch, Mady?« Die Frage schien ihm auf einmal von ungeheurer Bedeutung.
»Ich weiß nicht, Chuck. Mein Gott, wie soll ich – vielleicht ein Arzt – ja, ich glaube dir. Ich zittere am ganzen Leib, Chuck. Ja, mein Gott, ich glaube dir, aber ich weiß nicht, warum. Wenn du es sagst, dann ist es wahr, das ist alles. Du würdest mich nicht anlügen.« Sie stand auf und ging wieder auf und ab. Müßig nahm sie ihre leere Bierdose auf, setzte sie wieder ab, ging zu den Photographien. »Du erinnerst dich an Mutter?«
»Ihr Gesicht. Wie sie einen ansieht. Und an ihre Stimme, ein bißchen.«
»Sie war so fürchterlich stolz auf dich, Chuck.«
»Stolz?«
»Klar –« und in Madys Stimme lag ein überraschendes Ressentiment. »Klar, klar. Du hast doch alles erreicht, was sie immer wollte. Weißt du nicht mehr, wie verbittert sie immer war – als ob sie nie glücklich sein konnte mit dem Leben, das wir führten, als wäre sie hereingelegt worden, sie persönlich, und zu so einem Leben gezwungen.«
Ja, er erinnerte sich: das Gesicht seiner Mutter, verloren und verletzt. Und er erinnerte sich, wie er sie zu trösten versucht hatte – trösten, weshalb? Sogar das wußte er nicht mehr genau. Während er daran dachte, war er sich eines überwältigenden Mitleids bewußt, das ihm sogar jetzt noch die Kehle quälend zuschnürte.
Das merkwürdige Ressentiment, das noch in Madys nachdenklichen Augen stand, verblüffte ihn noch immer. »Mein Gott, die Frau konnte grausam sein. Du hast es vielleicht vergessen, aber ich nicht.

Wie sie Vater die Schuld zuschob. Dem armen, fröhlichen Vater. Wie kann man etwas sein, was man nicht ist? Als wäre er die Ursache für alles, was sie verletzte. Ich habe sie manchmal gehaßt wegen der Art, wie sie ihn behandelt hat. Und wie sie dann, in späteren Jahren, als er gestorben war, alles dir aufbürdete –«
»Mir?« Er war nicht einmal sicher, ob er gesprochen hatte.
»Immer mit der Klage, niemand liebte sie genug. Wo sie immer diese gräßlichen Dinge sagte und tat, und dann immer noch erwartete, daß die Leute sie trotzdem liebten.« Sie wandte sich schnell zu ihm um. »Chuck, du weißt nicht einmal mehr, wie sie sich beklagt hat, du hättest sie verlassen – obwohl du sie finanziell unterstützt hast – und wie sie zu dir ins Parsons-Haus ziehen wollte, wo sie immer geglaubt hatte, hinzugehören? Wie konntest du das zulassen, so wie sie sich gegenüber allen Leuten benahm? Trotzdem, sie ist mit diesen Vorwürfen gegen dich gestorben. Daran *mußt* du dich doch *erinnern* –«
»Nein.« Das Wort klang unfreundlich und hoffnungslos, als ihm die Bedeutung des eben Gehörten aufging – die Bedeutung nicht für ihn, sondern für den anderen Charles.
»Gut, ich bin froh«, sagte Mady mit plötzlicher Eindringlichkeit. »Ich bin froh, daß du's nicht tust. Weil sie es fertiggebracht hat, dir ein genau so schlechtes Gewissen einzutrichtern wie Papa, ganz gleich, was du getan hast, genau wie mit – o Chuck, es ist fürchterlich! Ich habe seit Jahren nicht mehr so dahergeredet. Warum soll man darüber reden, wenn –«
»Ich will es wissen«, sagte er drängend, wissensdurstig. »Ich muß es wissen!«
Mady machte eine hilflose, verwirrte Geste. »Ich kann dir nur sagen, was ich mir denke.« Sie entdeckte eine Zigarette, steckte sie zwischen die Lippen. »Vielleicht ist es nicht die volle Wahrheit.«
»Eine volle Wahrheit gibt es nicht«, sagte Charles. »Das wenigstens habe ich heute gelernt.«
Mady steckte sich die Zigarette an und betrachtete ihn mit etwas schillernden Augen. »Willst du alles wissen?« fragte sie, und ihre Stimme wurde hart.
Er blickte in ihre Augen, entschlossen, aber etwas abwartend. »Ja.«
»Ich habe nie mit dir darüber gesprochen, aber du hast es wahrscheinlich erraten. Das war das einzige, was zwischen uns –« Sie nahm einen tiefen Zug an der Zigarette, blies den Rauch weg. »Verdammt, du hast Vater in dem Glauben sterben lassen, daß du für ihn nicht mehr Respekt hast als sie! Du hast ihn sterben lassen und glauben, daß er ein Versager war, nur weil er nicht reich war.« Dann überzog sich ihr Gesicht mit einer Röte von Bedauern und Zerknirschung. »Das war nicht fair, Chuck, nicht fair. Tut mir leid. Aber – es war doch so, nicht wahr?«

»Ich weiß nicht –«

»Oh, Mom hat dich mit ihrem Ehrgeiz angesteckt. Für wen hast du deine Orden heimgebracht? Du hast sie immer mitgebracht, und nichts war zu gut, nicht wahr?« Sie ging noch immer mit langen Schritten auf und ab. »Ich muß selbst betrunken sein. So daherzureden. Und das nach einem Bier. Hah. Oh, sie hat es auch mit mir versucht. War ganz dagegen, als ich Pres geheiratet habe – sagte, ich würde mich an eine Null wegwerfen.« Sie knurrte fast. »Gut, vielleicht hat sie recht gehabt. Aber, Chuck, ehrlich, manchmal, wenn ich dich so angeschaut habe und daran gedacht, wie du früher warst – so idealistisch, so –« Sie stürzte zu ihm hin, sank ihm zu Füßen, schaute mit erschreckten Augen zu ihm auf. »Es tut mir leid, Chuck, aber du wolltest es wissen. Jetzt hörst du es. Wenn ich dich manchmal anschaue – zum Beispiel gerade jetzt –, du armer, geschlagener Junge, paß auf: ich möchte mein Leben nicht mit dir tauschen. Ich hab das Elend auf deinem Gesicht gesehen, auch wenn du betrunken warst –« Sie brach ab, legte ihr Gesicht an seine Knie. »Was ist nur heute in mich gefahren? Mein Gott –«

»Ist schon gut, Mady.«

»Ich schäme mich so –«

»Nein –«

»So, wie du immer alles auf dich genommen, in dich hineingefressen hast. Du bist Vater ähnlicher, als Mutter jemals begriff. Er hat auch alles auf sich genommen und in sich hineingefressen. Er war auch immer um alles besorgt.«

»Ich mache mir keine Sorgen«, protestierte Charles. »Ich bin nicht so, Mady. Nach all dem, was ich heute gesehen habe, ist mir alles völlig gleichgültig.«

»Dann lügen sie alle!« Sie erhob sich. »Was hast du gesehen?«

»Alles«, sagte er und dachte an alles, was er seit dem Morgen gesehen, gehört und gelesen hatte, dachte an Eugene allein in seinem Zimmer, an den verlassenen Austin Parsons, Tante Catherine, die Fabrik – und, mit einem fast stechenden Schmerz in der Herzgegend, an Alexandria. »Alles.«

Charles stand mit weichen Knien auf, und der Kummer überflutete ihn wieder – der Kummer des anderen Charles, der nun sein eigener war, während er spürte, wie er der Verschmelzung der beiden Identitäten, die er so herbeigesehnt hatte, immer näher kam.

»Ich habe dir doch nicht weh getan, Chuck?« fragte Mady sanft.

Er atmete tief. »Wie kannst du mir weh tun?« fragte er. »Ich habe es dir doch gesagt. Ich bin nicht Chuck.«

»Natürlich bist du es«, sagte Mady. »Es ist komisch, heute abend, wenn du so sprichst, dann bist du mehr wie Chuck, als du es in Jahren gewesen bist.«

Charles wandte sich zur Tür, bestürzt über seine eigene Seelenqual. Ihm war, als wisse er um so weniger, je mehr er erfuhr, es war, als ob nun ihn, da er dem anderen Charles immer näher kam, ein plötzliches, unvernünftiges Zögern davon abhielt, bis zum Ende durchzuhalten.

Als er die Tür öffnete, kam Mady mit wenigen, schnellen Schritten auf ihn zu. »Du darfst dir keine Vorwürfe machen«, ermahnte sie ihn in einem leidenschaftlichen Flüstern. »Verstehst du? Du mußt damit aufhören.«

Er blickte auf die Photographien: die Mutter, der er Freude bereiten wollte – und dabei versagt hatte, der sanfte Vater, ohne Arg, dem er den so verzweifelt benötigten Respekt verweigert hatte. Er dachte an das vielleicht tote Mädchen Holly und die Leute im Haus oben am Berg. Ihm war, als blickte er auf eine breite Spur von Versagen und Unrecht zurück. Er hatte in der vergangenen Stunde eine noch schwerere Last auf die Schultern genommen, die Schuld des anderen Charles – die er nun als seine eigene empfand.

»Es wäre mir lieb«, sagte er mit einem heiseren Flüstern, »wenn du vergessen wolltest, was ich dir gesagt habe, daß ich mich nicht erinnern –«

»Vergessen?« wiederholte sie.

»Wenn du wenigstens mit niemand darüber sprichst.«

»Was hast du weiter vor, Chuck?«

»Das weiß ich nicht.«

»Wirst du es deiner Frau erklären?«

»Das werde ich müssen.«

»Meinst du, daß sie dir glaubt?«

»Das weiß ich nicht.«

»Sie wird es, wenn sie dich liebt.«

»Ich bin nicht sicher, ob sie das tut, Mady.« Er wollte die Tür langsam schließen. »Oder«, sagte er, »ich bin nicht sicher, ob sie das weiß. Gute Nacht –«

»Mein Gott, Chuck –«

»Gute Nacht.«

Er stand in der schwach erleuchteten Diele, sein Schatten bewegte sich riesig, geheimnisvoll und grotesk an den Wänden unter der einen nackten Birne. Dann stand er wieder auf der Straße, allein.

Erst als er eine Weile gelaufen war, die Schultern gegen den schneidenden Wind gestemmt, wurde ihm klar, daß er nicht allein war. Auf der anderen Seite der sonst verlassenen Straße startete ein Motor, Scheinwerfer gingen an, und ein dunkler Wagen setzte sich langsam in Bewegung und hielt mit ihm Schritt.

Zuerst dachte er an den jungen Mann namens Bud, der mit ihm in seinem Suff in Pete's Bar und Imbißstube gern einen Streit angefangen hätte. In der Zwischenzeit war sein eigener impulsiver Zorn verraucht, und er fragte sich, was er tun würde, wenn der Mann ihn ansprechen sollte. Der Wagen hielt sich gerade weit genug hinter ihm, daß er den Kopf drehen mußte, um den Fahrer zu sehen. Er

bog um eine Ecke und ignorierte die Tatsache, daß der Wagen ebenfalls einbog, wie er an der Fächerbewegung der Scheinwerfer erkannte.
Als er wieder unter dem Neonschild von Pete's Bar und Imbißstube stand, wandte er sich um, leicht irritiert. Der Wagen kam näher, mit schnurrendem Motor – und da sah er auch das Blaulicht auf dem Wagendach und das rote Nummernschild, auf dem nichts stand als POLIZEI.
Er spürte, wie das Blut in seinen Adern erstarrte.
Er sah, wie ein Mann aus dem Wagen ausstieg: ein kleiner, untersetzter Mann, der wie ein Boxer auf den Fußballen lief, die rechte Schulter etwas vorgeschoben, wie er näher kam, in einem schweren Regenmantel. Charles wartete, und der Wind fuhr schneidend durch seine Kleider bis auf die Haut.
»Guten Abend.« Die Stimme klang angenehm, fast gedehnt im Vergleich zu dem abgehackten Yankee-Akzent, den Charles gewohnt war. »Habe Sie schon lange nicht mehr gesehen, Chuck.«
Der Mann schien ungefähr in Charles' Alter zu sein, hatte ein breites, grobgeschnittenes Gesicht und wachsame, aber nicht feindselige Augen.
»Es ist schon lange her«, sagte Charles.
»Mein Name ist Bolton, Chuck. Sterling Bolton.«
Charles nickte. »Wie geht es Ihnen?«
»Danke, gut«, sagte Sterling Bolton. »Ich wollte Ihnen nur etwas zurückgeben, was Sie vielleicht brauchen können.«
Charles blickte auf seine ausgestreckte Hand. Zwischen den Fingern schlenkerte er einen Schlüsselbund an einer Kette, die im Neonlicht glitzerte.
»Weiß nicht, ob Sie aus dem Wagen noch etwas machen können, Chuck. Sieht wie ein Totalschaden aus, aber ich bin kein Autobastler. Das war ein klassischer Wagen, nicht wahr?«
Verwirrt sagte Charles: »So könnte man es nennen«, nahm die Schlüssel und steckte sie in die Tasche. Ihn fröstelte, und er war zunehmend irritiert: warum hielt ihn dieser Sterling Bolton am Straßenrand auf und stellte Fragen, deren Antworten er offensichtlich kannte?
»Packard, Baujahr 1937, in bestem Zustand, wie man in der Philatelie sagen würde. Wie kommt's, daß Sie einen so wertvollen Wagen einem Mädchen wie Holly Mitchell leihen?«
Sofort fielen ihm Conways juristische Ratschläge wieder ein: *Wenn die Polizei mit Fragen ankommt, rufen Sie mich. Kein Wort, kein einziges Wort, ehe Sie nicht mit mir gesprochen haben.*
»Ist das ein offizielles Verhör?« fragte Charles und sah, wie Sterling Boltons Augen schmal wurden, während er schmunzelte.
»Nur meine Neugier«, antwortete er träge. »Oh, wir werden schon noch ein paar offizielle Fragen stellen, morgen oder übermorgen.

Zum Beispiel, warum Sie keinen Anspruch auf den wertvollen Schrotthaufen erhoben haben.«
Es lag irgend etwas in der schwerfälligen zielstrebigen Art, wie der Mann, obwohl er die Schlüssel abgeliefert hatte, nicht seines Weges ging, das Charles zur äußersten Vorsicht gemahnte. Warum hatte der Polizist im dunklen Wagen auf ihn gewartet? Und warum war er ihm nachgefahren, bis Charles sich umgedreht hatte?
»Der Wagen war versichert«, sagte Charles offen, aber vorsichtig. »Was wollen Sie von mir?«
Wieder das angenehme Lächeln. »Ich habe Ihnen eine Gefälligkeit erwiesen, nicht wahr? Ist das eine Art, sich dafür zu bedanken?« Er lehnte sich gegen den Kotflügel. »Wir spielen nicht mehr Fußball, wo Sie Ihre Befehle erteilen konnten. – Waren Sie verreist?«
»Ja.«
»Nach New York, nicht wahr?«
»Sie scheinen sich gut auszukennen –«
»Kamen zurück mit dem Fünf-Uhr-Zug?«
Flüchtig fiel Charles der Taxifahrer ein, der ihn am Bahnhof abgeholt hatte. Er sagte: »Hören Sie einmal, wenn Sie alles so genau wissen, warum fragen Sie dann?«
Der Beamte schüttelte den Kopf. »Auf diese Weise kriegt man keine Belobigung vom Magistrat für gutes staatsbürgerliches Verhalten, Chuck.« Dann trat er einen Schritt näher. »Sieht aus, als hätte sie jemand im Gesicht gekratzt.«
»Wirklich?«
»War 'ne Geschäftsreise, nicht wahr?«
Charles unterdrückte seine Ungeduld, ehe sie sich in eine stärkere Gefühlsregung verwandelte. Diesem Sterling Bolton schien die ganze Sache Spaß zu machen. »Wissen Sie es nicht?« fragte er.
»Fahren Sie öfters nach New York, ohne Gepäck?«
Die Kälte wurde langsam schneidend, und die sanfte, gefühllose Inquisition ging Charles sehr auf die Nerven. »Wenn es dagegen ein Gesetz gibt, warum verhaften Sie mich dann nicht, damit wir es hinter uns haben?«
»Warum sollte ich Sie verhaften? Wenn Sie natürlich den Wagen nicht verliehen haben –« Er stand nun mit einem Fuß auf dem Bürgersteig, ohne Eile, die Hände tief in die Taschen seines Regenmantels vergraben. »Sie wissen, daß es gesetzlich verboten ist, die Stelle eines Unfalls zu verlassen, nicht wahr?«
»Wenn das eine Anklage sein soll«, sagte Charles, »dann wäre es mir lieber, Sie würden sich dafür einen etwas wärmeren Platz aussuchen – einen, von dem aus ich meinen Anwalt anrufen kann.«
Sterling Bolton schien zu zaudern. Charles war unschlüssig. Er hatte schon zweimal eine Verhaftung erwähnt. Hoffte er insgeheim, verhaftet zu werden, um so wieder, wie der andere Charles, dem gegenwärtigen Dilemma ausweichen zu können?

»Sie haben doch schon mit Ihrem Anwalt gesprochen, nicht wahr?« konstatierte der Beamte schließlich.
»Die Zeitung«, sagte Charles, seiner mißtrauischen Spiegelfechterei bewußt, aber gleichzeitig mit dem angenehmen Gefühl, noch nicht aufgegeben zu haben. »Die Zeitung berichtete, daß sie allein gefahren war.«
»Zeitungen«, entgegnete Sterling Bolton, »sind nicht immer genau. Besonders, wenn sie Freunden gehören. Die Zeitung hat nicht einmal den Wagen identifiziert oder beschrieben, den sie gefahren hat. Sie hat auch vergessen zu berichten, daß Holly Mitchells eigener Wagen, ein alter Volkswagen, auf dem Parkplatz der Parsons-Hutfabrik gefunden worden ist. Ich weiß es, weil ich ihn da entdeckt habe. Genau so wenig hat dieses Tyler-Blatt die nachweisbare Tatsache erwähnt, daß Ihnen die Staatspolizei vor weniger als vier Wochen einen Warnzettel wegen Geschwindigkeitsübertretung gegeben hat. Oder daß Sie schon einmal wegen rücksichtslosen Fahrens verurteilt wurden.« Das Grinsen schien auf seinem Gesicht eingefroren, während die unpersönliche, objektive und entfernt amüsierte Stimme weiterdröhnte. »Die Zeitung hat auch zufällig nicht gedruckt, daß Miss Holly Mitchell in ihrem sogenannten Delirium eine Menge wilder Dinge sagte, wie zum Beispiel ›Er hat versucht, mich umzubringen‹.« Dann machte er eine Pause, und als Charles, betäubt, nichts sagte, fuhr er im gleichen lakonischen und neugierigen Ton fort: »Was glauben Sie, was sich Miss Mitchell dabei gedacht hat?«
Charles konnte nicht antworten. Der Schock nahm diesmal nicht explosionsartig in ihm selbst seinen Anfang, sondern schien sich von der Ferne wie ein schwarzer, unweigerlich näher kommender Wirbelsturm auf ihn zu stürzen.
»An wen hat Miss Mitchell dabei wohl gedacht?« wiederholte Sterling Bolton seine Frage.
Plötzlich kam Charles seine Wut zu Hilfe, die Drohung und Schock übertönte, ihm das Gesicht vor ihm verschwommen erscheinen ließ und sogar das Bild des im Delirium aufschreienden Mädchens verdrängte. »Wollen Sie mich nun verhaften?« fragte er, hörte selbst die Wildheit in dem geknurrten Satz und ballte seine Fäuste.
Sterling Bolton schüttelte fast uninteressiert den Kopf, aber Charles entging nicht das flüchtige Aufblitzen von Genugtuung in den wachsamen Augen. »Das eilt nicht, Chuck. Aber wenn sich herausstellen sollte, daß Sie am Steuer gesessen haben, mit auch nur einem einzigen Drink intus –« Er zuckte die Achseln. »Ist doch ziemlich klar, wie schnell der antike, teure Schlitten gefahren ist – wenn er die Barriere durchbrochen hat und ins Wasser geflogen ist, in hohem Bogen, ohne einmal an die Klippe zu stoßen.« Dann wurde seine Stimme zum ersten Male härter. »Vielleicht stellt niemand die richtigen Fragen – sofern sich das Mädchen Holly Mitchell nicht er-

holen sollte. Wenn das eintritt, dann kann niemand mehr die Sache vertuschen.«

Ein Schmerz zuckte durch Charles' zusammengebissene Zähne, dröhnte in seinen klopfenden Schläfen. »Gehen Sie mir aus dem Weg«, hörte er sich rauh und unwirsch sagen. »Mir ist kalt, und ich fahre jetzt heim!«

»Niemand hält Sie auf, Chuck. Und die Schlüssel sind Ihnen mit Freuden überlassen.«

Aber Charles ging bereits mit langen Schritten um die Ecke zu Alexandrias Wagen. Er hörte das scharfe Stakkato seiner Absätze auf dem Pflaster, das die Stille durchbrach. Mit wachen Sinnen ging er die dunkle Seitenstraße entlang und eine andere Erinnerung kam ihm: Er allein auf Patrouille, den Karabiner angelegt, angespannt auf jedes Brechen eines gefrorenen Zweiges, auf jeden Schritt in der kalten Schwärze lauschend.

Es folgten ihm keine Schritte.

Er hatte wieder Schwierigkeiten, die Tür zu öffnen, ehe ihm der Druckmechanismus unter der Türklinke einfiel. Nachdem er hinter das Steuer gerutscht war und den Motor angelassen hatte, sprang der Wagen mit einem Ruck an. Da sah er hinter sich zwei Scheinwerfer in die Seitenstraße einbiegen – nicht das Blaulicht, aber unverkennbar die Scheinwerfer des Polizeiautos, das ihm in einem gewissen, gleichbleibenden Abstand folgte.

Das Gefühl von Unentrinnbarkeit überkam ihn. Früher oder später . . .

5

Erzürnt beugte er sich über das Steuer, achtete sorgfältig darauf, die vorgeschriebenen Geschwindigkeitsbeschränkungen einzuhalten, und versuchte, alle Gedanken abzuschalten. Er hatte jetzt keine Zeit – oder wagte es nicht –, das widersprüchliche und komplizierte Rätsel von Ereignissen und Persönlichkeitsspaltung, das ihm das eingebrockt hatte, zu durchdenken.

PARSONS COMPANY – QUALITÄTSHÜTE SEIT 1877: er konnte das beleuchtete Schild über der dunklen Gebäudemasse erkennen, als er über die verlassene Brücke kroch.

Die Scheinwerfer hinter ihm blendeten ihn noch immer im Rückspiegel. Warum beschattete ihn Sterling Bolton? Einem Auto durch die Geschäftsstraßen der Stadt und dann den Hügel hinauf zum Golfplatz zu folgen – das gehörte doch nicht zur normalen Routine der Polizei? Wodurch hatte der andere Charles diese persönliche Feindschaft heraufbeschworen?

Unter ausladenden Bäumen, die dunkle Schatten auf große Rasenflächen, auf Bürgersteige und Straßen warfen, wirkten die würdigen alten Häuser distanziert, hochmütig – sehr überlegen und leicht bedrohlich, trotz ihres ruhigen Charmes. An einer Straßenkreuzung bogen die verfolgenden Scheinwerfer plötzlich ab, fast noch ehe Charles es gewahr wurde. Im Rückspiegel sah er den langgestreckten dunklen Wagen, dann die roten Rücklichter, wie sie um die Ecke verschwanden. Merkwürdigerweise verschaffte ihm der Anblick keine Erleichterung, eher ein unterbewußtes Bedauern. Er mußte sich selbst vorhalten, daß eine Verhaftung keine Lösung war, sondern nur eine andere Form von Flucht.

Aber er wußte jetzt, was er zu tun hatte. Und zwar mußte er jetzt, ehe es zu spät war, nach Hause gehen und Alexandria die Wahrheit sagen, oder das, was er unter Wahrheit verstand.

Er würde ihr alles sagen, wie er es bei Mady getan hatte, und wenn Alexandria ihn liebte, dann würde sie ihm auch glauben, wie Mady versichert hatte; vielleicht würde sie ihn sogar verstehen, möglicherweise ihm helfen, das Ganze zu begreifen.

Er fröstelte etwas, als er sich dem Golfplatz näherte; es war nicht nur eine körperliche Kälte, wie er zugeben mußte, denn nach allem, was er heute erfahren hatte, verspürte er nicht mehr den verzweifelten Wunsch, wieder der andere Charles zu werden. Eher zögerte er, nicht nur weil ihm an dem anderen Ich Charakterzüge aufgefallen waren, die er verabscheute, sondern auch, weil er mit dem anderen Charles allmählich ein sehr ausgeprägtes Mitleid hatte. Trotzdem fand er die bloße Tatsache noch immer entsetzlich ungerecht, daß nicht dies andere Ich, sondern er selbst nun die Konsequenzen tragen mußte.

Die Kirche hinter dem Golfplatz war vom Rasen her angestrahlt, mit einem einzigen Scheinwerfer; ihr zierlicher Turm ragte in den dunklen Himmel. Vor ihm schwebte das Haus der Parsons weiß und traumhaft, noch weit entfernt, als er am Golfplatz entlangfuhr. Obwohl er nun einen Entschluß gefaßt hatte, konnte er sich doch der kalten Angst, die ihn überfiel, nicht ganz erwehren.

Der Wagen hatte das Haus noch nicht erreicht, als ihm zum ersten Mal eine Gestalt auffiel, die am Pfosten einer Bogenlampe lehnte. Auf der linken Straßenseite, dem Haus gerade gegenüber. Etwa zwanzig Meter weiter war ein blauer Wagen am Straßenrand geparkt. Zuerst hielt er diesen merkwürdigen Anblick für eine Halluzination. Dann fiel ihm ein, daß die Polizei vielleicht das Haus bewachte. Bei näherem Hinsehen verwarf er aber beide Vorstellungen: der Mann stand wirklich da, und es war kein Polizist. Die Gestalt blieb reglos stehen, als Charles in die Auffahrt einbog, in die schwach erleuchtete Wagenremise fuhr und den Wagen neben einem ausländisch aussehenden Auto mit einem langen, flachen Heck parkte. Er schloß die schwere Tür und ging dann, statt durch den Hintereingang das Haus zu betreten, an der weißgekachelten Wand entlang zum Rasen vor dem Haus hinunter.

Die Gestalt auf der anderen Straßenseite hatte sich nicht bewegt. Sie wirkte wie ein Teil der Landschaft, wie ein Denkmal, das auf dem Rasen stand und, damit es nicht umfiel, an einen Laternenpfahl gelehnt war. Charles blieb stehen.

Während er noch die Gestalt betrachtete, hatte er plötzlich den verschwommenen Eindruck, daß er selbst es sei. Genau so hatte er schon mehr als einmal am gleichen Laternenpfahl gestanden und das schöne, weiße Haus angestarrt. Er erinnerte sich nun deutlich, wenn auch traumhaft daran: die Vorderansicht des Hauses von der anderen Straßenseite aus gesehen – seine Schönheit, seine Eleganz. Und gleichzeitig mit dieser Erinnerung, wenngleich sie schemenhaft war, stieg wieder eine Hoffnung, ein Erstaunen in ihm auf, als läge die Welt weit offen vor ihm und als sehe er seine Zukunft mit atemloser Spannung vor sich. Dieses aus der Vergangenheit steigende Gefühl war für ihn so wirklich und greifbar, daß alle anderen einander widersprechenden Eindrücke und Sinneswahrnehmungen des Tages von ihm abfielen und ihn mit dem beklemmenden und wunderbaren Wissen erfüllten, daß hier in diesem Haus alle Schönheit und Verheißung der Welt lag. Wann hatte er dieses Empfinden schon einmal gehabt? Vor wievielen Jahren?

Alles war still, unsagbar ruhig. Die Gestalt bewegte sich nicht; auch Charles stand reglos. Aber die Illusion schwand, langsam und stetig, während Charles noch bemüht war, sie festzuhalten. Es kam ihm wie ein plötzlicher Verlust vor, der ihn seltsam geschwächt und erschöpft zurückließ. In diese Leere strömte wieder die ganze Verwirrung des vergangenen Tages und Abends – gipfelte in der Notwendigkeit, alles zu wissen, was zu erfahren war, als würde allein schon das Wissen das Wunder, das er ersehnte, bewirken.

Ohne einen bewußten Entschluß gefaßt zu haben, fand er sich plötzlich mit langen Schritten den Rasen überquerend und auf die einsame Gestalt zustrebend. Er wußte noch nicht, was er sagen würde, was er tun wollte. Trotzdem ging er weiter, quer über die Straße.

In dem von oben einfallenden gelben Licht erkannte er das Gesicht. Verblüfft stehenbleibend, stellte er fest, daß es der gleiche schlanke junge Mann oder Junge war, der in der Nische in der Bar gesessen und ihn so unverhohlen gemustert hatte. Er trug keinen Hut, keinen Mantel über seinem Anzug. Sein Gesicht war schmal, von südländischem Teint und gut aussehend. Seine Augen betrachteten Charles wie zuvor: ausdruckslos, aber düster und unablässig. Seine gespenstische Stille und sein starrer Blick wirkten in der kalten Nacht, im gelben Schein der Bogenlampe unwirklich – und eine Sekunde lang hatte Charles den Eindruck, schon wieder in einen Alptraum hineingestolpert zu sein, aus dem er im nächsten Augenblick sicher mit kaltem Schweiß auf der Stirn erwachen würde.

»Guten Abend«, hörte Charles sich sagen, und die Worte klangen lächerlich und absurd in seinen Ohren.

Sie schienen aber auf den Jungen, aus irgendeinem Grund, wie ein Schlag zu wirken. Er verkroch sich hinter dem Laternenpfahl, schlang einen Arm um den Pfosten, und sein Gesicht erwachte zu schrecklichem Leben. Die Augen brannten wie zuckendes Feuer, und das Gesicht wirkte grau und eingefallen. Der ganze Gesichtsausdruck, der zuvor beherrscht und angenehm anzusehen war, verwandelte sich in ein Bild verzehrenden Hasses. Der Mund wurde zu einer zitternden Höhlung, aus der ein erstickter Ausruf drang, halb ein Schmerzensschrei und halb das Knurren eines Tieres, so voll abgrundtiefer und intensiver Wut, daß ein gespenstischer Horror in der Luft zu liegen schien. Das verzerrte Gesicht barg mehr Drohung und Bösartigkeit, als Charles den ganzen Tag und vielleicht sein ganzes Leben erlebt hatte. Die Augen waren dämonisch, wild, und doch im Verborgenen gleichzeitig rührend und schmerzerfüllt, so daß Charles wußte, er würde sich nicht verteidigen können, falls ihn der Junge angriff.

Ein großes Mitleid überkam ihn. Er hätte ihm gern die Hand hingestreckt und mit einer sprechenden Geste oder einem beruhigenden Wort diesen unverhüllten Kummer und die hilflose Agonie weggewischt.

Aber während er noch den Impuls niederkämpfte, der sein Inneres schmerzhaft durchwühlte, sah er, wie sich der Junge bewegte. Er ließ den Pfosten los, richtete sich auf, mit brennenden und starren Augen, als habe er in seinem Wutausbruch und in seinem Elend einen kurzen Blick in sein Herz erlaubt; er schien sich sehr heftig um Selbstbeherrschung zu bemühen. Er sagte sehr leise, sehr sanft, sehr genau artikuliert und abgehackt, als risse er sich die Worte von der Seele: »Du kriegst dein Teil!«

Nur diese Worte. Und während Charles ihn noch ungläubig anstarrte, drehte sich der junge Mann um und ging zu dem geparkten Wagen. Er hinkte, hielt eine Seite des Körpers steif, während er die andere nachzog und gewissermaßen ein Bein dem anderen nachschleppte – eine groteske, verlorene Gestalt.

Und Charles brach fast das Herz vor aufbrodelndem Mitleid, als er zusah, wie der junge Mann seinen Körper hinter das Steuer seines alten, blauen Wagens zwängte. Er konnte sich nicht abwenden, ehe die roten Schlußlichter hinter der Hügelkette verschwunden waren.

Selbst dann blieb er noch stehen. *Du kriegst dein Teil.* Nicht nur die ominösen Worte, sondern die ganze Begegnung hatten ihn bestürzt, während tausend Fragen in einer einzigen gipfelten: was konnte ein Mensch nur getan haben, um in einem anderen diesen grenzenlosen Haß hervorzurufen?

Schließlich riß er sich zusammen, überquerte die Straße, am ganzen Körper zitternd. Er lief über den Rasen. Er war müde, todmüde, und jeder weitere Schritt schmerzte wie Nadelstiche in seinen Beinen.

So konnte er nicht weitermachen. An jeder Ecke erwartete ihn ein neues Geheimnis, eine neue Drohung. Er stand auf der Veranda und schaute die Haustür mit dem Oberfenster, das von innen schimmerte, an. Er würde Alexandria jetzt alles sagen, und dann hätte es ein Ende für ihn. Während er den Schlüsselbund aus der Tasche zog – die Schlüssel, die ihm der Polizeioffizier gegeben hatte – war er sogar zu müde, um gegen die Ungerechtigkeit des Ganzen zu protestieren. Was immer der andere Charles getan haben mochte, um diese bittere Verachtung zu verdienen, er selbst war unschuldig. Er war doch unschuldig? Oder nicht?

»Charles –« Houghtons Stimme war unverkennbar, auch wenn er flüsterte. Er kam ihm aus der Bibliothek entgegen. »Dein Kaffee ist heiß. Ich habe auf dich gewartet.«

Charles erster Impuls war, die Stufen hinaufzufliehen, aber der Gedanke an Alexandria, wie sie oben allein im Schlafzimmer wartete, machte ihn schwankend. *Ich will, daß du heute wach und ganz du selbst bist.* Er war nicht er selbst; er wußte nicht, wer er war. Es wäre ein Betrug, schlimmer noch, jetzt –

»Meine Güte, du siehst aus, als könntest du einen Kaffee brauchen, alter Junge!« sagte Houghton schmunzelnd und wandte sich ab.

Wartete sie noch immer, voller Vorfreude und Liebe – oder zumindest mit der freimütigen, fraulichen Leidenschaftlichkeit, die ihn vorhin so erregt hatte? Er folgte Houghton. Was immer er tun würde, es würde destruktiv sein. Wenn er ihr alles sagte, dann war es das Ende; kam er andererseits unter diesen Umständen liebend zu ihr, beging er einen doppelten und unverzeihlichen Betrug, wenn sie alles erfuhr, was nicht zu vermeiden war. Und doch spürte er, als er die Bibliothek betrat und ihm der Duft von frischem Kaffee, vermischt mit dem brennender Eichenkloben im Kamin in die Nase stieg, wie langsam die Begierde in ihm hochstieg und sein Herz schneller schlug.

Als Houghton Charles eine Tasse reichte, wirkte er angenehm, sogar ein wenig beschämt, als hätte er sich gern für seine frühere Flegelei entschuldigt. Er trug eine Brille mit durchsichtigem Rahmen, die gut zu seinen sandfarbenen Augenbrauen und seinem Schnurrbart paßte. »Soviel ich weiß«, sagte er, als er sich setzte und sein Whiskyglas aufnahm, »hast du heute mit meiner Mutter in New York gesprochen.«

Charles hatte einiges erwartet, aber darauf war er nicht vorbereitet. Die Möglichkeit zu leugnen verwarf er schnell. »Ja, das habe ich.«

Houghton lächelte und nahm einen tiefen Schluck. »Daran erinnerst du dich also?«

Charles versteifte sich innerlich. Hatte Houghton es erraten? Und woher wußte er von Charles' Besuch bei Adele Barachois?

»Trotzdem rätselhaft«, fuhr Houghton fort. »Hast du Parsons-Aktien zu kaufen versucht, um meinen Verkauf an Leverton zu blockieren?

Wenn ja, dann kann ich mir nicht vorstellen, woher du Geld nehmen wolltest. Oder hast du gedacht, du könntest sie an dich bringen und dich durch den Verkauf an Leverton gesundstoßen?«
»Wie könnte ich das?« fragte Charles vorsichtig.
Houghton runzelte die Stirn, schaute ihn forschend an. »Du weißt doch, daß Leverton für jede Aktie zehn Dollars über dem Marktwert zahlen will«, sagte er nachsichtig.
Charles, der merkte, wie seine Frage Houghton verblüffte, dachte an Adele Barachois' Enthüllung: *Wissen Sie, Mr. Bancroft, ich habe bereits ein anderes Angebot* – Houghtons? Oder das eines Dritten, wenn Houghton wußte, daß seine Mutter nicht an ihn oder seinen Vater verkaufen würde?
Houghton beugte sich vor und goß noch mehr Whisky in sein Glas. »Charles, ich habe heute abend nachgedacht. Es gibt keinen Grund, warum wir Feinde werden sollten. Wir sind in Wirklichkeit gar keine Feinde. Wir haben in den elf Jahren allerhand zusammen mitgemacht, nicht wahr?«
Das Zimmer war erstickend heiß. Charles' Füße schmerzten, und der Kaffee schmeckte schwarz und bitter. »Ich weiß nicht, ob ›mitgemacht‹ der richtige Ausdruck ist«, sagte er.
Nach einer Schrecksekunde lachte Houghton. »Vielleicht nicht, vielleicht nicht, Charles«, sagte er geschwätzig. »Ich will ganz ehrlich sein. Ich brauche deine Hilfe, und du weißt auch, daß ich deine Hilfe brauche. Sowohl Alexandria als auch Tante Catherine vertrauen in geschäftlichen Dingen auf dein Urteil. Du hattest fast alle überzeugt, daß du eine Art von Finanzgenie bist, bis – na, darüber wollen wir jetzt nicht reden.« Er stand auf und ging zum Schreibtisch. »Charles, auf dich hören sie. Und du weißt genau so gut wie ich, daß es verrückt wäre – reiner Selbstmord – nicht an Leverton zu verkaufen, zu dem Preis, den er zahlen will.«
Charles dachte an die Unterhaltung während des Abendessens und sagte: »Ich hatte den Eindruck, daß du Alexandrias Anteil nicht benötigst.«
Houghton suchte sich eine Pfeife vom Gestell aus, jede Geste langsam und betont ruhig. »Richtig. Ich *brauche* ihren Anteil nicht. Aber ich denke an sie, und nebenbei auch an dich.« Er reinigte die Pfeife und begann sie zu stopfen. »Ich habe noch nie verstehen können, warum du in dieser Sache gegen mich bist. Dies ist eine Chance, wirklich. Für Alexandria wird das eine schöne Summe bedeuten. Ihr seid ungebunden. Ihr könntet reisen, tun, was euch Spaß macht. Du hättest keine Verantwortung.« Er ging zur Couch zurück, zündete die Pfeife an. »Schau, Charles, wir können ruhig ganz offen miteinander sprechen. Wir wissen beide, warum du Alexandria überhaupt geheiratet hast.«
»Wissen wir das?«
»Oh, ich erwarte nicht, daß du das zugibst.« Houghton setzte sich

und schlug die Beine übereinander. »Kann es dir nicht übelnehmen, wenn du es nicht zugeben willst. Aber sogar Alexandria hat so einen Verdacht. Das wissen wir beide, nicht wahr, alter Junge?«
»Du hast oft genug darauf angespielt«, sagte Charles, herumratend, und dann, als Houghton schwieg und mit zusammengekniffenen Augen an seiner Pfeife zog, kam Charles der Gedanke, daß er wiederum einem neuen Aspekt der Wahrheit auf die Spur gekommen war. »Du hast es Alex gegenüber auch oft genug angedeutet, nicht wahr?« Und dann fügte er hinzu: »Alter Junge.«
Houghton blies den Rauch aus. »Du könntest Golf spielen«, sagte er in verändertem Ton, Charles' Frage ignorierend. »Trinken, soviel du willst, an jedem alten Wagen herumbasteln, den du dir kaufen willst. Überhaupt über die Stränge schlagen, ohne so zu tun, als würdest du arbeiten. Das ist doch genau das, was du dir immer gewünscht hast, nicht wahr?«
Lakonisch sagte Charles: »Habe ich das?«
»Oh, ich will fair sein«, sagte Houghton nachgiebig und wurde wieder freundlicher. »Sagen wir, daß du es dir im vergangenen Jahr immer gewünscht hast. Seit Vaters Schlaganfall.«
»Vorher –« soufflierte Charles.
»Na gut, Charles«, sagte Houghton konziliant. »Ich weiß schon, woran du denkst. Ich bin ein bißchen arrogant gewesen. Aber wenn wir Meinungsverschiedenheiten hatten – dann bin *ich* schließlich Präsident, Charles, und ich habe die endgültige Entscheidung zu treffen. Und Mr. Sanford hat mich unterstützt.« Eine gewisse Intoleranz klang durch. »Es ist meine Verantwortung, die Fabrik zu leiten, nicht die deine.«
Charles fielen die Worte ein, die Conway am frühen Abend geäußert hatte: *Als aber Mr. Parsons den Herzinfarkt hatte und Houghton die Fabrik übernahm und Sie beiseite stieß, muß es für Sie ein fürchterlicher Schlag gewesen sein. Mr. Parsons hat immer zu schätzen gewußt, wie Sie den Betrieb in Gang hielten. Und dann wurde Ihnen ganz plötzlich der Boden unter den Füßen entzogen.* –
Während sich in seinen Gedanken das verflochtene Muster der Ereignisse immer deutlicher abzeichnete, fragte Charles: »Wenn es deine Verantwortung ist, die Fabrik zu leiten, warum verkaufst du sie dann, Houghton?«
»Weil die Geschäfte immer schlechter werden, wie du sehr genau weißt.«
»Schlechter werden, seit du sie übernommen hast –«
Houghton stand abrupt auf, seine Lippen wurden schmal. »Verdammt nochmal, zu gewissen Leuten kann man einfach nicht nett sein!« Er trat einen Schritt nach vorn. »Gut, Charles, du hast mich schön im Kreis herumgehetzt, gratuliere. Aber eines solltest du dir verdammt klarmachen: Der Verkauf geht über die Bühne, mit deiner Hilfe oder ohne sie.«

»Und wenn«, fragte Charles darauf, »was passiert dann mit all den Leuten, die für die Firma arbeiten?«
Houghton warf Charles einen zweideutigen Blick zu. »Glaube nicht, ich wüßte nicht, wo du heute abend gewesen bist. Oder mit wem du gesprochen hast. Und daß ich nicht weiß, welche Gerüchte die Runde machen.«
»Die Gerüchte«, sagte Charles, »besagen, daß Leverton den Betrieb stillegen will, wenn er ihn kauft.«
»Ich weiß zufällig, daß das nicht zutrifft. Aber wenn wir einmal verkauft haben, dann geht es uns nichts an, was der neue Eigentümer tut.«
»Meinst du, daß Vater dir da zustimmen würde?«
Houghton wurde etwas rot. Er hielt die Pfeife in seinen langen, schmalen Fingern. »Vater begreift die Lage genausowenig wie die arme Tante Catherine.« Dann verzog sich sein Mund zu einem nichtssagenden Lächeln. »Und du kommst jetzt auch nicht an ihn heran, um ihn zu beeinflussen.«
Charles verstand jetzt Alexandrias frühere Empörung noch besser. »Weißt du denn nicht, wie er dazu stünde?«
Houghton kam einen Schritt näher, stellte sich breitbeinig hin, die Pfeife im Mundwinkel. »Ich weiß eine ganze Menge mehr über Vater, als du jemals verstehen wirst. Ich weiß nicht, wieviel Mutter dir heute gesagt hat, oder wieviel dir Alexandria von der Familiengeschichte erzählt hat. Aber der Grund, warum Alexandria und ich ohne Mutter aufgewachsen sind, ist der, daß Vater sie aus dem Haus gejagt hat.« Seine Stimme wurde schrill. »Er warf sie hinaus, Charles, weil sie nicht nach unseren Maßstäben hier leben konnte oder wollte.« Er machte eine kleine Pause, und Charles fielen wieder Adele Barachois' Worte ein: *Sagen Sie, würden die mich überhaupt aus dem Zug lassen, falls ich nicht einen scharlachroten Buchstaben aufgenäht trüge?*
Als könnte er Charles' Gedanken lesen, fuhr Houghton fort: »Alexandria ist eine von uns. Sie ist so erzogen worden.« Er senkte die Stimme. »Wie lange, glaubst du, wird deine Ehe noch dauern, wenn meine Schwester jemals erfährt, daß du mit diesem billigen Flittchen aus dem Arbeiterviertel herumgeflirtet hast?«
Charles begriff mit einemmal. Darauf hatte Houghton also den ganzen Abend angespielt. Deshalb hatte er noch auf seine nächtliche Rückkehr gewartet; diese Drohung war seine Waffe, die er bis vor einem Augenblick in Reserve gehalten hatte. Charles' Magen drehte sich um; sein Bein pochte bei jedem Herzschlag.
»Es läuft darauf hinaus, Charles. Du hast eine klare und eindeutige Wahl: entweder du spielst mit mir mit, dann werde ich dich weiter decken, oder du kämpfst gegen mich und verlierst alles, inklusive Alexandria. So einfach ist die Sache, alter Junge.«
Charles stand müde auf; sein Atem ging kurz, seine Beine schmerzten, sein Rücken war steif. »Houghton, diesen gräßlichen Spaß werde

ich dir leider verderben. Ich gehe nämlich jetzt zu Alexandria hinauf und sage ihr die Wahrheit. Persönlich.«
Houghton zog die Augenbrauen hoch. »Ach wirklich? Ich bezweifle es.« Und während Charles zur Tür ging: »Du hast nicht den Mut dazu. Du würdest nicht alles aufs Spiel setzen – alles hier – nur um die Genugtuung zu haben, mich zu schlagen.«
Charles blieb stehen und wandte sich um. »Gleichgültig, was zwischen mir und Alexandria geschehen wird – ihre Aktien wird sie trotzdem nicht verkaufen.«
Er sah, wie Houghtons schmales Gesicht erbleichte. Er sah, wie er die Pfeife aus dem Mund nahm, sie in beiden Händen hielt, den Blick nicht von ihm gewendet, wie er auf ihn zutrat.
»Verdammter Hund«, sagte er heiser flüsternd. »Du gottverdammter Hund, Charles. Du hast Vater gegen mich aufgewiegelt. Du hast nie ein Anrecht darauf gehabt, hier zu sein. Niemals. Du hast Alexandria nie geliebt. Ich habe es ihr gesagt. Immer wieder.« Er sprach atemlos, holte immer wieder hastig Luft. »Ich habe es ihr gesagt. Ich habe es gesagt: niemand hat sie je geliebt, außer mir.«
Charles starrte ihn voll ungläubigen Entsetzens an. Mit einem scharfen Knacken brach Houghton seine Pfeife auseinander. Diesmal war der Schock unvermittelt, überwältigend. Eine neue finstere Höhle hatte sich vor Charles aufgetan. Er war von Ekel geschüttelt, während sich die Stille ausdehnte. Endlich fiel Houghtons Blick auf die Stücke der Pfeife. Er wandte sich schwankend ab, legte sie sorgfältig, Charles den Rücken zugekehrt, in einen Aschenbecher.
»Gute Nacht, Charles«, sagte er schließlich leise, Scham in seinem Tonfall, aber auch Bitterkeit. »Ich hoffe, du wirst es ihr sagen. Ich bete zu Gott, daß du es tust.«
Charles sagte kein Wort, er wandte sich ab, ging in die Diele und dann langsam die Stufen empor. Nun war es vorbei. Alles was er erfahren hatte, die Tiefen und Abgründe, in die er geblickt hatte, sie würden ihm nichts nützen. Houghtons Motivierung, oder auch die der anderen, war zu komplex, einfach zu viel. Das, was in seinen Gedanken am klarsten abgezeichnet war, und ihn am meisten schmerzte, war die eine, entsetzliche Erkenntnis der chaotischen Verwicklung menschlicher Emotionen. Mitleid stieg wieder in ihm auf – nicht nur für den anderen Charles, sondern für alle, für jeden einzelnen. Hatte der andere Charles dies auch gespürt, auch so empfunden? War dies einer der Gründe, warum er sein Gedächtnis – das bis zum Bersten überfüllt war – verloren hatte? Er konnte ihnen allen nicht helfen – sich selbst auch nicht. Seine Versuche, zu begreifen, zu verstehen, hatten ihn der zwingenden inneren Identifizierung, ohne die er kein Ganzes mehr werden konnte, nicht näher gebracht. Es war närrisch von ihm gewesen zu glauben, daß er es erreichen konnte. Nun blieb ihm nur noch die letzte Notwendigkeit, die noch mehr Kummer und Ruin zur Folge haben würde.

Es wäre besser gewesen, er wäre in New York geblieben oder in eine andere Richtung gegangen. Niedergedrückt von einem gewaltigen Gefühl der Hoffnungslosigkeit und Hilflosigkeit erreichte er die obere Diele.

Warum er in Eugenes Zimmer ging, hätte er nicht sagen können, vielleicht in dem Bedürfnis, sich zu verabschieden, vielleicht, um den Kummer, den er Alexandria machen würde, noch etwas hinauszuschieben.

Das Zimmer war dunkel, aber man hörte ein Durcheinander von Tönen, mechanisch und gedämpft, von irgendwoher. Dann bewegte sich etwas auf dem Boden, und der Raum war in einen fahlblauen Lichtschein getaucht. Der Junge hatte am Boden gesessen und eine Decke wie ein Zelt über sich und den Fernsehapparat gezogen. Er schaltete das Gerät schnell aus, und das Zimmer wurde wieder dunkel.

Die Situation erheiterte Charles trotz des Gefühls von Verlust und Trauer. Während er hinter sich die Tür ins Schloß zog, fühlte er sich gewärmt und seltsam erfrischt, als hätte er einen neuen Lebenshauch angenommen.

»Was willst du denn hier?« fragte Eugene, und als sich seine Augen an die Dunkelheit gewöhnt hatten, sah Charles, wie der Junge die Decke zusammenballte und auf das Bett warf.

»Ich komme nachts oft noch herein«, sagte Charles leichtfertig, obwohl er sicher annahm, daß es eine Lüge war.

Der Junge antwortete nicht gleich. Dann sagte er skeptisch: »Ja, wirklich?«

»Oft.«

»Und wie!«

»Gene –«

»Warum hast du mich dann noch nie erwischt? Ich mache das fast jede Nacht.«

In der eigenen Falle gefangen, stand Charles sprachlos da.

»Warum kommst du herein?« fragte Eugene.

»Oh, um zu sehen, ob es dir warm ist, ob du schläfst –« Und während er noch sprach, blitzte wieder eine Erinnerung durch seine Gedanken: sein eigener Vater, der jeden Abend in dem Haus in der Euklidstraße zu ihm hereingeschaut hatte. Er hörte förmlich das sanfte Flüstern, wenn er gefragt hatte, ob er schon schlafe.

»Ist das wahr?« fragte Eugene und warf sich auf das Bett.

Charles dachte wieder an seinen Vater und ging zum Bett hinüber.

Das Gesicht des Jungen unter ihm war verschwommen in der Dunkelheit, er sah die forschenden Augen, die um Aufrichtigkeit flehten – und mehr, viel mehr.

»Das ist wahr«, sagte Charles und war sich dabei bewußt, daß das Charakterbild, das er mit jeder vorsichtigen Lüge weiter ausbaute,

zusammenstürzen mußte, in Stücke brechen, sobald er mit Alexandria gesprochen hatte. Er wünschte nun, er wäre nicht hereingekommen, und war im gleichen Atemzug froh, denn nun hörte er Eugene erleichtert aufseufzen.
»Vati –«
Er beugte sich herab, zog ihm die Decke bis ans Kinn. »Ja?«
»Weißt du noch, der Fußball, den du mir zu Weihnachten geschenkt hast?«
»Ja –« sagte er behutsam.
»Er ist im Keller. Ich habe ihn hinuntergebracht. Ich wollte nicht, daß er mich so . . . du weißt schon . . . so anstarrt hier oben.«
»Ich wußte nicht, daß Fußbälle einen anstarren können –«
»Der konnte es. Er hat mich immer erinnert –« Er brach ab, und Charles sah, wie er sich im Bett bewegte. Nachdem sich seine Augen nun an die Dunkelheit gewöhnt hatten, konnte er die Umrisse des Jungen unter der Decke erkennen – so klein und mager.
»An was hat er dich erinnert?« fragte Charles.
»Er hat mich daran erinnert, wenn du es unbedingt wissen willst, daß ich den verdammten Fraß von Hannah essen muß, weil ich sonst nicht groß und stark werde!«
»Gene«, sagte Charles, »warum machst du nicht eine Liste von den Sachen, die du gerne ißt?«
Der Junge sagte wegwerfend: »Den Trick hat Mutti auch schon probiert.«
»Und?«
»Ich hab's gemacht. Das verdammte Zeug schmeckt alles gleich.«
»Gene«, sagte Charles, und eine gewisse Schärfe schlich sich in seinen Ton, »hör auf zu fluchen.«
Darauf folgte ein Schweigen, das sich ausdehnte, so daß es Charles leid tat, diesen dünnen Faden von Verbindung abgeschnitten zu haben, den zu knüpfen ihm irgendwie gelungen war. Er war nahe daran, sich zu entschuldigen – was machte es schon aus nach dem heutigen Tag –, als Eugene sprach.
»Ja, Sir«, sagte er leise.
Überrascht runzelte Charles die Stirn. Ein Gefühl von Triumph stieg in ihm auf. So schwierig war das alles ja gar nicht! Und er verfluchte wieder im stillen den anderen Charles: den blinden, dummen, egoistischen Narren – der all dies hatte, und es nicht wußte, der es wegwarf, als gälte es nichts!
»Vati –«
»Ja?«
»Glaubst du, du könntest es mir beibringen – ich meine, wenn ich den Ball wieder ausgrabe – könntest du mir zeigen, wie man ihn hält?«
»Ja, ich glaube schon.«
»Meine Hände sind nicht zu klein?«

»Sie wachsen.«
»Tust du es?«
»Ja.«
»Morgen?«
Charles zögerte eine Sekunde, dann: »Ja.«
Wieder Schweigen. Schließlich: »Das sagst du immer – bei allem. Und dann hast du keine Zeit, oder Leute kommen zum Essen, oder du gehst aus, oder – ach, zum Teufel!«
»Hör auf zu fluchen, habe ich gesagt.«
»Ja, Sir. Ich vergaß. Tut mir leid.«
»Finde du mal den Ball, sonst nichts.«
»Werde ich.«
»Gute Nacht.«
»Gute Nacht, Vati.«
Impulsiv und ohne zu überlegen beugte Charles sich herab und gab dem Jungen einen Kuß auf die Stirn. Dann richtete er sich auf, verlegen, seltsam gerührt, und ging zur Tür.
»Vati –«
»Es ist spät, Gene –«
»Tust du das immer, wenn du nachts hereinkommst?«
Charles schluckte seine Verlegenheit herunter. Eine weitere Lüge machte nun auch nichts mehr aus. »Ja.«
Eugene antwortete nicht, aber als Charles die Tür öffnete, konnte er hinter sich hören, wie der Junge sich im Bett einrollte.
Charles hoffte, Eugene würde nun schlafen. Und was würde das Erwachen bringen? Noch bitterere Leere – ein gebrochenes Versprechen, eine enttäuschte Hoffnung. Er hätte überhaupt dieses Haus heute abend nicht mehr betreten sollen; herzukommen war genau so egoistisch wie alles, was der andere Charles getan hatte. Da er aber einmal da war, konnte er auch nicht alles im Stich lassen.
Kein Licht, kein Laut drang aus Tante Catherines Tür. Sie und der andere Charles waren einstmals Freunde gewesen – bis er auch sie im Stich gelassen hatte. Es schien, als habe er sich in einem kindlichen Aufbegehren nach Austin Parsons' Schlaganfall von allem hier zurückgezogen. Dies verzieh Charles, indem er es erkannte, ja sogar die dahinterliegenden Gründe wahrnahm, seinem eigenen Ich. Und konnte Tante Catherine ihm jemals verzeihen?
Als er die geschlossene Tür des vorderen Schlafzimmers erreicht hatte, hielt er inne. Am anderen Ende des Korridors sah er, daß die Tür zu Austin Parsons' Krankenzimmer angelehnt war. Einem Impuls folgend, den er nicht verstand, der aber ein Teil all dessen zu sein schien, was er an diesem Tage durchlebt hatte, ging Charles den langen Gang hinunter. Vor Jahren hatte er sich ein Bild des Hauses, dieses oberen Korridors gemacht, hell und fröhlich, belebt von bezaubernden Leuten in eleganten Kleidern. An den Laternenpfahl

auf der anderen Straßenseite gelehnt, von Sehnsucht erfüllt, hätte er sich diese stille Düsterheit, diese sich überschneidenden Unterströmungen von seelischer Not, dieses Elend und diese Vereinsamung hinter der weißen Fassade nicht vorzustellen vermocht.
In Austin Parsons' Wohnzimmer brannte nur eine Lampe. Charles trat ein. Eine weißgekleidete Krankenschwester, in mittleren Jahren, rundlich und über die Störung wenig erbaut, saß in einer Ecke und las ein billiges Magazin. Sie stand weder auf noch nickte sie. Charles ging weiter zur Schlafzimmertür und schaute hinein.
Austin Parsons lag ausgestreckt auf dem Bett, die Decke war in Krankenhausmanier glatt über seine magere Gestalt gelegt, seine Arme ruhten neben seinem Körper, wie aufgebahrt. Ein Lichtschein von außen drang in das Krankenzimmer. Austin Parsons' Augen waren offen.
Sah er Charles dort stehen? Nicht das geringste Zucken verriet ein Erkennen, eine Aufnahmefähigkeit. Er wirkte in sich zurückgezogen, matt – ein Mann, der bereits auf seinen Tod wartete. Und allein. So völlig und ganz allein, daß es Charles weh tat.
Charles wollte sich gerade abwenden – sollte nicht jemand bei ihm sitzen, daß er irgendeine warme Gegenwart spürte in diesen endlosen Stunden der leeren Nacht? –, als er sah, wie sich der Mittelfinger von Austin Parsons' rechter Hand hob, und dann wieder leblos auf die Decke fiel. Charles blieb stehen. Hatte er sich das eingebildet? Er wartete. Die Bewegung kam nicht mehr. Und doch wartete er noch.
Wenn sich der eine Finger tatsächlich bewegte –
Die Sekunden wurden zu Minuten. Nichts geschah. Charles hätte gern dem alten Mann in die Augen gesehen, aber er wagte nicht, seinen Blick von der Hand abzuwenden, die matt und faltig auf dem weißen Bettrand lag.
Dann – gleich einer Antwort auf Charles' bestürzten Blick, hob sich der Finger wieder – und fiel zurück.
Diesmal war er ganz sicher.
Er spürte, wie sein Herz in harten Schlägen gegen den Brustkorb pochte. Plötzlich war er ganz wach, und ein Hoffnungsschimmer war aufgetaucht. Hatte Austin Parsons gesehen, wie sein Blick an dem Finger hing? Wollte Austin Parsons ihm etwas mitteilen?
Vater begreift die Lage genausowenig wie die arme Tante Catherine, hatte Houghton kurz zuvor noch gesagt. *Und du kommst jetzt auch nicht an ihn heran, um ihn zu beeinflussen.* Und trotzdem hatte er mittags bei dem Telephongespräch in einem heftigen Flüsterton erklärt: *Hör zu, verdammt – ein solcher Skandal kann Vater töten!* Wie konnte ein Skandal Austin Parsons' Tod bedeuten, wenn er nicht in der Lage war, zu verstehen, was um ihn herum geschah? War es möglich, daß Houghton den Verdacht hatte, sein Vater *könnte* alles verstehen?

Charles ging wieder in das kleine Wohnzimmer zurück. »Schläft er nie?« fragte er die Schwester leise flüsternd, fast erstickt. »Warum schläft er nicht?«
Die Schwester ließ ihr Magazin betont langsam sinken und sah ihn aus dunklen Augen an, die anscheinend konstant irritiert blickten. »Es ist doch alles ein und dasselbe, nicht wahr? Ob er schläft oder nicht. Er wird nicht müde, weil er nichts tut. Manchmal schläft er auch.«
»Geben Sie ... können Sie ihm nicht etwas geben, damit er schläft?«
Die Schwester seufzte, nachsichtig, voll Überlegenheit. »Dr. Wheeler hat angeordnet, daß ich die Situation selbst beurteilen soll, Mr. Bancroft. Und ich finde, daß er nicht jede Nacht ein Schlafmittel bekommen soll.«
»Jede Nacht?« hörte Charles sich wiederholen. »Wollen Sie damit sagen, daß er jede Nacht schlaflos daliegt?«
Sie machte mit dem Magazin eine ungeduldige Bewegung. »Gegen Morgen schläft er immer ein. Und er schläft auch über Tag manchmal, wie Sie wissen. Jedenfalls hat Montgomery mir das berichtet. Kann ich sonst noch etwas für Sie tun, Mr. Bancroft?«
Charles wandte sich ärgerlich ab. Leise ging er in das Krankenzimmer zurück, setzte sich in einen Stuhl neben dem Bett. Austin Parsons' Augen waren noch immer offen. Charles schloß die seinen. Vielleicht spürte der alte Mann, daß er bei ihm saß. Vielleicht auch nicht. Er konzentrierte sich nicht mehr auf den Finger: er hatte sich bewegt, zweimal, durch Austin Parsons' Willensanstrengung oder unwillkürlich.
»Ich bin ein wenig müde«, flüsterte Charles und fragte sich, ob der alte Mann wohl hören konnte. »Ich dachte, ich könnte mich ein bißchen hersetzen, ehe ich zu Bett gehe. Ich weiß nicht einmal, ob es Ihnen recht ist, Sir. Es tut mir leid, Sir, aber ich muß es darauf ankommen lassen.«
Er ließ seinen Gedanken in der Dunkelheit hinter der Jalousie seiner Lider freien Lauf: er dachte an Alexandria, die im Zimmer am anderen Ende des Korridors wartete. Verschob er bewußt den unausbleiblichen Augenblick, in dem er ihr in die Augen sehen mußte, nachdem er ihr die Wahrheit gesagt hatte?
Und er dachte an die Männer in Pete's Bar und Imbißstube: *Wir wollen nur eine einfache Frage stellen, Mister Bancroft, eine, die heute abend viele Leute hier beschäftigt. Wird Parsons' Hutfabrik verkauft?* Konnte er – hatte er das Recht – dem allen nun den Rücken zu kehren? Auf der anderen Seite, würde er irgend etwas ausrichten können, wenn er hierbleiben würde, bevor er entdeckt wurde? Oder würde er damit noch mehr Zerstörung und Chaos heraufbeschwören?
Er öffnete die Augen und schaute Austin Parsons an.

Der alte Mann hatte die Augen geschlossen. Er atmete regelmäßig, und bei jedem Atemzug hob und senkte sich die Bettdecke.
Vielleicht nicht er selbst, aber der andere Charles hatte Austin Parsons gegenüber eine Dankesschuld: das war ihm klargeworden. Konnte er jetzt desertieren, wenn sein Weggang das Ende all dessen bedeuten mochte, für das der alte Mann sein Leben lang gearbeitet hatte? Selbst wenn Austin Parsons es nie erfahren würde, konnte ihm Charles das nicht antun.
Er ging vorsichtig auf Zehenspitzen aus dem Schlafzimmer, durch den Wohnraum, ohne der unbeteiligt, unbesorgt dasitzenden Schwester noch einen Blick zuzuwerfen, und erkannte auch hier wieder seine Verstrickung. Der andere Charles mochte sich selbst eingeredet haben, daß Austin Parsons nichts begriff und demnach nichts zu sagen hatte – aber dieser Fluchtweg stand *ihm* nicht offen. Er konnte nicht sicher sein, und dieser Unsicherheitsfaktor – wer, außer ihm, hatte schließlich auch nur einen leisen Verdacht? – hielt ihn zurück, bedeutete eine Forderung.
Er ging den schwach beleuchteten Gang entlang. Hatte der andere Charles Alexandria aus Liebe geheiratet? Nichts, was er bisher erfahren hatte, wies in diese Richtung. Hatte der andere Charles auch unter diesem Zweifel gelitten oder sich dagegen gesträubt, es als Tatsache anzuerkennen? Und was dachte Alexandria? *Wir wissen beide, warum du Alexandria überhaupt geheiratet hast.* Houghton hatte das erst vor ein paar Minuten behauptet. *Sogar Alexandria hat so einen Verdacht.* War es dieser Verdacht, bestärkt durch Houghtons giftige Kommentare in den ganzen Jahren, der, wenigstens zum Teil, diese Wand aufgebaut hatte, die Charles zwischen dem anderen Charles und seiner Frau zu spüren glaubte?
Er näherte sich der Schlafzimmertür. Er würde wohl nie die ganze Wahrheit erfahren. Und sobald er ihr das wenige gesagt haben würde, was er wußte, würde ohnehin alles zu Ende sein. Alles, was ihr jetzt noch zitternde Ungewißheit war, würde schlagartig zur Gewißheit werden.
Und er hatte keine Entschuldigung, keine.
Die Dunkelheit im Zimmer war wie eine schwarze Binde vor den Augen – und er war dankbar dafür. Als er aber die Tür leise hinter sich ins Schloß gezogen hatte, bekam er einen Schrecken: wohin sollte er sich bewegen, wo war der Lichtschalter, lag sie wach, war sie überhaupt da? In diesem Moment hätte er am liebsten wieder die Flucht ergriffen und wäre fortgelaufen. Zur Polizei. Zum Arzt – wie hieß er? Wheeler? Sonstwohin, aber nicht zu Alexandria.
»Hast du dich amüsiert?« fragte die bekannte, dunkle Stimme in die Stille hinein, und wenn die Frage auch etwas irritiert klang, hörte er doch einen bestimmten verspielten, hänselnden Ton heraus, der ihre Persönlichkeit so gewinnend machte.

»Nicht sehr«, sagte er – und lächelte innerlich wegen dieser unbestreitbaren Wahrheit.
»Bist du betrunken?«
»Nein.«
Dann war es zu spät. Licht fiel in den Raum. Charles fuhr zusammen, und während er noch geblendet war, sah er einen nackten Arm, der sich von der Nachttischlampe zurückzog. Der Raum war in sanftes Licht getaucht. Sie lag auf dem Rücken unter der Decke, ihr dunkles Haar ringelte sich auf dem weißen Kissen. Ihr Gesicht war rosig, in Schlaftrunkenheit, oder, wie er mit einigem Alarm dachte, vor Erwartung – und ihre Augen schauten ihn langsam und forschend an.
Dann schien sie zu einem Schluß zu kommen. »Nein«, sagte sie mit rauher Stimme. »Ich glaube, du bist wirklich nicht betrunken.« Sie war ganz ruhig, und ihr schlanker Körper zeichnete sich unter der Decke ab. »Wahrscheinlich sollte ich alle möglichen typisch eheweiblichen Fragen stellen.«
Widerstreitende Impulse ließen ihn in innerer Unsicherheit schwanken. Seine Kehle war wie zugeschnürt, und sein Bein schmerzte. Er sagte nichts, schaute nur zu ihr hinab. Und verfluchte innerlich wieder den anderen Charles, auch noch, als eine verzweifelte Hoffnung in ihm aufstieg: wie konnte der andere Charles sie nicht lieben?
Sie schüttelte den Kopf. »Ich habe stundenlang, wirklich stundenlang gebraucht, mich zu entscheiden, daß ich nichts fragen werde. Aber ich fürchte, da ist doch eine Frage –«
Sie hielt inne. Er stand wie angewurzelt, sein Blut rauschte in seinen Ohren, kochte in der Wärme des Raumes und vor unterdrückten Gefühlen.
»Houghton sagte, du hättest deinen Packard kaputtgefahren.«
»Ja«, sagte er ruhig und gespannt.
»Bist du verletzt worden?«
»Nein«, sagte er in einem angestrengten Flüstern, »nicht wirklich.« Und dann fügte er, innerlich amüsiert über die Untertreibung, hinzu: »Nur ein bißchen durchgeschüttelt.«
»Das tut mir leid, Liebling. Ich weiß, wie gern du den Wagen hattest. Die ganze Arbeit, die du dir damit gemacht hast.« Dann überschatteten sich ihre Züge. »Ich wollte nur, du hättest genau so eine Angst vor zu hoher Geschwindigkeit wie ich. Was haben wir uns darüber schon gestritten –« Dann unterbrach sie sich, runzelte die Stirn. »Wo hast du in New York übernachtet? Im Hotel Plaza?«
»Nein«, sagte er, versuchte, sein Zögern zu überwinden. Hatte er das Recht, noch mehr Kummer, mehr Enttäuschung zu bringen?
»Wie konntest du, ohne Gepäck?« Nun klang die spielerische Note in ihrem Tonfall unecht. »Obwohl, nach all den Jahren würde dich das Plaza aufnehmen.«

Und bevor er antworten konnte, sagte sie hastig: »Verzeih mir, Charles, ich wollte nicht mißtrauisch sein. Ich kann mich selbst nicht leiden, wenn ich mißtrauisch bin.« Und mit etwas höherer Stimme: »Hast du mich vermißt?«
»Ja«, sagte er und wußte, daß es wahr war. Ihm fiel wieder ein, wie er an der unbekannten Straßenecke im Nieselregen dem jungen Liebespärchen nachgesehen hatte, wie es aus dem Fiaker ausstieg, und an das überwältigende Gefühl von Heimweh, das ihn ergriffen hatte – das geheimnisvolle Wissen, etwas Kostbares und Unwiederbringliches verloren zu haben. »Ja«, sagte er mit Nachdruck.
»Ich freue mich«, sagte sie sanft. »Manchmal wünsche ich mir, wir könnten unseren Beginn wieder einfangen, die Tage, bevor wir geheiratet haben, als du gerade aus Korea zurückgekommen warst, oder die Tage, ehe wir hierher kamen, wo alle dachten, wir seien in Vermont, und dabei waren wir in New York. Wünschst du dir nicht auch manchmal diese Zeit zurück?«
»Ja«, sagte er, nicht, weil er sich erinnern konnte, aber weil er irgendwie sicher war, daß er sich genau das wünschen würde.
»Ich hatte Angst gestern nacht, Charles. Wirklich Angst. Wie ich die ganze Nacht so elend war, ohne dich, da fiel mir wieder so richtig auf, wie verdammt du mir fehlen kannst, Liebling. Ich hätte nie gedacht, daß ich mir so verlassen vorkommen könnte.«
Ein nackter Arm reichte zur Nachttischlampe hinüber, und in der Sekunde, ehe der Raum wieder in Dunkelheit versank, sah Charles schimmernde weiße Schultern, eine entblößte Brust, ein Gesicht, voll unverhüllter Leidenschaft. »Denken wir nicht mehr dran«, sagte sie in einem heiseren Flüsterton. »Denken wir an gar nichts mehr, nur an uns.«
Da wurde es ihm schlagartig klar, daß er es ihr einfach nicht sagen konnte. Sie würde unweigerlich davon erfahren, aber er konnte es ihr nicht sagen. Houghton hatte recht gehabt – nur hatte es mit Mut nichts zu tun. Er konnte nicht mit ansehen, wie sich dieses unbeschreiblich liebliche Gesicht verzerren würde – vor Verblüffung, Ärger, schneidendem Schmerz. Er mußte sie davor bewahren, so lange er es vermochte. Von einer überwältigenden Zärtlichkeit erfüllt, die jeden Nerv anspannte, trat er zum Bett in der Dunkelheit.
Er liebte sie. So einfach und fundamental war es. Er liebte sie. Er hatte sie schon immer geliebt. Und er mußte sie beschützen, konnte sie nicht verletzen. Und er hatte auch nicht das Recht, dieses köstliche Wunder, das geschehen war, zu verderben, zu vernichten.
Ihre Hand ergriff die seine; seine kalten Finger spürten eine sanfte Glut. Und er fühlte, wie er auf den Bettrand herabgezogen wurde – wie er in dunkle Abgründe versank, endlich zuckend lebendig, nur ihrer Schönheit bewußt, die sich ihm entgegenhob. Ihr Körper – sanft geschwungen, heißes, atmendes Fleisch – schmolz endlich

die eisige Angst und Unsicherheit und die Bedrohung, in der er den ganzen langen Tag und den endlosen Abend erstarrt war. Er hielt sie umschlungen und spürte ihren Atem, ihre zerbrechliche Wärme an sich, und der gewohnte Duft berührte ihn wieder und durchbrach sein letztes Zögern. Sie war sein und war es immer gewesen. Er überließ sich mit Freude dem unbeschwerten Entzücken, sie zu lieben . . .

Ein zischender Laut kam aus der Richtung des Kamins, wo ein letztes Stückchen Holz zerfallen war, mit sprühenden Funken; die sterbenden Flammen warfen tanzende Reflexe an die Decke. War es dieses Geräusch oder der Klang seines Namens, was ihn geweckt hatte? Er wußte es nicht.

»Charles –« Ein Flüstern, vorsichtig, wie im Halbschlaf, entspannt und ruhig –

Langsam wurde ihm bewußt, wo er war, und es schien ihm völlig natürlich und selbstverständlich. Ihr Körper berührte den seinen nicht, aber er spürte ihre Wärme an seiner Seite. Auch dies schien ihm völlig in Ordnung. Trotzdem fiel ihm ein, daß er eigentlich nicht hierher gehörte. Die Worte, oder was immer sie nun äußern würde, galten eigentlich nicht ihm. Aber er konnte sie nicht aufhalten.

»Bist du glücklich, Charles?«

Einen langen Augenblick hörte er einen Hund in der Ferne bellen, konnte nicht antworten, weil ihm die Worte, die Stimme fehlten. Wie konnte er ihr jemals klarmachen, wie unglaublich glücklich er war? Wie konnte er dieses Glück als sein eigenes akzeptieren? Und dann hörte er seine eigenen, kümmerlich unzulänglichen Worte:

»Ja, ich bin glücklich.«

»Weil –« beschwingt, lässig, »weil ich dich so gern glücklich machen wollte. Ob du es glaubst . . . auch wenn ich egoistisch . . . was du auch denkst . . .«

»Ich glaube dir –«

»Und ich weiß auch, daß du mich glücklich machen wolltest. Ich weiß es ganz einfach. Und darum geht es doch eigentlich, nicht wahr? Auch wenn wir es manchmal vergessen –«

Wie einfach es bei ihr klang, wie natürlich und wahr. »Ja«, sagte er, wissend. »Darum geht es.«

Aber ein Hauch von Schuldgefühl flog ihn an – vielleicht nicht seine Schuld, sondern die des anderen Charles.

»Und vorher warst du es nicht? Glücklich –«

Wenn er auch dagegen protestieren wollte, so wußte er doch, wie aus einer traumhaften, seltsamen Ferne, daß ein Leugnen falsch wäre, nach all dem, was er inzwischen erfahren hatte.

»Besonders im vergangenen Jahr. Seit Vater –« Sie bewegte sich unruhig. »Alles schien in Stücke zu fallen, seit Vater krank wurde. Du hast dich verändert. Alles hat sich verändert. Und wenn ich nicht verstand, warum dies geschah, wurde ich noch ärgerlicher auf mich. Ich verstehe es noch immer nicht. Und ich bekam Angst. Und wie du dann gestern nacht nicht heimgekommen bist und nicht einmal angerufen hast, da dachte ich: jetzt ist es geschehen, jetzt haben wir ihn aus dem Haus getrieben.«

Ihre Stimme verklang. Er versuchte nicht, ihren Worten zu widersprechen: der andere Charles war, auf eine Weise, fortgetrieben worden oder hatte sich forttreiben lassen. Bis jetzt war ihm alles nur schemenhaft und fragmentarisch klar, aber er wußte, daß er keine eindeutigen, allgemeingültigen Antworten finden würde. Die Umstände, dazu die Personen, Zufälle vermischt mit persönlichen Ansichten, Gegebenheiten vermischt mit Willensäußerungen – es war alles kompliziert, verwickelt, geheimnisvoll –

»Ich war dabei auf eine Weise noch schlimmer als die anderen, nicht wahr?« fragte sie schließlich. »Dir die Tür vor der Nase zusperren, wenn du spät heimkamst, als Strafe für deine Trinkerei, deine Autoraserei, dein –« Sie unterbrach sich, fuhr dann in gehetztem Flüstern fort: »O Charles, warum konnte ich dich nicht verstehen? Warum verstehe ich dich selbst jetzt noch nicht? Weißt du eigentlich, wie lange es her ist, seit wir das letztemal wirklich miteinander *gesprochen* haben? Ich meine, wirklich gesprochen.« Dann wurde ihr Tonfall schärfer, vorwurfsvoll und erregt: »Sogar jetzt willst du nicht mit mir reden, wirklich sprechen, sogar jetzt noch.«

Die Reflexe des Feuers zeichneten tanzende Muster an die Decke, abwechselnd rot, dann dunkel, dann zartgelb, dann schwächer und schwächer, bis die Flammen verloschen. Er sagte nichts, wagte nicht, etwas zu sagen.

»Da, nun habe ich es wieder getan«, sagte sie zerknirscht. »Dir die Schuld zugeschoben. Ich gebe zu, ich habe mir nie ehrlich über alles Gedanken gemacht, nie. Und Vater hat mich fürchterlich verwöhnt. Aber gestern nacht, wie ich hier gelegen habe, voller Angst, und auf dich gewartet habe –« Das Bett erzitterte leise, als fröstle sie oder hätte einen Schauder unterdrückt. »Charles, was ist los? Irgend etwas ist passiert. Was?«

Wieder eine Gelegenheit. Aber er ließ sie hilflos vorübergehen – wollte sie nun nicht ergreifen. Es war zu spät. Er hatte sich bereits auf eine Weise festgelegt, die er später, für sich, würde definieren müssen, aber nicht jetzt, jetzt nicht.

»Du wirkst so anders, Liebling – seit du heute abend heimgekommen bist. Und während des Abendessens. Und nun, vor einer Weile, hier –«

Er hatte weder den Wunsch noch die Willensstärke, aus diesem angenehmen, traumartigen Trancezustand, in den ihn ihre Stimme wiegte, zu erwachen.

»Nicht eigentlich verändert, wenn ich's recht bedenke. Sondern mehr wie du selbst. Wie der Junge, den ich –« Sie brach ab. »Sehr verwirrend, nicht wahr?« Es klang aber nicht besorgt, grüblerisch, eher nachdenklich und erstaunt. »Heute nacht bist du mehr so, wie du früher warst, als das ganze vergangene Jahr. Kannst du dir das erklären?«

Er konnte es nicht, er konnte es nicht einmal versuchen. Aber die schmerzende Ungewißheit drohte, seine friedliche, träge Stimmung, seine Illusion von Gesundheit zu zerstören. Er kannte im Augenblick nichts anderes, und wollte nichts anderes kennen als die Lust, hier in diesem sanft glühenden Raum gelöst und zufrieden zu liegen, neben der Frau, die er liebte – die er immer geliebt hatte. Und dieses Gefühl hätte er auch nicht erklären können. Aber für heute genügte ihm, dieses Gefühl zu haben.

»Charles?«

»Ja, Schatz?«

Eine Pause trat ein, in der er einen tiefen Atemzug von ihr zu hören vermeinte.

Dann sagte sie: »Weißt du, wie lange es her ist, seitdem du mich so genannt hast?«

»Nein«, sagte er aufrichtig. »Keine Ahnung.«

»Und ich habe immer gedacht, du sagst es nicht mehr, weil . . . weil man das Wort nicht oft gebraucht in . . .« Sie zögerte wieder, machte einen neuen Versuch: »Ich fragte mich, ob du gedacht hast, ich mag es nicht, weil es in unseren Kreisen nie gebraucht wird.«

Wieder spürte er die drohende Verwirrung des Tages. »Wahrscheinlich ist das der Grund«, gab er zu. »Ich bin nicht sicher, aber wahrscheinlich . . .«

»Wie dumm von dir, Charles – wenn ich bedenke –« Sie drehte sich um und ein Bein berührte ihn kurz, zog sich zurück, und dann war ihre Stimme dicht neben seinem Ohr. Er sah den Schatten ihres Kopfes über sich.

»Wie du in New York warst, bist du da mit einem Fiaker gefahren?« Der spielerische Ton lag wieder in ihrer Stimme. »Und hast du dir ein Stück angesehen mit dem Titel: *Glocke, Buch und Kerze* und bist dann durch den Park gefahren und hast jemand gestanden, daß du sie liebst?« Ihre Stimme klang nun fast jubilierend. »Hast du, Liebling? Wenn du das nämlich getan hast, dann bringe ich dich um! Ich schwöre es dir, ich bringe dich um, wenn du irgendeiner anderen sagst, daß du sie liebst.«

Sie bewegte sich wieder und nun lag sie dicht neben ihm, ganz nahe, und ihr Körper war warm und weich, nicht mehr leidenschaftlich und voll Begierde, sondern passiv, zufrieden und – er wußte es irgendwie – auf Schlaf eingestellt. Ohne zu überlegen, drehte er sich auf die Seite, kehrte ihr den Rücken zu, und sie lag an ihn gekauert. Er spürte ihren Atem und dann ihre Lippen an seiner nackten Schulter.

»Bis morgen früh«, sagte sie, und ihre Stimme klang schon etwas schlaftrunken.
Er regte sich nicht. Sein Fuß schmerzte ihn nicht mehr. Sein Körper und sein Geist waren vollkommen entspannt, die Erschöpfung wich. Im letzten Augenblick, bevor ihn der Schlaf umfing, wurde ihm schemenhaft mit Erstaunen klar, daß er sich nun ohne Rücksicht auf die Konsequenzen völlig hingegeben hatte. Ein kurzer Schatten von Vorahnung, zu schwach, um erschreckend zu sein, unfaßbar und vage, ging durch seine Gedanken, während er in einen traumlos tiefen Schlaf versank, in der Ferne den Hund wieder bellen hörte . . .

Der zweite Tag

6

Als er erwachte, drang schwaches graues Tageslicht durch die schweren Vorhänge. Sofort wußte er genau, wo er sich befand und wie er hierhergekommen war. Die Ereignisse des gestrigen Tages fielen ihm ein, Stunde für Stunde – aber mehr nicht. Alexandrias Nähe, fremd und doch vertraut, erregte seine Sinne; er stand auf und vermied es, noch länger in das warme, im Schlaf gesammelte, in seiner Stille strahlende Gesicht zu sehen. Er fand den Bademantel innen an der Badezimmertür hängen und schlüpfte hinein. Eine eigentümliche Lebenskraft gab ihm diesen Morgen Auftrieb und Schwung, eine Art ungestümer Erwartung und dringenden Verlangens. Er nahm die Kleider, die er am vorangegangenen Abend getragen hatte, um nicht Schubladen und Schranktüren aufziehen zu müssen, und ging aus dem Zimmer, auf Zehenspitzen und barfuß, durch den oberen, leeren, friedlichen Gang und die Treppe hinunter. Die Figur, die er dabei machte, amüsierte ihn noch immer, aber er kam sich nicht mehr so lächerlich vor. Eine überquellende Lebensfreude erfüllte ihn noch immer, als er sich im Badezimmer neben der Diele anzog. An diesem Morgen war alles möglich.
Nicht, daß er sich der geheimnisvollen Unterströmungen und komplexen Verwirrungen weniger bewußt gewesen wäre; er betrachtete sie jedoch mit frischen Gedanken, und sie schienen ihm nicht mehr so verblüffend. Unter der ruhigen Oberfläche brauste noch immer ein reißender Fluß durch dunkle Tiefen von Liebe und Haß und Gier – und vielleicht Schlimmerem. Und das Leben eines einzigen Mannes streckte in verschiedene Richtungen Fühler aus, verwob sich mit anderen, vielen anderen. Wie vielen anderen? Jede einzelne Handlung hatte unweigerlich Reaktionen, Konsequenzen, die wiederum ihre Wirkung auf andere Leben hatten, so weitreichend, daß er sie selbst jetzt noch nicht zu berechnen vermochte.
Fertig angezogen, suchte er sich durch die graue Stille den Weg zur Bibliothek. War dem anderen Charles diese gewaltige und unmeßbare Komplexität bewußt gewesen?
Die Enzyklopädie lag aufgeschlagen auf dem Schreibtisch. Merkwürdig, er erinnerte sich genau, den Band an seinen Platz zurückgestellt zu haben, als er am vergangenen Abend das Haus verließ. Er trat zum Schreibtisch. Es war die Seite aufgeschlagen, auf der Amnesie beschrieben wurde. Es hatte sich also noch jemand anderer mit diesem Thema befaßt. Aber wer?
»Kann ich irgend etwas für Sie tun, Sir?«
Er schreckte beim Klang der Stimme zusammen. Aber noch ehe er

sich umwandte, wußte er, es würde Logan sein. Der Butler trug ein graues Wolljackett; er stand mit einem kleinen Tablett auf der Schwelle. Und Charles wurde ein wenig verlegen – ihm fiel Madys Beschreibung des Lebens im Arbeiterviertel ein, und er dachte sich, daß der andere Charles wahrscheinlich die gleiche Befangenheit in der Gegenwart von Dienstboten gespürt hatte.

»Ich bin nicht sicher«, sagte Charles zögernd. Er betrachtete das Glas auf dem Tablett, das eine rötliche Flüssigkeit, vermischt mit etwas Braun, enthielt. »Was ist das?«

Logan verzog keine Miene. »Das übliche, Sir. Sie trinken es immer und verziehen dann das Gesicht und behaupten, das würde zehn Iren von den Toten erwecken. Wissen Sie nicht mehr?«

Charles nahm das Glas entgegen. »Doch, ich weiß.«

»Ach, wirklich?« Logan zog die Vorhänge am Fenster auf. »Soweit ich mich entsinnen kann, haben Sie noch nie etwas Ähnliches gesagt.«

Charles' Verlegenheit wuchs. Also hatte er vergangene Nacht mit seinem Verdacht recht gehabt. Trotzdem amüsierte ihn Logans Trick. »Ich glaube, ich verziehe nur das Gesicht und spare mir das Vergnügen an dem Getränk«, sagte er und stellte das Glas ab. »Haben Sie heute früh die Enzyklopädie studiert, Logan?«

»Nein, Sir«, entgegnete Logan prompt und schaute Charles voll an. »Ich verlasse mich auf meine Intuition. Das haben wir Iren so an uns, nicht? Mir fiel nur heute früh ein, daß Ihnen vielleicht ein wenig Unterstützung angenehm wäre, wenn Sie sich mit einem Bluff aus der Affäre ziehen wollen.«

Charles lachte. So merkwürdig ihm dieser Klang selbst vorkam, er fand ihn doch ermutigend. Eine große Zufriedenheit überkam ihn. »Mein Großvater war Ire, Logan.«

»Ich kannte ihn flüchtig. Sie erinnern sich also an ihn?«

Charles runzelte die Stirn. Ja, er erinnerte sich plötzlich sehr lebhaft: ein kleiner Mann mit dunklen Haaren und temperamentvollen Augen, entweder in mürrischer oder in übersteigert übermütiger Stimmung, ein Mann, dessen Hände nie zu zittern aufhörten. »Er hatte das Zittern«, hörte Charles sich sagen.

»Ja.«

Das Hutmacher-Zittern. Einige alte Männer in der Euklidstraße waren von der Krankheit befallen gewesen. Sein Vater hatte ihm gesagt, es käme von der Arbeit mit Farben in der Hutfabrik. Und dann hörte er im Geist eine Stimme, die seiner Mutter, rauh und gleichzeitig traurig und erschöpft: *Wenn du alles auf dich zukommen läßt und dein Leben nicht anders einrichtest, dann geht es dir am Ende wie deinem Vater – du kriegst das Zittern.* Damit hatte sie nicht ihn gemeint, sondern seinen Vater. Aber wo? Wann? Charles war sprachlos vor Erstaunen. Es kam ihm jedoch keine weitere Erinnerung.

Dann hörte er Logans Frage: »Kann ich Ihnen irgendwelche Fragen beantworten, Mr. Bancroft?«
Gleichzeitig stürmten tausend Fragen von allen Seiten auf Charles ein. »Ist ... stehe ich oft so früh auf, Logan?«
Zum ersten Mal zeigte sich ein Schimmer von Überraschung im faltigen Gesicht. »Ziemlich oft. Besonders in früheren Zeiten. Vor Mr. Parsons' Schlaganfall haben Sie halbe Nächte an diesem Schreibtisch hier gearbeitet.«
»Und nach Mr. Parsons' Schlaganfall?«
»Da haben Sie oft hier geschlafen.« Dann fügte er hinzu: »Weil Sie Mrs. Bancroft nicht stören wollten, wenn Sie spät nach Hause kamen.«
Aber Charles hörte im Geist wieder Alexandrias Worte: *Ich war dabei auf eine Weise noch schlimmer als die anderen, nicht wahr? Dir die Tür vor der Nase zusperren, wenn du spät heimkamst, als Strafe –*. Und während er noch den Worten nachlauschte, wurde ihm klar, daß Logan sich bestimmt seine eigenen Gedanken über diese Frage machte. Gab es eine grausamere Strafe – wenngleich verdient – als ein weiterer Angriff auf das kleine bißchen verbliebener Sicherheit, wo der andere Charles doch ohnehin so unter der Unsicherheit gelitten hatte. Der Außenseiter, noch mehr ausgeschlossen. Der verletzte Stolz, Salz in die Wunden, neue Verärgerung aus der Verwirrung heraus, und ein neuer Funke von Rebellion – und so mußte der Abgrund Nacht für Nacht weiter auseinandergeklafft sein, jeder für sich elend und allein.
Charles schob den Gedanken beiseite. »Hat er –« begann er, unterbrach sich dann und sagte: »Besuche ich Mr. Parsons oft oben?«
Logan runzelte die Stirn. »Nein, Sir«, sagte er ohne Zögern, und fügte dann hinzu: »Ich habe festgestellt, daß manche Leute so darunter leiden, andere leiden zu sehen, daß sie es nicht ertragen können.«
Und Charles fielen wieder die Worte seiner Schwester ein: *So wie du immer alles auf dich genommen, in dich hineingefressen hast.*
Trotzdem sagte er scharf und nachdrücklich: »Das ist keine Entschuldigung«, und spürte, wie diese Worte ihn wie Peitschenhiebe schmerzten. Logan betrachtete Charles mit hochgezogenen Brauen, und Charles fuhr in verändertem Ton fort: »Wieso wissen Sie so viel über mich, Logan?«
»Weil wir Freunde sind«, sagte Logan schlicht.
Und Charles wandte sich gerührt ab. »Ich verstehe«, sagte er.
Er dachte an Mady, an den Taxifahrer in New York.
»Wir sind Freunde, seit Sie hier eingezogen sind, Mr. Bancroft. Ich glaube, sogar schon länger – als Sie noch in Uniform waren und Miss Alexandria den Hof machten.«
Diese Worte beschworen ein Bild herauf: war der Junge, vor elf Jahren, feierlich und unbeholfen, oder vielleicht vorlaut und un-

sicher, oder nur schüchtern und sehr verliebt gewesen? Das konnte er Logan aber nicht fragen.
»Noch eine Frage, Logan«, sagte er. »Was ist mit Mr. Parsons' Frau?«
Zum ersten Mal wirkte Logan sehr reserviert, und Charles wußte, daß er sich nun auf gefährlichen Boden begeben hatte. »Entschuldigen Sie, Sir«, sagte Logan. Und sonst nichts.
Charles stellte fest, daß ihn diese Reaktion nicht einmal überraschte. Trotzdem wäre es vielleicht von Nutzen gewesen, wenigstens eine Ahnung zu haben, ehe er noch einmal mit Adele Barachois sprach; denn das würde er tun, wie ihm plötzlich bewußt wurde.
»Vielen Dank, Logan«, sagte er und schaute den alten Mann an.
»Sie waren hier einmal glücklich, Mr. Bancroft. Ich glaube, das sollten Sie erfahren. Lustig, heiter – und selbstsicher. Je mehr Sie gearbeitet haben, desto mehr Spaß machte es Ihnen. Mr. Parsons wußte das auch zu würdigen. Er kann es Ihnen jetzt nicht mehr sagen, aber ich kann es. Und gleichgültig, wieviel Sie arbeiteten, Sie fanden immer noch Zeit, um mit Eugene zu spielen, damals. Wenn ich mir die Bemerkung erlauben darf, Sir, das geht dem Jungen jetzt sehr ab. Sie wollen ihn gar nicht ignorieren, das weiß ich, Sie haben Ihre eigenen Sorgen, aber dadurch setzt er sich alle möglichen Gedanken in den Kopf. Wenn ich das sagen darf –«
»Natürlich dürfen Sie das«, sagte Charles. Das war genau das, was er wissen mußte, wissen wollte; trotzdem brachte ihm das Wissen wiederum keine Erleichterung, sondern stieß ihn in noch tiefere Verwirrung. Hatte Austin Parsons eine so tiefgreifende Wirkung auf den anderen Charles gehabt? Neue Fragen schwirrten durch seinen Kopf. Warum?
»Ihr elektrischer Rasierapparat ist im Medizinschränkchen im unteren Badezimmer«, sagte Logan nun. »Und die untere Schublade im Schreibtisch ist Ihre. Haben Sie den Schlüssel dazu, Sir?«
Charles griff in seine Tasche und holte die Schlüssel heraus, die ihm der Polizist, Sterling Bolton, vergangene Nacht zurückgegeben hatte. Er empfand die Haltung des untersetzten Mannes sofort wieder als Bedrohung, wenn er daran dachte, wie ihm das Polizeiauto durch die dunklen Straßen nachgefahren war.
»Wenn ich noch etwas tun kann, sagen Sie es mir bitte«, sagte Logan und ging hinaus.
Charles trat zum Fenster und blickte in den stillen Morgen hinaus. Über der rechteckigen Rasenfläche auf der anderen Straßenseite lag leichter Nebel. Die Bäume auf beiden Seiten leuchteten in lebhaften Herbstfarben, überwiegend gelb, ohne ganz den Eindruck grauer Kälte wegwischen zu können. Ein Lieferwagen mit Milch fuhr gespenstisch die Straße hinauf. In der Ferne verlor sich der dünne, weiße Kirchturm im Morgennebel. Wer war der junge Mann, der gestern abend, an den Laternenpfahl gelehnt, das Haus angestarrt

hatte? Warum hatte er da gestanden? Charles fröstelte, als er an das verheerende Elend und den nackten, schrecklichen Haß in dem verzerrten Gesicht dachte – war der andere Charles auch dafür verantwortlich? Wie? Das waren nur einige der Fragen, die Logan nicht zu beantworten vermochte.

Ihm fiel der groteske Gang des Jungen ein, der verkrümmt zu seinem Wagen gehinkt war, und dabei wurde Charles zum ersten Mal klar, daß der Krüppel zu allem fähig war, gleichgültig, was die Wurzel seiner heftigen Bösartigkeit war, gleichgültig, unter welchem persönlichen Kummer er litt. Dieser düstere und beunruhigende Gedanke schien auf den ersten Blick lächerlich. Aber Charles konnte sich, als er sich auf den Schreibtischstuhl setzte und die unterste Schublade aufschloß, weder düsterer Vorahnungen und einer gewissen Bestürzung erwehren, noch sich in Gedanken ganz von der quälenden Erinnerung an jenen tierischen Ausbruch von Angst und Wut freimachen.

Oben auf den verschiedenen Papieren in der Schublade lag ein Scheckheft, das den Namen ›Charles Bancroft‹ auf dem Umschlag eingedruckt trug. Er blätterte die Ausstellbelege durch, ohne genau zu wissen, was er eigentlich zu finden hoffte. Er stellte fest, daß eine große Anzahl – eine sehr große Anzahl – zur Barabhebung bestimmt war. Ihm fielen die verschiedenen hohen Geldscheine ein, die er in seiner Brieftasche entdeckt hatte. Was bedeutete das alles? Vielleicht, daß Charles Bancroft, wie Madys Ehemann Preston, ein Spieler war; oder daß es Charles Bancroft, der früher arm war, ein gewisses echtes oder illusorisches Sicherheitsgefühl vermittelt hatte, ziemlich große Bargeldbeträge in der Tasche zu haben. Sein Bankguthaben betrug $ 522,13.

Charles legte das Scheckheft zurück und nahm eine runde Bronzemedaille, etwa doppelt so groß wie ein Silberdollar, heraus. In der Mitte stand in getriebenen Lettern: *Shepperton-Oberschule 1946.* Und um die Außenkante im Kreis: *Gelehrsamkeit . . . Staatsbürgerschaft . . . Sportlichkeit . . . Führerschaft.* Was hatte Mady doch gesagt? *Du hast immer Medaillen heimgebracht, und nie war es genug.* Und der Polizist, Sterling Bolton, gestern abend auf der Straße: *Auf diese Art und Weise bekommt man keine Auszeichnungen für gute Staatsbürgerschaft, Chuck.* Charles betrachtete die große Medaille eingehend. Sie besagte ihm nichts.

Als nächstes kam ihm eine andere Medaille in die Finger. Ein Silberstern. Sein schmerzender Fuß fiel ihm wieder ein, Houghtons abfällige Bemerkung über die Kriegsheldentaten des anderen Charles, die schwache Erinnerung an Korea, die sich schon ein paarmal in seinen Gedanken herauskristallisiert hatte.

Zwischen verschiedenen anderen Kleinigkeiten – ausgeschriebenen Kugelschreibern, zwei Zigarettenanzündern, verschiedenen Notizblöcken – lag ein häßlicher metallisch glänzender Revolver, halb verborgen unter einem gefalteten Stück Papier in der Schublade. Charles ließ die Waffe liegen und entfaltete das Papier vor sich auf dem Schreibtisch. Er las, was darauf in Tinte geschrieben stand:

Austin P.	25%	
Catherine Parsons	10%	
Alexandria	15%	
Houghton	20%	
Aufsichtsrat (inkl. Sanford)	10%	
Streubesitz	5%	
Adele Barachois	15%	
Für einen Zusammenschluß		51%
Für eine Liquidation		75%

Er studierte Namen und Zahlen eingehend, ehe sich für ihn ein Bild ergab: Charles Bancroft hatte, aus irgendeinem Grund, die ungefähren Anteile an der Parsons Company, wie sie im Besitz der Familienmitglieder und des Aufsichtsrats waren, festgehalten. Warum? *Für einen Zusammenschluß* – 51%, *für eine Liquidation* – 75%. Durch eine Kombinierung von Austin Parsons' Anteil mit seinem eigenen hatte Houghton automatisch über 45% der Aktien Kontrolle: das reichte nicht zu einem Verkauf, bei weitem nicht für eine Liquidation. Wenn andrerseits Adele Barachois' Anteil hinzukam, hätte Houghton genügend Anteile, um an das Leverton-Syndikat zu verkaufen, so daß Leverton beide Firmen zusammenschließen konnte. Mit nur weiteren 15% – entweder von Tante Catherine oder Alexandria oder dem Aufsichtsrat und dem Streubesitz – hätte Leverton genügend Anteile, um die Fabrik zu schließen. Wenn Adele Barachois dazu überredet werden könnte, ihre Anteile zu behalten oder an Charles zu verkaufen –

Eine zitternde Erregung hatte Charles erfaßt. War es möglich, daß der andere Charles nach New York in der Hoffnung gefahren war, Adele Barachois vom Verkauf abhalten zu können? Oder vielleicht sogar angeboten hatte, die Aktien selbst zu kaufen, wie Houghton spekuliert hatte? Er steckte das Stück Papier in die Tasche und griff nach dem Telephon. Es war also möglich, daß der andere Charles den Versuch unternommen hatte, die Firma vor der Liquidation zu retten.

Nachdem er der Fernsprechvermittlung Namen und Adresse in New York genannt hatte, saß er und wartete, den Telephonhörer ans Ohr gepreßt – wobei ihm mit einer Art von Galgenhumor einfiel, daß er ganze 500 Dollar, vielleicht inzwischen sogar weniger, auf der Bank hatte. Wie konnte er annehmen, dafür Aktien im Wert von vielen tausend Dollar zu kaufen? Als er das Fräulein vom Amt sprechen hörte, kritzelte er die Telephonnummer von Adele Barachois auf einen Notizblock, der auf dem Schreibtisch lag. Wenn Alexandria ihre Aktien als Sicherheit bot, wäre es vielleicht möglich, wenigstens einen Teil des Geldes zu leihen, das zum Kauf der Aktien ihrer Mutter nötig wäre. –

»Ja?« ertönte eine gutturale, schlaftrunkene Stimme, die er sofort wiedererkannte, am anderen Ende der Leitung. »Ja?« Und dann erkundigte sich die Vermittlung, ob dies Adele Barachois sei, was diese mit Schärfe und Verärgerung bejahte.

»Sprechen Sie, bitte«, sagte die Vermittlung.

Müde und undeutlich: »Ja? Wer spricht da? Ja?«

»Charles Bancroft, Mrs. Barachois.«

»Wer?«

»Charles Bancroft. Ich habe gestern mit Ihnen gesprochen. Beim ... Frühstück.«

»Oh, mein Gott«, rief die Stimme empört aus.

»Mrs. Barachois, Ihre Tochter und ich sind bereit, Ihnen einen sehr guten Preis für Ihre Parsons-Aktien –«

Da vernahm er ein Stöhnen, nicht ein komischer Seufzer aus Ärger oder Verdrießlichkeit, sondern ein Laut, in dem echter Schmerz, fast ein Flehen lag.

»Ich weiß, es ist eine ungewöhnliche Zeit für einen Anruf, aber –«

»Ungewöhnliche Zeit? Ungewöhnliche Zeit? Junger Mann! Sind Sie verrückt? Sie sind total verrückt, wissen Sie das?«

»Haben Sie Ihre Aktien schon verkauft, Mrs. Barachois?« versuchte Charles es noch einmal, mit feuchten Handflächen.

»Verrückt, verrückt, *verrückt!* Befreit mich bitte jemand von diesem Verrückten? O Gott, mein Gott, warum kann man mich nicht in Ruhe lassen?« Er war hilflos und stumm einem Wortschwall ausgeliefert, hinter dem rätselhaft namenloser Kummer und ein alptraumhafter verborgener Schrecken zu stehen schienen. »Was habe ich nur getan, um das zu verdienen?« Und dann folgte ein anderer Laut, auf den er nicht vorbereitet war: ein Weinen, ein Schluchzen. Und wiederum hatte Charles den Eindruck, in eine eigene, private Hölle gestolpert, in ein Niemandsland von Schmerz eingedrungen zu sein. »Roxanne! *Roxanne!*« Es war ein Hilfeschrei, verzweifelt und angstzitternd, ein Schreckensausruf. Er kam sich hilflos vor, unfähig, etwas anderes zu tun, als den Kummer zu absorbieren. »Roxanne! Ein Narr ... wahnsinnig ... redet dummes Zeug ... hilf mir, *hilf mir* –«

Klick. Jemand, wahrscheinlich das Mädchen, hatte den Hörer aufgelegt. Regungslos blieb Charles einen Augenblick sitzen, von ergreifendem Mitleid gelähmt. Das Ganze ergab eigentlich keinen Sinn. Er kannte die Frau kaum. Und doch war er in einem Gefühl eingefangen, so schrecklich und übermächtig, daß es ihn eine Anstrengung kostete, den Hörer in die Gabel zu legen.

Er beugte sich vor und wollte gerade die Schublade schließen, als sein Blick auf ein blau eingebundenes Manuskript zuunterst fiel ... Er zog es heraus. REORGANISATIONSVORSCHLÄGE PARSONS COMPANY

stand in Schreibmaschinenschrift auf dem Einband. Er schlug das Manuskript auf und las es durch, schob alle anderen Gedanken beiseite, um sich auf die Worte zu konzentrieren, sie zu verstehen und zu verdauen.
Er brauchte etwa fünfzehn Minuten, um das Schriftstück bis zur letzten Seite durchzulesen, wo der Name ›Charles Bancroft‹ unten getippt stand. Das Manuskript enthielt eine übersichtliche und detaillierte Ausarbeitung von Vorschlägen zur Generalüberholung der Organisation und der Arbeitsmethoden der Hutfabrik – ebenso für eine Erweiterung und Verzweigung auf andere Fabrikationsgebiete.
Während er auf seinen Namen starrte – seinen eigenen? – fielen ihm wieder Houghtons Worte ein: *Ach, beruhige dich, liebe Schwester, jedem das Seine. Charles hat alle möglichen phantastischen Luftschlösser gebaut, in der Hoffnung, damit meinen Verkauf zu verhindern. Undurchführbare Pläne . . . nicht, daß der Aufsichtsrat ihn ernst genommen hätte.*
Charles bemerkte das Datum, das unter seinem Namen stand: *6. September 1963.* Er legte den Bericht auf die Schreibtischplatte und verschloß die Schublade. Der 6. September war vor genau vier Wochen gewesen. Zwei Wochen, nachdem Houghton dem anderen Charles von seinem Plan eines Gesamtverkaufs Mitteilung gemacht hatte.
Während er sich rasierte und sein Bild im Spiegel stirnrunzelnd betrachtete, fragte er sich, ob Austin Parsons möglicherweise von dem Plan etwas wußte? Wahrscheinlich nicht. Wie konnte dann Charles überhaupt hoffen, ihn in die Praxis umzusetzen?
Das Schrillen des Telephons übertönte das Summen des Rasierapparates und durchschnitt seinen Gedankengang. Er nahm den Hörer in der Diele auf, gerade noch rechtzeitig, um das dritte Klingeln zu unterbrechen.
»Hallo? Charles?« Es war eine Männerstimme, durch die mechanische Verbindung etwas verzerrt, aber trotzdem nicht fremd klingend – nicht die von Adele Barachois, wie er halb gehofft hatte.
»Ja, hier spricht Charles.«
»Sind Sie allein?«
Sofort fiel Charles der Nebenapparat oben bei Tante Catherine ein, aber er sagte trotzdem: »Ich bin allein«, und erkannte dann erst die Stimme. »Was ist los, Conway?« Und dann, mit einem schmerzhaften Stich unguter Ahnungen: »Was gibt's?«
»Aber, Charles«, vernahm er die nicht aus der Ruhe zu bringende, von Berufs wegen ermutigende Stimme weiter, »aber Charles, ich will Ihnen keinen panischen Schrecken einjagen. Um Himmels willen, bleiben Sie ruhig . . . Das Mädchen ist vergangene Nacht gestorben.«
Mindestens fünf Sekunden lang, die ihm wie eine leere Ewigkeit vorkamen, stand Charles regungslos da, von dem gewaltigen Schock erstarrt.

»Charles, sind Sie noch da?«
»Ja, ja, Conway. Ich bin noch da.« Er bemühte sich krampfhaft, sich das Gesicht des Mädchens vorzustellen – Holly Mitchell. Die Photographie in der Zeitung. Das Bild blieb vage, undeutlich – ohne Beziehung zu ihm. Dann überkam ihn Ungläubigkeit. »Sind Sie sicher?« fragte er, und der Widersinn der Worte klang ihm in den Ohren.
»Hören Sie zu. Bleiben Sie bei Ihrer Geschichte. Sie können sich an nichts erinnern. Mag jetzt vielleicht das klügste sein, wenn Sie von sich aus zur Polizei gehen. Ich überlege mir das noch. Wir treffen uns im Betrieb vor der Aufsichtsratssitzung.«
»Wann ist sie gestorben?« hörte Charles sich betäubt fragen.
»Gestern abend. Genauer, am späten Abend. Warum? Macht das etwas aus?«
Charles dachte wieder an das verstörte, angsterfüllte Gesicht des Jungen unter der Bogenlampe, das mörderische Glitzern in seinen Augen, wie ein Dschungeltier. Entsetzen jagte wie schnell wirkendes Gift durch Charles' Adern. Er dachte auch an Alexandria: er hatte sie voller Begierde in die Arme genommen, gestern nacht, während zur gleichen Zeit, am anderen Ende der Stadt –
». . . an Lungenentzündung, nehmen sie an. Wenn das stimmt, wäre es günstig für uns. Auf jeden Fall vernebelt es die Angelegenheit. Es braucht nicht soweit zu kommen, Charles, aber wenn es doch passiert, dann können wir vielleicht sogar beweisen, daß Sie in keiner Weise verantwortlich waren. Wegen Ihres . . . Geisteszustandes. Wenn alle Stricke reißen. Bis dann! Wir sehen uns im Betrieb in ein paar Stunden.«
Charles hörte das leere Summen in der Leitung. Dann nahm er den Hörer vom Ohr, und dabei vernahm er noch ein deutliches Klicken. Er zögerte, wissend: Tante Catherine oben.
Wegen seines Geisteszustandes: da war es wieder, die Anspielung, daß er tatsächlich durchgedreht hatte. *Verrückt, verrückt, verrückt!* hatte Alexandrias Mutter geschrien.
Schließlich wurde alles verschwommen. Holly Mitchell war tot. Es war gleichgültig, was zu dieser Tatsache geführt hatte – ob Charles Bancroft verrückt geworden war oder nicht. Und da er Charles Bancroft bis zu einem gewissen Grad verstand, befreite ihn das nicht von seiner Verpflichtung und Verantwortung. Holly Mitchell war tot – ein unsinniger, überflüssiger und vermeidbarer Tod, unnötig, ein Tod, an dem der andere Charles entschieden eine Schuld trug. All seine Versuche – den dunklen und verschlungenen Pfad, der zu dieser entsetzlichen Endstation, zu diesem Tod geführt hatte, aufzuspüren und zu erhellen – konnten weder die Tatsache noch die Verantwortung ausradieren oder aus der Welt schaffen. Er spürte, wie die volle und drückende Last der Schuld auf ihn niedersank, und nun protestierte er nicht mehr in Gedanken gegen die Unfair-

ness und bestand nicht mehr darauf, daß es nicht seine Last, sondern die des anderen Charles sei.
Oben öffnete und schloß sich eine Tür.
Während er der Dinge harrte, fragte sich Charles, wie lange es wohl noch dauern mochte, ehe die Polizei – Sterling Bolton? – ihn herausklopfen würde.
Jemand ging im oberen Korridor.
Während Charles wartete – ein Gefühl sich zusammenbrauender Verdammnis saugte ihm das Mark aus den Knochen – fiel ihm ein, was Sterling Bolton berichtet hatte: daß Holly Mitchell hysterisch ausgerufen hatte, *›er hat versucht, mich umzubringen.‹* Und nun war alles Stille, während er mit geschlossenen Augen neue Abgründe überwältigenden Entsetzens im Geist ausmaß.
»Ich hole den Fußball«, sagte Eugene, der mit schnellen Schritten die Treppe herabgelaufen kam. »Wir haben gerade noch Zeit vor dem Frühstück.«
Charles nahm wahr, wie der Junge an ihm vorbeistrich und zum anderen Ende der Diele ging.
Dann hörte er aus dem Hintergrund Stimmen, zuerst leise und undeutlich, bis eine Frau scharf mit erhobener Stimme sagte: »Ausgerechnet Fußball! Du tust, was ich dir sage. Du wirst vor der Schule nichts spielen, und mit niemand.«
Eugenes Stimme klang wie ein hohles Echo von unten, während man seine Schritte auf der Kellertreppe hörte.
Die Frauenstimme klang nun schrill: »Du tust, was ich dir sage! Es ist zu kalt, um draußen zu spielen. Es ist Zeit fürs Frühstück.«
Dann kamen die Schritte wieder näher, und Eugene sagte: »... tu, was ich will. Du bist nicht meine Mutter. Laß mich in Ruhe. Ich esse deinen verdammten Schlangenfraß doch nicht.«
Charles wandte sich um. Eugene kam herein, einen Fußball unbeholfen unter dem Arm.
Hannah, hoch aufgerichtet und empört in ihrer steifen Uniform, sagte: »Ich weiß nicht, was in ihn gefahren ist, Mr. Bancroft. Er wird zu spät in die Schule kommen. Und Sie wissen genau so gut wie ich, daß er allein essen muß, weil Mrs. Bancroft nervös wird, wenn er sich bei Tisch weigert, seine Mahlzeit zu essen.«
»Ich kümmere mich um ihn, Hannah«, sagte Charles und war erstaunt, wie normal seine Stimme klang.
Hannah verschluckte eine Gegenrede, aber in ihren Augen stand Erstaunen und Mißtrauen. Sie trat einen Schritt auf Eugene zu.
»Ich sagte, ich kümmere mich darum«, sagte ihr Charles sanft, aber entschieden.
Dieses Mal zurückgehalten, runzelte Hannah unsicher die Stirn. Charles trat zu Eugene, legte seine Hände auf die Schultern des Jungen und drückte sie so fest, daß der Junge sich wand und erschreckt und vor Schmerz erstaunt zu ihm aufblickte. Charles sagte: »Gene...

entschuldige dich bei Hannah, weil du ihr Essen Schlangenfraß genannt hast.« Und er verstärkte den Druck seiner Hände.
Hannah betrachtete die beiden skeptisch forschend, und ihr Stirnrunzeln wurde ausgeprägter.
»Es tut mir leid, Hannah«, sagte Eugene – und Charles lockerte seinen Griff.
Er nahm dem Jungen den Fußball aus dem Arm und ging zur Haustür hinaus. Der Ball war ziemlich weich, aber so würde es dem Jungen in seinem Zustand leichter fallen, ihn richtig zu handhaben.
»Was, zum Teufel, meint sie mit zu kalt?« fragte Eugene von der Terrasse, als Charles auf den Rasen trat. »Spielen sie nicht immer Fußball bei kaltem Wetter?«
Die Gegenwart des Jungen und der Auftritt in der Diele hatten ihn abgelenkt und beruhigt. Die frische, dünne Luft erfüllte seine Lungen, und er begann zu rennen. Eine Erinnerung regte sich: wie er rannte, wie sich seine Stollenschuhe in den Torfboden bohrten, den Ball fest unter den Arm geklemmt, mit weitausholenden Sprüngen und ausweichenden Hüftbewegungen, den Sicherheitsmann umgehend, und Tausende von Stimmen brüllten und schrien, seine Brust zersprang fast vor Anstrengung, und sein Blut raste durch die Adern, als er die Grenzlinie überschritt und wußte, daß das Spiel für heute gewonnen war, die Meisterschaft ihnen sicher, und da warf er, sicher in der Endzone, den Ball voll uneingeschränkter, lebenslustiger Freude in einer triumphierenden Spirale in die Luft, so hoch er nur konnte –
Er blieb stehen und wartete, als Eugene ihn schließlich außer Atem einholte, kleiner und magerer als je, aber mit rosigen Flecken, die sich schon auf den Wangen abzeichneten. »Bist du gelaufen, Vati?«
Charles kniete sich hin. »Hör zu«, sagte er, »wenn ich dich das nächste Mal fluchen höre, und wenn es nur ein einziges Wort wie ›Himmel‹ ist, dann lege ich dich übers Knie, und wie. Hast du das verstanden?« Eugenes Gesicht dicht vor ihm zeigte ein Stirnrunzeln, ein Erstaunen, dann einen Anflug von Widerspenstigkeit. Einen Sekundenbruchteil wappnete sich Charles gegen eine beleidigende, verächtliche Widerrede. Statt dessen sagte der Junge nur feierlich: »Hab's verstanden.«
Charles richtete sich auf, mit einem merkwürdig prickelnden Gefühl von Genugtuung, und nahm den Lederball in die Hand. »In Ordnung. Jetzt legst du deine Hand hierher, die Finger hier, und nur die Fingerspitzen an der Verschnürung.«
Er hätte hinterher nicht sagen können, wieviel Zeit vergangen war. Er registrierte nebenbei einige Wagen, die auf der Straße vorbeifuhren, die Farbe der Blätter über und unter ihm, und die Helligkeit, die hinter dem Haus zu strahlen begann. Vor allem aber war er sich bewußt, daß er ein Kind zu lehren versuchte, wie man einen Fußball wirft. Er rannte, warf, fing, und fiel einmal hin, zu Eugenes hör-

barem Vergnügen, ohne sich die Mühe zu machen, Blätter und Erde abzuklopfen, bevor er den nächsten Ball warf. Dieser traf Eugene voll ins Gesicht, in einer Drehung, und als der Ball abprallte, verzog sich sein Gesicht vor Schmerz und Überraschung. Charles ging zu ihm hin.
»Lach!« befahl er.
»Es tut weh.«
»Ich weiß, daß es weh tut. Und deshalb sollst du lachen. So, jetzt gehe ich weiter weg, und du wirfst einen. Laß ihn drehen.«
Eugene ging und holte den Ball, und als er ihn diesmal warf, fiel er zwar zwei Meter vor Charles auf die Erde – aber er hatte sich gedreht.
»Hast du das gesehen?« schrie Eugene.
Charles hob den Ball auf, schoß ihn kurz und unter der Hand zu Eugene, der ihn auffing, wenn auch unbeholfen und mit beiden Armen. Charles rief: »Probier's noch einmal.«
Diesmal drehte sich der Wurf spiralförmig über Charles' Schulter und in seine Arme, hatte nur im Absteigen kurz geschwankt.
Charles setzte sich zur Veranda hin in Bewegung; die Blätter raschelten lustig beim Drauftreten, als er Eugene den Ball in die Arme drückte. »Wenn du zu spät zur Schule kommst«, sagte er, »dann bekomme ich es mit Hannah zu tun.«
Eugene keuchte, aber lachte. »Nächstes Mal zeigst du mir, wie man ihn kickt?«
Charles stolperte fast. Nächstes Mal – würde es je ein nächstes Mal geben?
»Heute abend, wenn du von der Arbeit heimkommst, Vati«, sagte Eugene unnachgiebig und reichte Charles eine Hand. »Auch wenn es schon ein bißchen dunkel ist. Versprichst du es?«
Die Hand fühlte sich kalt und klein und vertrauensvoll an.
Das Mädchen ist vergangene Nacht gestorben –
»Versprichst du es, Vati?«
»Ja, ich verspreche es«, sagte Charles mit einem unguten Gefühl, während sie zusammen in das Haus gingen.
»Monty!« rief Eugene, und Charles beobachtete, wie der Krankenpfleger, Montgomery, mit einem Automantel über dem Arm die Treppe herabkam. »Monty! Spielen wir heute etwas Fußball, wenn ich von der Schule heimkomme? Statt Schach?«
»Fußball?« In seinem Tonfall lag eine schwache, aber entschiedene Ablehnung. »Ich habe keine Ahnung, wie man Fußball spielt. Das ist ein Spiel für Rowdies.«
»Überhaupt nicht, verdammt!« sagte Eugene, entzog Charles seine Hand und stemmte beide Fäuste in die Hüften.
Obwohl ihn die Worte und die Haltung des Krankenpflegers auch gereizt hatten, beugte sich Charles schnell hinunter und versetzte Eugene einen harten, klatschenden Schlag mit der Handfläche auf

seine schmale Sitzfläche. Der Fußball entglitt Eugene und sprang hoppelnd durch die Diele. Charles hörte, wie Montgomery seinen Atem scharf einsog, und sah, wie der Junge sich wand und ihm ins Gesicht schaute, wobei ihm Tränen in den Augen standen.
Dann hob er stolz den Kopf, biß die Zähne zusammen und lachte kurz auf. »Hat nicht weh getan«, sagte er.
»Das nächste Mal spürst du es«, warnte ihn Charles. »Wasch jetzt deine Hände.«
Eugene wandte sich Montgomery zu, der noch auf der Treppe stand. »Fußball ist verdammt ... ist sehr viel besser als Schach«, sagte er und stelzte mit einer fast komischen Würde durch die Diele und in das Badezimmer.
»Ich möchte Ihnen persönlich nicht zu nahe treten, Mr. Bancroft«, sagte Montgomery und preßte seine Lippen zu dem sonnigen, grübchenbildenden Lächeln zusammen, in das er trotzdem eine gewisse, geheime überlegene Verspottung zu legen vermochte. »Aber Eugene hat nicht gerade die Figur dafür, nicht wahr?«
Wieder erstaunt über die unvermittelte Feindseligkeit, die der junge Mann unweigerlich in ihm hervorrief, fragte Charles: »Wo ist Mr. Parsons?«
Montgomery ging an ihm vorbei. »Im Morgenzimmer – wie jeden Morgen um diese Zeit.« Das Lächeln wurde zu einem Grinsen.
Charles folgte wenige Schritte hinter ihm. Montgomery ging mit einer halb beleidigten Würde, mit zurückgezogenen Schultern und steifem Körper. Während er diesen arroganten Gang beobachtete, regte sich in Charles wieder eine leichte Beunruhigung – nicht um seinetwillen, sondern um Eugenes willen.
»Spielen Sie jeden Nachmittag mit Eugene Schach?« fragte er.
Montgomery drehte sich nicht um. »Ach, manchmal reden wir auch nur. Während Mr. Parsons sein Nachmittagsschläfchen macht, natürlich. Der Junge ist wirklich sehr lieb, Mr. Bancroft. Keiner hier weiß das zu schätzen, aber er ist wirklich lieb.«
Charles blieb stehen und ließ Montgomery allein in das sonnige Zimmer treten. Die Abneigung wuchs sich zu Abscheu aus. Wie war dieser junge Mann ins Haus gekommen? Warum hatte der andere Charles das zugelassen? War er denn blind gewesen, oder zu sehr mit sich selbst beschäftigt, oder nur hilflos?
Als Charles das Morgenzimmer an der Rückseite des Hauses betrat – ein halbkreisförmiges Zimmer, eine geschwungene Wand aus Glas, durch das ein schwaches, bleiches Sonnenlicht von einem bewölkten Himmel hereinfiel – wurde ihm bewußt, wie schnell die Zeit verging. Sie entglitt ihm. Und es gab noch so vieles zu erledigen. Montgomery stopfte eine Decke um Austin Parsons' unbrauchbare Beine im Rollstuhl. Wie, durch welche Kriegslist, konnte er hoffen, das Haus von Montgomery zu befreien?
Charles stand nun in Austin Parsons' Blickfeld – falls Austin Parsons

ihn sehen konnte, selbstverständlich. Die bleichen Augen blickten starr vor sich hin, nach innen gerichtet. Hatte Charles wohl gestern nacht recht gesehen? Oder hatte er sich nur eingebildet, der Finger habe sich als Willensausdruck Austin Parsons' bewegt? Nun kam ihm der Gedanke, daß er es sich ohne weiteres eingeredet haben mochte, daß der alte Herr den Finger heben konnte, nur weil er sehnlich glauben wollte, genau so wie jetzt, daß der Invalide hören, sehen könnte.

Auf jeden Fall mußte Charles etwas sagen: »Guten Morgen, Sir. Es wird heute ein schöner Tag, nicht wahr?« Er wußte, daß er leere Phrasen aussprach, aber er hatte die leise Hoffnung, sie könnten dem alten Mann eine Ahnung von Charles' Sorge übermitteln, die ihn in der Gegenwart von Austin Parsons immer wie ein Messer durchschnitt.

»Tatsächlich?« ließ sich eine andere Stimme, die Charles noch nie gehört hatte, vernehmen. »Wird es wirklich ein schöner Tag, Charles?« Und Charles drehte sich zur Richtung um, aus der die Stimme kam – ein Armsessel, der seitlich vor dem Rollstuhl placiert war, als habe der kleine Mann, der nun in ihm saß, ein wortloses Gespräch mit Austin Parsons geführt. »Seit wann haben Sie die Gewohnheit Ihrer Frau, mit Austin zu sprechen, übernommen? Halten Sie es ganz so, wie Sie wollen. Zeigt einen gewissen Respekt. Sie haben sich ganz schön verändert, nicht?«

Der Mann hatte ein kleines Gesicht, eine rosige Hautfarbe und zwei tiefe Falten, die sich in einem buschigen, weißen Schnurrbart verliefen und den Mund völlig zu verdecken schienen. Er trug einen zerknitterten Tweedanzug und eine schlampig geknüpfte Schleife.

Ein paar Strähnen weißen Haares fielen ihm in die Stirn, und seine Stimme klang scharf, hoch und etwas unzufrieden. »Ist nicht besonders fair von mir, so etwas zu sagen, nicht wahr? Schließlich haben Sie ihn immer respektvoll behandelt – wenn Sie auch sonst nicht gerade sehr respektvoll sind. Haben ihn sogar immer ›Mister Parsons‹ genannt, nicht wahr?« Er stand schwerfällig auf und keuchte leicht. »Obwohl er Ihnen oft genug angeboten hat, ihn beim Vornamen zu nennen.« Er klopfte Austin Parsons leicht auf die Schulter, als wollte er sich verabschieden, und beugte sich nieder, um eine schwarze, abgeschabte Ledertasche von den Ziegeln des Bodens aufzuheben.

Eine Arzttasche. Charles überlegte fieberhaft. Er wußte den Namen, hatte ihn schon verschiedene Male gehört, wollte ihn sich unbedingt merken. Er lag ihm auf der Zunge, aber er fiel ihm nicht ein.

»Irgendwelche Verordnungen, Dr. Wheeler?« fragte Montgomery in seinem unterwürfigen, glatten Tonfall.

Dr. Wheeler knurrte. »Hören Sie sich bloß diesen Jungen an. Jeden Morgen die gleiche verdammte Frage, die gleiche verdammte Antwort. Behandeln Sie ihn gut. Versorgen Sie ihn mit allem, was er braucht. Seien Sie sanft und freundlich. Das ist die ganze verdammte Verordnung.« Er setzte sich in Bewegung, hastig, reizbar. »Begleiten Sie mich zur Tür, Charles. Als ob ich den Weg in diesem Haus nicht kennte, schon vor Ihrer Geburt.«

Charles folgte ihm, und als sie außer Hörweite des Morgenzimmers waren, sagte er: »Dr. Wheeler –«

»Was haben Sie für Sorgen?«

»Montgomery«, sagte Charles und sah, wie die kleine Gestalt vor ihm zögerte.

»Was ist mit ihm?«

Charles begegnete dem ausweichenden Blick des alten Herrn. »Ich will ihn hier nicht mehr haben.«

»Nein?«

»Ich glaube nicht, daß er einen guten Einfluß auf Eugene hat, und ich bin überzeugt, daß er sich keinen Deut um das Wohlergehen von Mr. Parsons schert.«

Dr. Wheeler hob seine buschigen weißen Brauen hoch. »So? Und darüber machen Sie sich nun plötzlich Sorgen?«

Charles spürte, wie er steif wurde. »Können wir nicht jemand anderen bekommen?«

»Das bezweifle ich. Es ist eine schwere Aufgabe und eine schmutzige, wenn die Wahrheit bekannt wäre. Ich hatte vor drei Tagen einen Unfall, und wir fanden keine Privatschwester für diesen dringenden Notfall in einem Umkreis von fünfzig Meilen. Es ist heutzutage mit den Schwestern das gleiche wie mit den Ärzten – auf eines kommt es an: Geld. Die Medizin ist zu einem Geschäft geworden. Natürlich, wenn Houghton mehr als den normalen Tarif bezahlen würde –« Er ließ den Gedanken in der Luft hängen, während er in die Diele ging und sich seinen Mantel von der Rückenlehne eines geschnitzten Stuhles holte.

Charles war bestürzt, seine Worte weckten einen Widerhall von Ärger in seinen Ohren: »Weiß Alexandria, daß es hier eine Geldfrage ist?«

»Ich habe diese Frage nie mit Alexandria besprochen.«

»So«, sagte Charles, »das hätten Sie aber tun sollen.«

Dr. Wheeler schlüpfte in seinen Mantel, hielt inne. »Sie«, sagte er sanft, »sollten sich lieber nicht aufspielen. Ich wollte es Ihnen schon lange einmal gesagt haben. Ich habe Sie beobachtet, mein Sohn.« Seine Stimme klang mürrisch, war aber fast unmerklich weicher geworden. »Sie sind auf dem besten Weg, in jeder Richtung Schwierigkeiten zu bekommen.«

Die unerwartete und abrupte Sorge des alten Mannes rührte Charles, er trat zu ihm heran und hielt ihm den schweren Mantel. Er konnte nichts sagen. Wieviel wußte der Arzt? Wieviel hatte er erraten?

»Und außerdem«, sagte Charles leise, »glaube ich, daß Mr. Parsons weiß, was vorgeht.«
Dr. Wheeler wandte sich mit einem Achselzucken Charles zu, er war wieder gereizt. »So, das glauben Sie?« schnaubte er. »Plötzlich sind Sie gar noch Arzt, nicht wahr? Oder vielleicht Gedankenleser? Nun, Austin ist mein bester Freund, mein Sohn. Schon seit meiner Kindheit, und die ist verdammt lange her. Was Sie da andeuten, ist höchst unwahrscheinlich – womit nicht gesagt sein soll, daß es unmöglich sei. Die medizinische Wissenschaft ist keine exakte. Wir sind immer noch Medizinmänner im Dschungel.« Er setzte seinen Hut kantig auf und trat einen Schritt näher. »Aber ich kann Ihnen einen kostenlosen Rat geben, mein Sohn. Sie sollten einmal über sich selbst nachdenken.«
»Das«, meinte Charles ruhig, »scheine ich mein ganzes Leben lang getan zu haben.«
Daraufhin zog er die buschigen Brauen zusammen. »Hmm. Darauf sind Sie also schon gekommen? Gesundes Zeichen. Wie steht es in der Bibel, wer sich verliert, wird sich finden? Gesundes Zeichen.«
Charles schüttelte den Kopf. »Ganz im Gegenteil«, sagte er langsam. Und als Dr. Wheeler sich nicht abwandte, fuhr er fort: »Wissen Sie, was Amnesie ist?«
»Das ist eine selten dumme Frage, an einen Doktor der Medizin gerichtet. Wollen Sie mich beleidigen?«
»Nein, so habe ich es nicht gemeint, Sir. Ich wollte wissen, ob Sie daran glauben – ob Sie glauben, daß sie existiert.«
»Ich wäre ein miserabler Arzt, wenn ich es nicht täte, nicht wahr?« Er betrachtete Charles forschend, die Hutkrempe in der Stirn. »Fragen Sie aus einem besonderen Grund, Charles?«
»Ja«, sagte Charles einfach – und wartete.
Dr. Wheeler nahm seinen Hut mit einer fast müden Bewegung ab. »Das ist nicht gerade mein Fachgebiet. An was, zum Beispiel, können Sie sich nicht erinnern?«
»An fast alles nicht«, sagte ihm Charles. »Unter anderem auch an Sie nicht.«
Der weiße Schnurrbart zuckte. »Da sind Sie in der besten Gesellschaft. Man vergißt mich leicht.« Er nahm Charles beim Arm und führte ihn in die Abgeschiedenheit des Wohnzimmers, das beim Tageslicht dämmerig, offiziell und etwas streng wirkte. »Vergessen ist ein leichter Ausweg für manche Leute, vielleicht für die meisten Leute. Wir tun es alle von Zeit zu Zeit – Erinnerungen, die wir verdrängen müssen, zerstören.« Unbewußt holte er tief Atem. »Charles, ich habe das kommen sehen. Es gesehen, und habe doch dabeigestanden und es beobachtet. Bis vor einem Jahr haben Sie sich zu sehr angetrieben. Was wollten Sie zu beweisen versuchen? Dann ... Ich glaube nicht, daß Austins Schlaganfall jemand näher gegangen ist als Ihnen. Glauben Sie, ich sähe das nicht? Glauben Sie, ich wüßte

nicht, wofür diese Überarbeitung kennzeichnend ist? Oder dieses kindische Sich-um-jeden-Preis-Amüsieren? Ein Mann schafft sich so oder so seinen Platz in der Welt – und dann verliert er ihn. Einige Männer lieben ihre Freiheit, andere –« Er stieß einen irritierten, kehligen Laut aus. »Die Frage ist: wenn ich es kommen sah, warum habe ich untätig zugesehen? Nun, wir drücken uns alle vor Verantwortung, auf die eine oder andere Weise, nicht wahr?« Er schüttelte den Kopf. »Ich fürchte, ich kann Ihnen nicht helfen, mein Sohn. Außer, Ihnen jemand zu empfehlen, der es vielleicht kann.«
»Ist es eine Art von Geisteskrankheit?« fragte Charles und war selbst über die Formulierung überrascht, obwohl der Gedanke ihn schon einige Zeit beunruhigt hatte, wie er nun feststellte.
»Nun – man kann es kaum als normalen Geisteszustand bezeichnen, nicht wahr? Auf der anderen Seite –« Er ging zum Sofa. »Haben Sie etwas dagegen, wenn ich mich setze?« Er nahm Platz; sein Keuchen wurde hörbarer. »Auf der anderen Seite, jedes Schiff hat seine Ladelinie. Wissen Sie, was das ist?«
Charles stand benommen da, schüttelte den Kopf.
»Es ist eine Linie um den Schiffsrumpf. Wenn ein Kapitän die Laderäume so vollädt, daß diese Linie unter die Oberfläche taucht, dann begeht er eine gefährliche oder leichtsinnige Handlung. Im ersten Schlechtwettergebiet, im ersten Sturm – Katastrophe. Können Sie mir folgen? Es gibt keinen einzigen, lebenden Menschen, der nicht auch seine persönliche Ladelinie hat. Wir wissen kaum jemals, was für eine Last der andere mit sich schleppt. Oder wie schwer sie ist. Jeder einzelne hat seine Linie wahrscheinlich auf einer anderen Ebene, aber wir haben sie alle. Wenn man die individuelle Kapazität überzieht und dann von einem Wirbelsturm erwischt wird – dann ist es aus.«
»Sie wollen damit sagen, daß es keine körperliche Frage ist, nicht wahr?«
»Das scheint Sie zu beschäftigen, nicht wahr? Nun, in einigen Fällen ist es körperlich, eine schwere Verletzung eines bestimmten Gehirnteils. Im allgemeinen, wie man heute darüber denkt, ist es eine Art seelischer Verdunkelung.« Er schürzte die Lippen. »Weiß sonst jemand davon?«
»Nur Lawrence Conway – der mir nicht glaubt.«
»Kann Anwälte auch nicht ausstehen.«
»Und Logan – der es glaubt.«
Dr. Wheeler lachte grunzend. »Diese verdammten Iren.« Dann schüttelte er den Kopf. »Ich gebe zu, Charles: ich bin hier überfragt. Früher hat man ganz einfach angenommen, daß ein Mensch das tat, was er tat, weil er es so wollte – und hernach für seine Handlungen verantwortlich war. Heute . . . wissen wir nur so viel, daß es eine dunkle Unterseite der Welt gibt. Die auf der Lauer liegt. Zusammengerollt; bereit, anzugreifen. Auf allen Seiten, sogar wenn die

Sonne am hellsten scheint.« Er seufzte tief auf, dann wurde seine Stimme wieder sachlich, widerspenstig und gereizt. »Verdammt nochmal, ich bin ein Knochenklempner. Ich kenne mich mit Blutdruck aus, mit Nierenkrankheiten, Arterienverkalkung. Das einzige, was ich tun kann, ist, einen Psychiater zu empfehlen, in Hartford oder Boston. Noch mehr Medizinmänner. Mehr Geheimnisse.« Er stand sichtlich erschöpft auf. »Ich weiß nicht, ob der Ihnen helfen kann, aber ich nenne Ihnen einen oder zwei Namen.«
Charles spürte ein aufquellendes, warmes Gefühl der Dankbarkeit, gemischt mit eisigem Zaudern und wachsender Furcht, die er nicht abschütteln konnte. »Danke, Dr. Wheeler.«
»Warum, zum Teufel, sind Sie eigentlich hier – wenn Sie entrinnen wollten?«
»Wenn ich die Antworten wüßte«, sagte Charles, »brauchte ich nicht zu fragen.«
»Das klingt schon eher nach Ihnen.« Dr. Wheeler eilte fort, als wollte er schnell dieses Rätsel, dem nicht mit Routine beizukommen war, hinter sich lassen. »Das sieht dem Charles Bancroft, wie ich ihn kenne, schon ähnlicher. Immer die Meinung sagen, sollen die Würfel dann fallen, wie sie wollen!« Mit der Arzttasche in der Hand, den Hut wieder gerade und steif auf dem Kopf, blieb er im Türrahmen stehen. »Ich besorge den Namen eines Hexendoktors für Sie. Bis dahin – viel Glück, und Gott schütze Sie, mein Sohn.«
Dr. Wheeler ging hinaus und schloß mit Nachdruck hinter sich die Tür. Charles blieb gedankenverloren eine Weile stehen und schaute ihm nach. Conway hatte gesagt: *Dann können wir vielleicht sogar beweisen, daß Sie in keiner Weise verantwortlich waren. Wegen Ihres ... Geisteszustandes. Wenn alle Stricke reißen.* Holly Mitchell war tot: keine Erklärung kam dagegen an. Hatte er versucht, bei dem Arzt eine Verteidigungsmethode festzulegen? Oder hatte er nur auf ärztliche Hilfe gehofft? Oder hatte er nur den Trost erhofft, persönlich für dieses Dilemma nicht verantwortlich gemacht werden zu können? Alle Fragen verschwammen ineinander.
»Ich würde weit mehr als nur einen Pfennig geben, um deine Gedanken zu erfahren«, sagte Alexandrias Stimme hinter ihm.
Mit widerstreitenden Gefühlen – Zögern und der Sehnsucht, sie zu sehen – wandte er sich ihr zu. Sie stand auf der Treppe. Sein Herz schlug höher, sein Atem stockte. Sie trug ein weich fallendes, goldfarbenes Gewand, und ihr Gesicht war morgenfrisch, strahlte innerlich und rief wieder diese wilde Zärtlichkeit wach, ein Rätseln wie bei hundert unausgesprochenen Fragen.
»Guten Morgen«, sagte er und erkannte zugleich, daß er ihr nur wahrheitsgemäß würde antworten können, wenn sie eine dieser Fragen stellte – oder so wahrheitsgemäß, wie er es eben wußte.
»Ich wollte eigentlich heute nicht so lange schlafen.« Ihre blauen Augen waren auf ihn gerichtet, forschend, irgendwie erfreut, aber

zögernd, ohne jeden gutmütigen Spott. »Ich bin mir nicht ganz sicher, ob ich wirklich dem Tag ins Gesicht sehen wollte. Wahrscheinlich aus Angst, er könnte die vergangene Nacht verderben.«
Er ging langsam zum Fuß der Treppe. »Kann irgend etwas das verderben, was schon war?« fragte er. Aber er kannte die Antwort – ihre Antwort –, als er den vor ihnen liegenden Tag bedachte, der von mehr Schatten und Unsicherheiten und Schreckgespenstern belebt war, als er ihr jemals hätte beschreiben können.
»Nein«, sagte sie. »Nichts könnte ihn verderben. *Nichts*.«
Aber er hörte den drängenden Unterton in der Wiederholung des Wortes, das Bedürfnis nach Bestätigung, ja ein Flehen, und einen Zweifel, den er liebend gern ein für allemal zerstreut hätte; und dabei wußte er genau, daß er es nicht vermochte. Eine erschreckende, erstickende Zärtlichkeit erfüllte ihn, fast eine Seelenqual, als er ihr schnell die Stufen hinauf entgegenlief und sie sich leicht und sanft an ihn schmiegte; ihr Kopf war auf einer Höhe mit dem seinen, als er eine Stufe unter ihr stehen blieb, und ihr Gesicht war ihm nahe. Eine zitternde Verletzbarkeit lag in ihrem Kuß – nun keine Leidenschaftlichkeit, sondern eine Reaktion auf ihre Ängste, eine Art freimütiger und kindlicher Verzweiflung. Ihre Hilflosigkeit versetzte ihn in eine tiefe Unruhe. Ihm war, als erkenne er urplötzlich, daß die ganze gewaltige Lüge aufgedeckt werden mußte, die er nun in all ihrer Kompliziertheit und mit all ihren weitreichenden Wirkungen und Möglichkeiten sah – aber durch ein einfaches Geständnis war sie nun nicht mehr aus der Welt zu schaffen.
»Wie rührend«, ertönte eine Stimme von oben. »Welch zauberhaftes Bild ehelichen Glücks.«
Alexandria löste sich etwas von Charles, wandte den Kopf, um zu ihrem Bruder hinaufzusehen. »Guten Morgen, Houghton. Mir geht es heute viel zu gut, als daß ich mich von dir ärgern lasse.«
»Wie reizend von dir«, sagte Houghton spöttisch, während er herabstieg.
Alexandria ging nun an Charles vorbei und zwinkerte ihm zu. Ihre Haltung war wieder natürlich und leicht spöttisch. »Du verleihst einem Morgen immer so viel Charme, Houghton. Wo ist Eugene?« Sie schritt nun selbstsicher und brüsk zum Eßzimmer. »Ich bin entsetzlich hungrig. Wird es nicht ein herrlicher Tag für eine Spazierfahrt mit Vater ins Land hinaus?«
Als sie außer Sichtweite war, sagte Houghton: »Ich wußte gestern nacht, daß du den Mut nicht hast, es ihr zu sagen, Charles.« Er ging an Charles vorbei die Stufen hinab. »Du kannst alle Leute eine begrenzte Zeit an der Nase herumführen, Charles. Und Alexandria eine unbegrenzte Zeit. Aber ich bin nicht so leicht zu überzeugen.«
Nun wurde Charles die vergangene Nacht klar: Houghton hatte in der Bibliothek darauf gewartet, daß Charles, wie beabsichtigt, Alexandria beichten würde; und als dann nur Stille folgte und Char-

les die Treppe nicht wieder herunterkam – was dann? *Niemand hat sie je geliebt außer mir.* Eine Art Mitleid überkam Charles und verwischte einen Teil des Abscheus. Wieder die geheimnisvollen Unterströmungen – die vielleicht nicht einmal Houghton erkannte. *Heute wissen wir nur so viel, daß es eine dunkle Unterseite der Welt gibt:* das zögernde Zugeständnis von Dr. Wheeler. Charles stieg hinab und ging ins Eßzimmer.
Dort saß Houghton bereits am Frühstückstisch, trank ein Glas Tomatensaft und las die Titelseite der Morgenzeitung. War Holly Mitchells Bild wieder dort? Unter welcher Schlagzeile? Ein junges Mädchen, das Charles am vergangenen Tag nicht gesehen hatte, brachte Alexandria Haferbrei. Alles schien ausgesprochen alltäglich und natürlich. Er war der einzige, der sich wenigstens annähernd der dunklen Wasser, die unter der stillen Oberfläche tosten und wirbelten, bewußt war. Er setzte sich auf den freien Stuhl Alexandria gegenüber.
Houghton erkundigte sich nun mit einer höflichen Gleichgültigkeit, die nicht ohne Wärme war, ob Alexandria gut geschlafen habe und ob sie auch den Hund irgendwo jenseits des Golfplatzes habe bellen hören, und Alexandria sagte ihrem Bruder, daß es wahrscheinlich Finchleys Hund sei, sie habe ihn aber nicht gehört, weil sie wie ein Stein geschlafen habe. Dann schwebte Tante Catherine in einem lavendelfarbenen und etwas durchsichtigen Morgenrock herein, murmelte eine Entschuldigung und fragte, ob irgend jemand gehört habe, wie Finchleys Hund gebellt hatte.
»Alexandria, müssen wir wirklich jeden Tag Haferbrei essen?« fragte Tante Catherine, und ihr Blick glitt über die Tafelrunde. »Ja, ich weiß – wir haben ihn immer gegessen, aber ich habe mir nie etwas daraus gemacht, wenn ich ehrlich sein soll. Aber ich esse ihn dann trotzdem immer.«
»Wir haben ihn nur an den Tagen mit R«, sagte ihr Alexandria mit gespielt feierlicher Miene.
Trotzdem lag unter dem Wortgeplänkel eine gewisse Spannung, die das Zimmer, zusammen mit dem angenehmen und bitteren Kaffeearoma, erfüllte.
Houghton sagte: »Ich muß dir recht geben, Tante Catherine. Ich überlasse ja Küchenfragen dir, Alexandria, aber Hannah geht zu weit, immer nur ihren Kopf durchzusetzen. Das ist bei ihr eine Art von Stolz. Könntest du nicht einmal mit ihr reden? Oder soll ich es?«
»Oh, wir wollen uns doch nicht mit Trivialitäten aufhalten«, sagte Tante Catherine. »Heute stehen wichtigere Dinge auf der Tagesordnung, nicht wahr?«
»Ich habe keine Ahnung, auf was du anspielst, Tante Catherine«, sagte Houghton. »Aber es ist natürlich wahr, bald wird es mir wirklich gleichgültig sein, ob man hier Haferbrei serviert oder nicht.«

»Weil du nicht mehr hier bist?« fragte Alexandria.
»Ich habe vor«, sagte Houghton fröhlich, »auf Reisen zu gehen. Bis vor kurzem hatte ich nicht bemerkt, wie mich das alles langweilt. Alles und jeder. Keine Ahnung, wie sehr mich diese Alltagsroutine wirklich gelangweilt hat.«
Alexandrias Tonfall war nicht mehr hänselnd. »Vielleicht«, sagte sie, »wenn du die Leitung der Fabrik mehr als Aufgabe betrachtet hättest, statt –«
Aber Houghton hob lächelnd eine Hand. »Keine Geschäfte bei Tisch, Alexandria. Auf Tante Catherines strengen Wunsch. Stimmt's, Tante Catherine?«
Tante Catherine schien jedoch nicht zuzuhören, schien einer inneren Stimme zu lauschen oder einer Verwirrung nachzuspüren.
»Und wenn der Aufsichtsrat sich heute früh weigern sollte, so abzustimmen, wie du es möchtest?« fragte Alexandria.
Houghton seufzte. »Alexandria, du warst schon immer sehr unnachgiebig, wenn du dir etwas in den Kopf gesetzt hattest.«
»Das ist kaum eine Antwort.«
»Keine Angst – der Aufsichtsrat wird den Verkauf an Leverton empfehlen. Jeder einzelne wird sich gierig ausrechnen, wieviel er persönlich daran verdient, wenn er seine Aktien zu Levertons überhöhtem Preis verkauft – und wird dann voller Selbstgerechtigkeit allen anderen Aktienbesitzern raten, das gleiche zu tun.«
»Houghton«, fragte Tante Catherine, »habe ich dir gesagt, daß ich gestern abend nach dem Essen mit Clark Sanford telephoniert habe?«
»Ja, das hast du erwähnt«, sagte Houghton gelassen und schaute sie träge über den Tisch hinweg an.
»Dann muß ich es wohl getan haben. Ich habe es nicht geträumt, nicht wahr?«
»Dazu«, meinte Houghton sanft, »kann ich wirklich nichts sagen.«
»Clark Sanford ist ein Mann mit hohen Prinzipien. Oder –« ihre Stimme schwankte, »– oder er war es immer –«
Houghton lächelte. »Er ist es noch immer, Tante Catherine.«
»Aber . . . er riet mir, zu verkaufen –«
»Ein Mann mit hohen moralischen Prinzipien und einem gesunden Geschäftssinn. Deshalb hat ihn Vater selbstverständlich auch gebeten, Aufsichtsratsvorsitzender zu werden.«
»Ich sagte Clark, daß ich von ihm erwartete, der Familie zur Seite zu stehen, bei diesem –«
»Nichts anderes tut er –«
»Ich habe ihn an seine moralischen Verpflichtungen erinnert –«
»Wirklich, Tante Catherine?«
»Ja, ja . . . aber er bestand trotzdem darauf, daß ich meine Aktien verkaufe –«
»Ja, wirklich?«

»Hör auf, Houghton«, sagte Alexandria kurz angebunden. »Du bist absichtlich grob, und das weißt du auch.«
»Ich? Ich habe kein einziges unhöfliches Wort gesagt, seitdem ich mich vorhin beim Rasieren geschnitten habe. Ich überlasse dir die Entscheidung, Charles: bin ich grob gewesen?«
»Nicht mehr als üblich«, sagte Charles; aber er hatte seine Gedanken bei dem zusammengefalteten Stück Papier, das er in der Schreibtischschublade gefunden hatte, das Schriftstück, auf dem die prozentualen Besitzanteile notiert waren.
Tante Catherine fuhr fort, und die feinen Fältchen traten heute morgen sehr deutlich zum Vorschein, während ihre violetten Augen trübe und bestürzt dreinblickten. »Was wird aber mit der Stadt passieren, wenn die Fabrik verkauft ist, Houghton? Ich fürchte, ich konnte es Clark nicht deutlich machen. Er schien es nicht . . . was wird mit all den Leuten geschehen, die für uns arbeiten?«
Houghton setzte ein freundliches Lächeln auf und wandte sich an Charles. »Merkwürdig genug, aber darüber hat Charles sich gestern abend auch den Kopf zerbrochen. Aber das sind schließlich *seine* Leute, mehr oder weniger, nicht wahr?« Und er schaute dann Tante Catherine über den Tisch in die Augen. »Ein Zusammenschluß, Tante Catherine, bedeutet noch nicht, daß die Fabrik geschlossen wird, sondern nur, daß sie unter einer anderen Geschäftsführung arbeiten wird. Nun, verstehst du das?«
Es folgte eine Pause. Alexandria runzelte unsicher die Stirn. Tante Catherine ließ ihren Blick müde von einem zum anderen schweifen.
»Houghton«, hörte Charles sich endlich sagen –
»Ja, Charles?« Dann schlug er mit einer Gabel an das Glas, voller Schadenfreude. »Meinem geschätzten Schwager wird das Wort erteilt. Hör gut zu, Tante Catherine.«
Charles beachtete ihn nicht. »Wenn du Vaters Aktienanteile mit den deinen kombinierst – und da du so sicher bist, daß alle Aufsichtsratsmitglieder verkaufen werden – sind das zusammen fünfundfünfzig Prozent der gesamten Aktien, von denen du ziemlich sicher bist, daß Leverton sie bekommen kann.«
»Charles, alter Junge, deine Rechenkünste sind heute morgen wieder einmal unfehlbar.« Aber ein bißchen von Houghtons guter Laune war verschwunden. »Das waren sie aber schon immer.«
»Leverton braucht nur einundfünfzig Prozent für einen Zusammenschluß, nicht wahr?« Gleichzeitig fragte er sich, ob die Kalkulation des anderen Charles auf dem Stück Papier, das nun in seiner Brusttasche steckte, vielleicht fehlerhaft sein mochte. »Da dies bereits einen Anteil von fünfundfünfzig Prozent ausmacht, warum brauchst du dann die Aktien von Alexandria oder Tante Catherine für einen Zusammenschluß?«
Houghton runzelte nun die Stirn, sein Schnurrbart zuckte an den

Mundwinkeln. »Ich würde vorschlagen«, sagte er kühl, »daß du dich da raushältst, Charles.«
Aber Charles, einmal hineingezogen, wußte, daß es nun keinen Rückzug gab. »Auf der anderen Seite«, sagte er mit einem aufsteigenden Hochgefühl, während er sich seiner Sache immer sicherer wurde, »würde Leverton fünfundsiebzig Prozent der Aktien brauchen, um die Firma zu liquidieren –«
»Liquidieren?« fragte Tante Catherine alarmiert.
Charles fuhr fort: »Selbst, wenn es dir gelingen sollte, den Streubesitz und die Aktien deiner Mutter von fünfzehn Prozent zu erhalten, dann würdest du wirklich jede einzelne dieser Aktien haben müssen, um die fünfundsiebzig Prozent zu erreichen, ohne Tante Catherines und Alexandrias Aktien!«
So, nun war alles klar. Houghton benötigte nicht nur den gesamten Aktienbesitz, sondern wollte auch die Firma liquidieren. Charles blickte in die Runde. Die Stille war betäubend. Zuerst nahm Charles an, es läge daran, daß er wirksam und schlüssig Houghtons tatsächliche und unleugbare Motive enthüllt hatte. Als aber Tante Catherine das Wort ergriff, wurde ihm bewußt, daß dies nicht der Grund des allgemeinen Schocks war.
»Charles«, sagte sie, und ein eindeutiger Vorwurf lag in ihrem Ausdruck und ihrer Stimme. »Charles, du weißt, daß wir diese Frau in unserem Haus nicht erwähnen. Niemals.«
Charles hatte dies natürlich nicht gewußt, aber er war sich darüber klar, daß er es hätte erraten können.
Alexandria fragte mit gedämpfter Stimme: »War das wirklich nötig, Charles?«
Charles stand vor einem Rätsel, schwieg. Hatten sie nicht einmal gehört, was er ihnen gesagt hatte? War es ihnen nicht wichtig, daß Houghton, zusammen mit einem Mann namens Leverton, tatsächlich die Schließung der Fabrik plante? Waren sie durch die Erwähnung von Adele Barachois bis zu diesem Grad mit Blindheit und Taubheit geschlagen? Warum? Charles fiel wieder ein, was Houghton am vergangenen Abend über seine Mutter enthüllt hatte: *Er warf sie hinaus, weil sie nicht nach unseren Maßstäben leben wollte.*
»Du solltest dich bei uns allen entschuldigen«, sagte Houghton schließlich.
»Zum Teufel, das werde ich nicht«, sagte Charles.
Diesmal dämpfte nichts den Schock. Tante Catherine atmete hörbar ein. Alexandrias Augen blitzten vor Zorn auf. Und Houghtons Haltung wurde steif.
»Ich habe gerade gesagt«, fuhr Charles mit gelassenem Ton fort, »daß Houghton vorhat, die Parsons-Hutfabrik zu schließen. Den Betrieb völlig einzustellen.«
Dann wartete er, bis Tante Catherine schließlich blinzelnd und verwirrt sagte: »Aber das kannst du doch nicht tun, Houghton. Du

kannst nicht. Wir ... wir haben diesen Leuten gegenüber eine Verpflichtung, Shepperton gegenüber.«
»Aber Tante Catherine« – und Houghton lächelte dabei, als fände er den Gedanken köstlich, obwohl seine Knöchel, als er ein Messer vom Tisch nahm, weiß schimmerten – »du würdest keinen einzigen Menschen, der für uns arbeitet, kennen, wenn er dir auf der Straße begegnete.«
»Eine Verantwortung«, sagte die zerbrechliche Frau nachdrücklich. »Mein Vater, der diese Firma gegründet hat, würde wissen, was ich meine. Und Austin – *dein* Vater – würde es verstehen. Begreifst du es denn nicht, Houghton?«
Houghton zuckte mit den Achseln, aber sein Gesicht war bleich. »Das ist ein ziemlich altmodischer Gedanke, Tante Catherine. Und ein überlebter.«
»Ich finde«, sagte Tante Catherine darauf, »daß du damit nicht recht hast. Wenn dieser Gedanke überlebt ist, dann ist das Leben für alle von uns kaum noch lebenswert.«
»Ach, zum Donnerwetter«, explodierte Houghton zu guter Letzt und rutschte unruhig auf seinem Stuhl. »Haben diese Leute denn jemals uns gegenüber ein Verantwortungsgefühl an den Tag gelegt?« fragte er schroff. »Mit jedem Tarifvertrag saugen sie uns mehr aus!«
»Das«, sagte Tante Catherine mit aristokratischer Würde und hoch aufgerichtet, »steht hier nicht zur Debatte. *Wir* sollten es besser wissen. *Wir* sind verantwortlich. Das liegt an unserer Stellung.«
Eine Stille trat daraufhin ein, während der Houghton böse in die Runde blickte, dann die Zeitung nahm und sein Gesicht dahinter versteckte. Alexandria betrachtete ihn, wie Charles erstaunt konstatierte, mit einem bestürzten aber wissenden Gesichtsausdruck.
»Willst du damit sagen«, fragte sie, »daß der Betrieb nicht verkauft werden kann, wenn entweder Tante Catherine oder ich unsere Aktien nicht verkaufen?«
Charles nickte. »Leverton will offensichtlich den Betrieb schließen. Ich bezweifle, daß ihm an irgend etwas anderem gelegen ist. Tante Catherine und du, ihr habt fünfundzwanzig Prozent der Anteile zusammen. Um den Betrieb zu schließen, müßte Leverton sämtliche anderen vorhandenen Anteile auf sich vereinen. Ich bezweifle – ebenso wie Houghton anscheinend auch –, daß das überhaupt möglich ist.« Während er noch seinen Worten nachlauschte, die so überzeugt und voll Autorität klangen, fragte er sich, wie er diese ganzen Zusammenhänge überhaupt durchschaut hatte; schließlich war das Ganze eine Mischung von Intuition, Raten und Bluff. Da aber Houghton nicht die Zeitung sinken ließ und nichts abstritt, wuchs Charles' Zuversicht.
»Aber warum«, fragte Alexandria, »warum hat irgendwer ein Interesse daran, einen Betrieb zu kaufen und ihn dann zu schließen? Wie kann man auf diese Weise Geld verdienen?«

Nun wußte Charles plötzlich, daß er verloren war. Natürlich, das war völlig sinnlos. Da hatte Alexandria ganz recht. Und doch mußte es darauf eine Antwort geben, da Houghton und dieser geheimnisvolle Leverton offensichtlich eben diesen Plan verfolgten. Charles konnte nur hoffen, daß seine Verwirrung nicht in seinem Gesicht geschrieben stand.
In diesem Augenblick ließ Houghton die Zeitung sinken, faltete sie laut knisternd zusammen und schob sie Charles über den Tisch hin zu. »Möchtest du nicht die Morgenzeitung lesen, alter Junge?« fragte er mit einem leichten, kaum wahrnehmbaren Zittern in der Stimme. »Es steht nichts wirklich Interessantes drin. Merkwürdig, nicht wahr, daß sie selten eine Fortsetzung bringen, wenn man sich gerade für eine Geschichte interessiert. Ich muß es wirklich Adam Tyler gegenüber zur Sprache bringen.«
Charles verstand diese Drohung sofort – und sein Selbstvertrauen und seine Sicherheit verwandelten sich unvermittelt in würgende Angst. Er überflog die Titelseite flüchtig, sein Gesicht vor Alexandrias Blick verborgen: keine einzige Zeile über Holly Mitchells Tod. Houghton hielt die Trümpfe in der Hand und wußte dies sehr genau: er konnte jeden Augenblick den Mund aufmachen, und Charles stand dem hilflos gegenüber. In der eintretenden Stille spürte Charles, wie sich sein Magen schmerzlich bemerkbar machte.
Schließlich hörte er, wie Tante Catherine sagte: »Weißt du, mir kam gerade ein schrecklicher Gedanke; so schrecklich, daß ich zögere, ihn auszusprechen.«
»In diesem Fall«, sagte Houghton leichthin, »würde ich es bleiben lassen.«
Charles ließ die Zeitung sinken und sah gerade noch, wie Tante Catherine die Augen niederschlug, als habe sie körperliche Schmerzen und sei durch den vergiftenden Gedanken wie gelähmt. »Warum ist es dir mit dem Verkauf so eilig, Houghton?« fragte sie.
»Eilig?« Houghton schien ehrlich überrascht. »Wir haben zufällig ein günstiges Angebot –«
Tante Catherine schüttelte jedoch langsam, von einer Seite zur anderen, mit geschlossenen Augen den Kopf. »Du hast Austins Testament gesehen, nicht wahr?«
»Wie, um alles in der Welt, hätte ich Vaters Testament sehen können?« fragte Houghton schnell und scharf. »Was hat denn das mit der Sache zu tun? –«
Tante Catherine unterbrach ihn: »Das Testament meines Bruders bestimmt, daß er wünscht, daß Charles im Falle seines Todes die Führung des Betriebes als Präsident übernimmt.« Sie zögerte einen Augenblick. »Hast du das gewußt, Charles?«
Alexandria warf Charles einen schnellen, fragenden Blick zu. Charles konnte nicht antworten. *Hatte* der andere Charles das gewußt?
»Ich weiß nichts davon«, sagte Houghton, »nicht, daß es mich über-

rascht. Jedenfalls ist es ja nur ein Vorschlag, der rein juristisch nichts besagt.«

»Woher weißt du«, fragte Alexandria ruhig, »daß es nur ein Vorschlag ist, wenn du das Testament nicht gesehen hast?«

»Ich habe nicht gesagt, daß ich das verdammte Testament nicht gesehen habe!« sagte Houghton schneidend. Dann wurde sein Mund schmal. »Lawrence hat es vielleicht beiläufig erwähnt«, gab er zu und hob seine Serviette auf. »Jedenfalls hat es rechtlich nichts zu bedeuten. Fragt Lawrence.«

»Ein solcher Vorschlag von deinem Vater«, sagte Tante Catherine, »würde jedes Mitglied des Aufsichtsrates beeinflussen.« Sie erhob zum ersten Mal etwas ihre Stimme, und ihre Augen waren offen und fordernd auf Houghton gerichtet. »Houghton, willst du den Betrieb deines Vaters verkaufen, ehe er stirbt ... nur damit Charles nicht deine Position erhält?«

Houghton erhob sich und wischte sich mit der Serviette die Stirn. »Dieser Gedanke«, sagte er gelassen, »ist das Produkt eines abschweifenden Geistes, der nicht mehr in der Lage ist, klar zu denken.«

»Ja, Houghton, ja. Aber ich habe *Gefühle*. Ich habe mich immer auf meine ... Intuition verlassen.«

Houghton lachte schnaubend auf. »Du bist eine reizende, alte Dame, Tante Catherine, und wir lieben dich alle sehr, aber in den vergangenen Jahren –«

»Intuition«, sagte Tante Catherine entschieden, ohne ihn ausreden zu lassen. »Glaube nur nicht, Houghton, daß ich nicht wüßte, was seit Austins Schlaganfall vorgegangen ist. Ein Mann wie Charles, ein echter Mann, braucht seinen Platz, braucht seine Funktion –«

»Ist Charles dein Ideal eines richtigen Mannes?« fragte Houghton.

Auf der anderen Seite des Tisches runzelte Alexandria die Stirn, grübelnd, ihre Augen schimmerten.

»Du kannst Charles nicht antun, was du ihm angetan hast – ihn systematisch abschieben, ihm seine Position wegnehmen –, ohne mit Schwierigkeiten, ernsten Schwierigkeiten rechnen zu müssen. Jeder hat das Bedürfnis, gebraucht zu werden, jeder. Ich habe mich lange Zeit geweigert, zu glauben, daß du das aus Bösartigkeit getan hast, Houghton, aber nun ...«

Houghton atmete flach. »Deine Kräfte scheinen dich zu verlassen, Tante Catherine –«

»Aber jetzt glaube ich, daß du es absichtlich –«

»Niemand kann es dir übelnehmen, selbstverständlich. Wenn man in dem Alter –«

»Und ich glaube, daß du *dies* auch absichtlich tust. Um ganz sicher zu gehen, daß du, ehe mein Bruder stirbt, seine Absichten durchkreuzt und Charles seinen rechtmäßigen Platz vorenthältst –«

»Rechtmäßigen Platz!« Houghton lehnte sich über den Tisch, auf beide Fäuste gestützt, die genau so weiß wie die Tischdecke waren:

sein Gesicht bleich, seine Augen funkelten gefährlich. »Rechtmäßiger Platz«, wiederholte er. »Deine Gedanken verwirren sich schon wieder, Tante Catherine. Der einzige Grund, warum Charles überhaupt ein Plätzchen in diesem Haus hat, ist, weil er Alexandria heiratete. Und er hat, wie wir alle wissen, Alexandria nur geheiratet, um diesen Platz zu bekommen –«
Charles sah, wie Alexandrias Augen von Zweifel verdunkelt wurden, und wußte wieder, daß es dieser Zweifel war, den sie sich seit Jahren nicht aus dem Kopf schlagen konnte – und der wahrscheinlich auch ihre Ehe untergraben hatte. Dann schlug sie die Augen nieder. Wäre sie ihrer Sache sicher gewesen, überzeugt, daß das nicht stimmte, hätte sie dann nicht voll Ärger eine Verteidigungsstellung bezogen?
Houghton schien dies auch zu spüren, denn er beobachtete nun Charles mit einem schwachen triumphierenden Glitzern in den Augen. »Warum, zum Teufel, frage ich euch, soll ich zusehen, wie die Firma meiner Familie in die Hände eines verdammten Außenseiters aus dem Arbeiterviertel übergeht, wenn ich absolut fähig bin, sie selbst zu führen?«
Alexandria hob nun ihren Kopf. »Vater«, sagte sie, »hat dich offensichtlich nicht für fähig gehalten.«
»Und was«, fragte Tante Catherine, »ist dieser Mann Leverton anderes als ein Fremder?«
Houghton richtete sich unter diesem doppelten Angriff auf und warf seine Serviette auf den Tisch. »Ihr scheint alle zu vergessen«, sagte er trocken, »daß Vater aber auch absolut nichts mehr zu sagen hat.« Damit ging er zur Tür.
Alexandria richtete sich hoch auf, aus ihrer Kinnhaltung war zu erkennen, wie ärgerlich sie war. Und Tante Catherine schaute auf ihren Teller.
Charles stand auf. »Du darfst mich zur Fabrik fahren, Houghton«, sagte er ruhig.
Houghton blieb auf der Schwelle stehen. »Ach wirklich? Sehr großzügig von dir, alter Junge. Wie die Dinge aber stehen, ist deine Gegenwart nicht nötig. Genausowenig wie in der ganzen letzten Zeit.«
Charles dachte an das geheimnisvolle Labyrinth der Straßen in der Stadt, dachte daran, zu Fuß zu gehen. Er zuckte mit den Achseln. »Es gibt Taxis«, sagte er.
Houghton, matt gesetzt, entschloß sich zu einem Lächeln. »Ich habe nichts dagegen, dich mitzunehmen, Charles.« Er wandte sich zum Gehen. »Nachdem du deinen eigenen Wagen zuschanden gefahren hast ... auf geheimnisvolle Weise.«
Die Warnung schwang noch im Raum, als Houghton ihn längst verlassen hatte.
»*Kannst* du ihn aufhalten, Charles?« fragte Alexandria sanft.

»Ich bin nicht sicher«, gab er ehrlich zu. »Aber *du* kannst es. Du und Tante Catherine. Wenn ihr euch einfach weigert, zu verkaufen, gleichgültig, was geschieht.«
Alexandria warf Tante Catherine, die ihren Kopf noch immer gesenkt hielt, einen Seitenblick zu. Charles konnte in ihren Augen Besorgnis lesen.
Dann fragte Alexandria: »Willst du ihn wirklich davon abhalten, Charles?«
Die Frage erfüllte ihn unvermittelt mit Furcht. Trotz allem, was er von seinem anderen Ich erfahren hatte, hatte er nie in Zweifel gezogen, daß der andere Charles wirklich den Verkauf der Firma hatte verhindern wollen. Der blau eingebundene Reorganisationsplan im Bibliotheksschreibtisch fiel ihm wieder ein, und der Gedanke war ermutigend. Aber der Grund, warum er brummte: »Du kannst dich verdammt darauf verlassen!« lag in dem Zweifel, der in Alexandrias Augen zitterte.
Plötzlich war eine Bewegung im Zimmer, und Charles spürte einen Schlag auf seinem Rücken. Alexandria stand auf und rief erstaunt »Eugene«, und Charles wandte sich um und schaute dem Jungen ins Gesicht.
Er war unbemerkt aus der Diele hereingeschlüpft und schaute nun erwartungsvoll zu Charles auf. Zum ersten Mal entdeckte der Vater im Gesicht des Jungen einen Abglanz von Alexandrias spöttischem Übermut. »Du hast geflucht«, sagte er ernsthaft. »Und du hast mir einen Klaps gegeben, wie ich geflucht habe.«
»Eugene«, rief Alexandria wieder aus.
»Stimmt's, Vati?«
»Natürlich«, sagte Charles, und seine Laune wurde besser. »Es stimmt absolut und ohne Frage.«
Eugene blickte vom einen zum anderen. »Fußballspielen muß mich hungrig gemacht haben. Ich habe den ganzen Haferbrei aufgegessen. Frag Hannah, wenn du mir nicht glaubst.« Dann spazierte er mit stolz gerecktem Kinn hinaus. Seine gesamte Haltung drückte eine neue Art von Selbstbewußtsein und Würde aus, als er in die Diele ging.
Alex starrte Charles an. »Was ist über ihn gekommen?« fragte sie und hielt dann inne. Ein Lächeln zog über ihr Gesicht und wischte das Stirnrunzeln fort.
»Auf dann, Mutter«, sagte Eugene von der Schwelle aus und schlüpfte in seine Jacke. »Ich sehe dich, wenn du aus der Fabrik kommst, Paps. Auf der Fünfzigmeterlinie!« Damit verschwand er.
»Paps?« sagte Alexandria fragend.
Das Wort hallte in Charles' Gedanken wider: so hatte er selbst seinen Vater genannt, als er noch unter dem Namen Chuck bekannt war. Auf merkwürdige Weise schien sich hier wieder eine Lücke sehr langsam und unmerklich zu schließen. Er lächelte über den ver-

blüfften Ausdruck in Alexandrias Gesicht – war plötzlich heiter, siegessicher und voll Selbstvertrauen.
»Alex«, sagte Charles, »hat Houghton Kontrolle über die Aktien von Vater, seitdem er krank ist?«
Er war auf Alexandrias schockiertes Stirnrunzeln nicht ganz vorbereitet. Tante Catherine hob den Kopf, und auch ihre violetten Augen blickten bestürzt. Und Charles wußte, daß er sich selbst eine Falle gestellt hatte; und trotzdem mußte er es erfahren.
»Charles«, sagte Alexandria dann, »du weißt, daß Lawrence Conway eine Vollmacht von Vater hat. Das hast du schon immer gewußt.«
»Ja, natürlich weiß ich das«, sagte Charles schnell und vertuschte so seine eigene Überraschung. Hoffentlich konnte er das Staunen auf den beiden Gesichtern überspielen. »Dann weiß Conway also über Houghtons Pläne Bescheid.«
»Das kann ich nicht glauben«, sagte Alexandria schnell – ein bißchen zu schnell. Charles spürte wieder einen Stich unterhalb der Rippen; er hatte wieder den blechernen Geschmack von Eifersucht im Mund.
»Dein Vater besitzt den größten Aktienanteil«, sagte Charles und war selbst über die schneidende Schärfe in seinem Tonfall überrascht. »Ohne ihn wäre Houghton völlig hilflos.«
»Wenn das so ist«, meinte Alexandria nun nachdenklich, »dann werde ich einfach mit Lawrence sprechen. Er wird sicher tun, was ich sage.«
»Wirklich?« fuhr Charles auf. Jedes ihrer Worte hatte sich tiefer und schmerzhafter in die Wunde gebohrt – und als er sie jetzt ansah, merkte Charles, daß er nun die Gefühle des anderen Charles erlebte, und zwar als seine eigenen.
Alexandria ging um das Tischende herum. »Ich wünschte wirklich«, sagte sie, und ihre Stimme klang irritiert und kühl, »ich wünschte wirklich, du würdest dir endlich die dummen Gedanken über Lawrence und mich aus dem Kopf schlagen. Es ist nichts zwischen uns gewesen, seit mehr als zwölf Jahren. Aber das braucht mich nicht daran zu hindern, ihn für einen ehrenwerten Mann zu halten, nicht wahr?«
Damit wandte sie sich ab und ging. Charles wollte ihr schon folgen, verwirrt durch die unvermittelte Veränderung – und den Einblick in einen anderen dunklen Punkt seiner Beziehung zu Alexandria –, es drängte ihn, sie nicht gehen zu lassen, als Tante Catherine zu sprechen begann.
»Du kannst Houghton nicht aufhalten«, sagte sie. Ihr Kopf war noch immer gebeugt, und ihre Haare waren so dünn, daß man die Kopfhaut durchscheinen sah. »Und du weißt auch, warum, nicht wahr? Du weißt, was Houghton vorhat – mit mir.« Es war keine Frage. Sie hob den Kopf, und ein schwaches Lächeln, traurig, ironisch und wissend, spielte verloren um ihre faltigen Mundwinkel. »Glaubst

du, daß Mr. Conway sich auch dazu hergibt? Oder Dr. Wheeler?« Sie zögerte. »Oder ist es wahr, Charles? Bin ich wirklich – ?« Wieder brach sie ab. »Es ist manchmal schwierig für mich, zu unterscheiden, was Wirklichkeit ist, und was Traum. Und die Vergangenheit kommt mit der Gegenwart durcheinander und ich –« Sie sah ihm in die Augen. »Können sie mir das antun?«

Charles stellte nun fest, daß er Houghtons Drohung vorhin nicht begriffen hatte. War es möglich, daß Houghton dazu fähig war, seine Tante für unmündig erklären zu lassen? Wenn Conway natürlich ein ehrenhafter Mann war –

Unvermittelt erhob sich Tante Catherine. »Ist jemand gestorben, Charles? Oder habe ich das auch geträumt, Charles? Wer ist gestern nacht an Lungenentzündung gestorben? Meine Cousine Beulah Carson ist an Lungenentzündung gestorben – aber das war im Jahr, warte mal, das war 1918 –« Sie schaute ihn mit aufgerissenen Augen an. »Oder war es eine Grippe? Mr. Conway hat gesagt, es sei gestern nacht jemand gestorben.« Ihre Augen waren bewölkt, fragend, nicht direkt anklagend, und Charles hörte wieder in Gedanken das Klikken der Nebenleitung, nachdem er seine Unterhaltung mit Conway vor einer Stunde beendet hatte. »Charles, es gibt Dinge, die schlimmer sind als der Verkauf einer Firma. Es gibt Dinge, die diese Familie nicht noch einmal ertragen kann. Noch ein Skandal würde meinen Bruder umbringen.« Sie betrachtete ihn forschend. »Du hättest wissen sollen, daß du den Namen dieser Frau in unserem Haus nicht nennen darfst. Wir wollen daran nicht erinnert werden. Sie hat uns nichts als Kummer gebracht. Und Schande.« Sie trat auf ihn zu. »Charles, glaubst du, daß diese Ereignisse in Austins Geist noch lebendig sind? Glaubst du, daß er da oben liegt und sie noch einmal durchlebt? Daß er daran denkt, was er getan hat?«

Charles hatte die Orientierung verloren, er sagte nur: »Ich weiß nicht, Tante Catherine«, aber noch während er sprach, fielen ihm Adele Barachois' Worte wieder ein: *Sagen Sie bloß nicht, meine Tochter sei genauso brutal und jähzornig wie ihr Vater!*

Tante Catherines Gesichtsausdruck hatte sich wieder gewandelt. Sie betrachtete ihn nun mit warmem, fraulichem Mitgefühl, einer Hoffnungslosigkeit, in die sich Wertschätzung mischte. »Ach, du, Charles. Du.« Sie schüttelte den Kopf, als sie aus dem Zimmer ging. »Versuch es doch, Clark Sanford alles begreiflich zu machen. Er würde es nicht zulassen, daß Houghton oder sonstwer mir das antut.«

Zeit. Charles stand einen Moment reglos. Jeden Augenblick konnte ein Polizeiauto vor dem Haus vorfahren, jeden Augenblick konnte es an die Tür klopfen. Und danach wäre er unfähig, irgend etwas zu tun.

Er trat in die Diele, ging mit schnellen Schritten zu dem eingebauten Schrank neben der Haustür, wo er einen Tweed-Überzieher fand,

von dem er nur hoffen konnte, daß er Charles gehörte und paßte. Während er ihn anzog, sah er Alexandria die Stufen herabkommen. Sie trug nun eine hüftlange Jacke in einem rostbraunen Farbton und hatte ein gelbes Tuch um das Haar gebunden. Ihre Augen waren wieder dunkel vor Unsicherheit.
»Es tut mir leid«, sagte sie in einem reumütigen Flüstern. »Du kannst nichts dafür, daß du dir wegen Lawrence und mir Gedanken machst, genau wie ich nichts dafür –« Doch sie ließ den Satz in der Luft hängen, während sie zu ihm trat. »Ich habe mich an deinem Geburtstag sehr schlecht benommen, nicht wahr? Den ganzen Abend mit Lawrence getanzt, obwohl ich wußte, daß dich das eifersüchtig macht. So habe ich dich wieder bestraft – weil du mehr getrunken hast als je zuvor und mich das irgendwie ängstigte.« Sie zog ein Paar Autohandschuhe an. In einem leichten Tonfall sagte sie: »Wahrscheinlich ist es das gute Recht eines jeden, an seinem Geburtstag betrunken zu sein.«
Charles betrachtete sie einen Augenblick – ihr Gesicht wirkte wieder sehr mädchenhaft und fast fröhlich – und dann sagte er trocken: »Ich habe wohl mehr Geburtstage als andere Leute, nicht wahr?«
Während er in die Bibliothek ging, hörte er sie hinter sich lachen; ein kehliger, fröhlicher Klang, der ihn irgendwie verstörend an sorglose Tage, vergessene Nächte erinnerte, und wiederum überkam ihn das gleiche mächtige Heimweh, das ihn in New York beim Anblick des aus dem Fiaker aussteigenden Liebespärchens überfallen hatte. Er ging zum Schreibtisch und holte das blau eingebundene Manuskript – obwohl er noch immer keine Vorstellung hatte, wie er es wohl würde nützen können.
»Darf ich noch etwas fragen, eine einzige Frage?« fragte ihre Stimme hinter ihm.
Seine Muskeln spannten sich, Panik ergriff ihn aufs neue. »Ja, natürlich«, sagte er, ohne sich umzuwenden.
»Houghton erwähnte gestern etwas, was mich annehmen läßt, er habe dir an deinem Geburtstag von seinen Plänen erzählt. Ist das wahr?«
Der Schrecken ebbte etwas ab. Er rief sich Houghtons Worte ins Gedächtnis zurück und sagte: »Ja, es war sein Geburtstagsgeschenk.«
»Wenn du mir das gesagt hättest –« begann sie, zögerte und seufzte. »Unsere Kommunikationsleitungen scheinen abgerissen gewesen zu sein, nicht wahr?«
Er antwortete nicht, drehte sich nicht um, faltete nur den Bericht zusammen und steckte ihn in die Brusttasche seines Mantels.
»Ich könnte genausogut fragen«, sagte Alexandria nun sanft, »wo *meine* Intuition geblieben ist.« Dann hörte er sie nähertreten, hörte ein leises Rascheln von Kleid und Mantel. »Ich entsinne mich noch, wie mir an meinem dreißigsten Geburtstag zumute war, Liebling. Vielleicht ist es bei einer Frau dreißig, und bei einem Mann fünfund-

dreißig. Ein Meilenstein. Oh, es war grausam von Houghton, gerade diesen Tag zu wählen. Und ich habe die Sache noch schlimmer gemacht.« Sie stand sehr nahe bei ihm. »Charles, hör mir zu: Es hat mir keinen *Spaß* gemacht, mit Lawrence zu tanzen. Hilft das ein bißchen?«
Er hatte Angst, sich umzuwenden. Sie war so dicht bei ihm, und jeder Satz, jedes geflüsterte Wort – als Ermutigung gemeint – schnitt noch tiefer in seine Wunden. Ihm war plötzlich die Ungeheuerlichkeit der Lüge bewußt – seiner Lüge. Nicht der Lüge, so zu tun, als sei er der andere Charles, aber der Lüge, die darin bestand, ihren Selbstbeschuldigungen tatenlos zuzuhören, wo sie doch nur einen Teil wußte, während es so viel gab, was ihr nicht bekannt war. –
»Wenn ich mich richtig verhalten hätte«, sagte sie gerade, »hättest du wahrscheinlich Clinton Moore nicht geschlagen.«
»Das ist keine Entschuldigung«, sagte er und war selbst über die Schärfe seines Tonfalls überrascht. Er wandte sich um und zwang sich, ihr in das liebe, offen bestürzte Gesicht zu sehen. Er sah, wie sie erstaunt blinzelte. »Erklärungen«, sagte er mit erstickter Stimme, »sind keine Entschuldigungen –« und fragte sich im selben Moment, woher diese Weisheit kam. Hatte der andere Charles auch diese Erkenntnis gehabt?
Er dachte daran, was nach dem Zwischenfall im Lake Club geschehen war. Er dachte an Pete's Bar und Imbißstube und an das Mädchen namens Holly Mitchell, mit dem der andere Charles vor jener Nacht nie ein Wort gewechselt hatte. Elend ergriff ihn wie langsam wirkendes Gift, und er fühlte sich elend, mehr erschüttert als sonst an diesem Morgen ... Holly Mitchell war tot ...
Alexandria lächelte schwach. »Mach dir keine Gedanken«, sagte sie. »Clinton Moore hat diese Tracht nur gut getan. Ich war schon seit der Tanzstunde in Versuchung, ihm eine Ohrfeige zu geben.« Sie lehnte sich an ihn, als suche sie Schutz. »Liebling, wir hätten wirklich hier ausziehen sollen, als du es damals vorschlugst. Ich hatte keine Ahnung, was in der Fabrik los war – oder wieviel dir die Arbeit bedeutet hat. Ich hätte merken müssen, was für eine Quälerei es für dich hier war. Ich war leider zu dickköpfig, zu verwöhnt –«
»Hör mit den Selbstbeschuldigungen auf«, sagte Charles in einem zärtlichen Flüstern, hinter dem ein angstvolles Flehen stand. »Hör auf.«
Sie kam noch näher, schloß ihre Arme um ihn, und er hielt sie fest, ihr Gesicht an seiner Brust verborgen.
»Du liebst mich doch«, sagte sie. »Du liebst mich wirklich, nicht wahr, Charles?« Der verzagte Klang ihrer Stimme bereitete ihm einen stechenden Schmerz. Die Ungewißheit – die in all den Jahren angesammelten Zweifel und Unsicherheitsgefühle – lagen unver-

hüllt und ohne Scham in der drängenden Bewegung, mit der sie sich an ihn klammerte.
Houghtons giftige Sticheleien, seine Bemerkung beim Frühstück, schossen Charles durch den Kopf: *Der einzige Grund, warum Charles überhaupt ein Plätzchen in diesem Haus hat, ist, weil er Alexandria heiratete. Und er hat, wie wir alle wissen, Alexandria nur geheiratet, um diesen Platz zu bekommen* – Charles fühlte eine Welle des Aufbegehrens und des Verlangens über ihm zusammenschlagen.
»Ja«, hörte er sich sagen. »Ja, Alexandria, ich liebe dich.«
Aber noch während er sprach, während sie sich noch fester an ihn klammerte, erfaßte ihn wieder der Zweifel: war das wirklich wahr?
»Mich«, sagte sie und warf ihren Kopf in den Nacken, um ihm in die Augen zu schauen. »Mich. Um meinetwillen. Aus keinem anderen Grund. Mich.«
Und wie ihr Gesicht nahe vor dem seinen war, ihre Lippen bebten, kehrte die Panik zurück, alles zerschlagend und verwüstend. In der schmerzhaften Erleuchtung dieses Moments fragte er sich wieder: war es wahr? Woher sollte er wissen, daß der andere Charles sie nur um ihretwillen geliebt hatte? Woher sollte er wissen, warum der andere Charles sie geheiratet hatte?
»Antworte mir«, bat sie zaghaft. »Antworte mir, Charles.«
»*Ich* liebe dich«, sagte er und zog im Geist eine Grenze zwischen sich und dem anderen Charles, und wußte im gleichen Augenblick, daß Houghtons Gift ihn nun auch erreicht hatte. Gleichzeitig, als er sah, wie ein Stirnrunzeln ihre Züge bewölkte, wußte er, daß er nicht lügen konnte. Waren es nicht schon genug der Lügen? Er konnte ihr nicht sagen, er hätte sie schon immer geliebt, oder er hätte sie nur um ihretwillen geheiratet.
Dann küßte er sie, voll Verzweiflung und in dem hoffnungslosen Gefühl, daß diese zarte und ungewisse Strömung, die zu erhalten sich beide so mühten, innerhalb von Sekunden zu einem reißenden, zerstörenden Strom werden mochte; und doch konnte er sich der mächtigen, leidenschaftslosen Zärtlichkeit dieser Umarmung nicht entziehen.
»Lieber Gott«, sagte Houghtons Stimme, »nicht noch mehr Eheglück. Es wird zuviel.«
Charles löste sich langsam von ihr, zögernd, und sah, wie sie zurücktrat, ohne von Houghton dort auf der Schwelle Kenntnis zu nehmen, ihre in Bestürzung geweiteten Augen fest auf Charles gerichtet.
Ohne einen Seitenblick ging sie an Houghton vorbei und verschwand in der Diele. Charles sah, wie Houghton die Stirn runzelte, wegen der wortlosen Zurückweisung blinzelte und seiner Schwester nachsah. Abgründe über Abgründe. Wie sollte jemand alle Tiefen der Seele erkennen? Oder verstehen?

Schließlich setzte Houghton den Hut auf und wandte sich Charles zu: »Was, zum Teufel, ist heute nur mit allen hier los?« Seine nasale Stimme klang gereizt und nicht sehr selbstsicher. »Willkommen bist du nicht, aber mach schon, wenn du mitfahren willst. Ich kann zu *dieser* Konferenz wirklich nicht zu spät kommen.«

7

Während Houghtons weißer Wagen sich weiter und weiter vom Haus, am Shepperton-Golfplatz entlang, entfernte, saß Charles grübelnd da: würde er jemals zurückkehren, es jemals wiedersehen? Wieder überkam ihn ein merkwürdiges Gefühl von Verlust und Heimweh. Die innere Entfernung war gewichen, die Fremdheit zum größten Teil. Natürlich kam ihm der schnittige Wagen, in dem er jetzt fuhr – mit seinen bequemen Ledersitzen und seinem leise schnurrenden Motor – nicht bekannt vor. Er hatte vorhin in der Wagenremise das Wort ›Jaguar‹ über dem Nummernschild gelesen und wußte also, daß es ein englischer Wagen war, aber er konnte sich nicht entsinnen, jemals ein solches Auto gesehen zu haben.

Houghton fuhr mit der ungeduldigen Gereiztheit der innerlich unsicheren Menschen. Sein magerer Körper wirkte entspannt hinter dem Steuer, aber er behandelte den Motor, als sei er ein feindliches Tier, das gebändigt werden mußte und vor dem er sich insgeheim fürchtete.

»Ich habe mit den Leuten im Klub gesprochen«, sagte er – und in seinem Ton lag wieder ein grollender Versuch, freundlich zu sein – »niemand wird dich in Verlegenheit bringen, wenn du heute abend zum Essen mitkommst. Offiziell bist du mein Gast, aber ich denke, daß wir deine Mitgliedschaft bald wieder in Ordnung bekommen.«

Charles entgegnete nichts. Bis zum Abend schien noch eine lange Zeit. Fast eine Ewigkeit. Vielleicht war er abends schon kein freier Mann mehr, der zu einem Essen ausgehen konnte.

»Alexandria sollte nicht für deine Indiskretionen bestraft werden. Und du weißt, wie gern sie tanzt.«

Das wußte er nicht. Es gab noch so viel in bezug auf Alexandria, das er nicht wußte. Wahrscheinlich mehr, als er jemals erfahren würde –

Dann fuhr der Wagen den steilen Hügel unter dem Baumgewölbe hinunter. Die Sonne schien nun warm und strahlend.

»Ich habe über Montgomery nachgedacht«, sagte Houghton, ohne sich durch Charles' Schweigen stören zu lassen.

Charles' Nerven spannten sich, er wartete ab, während seine Gedanken sich Eugene zuwandten.

»Ich habe über deine Aversion gegen Montgomery nachgedacht.

Natürlich ist er ein arroganter Spritzer, wenn man ihn im Haus dulden muß. Und da du den Eindruck hast, er könne einen schlechten Einfluß auf Eugene ausüben –«
Houghton machte eine Pause, und Charles spürte eine merkwürdige Erleichterung, ein Gefühl deutlicher Identifikation. Er hatte weder gestern noch heute mit Houghton über den Krankenpfleger gesprochen. Es war unwahrscheinlich, daß Dr. Wheeler das Thema bei Houghton angeschnitten hatte; dazu war seit seiner Unterhaltung mit Charles gar keine Zeit gewesen. Also hatte der andere Charles vor einiger Zeit Montgomery gegenüber genau dasselbe empfunden, was er, der Charles von heute, nun empfand.
»Sobald Dr. Wheeler uns einen anderen Pfleger für Vater besorgen kann, werfe ich den süßlichen Montgomery hinaus. Ist das ein fairer Vorschlag, Charles?«
Der Wechsel in Houghtons Haltung rief Charles zur Wachsamkeit. Er konnte sich nicht enthalten, zu fragen: »Und was willst du als Gegenleistung, Houghton?«
Sie fuhren noch immer den Hügel abwärts, als Houghton wieder das Wort ergriff. »Du hast so eine verdammte Angewohnheit, alles so direkt zu sagen. Na gut. Du weißt ja schon, daß ich entweder Tante Catherines Aktien oder Alexandrias brauche, auch wenn ich die meiner lieben Mutter habe, um die Sache durchzuziehen.«
»Um die Firma zu schließen, das meinst du doch. Nicht wegen einer Fusion.«
»Verdammt, ja, um zu liquidieren! Die Leverton Gruppe ist nur an einem schnellen Gewinn interessiert. Sie verkaufen die Gebäude und die Maschinen, das Inventar und das Lager, die ungegerbten Felle, die du gekauft hast, als der Markt ins Bodenlose sank – sie haben ihre Methoden, das loszuschlagen, mit einem Steuerverlust, und damit einen Gewinn zu erzielen. Deshalb sind sie auch bereit, einen höheren Preis als den Kurswert für die Aktien zu zahlen.«
Blutsauger. Hier hatte er auch die Antwort auf Alexandrias Frage, die ihn am Frühstückstisch in Verwirrung gestürzt hatte: *Warum hat irgendwer ein Interesse daran, einen Betrieb zu kaufen und ihn dann zu schließen? Wie kann man auf diese Weise Geld verdienen?* Sehr sinnvoll klang die Antwort noch immer nicht, aber wenn dieser Mann Leverton bis zum Äußersten gehen wollte, dann mußte er einen guten Grund dafür haben.
»Blutsauger«, hörte er sich halblaut sagen.
»Absolut gute Geschäftsmethoden«, sagte Houghton nachsichtig. »Geschieht immer wieder. Die Steuerstruktur fordert es heraus.«
Der Abscheu wurde immer stärker. War es möglich, daß eine Gruppe von Menschen oder ein Mensch durch Zerstörung anstatt durch Erschaffung sich bereichern konnte – und daß die Regierung dem noch Vorschub leistete?
»Nun, Charles«, sagte Houghton. »Ich bin bereit, Gegengeschäfte

zu machen. Nenn du die Bedingungen. Was du willst, innerhalb vernünftiger Grenzen, alter Junge.«
Charles starrte zum Fenster hinaus. War es möglich, daß die Grundfesten dieses ganzen angenehmen Lebens – diese gemütlichen Häuser inmitten der weiten Rasenflächen – durch solche Geschäftemacherei untergraben und angerissen wurden, durch solche unsauberen Methoden und Drohungen?
»Keine Bedingungen«, sagte er. »Kein Geschäft zu machen.«
Den ganzen Weg bis zur Stadtmitte, wo der Wagen in einer Kolonne gezwungen wurde langsam zu fahren, klopfte Houghton mit seinen langen Fingern einen nervösen Rhythmus auf dem Steuerrad. Als er bei einer Ampel anhalten mußte, sagte er: »Bist dir zu gut, um Geschäfte zu machen, nicht wahr? Du bist Vater sehr ähnlich, tatsächlich, immer mehr, Charles. Stehst immer über den Dingen.« Und dann fuhr er hastig und ärgerlich fort: »Möchte nur wissen, weshalb du so verdammt hochnäsig bist, auf was du dir etwas einbildest, wenn man bedenkt, was du getan hast, um überhaupt hineinzukommen.«
Charles hatte einen bitteren Geschmack auf der Zunge, in der Kehle, und fühlte sich immer mehr in diesen giftigen Sumpf von Korruption und Verpestung hineingezogen. War dies wirklich der Lauf der Welt? War es das gewesen, was der andere Charles gesehen, was zu erkennen er begonnen hatte? Und war er trotz seines Wissens zum Mitläufer geworden?
Houghtons Wagen schoß mit aufheulendem Motor vorwärts, als das Licht grün wurde. »Du hast dich noch nie gern nach den Spielregeln gerichtet, nicht wahr? Auch gut – dann gehe ich eben in einer anderen Richtung vor. *Beides* brauche ich nämlich nicht, Alexandrias und Tante Catherines Anteile.«
Das Ekelgefühl wuchs. Charles spürte, wie sich ihm fast der Magen umdrehte, und er konnte Houghton nicht ansehen, als er sagte: »Es ist vielleicht gar nicht so einfach, Tante Catherine für unmündig erklären zu lassen.«
»Meinst du? Tante Catherine hat eine Reihe falscher Vorstellungen – unter anderem, daß sie ein Recht darauf besitzt, in dem Haus zu wohnen, nur weil sie immer da gewohnt hat.«
Charles blickte in neue Abgründe; er spürte, wie sich alles in ihm verkrampfte. Hatte der andere Charles alles mit der gleichen Klarheit erkannt, im gleichen brutal deutlichen, ätzend scharfen Licht? Wenn ja, dann war es kein Wunder, wenn er zynisch, rücksichtslos – und zornig geworden war. »Und du glaubst also«, sagte er und testete seine Fähigkeit, in diesen Abgrund zu blicken, »daß Dr. Wheeler seine Hand dazu reichen würde?«
»Wir brauchen ihn nicht«, sagte Houghton kurzangebunden.
Das Wort ›wir‹ erweckte häßliche Assoziationen in Charles' Gedanken. »Du brauchst also nur Conway«, sagte er rauh.

»Verdammt, das geht dich nichts an«, antwortete Houghton.
Charles dachte wieder an Alexandrias Worte. »Lawrence Conway«, sagte er. »Der Ehrenmann.«
Houghton warf ihm einen schnellen, forschenden Seitenblick zu, als er den Jaguar durch den Morgenverkehr auf der Brücke lenkte. »Mein Gott, du wirfst aber dicke Steine aus deinem Glashaus, was, alter Junge? Paß mal auf – du machst dir heute früh über die falschen Sachen Gedanken, nicht wahr? Nachdem Holly Mitchell vergangene Nacht gestorben ist – was bist du dadurch geworden?«
Die Logik von Houghtons Frage brannte sich in seine Gedanken. *Er hat versucht, mich umzubringen!* Der gähnende Abgrund öffnete sich weiter, als wolle er ihn in seiner unergründlichen, üblen Dunkelheit verschlingen.
Aber ... woher wußte Houghton vom Tode des Mädchens?
»Also stand *doch* etwas in den Zeitungen«, sagte er vorsichtig und schämte sich seiner List.
»Nein. Ich habe Lawrence nach dem Frühstück wegen einer anderen Sache angerufen. Selbstverständlich hat er mich informiert.«
Selbstverständlich. Lawrence Conway hatte ihn informiert, weil Lawrence Conway ein ehrenwerter Mann war.
»Er erwähnte auch deine neueste Masche, um dich vor den Konsequenzen zu drücken.« Der Verkehrsfluß stockte auf der Brücke. »Lawrence hat mir von deinem Gedächtnistrick erzählt. Nach eurem kleinen Gespräch gestern abend in der Bibliothek. Du glaubst doch nicht im Ernst, daß du damit durchkommst, oder doch?«
Charles konnte kein Wort sagen, weil seine Gedanken nur noch ein einziges und blindwütiges zorniges Rasen waren. *Berufsgeheimnis, vertrauliche Kommunikation, heiliger Eid, und so weiter. Ihr Geheimnis ist bei mir in guten Händen, Charles.* Houghton hatte bereits Bescheid gewußt, als er am vergangenen Abend in das Haus zurückgekehrt war. Und nachdem Charles ins Bett gegangen war – während Houghton noch auf den unvermeidlichen Zusammenstoß mit Alexandria im Schlafzimmer, der dann nicht eintrat, gewartet hatte – da hatte er das Wort in der Enzyklopädie nachgeschlagen und das Buch, zufällig oder planmäßig, offen liegen lassen.
»Ich stellte allerdings fest«, meinte Houghton im Anfahren, »daß du während des Frühstücks keinerlei Schwierigkeiten mit deinem Gedächtnis hattest. Du kanntest die genauen Prozentzahlen der Aktienanteile im Familienbesitz.« Er stieß ein kurzes Lachen aus. »Falls mich jemand fragen sollte, dann werde ich aussagen müssen, daß du heute ein ziemlich exaktes Gedächtnis entwickelt hast – wenn ich ehrlich bin.«
Nun war Houghtons Triumph vollkommen. Und er hatte die letzte Drohung ultimativ ausgesprochen. Ein Schmerz erfaßte wieder Charles' ganzes Wesen – der Schmerz, den er zum ersten Mal in New York erfahren hatte, dieses entsetzliche, nervenzerfetzende

Bedürfnis und Verlangen, wieder eine Einheit zu sein, sich erinnern zu können, ein in sich geschlossenes Ganzes zu sein. Diesmal lag keine Panik und keine Verzweiflung in dem Wunsch, nur die Gewißheit, daß er – wenn er sich nicht selbst soweit überwinden und bezwingen konnte, wenn nicht eine zufällige Assoziation oder ein Schock ihn wieder zu vollem Bewußtsein erweckte – auf all den Gebieten, die ihm jetzt auf so erstaunliche Weise lebenswichtig und kostbar erschienen, geschlagen war.

Ob aus Verachtung, Ärger oder Verzweiflung, wußte er nicht, aber einem inneren Impuls folgend, holte er aus seiner Brusttasche den blau gebundenen Reorganisationsplan heraus und legte ihn auf den Schoß. Erst als der Wagen jenseits der Brücke die Verkehrsstockung hinter sich ließ, bemerkte Houghton ihn. Er sagte lange nichts, aber schließlich fragte er mit erstaunter und heiserer Stimme: »Und was, zum Teufel, glaubst du, daß du damit erreichen kannst?«

»Mir kam der Gedanke«, sagte Charles, »daß es Mr. Sanford interessieren könnte, ihn zu lesen.«

»Wovon redest du eigentlich? Ich stand selbst dabei, als Mr. Sanford dir den Plan zurückgegeben hat, als er sich weigerte, ihn dem Aufsichtsrat vorzulegen.« Er starrte Charles an. »Hör mal, wenn du auf diese Tour versuchen willst, mir einzureden, daß du dein Gedächtnis verloren hast, dann kannst du es gleich aufgeben.« Der Wagen kroch nun an hohen Maschendrahtzäunen entlang, blieb fast stehen. Dafür rasten Houghtons Gedanken und Worte weiter. »Auf der anderen Seite sagte mir Lawrence, daß er dazu neigt, dir zu glauben.« Houghton lachte und fuhr wieder an. »Vielleicht ist es wahr, Charles. Vielleicht glaube ich dir auch.« Er bog in ein großes Tor ein, über dem in Metallettern die Worte PARSONS-HUTFABRIK standen. »Du kannst den Bericht gleich zum Fenster hinauswerfen. Er ist das Papier nicht wert, auf dem er steht. Wenn du tatsächlich Amnesie hast, dann wird kein Aufsichtsrat die Vorschläge eines Mannes ernst nehmen, der unter einer geistigen Verwirrung leidet.« Er hielt den Wagen zwischen schrägen Parkstreifen auf dem asphaltierten Parkplatz an. »Alter Junge, diesmal bist du in deine eigene Falle geraten.«

Ekel, Verachtung und Wut waren einem sicheren Wissen gewichen, daß alle Hoffnungen sinnlos und närrisch waren. Das bösartige, triumphierende Schillern in Houghtons grauen Augen hatte Charles diese Gewißheit nochmals bestätigt.

»Und jetzt paß mal auf, Charles. Mach mir hier keine Schwierigkeiten. Denn wenn du es tust, werde ich dem Aufsichtsrat mitteilen, in welchem Geisteszustand du dich befindest – ob das nun zutrifft oder nicht, das schwöre ich dir.« Und als Charles nach dem Türgriff langte, hob er seine Stimme: »Und was Alexandria betrifft –« Charles wartete. »Das war dein größter Fehler, Charles. Du und Alexandria, ihr habt eine Menge Leute in Erstaunen versetzt. Alle wußten, daß ihr auch eure Schwierigkeiten habt, aber bis jetzt gehörte Ehebruch nicht dazu. Ich habe oft genug gesehen, wie sich dir Frauen auf Gesellschaften an den Hals geworfen haben, aber das hat dich nie interessiert. Daraufhin habe ich nachprüfen lassen, was du drüben im Viertel am Fluß tust. Es war das gleiche. Aber jetzt hast du einen Fehler gemacht, Charles. Einmal ausrutschen genügt –«

Das Wageninnere war erstickend. Charles konnte nicht atmen, obwohl er mit einer ungewissen Erleichterung, fast einer Hoffnung, einen weiteren Charakterzug des anderen Charles wahrnahm. Er öffnete die Tür.

»Charles hör zu. Verdammt. Wenn du dich heute nicht nach meinen Spielregeln richtest, dann erfährt Alexandria die ganze Geschichte noch vor dem Abendessen!«

Einen Fuß auf dem Pflaster des Parkplatzes, zögerte Charles, und Hoffnungsschimmer und Erleichterung machten wieder der traurigen Leere Platz.

»Und wenn du glaubst, daß irgendwelche doppelzüngigen Erklärungen über Amnesie dir bei Alexandria helfen, wenn sie einmal die Geschichte von Holly Mitchell erfahren hat – besonders, wo das kleine Flittchen jetzt tot ist –, dann kennst du meine Schwester schlecht, dann bist du wirklich geistig umnachtet. Das ist das einzige, mit dem sie sich nicht abfindet, und das weißt du genau. Also – wenn du hier irgend etwas anstellen willst, dann findest du dich vor der Tür wieder und kannst von draußen hereinschauen. Ist das klar?«

Statt zu antworten, richtete Charles sich neben dem Wagen auf und schloß die Tür. Die Luft hatte sich in der Morgensonne, die nun auf das Pflaster strahlte, etwas erwärmt. Charles setzte sich gerade in Richtung des efeubewachsenen, roten Klinkergebäudes in Bewegung, als Houghton auch schon an seiner Seite ging, heiter, tief durchatmend, mit langen Schritten und triumphierend selbstsicher.

Houghton stieg vor ihm die abgetretenen Steinstufen hinan und schritt durch die gewaltige Doppeltür. Den Bericht in der Hand folgte ihm Charles. Niederlage, das Ende all seiner wilden, unwahrscheinlichen Hoffnungen, schwelte in seinem Herzen.

Innen wurde ihm sofort ein Geruch bewußt, der ihm nicht ganz fremd vorkam, der Geruch von Maschinen, Fellen und Hitze. Ein dröhnendes Geräusch drang aus den Arbeitsräumen über und neben ihm. Er stand in einer Diele oder Vorhalle, wo Houghton vor einer hohen Theke haltgemacht hatte und mit einem älteren Mann sprach, der sich in gebrochenem Englisch ausdrückte. Charles hörte nur ein paar Wortfetzen: »... und Mr. Sanford ist auf Weg von Flughafen hierher.« Houghton nickte kurz und sagte: »Danke, Karl.« Dann ging er auf die breite, kahle Holztreppe zu, über der ein Schild: BÜROS – 1. STOCK hing.

Bei Charles' Anblick lächelte der alte Mann hinter der Theke zahnlückig und begrüßte ihn laut. Ein kurzer Satz, den Charles als Fremdsprache erkannte, aber nicht verstand.
Als er nur nickte, »Guten Morgen« sagte und Houghton zur Treppe nachfolgte, bemerkte er Karls verblüfften Blick und Houghtons schadenfrohes Schmunzeln.
»Dein Polnisch hast du also auch vergessen«, sagte Houghton. »Auf diese Weise gewinnst du hier keinen Popularitätswettbewerb, alter Junge.«
In einem Korridor des oberen Stockwerks blieb Houghton vor einer Tür mit der Aufschrift PRÄSIDENT stehen und wandte sich an Charles. »Dein Büro ist drei Türen weiter«, sagte er sanft, mit nur einem leisen Anflug von Spott oder Bestürzung in seinem Ton.
Als Charles vor seiner Tür stand, zögerte er; unter sich hörte er ein drehendes Schleifen und ein rhythmisches Klopfen und Brummen, das zur Atmosphäre hier zu gehören schien und den Boden unter ihm erzittern machte. Dann griff er zum Türknopf.
Charles Bancrofts Büro – das auch nicht das geringste Gefühl von Wiedererkennen oder Vertrautheit erweckte – war nicht groß, ein sehr alter Mahagonischreibtisch stand vor dem Fenster, von dem aus man den Fluß unter sich liegen sah. Am anderen Ufer wuchs die Stadt Shepperton den Hügel hinan. Charles trat neugierig an den Schreibtisch, als sich eine andere Tür unvermittelt öffnete und eine große, grobknochige Frau mit hochgetürmtem grauem Haar über einem breiten, ziemlich häßlichen Gesicht erschien. Sie warf einen eisigen und mißbilligenden Blick aus blauen Augen in die Richtung, in der er stand und legte die Post auf die Schreibtischplatte.
»Sie hätten mir sagen können, daß Sie gestern nicht ins Büro kommen«, sagte sie. Ihre Stimme wirkte geschäftsmäßig und tüchtig, ihr Verhalten war ernst und unwirsch und verriet ihr Alter. »Es geht mich nichts an, wie Sie Ihre Zeit verbringen, aber ich finde es nicht besonders angenehm, dauernd in Verlegenheit zu kommen, weil ich nicht weiß, wo Sie sind. Wenigstens eine glaubhafte Ausrede hätten Sie mir sagen können.« Dann richtete sie sich auf und sah ihn an. Das Eis schmolz. »Ich würde das Trinken lassen, wenn ich so unter den Nachwirkungen zu leiden hätte.«
Und plötzlich mußte Charles lachen. Es kam ihm selbst unwahrscheinlich vor, aber er lachte.
Sofort verfiel die Frau wieder in den widerspenstigen Yankeetonfall. »So ist es richtig – lachen. Ich kann nicht behaupten, daß es mir nicht lieber ist, wenn Sie lachen wie früher. Sogar, wenn es auf meine Kosten ist.« Sie ging gemessenen Schritts zur Tür, die in das angrenzende Büro führte, blieb dann stehen. Mit einer Hand ergriff sie die stahlgeränderte Brille, die ihr an einer feinen Silberkette um den Hals hing, setzte sie auf die Nase und schaute ihn forschend

an. »Hat Mr. Sanford sich bereit erklärt, den Aufsichtsrat Ihre Vorschläge lesen zu lassen? Ist das der Grund für diese Sondersitzung?«

Charles schaute auf das blau eingebundene Manuskript in seiner Hand. Er warf es auf die Schreibtischplatte und zog den Mantel aus. »Gibt es noch Kopien davon?« fragte er.

Die Sekretärin runzelte die Stirn vor Überraschung, die Brille fiel herab und hing baumelnd an der Kette. »Sie sind nicht weggeworfen worden, falls Sie das meinen«, sagte sie bedächtig.

Die Frau, deren Namen er nicht einmal wußte, gab ihm ein gewisses Gefühl von Sicherheit, das ihn anregte und ihm angenehm war. Charles sagte: »Kann ich die anderen Kopien, bitte, haben?«

»Selbstverständlich, Mr. Bancroft«, sagte sie und verließ immer noch stirnrunzelnd das Zimmer; sie schloß die Tür hinter sich.

Unvermittelt war er sich wieder der Dringlichkeit bewußt. Die Zeit zerrann. Was wollte er mit einem Reorganisationsbericht erreichen, den der Aufsichtsratsvorsitzende bereits zurückgewiesen hatte?

Es klopfte an die Tür, aber bevor Charles Zeit zu Vermutungen hatte, sprang sie auf, und Lawrence Conway schob sich herein, mit einer Zigarre im Mund, und blickte sich um. »Sie allein? Gut. Wie haben Sie geschlafen? Unfaire Frage – wird zurückgezogen. Charles, es sieht besser aus.«

Charles zog sich in den Ledersessel hinter dem Schreibtisch zurück, während Conway wie ein Bär im Büro herumstapfte, hier eine Aktenschublade aufzog, sie wieder zuschob, an seiner Zigarre kaute, Bücher vom Regal nahm, dahinter blickte, sie zurückstellte; seinen Augen entging nichts. Dann begann er, die Schreibtischschubladen neben Charles aufzuziehen. Charles wurde langsam wütend, Conways verschiedene Unaufrichtigkeiten fielen ihm wieder ein – das Testament, der Bericht über seine Amnesie an Houghton, über den Tod des Mädchens – ebenso die Tatsache, daß Conway die Vollmachten von Austin Parsons hatte und demzufolge bei dem geplanten Verkauf mit Houghton zusammenarbeiten mußte. Charles bekämpfte seine Gereiztheit.

»Was, zum Teufel, suchen Sie?« fragte er brüsk.

Conway schob die letzte Schublade zu. »Wenn Sie keine einzige Flasche hier versteckt haben, gibt es einen Hoffnungsschimmer. Habe mit Karl unten und mit Miss Roberts vorhin gesprochen – sie wollen beide einen Eid darauf leisten, daß Sie absolut nüchtern waren, als Sie hier am Mittwoch weggingen. Als loyale Sekretärin faßte Miss Roberts meine Frage sogar als persönliche Beleidigung auf; erinnerte mich an Mr. Parsons' Richtlinie bezüglich alkoholischer Getränke innerhalb des Geländes.« Er ließ sich in einen Sessel fallen und legte ein Bein über die Armlehne. »Also. Der Unfall passierte etwa fünfundzwanzig Minuten, nachdem Sie das Büro verlassen hatten. Übrigens, Sie haben hoffentlich die Uhr noch.

Nun sind fünfundzwanzig Minuten für einen Mann mit Ihrem bekannten Fassungsvermögen kaum ausreichend, um blau zu werden, durch die ganze Stadt und dann noch sieben oder acht Meilen die Flußstraße entlang zu fahren. Tatsächlich reicht die Zeit kaum aus, um überhaupt dorthin zu kommen, wenn man das abendliche Verkehrschaos bedenkt. Dabei fällt mir ein – warum haben Sie mir nichts von Ihren Strafzetteln wegen Geschwindigkeitsüberschreitung und rücksichtslosem Fahren gesagt?«
Vorsichtig und wachsam wie ein Tier im Dschungel sagte nun Charles: »Die Strafzettel waren Warnungen.«
Conways Augen sprühten. »Wieso wissen Sie das?« fragte er scharf.
Charles dachte sofort an Sterling Bolton am vergangenen Abend vor Pete's Bar und Imbißstube. »Ich *weiß* es nicht«, entgegnete er mit der gleichen Schärfe. »Die Leute haben mir nur alles unter die Nase gerieben, was ich jemals getan habe.«
Conway grinste und blies eine Rauchwolke in die Luft. »Gut. Direkt wie in alten Zeiten. Sie haben sich ganz gut erholt. Bellen und alles.« Er erhob sich, trat zum Fenster und schaute hinaus. »Habe telephonisch mit verschiedenen Leuten gesprochen – einem führenden Neurologen von Yale, einem bekannten Psychiater in Boston, sogar mit meinem alten Professor für Psychosomatik. Komplette Einstimmigkeit: Amnesie kann wirklich vorkommen, anscheinend viel häufiger, als man sich vorstellt. Ihre ist vielleicht etwas außergewöhnlich insofern, als Sie sich in die Höhle des Löwen zurückbegeben haben, anstatt inzwischen auf dem Pazifik in Richtung Pago-Pago zu schwimmen.« Er wandte sich schnell um. »Ebenso einstimmig waren sie der Ansicht, daß man es leicht simulieren kann.«
»Gehen Sie zum Teufel«, sagte Charles.
Diesmal lachte Conway. »Zu viel seelischer Druck von allen Seiten, der in einem entsetzlichen körperlichen Schock gipfelt. Niemand kann leugnen, daß es ein Schock ist, mit einem Wagen im Housatonic-Fluß um diese Jahreszeit baden zu gehen! Und dann wahrscheinlich im Wagen eingeschlossen zu sein! Ja, Charles, es sieht so aus, als hätten wir festen Boden unter den Füßen, und notfalls können wir medizinische Kapazitäten herbeiholen, um die Geschworenen zu überzeugen.«
»Das Mädchen ist trotzdem tot.«
Conway runzelte die Stirn. »Wenn es ein Unfall war und sie an der Lungenentzündung gestorben ist, Charles –«
»Sie ist trotzdem tot.«
Conway fuhr sich mit der Hand durch sein kurzgeschnittenes rostrotes Haar. »Ich weiß nicht, ob ich Ihre Haltung heute morgen ganz begreife, Charles.«
»Glauben Sie, daß ich mich nicht erinnern kann«, fragte Charles

und schwang sich mit dem Stuhl herum. »Glauben Sie, daß ich simuliere?«
Conway setzte sich auf eine Ecke des Schreibtischs, schaukelte mit einem Bein und drückte die ohnehin ausgebrannte Zigarre aus. »Was *ich* glaube, ist völlig belanglos. Muß ein Anwalt an die Unschuld seines Klienten glauben, um ihn verteidigen zu können? Es ist lediglich meine Aufgabe, Sie zu verteidigen, Ihren Fall ins beste Licht zu setzen, wenn möglich Sie freizubekommen.«
»Mich freizubekommen«, sagte Charles, und der Widerwille stieg. »Mich freizubekommen, ob ich unschuldig bin oder nicht –«
Der Anwalt saß nun ganz nahe vor Charles, so nahe, daß Charles die feinen Fältchen in dem massigen Gesicht erkennen konnte, die Sommersprossen auf dem Rücken der breiten Nase. »Das ist meine Aufgabe. Und wenn Sie mich gewähren lassen, werde ich sie erfüllen.«
»Warum?« fragte Charles und schaute Conway in die Augen. »Warum haben Sie Houghton über den Inhalt des Testaments seines Vaters informiert?«
Darauf war Conway nicht vorbereitet. Charles konnte sehen, wie sich seine Gedanken überschlugen, seine Augen schmal wurden. »Wenn Sie sich«, sagte er, »auf Mr. Parsons' Vorschlag in seinem Testament beziehen, daß Sie nach seinem Tod zum Präsidenten ernannt werden sollen – Houghton rief mich nach dem Frühstück an, um mich zu warnen, daß Sie davon wissen. Es ist nicht gegen mein Berufsethos, Houghton davon zu unterrichten, im Gegenteil, es schien nur fair, da Mr. Parsons schon –« Dann brach er ab, und ein bestürzter Ausdruck trat in seine Züge. »Wollen Sie mich davon überzeugen, daß Sie sich nicht daran entsinnen, wie Mr. Parsons darauf bestand, daß Sie das Testament lesen?«
Ein leiser Zweifel stieg in Charles auf: stimmte das, oder nutzte Conway seinen Gedächtnisschwund zum eigenen Vorteil aus? Oder hatte er tatsächlich Conway falsch eingeschätzt, aus Eifersucht auf Alexandria? War es möglich, wie Alexandria so sicher behauptet hatte, daß der Anwalt wirklich ein ehrenhafter Mann war? Von der Antwort auf diese Frage hing sehr viel ab, sehr viel, soviel wußte er.
»Conway«, sagte Charles schließlich, »Sie haben gestern nacht sehr deutlich zum Ausdruck gebracht, daß Sie mich verachten. Sehen wir mal von Ihrer Pflicht einem Klienten gegenüber und all dem ab – warum versuchen Sie, mir bei dieser Sache zu helfen?« Unausgesprochen stand hinter der Frage eine andere, die durch seine Gedanken zuckte, nämlich ob Conway ihm wirklich helfen wollte.
Der Anwalt erhob sich. Dann sagte er sehr beiläufig: »Charles, es wäre zu meinem Vorteil, wenn Sie in der Hölle braten würden. Es wäre zu meinem Vorteil, wenn Sie für die nächsten zehn oder zwan-

zig Jahre hinter schwedischen Gardinen verschwänden.« Irgendwie, obwohl diese Worte Charles' Verdacht bestätigten, wirkte der ruhige Ton Conways durchdringender, niederschmetternder und schrecklicher, als wenn er ihm die Worte mit puterrotem Gesicht brüllend entgegengeschleudert hätte. »Es gibt eines, was Sie vielleicht nicht begreifen können. Meine Familie und die Parsons sind seit mehr als drei Generationen befreundet.« Dann trat er ein paar Schritte ins Zimmer. »Außerdem ist da Alexandria. Ich halte zu Ihnen, solange Alexandria zu Ihnen hält. Ich möchte Alexandria ersparen, was ich nur kann.« Er drehte sich auf dem Absatz um. »Was eine verdammte Menge mehr ist, als Sie getan haben!«

Charles saß einen Moment schweigend, schob dann seinen Stuhl zurück, sein ganzer Körper brannte, und der blecherne Geschmack von Eifersucht lag widerlich auf seiner Zunge, steckte bitter in der Kehle. »Wollen Sie deshalb die Aktien ihres Vaters verkaufen, obwohl Sie verdammt gut wissen, daß dies das allerletzte ist, was jeder einzelne von ihnen wünscht?«

Es schien einige Augenblicke zu dauern, ehe Conway seine Gedanken – oder seine Verteidigungsfronten – gesammelt hatte. Schließlich reckte er seine Schultern und sagte: »Alexandria ist dem Geschäft gegenüber sehr gefühlsbetont. Sie hat eine gewisse Loyalität – sentimental oder emotionell. Aber es geht bergab. Es ist Ihnen mit Mr. Parsons zusammen kaum gelungen, in den vergangenen Jahren einen kleinen Gewinn zu erzielen. Das vergangene Jahr war katastrophal. Ich sage Ihnen dies alles, falls Sie sich nicht entsinnen können.« Conway räusperte sich. »Ich bin nach wie vor überzeugt, daß Mr. Parsons – ohne Rücksicht auf die Gefühle Alexandrias, die ich bis zu einem gewissen Grad sogar teile –, sofern ihm alle Tatsachen bekannt wären, es *auch* wünschen würde, daß die Familie ein so günstiges Angebot, wie das eben vorliegende, annehmen soll.«

»Gleichgültig, was Alexandria selbst dazu meint –« beharrte Charles stur auf seinem Standpunkt.

Conway steckte sich eine zweite Zigarre an. »Wollen Sie mir etwa vormachen, daß Sie nur aus Sorge um Alexandria gegen den Verkauf der Parsons Company sind?«

So einfach war die Sache nicht: die Stadt war dabei zu bedenken, und Tante Catherine, und die Arbeiter, und Mr. Parsons selbst. Charles hatte inzwischen gelernt, daß es nichts gab, was einfach war. Trotzdem lag eine grundlegende Wahrheit in Conways Kommentar. »Ich frage nur«, sagte Charles. »Wie können Sie Alexandria dies antun, wenn Ihnen so viel an ihr liegt?«

»Ich tue es für Alexandria!« explodierte Conway. Dann kaute er auf der Zigarre und wandte sich wieder dem Fenster zu. Nach einer kurzen Pause sagte er mit ruhiger Stimme: »Charles, ich habe Sie, glaube ich, unterschätzt. Sie sind wirklich sehr schlau. Sie haben mich tatsächlich hier in die Defensive gedrängt.« Er lachte gequält

und drehte sich wieder zu Charles. »Das, was für die Aktionäre das Beste ist, ist auch für Alexandria das Beste. Ich muß es darauf ankommen lassen, daß sie es nicht versteht. Wenn ich mich durch ihre Gefühle beeinflussen ließe und sich dies als falsch erwiese, würde der Betrieb langsam zum Stillstand kommen, und dann wäre sie die Verliererin.« Er trat einen Schritt vor, seine Augen bohrten sich in Charles' Augen. »Es ist ein verdammt großes Risiko. Würden Sie ein vergleichbares auf sich nehmen, um ihrer Gefühle willen?«
Charles wußte darauf keine Antwort. Wieder eine Sackgasse. War es möglich, daß ihn Alexandrias Gefühle in die Irre geleitet hatten – und seine eigenen Gefühle für sie? War Lawrence Conway aus Liebe bereit, ihr augenblickliches Mißfallen, vielleicht Schlimmeres zu riskieren, um auf lange Sicht ihren besten Interessen zu dienen – während er, geblendet von seinen Emotionen und diesem verflixten Gefühl von Dringlichkeit, sich zu einer verzerrten Ansicht hatte hinreißen lassen? Kurz gesagt: War Lawrence Conway wirklich ein ehrenhafter Mann?
»Nun, Charles?« drängte Conway.
In diesem Augenblick erschien Miss Roberts mit einer Anzahl von Kopien des Reorganisationsplanes, alle genau so eingebunden wie die auf seinem Schreibtisch liegende Ausfertigung. Mit einer gemurmelten kurzen Entschuldigung wegen der Störung legte sie sie in einem ordentlichen Bündel auf die eine Kopie, die Charles in der Schreibtischschublade in der Bibliothek der Parsons entdeckt hatte. Ohne ein weiteres Wort ging sie hinaus. Lawrence Conway machte einen schwerfälligen Schritt, nahm die oberste Kopie auf und durchblätterte sie lässig und doch neugierig.
»Haben Sie es gelesen?« fragte Charles. Irgendwie bargen diese Seiten für ihn keinen zauberkräftigen Hoffnungsschimmer mehr. Was, wenn Conway recht hatte?
Der Anwalt runzelte wieder die Stirn und diesmal klang sein Zweifel aufrichtig, ohne Unterton von Spott oder Amüsiertheit. »Wissen Sie wirklich nicht, ob ich es gelesen habe, oder nicht?«
»Verdammt nochmal«, sagte Charles. »Ich simuliere nicht. Haben Sie oder haben Sie nicht?«
Conway schmunzelte. »Nun, das klingt schon wieder viel normaler.« Er seufzte und warf das Manuskript auf den Schreibtisch. »Natürlich habe ich es gelesen. Mir kommt es plausibel vor – das habe ich Ihnen damals auch gesagt. Aber Mr. Sanford versteht von diesen Dingen mehr als ich.« Dann wurde sein Ton rauh vor Gereiztheit oder Verwirrung. »Wäre Mr. Parsons nicht krank, hätte er Ihren Plan vielleicht – wenn auch zögernd – genehmigt, auf die Theorie hin, daß er die Aufgabe bewältigen könnte. Könnte Houghton es? Teufel, er verkauft den Betrieb nur deshalb, weil er weiß, daß er ihn nicht führen kann. Damit bleibt nur ein einziger Mann übrig, Charles. Sie. Und ich möchte Sie, wenn auch zögernd, daran er-

innern, daß es jetzt so aussieht, als stehe Ihnen eine Anklage wegen Totschlags bevor, der Sie vielleicht entgehen, weil Sie eine Art von Nervenzusammenbruch erlitten haben.«

Er tapste zur Tür. »Ich frage Sie – würde irgend jemand vom Aufsichtsrat angesichts dieser Alternative mit gutem Gewissen befürworten können, daß Sie Ihre Vorschläge in die Praxis umsetzen?«

Als sich die Tür hinter ihm geschlossen hatte, wandte Charles sich zum Fenster und blickte hinaus. Die Logik des Anwaltes war unwiderlegbar – und zweifellos würden alle Aufsichtsratsmitglieder sie sich zu eigen machen. Charles hätte dieses Gebäude der Logik noch durch einen weiteren Stein untermauern können: vor ihrem Tod hatte Holly Mitchell hysterisch aufgeschrien: *Er hat versucht, mich umzubringen.* Wenn der Vorsatz bestanden hatte, war es dann noch Totschlag?

Oder Mord?

Das Wort vibrierte in seinem Gehirn. Er glaubte es natürlich nicht: er wußte, daß er eines Mordes nicht fähig war. Trotzdem sammelten sich verschiedene Punkte des Zweifels um dieses Konzept. Sein Jähzorn war sicher auch ein Charakterzug des anderen Charles gewesen. Trotzdem konnte man ihn sich nicht als Mörder vorstellen – wahrscheinlich noch nicht einmal, wenn das Gedächtnis klar funktionierte und alle Tatsachen darauf hindeuteten, man weigerte sich wahrscheinlich noch, daran zu glauben, wenn man ihn mit einem rauchenden Revolver sähe.

Charles rang mit seiner Panik. Sie zerrte an seinen Nerven, verdrängte alle Gedanken. Wieder überkam ihn der Impuls, zu fliehen, die Stufen hinunterzurasen, sich in den Wagen zu werfen, in irgendeinen dort geparkten Wagen, fortzufahren, schnell, zu fahren, zu fahren –

Aber das war genau das, was der andere Charles getan hatte: er hatte es mit der Angst zu tun bekommen und war weggelaufen. Obwohl er wußte, daß das Mädchen verletzt war? Er es tot glaubte? Hatte er es unter Wasser im Stich gelassen?

Wie konnte man ihn zur Verantwortung ziehen, wenn er nichts davon *wußte*?

Er atmete schwer. Er bekam nicht genug Luft in die Lungen. Seine Knie waren weich.

Und es gab noch so viel zu erledigen. *Was* konnte er nun tun?

Er kehrte zu seinem Schreibtisch zurück und schaute auf den Berg Manuskripte herab: seine einzige noch verbliebene Chance lag hier. Aber –

Und dann kam ihm von ungefähr eine Stimme in den Sinn: *Bud, ich habe es dir schon oft gesagt: Chuck ist einer von uns. Er hat bisher schon alles Erdenkliche versucht, um den Betrieb am Laufen zu erhalten. Meine Güte, ich habe dir von dem Reorganisationsplan erzählt –*

Mit einem etwas klareren Kopf ging er zur Tür, die in Miss Roberts'

Büro führte und riß sie auf. »Ich möchte gern Mr. Jackson sprechen«, sagte er.
Miss Roberts blickte erstaunt von der Schreibmaschine auf und nahm die Brille ab: »Mr. Jackson?«
»Den Betriebsleiter«, entgegnete Charles, überrascht über ihren Gesichtsausdruck.
»Selbstverständlich, Mr. Bancroft«, sagte sie und hob den Telephonhörer ab. »Ich werde Mr. Jackson Manning ausrufen lassen.«
Und Charles zog sich in sein Büro zurück. Ehe er sich noch über seinen Fehler Gedanken machen konnte, bemerkte er, daß jemand vom Korridor aus sein Büro betreten hatte.
»Guten Morgen, Bancroft. Sie entschuldigen wohl, wenn ich so hereinplatze.« Seine Entschuldigung klang nicht im mindesten wie eine Entschuldigung. Charles fand sich einem großen, imposanten Mann mit weißem Haar gegenüber, dessen Lächeln gleichzeitig jovial und habichtartig war, ein Eindruck, der durch die Hakennase und das fliehende Kinn noch verstärkt wurde. Sein Händedruck war trotz seines Alters kräftig, seine Finger wirkten wie Klauen. Seine Kleidung war auf eine altmodische Weise elegant, seine Hemdbrust steif gestärkt, er trug einen zweireihigen Anzug mit einem Nadelstreifenmuster. »Und wie geht es Alexandria? Sie müssen ihr sagen, daß sie unbedingt mit mir essen gehen muß, wenn sie das nächste Mal nach New York kommt. Ich habe das Mädchen schon lange nicht mehr gesehen.« Er schlenderte zum Fenster, als sei er hier zu Hause. »Und Catherine?« fragte er. »Wie geht es Catherine?«
Blitzartig fielen Charles wieder Tante Catherines Worte am Frühstückstisch ein: *Ich sagte Clark Sanford, daß ich von ihm erwartete, der Familie zur Seite zu stehen, bei diesem –*
»Tante Catherine ist sehr aufgeregt, Mr. Sanford«, sagte er.
»Ja. Sie hat mir von ihrem Kummer gestern abend am Telephon berichtet.« Er lächelte leicht. »Mit sehr entschiedenen Worten.« Er stand vor dem Fenster und blickte Charles an. »Deshalb bin ich eigentlich vorbeigekommen. Houghton berichtete, daß Sie der gleichen Ansicht sind.«
»Hatten Sie von mir etwas anderes erwartet?«
»Ehrlich gesagt, ich habe es aufgegeben, Ihre Ansichten vorauszusagen. Sie sind mir ein Rätsel und waren es schon immer. Aber ich möchte gern erklären, daß ein Aufsichtsrat lediglich eine ziemlich leere Formalität bei solchen Angelegenheiten ist – in einer Korporation, die wie diese so sehr in einer Hand liegt. Es war wirklich eine von Austins kleinen Marotten. Wir können nur Empfehlungen geben. Und es wäre gegen jedes mir bekannte Geschäftsprinzip, wollten wir unseren Aktionären vorschlagen, eine so gewinnbringende Offerte wie diese abzulehnen.«

»Es steht hier mehr auf dem Spiel als die Frage, wer am Ende den Gewinn einstreicht, nicht wahr, Mr. Sanford?«
»An was haben Sie da beispielsweise gedacht?«
»Tante Catherine erinnerte mich beim Frühstück daran«, sagte Charles und beobachtete Clark Sanfords Gesicht, »daß die Fabrik eine gewisse Verantwortung gegenüber den Arbeitern hat.«
»Ja, wirklich?« Charles bemerkte ein vorsichtiges, habichtgleiches Blitzen in Clark Sanfords Augen.
»Sie schien sehr davon überzeugt, daß Sie das verstehen würden.« Er fügte dieser Anspielung aber nicht hinzu, daß Houghton an noch drastischere Pläne dachte, vor denen persönlich geschützt zu werden sie von Clark Sanford erwartete.
»Ich verstehe schon«, sagte Clark Sanford. »Die liebe Catherine.« Dann trat er zum Schreibtisch und hob eines der blau eingebundenen Manuskripte auf. »Es ist immer schwierig, Verantwortungen gegeneinander abzuwägen, nicht wahr? Wer hätte zum Beispiel den größten Vorteil von Ihrem Plan – die Arbeiter, um die Sie auf einmal so besorgt sind, oder Sie selbst?« Er sprach mit leiser, sanfter Stimme. »Eine völlige Überholung des gesamten Betriebs, mit Diversifikation, Expansion – das steht der Tradition dieser Gesellschaft so entgegen, ist schon im Grundgedanken so riskant, daß ich meine Pflichten gegenüber Austin, der Familie gegenüber, vernachlässigen würde, wenn ich diesen Vorschlag auch nur dem Aufsichtsrat unterbreitete.«
Charles wich dem direkten Blick aus den klaren Augen nicht aus. *Clark Sanford ist ein Mann mit hohen ethischen Prinzipien,* hatte Tante Catherine mit einer etwas bestürzten Anhänglichkeit gesagt. Ein entsetzlicher Gedanke verstörte Charles: wenn dies die Wahrheit war und Lawrence ebenfalls, wie Alexandria behauptete, ein ehrenwerter Mann war, war es dann nicht mehr als wahrscheinlich, daß Charles sich auf der ganzen Linie geirrt hatte? War es möglich, daß er Tante Catherines und Alexandrias Gefühle auf die seinigen hatte abfärben lassen? Und wie zum Teufel konnte er, da er von den inneren Zusammenhängen dieses Betriebes nichts wußte, so sicher sein, daß der andere Charles klug war und daß sich seine Vorschläge wirklich realisieren ließen? Und doch, Conway hatte zugegeben, daß ihm die Vorschläge plausibel vorkamen. –
Clark Sanford schien aus Charles' Schweigen seine Verwirrung herausgelesen zu haben. Er legte den Bericht behutsam auf den Schreibtisch, wandte sich dann ab und schaute zum Fenster hinaus. »Tut mir leid, Bancroft. Für mich ist dies auch ein wehmütiger Tag, wissen Sie. Es ist immer traurig, wenn man mit ansehen muß, wie diese alten Betriebe mit ihren großartigen Traditionen am Ende ihre Pforten schließen. Aber man muß mit der Zeit gehen, sonst geht man unter. Das werden Sie auch lernen, je älter Sie werden.«
Wider besseres Wissen und obwohl sich die Wolke von Zweifel

nur wenig gelichtet hatte, fragte Charles: »Wie viele Aktien sind in Ihrem persönlichen Besitz, Mr. Sanford?«

Clark Sanford drehte sich blitzartig herum, seine Augen blitzten messerscharf. »Ich würde vorziehen, diese Frage zu ignorieren«, sagte er, und seine Stimme klang nicht mehr sanft. »Meine Anteile stehen alle verzeichnet und sind nicht unbeträchtlich. Ich bin seit einem halben Jahrhundert im Geschäftsleben, Bancroft, und nur aus einem Grund – um Geld zu verdienen. Beantwortet das Ihre Frage?«

Dann zog er eine goldene Uhr aus seiner Westentasche, ließ sie scharf aufschnappen, warf einen Blick darauf und schritt mit ruhiger Würde und gelassener Haltung zur Tür.

»Ich bin sicher, daß die anderen inzwischen eingetroffen sind«, sagte er, als er die Tür öffnete. »Bitte empfehlen Sie mich Catherine.« Ohne sich noch einmal umzuwenden, ging er hinaus und schloß die Tür hinter sich.

Charles sank in den Ledersessel hinter seinem Schreibtisch. Er war atemlos. Er war ein Mann, der im Dunkeln einen Berg hinanklettert und dem langsam bewußt wird, daß er nie die Spitze erreichen und jemals wieder Licht sehen wird.

Er konnte nichts tun. Er konnte nicht in die Versammlung hineinplatzen: dadurch würde er nichts weiter erreichen als mehr Unannehmlichkeiten, mehr Chaos. Er zog den Zettel aus der Tasche, auf den der andere Charles die Prozentsätze der Aktienanteile notiert hatte. Clark Sanfords Anteile waren offenbar in der Pauschale, zusammen mit den anderen Aufsichtsratsmitgliedern, enthalten. Falls alle Direktoren den Verkauf befürworteten und falls die Inhaber von Streubesitz und die Aufsichtsratsmitglieder selbst einstimmig mitmachten, würden die gesamten Anteile fünfundsiebzig Prozent aller Aktien betragen, sogar ohne die Anteile von Tante Catherine und Alexandria. Nun war die Frage, ob das in Houghtons Augen zu knapp war oder nicht, wenn man bedachte, daß das Leverton-Syndikat nur dann interessiert war, wenn es genügend Anteile aufkaufen konnte, um den Betrieb zu liquidieren; und heute morgen war Houghton mehr denn je bestrebt gewesen, sich Alexandrias oder Tante Catherines Anteile zu sichern. Da Adele Barachois noch immer fünfzehn Prozent besaß, *mußte* Houghton annehmen, daß er ihren Anteil würde bekommen können.

Ein Klopfen an die Tür riß ihn aus seinen Gedanken. Er beobachtete, wie sich die Tür langsam öffnete und der Mann, den er als Jackson kannte – Jackson Manning, eintrat. Heute trug er einen Anzug, zu Ehren der Sitzung, aber sonst schien er unverändert – wenn auch seine Augen unter buschigen, grauen Brauen nun einen Ausdruck wachsamer Besorgnis anstelle des überschwenglichen Vertrauens zeigten, das er am vergangenen Abend in Pete's Bar und Imbißstube zur Schau getragen hatte. »Du wolltest mich sprechen, Chuck? Ich bin schon etwas spät dran für die Konferenz.«

Charles legte seine Hand auf den Stoß Berichte. »Hast du das schon gelesen?« fragte er.
Jackson Manning fuhr sich mit einer ledrigen Hand durch den dichten Schopf fast weißer Haare. »Was ist denn mit dir los, zum Teufel?« fragte er fast ärgerlich. »Soll das ein Witz sein? Mann, ich habe selbst Nacht für Nacht hier in diesem Zimmer gesessen und dir geholfen, das Ganze zusammenzustellen!« Sein Ton wurde etwas wegwerfend. »Ob ich es gelesen habe! Ich kenne jede Zeile auswendig!«
»Ich habe gemeint«, sagte Charles, »ob du immer noch davon überzeugt bist.«
»Überzeugt? Was ist dir denn heute für eine Laus über die Leber gelaufen, um Himmels willen?«
Charles unterdrückte die Hoffnung, die mit der Stetigkeit der Flut in ihm aufstieg. »Sind die Vorschläge praktikabel?« Und seine Zweifel versanken in der Hoffnungswelle, die ihm nun in den Ohren dröhnten. »Kannst du sie durchführen?«
Jackson Manning stellte sich breitbeinig hin und sagte: »Da kannst du dich aber verdammt darauf verlassen, daß ich sie durchführen könnte.«
Charles erhob sich. »Warum unterbreitest du sie dann nicht heute morgen dem Aufsichtsrat?«
»Chuck, darüber haben wir doch schon gesprochen –«
»Warum?« fragte Charles rücksichtslos. »Du bist ein Mitglied des Aufsichtsrates!«
Der große Mann runzelte grimmig die Stirn, schob seine Schultern nach vorn und zog an seinem Gürtel. »Chuck, du redest daher, als hättest du keine Ahnung von diesem verdammten Aufsichtsrat.«
Die Hoffnung, die in ihm aufgestiegen war, drückte ihm die Kehle zu. »Ich weiß nur, daß er eine Möglichkeit bekommen muß, diesen Plan zu studieren und darüber abzustimmen!«
»Nun, da bist du an den falschen Mann geraten und das solltest du eigentlich wissen. Oh, sie verlassen sich auf mich, wenn es darum geht, mit den Arbeitern zu reden oder mit der Gewerkschaft – damit wollen sie im allgemeinen nichts zu tun haben. Aber, verdammt nochmal, bei einer solchen Sache – da würden sie mir nicht einmal zuhören. Besonders, wenn Mr. Sanford es ihnen nahegelegt hat.«
Charles vermeinte, er habe diesen Mann auf die Probe gestellt und seinen schwachen Punkt erkannt, und er spürte, wie ihn die Hoffnung verließ, wie Wasser aus einem Ausguß fließt, nachdem der Stöpsel entfernt ist. Er betrachtete den breitschultrigen Mann vor sich, sah seine Schwäche unverhüllt bloßgestellt, verstand sie – und wollte sich abwenden. Jackson Manning mochte einiges davon aus seinem Gesichtsausdruck gelesen haben, denn er wandte sich auch ab und ging zur Tür.
Den Türgriff in der Hand, drehte er sich aber auf dem Absatz um

und sagte mit ärgerlich gerötetem, bestürztem Gesicht: »Ich habe es dir gestern nacht gesagt: Du hättest Mr. Parsons nie dazu überreden sollen, mich in den Aufsichtsrat aufzunehmen! Du solltest das wissen, Chuck: es geht einem Mann über die Jahre so in Fleisch und Blut über; er kann sich nicht gegen den Chef wenden. Und bei diesen Sitzungen ist Mr. Sanford der Chef. Ich bin mit zwölf Jahren von der Schule abgegangen. Ich kann mich da nicht hinstellen und diesen reichen, gebildeten Männern sagen, was sie denken, was sie tun sollen! Ich habe da drin in meinem Leben noch keine Empfehlung ausgesprochen!«
Charles entgegnete mit leiser, drängender Stimme. »Dies ist deine letzte Chance, Jackson. Wovor hast du Angst? Sie werden dich ohnehin entlassen.«
»Aber, verdammt nochmal, Chuck, dränge mich nicht. Ich lasse mich nicht herumschieben. Du glaubst doch nicht, daß sie mir zuhören würden, wo der Schuft Houghton die erste Geige spielt?«
Charles beugte sich vor, seine Fäuste auf dem Schreibtisch. »In Austin Parsons' Testament steht, daß ich die Präsidentschaft übernehmen soll, Jackson. Nicht Houghton!«
Charles merkte, daß er schnell die Enthüllung der Gefühle Jackson Mannings gegenüber Houghton ausgenutzt und dieses Wissen skrupellos in die Waagschale geworfen hatte; nun wartete er, während ein Ausdruck von Erstaunen die Züge des stämmigen Mannes noch weiter bewölkte.
»Bedränge mich nicht noch mehr«, sagte Jackson Manning, aber seine Stimme war heiser, fast unhörbar.
Charles nutzte seinen Vorteil weiter aus: »Wie hätte Austin Parsons in diesem Falle abgestimmt?«
»Ich weiß nicht. Vor Jahren hätte er gegen dich gekämpft. Aber nun, wo alles bergab geht –« Er nahm seine breiten Schultern zurück, ging auf den Schreibtisch zu, nahm eine Kopie des Manuskriptes an sich, blieb vor Charles stehen und schaute ihn ernst an. »Mr. Parsons hat Veränderungen immer gehaßt . . . aber ich würde meinen, daß er lieber alles ändert, als zuzumachen.«
Diesmal sagte Charles nichts, schaute nur dem schwerfälligen Gang des anderen zu, als er wieder zur Tür schritt und hinausging, sie leise hinter sich ins Schloß ziehend.
Charles' Fuß war eingeschlafen. Schweißperlen hatten sich am Hinterkopf gesammelt. Nun hatte er alles getan, was er tun konnte; nun lag die Sache nicht mehr in seinen Händen. Er konnte höchstens hoffen, die endgültige Entscheidung um ein paar Tage hinauszuschieben. Vielleicht in der Zeit –
Er ging zur Tür von Miss Roberts Büro. Die ältliche Frau stand mit dem Rücken zu ihm vor einem Aktenschrank.
»Miss Roberts . . . wie lange dauern diese Aufsichtsratssitzungen im allgemeinen?«

Charles sah, wie sich ihre Schultern versteiften, ehe sie sich zu ihm umwandte. »Kommt darauf an, wieviel es zu besprechen gibt. Oder wie viele Meinungsverschiedenheiten es gibt, ehe sie abstimmen.« Dann ging sie auf ihn zu, und als sie wieder sprach, klang ihre Stimme nicht mehr nüchtern geschäftlich, sondern etwas traurig. »Kann ich irgend etwas für Sie ... tun?«
Ein Lächeln stieg in Charles auf, er wußte aber nicht, ob es auf seinen Lippen sichtbar wurde. »Für meinen Kater, meinen Sie?«
»Sie haben keinen Kater«, sagte Miss Roberts kurz, als stamme die Anspielung ursprünglich von ihm, nicht von ihr. »Soll ich Dr. Wheeler anrufen?«
Charles ging in sein Büro zurück. »Ich habe bereits mit Dr. Wheeler gesprochen«, sagte er. Und dann fügte er, merkwürdig gerührt von dem halb verborgenen Mitgefühl, das er zu spüren vermeinte, hinzu: »Danke, Miss Roberts.«
Die grobknochige Frau folgte ihm und stellte sich in den Türrahmen. »Es tut mir leid, Mr. Bancroft. Es tut mir wirklich leid. Warum haben Sie es nicht kommen sehen?«
Voller Bestürzung blieb Charles abgewandt stehen. »Haben *Sie* es denn kommen sehen?« fragte er.
»Seit fast einem Jahr«, antwortete sie. »Während der junge Mr. Parsons es so arrangierte, daß Sie immer weniger zu tun hatten. Als der junge Parsons es mit Mr. Sanfords Hilfe so einrichtete, daß Sie nicht in den Aufsichtsrat gewählt wurden, nachdem Mr. Parsons krank geworden war. Wir hätten beide schon vor Monaten kündigen sollen. Als wir merkten, daß es hoffnungslos war.« Dann wurde ihre Stimme müde: »Aber es ist nicht leicht, einer Firma den Rücken zu kehren, in der man das ganze Leben verbracht hat –«. Sie zögerte, atmete seufzend aus, ihre Schultern zuckten. »Es wäre aber doch besser gewesen, als durchzuhalten. So zu tun als ob. Ich weiß das jetzt. Und Sie auch.« Eine Unwilligkeit schlich in ihren Ton. »Sie hatten wenigstens noch Ihr Golfspiel, Ihren alten Wagen, Ihre Trinkerei –« Sie unterbrach sich wieder. »Schauen Sie sich jetzt an. Schauen Sie sich an! Und da stehe ich hilflos dabei, hilflos!«
Charles' erster Impuls war, sie aufzumuntern. Er wandte sich ihr zu, zwang sich zu einem Lächeln – aber als er ihr Gesicht sah, runzelte er stattdessen die Stirn. »Vielleicht ist es gar nicht so schrecklich –« sagte er.
»Mr. Bancroft«, sagte sie. »Die Polizei war hier.«
Er spürte den Schock wie einen körperlichen Schlag. Und fast gleichzeitig überkam ihn wieder das Gefühl der Unabänderlichkeit, und das Erstaunen milderte sich.
»Wann?«
»Heute früh. Er wartete hier auf mich, als ich kam.«
»Er –?« Aber Charles wußte es: Sterling Bolton.

»Er sah die Briefe auf Ihrem Schreibtisch durch. Er nahm sogar einen mit.«
Charles ging zum Schreibtisch.
Sterling Bolton. Es war natürlich nur eine Frage der Zeit. Wieviel Zeit? Und wenn es geschah, würde er allem hilflos ausgeliefert sein von da ab; gleichgültig, wie der Aufsichtsrat abstimmte –
»Welchen Brief?« fragte er Miss Roberts.
Ihr Gesicht war ruhig und undurchdringlich geworden, aber in ihren Augen stand noch immer das Elend. »Den einen, der am Mittwoch morgen ankam mit der Aufschrift ›Persönlich‹.«
Es war zu spät für weitere Vorspiegelungen. Miss Roberts hatte ohnehin wahrscheinlich schon alles erraten. »Was stand in dem Brief?« fragte er. »Ich kann nicht erklären, warum ich es nicht weiß, aber ich weiß es nicht, Miss Roberts. Was stand in dem Brief?«
Sie runzelte die Stirn. »Ich sagte Ihnen doch, Mr. Bancroft. Es stand ›Persönlich‹ darauf. Ich habe ihn nicht geöffnet.«
»Habe ich es?«
»Sie meinen, den Brief geöffnet?«
»Ja. Als er ihn mitnahm, war er da geöffnet?«
Sie nickte nur.
»Entsinnen Sie sich ... stand ein Absender darauf?«
»Das ging mich nichts an«, sagte Miss Roberts sogar etwas schnippisch, wodurch das Elend in ihren Augen noch intensiver wirkte.
»Trotzdem –«
»Wollen Sie mich beleidigen, Mr. Bancroft?«
»Nein«, sagte er und setzte sich auf den Schreibtischstuhl, »nein.«
»Ist noch etwas –« fragte Miss Roberts und zog sich zurück. »Irgend etwas –?«
Er schaute auf die geschlossene Tür und war zutiefst ergriffen: hier war noch jemand, der Charles Bancroft geliebt hatte.
Fragen schwirrten durch sein Gehirn. – Würde es Jackson gelingen, genügend Kühnheit aufzubringen, um bei der Sitzung den Vorschlag zu unterbreiten? Wie viele Stunden würden vergehen, ehe er es wußte? Sollte der Aufsichtsrat zustimmen, die Pläne zu erwägen, was hatte er, außer Zeit, gewonnen, da er nicht in der Lage war, seine Vorschläge in die Praxis umzusetzen? – Und in dem aufwühlenden Durcheinander drängte sich eine Frage scharf und deutlich in den Vordergrund: hatte das Mädchen Holly Mitchell diesen Brief an den anderen Charles geschrieben?
Die Schweißperlen im Nacken fühlten sich eisig an. Er fragte sich, wie er wohl die nächste Stunde durchstehen sollte, und betrachtete seinen Schreibtisch.
Zuoberst im Eingangskörbchen lag ein Brief, dessen Kopf abgerissen war. Der Text war kurz und alles andere als verbindlich. Sie halte jede Diskussion der Frage für sinnlos und würde es vorziehen,

wenn alle solche Angelegenheiten durch ihre Anwälte geregelt würden, deren Anschrift sie untenstehend bekanntgebe. Unterschrieben: *Adele Barachois*. Der andere Charles mußte sich die Adresse abgerissen haben, ehe er um fünf Uhr am Tag des Unfalls – wenn es ein Unfall war – das Büro verlassen hatte.

Unter dem Blatt des durchgerissenen Briefpapiers lag eine zusammengefaltete Glückwunschkarte mit der Zeichnung einer lächerlichen Gestalt auf der Vorderseite: ein alter Mann, gebeugt und runzelig, der sich auf einen Knotenstock stützt. Charles schlug die Karte auf. Innen fand er in einer verkrampften und künstlichen Druckschrift die Botschaft: JETZT BIST DU ALSO FÜNFUNDDREISSIG – UND WOHIN BIST DU GEKOMMEN? ES WIRD NICHT MEHR LANGE DAUERN. Der geschmacklose und grausame Versuch von Humor wurde durch einen hingekritzelten Text in Tinte ergänzt: *Fünf oder sechs Wochen zu spät, aber besser zu spät als nie. Wie geht es so, alter Freund? Na, alles ist besser als die Reiskuchen! Alles Gute, Hank.* Sofort fiel Charles das Gesicht ein: Hank Cirolla mit glasigen, dunklen Augen und der Schrapnellwunde in der Stirn, aus der das Blut lief, während jenseits des breiten, dunklen Imjin-Flusses die Artillerie noch immer tosende, brüllende Salven gleich heißen Blitzen in die Luft jagte. Charles erhob sich unvermittelt, ließ die Karte in den Papierkorb gleiten. Das betäubte Gefühl in seinem Fuß hatte zugenommen, es fühlte sich jetzt an, als sei ihm das halbe Bein weggeschossen.

Ich weiß, wie ich mir an meinem dreißigsten Geburtstag vorkam, Liebling, hatte Alexandria gesagt. *Vielleicht ist dreißig für eine Frau das gleiche wie fünfunddreißig für einen Mann. Ein Meilenstein.* Ein Meilenstein, hallte es in seinen Gedanken wider, und der andere Charles hatte sich umgeblickt und sich gefragt, was er erreicht hatte, wo er nun in der Mitte des Lebens stand. Charles fröstelte, als er nun das Gefühl der Leere, die Zweifel, die aufbegehrende Verzweiflung verstand, die, alle miteinander vermischt, den anderen Charles am Abend seines Geburtstages vor sechs Wochen dazu getrieben hatten, seine Hand gegen Clinton Moore zu erheben und dann im Zustand der Volltrunkenheit auf die andere Seite des Flusses zu fahren. Er verstand, aber verfluchte den anderen Charles: was immer darauf gefolgt war, blieb seine Schuld und seine Verantwortung.

Er blickte auf den nächsten Brief. Ein kleiner Zettel war daran geheftet mit dem gedruckten Kopf *Shepperton-Nationalbank & Co.:* Darunter stand: *Nach unseren Unterlagen ... Konto überzogen ...* $ 763,22 ... *sofortige Einzahlung, um das Defizit zu decken, da die Richtlinien der Landeszentralbank es uns nicht gestatten, überzogene Beträge zu dulden.* Der Brief selbst war an Charles Bancroft adressiert: *Wir haben eine gewisse Diskrepanz zwischen den Unterschriften auf zwei Schecks festgestellt und wären Ihnen verbunden, wenn Sie uns, sobald es Ihnen möglich ist, besuchen könnten, um über die Angelegenheit zu sprechen.* Der Brief war unterschrieben mit *Clinton Moore, Vizepräsident.* Ohne sie persönlich zu erleben, konnte er sich die chaotischen, widerstreitenden Empfindungen, die dem anderen Charles bei der Lektüre dieses Briefes gekommen waren, gut vorstellen: die durch die Unterschrift des Mannes, der wegen Körperverletzung gegen ihn Anklage erheben wollte, noch verschärfte Demütigung; Wut und abwechselnd Mitleid, als der andere Charles erkannt hatte, daß es der Mann seiner Schwester, Preston, gewesen war, der seine Unterschrift gefälscht hatte. Charles empfand nur eine Spur dieser widerstreitenden Empfindungen, als er sich schwerfällig niederließ. Hatten sie den anderen Charles um fünf Uhr am vorgestrigen Tag aus der Fabrik getrieben, rücksichtslos, erfüllt von Zorn und einem niederdrückenden Gefühl von Hilflosigkeit und Rebellion?

Charles war, als verstünde er allmählich den anderen Charles mehr und mehr. Er hatte das Gefühl, daß er den anderen mit einer kühlen Klarheit sah, da er gewissermaßen neben ihm herschritt – einer Art von Klarheit, die der andere Charles, gefangen im Morast des Lebens, nie hätte erreichen können. Er legte seinen Kopf auf die verschränkten Arme.

Er ließ noch einmal alles, was er erfahren hatte, in Gedanken vorüberziehen – die ganze deprimierende Situation, den Druck, der Charles Bancroft in den gegenwärtigen Zustand versetzt hatte. All die Ungewißheit, die unerträglichen Fehlschläge, die erdrückende Unsicherheit.

Und während er das Wissen, das er in den vergangenen vierundzwanzig Stunden erworben hatte, vor sich ausbreitete, sogar noch während ihm bewußt wurde, wie unvermeidlich und unlösbar er mit dem Ganzen nun verbunden war, war er der einzigen Identifikation, die ihn aus dieser Hölle von Halberinnerungen hätte befreien können, in der er mit Schmerzen beobachtete, während er agierte – der Identifikation, die sich nur mit dem Wiederkehren der *Erinnerung* einstellen konnte, keinen Schritt näher gekommen.

Waren das nun alle Schlüsse, zu denen er gelangt war? Nein. Er wußte mit überwältigender Gewißheit, daß er, gleichgültig, was den anderen Charles dazu getrieben hatte, für alles, was jener getan oder versäumt hatte, zur Verantwortung gezogen würde. Die Ursachen wissen, hieß nicht vergeben. Eine Erklärung war keine Entschuldigung.

Da er dies akzeptierte, was konnte er mit dieser Erkenntnis, die wie Blei auf sein Herz drückte, nun anfangen? Er konnte sie sich zu eigen machen, indem er persönlich von nun an die Verantwortung für jede einzelne Handlung, für jedes Wort, das er sprach, übernahm. Und er mußte mit der Verwirklichung des Entschlusses beginnen, den er zweimal gefaßt und zweimal aus verschiedenen Gründen umgestoßen hatte: er mußte Alexandria die Wahrheit sagen, ohne Rücksicht auf die Konsequenzen – sanft, mit Mitgefühl und voll Liebe. Das war der einzige Weg. Wenn sie auf andere Weise davon erführe, wäre das wieder sein Versagen, seine Schuld.

Conway kam ohne Vorwarnung durch die Tür gestürmt. Sein Gesicht wirkte rot vor Aufregung, seine Sommersprossen auf der Nase schienen eine einzige Fläche zu bilden. »Da drinnen ist der Teufel los. Es war wohl besser, mit Türenschlagen und nicht mit Klagen herauszulaufen.« Er ließ sich in einen Sessel fallen, legte ein Bein über die Armlehne und holte sich eine Zigarre aus der Brusttasche. »Jackson Manning hat Houghton den Rang abgelaufen. Hat den ersten formellen Antrag in seinem Leben gestellt – daß der Aufsichtsrat Ihre Reorganisationsvorschläge überprüft und eine Annahme in Betracht zieht. Das blockierte Houghton vom Juristischen her, und seitdem schwitzt er Blut und Wasser. Charles, ich fürchte, da hatten Sie Ihre Finger im Spiel!«

»Haben sie schon abgestimmt?« fragte Charles.

»Ich habe eine schriftliche Abstimmung vorgeschlagen – um niemanden in Verlegenheit zu bringen.« Er steckte die Zigarre an. »Ich faltete meinen Stimmzettel zusammen und ging, um die Neuigkeit zu verbreiten. Sanford wird automatisch negativ abstimmen – aus Prinzip, wie er sagt –, und ich glaube, daß das wirklich sein Motiv ist. Sie hätten Clinton Moore hören sollen, wie er zu beweisen versuchte, daß er aus vernünftigen Geschäftserwägungen heraus gegen Sie war, und nicht weil Sie mit seinem Stolz und seiner Zahnbrücke unsanft umgegangen sind.«

»Clinton Moore?«

Die Verwunderung in Charles' Tonfall ließ Conway die Stirn runzeln. Er blies eine Rauchwolke aus und schaute Charles forschend an. »Wissen Sie nicht, daß Clinton Moore im Aufsichtsrat sitzt?« fragte er.

»Weiter, Conway«, sagte Charles, er wollte sich nicht wieder in Conways Zweifel verstricken. »Ich will Sie nur davon überzeugen, daß ich mich an nichts erinnere. Das sind also drei negative Stimmen, inklusive Houghtons.«

»Houghtons einziges Argument gegen Sie ist genau das, was wahrscheinlich seine Aktien zum Steigen bringt. Er informierte den Aufsichtsrat, daß Sie einen sogenannten Nervenzusammenbruch hatten.« Conway warf den Kopf zurück und blies Rauch in die Luft. »Es wird uns gute Dienste leisten, wenn wir vor Gericht müssen – daß so viele Leute davon wissen –, aber die Abstimmung wird dadurch zum Teufel gehen.«

»Wie viele sind noch im Aufsichtsrat?« fragte Charles.

»Jackson Manning – wird automatisch zustimmen. Und ich. Und noch zwei andere. Houghton braucht also, um Sie und Jackson zu schlagen, nur noch eine Stimme – eine einfache Mehrheit.«

Charles spürte, wie der Ärger wieder in ihm hochstieg. »Warum, zum Teufel, sagen Sie mir das alles, Conway? Sie wissen verdammt genau, daß er mit *Ihrer* Stimme rechnen kann. Und wenn eine einfache Mehrheit genügt, dann ist es ja gleich, wie die anderen stimmen, nicht wahr?«
Ehe Conway antworten konnte, wurde die Tür aufgerissen, und Jackson Manning stürmte zum Schreibtisch; sein zerfurchtes Gesicht sah bleich und mitgenommen aus. »Sie brauchen den Rest«, sagte er und nahm die übrigen Kopien des blau eingebundenen Manuskripts an sich. »Ich hab mich seit meinem Hochzeitstag in meiner Haut nicht mehr so wohl gefühlt! *Die* Runde haben wir gewonnen, Chuck. Vier zu drei!« Damit war er wieder verschwunden, schlug die Tür hinter sich zu.
Charles schaute Conway an, der Ärger war einem großen Erstaunen gewichen. »Entschuldigen Sie«, sagte er.
Der Anwalt winkte mit der Zigarre in seiner breiten, sommersprossigen Hand ab. »Entschuldigung zur Kenntnis genommen, akzeptiert – Fall vergessen. Nun, Charles, wie Jackson richtig sagte, ist es nur die erste Runde. Gibt Ihnen ein bißchen Zeit zum Aufatmen. Was dann?«
Ehe Charles antworten konnte, stand Clark Sanford im Büro, hinter ihm Houghton. Der große, ältere Herr schien völlig gefaßt, wie zuvor, und durch seine Niederlage am Sitzungstisch nicht im geringsten aus der Fassung gebracht.
»Nun, Bancroft«, sagte er und zog seine Lederhandschuhe an. »Ich nehme an, daß man gratulieren darf. Ich habe eine weitere Sitzung für neun Uhr dreißig morgen anberaumt – um über die Umorganisation abzustimmen. Natürlich hat nichts, was heute geschah, auf die Angelegenheit drastische Auswirkungen. Jeder, der verkaufen will, kann trotzdem Anteile an Leverton verkaufen. Was haben Sie und Mr. Jackson Manning dadurch gewonnen?«
»Leverton«, sagte Charles, »ist nicht am Ankauf von Aktien interessiert, sofern nicht fünfundsiebzig Prozent zusammenkommen. Wie Sie wissen, Mr. Sanford. Er braucht die fünf Prozent aus dem Streubesitz und die zehn Prozent des Aufsichtsrats – und sogar damit hätte er kein Prozent mehr als fünfundsiebzig.«
Clark Sanford lächelte und setzte seinen Homburg auf. »Sie konnten schon immer mit Zahlen gut umgehen, wenn ich mich recht entsinne.« Er wandte sich an Houghton, der bleich und steif beiseite getreten war. »Er kommt mir nicht wie ein Mann vor, der gerade einen Nervenzusammenbruch hinter sich hat, Houghton. Aber ich bin in diesen Sachen nicht versiert.«
»Solange meine Frau und Houghtons Tante Catherine sich weigern, zu verkaufen«, sagte Charles, »ist nichts zu machen.«
Zum ersten Mal zeigte Clark Sanfords Gesicht einen flüchtigen Ausdruck von Verärgerung. Er wandte sich wieder an Houghton. »Ban-

croft hat damit auch recht. Du hast mir versichert, daß die eine oder andere –«
»Das kann ich noch immer versichern«, sagte Houghton verbissen.
»Kannst du das wirklich? Weil es sonst nämlich eine glatte Zeitverschwendung wäre. Und Zeit ist in meinem Alter ziemlich kostbar.« Er ignorierte Charles und trat auf Conway zu. »Lawrence, du hast mir versprochen, daß du mich zum Flugplatz fährst.« Als Conway sich erhob, blickte Sanford Charles wieder an, aus zusammengekniffenen Augen unter weißen Brauen. »Sie mögen es als Vorteil für die Familie betrachten, Bancroft, aber wenn der Aufsichtsrat morgen nochmals gegen mich abstimmt, dann gedenke ich mein Amt als Präsident niederzulegen.«
Er ging hinaus – und Charles fragte sich nicht zum ersten Mal: was steht für Clark Sanford hier auf dem Spiel? Sein Stolz? Seine Kontrolle über den Aufsichtsrat? Oder war er noch auf andere Weise in die Angelegenheit verwickelt?
Houghton, von der Seite her, sagte: »Nun gut, Charles. Du hast deine Wahl getroffen.« Und Charles hörte die bösartige Drohung hinter den ruhigen Worten. »Zum ersten Mal in deinem Leben wirst du die Konsequenzen tragen.«
Charles wußte natürlich sofort, was Houghton im Sinn hatte. Sein Gesicht war blutleer und eingesunken. Die Unausweichbarkeit dessen, was geschehen würde – geschehen mußte – lähmte Charles einen langen Augenblick, während dessen er sich wie ausgehöhlt vorkam.
Dann hörte er sich sagen: »Ich tue es selbst.«
Aber Houghton schüttelte den Kopf. »Jetzt nicht. Zu spät. Du hast deine Chance gestern nacht gehabt. Jetzt erfährt sie auf meine Weise davon.«
Charles' Kehle war vor Grimm wie zugeschnürt, Angst schüttelte ihn. Das Bild von Alexandrias kummervollem Gesicht schwebte ihm vor Augen. »Ich sagte, daß ich es selbst tue«, sagte Charles leise und rauh.
»Das hast du gestern schon gesagt. Jetzt wird sie alles von mir erfahren, alles, was ich von dir weiß, du Lump. Du kannst zu Fuß nach Hause gehen. Oder dir ein Taxi nehmen. Ich würde allerdings raten, überhaupt nicht zu erscheinen.«
Noch ehe Charles sich regen konnte, hatte Houghton sich abgewandt, war schnellen Schrittes durch die offene Tür gegangen und verschwunden. Charles hörte seine hastigen Schritte sich im Korridor entfernen.
Da setzte Charles sich in Bewegung.
Er rannte los, Alexandrias bekümmertes Gesicht noch immer vor Augen. Dann stürzte er die Treppe hinab, gerade noch rechtzeitig, um Houghton unter sich im Parterre verschwinden zu sehen. Als Charles an Karl hinter der Empfangstheke vorbeirannte, der ihm

mit ernster und vor Überraschung fast lächerlich wirkender Miene nachsah, hatte sich die Flügeltür des Hauseingangs gerade hinter Houghton geschlossen.
Dann war Charles an der Tür, riß sie auf, entdeckte Houghtons Gestalt, wie sie quer über den Parkplatz rannte.
Charles raste über den gepflasterten Hof, über weiße Trennstreifen, sah, wie Houghton in seinen weißen Wagen stieg, hörte, wie der Motor brüllend startete, sah den weißen Wagen zurückstoßen und dann plötzlich die Schnauze vor sich auftauchen.
Er blieb stehen.
Während er wie gelähmt festgebannt stand, erkannte er, daß sich der Alptraum seinem Ende näherte, seinem unerwarteten, aber nicht ganz unangemessenen Höhepunkt.
Die stumpfe, weiße Nase stieß auf ihn zu, und sein Kopf war völlig vom donnernden Motorengeräusch erfüllt. Im gleichen Augenblick fassungsloser Ungläubigkeit konnte er Houghtons Gedanken förmlich lesen.
Erstarrt und betäubt wartete er, hilflos.
Er sah Houghtons entschlossenes Gesicht hinter dem Steuerrad, die aufgerissenen Augen und die hochgezogenen Schultern.
Und dann ließ Charles sich nach rechts fallen, spürte, wie sein Körper über das Asphaltpflaster rutschte, stützte sich mit dem rechten Arm ab und überschlug sich.
Dann erst wurde ihm bewußt, daß diese Abwehrhandlung nicht nötig gewesen wäre, da Houghton in letzter Sekunde das Steuer herumgerissen hatte; der weiße Wagen schwang vom Fleck, wo Charles gestanden hatte, weg, als sei Houghton erst in letzter Sekunde klar geworden, was er tat.
Der Wagen donnerte zum Tor hinaus, bog mit quietschenden Reifen und einem Aufbrüllen des Motors in die Straße ein.
Charles stand leicht schwankend auf, sein rechter Arm begann böse und schmerzhaft zu pochen.
Ein Gefühl der Niederlage überkam ihn. Keine Macht der Welt konnte ihn zum Haus am Golfplatz hinaufbringen, ehe Houghton dort ankam.
Dann stand Karl neben ihm, besorgt, verwirrt, sprach mit noch deutlicher fremdländischem Akzent, fragte ihn, ob er sich sehr verletzt habe. Er machte einen vergeblichen Versuch, Charles' Anzug abzubürsten. »War schlimmer Sturz, Mr. Bancroft.«
Dann vernahm Charles noch eine Stimme, eine vertraute: »Sturz, keine Spur!« Es war Preston. Was wollte Madys Mann hier? »Der Himmelhund hat dich fast umgefahren. Er hätte dich umbringen können!«
Dann kam ihm ein anderer Gedanke: das Telephon. Charles verwarf aber diesen Gedanken sofort wieder: der Versuch, dieses komplizierte und verwirrte Dilemma Alexandria per Telephon zu er-

klären, wäre genauso grausam wie die Version, die Houghton bringen würde. Grausamkeit, Grausamkeit. Wo gab es da einen Ausweg?
»Preston«, sagte Charles und wandte sich seinem Schwager zu. »Hast du einen Wagen hier?«
»Wie, glaubst du, bin ich sonst hergekommen?« fragt Preston.
»Wo steht er?« fragte Charles kurzangebunden, der Schmerz lokalisierte sich in seinem rechten Ellbogen.
Preston rührte sich nicht, sondern sah Charles nachdenklich und forschend an. »Es ist Madys Wagen, sie hatte ihn schon, bevor wir heirateten.«
Charles schaute auf die Wagenreihen, die alle schräg zur Einfahrt geparkt waren – Hunderte von Wagen. Und in seiner Verzweiflung hörte er sich knurren: »Wo steht er, Preston? Ein bißchen schneller, verdammt!«
Daraufhin setzte sich Preston in Bewegung. Charles folgte ihm, während er Karls rätselhaften Blick auf seinem Rücken spürte. Preston machte lange Schritte, er sah zuversichtlich und selbstzufrieden drein. Er stieg in ein graues, ungepflegtes und altes Coupé, und Charles sprang auf den Sitz neben ihm, während ihm schmerzhaft bewußt war, daß er Alexandria nicht als erster erreichen konnte, selbst wenn das Vehikel fähig gewesen wäre, über den Fluß und die Häuser zu fliegen.
Trotzdem fluchte er in sich hinein, als der Motor tuckerte, ohne anzuspringen, und Preston beruhigte ihn: »Er fährt schon. Er zieht erst beim fünften Mal an, aber er fährt.« Dann sprang der Motor an, noch stockend, dafür aber lautstark. »Wohin, Junge?«
»Zum Haus der Parsons.«
Preston schob den Gang hinein. »Das Haus der *Parsons*?« wiederholte er. »Ist das nicht auch dein Haus?«
Charles antwortete nicht. Nein, es war nicht sein Haus – war es niemals gewesen. Hoffnungslosigkeit drückte ihn wie mit gewaltigen Gewichten nieder.
Sie fuhren über die Brücke.
»Ich wollte mit dir reden, Junge. Aber du bist anscheinend nicht gerade in der rechten Stimmung.«
Charles schwieg.
In der Stadtmitte kamen sie in eine dichte Fahrzeugkolonne, die Wagen standen Stoßstange an Stoßstange und krochen im Schneckentempo vorwärts.
Langsam bewegte er sich dem Höhepunkt der Zerstörung entgegen, er folgte diesem – seinem oder des anderen Charles – Weg mit einer schrecklichen Folgerichtigkeit. Und nur er, oder der andere Charles, war sich der Konsequenz nicht bewußt gewesen.
Der Wagen kroch nun den Hügel hinauf, mit keuchendem Motor, an den weißen Häusern und einladenden Rasenflächen entlang.

Charles wehrte sich gegen Alexandrias Bild, das ihm nicht aus den Gedanken ging.
Es war keine Wildheit mehr in ihm, nur ein sicheres Wissen, daß sie in ihm steckte. Und daß er fähig war, gewalttätig zu werden.
Der Wagen ratterte nun am Golfplatz entlang, und das Haus mit den weißen Säulen stand deutlich sichtbar am Ende der Straße.
»Ich warte draußen«, sagte Preston.
Charles erwiderte nichts. Seine Kehle und sein Mund waren trokken, sein Körper schwach und steif.
Houghtons weißer Wagen – die Jaguar-Limousine – stand nicht in der Auffahrt.
Während er aus dem Coupé ausstieg und die leicht gewellte Rasenfläche, die zur Haustür führte, überquerte, wallte ein ekelerregendes Haßgefühl gegen den anderen Charles, oder gegen sich selbst, in ihm auf. Er selbst war verantwortlich. Gleichgültig, was die Gründe, was die Ursachen waren. Es war keine Vergebung möglich.
Er betrat die Veranda.
Diese Erkenntnis war zu spät gekommen. Und sie war nicht dem anderen Charles, sondern ihm gekommen...

8

Die Diele war leer. Charles schaute in das Wohnzimmer. Auch dort fand er niemanden.
Er ging durch die Diele zur Küchentür. Hannah war am Herd beschäftigt. Sie schaute zu ihm hin, hob fragend die Augenbrauen, wartete ab.
»Wo ist Mrs. Bancroft?« fragte Charles.
Etwas in seinem Tonfall oder seinem Ausdruck entlockte der Frau ein Stirnrunzeln. Zum ersten Mal entdeckte Charles einen Anflug von Besorgtheit – und fragte sich gleich, ob Logan die Frau wohl eingeweiht haben mochte.
»Wo ist Mrs. Bancroft?« fragte er wieder.
»Das kann ich nicht sagen, Sir«, entgegnete Hannah.
Charles wandte sich ab und stampfte die Treppe hinauf. Bei jedem Schritt durchfuhr ihn der Schmerz wie mit Nadelstichen.
Als er die Schlafzimmertür aufstieß, bestätigte sich ihm sofort, was er ohnedies schon wußte: sie war nicht da. Er stand schwankend im Türrahmen, wie ein Gestrandeter, von einem drängenden Gefühl verfolgt, aber unfähig, etwas zu tun.
»Charles –?«
Tante Catherine ging durch den Korridor auf ihn zu, klein, zerbrechlich, mit Augen, die vor Erregung glitzerten, und in einen zarten Lavendelduft gehüllt.

»Charles, ist etwas geschehen? Was ist geschehen?«
Sie stand im Schlafzimmer, schaute ihm ins Gesicht.
»Was tust du hier um diese Tageszeit? Und was ist um Himmels willen mit Houghton los?«
»Wo ist Alexandria?« brummte Charles – aber er wußte es.
»Houghton kam ins Haus wie ein Wirbelsturm gestürzt, und ehe ich überhaupt merkte, daß er da war, hatte er Alexandria mitgenommen und war mit ihr im Wagen weggefahren. Charles, was geschieht nur? Hat es irgend etwas mit dem merkwürdigen Telephongespräch über das sterbende Mädchen zu tun?«
Dann veränderte sich ihr Ton, und ihr Verhalten wurde weicher.
»Charles, setz dich doch einen Moment hin. Du siehst aus, als würdest du im nächsten Augenblick umfallen.«
Aber Charles wandelte wie im Traum, er ging langsam zurück, beobachtete sich selbst wie aus einer hilflosen, schizophrenen Entfernung. Er war sich bewußt, daß Tante Catherine dastand und ihm aus sanften, violetten Augen voller Besorgtheit und Liebe nachschaute.
Charles hatte den Fuß der Treppe erreicht. Was nun?
Es war eigentlich gleichgültig. Alles kam zu einem Ende, einem Ende – einem unsinnigen, nichts klärenden Ende, aber nichtsdestoweniger einem Abschluß.
Er konnte natürlich nun nicht mehr hierbleiben. Der Gedanke kam ihm wie aus einer Entfernung. Er ging auf die Haustür zu.
Es war alles vorbei – und doch noch lange nicht.
Er stand wieder draußen.
Alexandrias Gesicht rückte ihm wieder schemenhaft und bedrohlich ins Bewußtsein.
Er war wieder draußen, und vor ihm stand Madys altes, graues Coupé am Straßenrand geparkt. Und Preston saß hinter dem Steuer. Preston war der Mann seiner Schwester Mady. Das schien ihm wichtig, und doch nicht wichtig genug, um diese einfachen Tatsachen in Gedanken auseinanderzuhalten.
Er setzte sich neben Preston, der den Motor anließ. Charles, ausgehöhlt wie er war, hatte keine Lust, zu sprechen. Eine Niedergeschlagenheit hatte jede Fiber seiner Körpers ergriffen – die Sinnlosigkeit, die Niederlage.
»Junge, bist du heute aber in einer Stimmung«, sagte Preston. »Das paßt gut dazu. Deshalb bin ich auch da. Um dir zu helfen.« Die Stimme klang freundlich; Charles hörte einen leisen Unterton von Verständnis und Besorgnis heraus. »Wenn du zum Beispiel etwas wissen möchtest. Was willst du?«
Und da wurde Charles klar: Mady hatte es Preston erzählt. Das überraschte ihn nicht. Er war in ein betäubendes Zwischenreich hinabgestiegen, das jenseits von Überraschungseffekten lag. Es war doch ganz natürlich, daß Mady ihrem Mann von Charles' Amnesie

erzählte, nicht wahr? Obwohl er sie natürlich gebeten hatte, nichts zu erwähnen. Trotzdem empfand er nicht den leisesten Stich ob des Vertrauensbruchs – was machte es schon aus?
»Irgend etwas, was ich beantworten kann – über Holly, über die Nacht? Ich habe Holly nicht besonders gut gekannt, aber wenn du eine Frage hast, Junge –«
Keine. Tausende von Fragen. Und doch keine.
Sie fuhren nun aus der Stadt hinaus, an abseits stehenden einzelnen Häusern vorbei, auf der Straße, die zu den Hügeln führte. Die Sonne schien hell, stand hoch und strahlend zu ihrer Linken, aber die Kälte steckte ihm noch in den Knochen und betäubte ihn. Die Schlaffheit hielt an. Er bemerkte, daß sie nach Süden fuhren, aber er war sich nicht sicher. Es war ihm nicht eigentlich wichtig, in welche Richtung sie fuhren, er fragte sich auch nicht, wohin Preston ihn brachte.
»Alle wußten natürlich, wie dieser Vater sie behandelte. Wenn auch niemand verstehen konnte, warum sie sich das alles von Pete gefallen ließ.«
Die Worte hallten durch große, leere Ebenen, bedeutungslos und ohne Inhalt, obwohl Charles sich dunkel daran erinnerte, daß er, oder jemand anderer, diese Frage schon einmal gestellt hatte.
Sie fuhren auf einer engen Landstraße, die in Kurven anstieg und abfiel, dem Laufe des Flusses folgend, der zur Rechten in der kalten Sonne glitzerte. Jenseits des Flusses konnte Charles die Eisenbahnschienen erkennen – die Schienen, auf denen er gestern nach Shepperton gerollt war? War es möglich, daß seither nur ein Tag vergangen war?
»Obwohl, wenn du hier 'runterkommst, Junge, und selbst siehst – vielleicht frischt es dein Gedächtnis auf.«
Auch diese Worte erreichten ihn nicht. Er bemühte sich nicht, die Landschaft aufmerksam zu betrachten. Sogar, wenn er sich nun erinnerte, würde das die Ereignisse nicht mehr aufhalten können, die nun geschahen, auf einer anderen Straße, in Houghtons weißem Wagen.
»... mich gestern abend ganz irre gemacht. Ich dachte, du wärst nur betrunken, vielleicht. Teufel, wer denkt schon, daß du so eine Krankheit hast?«
Krankheit? Nun, Dr. Wheeler hatte gesagt, *das ist kaum ein normaler Geisteszustand*. ›Krankheit‹ war ein Wort, nicht besser und schlechter als andere. Oder ›Nervenzusammenbruch‹, wie Houghton es vor dem Aufsichtsrat bezeichnet hatte.
Der Fluß war breiter geworden und floß träge dahin, aber flußabwärts, in der Richtung, in der sie fuhren, wurde er eng und man konnte bereits von hier aus die Schlucht erkennen.
Er spürte Prestons Blick.
Er sah ein Schild: *Lancaster Falls – Stadtgrenze*.

Ja, sie fuhren nach Süden.
Aber er war mit dem Zug durch Lancaster Falls gekommen. Er entsann sich der sauberen Dorfstraßen. Sie fuhren noch immer durch eine ländliche Gegend. Merkwürdig.
»Wo ist Lancaster Falls?« fragte er, obwohl er keine Ahnung hatte, warum das nun interessant sein sollte.
»Du weißt es ehrlich nicht, nicht wahr?«
»Wo?«
»Ach, sieben oder acht Meilen weiter unten. Das Dorf jedenfalls, wenn du das meinst.«
Nun hatte Preston, aus irgendeinem Grund, das Gas weggenommen; der Wagen kroch dahin.
Da erblickte Charles vor sich einen großen Felsvorsprung, der sich auf die Straße zu stürzen schien, ein runder Felsbrocken von etwa zwölf Meter Höhe, den die Straße nach rechts umging. Der Fluß zur Rechten, neben der Straße und dem Felsvorsprung, war nicht mehr zu sehen. Da entdeckte Charles ein kleines, hängendes Schild, auf dem stand: LANCASTER-FÄLLE-AUSSICHT. Es überkam ihn kein Gefühl von Schock, obwohl er nun wußte, warum Preston ihn hierhergebracht hatte.
»Keine Erinnerung?« fragte Preston tastend.
Da sah Charles einen schwachen Hoffnungsschimmer. Vielleicht würde die Wand, die sein Gedächtnis umgab, hier, wo es geschehen war, zu bröckeln beginnen, erschüttert werden. Noch ehe Preston den Wagen von der Straße auf einen kleinen Parkplatz zur Rechten fuhr, stellte sich Charles das Bild eines heranrasenden Wagens vor, dessen Fahrer nicht mehr die Kurve bekam, versuchte, dem Steinbrocken zur Linken auszuweichen, und geradenwegs die niedere Barriere durchbrach und über den Felsen in den Abgrund stürzte –
Als Preston den Motor ausgeschaltet hatte, sagte er: »Wir müssen dies nicht machen, wenn du nicht willst, Chuck. Ich dachte nur, es könnte vielleicht helfen.«
Charles stieg aus dem Wagen und ging zum Rand des Abgrunds. Dieser Aussichtspunkt war ein Felsvorsprung, der über eine zerklüftete Felswand hinaushing, und senkrecht nach unten in den Fluß abfiel, wenn auch die Felswand nicht so hoch war, wie sie sich Charles vorgestellt hatte. Er war wirklich für die Lethargie dankbar, die ihn gegen den entsetzlichen Gedanken abschirmte – die aber nach wie vor keine Erinnerungen bargen. All dies war jemand anderem geschehen, nicht wahr? Und solange er in diesem Zustand der Leere verharrte, konnte er sich in Gedanken nicht ganz in die soeben ablaufenden Geschehnisse projizieren, die gerade irgendwo, zwischen Houghton und Alexandria –
»Kommt dir bekannt vor, Junge?« Preston stand neben ihm und rauchte eine Zigarette. Er blickte zu dem reißenden Wasser hinab.

»Ziemlich tief da. Ging über das Dach des Packard, soviel ich weiß.«
Charles sagte nichts, aber er schaute flußabwärts. Er konnte die Wasserfälle erkennen, die er gestern vom Zug aus zum ersten Mal gesehen hatte. Dahinter mußte der Ort Lancaster Falls liegen. Dann dachte er, wie er die Klippe von der anderen Flußseite aus dem Zugfenster gesehen hatte – und fragte sich, warum er nun anstelle dieser Lethargie nicht mehr Anteilnahme aufbringen konnte, wo ihm doch gestern aus der Entfernung eine plötzliche, flüchtige Erinnerung gekommen war.
»Mußt ziemlich schnell gefahren sein, um ins Wasser zu fallen, ohne auch nur einmal auf den Felsen aufzuschlagen. Wie ich höre«, sagte Preston, »hat der Packard kaum einen Blechschaden.«
Charles wandte sich ab und ging zum Wagen zurück. Das Bild verschwamm ihm vor den Augen. Obwohl er wußte, daß er in dem Wagen gesessen hatte, obwohl er nicht daran zweifelte, daß er mit dem alten Packard über die Klippe gestürzt war, handelte es sich um ein totes Wissen. Er hatte nicht das Gefühl einer wiederkehrenden Panik, keine Erinnerung an die atemlose Schrecksekunde, als der Wagen außer Kontrolle geriet, an einen verzweifelten Kampf mit einem unkontrollierbaren Steuerrad –
Preston fuhr weiter. Wieder nach Süden, auf der gleichen Straße.
»Junge«, sagte er, »es kommt darauf hinaus: ich halte zu dir, und unterstütze jede Geschichte, die du dir ausdenkst.«
Überraschung schnitt einen kleinen Schlitz in die Schutzschicht, hinter der sich sein Geist verbarg, scharf und glatt. Was hatte Preston damit zu tun?
Aber er wollte es eigentlich gar nicht wissen.
Eine Weile schwieg Preston. Charles saß steif und apathisch da und war sich vage bewußt, daß er diese rettende Lethargie verlieren würde, wenn er auch nur einen Gedanken im Geist formte, wenn er wieder zu denken begann.
Schließlich sagte Preston: »Das muß die Tankstelle sein, von der aus du angerufen hast.«
Charles sah eine primitive Tankstelle zur Rechten. Sie fuhren daran vorbei. Die Ruhe des Halbschlafs schien zu Ende zu gehen, aber er konnte nichts dagegen tun.
»Wen angerufen?« hörte er sich fragen.
Preston kurbelte sein Fenster hinunter, warf sein Zigarettenende hinaus, und sagte: »Mich natürlich. Wen sonst?« Er schaute stur geradeaus auf die Straße.
Charles spürte ein Würgen im Magen. Er wehrte sich nicht sehr dagegen, versuchte vergeblich, den Zustand von leerer Loslösung, der ihn durch die letzte Stunde getragen hatte, wiederzuerlangen. Aber es war nicht möglich.
»Wann?« fragte er.

»Junge, du *erinnerst* dich wirklich nicht, oder? Na, nach dem Unfall, oder was es auch war. Nachdem du aus dem Wagen im Fluß irgendwie herausgekommen bist. Jedenfalls, du warst klatschnaß, als ich hierherkam. Du gingst hier, ungefähr hier, auf der Straße entlang, etwas schwankend. Du hast etwas verwegen ausgesehen, etwas verstört. So wie jetzt.« Er machte eine Pause. »Erinnerst du dich nicht mehr daran, wie ich dich abgeholt habe?«
Nein. Er erinnerte sich nicht. Aber zum ersten Mal war es nicht mehr wichtig, sich zu erinnern.
»Ich habe es Mady nicht gesagt. Du hast mich darum gebeten, also hab ich ihr natürlich auch nichts gesagt.«
Natürlich.
»Habe ... habe ich etwas gesagt?« fragte Charles. »An dem Abend. Habe ich dir etwas erzählt?«
»Nicht viel. Nur, daß du schnell weg mußt.« Er zögerte kurz. »Nur, daß du etwas Schreckliches getan hast und schnell wegmußt.«
Er hat versucht, mich umzubringen.
Sogar jetzt drang das Entsetzen nicht bis zu ihm durch. Nur eine endgültige und tiefgreifende Hinnahme.
»Du wolltest angeben, betrunken zu sein, nicht wahr, Chuck? Aber ganz wie du es spielen willst; sag mir nur, wie, Junge.«
Er war nicht betrunken gewesen.
Entweder hatte er es geplant, und es war kein Unfall, oder es war ein Unfall, und er hatte die Situation ausgenützt.
Er spürte, wie die bittere Selbstverachtung wieder in ihm hochstieg. Und das Schwanken hatte völlig aufgehört.
Wenn er Preston angerufen hatte, dann hatte er, zu dem Zeitpunkt, genau gewußt, was er tat.
Er merkte, wie der Wagen nach rechts abbog; dann überquerte er eine überdachte Holzbrücke, die Bohlen donnerten unter den Rädern, die Dunkelheit war eine Erleichterung vor dem kalten Strahlen der Sonne. Dies war also die Brücke, die er vom Zug aus gesehen hatte. War das wirklich erst gestern gewesen? Er hätte nicht zurückkehren sollen. Wäre er nicht zurückgekehrt, hätte das an seinen Handlungen zwar nichts geändert, aber Alexandria wäre dann wenigstens der Kummer, den sie nun erleiden mußte, erspart geblieben. Dann wäre ihr vielleicht noch ein Zweifel geblieben.
Und dann wäre auch ihm noch ein Zweifel geblieben.
»Wie steht's mit diesem Ort?«
Der Wagen hatte vor einem verwaschenen, roten Gebäude gehalten. Charles erkannte es: er hatte es auch vom Zug aus gesehen. Der Bahnhof von Lancaster Falls.
»Hierher wolltest du von mir gebracht werden. Also habe ich dich hergebracht.« Nun rollte Preston wieder an und begab sich auf den Rückweg, fuhr zur Holzbrücke. »Du mußt die ganze Nacht dagesessen haben, allein, denn der Stationsvorsteher sagte, du wärst

mit dem Milchzug ungefähr um sechs Uhr nach New York gefahren.« Als er wieder auf die Uferstraße einbog, schüttelte er den Kopf. »Kommt mir unwahrscheinlich vor, daß man sich an so etwas nicht erinnern kann.«
Ja, es war unwahrscheinlich.
Wenn aber ein Mensch vor dem Wissen, daß er jemanden umgebracht hatte, fliehen wollte –
»Also, wie du und dein Anwaltsfreund es gespielt haben wollen, ich mache mit. Ich vergesse, daß ich dich abgeholt habe. Oder sage die Wahrheit. Wie du es haben willst.«
Die Wahrheit. Die Wahrheit suchte man sich nicht aus. Sie existierte.
Sie fuhren wieder nach Norden. Nach Shepperton zurück.
Die Wahrheit existierte und war sehr einfach. Er hatte sie umgebracht. Auf die eine oder andere Art, absichtlich oder zufällig, war er für den Tod von Holly Mitchell verantwortlich.
Er akzeptierte die Tatsache. Endgültig. Und der Kampf war vorbei. Der Zweifel.
Und nun wußte er auch, warum sein Geist rebellierend die Ereignisse aus seinem Gedächtnis gestrichen hatte. Kein Mensch kann den Gedanken ertragen, ein Mörder zu sein.
»Wie ich dahinterkam, was passiert war«, sagte Preston, »Junge, da konnte ich es einfach nicht glauben. Du? Verdammt, du bist der letzte Mensch, von dem ich erwartet hätte, daß er mit einer anderen Frau anbandelt.« Und wie er weitersprach, trat eine verzerrte Note von Groll in seine Stimme. »Wenn man Mady hört, dann bist du der einzige Mensch auf Gottes Erdboden, der nicht einmal auf der Straße eine andere Frau anschaut.« Er stieß ein schnaubendes Lachen aus. »Das ist es wenigstens, was mir Mady immer vorhält, wenn ich mal... anderweitig – – Klar, jeder Mann kommt ab und zu mal vom schmalen Pfad der Tugend ab, nicht wahr, Junge?«
Charles hörte gar nicht mehr zu. Nun hatte er keine andere Wahl. Gleichgültig, was geschah, er mußte Alexandria sehen. Nachdem es keinen Zweifel mehr gab, würde er die schlichten Tatsachen erwähnen, ohne Verteidigung – es gab schließlich keine Verteidigung – und dann würde er noch tiefer in seine private Hölle versinken, nun, da er ihr so viel Kummer bereitet hatte. Was hinterher geschah, würde bedeutungslos sein.
»Bring mich zum Haus zurück«, hörte er sich sagen. Er erkannte seine Stimme nicht mehr.
»Genau da fahren wir hin, Junge.«
Die Meilen nahmen kein Ende. Draußen lag die hübsche, farbenfreudige Landschaft. Neuengland im Oktober.
Der andere Charles war nun verschwunden. Die Wahrheit hatte seine Existenz ausgelöscht.
»Ich tue es gar nicht gern, Junge. Zu so einer Zeit. Aber Tatsache

ist: ich bin gestern nacht ziemlich tief ins Rote gekommen. Alles lief gegen mich. Hab die ganze Nacht keine anständige Karte bekommen. Noch nicht einmal ein Paar.«
»Ich habe kein Geld«, sagte Charles und dachte an den Brief von der Bank: *Konto überzogen $ 763,22.*
»Du?« lachte Preston. »Erzähl mir doch nichts. So eine Gefälligkeit muß dir doch etwas wert sein. Stimmt's? Vielleicht ist dir nicht klar, wie ernst die Sache ist. Was die Bullen daraus machen, auf jeden Fall. Und der Staatsanwalt, der Newberry. Das ist ein ganz schwieriger Kunde. Auch wenn du es nicht so gewollt hast, kann es für dich ziemlich schlimm aussehen.«
Charles wußte, was nun kommen würde. Es amüsierte ihn mit einem trockenen, bitteren Humor, daß er darüber noch schockiert war. Preston wollte ihn erpressen, und er – der ein zweiundzwanzigjähriges Mädchen getötet hatte – war fähig, schockiert zu sein. Man stelle sich das vor!
»Aber niemand außer dir und mir weiß, daß du mich angerufen hast. Es braucht auch niemand zu wissen. Und du hast ja diese Amnesie dir zurechtgelegt. Du vergißt. Ich vergesse. Stimmt's, Junge?«
Nein. Sobald Charles mit Alexandria gesprochen haben würde, sobald er endlich zugegeben hatte, was er wirklich war, würde er selbst zur Polizei gehen. Er hatte es lange genug hinausgeschoben. Die Polizei konnte ihm nichts anhaben. Es brauchte nicht einmal eine Gerichtsverhandlung zu geben. Nur ein stilles Geständnis. Und was immer mit ihm hinterher geschehen mochte, wäre einfach im Vergleich zu dem Entsetzen und der Angst in Alexandrias Augen, die ihn den Rest seines Lebens verfolgen würden. –
»Fünftausend ist wohl nicht zuviel, um so etwas zu vergessen, Chuck. Findest du nicht auch? Du mußt auch an die Schande denken, du mußt an alle Aspekte denken.«
Sie fuhren nun an der Klippe vorbei, gingen in die Kurve, zur Linken der Abgrund und dicht neben Charles' Ellbogen zur Rechten die Felswand.
Sich erinnern war nicht notwendig, um schuldig zu sein.
»Also, wie steht's, Junge? Abgemacht?«
Charles dachte an Houghtons frühere Erpressung – wie sie ihn aufgeregt und gereizt hatte. Eine Abmachung. Wie ihm die Korruption der ganzen Welt ekelerregend und erschreckend vorgekommen war. Hatte er nicht einmal da gespürt, daß er selbst ein integrierender Bestandteil dieser Fäulnis war?
Nun, wenn er ein Teil davon war, konnte er es genau so gut ausnützen. »Abgemacht«, sagte er, und es schoß ihm durch den Kopf, daß er jemanden brauchen würde, der ihn zur Polizei fuhr, nachdem er mit Alexandria gesprochen hatte. »Ich schreibe einen Scheck, sobald ich im Haus bin«, log er und wußte genau, daß er keinerlei

Absicht hatte, einen Scheck auf Gelder auszustellen, die nicht auf seinem Konto waren. »Wenn du dich beeilst.«

»Ich fahre so schnell, wie Madys alte Kiste mitmacht«, sagte Preston und gab Gas.

Die Hügel flogen vorbei. Die Felder. Die Steinmauern. Die Wälder.

Preston begann zu pfeifen. Der Klang erfüllte den Wagen mit einer unpassenden und schrecklichen Heiterkeit. Charles warf ihm einen Seitenblick zu. Der breitschultrige Mann saß über das Steuer gelehnt, die Augen aufmerksam auf die Straße vor ihm gerichtet und war von einer unverhüllten und glücklichen Unschuld erfüllt. Seine Mundwinkel umspielte ein leichtes, erwartungsfreudiges Lächeln. Wahrscheinlich in Gedanken an all die geheimnisvollen Tausender, die er mit einem Fünftausend-Dollar-Einsatz würde gewinnen können, dachte sich Charles. Ein Kind. Mit einem guten Gewissen, keiner Boshaftigkeit fähig. Charles hatte diesen Satz irgendwo gesehen oder gelesen. Er verstärkte nur noch den unberechenbaren und drohenden Schuldkomplex, der in seinem Inneren wühlte.

Sie waren nun in der Stadt, fuhren an weißen Häusern vorüber, näherten sich dem Golfplatz.

Mord. Er hatte sich sogar in Gedanken langsam an das Wort gewöhnt. Er wehrte sich nicht mehr innerlich dagegen. Ob es ein Unfall war oder nicht, ob das Mädchen an Lungenentzündung oder an was anderem gestorben war – es war Mord.

Der Motor heulte, keuchte, setzte ab und zu aus. Aber er trieb den Wagen an und brachte sie bis vor die Haustür.

»Ich warte hier«, sagte Preston. »Ich bin nicht wie deine Mutter. Ich weiß, wo ich hingehöre, Junge.«

Charles schwieg. Voll eiskalter Entschiedenheit ging er die Stufen hinauf, überquerte die Veranda und trat, ohne zu zögern, in die Diele.

Er ging entschlossen und mit festen Schritten zur Treppe, als Houghton in der Tür des Wohnzimmers erschien.

»Laß sie in Ruhe«, zischte er, aber Charles achtete nicht auf ihn. Houghton vertrat ihm den Weg, und Charles blieb stehen, merkte, daß Houghton getrunken hatte und fragte sich, warum er nicht einfach seinem Haß freien Lauf ließ und den Mann beiseite stieß. »Du hast vielleicht Nerven, hierher zu kommen. Sie will dich nicht sehen.«

Das wußte Charles. Aber darauf kam es jetzt nicht an. Er ging einen Schritt vor, aber Houghton, mit blutunterlaufenen und roten Augen, wich nicht.

»Glaubst du, mich auf diese Weise abhalten zu können?« fragte Houghton mit schriller Stimme, und Charles sah, daß der große, magere Mann am ganzen Leibe bebte. »Mein Gott, ist dir nichts zu gemein? Hast du geglaubt, du kannst mich abhalten, wenn du uns beide umbringst?«

»Du bist betrunken«, sagte Charles mit gequälter Stimme. Er schob sich an Houghton vorbei und stand bereits auf der Treppe, als hinter ihm Houghtons Stimme wieder schrillte.

»Du hast den Jungen dafür bezahlt, daß er uns beide umbringt, nicht wahr?«

Charles blieb stehen. Er wandte sich um. Houghton hielt sich am Treppenpfosten fest, und sein Gesicht hatte eine ungesund bleiche Farbe angenommen. In seinen Augen stand eine wütende und erschreckte Widerspenstigkeit.

»Wovon sprichst du eigentlich?«

»Warum sollte er es sonst tun? Ich frage dich, du Lump, warum würde er uns sonst von der Straße abgedrängt haben? Ich kenne ihn nicht einmal, Alexandria sagte, sie hätte ihn noch nie zuvor gesehen. Er hat uns von der Straße abgedrängt!«

Entsetzen ergriff Charles. »Ist Alex in Ordnung?«

»Es hat aber nicht geklappt, Charles. Er hat uns in den Graben gedrängt, aber ich habe nicht den Kopf verloren. Habe den Jaguar zu Schrott gefahren, aber es ist dir nicht gelungen!«

»Ist Alexandria in Ordnung?« brüllte Charles ihn an.

»Sie hat ein paar Abschürfungen. Es war schrecklich. Du kannst dir das nicht vorstellen. Er hat es ernst gemeint. Er rammte uns. Er hat es ernst gemeint, der Junge; und du hast ihn dazu angestiftet, daß er uns von der Straße abdrängt. Der Jaguar ist ein Schrotthaufen! Ich habe es der Polizei von Lancaster Falls gemeldet. Lieber Gott, es war fast ein Mord, und ich glaube, daß du dahintersteckst.«

Charles stand einige Augenblicke reglos, während sich diese alptraumhafte Szene in sein Gedächtnis einbrannte. Wer konnte ein Interesse daran haben, Houghton zu töten? Oder Alexandria?

»Du bildest es dir ein«, sagte Charles ruhig.

»Einbilden? Es war genug Platz daneben, eine ganze Menge Platz. Ich sage dir, es gab nur zwei Möglichkeiten, entweder von der Straße abzukommen und in den Wald zu rasen oder mit dem blauen Wagen zusammenzustoßen.«

Blauer Wagen. Irgendwo hatte Charles einen blauen Wagen gesehen.

Houghton schwankte etwas, schob sich vom Treppenpfosten fort. »Ich kann mir nur denken, daß du ihn angestiftet hast oder er dich mit mir verwechselt hat. Er hat dich umzubringen versucht. Kann es so gewesen sein, Charles? Der Himmel mag wissen, in was du alles verwickelt bist.« Houghton verschwand im Wohnzimmer.

Blauer Wagen. Der Junge, der am vergangenen Abend unter der Bogenlampe gestanden hatte, der verkrüppelte Junge, der das Haus angestarrt hatte – er war in einen blauen Wagen gestiegen und weg-

gefahren. Charles ging Houghton nach, der sich mit zitternder Hand einen neuen Drink eingoß.
»War es ein Krüppel?« fragte Charles.
Houghton richtete sich auf. »Ich wußte es! Teufel, ich wußte es! Und ob er verkrüppelt war. Eine Schulter stand viel höher als die andere. Ich habe ihn gestern abend drüben an der Straße gesehen. Was hat er da getan, Charles? Auf was, zum Teufel, willst du hinaus?«
Du kriegst deinen Teil. Das verwüstete, verzerrte, haßerfüllte und kummervolle Gesicht. *Du kriegst deinen Teil.*
Charles wandte sich ab und ging in die Diele. Er schaute die Treppe hinauf, blieb stehen. Wenn er jetzt zu ihr hinaufging und ihr die Wahrheit sagte, die ganze Wahrheit, was würde dann geschehen, wenn der Junge einen zweiten Versuch machte? Und wer war der Junge? Wer, schrie es in ihm auf, *wer*?
»Alexandria wird nicht mit dir sprechen, Charles«, sagte Houghton aus dem Hintergrund. »Ihr reicht es. Und zu allem auch noch das! Du bist daran schuld, daß sie fast gestorben ist. Warum machst du nicht, daß du fortkommst, und läßt uns in Ruhe?«
Charles ging zur Haustür, nicht zur Treppe. Er schlug die Tür schallend hinter sich zu und setzte sich auf den Beifahrersitz in Madys Wagen neben Preston.
»Das hat nicht lange gedauert. Hast du den Scheck, Junge?«
»Ja, ich habe ihn«, sagte Charles verbissen.
»Wohin jetzt?«
»Über die Brücke.«
Preston startete den Motor. »Wohin du willst, Junge. Ich bin auf deiner Seite!«
Sie fuhren schweigend. Der Junge hatte gestern abend in Pete's Bar und Imbißstube gesessen. Hatte ihn durch den Zigarettenrauch angestarrt. *Du kriegst deinen Teil.* Holly Mitchell war gestern abend gestorben.
»Du sagtest, du kennst Holly Mitchell –«
»Ich sagte, ich kenne sie flüchtig –«
»Wie flüchtig? Hatte sie einen Bruder? Oder einen Freund? Jemand, mit dem sie gegangen ist, außer dem anderen ... außer mir?«
»Meinst du Edward?«
»Ich weiß nicht, wen ich meine«, knurrte Charles. »Edward wie?«
»Albert, glaube ich. Edward Albert.«
»Fährt er einen blauen Wagen?«
»Aber Chuck, um Himmels willen – woher soll ich wissen, was für einen Wagen der Junge fährt?«
»Ist er ein Krüppel?«
»Du brauchst mich doch nicht davon zu überzeugen, daß du dein verdammtes Gedächtnis verloren hast –«
»Ist er ein Krüppel?«

Preston zögerte. Er fuhr nun den Hügel hinab. »Ja. Ziemlich merkwürdiger Bursche. Ein Krüppel? Er kann kaum gerade gehen.«
»Wo wohnt er?«
»Was ist denn nun los, Chuck? Du siehst schlechter aus, als bevor du da oben aus dem Wagen gestiegen bist. Was –?«
»Weißt du, wo dieser Edward Albert wohnt?«
»Junge, ich bin dein Freund. Kennst du mich noch? Wir sind verwandt. Ich stehe auf deiner Seite.«
»Du stehst auf meiner Seite gegen Belohnung«, sagte Charles. »Wo wohnt Edward Albert?«
»Du führst dich auf, als wärst du jetzt wirklich übergeschnappt, Chuck. Ehrlich. Ja. Ich weiß ungefähr, wo er wohnt. In der Gladstonestraße. Ein paar Blocks von Pete's Bar entfernt.«
»Wenn du den Scheck haben willst«, sagte Charles, »dann bring mich hin.«
Preston sprach lange kein Wort. Als er den Wagen vorsichtig durch den Verkehr lenkte, sagte er: »Junge, für fünftausend Piepen bin ich sogar bereit, Mitwisser des Verbrechens, oder wie zum Teufel man das nennt, zu werden. Ein bißchen Taxidienste sind da auch noch mit drin.«
Sie fuhren über die Brücke. Bald bogen sie in kleine Seitenstraßen ein, an ärmlichen drei- bis vierstöckigen Häusern, die dicht am rissigen Bürgersteig standen, vorbei; Preston pfiff leise vor sich hin. Die Luft war drückend und die Sonne verschwunden. Eine drohende Schwüle.
Preston fuhr um eine Ecke. Einen Block weiter sah Charles einen blauen Wagen am Bordstein geparkt stehen.
»Ist das der Plymouth, an den du gedacht hast?« fragte Preston, bremste und hielt sein Coupé hinter dem anderen Wagen an. »Hier sind wir ungefähr richtig. Das kleine braune Steinhaus, wahrscheinlich. Bist du jetzt bereit, dein Fahrgeld zu bezahlen, Junge?«
Charles stieg aus. Er ging direkt zu dem blauen Wagen. Er legte seine Hand auf den Kühler: er war nicht heiß, aber man spürte noch die Wärme des Motors. Er trat zurück und betrachtete das Fahrzeug. Der rechte vordere Kotflügel war eingedrückt, zum Reifen hin eingeknickt, und am Rand der vielsagenden Schramme, die noch nicht angerostet war, hob sich weißer Lack deutlich von dem blauen Untergrund ab. Charles' Magen verkrampfte sich, und ihm schwindelte. Seine Gedanken gingen unvermittelt zu Alexandria: die Panik, die Angst, die sie empfunden haben mußte, als der weiße Jaguar von der Straße abgedrängt wurde, als er steuerlos in den Wald raste. Zorn stieg in ihm hoch. Da nun alle Zweifel beseitigt waren, ging er auf das kleine Haus zu.
»Willst du, daß ich warte?« fragte Preston. »Du schuldest mir noch immer das Fahrgeld, also werde ich warten.«
Charles klopfte an die Tür. Schmerzen durchzuckten seinen ver-

letzten Arm. Aus dem Inneren drang ein summendes Geräusch, wie von einem Elektromotor, vermischt mit einem regelmäßigen Klikken. Er klopfte nochmals, diesmal lauter, und das Geräusch hielt inne, während der Schmerz in seinem Ellbogen stach, bis hinauf zu den Achseln. Der scharfe, wehmütige Duft brennender Blätter durchzog die Straße.

Die Tür vor ihm öffnete sich langsam, vorsichtig, und ein Gesicht erschien – das einer Frau. »Ja?« fragte sie mit kleiner Stimme. »Ja?«

Charles trat näher, stieß die Tür sanft, aber entschieden auf, und die Frau zog sich zurück, mit einem Ausdruck von Schrecken um ihren offenen Mund.

Charles entdeckte, wie sich im Hintergrund eine Tür schnell schloß, und er ging darauf zu, die abgenutzten Möbel, die dunklen Wände, den abgetretenen Teppich mit Stoffetzen und Fadenstückchen übersät, das grelle, unabgeschirmte Licht einer blauen Neonröhre an der Decke vage wahrnehmend.

»Ich habe vor, mit Ihnen zu sprechen«, sagte Charles zu der geschlossenen Tür.

»Mein Sohn hat nichts getan«, sagte die Frau jammernd hinter ihm. »Was hat Edward getan?«

Die Tür öffnete sich einen Spalt. Charles war auf das schmale, ebenmäßige Gesicht vorbereitet, das ihm nun entgegenblickte: die stetigen, dunklen, fragenden Augen, die herausfordernd blickten, die braunen, kurzgeschnittenen Haare, die zarten Gesichtszüge. Aber er war nicht auf die dunklen Ringe vorbereitet, die um diese Augen lagen, und nicht auf die fast zitternde Furcht, die in ihnen flackerte.

»Sie werden mir Antwort auf einige Fragen geben«, sagte Charles drohend.

Hinter ihm sagte die Frau: »Sind Sie ein Polizist? Edward hat nichts getan, nichts.«

»Sei ruhig, Mutter«, fuhr Edward Albert auf – und öffnete die Tür ganz. »Geh wieder an deine Arbeit, um Himmels willen.« Er sprach abgehackt und deutlich, aber in seinem Tonfall lag nun ein verächtlicher Spott. »Ich habe Mr. Bancroft erwartet. Kommen Sie bitte herein. Und machen Sie die Tür hinter sich zu.«

Während Charles dies tat, sah er, wie sich die Frau grollend an eine elektrische Nähmaschine setzte und eine Strähne fahlen Haares zurückstrich. Das Zimmer füllte sich wieder mit dem summenden, klickenden, rhythmischen Geräusch, als Charles die Tür ins Schloß zog.

Edward Alberts Gestalt bewegte sich durch das Schlafzimmer, wieder mit dem auffallenden, krebsartigen, unausbalancierten Gang, der Charles, wie ihm einfiel, in der vorangegangenen Nacht unter der Bogenlampe so bestürzt hatte, die eine Schulter nach vorn gekantet und die andere wie ein gebrochener, lebloser Flügel herunterhängend. Und Charles spürte wieder das bekannte, zermürbende

Mitgefühl, das seine Entschlossenheit wie Gift schwächte. Es war doch nicht möglich – war unglaublich –, daß dieser unterernährte, junge Krüppel, der sich nun zu ihm umwandte, absichtlich Houghtons Wagen zu zerstören versucht hatte. Warum? Zu welchem möglichen Zweck?

Charles' Ungläubigkeit wuchs, als er sich in dem kleinen Zimmer umblickte. Hier brannte das Licht gedämpft, abgeschirmt – stand in überraschendem Kontrast zum Wohnzimmer. Ein Plattenspieler spielte so leise, daß Charles die Musik wegen des stetigen Summens der Nähmaschine, das auch noch durch die geschlossene Tür drang, kaum zu hören vermochte. Das Zimmer selbst zeigte eine fast militärische Ordnung; es war hell gestrichen, zwei Wände waren völlig mit Büchern bedeckt, und das schmale Bett schien noch nie benutzt worden zu sein. Verschiedene Reproduktionen von Bildern, farbenfroh und trotzig aus dem Rahmen fallend, hingen da und fügten dem sonst geordneten und fast unpersönlichen Raum eine fast schreiende Note hinzu.

»Gefallen sie Ihnen?« fragte Edward Albert, an das einzige Fenster, das auf eine kaum einen Meter entfernte Ziegelwand hinausschaute, gelehnt. »Ich persönlich finde sie ganz gut. Bitte, setzen Sie sich, Mr. Bancroft. Ich glaube –« und Charles fiel wieder die abgehackte, theatralische Artikulierung auf – »ich glaube, daß diese Männer um das Chaos wußten. Finden Sie nicht auch?« Charles bemerkte, daß die Augen des jungen Mannes – mit ironisch abwartendem, nicht direkt höhnischem Ausdruck – große Pupillen hatten, ungewöhnlich erweiterte Pupillen, die glasig glitzerten. »Oder liegt Ihnen nichts an moderner Kunst?«

»Mr. Albert«, sagte Charles schließlich und ignorierte die Frage, »warum haben Sie meine Frau vor einer Weile von der Straße abgedrängt?«

»Es war ein Unfall«, sagte Edward Albert. »Wie so viele Dinge. Sie haben doch für Unfälle Verständnis, nicht wahr, Mr. Bancroft?« Er lächelte dabei, und seine bleichen Lippen öffneten sich über weißen Zähnen. »Ich weiß, ich hätte dort bleiben sollen. Wurde jemand verletzt?«

In Gedanken an die Szene unter der Bogenlampe am vergangenen Abend – *du kriegst deinen Teil!* – sagte Charles: »Es war kein Unfall.«

»Alles ist ein Unfall, eine Zufälligkeit. Wenn man es richtig betrachtet. Wenn man Augen dafür hat.«

»Ich möchte wissen, warum Sie es getan haben«, sagte Charles gleichmäßig ruhig.

»Ist sie tot?« Charles hörte eine eifrige, fast hoffnungsfreudige Note heraus und versteifte sich innerlich. »Ihre Frau, ist sie tot?«

Charles schüttelte den Kopf, kämpfte die steigende Wut, die ihn zu umnebeln drohte, nieder.

»Dann verletzt? Vielleicht verkrüppelt? Wie ich?«
Erschüttert zuckte Charles unwillkürlich zusammen und spürte einen jähen Zorn. »Niemand wurde verletzt«, knurrte er. Er trat einen Schritt auf den schweigsam Aufbegehrenden hin. »Haben Sie versucht, *mich* umzubringen? Ich war nicht in dem Wagen.«
Das schillernde Lächeln war spöttisch, verächtlich. »Ich weiß das, Mr. Bancroft.« Und der Blick seiner Augen war spekulierend und befriedigt zugleich.
»Wußten Sie es schon, als Sie den Wagen von der Straße abdrängten?« fragte Charles, und hatte dabei die Antwort schon halb erraten; sein aufgestauter Zorn wuchs.
»Ja«, sagte Edward Albert sanft. »Da wußte ich es.«
»Warum dann?« Er sah kurz sein Bild im Spiegel über der Kommode: sein Gesicht war eingefallen, grau, maskenhaft. »Warum, um Himmels willen? Sie werden mir Rede und Antwort stehen!«
»Und wenn nicht?« Der Spott war nun offensichtlich. »Wollen Sie mich sonst zusammenschlagen? Das hätten Sie gestern abend bei Pete tun können. Oder auf der Straße vor dem Haus.« Wieder das schillernde Lächeln. »Wissen Sie, was ich gestern abend gedacht habe? Ich dachte, was für ein schönes Feuer Ihr Haus ergeben würde. Da am Golfplatz. Ich dachte –«
»Sie sollten nicht so viel denken«, unterbrach ihn Charles und sah vor sich das Bild der verzehrenden, züngelnden Flammen. »Sie sollten sich diesen Gedanken aus dem Kopf schlagen.«
»Es war nur ein Gedanke. Ein ziemlich schöner.«
Charles runzelte die Stirn. Was immer er hier zu finden erwartet hatte – und er hatte keine Zeit, darüber Betrachtungen anzustellen – auf dies war er gewiß nicht vorbereitet. »Ich sage es Ihnen im Ernst«, sagte er, »bleiben Sie von Parsons' Haus weg.«
Edward Albert schien ihm nicht zuzuhören. Er trat beiseite – ein Schwung aus der Hüfte, ein Bein nachgezogen – und lehnte sich krumm an die Kommode. »Warum? Das ist immer die Frage, nicht wahr?« Er hatte begonnen, schneller zu sprechen, seine Stimme war von einer ruhigen, fast abstrakten Intensität, als sei er von einer Idee besessen, die er unbedingt weiterverfolgen mußte, um sich völlig deutlich auszudrücken. »Sie sehen die vielen Bücher.« Seine Augen huschten darüber weg. »All diese Geister. Sie können nicht antworten. Ist das nicht merkwürdig? Sie können nicht ein einziges ›Warum‹ beantworten. Weil es keine Antwort *gibt*, verstehen Sie? Keine.« Seine Augen glänzten nun hysterisch, brannten dunkel in seinem bleichen Gesicht. »Wie kann es eine Antwort geben, wenn es keinen Gott gibt? Wenn da oben niemand da ist, der aus irgendeinem *Grund* die Puppen am Tanzen hält?«
Charles war betäubt, spürte, wie sich sein Zorn etwas legte; er schwieg.
Dann stieß Edward Albert ein gellendes, verächtliches Lachen aus.

»Sie können da nicht mit, nicht wahr? Genau so wenig wie die anderen, genau so wenig wie alle in dieser verdammten, jämmerlichen Stadt. Ich sage, es gibt kein Warum. Nicht so etwas wie gut, oder so etwas wie böse, alles Lügen!« Seine Stimme war nahe daran, überzuschlagen. »Wenn da oben niemand ist, wie kann es dann bei irgend etwas ein ›Warum‹ geben? Beantworten Sie das, beantworten Sie es bitte.«
Angesichts des verzweifelten Untertons fand Charles sich wieder von Mitleid ergriffen. »Ich glaube, daß es so etwas wie gut gibt«, sagte Charles ruhig. »Und so etwas wie böse.«
»Wirklich?« sagte Edward Albert wegwerfend, den Kopf zur Seite geneigt und die herausfordernden, zornigen Augen voll gieriger Faszination.
Charles hatte den Eindruck, daß Edward Albert ihn, der als Angreifer gekommen war, unter einem durchdringenden, gnadenlosen Licht festhielt, das einer verborgenen Not, einem Elend im Innern des Jungen entsprang.
Edward Alberts Stimme triefte nun vor Verachtung. »Und Sie glauben, daß jeder für seine Sünden büßen muß? Wie es in den Religionsbüchern steht?«
Glaubte er das? Er hatte gelitten und büßte für seine – seine oder des anderen Charles' – Sünden.
Als Charles nicht antwortete, schrie Edward Albert in die Stille: »Lügner! Heuchler! Wenn Sie an irgend etwas glauben würden, dann wären Sie überhaupt nicht zu Pete gekommen, dann würden Sie Holly nicht mitgenommen haben!«
Charles zuckte innerlich zurück. Wann? Am Mittwoch? Hatte er sie bei Pete's Bar und Imbißstube abgeholt und war *dann* die Flußstraße entlang gefahren –?
»Warum zum Teufel«, fragte Edward Albert mit einem überdrüssigen Stöhnen, »warum, zum Teufel, konnten Sie nicht zu Hause bleiben und da Ihren Geburtstag feiern?«
Geburtstag? Nicht Mittwoch. Vor sechs Wochen.
»Zu Pete hereinkommen«, sagte Edward Albert, als male er es sich im Geiste – einem inneren Zwang folgend – aus, »voll bis oben hin, als ob Ihnen die Welt gehörte, Lokalrunden ausgeben, mit dem Geld nur so um sich werfen!«
Charles hörte dem Schwall von Verbitterung reglos zu. Dies zu erfahren, war er nicht gekommen; er wußte es bereits. Aber er wußte jetzt auch mehr: daß den anderen Charles mehr als nur Betrunkenheit dazu getrieben hatte, am Abend seines Geburtstages, mehr als Rebellion, oder einfache sexuelle Begierde, oder Mitleid, oder Haß. Vielleicht alles zusammen, aber noch mehr. Viel mehr. Das vergangene Jahr. Die letzten elf Jahre. Sein ganzes Leben, vielleicht –
»Das hat nämlich gewirkt, wissen Sie«, sagte Edward Albert nun

ruhig, mit schmalen Lippen. »Nicht Sie. Ihr Geld. Sie war wie hypnotisiert. Ihr Geist und ihr Körper. Krank. Sie konnte nur noch an eines denken, von einem träumen, von einem reden – dort hinziehen, feine Kleider, Partys – sie konnte an nichts anderes mehr denken, nachdem sie Sie kennengelernt hatte. Es war wie ein Gift. Krank –«

Hatte Charles das gewußt? Geahnt? Wahrscheinlicher war, daß er es sogar verstanden hatte, wahrscheinlicher, daß er es mitempfunden hatte – daß er diese hungrige Gier, die auch immer ein Teil seiner selbst gewesen war, begriffen und mitleidig betrachtet hatte.

»Nicht Sie«, stieß Edward Albert aus. »Nicht Sie – Ihr Geld. Ich hoffe, daß Sie das nicht gewußt haben. *Haben* Sie es gewußt?«

»Nein«, sagte Charles mit der vergeblichen Hoffnung, die inneren Nöte, die er aus dem Versuch des Jungen, grausam zu sein, herausspürte, besänftigen zu können. »Nein, ich wußte es nicht.«

»Lügner!« brüllte ihm Edward Albert ins Gesicht. Er machte einen schwankenden Schritt, blinzelte. »Ich will Ihr Mitleid nicht. Ich werde von Mitleid erstickt! Heuchler!« In einer plötzlichen Bewegung, vier oder fünf hinkenden Schritten, stand er an der Tür. Er riß sie auf, hielt sich an ihr fest, rief mit erhobener Stimme: »Heuchler! Wie meine Mutter!« Die Nähmaschine im Wohnzimmer blieb stehen. »Jeden Sonntag in die Kirche gehen! Wußten Sie, daß meine Mutter eine Hure war, Mr. Bancroft?« Er warf die Tür zu, lehnte sich daran, und seine mißgestalteten Schultern hoben und senkten sich in einem Anfall erstickender Atemlosigkeit. Charles' Magen verkrampfte sich vor Ekel. »Hat Holly Ihnen das nie erzählt? Hat Holly Ihnen nicht alles erzählt, was ich ihr jemals gesagt hatte? Hat sie Ihnen nicht erzählt, wie ich angelogen worden bin. Jahrelang. Hat sie Ihnen nicht gesagt, daß ich Lügen hasse, weil ich in ihnen ersticke?«

Die Stimme war zu einem Flüstern herabgesunken. Charles stand wortlos da, hilflos, ergriffen von überwältigendem Mitleid. Er wandte sich ab, wie von Mitgefühl zerfressen.

Edward Albert murmelte: »Ich habe Sie gewarnt. Ich will es nicht. Nicht von *Ihnen!*«

Aber Charles konnte sich gegen den unkontrollierbaren Schmerz, der an seinen Nerven zehrte, kaum wehren, als er hörte, wie die Nähmaschine wieder mit ihrem gedämpften Summen und Klicken begann. »Es tut mir leid, wenn Sie Holly so geliebt haben«, sagte er.

»Liebe?« Edward Alberts Stimme klang rauh und hämisch, als habe er etwas Unanständiges gesagt. »*Liebe!* Wer behauptet, daß ich sie geliebt habe? Liebe erstickt einen nur. Ich habe Holly nicht geliebt. Ich glaube, ich habe sie gehaßt!«

Charles wandte sich ihm zu. Das zarte Gesicht des Jungen war fast gelb, zwei rote Flecken brannten auf seinen Wangen.

»Holly hatte kein Mitleid mit mir. Sie wußte nicht, was das ist. Sie hatte mit niemandem Mitleid, außer mit sich selbst. Ist das Liebe? Sie hat gelogen. Sie wußte alles von mir, wie ich sie gehaßt habe, und darum hat sie immer Lügen über mich erzählt. Um mich zu quälen. Sagte mir eines Tages, ich solle mich ausziehen und mich einmal richtig im Spiegel betrachten. Ob sie *so etwas* lieben könnte? Sie verfluchte mich, spuckte mich an – und dann hat sie sich gleich da, da gleich ausgezogen und ist mit mir ins Bett gegangen. Sie hat mich mit ihr schlafen lassen, um sich selbst zu bestrafen. Hat sie mir gesagt. Es hat ihr Spaß gemacht, mir das zu sagen. Genau so, wie sie sich von ihrem Vater hat prügeln lassen. Sie sagte, sie müßte bestraft werden, weil sie böse war.« Er atmete schwer, und sein melancholischer Mund verzerrte sich, wie am vergangenen Abend auf der Straße. Seine Stimme klang gebrochen vor Kummer. »Sie war das einzige Mädchen, mit dem ich jemals ... die einzige Frau, die sich von mir hat berühren lassen.« Sein Kopf sank zur Seite. »Der einzige verfluchte Mensch in der ganzen häßlichen Welt, den ich nicht verachtet habe.« Er sank in sich zusammen. »Ist das Liebe, Mister?«

In der Stille, die nur durch den Rhythmus der Nähmaschine unterbrochen wurde, klangen Charles die Worte von Dr. Wheeler im Ohr: ... *Nun ... wissen wir nur, daß es eine dunkle Unterseite der Welt gibt.*

Charles kam sich vor wie in einer Falle. Die deformierte Gestalt an der Tür schien dort zu hängen, verrenkt und leblos, mit schiefem Kopf, blicklose Augen auf den Boden gerichtet, schwebend. Charles wehrte sich gegen das erstickende Mitgefühl und Widerstreben.

Minuten vergingen. Straßenlärm drang herein, eine Hupe, eine rufende Kinderstimme, das Rattern eines vorüberfahrenden Lastwagens.

Wo mochte Alexandria nun sein? Was machte sie? Wie konnte der andere Charles nur – ohne Rücksicht auf das Warum – aufs Spiel gesetzt haben, sie zu verlieren, wegen einer so schmutzigen Affäre mit einem grausamen, bösartigen Kind wie Holly Mitchell?

Schließlich hob er den Kopf. Edward Albert blinzelte. Ein erstaunter Ausdruck trat in seine fast durchsichtigen Augen.

»Ich weiß, warum Sie hier sind«, sagte er stumpf.

Und Charles fiel es dann auch wieder ein. Er war gekommen, um zu erfahren, warum Edward Albert versucht hatte, Alexandria zu töten oder zu verletzen, und um sicherzustellen, daß er es nie wieder versuchen würde. Charles spürte, wie sein Kopf klarer wurde, richtete sich auf.

Edward Alberts Ausdruck wurde mit einemmal verschlagen. Ein bleiernes Wissen lag in seinem Ton, als er sagte: »Sie nehmen an, daß Sie Ihre Frau lieben –«

»Ich nehme es nicht nur an«, sagte Charles.

Daraufhin lächelte Edward Albert. »Eine Ironie, nicht wahr? Ich habe Sinn für Ironie. Das ist das einzige, was bleibt, wirklich. Ironie. Nicht das Gute, nicht das Böse, kein Sinn – nur Ironie.« Er schlurfte mit grotesken Bewegungen zum Bett, setzte sich mit aufblitzenden Augen an den Rand. »Dies war wirklich alles nicht nötig, nicht wahr?«

»Nein«, sagte Charles. »Es hätte nicht sein müssen.«

Edward Albert lachte auf – ein kurzes, blechernes Lachen – und schaute Charles ins Gesicht. »Und nichts von dem, was noch kommen wird –«

Charles spürte eine dunkle Wolke, die sich auf ihn herabsenkte. »Was wird noch kommen –«

Ein dünnes Lächeln umspielte seine Mundwinkel. »Sie sind heute doch nur ihretwegen hergekommen, nicht wahr? Ihrer Frau wegen.«

Charles begann zu verstehen, aber er weigerte sich noch, den Gedanken zu akzeptieren. »Ich bin gekommen«, sagte er entschlossen, »um Sie zu warnen –«

»Warnen Sie mich nicht«, sagte Edward Albert mit Schärfe. »Ich tue nur, was ich tun muß. Ich tue nur, wozu ich ... gezwungen werde.«

»Wenn Sie mit jemandem Streit haben«, sagte Charles, »dann ist es mit mir. Nicht mit meiner Frau.« Und dann, während der Gedanke in ihm langsam Form annahm, fügte er hinzu: »Meine Frau ist unschuldig.«

»Jeder Mensch ist unschuldig«, sagte Edward Albert und lehnte sich auf dem Bett zurück. »Und jeder Mensch ist schuldig.« Er schien zu grübeln. »Da oben ist es leer – wissen Sie? Also kann niemand schuldig sein. Niemand kann sich wegen irgend etwas schuldig fühlen. *Ich* fühle mich nicht schuldig.«

Die Spannung zerrte an jedem Nerv, und Charles spürte ein Frösteln im Nacken. »Meine Frau«, sagte er, und seine Stimme war kaum noch als die seine erkennbar, »meine Frau weiß nicht einmal, daß Sie leben.«

»Um so besser!« Edward Albert richtete sich auf. »Um so besser. Verstehen Sie nicht. Das macht die ganze Angelegenheit nur noch ... ironischer. Schön.«

Anstelle des fröstelnden Gefühls brach Charles kalter Schweiß im Nacken aus. »Was immer für einen Plan Sie in Ihrem Gehirn ausgebrütet haben –«

Edward Albert unterbrach ihn: »Sie glauben doch nicht, daß ich *Sie* heute umbringen wollte, oder doch? Warum sollte ich Sie töten wollen? Sterben ist leicht. Darüber habe ich nachgedacht. Sterben kann eigentlich nicht schwer sein, wenn man nicht weiß, was geschieht. Glauben Sie, es war für Holly schwer? Glauben Sie, sie hat es gewußt, als sie über die Klippe stürzte? Hat sie geschrien?«

Charles trat auf das Bett zu. »Wir sprechen nicht über Holly.«
»Nein.« Edward Albert schaute zu ihm auf, einen nachdenklichen Ausdruck in den Augen. »Nein. Wir sprechen über *Sie*, nicht wahr? Oder genauer gesagt – über Ihre Frau.« Und obwohl er seinen Blick nicht von Charles abwandte, schien er irgendeiner inneren, verborgenen Handlung nachzulauschen, als sehe er im Geist einen Film vor sich abrollen, der ihm gefiel und ihn erregte. Da war für Charles der letzte Zweifel verschwunden. Die kalte Dunkelheit hatte ihn wieder im Griff.
Dann ergriff Edward Albert wieder das Wort. »Sie wird nie wissen, wann. Oder wie. Vielleicht tritt sie vom Bürgersteig auf die Straße –« Der auf- und abschwellende Rhythmus seiner Stimme, in der Spekulation und Erwartungsfreude mitschwangen, fiel Charles immer mehr auf die Nerven. »Oder sie reitet vielleicht durch die Wälder. Oder fährt mit ihrem Wagen. Heute. Morgen. Nächste Woche. In einem Monat –« Er machte eine kurze Pause. »Ich bin wirklich froh, daß es nicht heute nachmittag geschehen ist. Ich habe jetzt einen viel besseren Plan. Jetzt, da Sie wissen, was kommt. Schön –«
Charles bemühte sich, die Beherrschung nicht zu verlieren, während sich die Dunkelheit etwas hob und Jähzorn ihn ergriff. »Sie reden wie ein . . . Sie sind –« Aber er unterbrach sich.
Edward Alberts Augen schillerten, und er betrachtete Charles mit einem triumphierenden und bösartigen Hohnlächeln. »Sagen Sie es ruhig. Ich weiß, was Sie denken. Ich bin es aber nicht. Ich bin nicht verrückt. Ich tue nur, was ich tun muß. Wozu mich andere *zwingen*.« Und damit streckte er sich rücklings auf dem Bett aus.
Charles konnte nur starr stehen bleiben, betäubt und erfüllt von Widerwillen und Entsetzen, während Jähzorn die Grenzen seiner Beherrschung bis aufs Äußerste spannte.
»Warum?« fragte er mit einem heiseren Flüstern. »Warum sie? Nicht mich?«
»Schon wieder ›warum‹«, sagte Edward Albert und legte einen Arm vor die Augen. »Weil das die einzige Möglichkeit ist, daß Sie Ihr Teil kriegen, Mister. Genau, wie ich meines gekriegt habe.«
Charles begriff die Logik – die verzerrte, grausame und irre Logik – und sein erster Impuls, der ihn mit solcher Macht überkam, daß er die Fäuste ballte und den bitteren Geschmack, der seinen ganzen Kopf vergiftete, gewaltsam hinunterschluckte, war, sich auf das Bett zu stürzen, den Jungen hochzureißen und ihn so grob zu verprügeln und zu verbleuen, bis ihn eine gnädige Bewußtlosigkeit umfing –
Statt dessen sagte er steif, langsam und deutlich: »Wenn meiner Frau irgend etwas passiert – wenn Sie noch einen Versuch unternehmen – dann werde ich Sie umbringen.« Edward blieb reglos in dem stillen Zimmer liegen. »Ob die Polizei Sie verhaftet oder nicht,

ich werde Sie finden, und ich werde Sie umbringen. Haben Sie das verstanden?«

»Ich habe nichts dagegen«, sagte die Stimme träge, fast nachdenklich. »Jetzt nicht mehr.«

Da erinnerte sich Charles und fügte hinzu: »Und ich werde es verdammt so einrichten, daß Sie wissen, was geschieht.«

Langsam nahm Edward Albert den Arm von den Augen. In seinem Gesicht lag ein Ausdruck erstaunter, fast objektiver Neugier. »Es erfordert etwas Besonderes, um einen anderen Menschen zu töten.« Dann setzte er sich aufrecht hin und stellte seine Füße auf den Boden. »Ich bezweifle, daß Sie es in sich haben, Mister.« Er stand auf. »Man muß ein Mann sein, um töten zu können. Holly sagte, ich sei nur ein halber Mann.« Er trat hinkend einen Schritt vor. »Nachdem sie Sie getroffen hat, hat sie sich von mir nicht mehr anrühren lassen. Nicht ein einziges Mal. Sagte, jetzt wüßte sie, was ein Mann ist.« Ein leeres Grinsen. »Aber man muß ein Mann sein, um töten zu können. Sind Sie so ein *ganzer* Mann, Mister?«

Ihre Augen bohrten sich einen Moment ineinander – Charles sah den verkrüppelten, jungen Körper und den unsteten und doch spöttisch herausfordernden Blick – und mit einer gewaltigen Willensanstrengung ging er zur Tür.

Edward Alberts erhobene Stimme ließ ihn zögern. »Es gibt nur einen einzigen Weg, mich davon abzuhalten.«

Charles zog die Tür auf. Aber ehe er hinausgehen konnte, hatten ihn klauenartige Finger an Schulter und Arm ergriffen. Er sah die Frau an der nun ruhenden Nähmaschine im Wohnzimmer mit vor Entsetzen glasigen Augen sitzen.

Edward Alberts Stimme klang dicht neben dem Ohr, ein Flüstern, ein Zischen: »Glauben Sie, daß ich weiterleben will? Verdammt, ich wollte, ich wäre nie geboren.« Und Charles sah, wie die Frau zu ihm mit einem hilflosen und leeren Blick aufschaute. Die Finger des Jungen bohrten sich tiefer in sein Fleisch. Charles spürte, wie Ekel und Entsetzen in ihm wuchsen. »Glauben Sie, es macht mir etwas aus zu sterben? Wenn sie nie wieder hierherkommen wird, mich auslachen, sich ausziehen –«

Charles drehte sich zu ihm um. Edward Alberts Augen blickten wild, dämonisch, wie sie gestern abend auf der Straße ausgesehen hatten, nachdem – das wußte Charles nun – der Junge erfahren hatte, daß Holly Mitchell tot war.

Die Stimme wurde lauter, schwankte: »Sie zwingen mich dazu, es zu tun. Sie zwingen mich! Sie sind der Schuldige, nicht ich! Sie sind schuld daran, und Sie zwingen mich dazu!«

Charles starrte einen langen Augenblick krank und elend in die dunklen, wahnsinnigen Augen – und durch sie hindurch. Er blickte in eine leere Höhle. Irrsinn. Das war Irrsinn.

Er riß sich los und ging durch den unordentlichen Wohnraum mit

der kalten, blauen Leuchte, ohne einen Blick auf die Frau zu werfen, die über der stillen Nähmaschine zusammengesackt saß. Er war draußen. Ein feiner Regen fiel.
Die Polizei. Er hatte nun keine andere Wahl mehr. Ob sie ihm glauben würden? Oder würden sie ihn wegen des Todes von Holly Mitchell in Haft nehmen?
»Taxi, Sir?« fragte Preston. Er hatte gewartet. Er grinste ihn durch das Coupéfenster an.
Charles setzte sich in den Wagen.
Sie wird nie wissen, wann. Oder wie. Vielleicht tritt sie vom Bürgersteig auf die Straße –
Und er hatte jedes Wort ernst gemeint.
Der Wagen fuhr an. Die Windschutzscheibe war naß. Das Pflaster glänzte.
Wenn sie ihn verhafteten, wie konnte er dann sichergehen –?
»Wohin, Junge?«
»Zu Parsons' Haus.«
»Nach Hause, James, und schonen Sie die Pferde nicht!«
Wenn sie ihn nun verhafteten, dann war er vollkommen hilflos. Irgendwer mußte Alexandria warnen, jemand mußte bei ihr bleiben –
»Du vergißt doch etwas Bestimmtes nicht, Junge?«
Vieles. Er war sicher, daß er viele lebenswichtige Dinge vergaß. Zum Beispiel: wie konnte er sie möglicherweise beschützen, wenn sie ihn nicht in ihre Nähe ließ?
»Den Scheck. Nicht zu vergessen, den Scheck –«
Wenn Alexandria irgend etwas geschieht, dann läge es allein an ihm –
»Die fünftausend. *Den* kleinen Scheck.«
Wenn Alexandria irgend etwas geschehen würde, durch seine Schuld, dann würde sein Geist endgültig in Edward Alberts Welt entfliehen. Das wußte er. Er wußte es.
»Du glaubst doch nicht etwa, daß ich leere Drohungen mache, Junge?« Er hörte eine niederträchtige Schärfe in Prestons Tonfall. »Na, ich könnte den Staatsanwalt gleich anrufen und ihm sagen, was ich über Mittwoch nacht weiß, und dann wärst du im Kittchen wie der Blitz.«
Der Wagen fuhr über die Brücke. Es dämmerte.
Und Charles erinnerte sich. »Das könntest du wohl machen«, hörte er sich leise sagen. »Und dann könntest du mir dort Gesellschaft leisten. Wegen Fälschung.«
»Meinst du, daß dir die Polizei glauben würde?«
Wir haben bei den Unterschriften von zwei Schecks eine gewisse Diskrepanz festgestellt –
»Das würde sie sicher nicht. Aber die Bank hat die beiden Schecks.«
Das stopfte ihm den Mund. Aber Charles spürte keinen Triumph,

keine Befriedigung. Aber je länger er frei war, ehe die Polizei kam, desto mehr Zeit blieb ihm, um Sicherheitsmaßnahmen zu treffen, damit Alexandria nichts geschah. Das kam zuerst.

Schließlich sagte Preston in einem heiseren Flüstern, in dem so viel Schock und Wut lag, daß Charles erst seinen Ohren nicht traute: »Aber ... das ist ja ... du erpreßt mich, Chuck.«

Damit war der innere Damm gebrochen, und Charles lachte. Er hörte, wie sein Gelächter in dem kleinen Auto widerhallte, hörte die unkontrollierbaren Kaskaden von Gelächter, und dann hörte er, wie Preston bittend, mit Entsetzen und Staunen in der Stimme, sagte: »Bitte, Chuck, bitte, um Himmels willen. Was ist nur mit dir los? Was ist denn daran so verdammt lustig? Bist du restlos übergeschnappt oder was sonst? Weshalb zum Teufel, lachst du, Junge? Bitte, *bitte* –«

9

Der feine Regen draußen hatte zu fallen aufgehört, und das Gelächter im Inneren des Wagens war in sich zusammengesunken, zu Schweigen erstarrt, als Preston den Wagen in der geschwungenen, ausgemauerten Auffahrt zum Stehen brachte. Ohne ein Wort oder einen Blick stieg Charles aus. Preston unternahm keinen Versuch, ihn zurückzuhalten. Es war noch nicht ganz dunkel.

In das Gefühl dringender Notwendigkeit, Alexandria vor der Gefahr zu warnen, hatte sich eine lähmende Verzweiflung eingeschlichen. Nachdem er die Entscheidung getroffen hatte, gestern früh auf der Straße in New York, hatte er sich immer tiefer und unwiderruflicher in eine niedrige Welt verstrickt, in der, wie ihm nun, als er nach der Türklinke griff, schien, jede Handlung und jedes Wort nur noch mehr Fehlschläge und mehr Verderben mit sich brachte. Und doch wußte er – als er die Haustür aufstieß, sprungbereit wie ein Tier im Dschungel, mit bebenden Nüstern, voll Angst und Wachsamkeit –, daß er keine andere Wahl hatte als weiterzugehen, automatisch Schritt um Schritt, während die Vergangenheit dunkel hinter ihm zusammenschlug, ihn mit all ihrer Macht vorwärtsschob, mit all ihrem Gewicht bedrängte. Die Erkenntnis der eigenen Schuld und die Drohung Edward Alberts waren nur noch zwei weitere Meilensteine an dem überschatteten Weg bergab.

Die Diele erweckte in ihm wieder ein widerstreitendes Gefühl von Fremdheit und gleichzeitig Vertrautheit. Außenseiter, Eindringling, und doch –

Er stand schon am Fuß der Treppe, als Eugenes Stimme aus dem Wohnzimmer ihn zum Anhalten veranlaßte.

»Vati –«

Wort und Stimme rührten an eine schreckliche Einsamkeit. Er ging zur Tür des Wohnzimmers zurück. Eugene saß, mager und in steifer Haltung, an einem Tisch und spielte mit Montgomery Schach. Auf dem Gesicht des Krankenwärters zeigten sich Grübchen und ein jungenhaftes Lächeln, unschuldig und herausfordernd zugleich; in seinen Augen lag wieder die unterwürfige Arglosigkeit, bei der in Charles sofort Zweifel und Besorgtheit aufzüngelten. Charles betrachtete stirnrunzelnd die Szene, mit einem unvermittelten und grundlosen Ärger, aber er unterdrückte das Gefühl in seiner gespannten Besorgnis um Alexandria.

»Wo ist deine Mutter?« fragte er.

Das Gesicht des Jungen sah wieder reserviert aus, gelassen herausfordernd – war gar nicht mehr das Gesicht, das Charles am Morgen verlassen hatte, sondern wieder das, was ihn vergangene Nacht im Schlafzimmer begrüßt hatte, als er gerade angekommen war. »Woher soll ich das wissen?«

»Es ist wichtig«, sagte Charles, seine Muskeln verkrampften sich. »Ist sie zu Hause?«

»Teufel, nein.«

Charles ignorierte den Fluch. »Wo ist sie hingegangen, Gene?« fragte er ruhig.

»Zum Lake Club«, sagte Eugene. »Zum Essen. Das ist eine Art, um Hannahs Schlangenfraß zu entgehen.«

Charles nahm auch diese Worte nicht zur Kenntnis, dafür hatte er jetzt wirklich keine Zeit. »Ist dein Onkel mitgefahren?«

»Nein.« Nun klang auch in seiner Stimme der gleiche beharrliche Widerspruchsgeist durch, der in seinen Augen lag. »Mr. Conway ist mitgefahren.«

Im gleichen Augenblick, als Charles die Worte hörte, vernahm er den Unterton von Grausamkeit. War es möglich, daß auch dieser Junge die ineinanderfließenden Unterströmungen unter der Oberfläche gespürt hatte, daß auch er die Eifersucht kannte, die sofort Charles' Gedanken durcheinanderwirbelte?

Und als Charles weiter schwieg, der absurden Ironie seiner Gefühle bewußt, sagte Eugene mit wehleidiger Unverschämtheit: »Du solltest doch auch mitgehen. Kannst du dich denn *nie an etwas* erinnern, um Himmels willen?«

»Ich erinnere mich«, sagte Charles beherrscht, »daß du nicht mehr fluchen wolltest.«

»Und ich erinnere mich«, sagte Eugene, »daß du mir beibringen wolltest, wie man diesen verdammten Fußball kickt, heute abend nach der Arbeit.« Dann wandte er sich an Montgomery: »Dein Zug, Monty.«

Vor Hilflosigkeit zog sich alles in Charles zusammen. Er schaute zu Montgomery hin und sah, daß ihn der Krankenwärter halb amüsiert halb schadenfroh betrachtete. Dann, so unglaublich ihm das in

dem Moment vorkam, blinzelte ihm Montgomery mit einem Auge zu. Die Hilflosigkeit wandelte sich in Wut.
Charles drehte sich auf dem Absatz um, zog sich ärgerlich zurück, als ihm Eugene nachrief: »Denk nicht dran, Vati. Monty hat recht. Ich tauge sowieso nicht zum Fußballspielen.« Und als er zur Treppe ging, hörte er: »Du brauchst aber verdammt lang für einen Zug, Monty.«
Und dann hörte er Montgomerys leises, belustigtes Lachen, das ihn mit Spott verfolgte.
Aber Mitgefühl überwog seine anderen Gefühle, nagte an seinem Herzen. Die Redensarten des Jungen hatten einen sehr einfachen Grund: er wollte mit allen Mitteln die Aufmerksamkeit auf sich lenken. Es war so klar, so offensichtlich – und tragisch.
Seit zwei Tagen stürmten nun Erleuchtungen, Spekulationen, unvermittelte Erkenntnisse auf ihn ein, dachte Charles. Vielleicht war dies ein Teil seiner Krankheit – ein Symptom für seine Geistesgestörtheit? Er schreckte in Gedanken vor dem Wort zurück, dann aber zwang er es in sein Bewußtsein: soviel mußte er zugeben. Währenddessen fragte er sich, ob ein Mensch, der ein gewöhnliches, normales Leben führte und nicht unter diesen Einsichten litt, mit der Weigerung, sich selbstkritisch gegenüberzutreten und zu erkennen, nicht egoistisch einen Schutzwall um sich errichtete. Vielleicht mußte ein solcher Mensch, aus einem instinktiven Selbsterhaltungstrieb heraus, einen solchen Wall aus Illusionen und Blindheit um sich bauen. Vielleicht wäre ihm der Ansturm und Schmerz von so viel Selbsterkenntnis einfach unerträglich. Besonders wenn er, wie Charles, so anfällig für dieses Mitleid war, das wieder unbarmherzig in seinem Inneren wühlte.
Er hörte ein Geräusch, das aus der Richtung der Küche kam, achtete aber nicht darauf, sondern stieg weiter die Treppen hinauf. Der obere Korridor lag dämmerig und leer da.
Warum hatte Charles seinen Sohn so wenig beachtet? Am Anfang, weil er zu viel gearbeitet hatte, um sich selbst zu bestätigen, um dem Erfolgsideal nachzustreben, das ihn angespornt hatte; und später dann, weil er selbst rebellierte und verbittert wurde. Selbstbemitleidung. Charles erkannte das nun, akzeptierte es – wieder eine Erleuchtung, die von Anfang an offensichtlich hätte sein sollen. Ego, ego, ego – und Blindheit.
Er wußte nicht, was er zu finden erwartete oder hoffte, als er die Schlafzimmertür am vorderen Ende des Korridors öffnete – Frieden, vielleicht Einsamkeit, einen Ort, um ungestört zu warten. Auf den ersten Blick schien alles in Ordnung. Dann sah er die Papierstücke – zerfetztes und zerrissenes Papier auf dem ganzen Boden verstreut. Als er dazu die offene Kommodenschublade erblickte, fielen ihm sofort die Briefe wieder ein, die er, sauber mit einer Schleife gebündelt, dort am vergangenen Abend entdeckt hatte.

Eine wilde Angst verzehrte ihn, auf die sofort ein schrecklicher, plötzlicher Zorn folgte: Houghton hatte es ihr natürlich so brutal wie möglich gesagt, und hatte nicht nur seine Rache, sondern auch den Schock und Kummer seiner Schwester genossen.
Aber der Mensch, den Charles verfluchte, als er aus dem Zimmer ging, war er selbst. Die Schuld lag einzig und allein bei ihm, was er auch an Ausreden und Entschuldigungen gefunden hatte. Jetzt konnte er nicht mehr den anderen Charles dafür verantwortlich machen.
Und Alexandria war im Lake Club, genau so unvorbereitet und verwundbar, wie sie am Nachmittag in Houghtons Wagen gewesen war, während Edward Alberts verwirrter Geist sogar jetzt – Ein anderer Gedanke hemmte indessen seine Schritte, als er sich der Treppe näherte: sogar, wenn er zum Lake Club fuhr, würde sie doch nicht mit ihm kommen, würde nicht mit ihm sprechen, ihm wahrscheinlich nicht einmal zuhören. Er blieb stehen. Sie würde es ihm nicht einmal glauben, das wußte er.
»Charles? Bist du es, Charles?«
Tante Catherine schwebte die Treppen herauf. Ihr kleines Gesicht sah bestürzt, verwirrt aus, und bei seinem Anblick zog sie ihre zierlichen Brauen in die Höhe, und ihre sanften, violetten Augen weiteten sich erschreckt. »Du siehst ein bißchen mitgenommen aus«, sagte sie.
Mitgenommen. Er spürte, wie sich seine Lippen zu einem Lächeln verzogen. Die engen Fesseln, die seinen Geist und Körper zusammenzuhalten schienen, schnürten sich noch fester zu. Ein erstickendes Gefühl in seiner Kehle hinderte ihn am Sprechen.
»Du brauchst einen Tee«, sagte Tante Catherine, während sie an ihm vorbeiging, und als sie in ihr Wohnzimmer schwebte, spürte er sich von einem rasenden Schwindelgefühl ergriffen. »Wir werden uns beide nach einer Tasse Tee wohler fühlen. Obwohl ich heute schon ganze Liter getrunken habe, wirklich Liter. Willst du nicht hereinkommen?«
In einer Ecke schimmerte eine Lampe. Tante Catherine ließ ihn an sich vorbeigehen, schloß dann die Tür behutsam hinter ihm. Der eigentliche Geruch des Zimmers stieg ihm in die Nase: Lavendel oder Moschus, oder beides. Tante Catherine ließ ihn stehen und beschäftigte sich mit einem elektrischen Teekessel auf dem Kaffeetisch. Da fiel Charles' Blick auf das Telephon.
»Tante Catherine«, sagte er, und der Kloß in seiner Kehle würgte ihn –
»Ja, mein Lieber?«
»Würdest du bitte für mich den Lake Club anrufen?«
»Tut mir leid, Charles, aber das ist unmöglich. Es tut mir wirklich leid. Alexandria will nicht mit dir sprechen. Sie ist ein eigenwilliges Mädchen, sehr eigenwillig, und während ich ihr klarzumachen ver-

suchte, daß Vergeben ein Teil der Liebe sei – weißt du, was sie mich gefragt hat? Bitter – oh, häßlich, Charles, häßlich, gar nicht wie Alexandria. Sie fragte mich, woher *ich* denn irgend etwas über Liebe wüßte. Hättest du gedacht, daß sie jemals so etwas zu mir sagen würde?«
Charles schüttelte den Kopf – aber er glaubte es. Es schockierte ihn nicht einmal. Da war wieder, wie Dr. Wheeler gemeint hatte, die dunkle Unterseite der Welt, und er war hineingeraten, ließ sich treiben –
»Ich will nicht mit Alexandria sprechen«, sagte er dann, »sondern mit Mr. Conway.«
»Lawrence? Gut –« Ihre Hand, auf deren zierlichem Rücken sich feine rote Äderchen wie eine Landkarte abzeichneten, griff zum Telephon. »Wie ist die Nummer, Charles?«
»Ich weiß nicht«, sagte Charles einfach.
Tante Catherine schaute auf, eine forschende Frage in ihren Augen, aber sie nahm das Telephonbuch zur Hand, blätterte Seiten um, legte es nieder, hob den Hörer ab und wählte die Nummer. Sie vermied es, ihn anzublicken, als sie sagte: »Bitte, setz dich, Charles. Bitte. Du siehst heute abend schrecklich aus. Alles scheint –« Aber dann wurden ihre Augen wachsam, und sie sagte ins Telephon: »Bitte, holen Sie Mr. Lawrence Conway zum Telephon, bitte.«
Charles hatte wieder den blechernen Geschmack auf der Zunge. Er setzte sich nicht. Er stellte sich Lawrence Conway vor, wie er an einem kleinen Tischchen Alexandria gegenübersaß –
»Charles –« Tante Catherine hielt ihm den Hörer hin.
Er legte die Muschel ans Ohr. Man hörte ein gedämpftes Stimmengewirr und in der Ferne die Klänge eines Orchesters, das Tanzmusik spielte. Während Charles sich den Club nicht vorstellen konnte, konnte er eine Vision nicht abschütteln: Conway und Alexandria tanzten miteinander, so wie sie am Abend seines Geburtstags-Diners getanzt hatten, Conway, wie er ihre schlanke Figur eng an seinen stämmigen, mächtigen Körper drückte –
»Hallo?«
»Conway«, sagte Charles. »Hier spricht Charles.«
Nach einer kaum merklichen Pause sagte der Anwalt mit einem lauerndem Unterton: »Ja, Charles?«
Charles dachte nicht mehr an Tante Catherine und schloß die Augen, während ihm kalter Schweiß im Nacken stand. »Conway, Sie müssen mir das glauben. Es gibt jemanden, der versucht, Alexandria umzubringen.«
Dann wartete er, während ihm die Stille in den Ohren summte und die Musik im Hintergrund sich in rauschenden Applaus verwandelte.
Schließlich holte er tief Atem und sagte: »Haben Sie gehört, Conway?«

»Ja.« Das Wort klang ruhig, nachdenklich – nicht überzeugt.
»Ich sage Ihnen die Wahrheit«, sagte Charles mit Schärfe und spürte einen schneidenden Ärger. »Sie sollten mir wirklich glauben, verdammt, ich spreche die Wahrheit!«
Wieder Stille. Und eine andere Erinnerung attackierte ihn: Alexandria im Bett, gestern nacht, auf ihn wartend, dann –
»Conway«, knurrte er. »Sind Sie noch da?«
»Ich bin da«, sagte Conway, und eine gelassene, tiefe, besonnene Note lag in seiner Stimme. »Charles, ich habe nachgedacht. Sie sollten zu Dr. Wheeler gehen. Zu irgendeinem Arzt. Vielleicht einem Psychiater. Dann –«
»Dafür ist jetzt keine Zeit! Hören Sie zu! Da ist ein junger Mann namens Edward Albert. Er wohnt in der Gladstonestraße, drüben, auf der anderen Seite des Flusses. Er wird –« Aber dann unterbrach er sich, hörte sein Atemholen rauh und laut im Apparat. »Hat Alexandria Ihnen erzählt, was heute nachmittag geschah?«
»Alexandria«, sagte Conway langsam und vorsichtig, »hat mir eine ganze Menge erzählt.«
»Fragen Sie sie, was heute nachmittag mit Houghtons Wagen geschah!«
Wieder trat eine lange Pause ein. Als Conway schließlich sprach, hörte Charles aus seinen Worten die unterdrückte persönliche Sorge, die Liebe heraus. »Davon hat sie mir schon erzählt. Wollen Sie etwa sagen –?«
»Ich sage nur, daß Sie vorsichtig sein und sie nach Hause bringen sollen. Aber seien Sie vorsichtig!«
Conway entgegnete mit Schärfe: »Ich warne Sie, keine Tricks, Charles. Alexandria hat genug mitgemacht. Sie dürfen ihr nicht noch mehr aufbürden.«
Die Eifersucht brannte so stark in Charles, daß er fürchtete, kein Wort mehr herausbringen zu können. »Sie müssen mir glauben, Conway. Wenn Sie auch nur ein bißchen für sie übrig haben, dann müssen Sie dies glauben.«
»Bleiben Sie, wo Sie sind«, befahl Conway. »Ich bringe sie. Obgleich ich Sie warnen muß, Charles: es wird Ihnen nicht gefallen. Aber bleiben Sie, wo Sie sind! Kapiert!«
Klick. Die Leitung war tot. Charles legte den Hörer auf die Gabel. Er stand erstarrt, jeder einzelne Nerv und Muskel gespannt und vibrierend, sein rechter Arm schmerzte plötzlich unerträglich, und seine Schläfen pochten von höchster Erregung, machten es ihm unmöglich, tief Luft zu holen. Tante Catherine hielt sich auch steif, und zwischen ihnen stieg Dampf auf, Dampf und ein schwacher exotischer Duft indischen Tees.
»Wer, um alles in der Welt«, fragte Tante Catherine, »wer um alles kann Alexandria nur verletzen wollen?«
Charles schaute der alten Frau in die Augen – die betroffen blickten.

Ihr Gesicht war bleich, bebend, und sie schien gegen den Wunsch anzukämpfen, alles abzuleugnen, was sie wußte oder spürte oder befürchtete.
»Wer, Charles?«
»Jemand, der mich haßt«, antwortete Charles.
»Dich haßt? Aber –« Sie hielt inne, und ein sichtbares Zittern durchlief ihre zarte Gestalt. Sie setzte sich. »Manchmal glaube ich, daß die ganze Welt verrückt geworden ist. Manchmal . . . ich habe heute den ganzen Tag das Gefühl gehabt, nicht wirklich zu leben, sondern zu träumen. Houghton . . . und nun dies.« Sie schaute Charles forschend an. »Houghton hat vor, mich für unmündig erklären zu lassen. Ja. Kann er das tun, Charles?«
Charles schüttelte den Kopf. »Ich weiß nicht«, sagte er.
»Nun, er kann es. Houghton ist zu allem fähig. Es ist schrecklich, wenn man so etwas aussprechen muß, aber es ist wahr. Zu allem. Und sogar Clark –« Die Stimme brach ihr, sie sackte mit abgewandtem Gesicht tiefer in den Sessel.
Charles wehrte sich gegen die aufsteigende Welle von Mitleid, die über ihm zusammenschlug. Plötzlich war ihm, wortlos, so viel mehr klar. Er stellte sich Clark Sanford im Geiste vor: groß und würdevoll und gelassen, mit dem raubvogelhaften Blitzen in den Augen.
Tante Catherine durchbrach schließlich das Schweigen. »Als ich es Clark sagte, bot er mir an, meine Anteile selbst zu kaufen. Zuerst dachte ich natürlich, er wollte mir helfen . . . ritterlich sein. Wegen . . . wegen damals, vor vielen Jahren.« Sie richtete sich auf, und ihre Augen blitzten. »Clark Sanford und ich waren einmal verlobt und wollten heiraten. Das heißt, fast verlobt. Und wir konnten nicht. Wir haben nicht. Wegen seiner Religion. *Seiner* Religion. Clark war schon immer ein Mann mit hohen ethischen Grundsätzen –« Dann runzelte sie die Stirn. »Warum sollte er mir anbieten, fünf Dollar mehr als den Kurspreis zu bezahlen – fünf Dollar pro Anteil, sagte er? Warum sollte er mir das anbieten, Charles?«
Charles wußte es sofort. *Leverton bietet zehn Dollar pro Aktie über dem Kurswert.* In der Gewißheit, den Aufsichtsrat unter Kontrolle behalten zu können, hatte Clark Sanford – hohe ethische Grundsätze oder nicht – eine Chance gesehen, einen noch größeren persönlichen Profit einzustreichen. Behutsam sagte Charles: »Ich weiß nicht, Tante Catherine«, und ließ sich auf einen der anmutigen Stühle sinken, der unter seinem Gewicht ächzte, spürte, wie sein Körper dankbar erschauerte, als die innere Spannung etwas nachließ.
»Du lügst schon wieder, Charles«, schalt ihn Tante Catherine sanft. »Clark hat auch gesagt, nachdem ich mich geweigert hatte zu verkaufen, strikt geweigert hatte . . . da sagte er auch, daß es eine reine Formalität sei, mich für unmündig erklären zu lassen. Stell dir vor –« Dann sank ihre Stimme, und ihre Augen bewölkten sich, als ent-

sinne sie sich eines fernen Tages, einer lange zurückliegenden, sorgsam in Gedanken bewahrten Szene voll Liebe und Verheißung. Charles sah, wie sich ihre Brust hob und senkte, zierlich wie die eines Vogels, eingefallen. Schließlich sagte sie: »Weißt du, warum ich an Gott glaube, Charles?«

Charles, vom Mitleid mit ihr ergriffen – ihre Enttäuschung bewegte ihn tief –, schüttelte nur verwundert den Kopf.

»Weil ... weil es eine Art von Gerechtigkeit gibt, Lieber. Jeder wird irgendwie bestraft. Clark, ich – dafür, daß wir uns abgewandt haben ... von der Liebe. Es ist eine Sünde, der Liebe den Rücken zu kehren. Du – nimm dich als Beispiel. Schau, auf welche Art du bestraft wirst. Und Austin – der arme, liebe Austin –, wie entsetzlich seine Strafe war.«

Austin? Charles hatte plötzlich das dringende Bedürfnis aufzustehen. Es zerrte an seinen Muskeln, seinen Nerven. Er mußte nun gehen. Er konnte nicht bleiben. Er wollte nichts mehr wissen. Er hatte ein volles Leben in zwei Tagen und einer Nacht erlebt – ein ganzer Lebensinhalt an intensiv bewußtem Erleben war in diese paar Stunden gepreßt – und er war nicht sicher, wie viel mehr er noch würde ertragen können.

»Die Frage ist nur«, sagte Tante Catherine gerade, »ob die Strafe gerecht ist. Wenn die Strafe nicht gerecht ist, dann kann es keinen Gott geben.« Sie erhob sich vom Stuhl und setzte Tasse und Untertasse mit zitternder Hand ab. »Man kann dabei verrückt werden, wenn man darüber nachdenkt! Könnte Houghton recht haben? Charles, *könnte* es sein, daß mein Geist –«

Charles stand abrupt auf und stieß dabei mit dem Bein an den Teetisch, der wackelte. »Nein«, sagte er rauh. »Nein. Houghton glaubt nur an das, was er glauben will.«

»Dann *gibt* es doch eine Art von Gerechtigkeit, nicht wahr?« Sie glitt mit fast feenhafter Schwerelosigkeit auf ihn zu, und ihr Gesicht war merkwürdig lebhaft. »Dann gibt es also einen Gott, nicht wahr?«

Charles ging zur Tür und lehnte sich an. Was konnte er darauf sagen? Wenn es eine Art von ausgleichender Gerechtigkeit gab, wenn die Schuldigen ihre Strafe erhielten, was war dann mit Alexandria? Was mit Eugene? Was mit den Unschuldigen?

»Austin«, fuhr Tante Catherine atemlos fort, »Austin liegt da drüben – Tag um Tag, Nacht um Nacht, schon über ein Jahr. Ist das die Strafe für das, was er getan hat? Aber wenn es so ist, Charles, was ist dann mit Adele? War sie nicht auch schuldig? Wenn sie sich nicht mit diesem anderen Mann ... den anderen Männern eingelassen hätte –«

Charles hätte sich dem sehnlich gern entzogen. Nicht weiter, flehte sein müder Kopf, nicht mehr. Aber Tante Catherine schien ihre Gedanken und Worte nicht mehr zurückhalten zu können.

»Austin würde nicht versucht haben, sie zu erwürgen, wenn sie ... wenn sie ... aber sie geht frei aus ... es ist Austin, der leidet. Glaubst du, daß er sich an diese Nacht erinnert? Eigentlich diesen Morgen. Dämmerung. Glaubst du, daß Austin die Szene wieder und wieder durchlebt? Glaubst du, daß er Adeles Gesicht vor sich sieht, schrecklich, purpurrot mit hervortretenden Adern und Augen – mein Gott, das wäre zu grausam! Glaubst du, daß er jedesmal, wenn er Logan sieht, daran denkt, wie Logan ihn zurückgerissen hat, wie er die Tür eingeschlagen hat und Austin zurückgerissen –?« Ihre Augen glänzten nun mit einer überreizten Intensität, wie sie Charles noch nie zuvor gesehen hatte. »Glaubst du, Charles?«
Wieder flüsterte er, hilflos und schwach: »Ich weiß nicht.«
Adele Barachois' kehlige Stimme drang wie aus einer Kluft seines Bewußtseins: *Falls Sie im Auftrag von Austin sprechen, dann können Sie ihm sagen, daß ich ihn eher in der Hölle sehe, von der sie da drüben so viel reden* – Die verschlungene Verwicklung der verschiedenen Fäden. Charles wollte davon nichts mehr wissen. Er wollte davon nichts mehr hören, nichts mehr sehen!
Aber Tante Catherine, als jagten sie Furien des Mitleids für ihren Bruder, Dämonen des Zweifels, die sie irgendwie austreiben mußte, wenn auch nur mit Worten, nahm Charles' Arm in ihre kleinen Hände. »Und Alexandria – was hat sie getan, in dem Alter, sechs Jahre war sie, was hatte sie Böses getan, daß sie mitansehen mußte, was wir alle sahen, als Logan die Tür aufgebrochen hatte?«
Etwas zusammengesunken, durch den Griff von Tante Catherines beiden Händen gefangen, konnte Charles nicht verhindern, daß die Szene in seiner Phantasie zu zitterndem Leben erwachte: das Kind mit dem entsetzten, bleichen Gesicht, das schockiert und ungläubig zusah –
»Soll darin irgendeine Gerechtigkeit liegen?« fragte Tante Catherine, aber ihre Stimme klang schwächer, sie ließ Charles' Arm los und wandte sich ab, ziellos, blind. »Wäre es nicht schrecklich, wenn ... wenn Clark nun doch keine Skrupel hätte? Wenn ... wenn ... er seine Religion nur als Ausrede benutzt hätte, weil er nicht wirklich ...« Sie sank auf einen Stuhl. »Der Gedanke ist mir gekommen. Er ist gekommen. Und jetzt, nach fünfzig Jahren ... fünfzig Jahren ... wenn er mir das antun kann –«
Charles fand sich unfähig, seine Anteilnahme auf Tante Catherine und die geheimen Zweifel, die ihre Gedanken seit einem halben Jahrhundert gequält hatten, zu konzentrieren. Er konnte sich innerlich nicht von dem Bild des sechsjährigen Kindes befreien, das mitansehen mußte, wie der Diener die Tür aufbrach und seinen Vater mit Gewalt wegriß, damit er nicht seine Mutter erwürgte. *Er ist immer da, weißt du,* hatte Alexandria gestern gesagt. *Der Zweifel. Wahrscheinlich hängt es mit meiner Mutter zusammen. Und all dem.*
Nun kam er sich restlos geschlagen vor. Was immer jetzt geschah,

was für weitere Schrecken Alexandria noch bevorstanden, die Wunde war nun brutal aufgerissen worden – und nicht durch Houghtons Enthüllungen, sondern durch seine, Charles', eigene Taten am Tage seines Geburtstages vor sechs Wochen.
Er öffnete die Tür.
Tante Catherine wandte sich bei diesem Geräusch hastig um. Ihre Augen glänzten fiebrig. »Wenn du uns jetzt im Stich läßt, Charles, dann werden wir dir das nie verzeihen. Keiner von uns.«
Mit der Klinke in der Hand flüsterte Charles – ein heiseres und kaum hörbares Flehen: »Was willst du von mir, Tante Catherine?«
»Es gibt doch so etwas wie Vergeltung, nicht wahr? Sühne und Vergeltung?«
Ein leiser Ärger stahl sich in seinen Ton. »Was willst du von mir?« Er fühlte sich in einem Strudel gefangen, in den Unterströmungen, in Komplikationen. »Was?«
»Du weißt, wie man Houghton vom Verkauf abhalten kann. Das habe ich in deinen Augen gelesen. Wenn du es weißt und nichts tust, dann wird Alexandria dir nie verzeihen. Ebensowenig wie Austin oder ich.«
Ein langer Augenblick verstrich. Ja, er wußte es – eine Chance, eine winzige, abseitige Chance: wenn Austin Parsons irgendwie seinen Willen ausdrücken konnte, dann würde dies Conway, als Bevollmächtigten Austin Parsons', zwingen, den Verkauf der Aktienanteile des hilflosen alten Mannes zu verweigern. Wenn das erreicht werden könnte, würde der ganze Handel ins Wasser fallen. Aber –
»Nun, Lieber?« Die ruhige, zarte Stimme drang mit sanfter Gewalt in seine Gedanken. »Nun? Du mußt dich entscheiden. Es ist deine Verantwortung.«
Charles ließ die Türklinke los. Es war seine Entscheidung. Seine Verantwortung. War es möglich, daß er sie, sogar noch in diesem Stadium, schließlich anerkennen und entsprechend handeln konnte? Oder war die Last der Vergangenheit so drückend, so unerbittlich, daß er nun einer Wahl, einer Entscheidung nicht mehr fähig war?
»Tante Catherine –«
»Ja, Lieber?«
»Wenn Montgomery nach oben kommt, halte ihn irgendwie auf. Es ist völlig gleich, wie.«
Tante Catherine lächelte zum ersten Mal, und die feinen Fältchen um die Augen wurden deutlich sichtbar. »Ich kann mir da verschiedene Möglichkeiten denken«, sagte sie, und den Bruchteil einer Sekunde war sie wieder jung, schelmisch und bezaubernd, wie sie als Mädchen gewesen sein mußte.
Charles lächelte auch. Eine bebende Aufregung hatte ihn ergriffen; er kämpfte sie nieder. Er trat auf den Gang hinaus und ging auf die halb offene Tür am hinteren Ende zu. Mit jedem Schritt wurde ihm mehr bewußt, daß dies, von all den abseitigen Risiken, die er auf

sich genommen hatte, die ausgefallenste und unwahrscheinlichste Spekulation war.
Der Wohnraum lag verlassen da. Der Lichtschein der Lampe fiel bis in das Schlafzimmer, wo Austin Parsons ausgestreckt lag, mit offenen Augen, der ausgemergelte Körper schmal und eingesunken unter den festgezogenen Decken. Als Charles sich dem Bett näherte, zeigte sich kein Ausdruck in den Augen des Kranken. Sein ausgeprägtes Kinn sprang hervor, seine Arme ruhten neben seinem Körper, leblos und schlaff, auf der Decke.
Und doch – Charles hatte gesehen, wie sich der eine Finger bewegt hatte, ob durch eine verzweifelte Willensanstrengung oder durch einen automatischen Muskel- oder Nervenreflex, das konnte er nicht sagen. Jetzt war die Gelegenheit, es festzustellen – die letzte und einzige Gelegenheit zur Ergründung und vielleicht zu einer Vergeltung und Wiedergutmachung, die Tante Catherine erwähnt hatte, die ihm sehr am Herzen lag und ihm wie eine verdiente und zugemessene Strafe vorkam. Er hatte keine Zeit zu verlieren. Er schaute in die offenen, blicklosen Augen, die seinen Bewegungen nicht folgten. Ein Gefühl von Dringlichkeit ergriff Charles. Jeden Augenblick konnte Houghton zurückkehren, oder Montgomery die Treppe heraufsteigen, oder Alexandria und Conway konnten zur Haustür hereintreten –
»Mr. Parsons«, sagte er. »Ich weiß nicht, ob Sie mich hören können oder nicht. Ich weiß nicht, ob Sie irgend etwas hören oder sehen oder verstehen können.« Ein Gefühl von Hoffnungslosigkeit überflutete ihn einen Moment, als er beobachtete, wie die Augen weiterhin verständnislos zur Decke starrten. »Ich möchte es feststellen – um meinetwillen und um Ihretwillen – und wenn ich unrecht habe, Sir, dann kann ich nur hoffen, daß Sie mir vergeben.« Das Wort ›vergeben‹ hallte in seinen Gedanken wider. Es gab hier schon so viel zu vergeben, wollte er noch mehr riskieren?
Er setzte sich auf den Stuhl neben dem Bett. »Bitte, erschrecken Sie nicht, Mr. Parsons. Ich werde jetzt Ihre Hand in meine nehmen.« Die Hand fühlte sich knochig an, fleischlos, lang und hager – und während Charles wieder von einer Welle von Mitgefühl überspült wurde, wuchs in ihm eine Frage: war diese Hand, dieser Mann, dieser sanfte Mann wirklich der Gewalttätigkeit, wie sie Tante Catherine beschrieben hatte, fähig gewesen? Er legte die leblose Hand so zurecht, daß ihre Finger auf seiner Handfläche ruhten. In keinem der Finger war auch nur das leiseste Zucken, die winzigste Bewegung zu spüren; nicht einmal das Pochen des Blutkreislaufs in den Adern. Die ganze Hand fühlte sich so an, als hätte keine Fiber, kein Nerv oder Muskel irgendeine lebende Verbindung mit dem Körper oder dem Gehirn des gelähmten Mannes.
»Mr. Parsons, als ich gestern nacht hier war, sah ich, wie sich Ihr Finger bewegte.« Charles redete sanft, langsam und sprach jedes

Wort sorgfältig aus. »Ich weiß nicht, ob Sie Ihren Finger heben können, wenn Sie wollen, Mr. Parsons. Aber ich möchte Ihnen ein paar Fragen stellen und bitten, daß Sie versuchen, sie zu beantworten, wenn sie können.« Charles holte tief Atem und spürte, wie die Lunge unter seinen Rippen bebte. »Also . . . wenn Sie mich hören können, wenn Sie wissen, wer ich bin und warum ich heute nacht gekommen bin, dann heben Sie bitte Ihren Mittelfinger und klopfen zweimal auf meine Handfläche. Zweimal heißt ja. Jetzt . . . bitte. Verstehen Sie mich?«

Und dann wartete Charles mit angehaltenem Atem. Er nahm bewußt die Stille wahr, das langsame Auf und Ab von Austin Parsons' Atemzügen unter der gespannten Decke, das Bellen des Hundes jenseits des Golfplatzes. Nichts regte sich. Er hatte natürlich die ganze Zeit gewußt, daß der Gedanke weit hergeholt, unwahrscheinlich war, eine Phantasie, die er sich voll verwegener Hoffnung selbst zurechtgelegt hatte.

Finger und Hand blieben absolut passiv, während die Nerven in Charles' Hand kribbelten und zuckten und sein verletzter Arm langsam steif wurde. Er wartete weiter. Von unten drang kein Geräusch herauf. Irgendwo in der Ferne hörte man die Fehlzündung eines Autos wie einen Karabinerschuß vom nächsten Hügel herüberhallen.

Dann spürte Charles, wie sich der Mittelfinger von seiner Handfläche hob. Er starrte darauf. Der Finger stand reglos in der Luft, leicht angewinkelt. Dann senkte er sich. Einmal.

Es war derselbe Finger, dessen Bewegung er in der vergangenen Nacht beobachtet hatte. Charles' Spannung stieg, er stieß den angehaltenen Atem aus. War es ein unwillkürliches Muskelzucken, eine automatische, unkontrollierte Kontraktion des einzigen noch funktionierenden Nervs in dem sonst leblosen Körper?

Und während Charles noch grübelnd darauf starrte, hob sich der Finger wieder – und sank. Zweimal geklopft. War das zufällig?

Charles beugte sich nieder und flüsterte mit einer von Hoffnung und Furcht fast erstickten Stimme: »Mr. Parsons, möchten Sie, daß ich fortgehe? Wenn ja, klopfen Sie zweimal, wenn nein, nur einmal.«

Und diesmal hob sich der Finger schneller als zuvor, fiel auf Charles' Handfläche zurück – einmal. Charles wartete wieder, während die Stille in seinen Ohren summte.

Aber der Finger hob sich nicht mehr.

Die Welle von Befriedigung, von Triumph, die ihn überspülte, ließ ihn schwach zurück. Er hatte recht gehabt! Dann aber ergriff ihn fast augenblicklich eine schreckliche, kalte Ahnung wie ein Wind aus der Arktis. Die ganze Zeit war der Kranke wissend, sehend, verstehend und doch abgeschnitten, isoliert, ein Gefangener in grausamerer Einzelhaft, als irgendein anderer in Wirklichkeit oder Fiktion gewesen sein konnte. Und Charles hatte nichts dagegen getan, hatte bis jetzt keinen Versuch unternommen. Tante Catherines Worte fielen ihm ein, ihre atemlose Stimme klang ihm im Ohr: *Austin liegt da drinnen – Tag um Tag, Nacht um Nacht, seit über einem Jahr.*

Charles schüttelte diese Gedanken nun energisch ab. Das war die Vergangenheit. Er konnte sich nicht länger von der Vergangenheit beherrschen lassen. Wer konnte schon sagen, durch welchen peinvollen Willensakt Austin Parsons' Reaktion eben erfolgt war?

Und als Charles die nächste Frage stellte, spürte er bis ins Innerste, welche gewaltige innere Kraftanstrengung, welche körperliche und geistige Anspannung es den alten Mann kostete, den einen Finger zu heben und zu senken. »Wissen Sie, in welchen Schwierigkeiten die Firma ist, Sir?«

Zwei Anschläge, diesmal in schnellerer Folge. Charles beugte sich noch weiter hernieder. Er mußte sich beeilen. Er wagte es nicht, die Kraftreserven, die der alte Mann noch besitzen mochte, zu erschöpfen. »Dann wissen Sie auch von der Möglichkeit eines Verkaufs–?«

Wieder zwei Anschläge, noch weniger zögernd, als verleihe eine drängende Erregung Austin Parsons Kraft, als wolle er selbst die Verständigung vorantreiben –

Noch während er die nächste Frage formulierte, war sich Charles über das Risiko im klaren: »Mr. Parsons... kennen Sie meinen Reorganisationsplan?«

In der darauf folgenden Pause blieb der Finger reglos auf Charles Handfläche liegen. Dann hob er sich langsam ... fiel herab. Einmal. Er rührte sich nicht mehr, Austin Parsons kannte also den Plan nicht. In Charles sank die eben erst angefachte Hoffnung.

Im gleichen Augenblick aber überfiel ihn eine Gewißheit. »Mr. Parsons«, sagte er, »wissen Sie, warum ich Sie das fragen muß? Wissen Sie, daß ich mich an nichts entsinnen kann?«

Die Antwort kam prompt: zwei Anschläge des knochigen Fingers auf Charles' Hand. Ja. Während er allein dagelegen hatte, beobachtend und hilflos, hatte Austin Parsons die Wahrheit erraten. Wann? Am vergangenen Abend, sobald er Charles gesehen hatte? Oder später, als Charles sich während der Nacht zu ihm gesetzt hatte?

Charles hatte plötzlich den Eindruck, eine Quelle der Weisheit entdeckt zu haben; die Hoffnung flackerte wieder auf. Zum ersten Mal hatte er das Gefühl, daß er sich auf einen anderen Menschen verlassen konnte. Er war ein Junge, der zum Bett seines kranken Vaters gekommen war, in der Hoffnung, ihn zu trösten und erheitern zu können, und der nun statt dessen für sich selbst Trost fand.

Es gab noch eine andere Frage – eine lebenswichtige. »Mr. Parsons, Sie kennen mich seit elf Jahren.« Er suchte mühsam nach Worten, beugte sich jedoch noch tiefer und hörte zum ersten Mal den rasselnden Atem, der ihm die innere Erregung des alten Mannes verriet. »Glauben Sie, daß ich fähig bin, jemanden umzubringen?«

Kaum hatte er die Frage ausgesprochen, bedauerte er es bereits, eine Erinnerung durchzuckte sein Gehirn: ein gelbes, orientalisches Gesicht, die Mandelaugen flehend, überrascht, sterbend, ungläubig. Natürlich war er imstande, zu töten. Dann fielen ihm seine jähen Wutausbrüche ein, die unvermittelten Anfälle von Zorn während der letzten beiden Tage und Nächte. *Er hat versucht, mich umzubringen.* Wie konnte er auch nur im entferntesten daran zweifeln?
Austin Parsons' Finger widersprach indessen Charles' Schlußfolgerung: er hob sich, senkte sich, einmal, dann blieb er leblos und eigensinnig liegen.
Nach einigen Minuten Wartens, seltsam gerührt, aber nicht mehr so sehr von der Weisheit des alten Mannes überzeugt, legte er seine Hand behutsam auf die Decke zurück. Dann erhob er sich. »Mr. Parsons, ich werde jetzt Dr. Wheeler anrufen. Sollten Sie schlafen, wenn wir später kommen, dann warten wir eben bis zum Morgen. Versuchen Sie jetzt zu ruhen, Sir.« Er ging zur Wohnzimmertür, wandte sich dort wie unter einem Zwang um. »Danke, Austin!« hörte er sich sagen, und in dem Wort ›Austin‹, das fremd in der Stille hallte, hörte er wieder im Geist Dr. Wheelers Erläuterungen: *Schließlich haben Sie ihn immer respektvoll behandelt – wenn Sie zwar sonst nicht gerade sehr respektvoll sind. Haben ihn sogar immer ›Mister Parsons‹ genannt, obwohl er Ihnen oft genug angeboten hatte, ihn beim Vornamen zu nennen.* Als Charles hinausging, konnte er nur hoffen, daß dieses Wort wie durch Zauberei die Dankbarkeit und Liebe, die mit belebender Wärme durch seine Adern rann, hatte vermitteln können.
Tante Catherine erschien in der Tür ihres Zimmers, als Charles herankam.
Flüsternd sagte er: »Bitte, ruf Dr. Wheeler an und bitte ihn, sofort herzukommen.«
Erst in diesem Augenblick wurde ihm seine eigene Erregung bewußt: nur sie erklärte, daß er die alte Dame mit einer solchen Gedankenlosigkeit überfallen hatte. Er sah, wie sich Tante Catherine mit zitternder Hand an die in Spitzen gehüllte Kehle faßte und wie ihr zartes Gesicht bebte. Er nahm sie behutsam beim Arm und führte sie in ihr Zimmer.
»Es ist nichts passiert, Tante Catherine. Es geht ihm besser.« Er vernahm ein verhaltenes Schluchzen in seinem Ton. »Viel besser. Ich habe gerade mit ihm gesprochen.«
Die Bestürzung in ihrem Gesicht, in ihren violetten Augen vermehrte sich noch. »Gesprochen –?«
»Ja«, sagte er. »Ja.« Und der innerliche Jubel war nun ungetrübt. Was immer sonst geschehen mochte, Austin Parsons würde nie mehr in diese tiefe, völlige Gefangenschaft der Isolation zurückkehren müssen! »Ich erkläre es dir später«, sagte er dann. »Bitte, ruf Dr. Wheeler an.«

»Wenn du meinst, Charles«, sagte Tante Catherine, noch stirnrunzelnd, aber ihr Gesicht hellte sich auf, wurde von einem Schimmer von Zuversicht berührt, der auf ihn überstrahlte, während sie den Hörer abhob. »Es wäre nicht erstaunlich«, sagte sie sanft, »wenn du nun doch derjenige wärst –«

Auf der Treppe verlor sich das Triumphgefühl bereits. Alexandria war noch nicht zu Hause. So sehr er die Begegnung fürchtete – den Schmerz oder Zorn oder die Enttäuschung in ihrem Gesichtsausdruck –, erweckte die Vorstellung, sie auf der Straße zu wissen, eine Art Dschungelinstinkt in ihm. Und beim Gedanken an den verkrüppelten Jungen – seinen kranken Geist, seinen mißgestalteten Körper, des Mädchens beraubt, das ihn voller Verachtung behandelt hatte, ein Bedürfnis seiner abartigen Natur stillend – raste wieder ein jäher Zorn durch Charles' Blut. Wenn Alexandria irgend etwas passierte –

Von der Diele aus warf er einen Blick ins Wohnzimmer. Eugene saß nicht mehr am Schachtisch. Die Lampe über dem Tisch war ausgeschaltet, und der Raum lag in einem Dämmerlicht.

Eugene lag bäuchlings auf der Couch, den Kopf auf den verschränkten Armen, und Montgomery kniete auf dem Boden daneben und massierte seinen Nacken. Charles spürte, wie es seinen Körper und Geist durchzuckte, als er einen Schritt vortrat, stehenblieb; ein erstickter Laut entfuhr ihm.

Das Gesicht des Jungen hatte einen zufriedenen Ausdruck; seine Augen waren geschlossen. Montgomery wandte Charles den Kopf zu, als er seine Gegenwart merkte, während seine Hände noch immer die Muskeln zwischen Eugenes hervorstehenden Schulterblättern kneteten; er lächelte zu Charles hinauf. Die zusammengepreßten Lippen, die glatte Unschuld, mit einem gewissen herablassenden Spott gemischt, dieser automatisch aufgesetzte Charme – all dies wirkte auf Charles wie ein elektrischer Schlag.

»Was, zum Teufel, machen Sie da?« fragte er, und seine Stimme schien von einem Fremden zu stammen. Ein tierisches Knurren voll Drohung und Zorn, wie es sich rauh der Kehle einer urzeitlichen Bestie entrungen haben mochte.

Er sah, wie Eugene die Augen öffnete – erstaunt zuerst, dann sprang ein Funke von Wachsamkeit in den Blick. Montgomery setzte sich auf seine Waden und ließ die Arme auf den Teppich sinken. Charles trat noch einen Schritt näher, spürte in sich die bedrohliche Ruhe vor dem Sturm.

»Machen Sie, daß Sie rauskommen«, hörte er die fremde Stimme knurren. »Stehen Sie auf und scheren Sie sich fort!«

Montgomery erhob sich langsam, seine Miene war nun vorsichtig, sein Lächeln eingefroren, während er seine Augenbrauen spöttisch-erstaunt in die Höhe zog. »Er bekommt immer einen steifen Hals nach dem Schachspielen, Mr. Bancroft«, sagte Montgomery und

trat einen Schritt zurück. »Ich habe ihm schon oft dagegen geholfen, nicht wahr, Eugene?«
Eugene hatte sich aufgesetzt, saß abwartend, stirnrunzelnd – schweigend.
»Packen Sie Ihre Sachen, Montgomery«, sagte Charles, »und machen Sie, daß Sie fortkommen.«
Der Krankenpfleger runzelte die Stirn. »Ich bin nicht Ihr Angestellter, Mr. Bancroft. Dr. Wheeler –«
»Lassen Sie Dr. Wheeler meine Sorge sein«, sagte Charles. Er hörte, wie sich seine Stimme fast überschlug, und wußte, daß er sich beherrschen mußte. »Sie sind entlassen.«
Eugene war ganz aus seiner früheren Reserve herausgetreten, wirkte nicht mehr maskenhaft und indifferent. Erstaunt und ein wenig ängstlich blickte er um sich. Montgomery stand reglos, sein Gesicht war weiß. Nicht bleich – weiß.
»Wer ist entlassen?«
Das war eine andere Stimme. Von der Diele her. Charles erkannte sie sofort, drehte sich aber nicht um, spürte, wie das Haßgefühl wieder gefährlich in ihm aufstieg.
Houghton kam ins Zimmer. »Habe ich richtig gehört, daß du jemanden hinauswirfst, Charles?« Etwas in Houghtons Stimme veranlaßte Charles, den Kopf zu drehen. Houghtons Augen glänzten unnatürlich; obwohl er nicht mehr schwankte wie zuvor, war sein Gang, als er quer durch den Raum auf ihn zukam, etwas unsicher, und auf seinen mageren Wangen brannten zwei rote Flecken. »Die Macht ist dir wohl ein wenig in den Kopf gestiegen, nicht wahr, alter Junge? Nur weil es dir heute gelungen ist, die Abstimmung um einen Tag zu verschieben, glaubst du wohl, daß du hier auch die Zügel in die Hand nehmen kannst, ja?«
»Montgomery ist den ganzen Abend nicht bei Vater gewesen«, sagte Charles gelassen, seine Stimme zitterte nicht mehr. »Und darüber hinaus: Ich will ihn nicht um meinen Sohn herum haben.«
Houghton goß planschend Whisky in sein Glas, betrachtete die Szene auf leicht schwankenden Beinen. Montgomery schien etwas erleichtert, seine Haltung war nicht mehr so verkrampft; er lächelte. Eugene war ganz gespannte Aufmerksamkeit, Fragen standen in seinen Augen. Dann lächelte Houghton und winkte Montgomery zu. Charles unterdrückte mit gewaltiger Willensanstrengung seinen Impuls.
»Was du willst oder nicht willst«, sagte Houghton aalglatt, »ist in diesem Haus absolut unwichtig geworden, Charles. Falls dir diese einfache Tatsache noch nicht aufgegangen ist, kann ich mir vorstellen, daß sie dir meine Schwester später sehr klar macht.«
Schweigend, atemlos, blieb Charles reglos und wortlos stehen, spürte wieder den Drang zu Gewalttätigkeiten und war sich gleichzeitig bewußt, wie bezeichnend dieser Drang in der Vergangenheit

wahrscheinlich gewesen war; wußte, daß er ihn in diese Lage gebracht hatte und daß nur noch größeres Unheil folgen würde, wenn er diesen Impuls jetzt nicht beherrschte.
»Montgomery«, sagte Houghton obenhin und nippte an seinem Glas, »gehen Sie nach oben und vergewissern Sie sich, daß es Vater gut geht, tun Sie das, bitte?«
Als Montgomery sich in Bewegung setzte, vertrat ihm jedoch Charles den Weg – und er blieb stehen, unsicher, stellte sich auf die Zehenspitzen, als bereite er sich zum Kampf oder zur Flucht vor.
»Houghton«, sagte Charles, seinen Blick auf Montgomery gerichtet, »er verschwindet, so oder so. Möchtest du, daß ich ihn persönlich hinauswerfe?«
Houghton schwenkte die fahle, bernsteinfarbene Flüssigkeit in seinem Glas und betrachtete Charles mit einer Mischung von Amüsiertheit und Bösartigkeit. »Möchtest du noch eine Klage gegen dich laufen haben, alter Junge? Hast du noch nicht begriffen, daß du nicht einfach Leute verprügeln und aus dem Haus werfen kannst? Besonders aus einem Haus, das dir nicht gehört.« Er machte zwei unsichere Schritte zu Charles hin. »Und noch dazu, wenn du selbst wahrscheinlich nicht mehr lange da sein wirst.«
Charles hatte das Gefühl, sein Kopf schwebe davon, während sich jeder Nerv angriffslustig zusammenzog. »Verlassen Sie dieses Haus, Montgomery?« fragte er, und in seinem Ton lag eine so sture Endgültigkeit, daß Montgomery seine sprungbereite tänzelnde Haltung aufgab und Houghton zum ersten Mal bestürzt aussah.
»Hör zu, du Lump –« begann Houghton.
Aber Charles schnitt ihm mit einer einzigen Geste das Wort ab. »Ich rede mit Ihnen, Montgomery!«
Da murmelte der Pfleger unverschämt und aus verletztem Stolz, dessen Quelle ihm vielleicht sogar selbst überraschend kam. »Ich arbeite für Mr. Parsons. Nicht für Sie.« Und er ging mit einigen schnellen Schritten an Charles vorbei, während er halblaut einen obszönen, gemeinen Fluch ausstieß.
Charles hörte Eugenes unterdrückten Ausruf und dann setzte er sich in Bewegung, wußte, daß ihn nun keine erdenkliche Macht mehr würde zurückhalten können. In schneller Folge machte er einige Schritte, ergriff Montgomerys Schulter, hielt ihn fest und riß ihn herum – verblüffte Stille um ihn –, sah, wie die verärgerte Arroganz sich in Schrecken verwandelte, hob seinen Arm mit geballter Faust – öffnete mitten in der Bewegung die Faust und gab Montgomery mit der flachen Hand eine feste, kräftige Ohrfeige, deren Knall wie ein Gewehrschuß durch das Haus hallte.
Montgomery versteifte sich einen Augenblick, Tränen traten in seine Augen, und es entfuhr ihm ein leiser Klagelaut; dann schien sein ganzer Körper in sich zusammenzusacken. Wie er so mit weichen Knien und den Spuren von Charles' Hand im Gesicht, rot auf dem

weißen Untergrund, dastand, trat Charles heran, beugte sich nieder, ergriff mit einer fließenden, rhythmischen Bewegung Montgomerys Knie, fing den fallenden Körper auf und hob ihn hoch und schritt dann mit der schlaffen und widerstandslosen Last durch die Diele zur Haustür. Hinter ihm war Stille.

Draußen hatte ein feiner Nieselregen eingesetzt. Die Veranda war naß. Er spürte das Gras feucht an seinen Knöcheln, als er den Rasen erreichte. In einem Fluß mit der gleichen, automatischen und fast mühelosen Bewegung senkte er den reglosen Körper fast behutsam auf die mit Blättern besäte Rasenfläche. Ohne einen Blick nach hinten kehrte Charles dann in die Diele zurück, zog die Tür hinter sich ins Schloß, ohne sie zu verriegeln.

Den Bruchteil einer Sekunde traf ihn Mitleid wie ein Schlag ins Gesicht. Er empfand keine Genugtuung über das, was er eben getan hatte, keine persönliche Erleichterung. Er verspürte nur eine gewisse Befriedigung, dieses Haus wieder von einer Drohung befreit zu haben: dieser Mann, wenn es überhaupt einer war, war nicht mehr im Haus.

Houghton, dem das Lächeln vergangen war, erwartete ihn in der Diele, breitbeinig hielt er sich am Treppenpfosten mit einer Hand fest, in der anderen noch immer das Glas, das mittlerweile leer war. Charles bemerkte, daß seine Augen nun zu einem glasigen Starren erloschen waren. Eugene stand auf der Schwelle zum Wohnzimmer, noch immer bestürzt.

»Du Lump«, sagte Houghton ruhig. »Du *bist* verrückt, nicht wahr?«

Das Wort versetzte ihm einen Stich. Verrückt. All die Worte: irr, verrückt, Nervenzusammenbruch, geistige Umnachtung, Gedächtnisschwund. –

Mit einem Entsetzen in der Stimme sagte Houghton: »Ich glaube wirklich, daß du es bist.«

Zum ersten Mal ergriff Charles ein gewisses Gefühl von Narrenfreiheit. Wenn das stimmte, dann konnte er tun, was er wollte. Wenn es an dem war, dann konnte ihn nichts daran hindern, zu tun, was ihm gerade einfiel.

Charles wandte sich an Eugene. »Nach oben mit dir«, sagte er.

Der Junge ging zögernd zur Treppe, in seinen Augen lag ein fragender Blick und, kurz aufflackernd, Widerspruchsgeist. Dann sagte er: »Ja, Sir«, und beschleunigte seine Schritte.

Houghton stellte sich ihm torkelnd in den Weg. »Du brauchst dir nicht von ihm befehlen zu lassen, Eugene. Es ist ein bißchen spät dafür, hier mit Herumkommandieren anzufangen. Dein Vater weiß es noch nicht, aber seine Zeit ist abgelaufen.«

Charles sah, wie Eugene Houghton forschend und fasziniert betrachtete.

»Du begreifst wohl nie, wann du geschlagen bist?« fragte Houghton

Charles. »Jetzt kannst du nichts mehr dagegen unternehmen, alter Junge. Du hast nie zu uns gehört . . . hast Alexandria nur geheiratet, um hier hereinzukommen . . . hast dich in das Vertrauen von Vater eingeschlichen –«
»Geh aus dem Weg«, sagte Charles, als ihm plötzlich klar wurde, was Houghton, giftig und verschlagen, nun beabsichtigte. Dann wandte er sich an Eugene. »Nach oben, Gene.«
»Du willst wohl nicht, daß dein Sohn die Wahrheit erfährt, alter Junge? Er wird noch mehr als das erfahren, bevor ich mit dir fertig bin!«
Charles spürte, wie ihm langsam ein stechender Schmerz in den Kiefer zog, so sehr hatte er die Zähne zusammengebissen. »Houghton«, sagte er – und sprach so leise, daß es fast ein Flüstern war – »Houghton, du hast dein Pulver heute nachmittag bei Alexandria verschossen. Jetzt mach, daß du aus dem Weg kommst.«
Obwohl er nicht sicher war, was er sonst getan hätte, bemerkte Charles doch mit Erstaunen, wie plötzlich ein Ausdruck von Angst in Houghtons gerötete Züge trat – Verzweiflung, Panik, Haß. Er beobachtete, wie Houghton einen Seitenblick auf sein leeres Glas, das er noch immer in seiner mageren Hand umklammerte, warf, und war sich einen Augenblick nicht sicher, ob Houghton wirklich körperlicher Grausamkeit ebenso fähig war wie seelischer. Als Houghton dann den Kopf hob, die glasigen Augen noch erloschener, war die Herausforderung gebrochen und verschwand dann ganz. Sein hagerer Körper sank zur Seite, eine Hand noch immer um den Treppenpfosten gekrampft.
»Muß hier mal anständig sein«, murmelte er. »Muß einen Vater zum letzten Mal seinem Sohn gute Nacht sagen lassen, nicht wahr?« Aber der Spott seiner Worte wurde in seinem Ausdruck nicht widergespiegelt.
Eugene ging, ohne einen einzigen Blick zurück, wieder mit reservierter und indifferenter Miene, etwas steifbeinig zur Treppe. Charles ließ Houghton links liegen, folgte die Stufen hinauf, seine Gedanken wieder in dem Teufelskreis der ineinander verknüpften, komplexen Verwirrungen, in die ein Mensch verwickelt werden konnte.
Keiner sprach ein Wort, bis sie Eugenes Schlafzimmer erreicht hatten. Während Charles verlegen auf der Fensterbank saß und Eugene planlos im Zimmer herumwanderte, ein Spielzeug nach dem anderen berührte, als könne keines sein Interesse erwecken, sagte Eugene: »Es ist doch nicht wahr, was Onkel Houghton sagt, nicht wahr?«
Charles dachte nach. Wieder die Wahrheit. »Nein«, sagte er und fragte sich, ob es eine Lüge war. Hatte dieser Zweifel auch den anderen Charles gequält, seinen Geist vergiftet?
»Mutter sagte, sie hätte dich auf der Fifth Avenue kennengelernt.

Und ihr hättet euch hier in der Stadt nie kennengelernt, nie miteinander gesprochen. Aber in New York hättet ihr euch plötzlich erkannt, weil ihr beide aus Shepperton wart –«
Charles wußte es nicht. »Ja«, sagte er. Es hätte so passiert sein können – durch Zufall.
»Sie sagte, du hättest wunderschöne Briefe geschrieben. Von Korea. Nachdem ihr euch kennengelernt habt, natürlich.«
Charles konnte nur nicken, mußte an die zerfetzten Luftpostbriefe denken, die auf dem Schlafzimmerboden verstreut lagen. Verwüstung. Unheil über Unheil.
»Also«, schloß Eugene und schaute Charles an, »also ... mußt du sie geheiratet haben, weil du sie geliebt hast.« Er stellte sich breitbeinig hin. »Warum hast du dann Onkel Houghton eben nicht eine runtergehauen?«
Charles horchte auf ein Motorengeräusch, das von draußen hereindrang. »Man löst Probleme nicht dadurch, daß man Ohrfeigen austeilt«, hörte er sich sagen.
»Na ... *ich* glaube nicht, was Onkel Houghton gerade behauptet hat.« Dann fügte Eugene hinzu: »Falls du dir darüber Sorgen machst.«
Charles sagte nichts. Alles war soviel komplizierter, als er sich vorgestellt hatte. Er wußte irgendwie, daß jener Charles – unter welchen Zweifeln auch immer er gelitten haben mochte – Alexandria nicht kaltschnäuzig und berechnend wegen ihres Vermögens oder wegen ihrer gesellschaftlichen Stellung geheiratet hatte. Andererseits hätte er sich vielleicht nicht in sie verliebt, wenn sie für ihn nicht den unaussprechlichen Traum eines Lebens verkörpert hätte, nach dem er sich gesehnt hatte und das er anders vielleicht nie erreicht hätte. Aber jetzt liebte er sie. Und er wußte nun, ohne einen vernünftigen Grund dafür angeben zu können, daß der andere Charles sie in all den Jahren geliebt hatte. Das alles wußte er jetzt, wo er es niemandem mehr würde erklären können – wo es wahrscheinlich gar nicht mehr darauf ankam. Nun, da alles zu Ende war.
Schließlich sagte Charles: »Ich bin froh, daß du ihm nicht glaubst, Gene.«
»Erinnerst du dich noch daran?« fragte der Junge. Er hielt einen schwarzen Glasglobus in die Höhe, der ringsum kleine Löcher hatte, beugte sich dann nieder und schob einen Stecker in die Dose. Winzige Lichter glommen in den Löchern auf. »Du hast mir seit Weihnachten versprochen, mir zu zeigen, wie es geht.« Mit einer schnellen Bewegung schaltete Eugene die Deckenlampe aus und tauchte das Zimmer in Dunkelheit. Gleich darauf war alles, die Decke, der Boden, ihre Gesichter, durch kleine Lichtpünktchen erleuchtet, die aus dem schwarzen Globus strahlten. Der Raum schien verzaubert, als sei er kein begrenztes Zimmer, sondern eine Plattform im All, von der aus sie ins Universum blickten. »Wir wollten alle Stern-

bilder nachschlagen und die Namen suchen.« Es lag kein Vorwurf im Tonfall des Jungen, nur ein Bedauern und ein Gefühl von Verlust. »Gehst du fort?« fragte er.
Die Frage, so unausbleiblich sie war, kam Charles unerwartet. »Ja«, sagte er behutsam. »Ja, ich glaube schon.«
»Warum?«
Hoffnungslosigkeit und die inzwischen fast vertraute Verzweiflung überfielen ihn wieder: wie konnte er gehen und Alexandria der Gnade und Barmherzigkeit Edward Alberts überlassen? »Das kann ich jetzt nicht erklären, mein Sohn«, sagte er sanft.
»Ja. Das sagst du immer.«
Die Sterne standen still im Raum, formten ein atemberaubendes und wundersames Bild. Charles kam sich wieder verloren vor, verlassener als irgendwann seit dem gestrigen Morgen in New York.
»So, sage ich das immer?«
»Ja. Nur ... es macht mir eigentlich nichts aus. Eines Tages wirst du es mir schon erklären.«
»Ja«, sagte Charles und empfand das Gefühl verrinnender Zeit und eines Verlustes schrecklicher denn je. »Eines Tages werde ich es dir erklären.«
»Ich habe mich gewundert, warum du Montgomery nur eine Ohrfeige gegeben hast, statt ihn zu vertrimmen.« Der Schatten des Jungen bewegte sich an der Lichtquelle vorbei und verdeckte einen Augenblick lang die Sternreflexe an der Wand. »Aber ich glaube, ich weiß jetzt, warum. Du konntest es einfach nicht, nicht wahr? Ich meine ... Montgomery ist zu sehr wie eine Frau, darum kann man ihn nicht verprügeln.«
Charles war sehr erleichtert. »So, das weißt du jetzt?«
»Ja. Ich bin froh, daß er weg ist. Er hat mich ganz durcheinandergebracht. Aber ich finde immer noch, du hättest Onkel Houghton verhauen sollen. Er hat es so haben wollen.«
Charles vernahm einen erstaunlichen Ton: er lachte. Es war kein überquellend heiteres Lachen, aber die Erleichterung klang durch. Der Schatten bewegte sich wieder, und die Deckenbeleuchtung wurde angeschaltet, löschte das Sternenmuster aus. Eugene hatte sich an die Wand gelehnt, sein Gesicht war ernst und seltsam besorgt.
»Paps ... kann ich für dich irgend etwas tun?«
Unter dem Blick dieser ernsten, bekümmerten Augen fiel Charles das Sprechen schwer. Mit einem Mal war sein Herz zum Zerbersten voll Kummer und seine Kehle trocken. »Warum hast du das gefragt?«
»Du siehst so traurig aus. Du hast den ganzen Abend so traurig ausgesehen. Und letzte Nacht auch. Ich kann nicht viel dagegen tun, wahrscheinlich, aber du solltest es wenigstens wissen.«

»Danke«, sagte Charles.
»Ich werde nicht glauben, was mir die anderen erzählen, außer, wenn du es mir sagst. Vielleicht nicht einmal dann.«
Mit einem leisen Lächeln, das sich noch jetzt in ihm regte, saß Charles da. In dem Augenblick vernahm er ersterbendes Motorengeräusch von unten, dann ein Knallen zugeworfener Autotüren. Er stand auf.
»Es ist wahrscheinlich Mutter«, sagte Eugene.
Charles nickte. Noch eine Tür schlug zu. Das ganze Entsetzen und der Zeitdruck brachen wieder über ihn herein.
»Ich glaube nicht, daß du weggehst«, sagte Eugene noch.
Während Charles langsam den Raum verließ, bedrückte ihn wieder das Gefühl der drängenden Zeit, des Verlusts und der Endgültigkeit so stark, daß ihn schwindelte. In der Tür wandte er sich noch einmal um und betrachtete eindringlich jedes Stück, alle Möbel und das Spielzeug, als sei es nun von lebenswichtiger Bedeutung, seinem Gedächtnis dieses Bild unwiderruflich und für immer einzuprägen. Dann schaute er seinen Sohn an. In dem Augenblick hatte er das Gefühl, daß es nun geschehen würde: die Schleusentore würden sich öffnen und die Wogen der Vergangenheit würden rauschend über ihm zusammenschlagen. Er fühlte es, weil er wußte, daß er früher hier gestanden hatte und daß dieser Junge tatsächlich sein Sohn war.
»Gute Nacht, Paps«, sagte Eugene. Und dann fügte er hinzu: »Danke.«
Charles ging durch den Korridor, seine Augen brannten. Unten schloß sich eine Tür. Mit jedem Schritt ging er schneller, hielt den Atem an, bis er den Treppenabsatz erreichte.
Conway, im Abendanzug, zog seinen Regenmantel in der Diele aus und beobachtete gelassen, wie Charles die Stufen hinabeilte.
»Wo ist Alex?« fragte Charles.
Conway faltete den Mantel zusammen und legte ihn über eine Stuhllehne. »Im Wohnzimmer.« Und dann wartete er, während Charles eine unbeschreibliche Erleichterung empfand, die alle Kraft aus ihm sog, so daß er sich am Treppenpfosten festhielt. Conway trat näher, mit forschendem Blick. »Hören Sie, Charles«, sagte der Anwalt. »Ich weiß nicht, was hier los ist, aber wenn es etwas ist, was Alexandria aufregen könnte, dann sollte es bis morgen Zeit haben. Was ist damit – jemand der Alexandria umbringen will? Es klingt –« Dann unterbrach sich Conway, und während er Charles anstarrte, veränderte sich sein Ausdruck: in seinem breiten sommersprossigen Gesicht flackerte Erstaunen und Sorge auf. Er senkte die Stimme: »Was ist los?«
Aber Charles antwortete nicht, weil Alexandria im Türrahmen des Wohnzimmers erschienen war.
Sie war fast nicht wiederzuerkennen.

Obwohl ihr dunkles Haar schön frisiert war und ihr Gesicht gefaßt und ruhig aussah, und obwohl ihr Körper in einem dunklen schulterfreien Abendkleid noch verführerischer wirkte, als Charles ihn in Erinnerung hatte, waren ihre Augen groß und so dunkel, daß das Blau fast schwarz wirkte, und hatten einen tief verwundeten Ausdruck – betäubt und erschreckt und verwirrt und so von Schmerz erfüllt, daß er von einer wilderen Panik als je zuvor ergriffen wurde; er konnte den Blick nicht von ihren Augen losreißen. Sie schaute so durchbohrend und intensiv, daß er sie nur anstarren konnte, in einer so tiefen Stille, daß man das Gefühl hatte, hier sei eine Zeitbombe gelegt, die jeden Augenblick explodieren und das ganze Haus in die Luft jagen würde. Dann sah er, wie sich ihre ausdrucksvollen, verwundeten Augen verschleierten, mit einem Schleier von Bitternis und Spott. »Komm herein, Charles«, sagte sie. Ihre Stimme war brüchig, hoch und unwirklich, ohne die warme Tiefe. »Komm herein, Charles, und gieß dir einen Kognak ein. Ich glaube, du wirst ihn brauchen.« Sie wandte sich um und verschwand im Wohnzimmer. »Falls du nicht schon zuviel getrunken hast.«
Charles hörte Houghtons Stimme im Wohnzimmer, sie klang gelassen und mit einem Unterton von Erwartungsfreude, aber er konnte die Worte nicht verstehen. Er vernahm statt dessen Conways Flüstern: »Sehen Sie sich vor, Charles. So ist sie nach weniger als zwei Drinks auf leeren Magen.«
Conway ging stirnrunzelnd in das Wohnzimmer. Charles folgte ihm zögernd, in dem Bewußtsein, daß der Alptraum, den er den ganzen Tag voll Furcht erwartet hatte, nun endlich Wirklichkeit wurde.
»Armer Charles«, sagte Alexandria, als sie ihn sah, »armer Charles – neuerdings so nüchtern und so ernst. Gar nicht der alte Charles, nicht wahr? Lawrence, mach Charles doch einen Whisky-Soda bitte. Er sieht auf einmal so schüchtern aus. Ist dir das schon aufgefallen, Houghton?«
»*Verzeihung*«, sagte Houghton und goß dann Scotch in ein Glas. »Charles und schüchtern? Dann hättest du ihn vorher erleben sollen, liebe Schwester.«
»Nein, vielen Dank«, sagte Alexandria und ging, mit dem Glas in der Hand, zum hinteren Ende des Raumes. »Nein, danke. Lawrence und ich haben sehr angenehme Stunden miteinander verbracht, nicht wahr, Lawrence?« Sie trank nicht von ihrem Glas, wie Charles halb betäubt bemerkte. »Was soll der ganze Trübsinn?« fuhr sie in dem gleichen fieberhaft munteren Tonfall fort. »Wer will schon Trübsal blasen, Trübsal, Trübsal, Trübsal!«
Charles warf Conway einen Seitenblick zu, ihre Blicke trafen sich. Das Gesicht des Anwaltes war leicht gerötet, und hinter der Verwirrung und der Sorge, hinter dem nicht zu unterdrückenden Hoffnungsschimmer, den Charles in seinen Augen entdeckte, schien er

alarmiert und wachsam zu sein, als sei er zu Handlungen bereit, die von ihm später erwartet würden, über deren Art er sich aber noch nicht im klaren war. Houghton, der nun erfreut und eifrig und angenehm verbindlich wirkte, drückte Charles ein kühles Glas in die Hand.

»Alex«, sagte Charles und zog sich im Geist eigensinnig und verloren hinter die hilflosen, närrischen Worte zurück. »Alex, ich möchte mit dir sprechen.«

Durch die ganze Länge des Zimmers lächelte Alexandria ihm zu – es war nicht ihr vertrautes, sanftes, strahlendes Lächeln, sondern ein kühles und spöttisches, das zum ersten Mal ihr hübsches Gesicht häßlich verzerrte. Ihr Ton war glashart und immer noch fieberhaft lustig. »Nun gut, *Darling* –« und das Wort versetzte ihm einen Stich – »nun gut, reden wir. Du wirst nichts dagegen haben, wenn Lawrence und Houghton dabei sind, nicht wahr? Sie scheinen ohnedies so viel mehr zu wissen als ich. Houghton, mein lieber und verehrter Bruder, jedenfalls – er weiß alles, sagt alles. Und Lawrence – Lawrence weiß sogar noch mehr, sagt aber weniger. Der gute, loyale Lawrence. Wir sind also ganz unter Freunden, Darling. Was haben wir uns zu sagen?«

Gefangen zwischen einem Gefühl äußerster Hoffnungslosigkeit und dem eines intensiven, überwältigenden Mitleids stand er einfach mit dem Glas in der Hand da, bemerkte ihre Augen, die ihn dunkel durchbohrten, über das Zimmer hinweg herausforderten, bemerkte Houghtons amüsierte und rachsüchtige Genugtuung, während er sich hinsetzte und ein langes, mageres Bein hin und her pendeln ließ, und bemerkte Conways Bewegung, als er sich Alexandria näherte, nachdem er offensichtlich zu einem Entschluß gelangt war.

»Genau, was ich dachte«, sagte Alexandria. »Wir haben uns absolut nichts mehr zu sagen. Vielen Dank, daß du klug genug oder eingeschüchtert genug warst, dies zu erkennen.« Und dann, während Conway näher zu ihr kam, hob sie das Glas und trank mit hastigen Schlucken.

»Alexandria«, sagte Conway und blieb vor ihr stehen. »Ich glaube, du solltest zu Bett gehen.«

Da lachte Alexandria zum ersten Mal – ein kehliges Lachen, das aus Überraschung entstand und in Geringschätzung endete, in kalter, quälender Geringschätzung. »Armer Lawrence – wie viele Jahre hast du dich nun bemüht, mich ins Bett zu bekommen?«

Sogar Houghtons pendelndes Bein erstarrte bei dieser Bemerkung. Charles stand wie angewurzelt, mit weichen Knien. Und Conways dicker Nacken wurde dunkelrot.

All dies schien Alexandria einen ungeheuren Spaß zu bereiten. Sie lachte nochmals. »Wenn ich etwas gelernt habe, dann das, daß man nicht unangenehmen Wahrheiten aus dem Weg geht, indem man

ins Bett steigt. Das hätte ich allerdings früher lernen sollen, aber besser spät als nie.«
Conway sprach behutsam: »Alexandria, wir wissen alle, daß du heute abend außer dir bist –«
»Aber ich bin gar nicht außer mir. Ich bin ganz gefaßt. Das habe ich dir schon vorhin klarzumachen versucht, Lawrence, nicht wahr?« Sie ging um seine massige Gestalt herum und kam durch den Raum auf die anderen zu, berührte mit leichten Fingerspitzen im Vorbeigehen die einzelnen Möbelstücke. »Wenn man endlich erkennt, daß es auf nichts ankommt . . . wenn man sich von edlen Worten nichts mehr vormachen läßt . . . wie ›Liebe‹ und ›Treue‹ und ›Hingabe‹ und . . . wenn man sich nicht mehr die Illusion macht, zu glauben, es käme auf irgend etwas wirklich an . . .« Sie wirbelte auf dem Absatz herum, mit hochgerecktem Kinn, etwas geneigtem Kopf und einem schrecklichen, verbitterten Gesichtsausdruck. »Dann ist man erst wirklich frei. Ich glaube, ich sollte euch allen dafür dankbar sein. Meinen drei liebenden Männern, die mich endlich befreit haben.« Sie machte einen spöttischen Knicks. »Vielen Dank den Herren«, sagte sie betont, und ihr Blick fiel endlich auf Charles.
Conway trat einen Schritt vor. »Alexandria, ich bestehe darauf –«
»Laß mich in Ruhe!«
Das Knurren stand häßlich im Raum. Ihr Gesicht wirkte entschlossen, ihre Augen sprühten nun, und ihr Kinn zitterte. Und dann gewann sie ihre anmutige Gelassenheit wieder und ging auf Conway zu.
»Es tut mir leid, Lawrence. Ich bin gräßlich zu dir gewesen, nicht wahr? Immer. Und du warst immer so gütig zu mir.« Sie legte ihren Kopf an seine Brust, aber er rührte sie nicht an, ließ die Arme hängen. »Immer freundlich wenn ich es gebraucht habe. Wir brauchen alle Freundlichkeit und Güte, nicht wahr?« Ihre Stimme, etwas gedämpft, klang verloren, mädchenhaft. »Viel mehr als Liebe.«
Conway sah Charles über dem gesenkten Kopf Alexandrias in die Augen; nicht triumphierend, sondern nachdenklich, als sei die Versuchung, sie schließlich in die Arme zu nehmen, zu groß, als bitte er nun um Hilfe. Charles, dadurch verwirrt, trat einen Schritt näher, aber während er sich noch bewegte, sah er, wie Alexandrias schimmernde nackte Schultern sich versteiften. Er hielt inne. Sie wandte sich um; ihre Augen glitzerten fiebrig, dunkel. »Rühr mich nicht an, Charles«, warnte sie ihn – und ihre angespannte Stimme wurde brüchig.
»Dr. Wheeler ist auf dem Weg«, sagte Charles mit so verhaltener und sanfter Stimme, daß er seine eigenen Worte kaum hörte. Aber er bemerkte Conways erstauntes Stirnrunzeln. Und er sah, wie Alexandria auf ihn zukam.
»Dr. Wheeler?« Ihre blendende Lieblichkeit erfüllte sein Herz, das voller Elend und Mitgefühl pochte. Der Kummer in ihren Augen

war nun unerträglich. »Dr. Wheeler? Meinetwegen? Wie kommst du auf den Gedanken, daß ich einen Arzt brauche? Lawrence hat mir erklärt, *du* mußt dich in ärztliche Behandlung begeben. Oder vielleicht psychiatrische? Lawrence sagte mir, du hast dein Gedächtnis verloren.«
Charles warf Conway einen schnellen, ungläubigen Seitenblick zu. In Gedanken verfolgte er konsequent die Verrätereien des Anwalts. Der scharfsinnigen Erkenntnis folgte kein Ärger, kein Ressentiment.
»Ist das wahr, Charles?« fragte Alexandria in heiserem Flüstern.
»Ja«, sagte er betäubt.
Alexandria stemmte eine Hand in die Hüfte und neigte den Kopf zur Seite. »Wirklich? Die Wahrheit. Man stelle sich vor. Das wäre wirklich etwas Neues in diesem Haus.«
»Ja, das wäre es tatsächlich«, konstatierte Charles und hörte in seinem Ton die Gewissensbisse. »Ja, aber so ist es.«
»Wirkt er nicht direkt zerknirscht?« fragte Alexandria spöttisch. »Hört ihn nur an. Direkt bedauernswert. Oder ängstlich.« Sie trat einen Schritt näher heran, und ihr Duft stieg ihm in die Nase. »Was von beiden, Charles?«
Er spürte, wie er sich versteifte. Seine Augen brannten in ihren. Ihr Blick, haßfunkelnd, zuckte nicht zurück.
»Lawrence will mir nicht sagen, was er *glaubt*«, fuhr sie trocken fort. Dann brach ihre Stimme. »*Glaubst du das, Lawrence?*«
Conway konnte nicht sofort antworten. Dann, nach einer Pause, sagte er langsam: »Ich bin nicht sicher.«
Houghton lachte schnaubend. »Lawrence muß so tun, als glaube er ihm. Wie soll er ihn sonst vor Gericht verteidigen!«
»Nun«, sagte Alexandria. »Ich muß niemanden verteidigen. Ich glaube es keinen Augenblick.«
»Es ist natürlich eine praktische Verteidigungsmethode«, sagte Houghton und schlenkerte sein Bein.
Alexandria hatte ihren festen, verletzten Blick nicht abgewandt. »Für alles«, stimmte sie zu. »Aber nicht dafür, die Aktien meiner Mutter in New York kaufen zu wollen. Wie konntest du das tun, Charles, wenn du dein Gedächtnis verloren hast?«
Im verborgenen Hintergrund seines Gehirns flackerte eine Frage auf: wie konnte sie davon wissen? Durch Conway? Aber Charles hatte es Conway gegenüber nicht erwähnt. Von Houghton? Aber woher wußte Houghton davon?
Ehe er antworten konnte, schwenkte Houghton das Eis in seinem Glas herum und sagte: »Er erinnert sich natürlich an die Dinge, an die er sich erinnern *will*. Das wird ihm sehr gelegen kommen, wenn sie ihn wegen Totschlags anklagen. Oder wegen etwas Schlimmerem.«
Etwas Schlimmerem, das wußte Charles. Viel Schlimmerem.

Zum ersten Mal blinzelte Alexandria, als habe sich hinter den Kummer, die Wut und den Schock eine Unsicherheit eingeschlichen, als habe sich der Rest von Ungläubigkeit in ihre Gedanken gefressen. Charles selbst sah einen kleinen Hoffnungsschimmer, konnte aber nicht handeln, ehe sie die Augen schloß.
Nichts, was bisher gesagt worden oder was geschehen war, konnte ihn auf das vorbereiten, was sie nun sagte: »Wenn es stimmt, daß du dich nicht erinnern kannst, wenn das wahr ist, was ist dann mit der letzten Nacht?«
Daraufhin sprach Charles ihren Namen mit aufgesprungenen Lippen aus und ging auf sie zu.
Ohne die Augen zu öffnen, hielt sie ihn mit ihren Worten und einer einzigen, abrupten warnenden Geste fern. »Bleib fort, Charles!« Als seine Arme herabgesunken waren, sagte sie: »Ich muß für dich letzte Nacht eine völlig neue Frau gewesen sein, nicht wahr?« Obwohl sie flüsterte, lag eine kalte, herzzerreißende Verbitterung in ihrem Ton. »Eine fremde, neue Frau. Wie . . . wie Holly Mitchell. Wie irgendeine andere. Wie wie viele andere?« Ihre Stimme erhob sich schrill. »Wie viele waren es, Charles?«
»Alex«, hörte Charles sich mit einem undeutlichen Murmeln sagen. »Alex, ich liebe dich.«
Sie trat zurück, als habe sie einen Schlag empfangen. Sie öffnete die Augen, drehte sich schnell um und ging von ihm fort, setzte ihr Glas auf dem Kaffeetisch ab, nahm es wieder an sich, ging weiter, etwas unsicher, immer noch anmutig, mädchenhaft, nicht torkelnd.
Und dann begann sie zu lachen. Der Klang war ausgehöhlt, ohne Freude, scharf und unangenehm, und nach dem Augenblick der Schrecksekunde wurden die Kadenzen schriller und schriller, wie Kämme auf steigenden Wellen, ihre Schultern bebten, das Glas mit der Öffnung nach unten in der Hand, den Kopf etwas zurückgeworfen, die Augen weit offen.
Charles konnte nur an eines denken –, ein einziges, und von dem wußte er, daß es dieses schreckliche Gelächter in reine Hysterie umschlagen lassen würde. Er konnte nur daran denken, sie in die Arme zu schließen.
Sogar Houghton war sein stereotypes Lächeln voll Bosheit und Triumph vergangen; in seinem hageren Gesicht stand der Ausdruck eines Mannes, der in eine Falle geraten war, und eine intime und bizarre Szene mitansehen mußte, der zu entgehen er herbeisehnte, während alle Rückzugsmöglichkeiten abgeschnitten waren.
Schließlich war es Conway, der die Initiative ergriff. Er trat schwerfällig vor Alexandria hin, sprach sie mit ihrem Namen an, einmal, scharf, dringlich, und dann schlug er ihr mit der flachen Hand ins Gesicht.
Bei dem Geräusch, während er sah, wie Alexandrias Ausdruck ver-

schwommen wurde, ihre Augen blicklos, während er sah, wie die roten Spuren der Hand sichtbar wurden, hatte Charles den fast nicht zu unterdrückenden, unvermittelt mächtigen Impuls, Conway herumzureißen und ihm einen kräftigen Schlag ins Gesicht zu versetzen. Indessen, seinen Impuls beherrschend, beobachtete er mit wachsender Verzweiflung, wie Alexandria an Conways Brust sank. Und nun war ihre Stimme fast schon wieder normal, dunkel und klangvoll, als sie sagte: »Danke, Lawrence.«
Charles entging nicht die endgültige und tiefe Nebenbedeutung ihrer Worte und der Art, wie Conway sie nun in den Armen hielt, mit dem Rücken zum Zimmer.
Es klopfte.

10

Als sich niemand rührte, ertönte das Klopfen wieder, diesmal nachdrücklicher, und Charles wußte sofort, daß Preston seine Drohung wahrgemacht hatte und daß nun Sterling Bolton oder ein anderer Polizist vor der Tür stand.
Alexandria schien leblos und erschöpft, wie sie an Conways breiter Brust lehnte. Dann erhob sich Houghton, als sei er für die Unterbrechung dankbar, und ging gelassenen Schritts in die Diele.
Wenn es nicht die Polizei war, vielleicht Edward Albert – und er hatte Alexandria noch nicht gewarnt. Hatte Conway es ihr erzählt?
Er hörte, wie die Tür aufging. Er hörte Stimmen.
Wenn es die Polizei war, dann würde er ihr die Wahrheit sagen: daß er Holly Mitchell getötet hatte und daß seine Frau in Gefahr war. Den Bruchteil einer Sekunde lang verlor sich die Panik.
Als er dann Dr. Wheelers Stimme im Näherkommen erkannte, war es für seine angespannten Nerven nicht die geringste Erleichterung, weil ihm zum ersten Mal der Gedanke dämmerte, daß ihm nicht nur die Polizei nicht glauben würde, sondern daß Alexandria, wollte er versuchen, sie zu warnen, ihn nur auslachte. Und das furchtbare Gefühl der rettungslosen Unabwendbarkeit vertiefte sich.
». . . verabscheue Dringlichkeit«, sagte Dr. Wheelers mürrische und vorwurfsvolle Stimme. »Davon habe ich schon zuviel gesehen.« Dann erschien er. Er zog seinen Regenmantel aus, der vor Nässe glänzte. Seine Augen, unter zerzausten, grauen Brauen, überflogen die Szene. Er runzelte impulsiv die Stirn und schnarrte: »Alexandria, bist du in Ordnung?«
»Nein, das ist sie nicht«, sagte Houghton. »Sie steht schon den ganzen Nachmittag kurz vor einem hysterischen Ausbruch.«
Conway ließ Alexandria los, und sie wandte sich zu Dr. Wheeler um, als er zu ihr hinging.

»Hysterie?« fragte er. »Alexandria? Völlig unwahrscheinlich!«
»Genau«, sagte Alexandria mit beherrschter Stimme und streckte eine Hand aus. »Wie geht es Ihnen, Dr. Wheeler?«
»Das sollte ich *Sie* fragen«, sagte der ältliche Mann, etwas keuchend, offensichtlich erleichtert, aber entschieden nicht erfreut. »Ihre Hand ist eiskalt. Aber normalerweise mache ich keine Hausbesuche. Schon seit Jahren nicht mehr. Besonders nicht nachts. Junge Dame, Sie brauchen ein heißes Bad.« Er wandte sich an Houghton. »Ihre Tante Catherine rief an und bestand darauf, daß ich sofort komme, und beruhigte mich im gleichen Atemzug, daß es Ihrem Vater nicht schlechter gehe. Kann mir vielleicht jemand erklären, warum, zum Teufel, ich hergekommen bin?«
Charles ergriff das Wort: »Ich habe Tante Catherine gebeten, Sie anzurufen.«
Dr. Wheelers buschige weiße Augenbrauen, die er erstaunt hochgezogen hatte, bildeten nun einen Strich über den Augen. »Ja, Charles?«
Houghton warf schnell dazwischen: »Es ist Charles, der hier eigentlich krank ist. Kein schwerer Fall. Er nennt es Amnesie. Sie kommt und geht. Wie er es braucht.«
Charles sah Alexandrias Blick auf sich gerichtet; ebenso sah er, wie Conway auf die Antwort des Arztes wartete.
»Sie haben es ihnen also gesagt?« fragte Dr. Wheeler Charles.
»Ihnen gesagt?« sagte Houghton lachend. »Mein Gott, wollen Sie etwa behaupten, daß er Ihnen das gleiche vorgemacht hat?«
Dr. Wheeler wandte sich scharf zu Houghton um. »Vorgemacht? Natürlich! Sie wissen doch, daß alle Ärzte einfältig und leichtgläubig sind. Und was ist mit Ihnen, Houghton? Die ganze Stadt redet davon, daß Sie heute früh bei der Aufsichtsratssitzung erklärt haben, Charles sei geistig umnachtet. Wie hätten Sie's nun gern?«
Houghton drehte sich um und blieb mit dem Rücken zum Zimmer stehen, die breiten Schultern hochgezogen. Dr. Wheeler ließ seinen Blick durch den Raum schweifen, ehe er mit einem gereizten Unterton weitersprach.
»Also, wenn dies Familienstreitigkeiten sind, dann will ich davon nichts wissen. Ich habe meine eigene Familie, die hat auch ihre Streitigkeiten. Nein, danke.« Er setzte sich in Richtung auf die Diele in Bewegung. »Es war nie meine Ansicht, daß der Hausarzt gleichzeitig Beichtvater sein soll. Rauft euch selbst zusammen.«
»Dr. Wheeler«, rief Charles scharf aus, und der kleine Mann blieb in der Diele stehen, ohne sich umzuwenden. »Dr. Wheeler, Austin weiß alles, was in diesem Haus vorgeht.«
Daraufhin drehte sich der Arzt langsam um und kam mit zögernden Schritten ins Wohnzimmer zurück, die Brauen überschatteten die nachdenklichen Augen. Charles merkte, daß Houghton sich umgewandt hatte und wagte nicht, in Alexandrias Richtung zu blicken.

Von draußen drang nur das schwache rhythmische Plätschern eines feinen Regens herein.
»Fangen Sie wieder damit an, Charles?« fragte Dr. Wheeler mit einem Seufzer und schüttelte den Kopf. »Es mag hier niemanden interessieren, aber als Ihre Tante Catherine anrief, habe ich gerade beim Bridge gewonnen.«
Charles sagte ruhig: »Ich kann beweisen, was ich sage.«
Eine kurze Pause. Das Tropfen des Regens war deutlicher hörbar.
Dann sagte Houghton in einem Ton, der Charles aufhorchen ließ: »Es gibt keine *Möglichkeit*, das zu beweisen.«
»Ich kann es beweisen«, sagte Charles gelassen.
»Das werden Sie auch müssen«, sagte Dr. Wheeler mit zusammengekniffenen Augen.
Charles nickte und trat in die Diele.
Houghton folgte ihm mit ein paar schnellen Schritten. »Du kannst Vater jetzt nicht stören. Er schläft.« Er ergriff Charles' Arm, als er gerade die unterste Stufe betrat. »Du hast kein Recht –«
Noch ehe er sich über seine Handlungen klar wurde, hatte Charles sich jäh umgewandt, Houghtons Hand von seinem Arm abgeschüttelt und schaute Houghton an. »Dein Vater weiß, was vorgeht«, hörte er sich sagen und registrierte halb im Unterbewußtsein, daß sich die anderen in der Wohnzimmertür versammelt hatten. »Und ich glaube, daß du es auch weißt, oder zumindest ahnst, schon seit einiger Zeit. Und jetzt geh mir aus dem Weg, Houghton.«
Damit ließ er ihn stehen und ging die breite, teppichbelegte Treppe hinan. Er hörte, wie ihm die anderen schweigend folgten. Er war nun entschlossen: soviel konnte er wenigstens tun und erreichen, in der kurzen Zeit, die ihm noch verblieben war.
Dr. Wheelers Atem ging keuchend, als er die Stufen hinaufstieg. »Wo ist Montgomery?« fragte er.
»Fragen Sie Charles«, erwiderte Houghton verärgert. »Wissen Sie noch nicht, daß Charles hier völlig die Führung übernommen hat? Charles warf Montgomery hinaus. Holte ihn sich höchstpersönlich und setzte ihn vor die Tür.«
Dr. Wheeler seufzte. »Ich kann nicht gerade sagen, daß es mir leid tut, den früheren Teil des Abends versäumt zu haben.«
»Charles, bist du nun total verrückt geworden?« fragte Houghton zischend, als sie an Tante Catherines Tür vorbeigingen, unter der ein Lichtstreifen herausschien; auf dem dicken Teppich klangen ihre Schritte gedämpft.
Charles antwortete nicht. Der Zweifel, der ihm früher gekommen war, hatte sich vertieft, zerrte an ihm. Aber er ging wie hypnotisiert weiter, wußte, was er zu tun hatte, handelte automatisch ohne Rücksicht auf Ursachen oder Konsequenzen.
Er führte sie durch Austin Parsons' Wohnzimmer und ging ohne Pause in das Schlafzimmer. Am Fußende des Bettes blieb er stehen.

Der alte Mann lag unverändert da, mit ausdruckslosen Augen, die zur Decke starrten. Bei seinem Anblick spürte Charles wieder den stechenden Zweifel: war es möglich, daß er sich vorher nur eingebildet hatte, Austin Parsons habe auf seine Fragen reagiert?

»Austin«, sagte Charles, erstaunt darüber, daß er nicht nur den alten Herrn beim Vornamen ansprach, sondern auch über seinen weichen Tonfall, »Austin, es tut mir leid, daß ich dich wieder stören muß. Aber ich glaube, daß du es so haben wolltest.« Dann wandte er sich um. Sie waren hinter ihm versammelt, mit gespannten und reglosen Gesichtern, aus denen eine leichte Skepsis sprach. »Conway«, sagte Charles, nachdem er zu einem Entschluß gekommen war, »setzen Sie sich bitte auf den Stuhl neben dem Bett? Nehmen Sie Austins Hand.«

Conway tat, ohne zu nicken, wie ihm geheißen. Charles ging näher heran, nahm die leblose, bleiche Hand des alten Mannes und legte sie mit den Fingern auf die massige Fläche von Conways Hand. Dann trat er zurück. Hier oben hörte man den Regen noch deutlicher, sanftes Rieseln, leise Tropfen, die auf das Dach und vor dem Fenster herabfielen.

»Verdammter Unsinn!« Houghtons Stimme, obwohl leise, klang scharf und störend.

Dr. Wheeler schnalzte kurz mit der Zunge, und Houghton hielt den Mund.

»Wenn Austins Antwort ›Ja‹ ist«, erklärte Charles und hoffte, daß der alte Herr zuhörte, »dann wird er mit seinem Mittelfinger zweimal auf Ihre Hand pochen. Wenn die Antwort ›Nein‹ ist, pocht er nur einmal.« Dann wandte er sich zu dem stillen, grauen Gesicht auf den Kissen. »Austin ... hast du eine Ahnung, was ich dich jetzt fragen werde?«

Dann richteten Charles und die anderen ihren Blick auf die schlaffe Hand, die auf Conways Handfläche ruhte. Der Anwalt wirkte feierlich und erwartungsvoll, aber, wie die anderen, skeptisch.

Eine Minute verstrich. Draußen und droben fiel der Regen weiter in monotonem Rhythmus. Charles konnte hinter sich Dr. Wheelers verhaltenes Keuchen hören. Und alle Zweifel stürmten wieder auf ihn ein. Die Minute schien eine Ewigkeit. Houghton scharrte ungeduldig mit den Füßen. Und Charles stellte sich die gewaltige Anstrengung vor, deren Austins Parsons' Nerven und Muskeln und Willen bedurften, und den möglicherweise unerträglichen Schmerz, der durch seinen Arm zuckte, und empfand die Schmerzen mit wie seine eigenen. Er konnte nicht verhindern, daß ihn wieder Zweifel überkamen, das vertraute Gefühl von Verdammnis und Niederlage.

Und dann hob sich der Finger. Er schwebte über der fleischigen Handfläche Conways. Hinter Charles sog Alexandria ihren Atem

scharf ein. Da fiel der Finger herab. Sie warteten in angespannter Stille. Der Finger blieb reglos liegen.
Conway runzelte die Stirn. Dr. Wheeler murmelte atemlos: »Mein Gott.«
»Das beweist gar nichts«, sagte Houghton nach einer Pause. »Irgendein automatischer Reflex.«
Charles ignorierte die Zwischenbemerkung, sagte: »Austin ... morgen früh soll eine Aufsichtsratssitzung stattfinden. Wenn du dort wärst, würdest du dann dafür stimmen, die Parsons Company zu verkaufen?«
Diesmal neigte Conway, als hätte ihn dies unerwartet überrascht, den Kopf und starrte Charles an. Irgendwo in dem alten Haus knarrte eine Diele.
Der magere Finger hob sich wieder, einmal, ... und fiel herab.
Nach einer Pause sagte Conway: »Die Antwort ist ›Nein‹.«
Charles spürte eine Bewegung hinter sich. Dr. Wheeler war nähergetreten.
Da sagte Houghton verbissen: »Charles, das ist von dir manipuliert. Er kann den Finger nur einmal heben, und vielleicht ist das sogar zufällig. Und die Antworten sind immer ›Nein‹.«
Charles, dem selbst der Atem stockte, konzentrierte sich auf den Finger. »Austin ... ich habe einen Reorganisationsplan entwickelt. Ich weiß, daß du den Inhalt nicht kennst –«
Dabei traf ihn wieder Conways Blick, scharf, fragend: wenn Charles wirklich sein Gedächtnis verloren hatte, wie konnte er das dann wissen?
»Ich weiß, daß du den Inhalt nicht kennst«, fuhr Charles fort, »weil du mir das heute abend gesagt hast.«
Houghton schnaubte. »Das ist eine reine Zeitverschwendung. Wie hätte Vater dir *sagen* können –«
»Halt den Mund, Houghton«, unterbrach ihn Dr. Wheeler und zupfte an seinem zerzausten Schnurrbart.
Charles, der sich des Risikos, das er nun einging, voll bewußt war, umfaßte die Fußstange des Bettgestells und lehnte sich etwas darüber. »Austin ... obwohl du nicht weißt, was in meinem Bericht steht, würdest du lieber eine solche Reorganisation riskieren, als die Firma verkaufen?«
Nun war sogar Houghton still. Und Dr. Wheelers Keuchen hatte aufgehört.
Der Finger hob sich, fiel. Dann, fast sofort, hob er sich nochmals und fiel herab.
Conway blickte auf. »Die Antwort«, sagte er leise, »ist ›Ja‹.«
Houghton murmelte einen verhaltenen Fluch. »Charles, damit kommst du nicht durch.« Nach der vorangegangenen Stille durchbrach seine Stimme wie ein Donnerschlag das Schweigen. »Steh gefälligst auf, Lawrence. Es ist mein Vater, verdammt!«

Conway erhob sich, das Gesicht unter den Sommersprossen plötzlich gerötet. Er trat beiseite, und Houghton, mit ärgerlichen und schillernden Augen, setzte sich auf den Stuhl, nahm die Hand seines Vaters, legte sie, für alle deutlich sichtbar, auf seine Handfläche. Und wieder richteten sich alle Blicke auf den mageren, leicht gekrümmten Finger.

»Vater«, sagte Houghton, »weißt du, daß Charles wegen Totschlags angeklagt werden wird?«

Charles war gegen den Schock immun. Er beobachtete, innerlich ausgehöhlt, wie sich der Finger einmal hob, dann senkte. Austin Parsons hatte dies nicht gewußt.

Houghton warf einen Blick voller Triumph und Genugtuung in die Runde. Dann fragte er: »Und wußtest du, Vater, daß Charles, wenn er verurteilt wird, wahrscheinlich ins Gefängnis geworfen wird und dann seinen verdammten Reorganisationsplan nicht ausführen kann?«

Hör zu, verdammt nochmal, hatte Houghton gestern erst am Telephon gesagt, *ein solcher Skandal kann Vater töten!*

»Nun«, bedrängte ihn Houghton, diesmal rücksichtslos. »Nun? Das hast du nicht gewußt, Vater, nicht wahr?«

Wieder hob sich der Finger, diesmal nicht so hoch, und fiel dann schwach herab. Einmal. Nein.

»Würdest du immer noch dafür stimmen, nicht zu verkaufen?«

Der Finger lag reglos. Die faltige Haut sah gelb aus, blutleer und leblos.

»Würdest du dich noch immer weigern, zu verkaufen, Vater?« bedrängte ihn Houghton abermals.

Als sei die Anstrengung für den kleinen, lebenden Teil in Austin Parsons' Willen zu groß und unerträglich, weigerte sich der Finger, sich zu bewegen. Das rauschende und monotone Tropfen des Regens draußen war der einzig hörbare Laut.

Dann, als Charles sich mit einem prickelnden vorwurfsvollen Gefühl fragte, ob sie nun die Kräfte des alten Mannes bis zum Unerträglichen erschöpft hatten, sah er, wie sich der Finger zitternd von Houghtons Handfläche hob, einen Augenblick in der Luft bebte – dann niederfiel. Alexandria, hinter Charles, holte einmal kurz Atem. Dann lag der Finger wieder ganz still.

Houghton ließ prompt die Hand seines Vaters auf die Bettkante fallen und stand auf. »Da habt ihr die Antwort«, sagte er. »Nun, da er alle Umstände kennt, würde er verkaufen.«

Conway schaute Charles stirnrunzelnd an. Dr. Wheeler sagte: »Ich fürchte, wir haben ihn überanstrengt –«

Aber es war Alexandrias Stimme, bei deren Klang alle Bewegungen im Zimmer aufhörten. »Nein!« Sie sagte es nicht laut, aber es war das erste Wort, das sie gesprochen hatte, und es lag darin eine verhaltene, emphatische Sprengkraft. Dann sagte sie: »Schaut!«

Alle Blicke wandten sich sofort wieder der weißen Hand auf dem Bett zu. Der Finger zuckte krampfartig, streckte sich hoch, als treibe Austin Parsons in seiner Verzweiflung den einzigen lebenden Nerv zu einem wilden, wortlosen Protest an.
Als Alexandria wieder sprach, klangen ihre Worte ärgerlich. »Du hast ihm keine Chance gegeben, Houghton.« Dann trat sie in Charles' Gesichtskreis und stellte sich auf die andere Seite des Bettes, ihrem Bruder gegenüber.
Houghton stand reglos da und starrte voll Ungläubigkeit und Entsetzen auf den zuckenden, rebellierenden Finger.
»Vater«, sagte Alexandria – und Charles hatte ihre Stimme noch nie so sanft und zärtlich gehört – »Vater, willst du uns sagen, daß wir die Firma unter keinen Umständen verkaufen sollen?«
Sofort hob sich der Finger, fiel nieder.
Houghton machte eine kurze Geste und stieß einen leisen kehligen Laut aus, als könne er, durch eine Ausstrahlung seines eigenen Willens, das verhindern, was nun kommen mußte.
Aber gleichzeitig mit dem Laut hob sich Austin Parsons' Finger wieder und sank zum zweitenmal herab.
Die Antwort war Ja: Austin Parsons befahl ihnen, nicht zu verkaufen. Charles spürte die Forderung, den stillen Aufschrei, das Flehen des alten Mannes.
Ein langer Augenblick verging, ehe Dr. Wheeler mit einem schweren Seufzen sagte: »Ich glaube, das ist genug für heute abend. Wir können nicht mit Sicherheit wissen, wieviel Austin davon noch aushalten kann.«
»Anscheinend«, sagte Alexandria, den Blick noch immer auf dem stillen Gesicht ihres Vaters, »anscheinend mehr, als wir alle von ihm angenommen haben.« Dann schaute sie zum erstenmal Charles voll an, Bestürzung lag in ihrem Gesicht. »Außer Charles.« Und in diesem kurzen Moment war die Härte und der Kummer aus ihrem Ausdruck gewichen, hatte sich in ein fragendes, benommenes Erstaunen verwandelt.
»Es ist *nicht* genug«, durchbrach Houghtons Stimme die Stille.
Alexandrias Augen blitzten ärgerlich. »Houghton!«
»Es ist nicht genug«, fauchte er wild. Und als Conway auf ihn zutrat, um ihn zum Schweigen zu bringen, streckte er beide Hände abwehrend aus. »Er kommt damit nicht durch!« Zuerst dachte Charles, daß Houghton ihn wieder damit meine, aber als er sah, wie Houghton mit glänzenden Augen und einem bebenden Kinn sich über die reglose Gestalt seines Vaters gebeugt hatte, erkannte er, daß Houghtons Wut nun gegen seinen Vater gerichtet war. »Ich habe noch ein paar Fragen, Vater.« Seine Stimme sank zu einem leisen, schwankenden Zischen herab. »Warum willst du mir das antun? Warum hast du mir das angetan?« Ohne einen Blick auf den Finger zu werfen, bohrten sich Houghtons Augen, in denen Haß und

Niederlagen eines ganzen Lebens brannten, in die wehrlosen, bleichen, leblosen Augen des Gesichts in den Kissen. »Warum hast du dich mir immer in den Weg gestellt? *Warum?* Warum willst du unser Geschäft einem verdammten Außenseiter überlassen? Das sind die Fragen, auf die *ich* Antworten haben will, Vater! Warum hast du mich immer gehaßt, Vater? *Warum?*«
Keiner sprach, als die Wogen der aufgestauten Wut und Entrüstung sich schließlich in dem stillen Zimmer gebrochen hatten. Houghtons Gesicht war fast unkenntlich: verstört und verzerrt durch diesen leidenschaftlichen Ausbruch. Dann sah Charles, dessen Herz nun bar jeden Haßgefühls war, wie sich Houghtons Ausdruck wandelte. Tränen standen in den blitzenden Augen, als er sich noch weiter herabbeugte.
In seinem Ton lag nun ein unverhülltes Flehen: »Warum, Vater?«
Charles wandte sich ab. Darauf gab es keine Antwort. Er konnte Houghtons schmerzliches Bedürfnis spüren, die widerstreitenden Empfindungen hinter der reglosen Stirn des alten Mannes. Hatte Austin Parsons seinen eigenen Sohn tatsächlich gehaßt? Oder war er nur von seiner Untüchtigkeit enttäuscht gewesen? Was war Ursache und was war Wirkung? Wußte das irgendwer – sogar Austin Parsons? Falls es auf all die rätselhaften Fragen hier Antworten gab, Charles würde sie nie alle erfahren.
In Dr. Wheelers faltigem gealtertem Gesicht schienen die gleichen, schmerzlichen Fragen zu stehen. Er sagte: »Dein Vater kann diese Fragen nicht beantworten, Houghton.« Und Charles hörte die Behutsamkeit und das Mitgefühl, gemischt mit einem Anflug von Verzweiflung, aus den Worten des alten Herrn.
Houghton richtete seine hagere, große Gestalt auf, wandte sich von seinem Vater ab und schaute blinzelnd in Dr. Wheelers Gesicht.
Der Arzt betrachtete ihn mit einer Regung von Zärtlichkeit, es lag kein Vorwurf in seiner Miene. Er winkte vage mit der Hand ab. »Es reicht zu weit zurück, Houghton. In die Nebel der Vergangenheit. Es ist zu kompliziert. Man sollte nicht fragen.« Dann trat er zum Bett heran und nahm Austin Parsons' schlaffe Hand liebevoll in seine. »Nun, Austin«, hauchte er, »wir haben alle versagt, nicht wahr? Sogar meine Wissenschaft. Das ganze Tamtam, Austin. Habe dich ja immer gewarnt, weiß du noch?« Er legte die Hand langsam und behutsam zurück. »Ich hoffe, daß du uns allen vergeben kannst.«
Conway hatte sich zur Tür gewandt, als ihn Houghtons leise, gespannte und gefühllose Stimme zurückhielt: »Ich nicht. *Ich* bitte ihn nicht um Vergebung.« Er stand wieder dem Bett zugewandt. Im gleichen monotonen und leeren Tonfall fuhr er fort: »Vergib mir nicht, Vater. Mach dir nicht die Mühe. Vergib mir genau so wenig, wie ich dir zu vergeben gedenke!« Dann trat er noch näher an das Bett, als Alexandria fast unhörbar murmelte: »Bitte!« Houghton

beachtete sie nicht. »Eines sollst du wissen, Vater. Charles hatte in noch einer anderen Sache recht. Charles weiß alles, Vater. Er ist sogar noch klüger, als du immer von ihm angenommen hattest. Charles wußte, daß ich die ganze Zeit den Verdacht hatte, daß du genau wußtest, was vorging. Ich habe dieses Wissen sehr genossen, Vater. Es gab mir Macht über dich – eine Macht, die niemand ahnte. Deshalb solltest du auch immer erfahren, was in der Fabrik los war.« Er richtete sich auf. »Nun, genau so wird es auch weitergehen. Nichts, was du sagst, kann daran etwas ändern. Du hast die Macht nicht, Vater. Du wirst weiterhin daliegen und zusehen müssen, wie es geschieht.«

Dann wandte er sich ab und ging zur Tür. Niemand sprach, als sich seine gedämpften Schritte im Korridor verloren.

Dr. Wheeler schüttelte schließlich den Kopf, fuhr sich mit einer schwieligen Hand durch den weißen Schnurrbart und ging in den Wohnraum. Charles sah, wie Conway Alexandria besorgt beobachtete, die neben ihren Vater auf das Bett gesunken war und seine Hand zwischen ihre Hände genommen hatte. Ihre Augen waren leer und aufgerissen, als wandle sie im Schlaf. Dann, während Conway hinausging, schloß sie die Augen.

Schließlich wandte sich Charles ab, kam sich aber nun mehr denn je seit seiner Rückkehr wie ein Eindringling vor. Er ging durch das Wohnzimmer und in den Korridor, behutsam die Tür hinter sich schließend.

Dr. Wheeler lief, klein und zusammengefallen, auf die Treppe zu. Conway ging in ein anderes Schlafzimmer zur Rechten. Kurz ehe sich die Tür hinter ihm schloß, sah Charles Houghton auf dem Bettrand sitzen, das Gesicht in die Hände vergraben.

Klein und zierlich stand Tante Catherine im beleuchteten Türrahmen ihres Zimmers. Ihr faltiges Gesicht, ihre sanften Augen gaben zu erkennen, daß sie alles gehört hatte. »Wie lange weißt du es schon, Charles?« fragte sie. »Von Austin?«

Das war wieder eine der Fragen, auf die es keine Antwort gab. Hatte er es gewußt oder auch nur geahnt vor dem gestrigen Tag, eigentlich vor den heutigen frühen Morgenstunden? Charles bezweifelte es. Wie die anderen war er zu sehr mit sich selbst beschäftigt gewesen, den Blick nach innen gerichtet, und hatte es nicht erraten – hatte es nicht einmal *gesehen*. Es gab keinen Grund, sich für besser als die anderen zu halten, überlegener, bewußter. Bis jetzt.

»Wie lange, Liebling?«

»Ich weiß es nicht«, entgegnete er wahrheitsgemäß.

»Merkwürdig«, sagte sie, »merkwürdig, daß gerade du es warst.« Sie trat zurück und machte die Tür zu. »Gute Nacht, Charles«, sagte sie leise und zog sich zurück. In ihrem kleinen Gesicht standen Verwunderung und Schuld und ungemilderte Gewissensbisse.

Als Charles die Stufen hinabging, sah er, wie Dr. Wheeler neben der Haustür seinen Regenmantel anzog. Ohne zu Charles aufzublicken, sagte der Arzt: »Ich nehme an, Sie wissen, daß ich mir seit heute abend wie ein alter Mann vorkomme.« Sein Ton klang trokken und brüchig, ohne die übliche Wachsamkeit. »Alt und ziemlich nutzlos.« Während er den Mantel zuknöpfte, seufzte er, und sein Keuchen war lauter als zuvor zu hören. »Hätte darauf bestehen sollen, daß er nach Boston geschickt wird und sich noch mehr Tests unterzieht, nicht wahr? Dachte aber, eine solche Reise sei gefährlich für ihn.« In seinen Augen stand eine trübe Müdigkeit, und Charles konnte sehen, wie der Arzt in Gedanken die Vergangenheit durchwanderte, sich alle Fehlschläge, falschen Diagnosen, Fehler, Todesfälle vor Augen führte. Dr. Wheeler setzte sich den Hut ganz gerade auf den Kopf, und Charles beeilte sich, obwohl ihn sein ganzer Körper schmerzte, ihm die Haustür aufzuhalten.

Als ein feuchter, kühler Windstoß in die Diele fegte, hob Dr. Wheeler seine buschigen Brauen. »Sie wollten gestern meinen ärztlichen Rat hören, mein Junge – ob ich dächte, daß Ihr Gedächtnisschwund ein Symptom einer Geisteskrankheit sei.« Ein Anflug der früheren Geschäftigkeit lag wieder in Ausdruck und Stimme. »Nun, Junge, wenn Sie verrückt sind – und ich behaupte nicht, daß Sie es sind, der Herr bewahre mich –, wenn dem so ist, dann ist es wirklich schade, daß sich nicht mehr Leute diese Krankheit holen. Dann hätten wir vielleicht eine bessere Welt.« Er trat über die Schwelle, überquerte die Veranda und ging die Stufen hinab, in den Regen hinaus, der nun wie eine schwarze Wand herniederfiel.

Während er noch der kleinen Gestalt nachsah, wie sie in den Wagen stieg, der an der Kurve der Auffahrt geparkt war, wollte er die Tür schließen. Dabei fegte eine Bö für einen Augenblick den undurchsichtigen Regenschleier beiseite, und er sah eine nasse Straße, die im Licht der pendelnden Bogenlampe gelb dalag. Eine Sekunde lang, im schlagartigen Bewußtsein der Gefahr, kehrte der alte Schrecken wieder, er sah die verkrümmte Gestalt wieder an dem Laternenpfahl drüben lehnen. Dann versperrte ein neuer Regenguß den Ausblick. Hatte er es sich eingebildet? Wenn Edward Albert wirklich dort stand, was dann? Charles blieb abwartend im Türrahmen stehen; er spürte die Kühle und Feuchtigkeit der Nachtluft am ganzen Körper. Durch die schräge, silbrig schwarze Regenwand konnte er nichts erkennen. Aber jeder Nerv war angespannt. In der vergangenen Stunde hatte er fast, wenn auch nicht ganz, Edward Albert vergessen. Seine Hand umkrampfte den Türknauf, als ihn das verwirrende Mitleid und der erstickende Ärger von neuem überfielen. Wenn Edward Albert wirklich da drüben im Regen stand, was für einen wahnsinnigen Plan hatte er dann in seinem kranken Gehirn ausgeheckt?

Er war bereits auf die Veranda hinausgetreten, als Dr. Wheelers

Wagen aus der Auffahrt ausscherte, die Scheinwerfer durchbohrten vor ihm die Dunkelheit. Im gleichen Augenblick fegte wieder eine Bö herbei und schob den Regenvorhang beiseite. Er konnte den Laternenpfahl deutlich erkennen.
Niemand stand da.
Er hatte es sich also eingebildet. Er ging ins Haus zurück und schloß die Tür. Wie konnte er sich einreden, daß Edward Albert in einer solchen Nacht da drüben stünde? Wie – wenn nicht sein Geist inzwischen jede Relation zur Wirklichkeit verloren hatte?
Ohne ein Geräusch vernommen zu haben, spürte er, daß noch jemand in der Diele war, und wandte sich um. Es war Alexandria. Sie stand am Fuß der Treppe, reglos, und starrte ihn an. Ihre dunklen Augen waren gerötet, blickten wieder sehr reserviert, etwas glasig; aber das fassungslose Erstaunen war trotzdem unverkennbar. Ihr dunkles Haar hatte sich auf der einen Seite gelöst und war auf die Schulter gefallen, was den Eindruck von Schicksalsergebenheit und Resignation noch verstärkte. Und ihre Haut, bleicher als zuvor, spannte sich dünn, fast durchsichtig über die feine Struktur ihres Gesichts.
Impulsiv trat er einen Schritt auf sie zu, während sein Herz vor plötzlicher Zärtlichkeit jubelte. Sofort riß sie die Augen angstvoll auf und er blieb stehen.
»Vater ist eingeschlafen«, sagte sie so leise, daß er sich anstrengen mußte, um die Worte zu hören. Dann sagte sie, als störe sie ihre Verwirrung zutiefst und als sei ihr dieser Gedanke gleichzeitig unangenehm. »Das ist dir zu danken.«
Sie ging schwerfällig ins Wohnzimmer. Charles folgte ihr. Er hatte ihr bisher noch keine Erklärung über Edward Albert gegeben.
Der Regen trommelte gegen die Scheiben, gegen die Hauswand. Charles sah, wie Alexandria auf ein Sofa sank, die Beine auf die Polster zog, so daß nur ihr blasses Gesicht und ihre Schulter über dem anmutigen Faltenwurf ihres dunklen Kleides sichtbar waren. Ihre Augen schauten ihm dunkel entgegen, und er fand ihren betäubten Gesichtsausdruck fast noch unerträglicher als zuvor ihre bittere Fröhlichkeit und Verachtung. Er wußte, was zu tun war: es mußte ein Weg gefunden werden, um diesen verletzten Ausdruck von ihrer Miene zu wischen. Aber er hatte nicht die leiseste Ahnung, wie dies zu bewerkstelligen war. Ihre Haltung wies ihn zurück und zog ihn doch magnetisch an.
»Wie lange weißt du schon von Vater?« fragte sie schließlich. Wieder dieselbe Frage – Tante Catherines, seine eigene – und obwohl er im gleichen Augenblick wußte, daß Alexandria sich mit dem zusätzlichen Vorwurf, nicht feinfühlig und aufmerksam genug gewesen zu sein, herumquälte, konnte er ihr nur wahrheitsgemäß antworten: »Ich bin nicht sicher.«
Sie antwortete nicht. In Gedanken schien sie weit weg zu sein. »Nach

dem Tode deines Vaters, kurz nachdem wir uns in New York kennenlernten, als sie dich von Korea herübergeflogen hatten, da sagtest du einmal . . . du sagtest: ›Wenn ich nur nicht so weit weg gewesen wäre, wie es geschah. Es gab noch so vieles, was ich ihm gern gesagt hätte, und jetzt werde ich es nie mehr können.‹« Sie wandte ihm ihr Gesicht zu. »Erinnerst du dich noch daran?«

Nein. Er entsann sich nicht. Und doch fielen ihm nun die Worte seiner Schwester Mady in der vergangenen Nacht ein, er wußte, was zu sagen er versäumt hatte. *Ich verstehe, ich verzeihe*. Im gleichen Augenblick empfand er die Gewißheit – halb Erinnerung und halb Vermutung – daß dies die Worte waren, die er nie ausgesprochen hatte und daß es für immer zu spät war.

»Ich habe das Gefühl«, sagte Alexandria, »daß mir mein Vater wiedergeschenkt worden ist.« Um ihre Mundwinkel zuckte es bitter. »Es fällt mir nicht leicht, dir zu danken, Charles.«

Der stechende Haß war so härter zu spüren, als wenn sie ihm unverblümt Ausdruck verliehen hätte. Er konnte nichts sagen. Statt dessen ließ er sich in einen tiefen Sessel sinken. Die schwüle Luft schien wie eine Zentnerlast auf ihn zu drücken, stetig und schwer und genau so greifbar wie der Widerhall der ans Fenster klopfenden Regentropfen in seinem Ohr.

»Was ist nur mit uns geschehen?« hörte er sie fragen. Ihr Ton, trocken, leer und ausgebrannt, stand schmerzlich im Raum zwischen ihnen, gemischt mit seiner Verzweiflung. »Du weißt so viel. Kannst du es mir nicht sagen?«

Charles spürte ein Würgen in der Kehle, ein heißes Fieber und eine Erschöpfung, während er in einer Woge von Zärtlichkeit gefangen saß und gleichzeitig wußte, daß er nun aufstehen mußte, um zu ihr zu gehen, ihr etwas Liebes und Wahres zuzuflüstern, etwas, das für alle Zeit die Häßlichkeit fortwischen würde und ihr aufs neue die bedeutungsvollen Augenblicke ihres gemeinsamen Lebens enthüllen, etwas, das ihre Gedanken entzünden würde und Verbitterung und Angst in reinigenden Flammen verbrennen. Aber ihm fehlten die Worte, er kannte nicht einmal jene Momente, wußte lediglich, daß sie existiert haben mußten, weil sie ihm gegenüber sonst nicht so empfinden könnte, wie sie es tat. Er selbst konnte sich nur an die vergangene Nacht oben im Schlafzimmer erinnern, und ein Impuls warnte ihn davor, sie zu erwähnen.

Der Wind pfiff nun um die Ecken, und einen Augenblick lang schien das ganze Haus in einer Bö zu erzittern.

Dann erhob Alexandria sich mit einer anmutigen, fließenden Bewegung, und als sie im Gehen weitersprach, stockte ihre Stimme. »Nun, Charles?«

»Ich weiß nur«, sagte er, »daß ich dich liebe.«

Sie blieb unvermittelt stehen, wandte sich jäh zu ihm um, und das plötzliche, intensive Funkeln ihrer Augen blendete ihn fast. »Hör auf, das zu sagen«, sagte sie scharf. »Hör auf, das zu sagen!« Und sie trat einen Schritt näher. »Ich habe es dir einmal gesagt, Charles, in New York, als wir in einer Pferdedroschke durch den Central Park fuhren. Du magst das auch vergessen haben, aber damals habe ich dir gesagt, daß außer mir niemand für dich existieren darf, nur ich, ganz allein ich. Du hast es vielleicht vergessen, *aber ich habe es dir gesagt!*«

Er wich ihrem Blick aus. Der Damm brach, und Selbstverachtung überschwemmte ihn, erstickte ihn in ihrem zähen, ätzenden Schlamm. Es kam ihm nicht mehr unfair vor, für die Handlungen eines anderen zu leiden. Es gab jetzt keinen Unterschied mehr zwischen ihm und dem anderen Charles, außer der Tatsache des verlorenen Gedächtnisses. Ihm wurde bewußt, daß er schon lange nicht mehr an den anderen Charles auch nur gedacht hatte.

Zwischen Alexandrias blauen Augen, die wieder von Zweifeln umschattet waren, entstand eine tiefe Falte. »Wie«, fragte sie, »wie kannst du wissen, daß du mich liebst, wenn du dich nicht *erinnern* kannst?«

Ehe er antworten konnte – er wußte darauf ohnehin keine Antwort – ertönte Conways Stimme spöttisch von der Diele her. »Ich hoffe, daß ich nicht störe –«

Conway zögerte nur kurz, durchquerte dann den Raum zwischen ihnen und trat zum Cocktail-Tisch, nahm ein halbhohes Glas, warf Eiswürfel hinein, ohne die beiden eines Blickes zu würdigen. »Möchtest du auch etwas zu trinken, Alexandria?« fragte er, und seine Stimme klang gespannt und herausfordernd.

Alexandria kehrte sich von Charles ab. »Nein, danke.« Sie setzte sich wieder auf die Couch.

Conway goß Whisky über die Eiswürfel, rührte mit einem Finger um und wandte sich dann an Charles. Sein breites Gesicht war fahl, und seine Sommersprossen stachen deutlich von der Blässe ab. Seine Augen unter den rostroten Brauen blickten weder verbindlich noch feindselig, nur ruhig erstaunt und fragend. Er nahm einen Schluck, ehe er sprach: »Charles, Sie haben jeden von uns da oben ganz schön blamiert, nicht wahr? Houghton ist in seinem Zimmer und weint.« Er machte eine kurze Pause. »Haben Sie gehört – er weint!«

Zum erstenmal schaute Conway Alexandria an – und Charles sah, wie eine Sekunde lang unverhüllte Liebe in seine Augen sprang, ehe er sich wieder mit großer Willensanstrengung beherrschte und hastig ein paar Schluck trank.

Conway sagte dann: »Er bedroht sogar mich.«

»Womit?« fragte Alexandria.

Conway machte eine wegwerfende Geste. »Ein Mann wie Houghton kann eine Menge Schwierigkeiten bereiten. Und er ist bei seinen Methoden nicht wählerisch. Dahinter bin ich auch schon gekom-

men.« Er wandte sich wieder an Charles. »Er ist nicht mehr aufzuhalten«, sagte er ruhig, warnend.
»Sie können ihn aufhalten«, sagte Charles, hörte seinen gelassenen Tonfall und war überrascht, wie normal seine Stimme in ihm nachhallte.
»Ich kann«, gab Conway vorsichtig zu. »Mit seiner Vollmacht könnte ich auch Mr. Parsons' Aktien verkaufen, wie Houghton es wünscht –«
»Zum Teufel mit Houghton«, sagte Charles und stand auf. »Sie wissen jetzt, was Austin wünscht.«
Conway wandte sich an Alexandria. »Dein Vater ist schwer krank«, sagte er und setzte sich in einen Sessel, wobei er wieder ein Bein über die Armlehne legte. »Er meint wahrscheinlich, daß er immer noch der Leiter des Unternehmens ist. Er kann all die Komplikationen, all die Probleme nicht kennen –«
Charles spürte, wie ein neuer Ärger und eine neue Wachsamkeit die anderen Gefühle verdrängten. »Wollen Sie damit sagen, daß Sie etwa Austin Parsons' Vollmacht dazu benutzen wollen, sein Unternehmen zu verkaufen?«
Conway fuhr sich mit der Hand durch seine kurzen, roten Haare. »Unter diesen Umständen, Charles, ist es meine selbstverständliche Pflicht, im besten Interesse meines Klienten selbständig zu entscheiden.«
Charles trat einen Schritt vor. Sein Blut raste durch die Adern. »Es ist Ihre Aufgabe, seine Wünsche zu erfüllen, nicht wahr?«
»Theoretisch«, gab Conway zu; seine Augen wurden schmal. »Theoretisch ja. Aber ich habe auch eine Verpflichtung gegenüber Austin Parsons' Vermögenswerten. Ich habe das gestern erklärt. Was passiert, wenn sich mein Klient heute gegen einen Verkauf zu einem günstigen Preis weigert und es mit dem Unternehmen dann weiter bergab geht?«
Charles warf Alexandria einen Seitenblick zu und war überrascht, sie abwesend vor sich hinstarren zu sehen; gleichzeitig schien ihm diese Haltung tödlicher, gefährlicher als der bittere Haß im stechenden Blick zuvor.
»Charles«, fuhr Conway fort, »wenn all die Dinge nicht passiert wären, wie sie passiert sind, dann wäre ich ehrlich davon überzeugt, daß Sie die Fabrik wieder auf die Beine stellen können. Aber unter den gegenwärtigen Umständen –« Er zuckte die Achseln und trank einen Schluck.
Da wurde es endlich Charles völlig klar: Conway hatte sich bereits entschieden. Sofort fiel Charles die Szene ein, ehe sie nach oben gegangen waren, Alexandria an Conways Brust geborgen; er spürte sogar schmerzlich die Sehnsucht, die für Conway nun kurz vor der Erfüllung zu stehen schien. Alexandrias an Conway gerichtete Worte fielen ihm wieder ein: *Und du warst immer so gütig zu mir.*

Wir brauchen alle Freundlichkeit und Güte, nicht wahr. Viel mehr als Liebe. In Conways Blick lag nun, da er Alexandria auf der Couch betrachtete, die aufgestaute Sehnsucht von Jahren. Auf irgendeiner Ebene seines Bewußtseins hatte Conway sich entschlossen, nicht aufzugeben, was endlich in seiner Reichweite lag.

Ein zaghaftes Gefühl von Niederlage rann Charles den Rücken herab. Warum sollte er immer weiterkämpfen? Für seine eigene Person? Für Austin? Für die Stadt selbst? Für Alexandria?

Trotzdem sagte er: »Austin glaubt, daß ich es tun könnte.«

Conway nickte zustimmend. »Mr. Parsons kann nicht die ganze Angelegenheit überblicken. Er weiß zum Beispiel nicht, daß Sie eine schwache oder gar keine Erinnerung an verschiedene wichtige Jahre Ihres Lebens haben –«

Bestürzt fragte sich Charles nun: hatte Conway sich schließlich davon überzeugt, daß Charles die Wahrheit sagte, oder hatte er es sich eingeredet, weil er diese Überzeugung zur Verfolgung eigennütziger Zwecke brauchte? »Ich habe es Austin heute abend gesagt«, sagte Charles. »Er weiß es.«

Daraufhin wandte Alexandria sich wieder zu ihm, stirnrunzelnd, aber schweigend.

Conway spürte die Bewegung. »Nun, er ist aber nicht in der Lage, die daraus resultierenden Verwicklungen zu begreifen, wollen wir sagen.« Er stand schwerfällig auf und tapste wie ein Bär zum Cocktail-Tisch hinüber, um sein Glas abzustellen. »Houghton weiß zum Beispiel nicht, daß ich mich heute nachmittag mit dem Staatsanwalt unterhalten habe. Er weiß nicht, daß die Autopsie von Holly Mitchell ergeben hat, daß sie schwanger war.« Er drehte sich zu Charles um. »Morgen werden Sie wahrscheinlich einer Anklage wegen vorsätzlichen Mordes gegenüberstehen, Charles.«

Conway hatte seine Stimme nicht erhoben. In seinen Augen glitzerte keine Spur von Bösartigkeit oder Triumph. Er vermied bewußt, in Alexandrias Richtung zu blicken. Draußen hörte man ein erstes Donnergrollen, noch weit entfernt.

Charles spürte einen einzigen Stich, messerscharf, voll Haß und Wut gegen Conway persönlich gerichtet, ehe ihn wieder das grausame und unabänderliche Gefühl von Verdammnis einhüllte. Und damit ergriff ihn wieder die Selbstverachtung. Trostlosigkeit und Unheil – es nahm kein Ende.

Er hat versucht, mich umzubringen.

»Es schadet nichts«, meinte Conway sanft, »daß gewisse Leute davon *überzeugt* sind, daß Sie wahnsinnig sind.«

Gab es noch irgendeinen Zweifel, daß er den Wagen absichtlich um die Kurve herum und in den Fluß gefahren hatte? Es blieb nur noch die Frage: *warum?* In der Hoffnung, das Mädchen zu töten? Das Kind? Sich selbst? Vielleicht in einem Augenblick wilder, zorniger Verzweiflung, um alles zu beenden –

Unwillkürlich, während das Gefühl der Selbstverachtung ekelerregend in seinen Gedärmen wühlte, wurde sein Blick wie hypnotisiert von Alexandria angezogen. Sie schaute nicht ihn, sondern Conway an. Ihre Augen, zuvor erloschen, funkelten jetzt mit einer hysterischen Unbekümmertheit. »Warum hast du mir das nicht früher gesagt?« fragte sie.

Conway zuckte die Achseln. »Wahrscheinlich konnte ich es nicht übers Herz bringen.«

Lüge, schrie es in Charles auf, *Lüge!* Conway hatte sich dies aufgespart, bis er mit sich selbst über seine Pläne im Hinblick auf Alexandria im reinen war. Nun, da er Unterstützung brauchte, hatte er den tödlichen Schlag ausgeteilt.

Sehr still sagte Alexandria: »Lawrence –«

»Ja, Alexandria?« Eine Liebkosung lag in seinem Ton.

»Verkaufe meine Anteile zusammen mit denen von Vater.«

Conway sagte zuerst nichts, ließ seinen Blick vorsichtig und ausdruckslos zu Charles schweifen. »Wenn du es sagst, Alexandria«, sagte er mit zarter, beruhigender Stimme.

Der Wind heulte nun um die Ecken des Hauses. Conway trat einen Schritt auf Alexandria zu.

»Wenn du *sicher* bist, Alexandria –«

»Ich bin sicher.« Die Worte klangen leblos, tonlos. »Es kommt nicht mehr darauf an, verstehst du? Überhaupt nicht mehr.«

Conway streckte eine Hand aus und legte sie, nur einen Augenblick lang, auf ihren Scheitel, während Charles' Herz sich zusammenzog. Conways Gesicht sah jung aus, unschuldig und erfüllt von jungenhaften Hoffnungen. Die Geste hatte eine gewisse Endgültigkeit. Charles spürte, wie sein ganzer Körper matt und schlaff wurde.

»Gute Nacht, Alexandria«, sagte Conway und ging mit seinem schwerfälligen Gang zur Tür.

Während er in der Diele in seinen Mantel schlüpfte und das Haus verließ, die Tür hinter sich leise ins Schloß zog, blieb Alexandrias Gesichtsausdruck wie zuvor: bleich, in sich gekehrt, mit blinden Augen.

Anklage wegen Mordes: Die Worte hallten dumpf in Charles' Gedanken wider. Aber er wußte, daß nicht diese Worte Alexandria in diesen Schockzustand getrieben hatten ... *Autopsie an Holly Mitchell ergab, daß sie schwanger war.*

Schließlich, nach einer halben Ewigkeit, während er dem Rauschen des Regens und dem Heulen des Windes zuhörte, sah er, daß Alexandria sich etwas regte.

»Houghton hat also die ganze Zeit recht gehabt, nicht wahr?« fragte sie. Ihre Stimme war fast ein Flüstern, so leise und verhalten, daß er sich anstrengen mußte, die Worte vom Rauschen und Stürmen draußen zu unterscheiden. »Du hast mich nie geliebt, Charles. Von

Anfang an nicht. Sondern all dies« – ohne ihre Augen niederzuschlagen, neigte sie ihren Kopf in einer Geste, die das ganze Haus umschloß –, »das alles hier.« Dann trat wieder ein Feuer in ihre Augen, sie streckte ihr Kinn vor, und ihre Lippen kräuselten sich zu einem zynischen, wissenden Lächeln, das wieder ihr schönes Gesicht zu einer häßlichen Maske verzerrte. »Houghton hat also die ganze Zeit recht gehabt, nicht wahr?«

Und ohne auf den Protest zu warten, der in Charles' Innerem aufstieg, riß sie sich herum und warf das leere Glas mit einer weitausholenden Bewegung in die Tiefe des Zimmers. Das Glas drehte sich, torkelte, und traf auf die Wand, zerbarst, die Stücke flogen auf den Boden – und Charles fiel in diesem Augenblick der Gewalttätigkeit wieder jene Szene ein, die Tante Catherine beschrieben hatte: vor Jahren, als Austin Parsons versucht hatte, seine Frau zu erwürgen, während seine Tochter schreckerstarrt von der Schwelle aus zugesehen hatte.

Sogar noch während sich mit entsetzlicher Unabänderlichkeit das Netz – nach einem geheimnisvollen Muster, das zu begreifen zu komplex und schrecklich war – um ihn zusammengezogen hatte, während er sich noch erstickter und äußerst hilflos vorkam, machte er einen weiteren Schritt zu ihr hin.

»Hör zu«, hörte er seine Stimme knurren – aber es lagen auch Zärtlichkeit und Kummer in seinem Ton – »hör zu: so kannst du nicht weitermachen.« Und er streckte seine Hand aus, legte sie auf ihren Arm. Ihre weiche, nackte Haut war flammend heiß. »Wenn du nur zuhören wolltest, es zu verstehen versuchen – Liebe ist nicht so einfach –«

Aber sie wandte sich hastig ab und stieß seine Hand weg. »Ich habe dich gewarnt«, rief sie. »Ich habe dich gewarnt: sag das Wort nicht mehr!«

Sie warf einen schnellen, panisch-ängstlichen Blick ins Zimmer zurück und rannte in die Diele hinaus.

Sie war verschwunden.

Er strengte sich an, ihre Schritte auf den Stufen zu hören. Er stand wie angewurzelt, seine Gedanken ein einziges Durcheinander von Verwirrung, Mitleid, Schuld.

Dann hörte er, wie die Haustür geöffnet wurde. Er spürte einen kühlen Luftstrom an seinen Knöcheln. Die Tür fiel zu.

Alexandria war hinausgelaufen, nach draußen.

Sofort fiel ihm Edward Albert ein. Er hatte sie noch nicht gewarnt.

Er setzte sich in Bewegung.

In der Diele fing er zu rennen an.

Er riß die Tür auf, blieb einen Augenblick auf der Veranda stehen, getroffen vom stechenden Regenguß, dem Wind, der plötzlichen Kälte und Dunkelheit.

Er trat in den Garten hinaus. In Sekundenschnelle war er durchnäßt.

Er machte wieder eine Pause. Es war, als sei er auf dem Grund eines Sees, eines Flusses.
Am Rand des Rasens entdeckte er eine Bewegung: ihre nackten Schultern bleich, gespenstisch. Er rannte auf sie zu.
Als er sie erreicht hatte, ging sie geradeaus in Richtung der Straße weiter. Der Regen war eisig, drang bis auf die Haut. Ihr dunkles Kleid klebte an ihrem schlanken Körper, Gesicht und Schultern glitzerten vor Nässe, und ihr dunkles Haar hing in dunklen, feuchten Strähnen herab.
»Ich kann dich nicht weiterlassen, Alex!« schrie er, um das Heulen und Rauschen des Regens zu übertönen.
»Mich lassen?« Sie blieb stehen, drehte sich um. Er sah, wie der Regen an ihrem Gesicht herunterlief, von ihrem Kinn tropfte, ihren Blick hinderte. »Mich lassen?« Sie stieß ein freudloses Lachen aus, das sich mit dem Rollen des Donners vermischte, das näher gekommen war. »Du hast nicht darüber zu bestimmen, was ich tue.« Ihre Stimme bebte. »Nichts. Nie mehr. Nie mehr!«
Charles betrachtete aufmerksam die Straße in beiden Richtungen. *Ich sage dir, es gab nur zwei Möglichkeiten, entweder von der Straße abzukommen und in den Wald zu rasen oder mit dem blauen Wagen zusammenzustoßen.* »Du kommst mit hinein«, sagte Charles.
»Mit dir?« fragte sie, und ein Anflug von Hysterie war deutlicher erkennbar als zuvor. »Mit dir? Und was dann? Möchtest du vielleicht mit mir schlafen, Charles – damit ich an nichts mehr denke, damit ich alles vergesse? Mehr Lügen, mehr Vorspiegelungen!«
»Alex«, bat Charles. »Alex, hör zu. Jemand versucht, dich umzubringen. Du mußt mein Wort dafür nehmen. Du mußt mir das glauben.«
»Dir glauben?« Im Strahl eines Blitzes schauten ihre Augen verbittert, geblendet aus. Dann lachte sie kurz und rauh auf. »Ich werde nie mehr jemandem glauben!«
Sie drehte sich schnell um und rannte über die nasse Rasenfläche weiter auf die Straße zu. *Sie wird nie wissen, wann. Oder wie. Vielleicht tritt sie vom Bürgersteig auf die Straße –*
Charles, innerlich fluchend über seine eigene Hilflosigkeit, folgte ihr, über die glitschigen Gräser und Blätter weg. Er erreichte sie, als sie die Straße bei der Bogenlampe überquert hatte. Er ergriff ihren Arm – der nun eiskalt war – und schwang sie zu sich herum. Dann hielt er sie wie in einem Schraubstock fest, er brauchte sie, begehrte sie, liebte sie, während ein hoffnungsloses Entsetzen in seinem Inneren wühlte. Er schüttelte sie sinnlos, als könnte er mit dieser Bewegung den kummervollen Gesichtsausdruck von Angst und Verbitterung aus ihren Zügen löschen.
»Du wirst mir jetzt zuhören. Er hat es heute nachmittag versucht, nicht wahr? Er hat dich und Houghton fast umgebracht! Hat euch nicht heute jemand von der Straße abgedrängt?«

In ihre Augen trat ein aufblitzender Zweifel, und er hörte auf, sie zu schütteln. Er ließ sie los und schaute in ihr regenüberströmtes Gesicht herab. Sie zitterte am ganzen Körper, ihr Kinn bebte im trüben gelben Licht der schaukelnden Bogenlampe.
»Warum?« fragte sie mit erstickter Stimme. »Warum sollte irgendwer *mich* umbringen wollen?«
»Um mich damit zu treffen«, sagte Charles. »Kannst du das nicht verstehen? Damit ich leide.«
»Du? Warum solltest du –«
»Weil ich dich liebe, Alex. Er glaubt es. *Er weiß es!*« Er hätte sie liebend gern aufgehoben und ins Haus getragen, sie eingesperrt, wo sie warm und sicher geborgen wäre.
Weil das die einzige Möglichkeit ist, daß Sie Ihren Teil kriegen, Mister. Genauso wie ich meinen gekriegt habe.
Sie sprach nun mit ruhiger Stimme: »Wenn er das glaubt, wer immer er ist, dann ist er ein Narr. Verrückt.«
Ja, verrückt. Vollkommen verrückt. Wie aber sollte er Alexandria überzeugen?
»Er muß verrückt sein«, sagte sie, noch immer sanft, und in ihrem Ton und ihrer Haltung lag eine Note von Verstehenwollen. »Sich vorzustellen, daß du irgend jemanden außer dir liebst. Daß du das jemals getan hättest, es tun könntest. Deshalb hast du auch so hart darum gekämpft, das Unternehmen zu retten, nicht wahr? Nicht für mich. Für niemand anderen außer dir selbst. Wie üblich. Wie immer.«
Als sie geendet hatte, war ihr Körper steif, ihr Gesicht weiß und völlig beherrscht. Ohne zu blinzeln, wandte sie sich ab und ging – nicht die Straße entlang und fort, sondern über die Straße zurück, achtlos durch die Wassermassen, die im Rinnstein gurgelten, den Bürgersteig entlang und dann die Auffahrt hinauf. Ihre hilflose, erschöpfte Gestalt verschwand hinter den windgepeitschten Regenvorhängen.
Die Kälte war ihm nun in die Knochen gefahren. In jede Fiber, jede Pore. Er sah einen Lichtschein aus der Diele fallen, als sie die Tür öffnete. Sie schloß sie.
Langsam folgte er ihr, ihm schwindelte etwas, und sein Brustkorb war wie zugeschnürt.
Ehe er die Tür erreicht hatte, bevor er die Klinke berührte, wußte er bereits, daß die Tür abgeschlossen sein würde.
Im Aufflammen eines Blitzes ragten die weißen Säulen des Hauses drohend über ihm, als er sich abwandte. Es donnerte, diesmal ganz nah.
Er stand wieder vor der Tür.
War dies auch bereits vor Jahren festgelegt und vorausbestimmt worden, als er auf der anderen Straßenseite gestanden und Parsons' Haus angestarrt hatte, krank vor namenloser Sehnsucht, während

schmerzhaft vor seinem geistigen Auge unmögliche Visionen voller Wunder und Verheißung gaukelten?

Er konnte nicht bleiben.

Wissen Sie, was ich gestern abend gedacht habe? Ich dachte, was für ein schönes Feuer Ihr Haus ergeben würde. Da am Golfplatz –

Er konnte unmöglich weggehen.

Es war nur ein Gedanke. Ein ziemlich schöner –

Ein Blitz zuckte, silbrig und blendend, und er bereitete sich innerlich auf den Donnerschlag vor. Er krachte schmetternd, als bebe die ganze Welt unter ihm . . .

Der dritte Tag

11

Er hatte keine Ahnung, wie lange er so auf der Veranda gestanden hatte, bevor er um das Haus herumging und die Hintertür mit einem der Schlüssel von dem Schlüsselbund aufschloß, den Sterling Bolton ihm vergangene Nacht zurückgegeben hatte. Nachdem er die Tür wieder sorgfältig von innen verschlossen hatte, ging er durch die unteren Räume des Hauses, seine feuchten Kleider scheuerten auf der kalten Haut, und schloß alle Fenster, eines nach dem anderen.
Das Feuer in der Bibliothek war heruntergebrannt, aber eine flüchtige Wärme lag noch in der Luft. Sie drang bis zu seiner Haut vor, nicht aber zu der eisigen Ruhe in seinem Inneren – ebensowenig wie sie die kristallene Klarheit seines Gehirns zu trüben vermochte. Es kam jetzt nur darauf an, hier zu sein, falls Edward Albert es sich in den Kopf gesetzt haben sollte, seinen wahnsinnigen Plan heute nacht auszuführen –
Es gibt nur eine Möglichkeit, mich abzuhalten.
Er nahm die Schlüssel aus der Tasche und schloß die unterste Schreibtischschublade auf, zog sie heraus. Die Waffe lag noch da, wie erwartet, der Revolver, den er gestern entdeckt hatte. Er untersuchte ihn. Alle Handgriffe schienen ihm irgendwie vertraut. Es war wie beim Autofahren: instinktiv und automatisch wußte er es, ohne nachzudenken oder sich zu erinnern. Diesmal erfaßte ihn keine Überraschung. Der Revolver war geladen: das war im Augenblick das einzig Wichtige.
Es erfordert etwas Besonderes, um einen Menschen zu töten – Er steckte den Revolver in seine Rocktasche. *Ich bezweifle, daß Sie es in sich haben, Mister.* Er legte seinen Kopf auf die glatte Oberfläche des Schreibtischs. Sie fühlte sich merkwürdig kalt an seiner heißen Stirn an. Warum sollte seine Stirn heiß sein, während er am ganzen Körper vor Kälte zitterte? *Man muß ein Mann sein, um töten zu können.* Nein. Nicht ein Mann. Edward Albert hatte unrecht. Edward Alberts Geist war verwirrt. Töten machte einen nicht zum Mann: es machte einen zu etwas Minderwertigem. Woher kam ihm diese Erkenntnis?
Er schloß die Augen. Er wußte, daß er nicht schlafen durfte – und konnte.
Er hat versucht, mich umzubringen. Es war keine Frage mehr, ob Charles töten konnte, dazu fähig war. Holly Mitchell war tot.
Eine schwere Benommenheit hatte ihn überfallen. Er wagte nicht, einzuschlafen. Er zwang sich, seine Augen zu öffnen; er richtete sich auf. Was würde er ihr nützen, wenn er jetzt einschliefe? Er

reckte den Kopf, seine Nackenmuskeln protestierten, und da sah er ein Wort und eine Zahl auf dem Notizblock vor seinen Augen gekritzelt. Die Telephonnummer Adele Barachois' in New York. Ihr Aktienanteil war natürlich nicht mehr wichtig. *Verkaufe meine Aktien mit denen von Vater,* hatte Alexandria vorhin Conway befohlen. Aber in seiner plötzlichen hellen Klarsichtigkeit erkannte er, was er schon die ganze Zeit hätte sehen müssen. Der Verkauf der Aktien war Adele Barachois' Rache an der Familie. Und sie hatte sie an Clark Sanford verkauft – der angeboten hatte, auch die Anteile Tante Catherines zu kaufen. Houghton hatte natürlich durch den Aufsichtsratsvorsitzenden von Charles' Besuch bei seiner Mutter in New York erfahren. Es war möglich, sogar wahrscheinlich, wie er nun erkannte, daß Clark Sanford – habichtartige Augen, hohe ethische Prinzipien – schon die ganze Zeit Hand in Hand mit Houghton gearbeitet hatte. War er vielleicht sogar der Urheber des Planes? *Meine Anteile stehen alle verzeichnet und sind nicht unbeträchtlich.* Ja – Clark Sanford war der Anstifter des Liquidationsplanes.

Obwohl sein Geist so scharfsinnig funktionierte – als habe eine grelle Lampe alle Winkel seines Gehirns ausgeleuchtet –, senkte Charles wieder den Kopf. Sein Hals konnte die Last nicht mehr tragen. Er legte die Stirn auf den angewinkelten rechten Arm, den Arm, auf den er gefallen war, als Houghton versucht hatte, ihn auf dem Parkplatz zu überfahren. Er wußte, daß er nicht schlafen durfte, nicht schlafen durfte –

Aber er spürte, wie sein Geist, immer noch schmerzhaft gleißend ausgeleuchtet, in Schatten versank. Seine Augen fielen zu.

Er durfte sie nicht wieder im Stich lassen. Er hatte sie alle schon zu oft im Stich gelassen –

Ein Geräusch. Knistern. Feuer.

Er sprang auf die Füße.

Ich dachte, was für ein schönes Feuer Ihr Haus ergeben würde. Da am Golfplatz –

Logan stand vor ihm am Schreibtisch. Er blätterte die Seiten einer Zeitung um. Das Papier knisterte wie Feuer. Charles blieb reglos stehen, beobachtend, wußte, wo er sich befand.

»Kein Wort in der Zeitung«, sagte Logan und ging zur Fensterfront, um die Vorhänge zurückzuziehen. Eine bleiche Andeutung von Licht fiel ins Zimmer. Grau.

»Es ist ein Herr hier, der Sie sprechen möchte, Mr. Bancroft«, sagte Logan. »Ich sagte ihm, es sei für Geschäfte noch zu früh, aber er bestand darauf.«

Edward Albert. Charles' Hand fuhr unwillkürlich zu dem Revolver in seiner Rocktasche. Er ging mit steifen Muskeln, die sich noch mehr verkrampften, in die Diele.

Es war nicht Edward Albert, der dort wartete.

»Guten Morgen, Chuck«, sagte Sterling Bolton. Das breite Gesicht des Polizisten sah vergnügt und selbstzufrieden aus.
Während ihn wieder das nun vertraute Gefühl von Unabänderlichkeit und Verdammnis erfaßte, spürte Charles einen panischen Schrecken: er konnte sie jetzt nicht allein lassen.
»Ziemlich zeitig, fürchte ich«, sagte Sterling Bolton mit einem abschätzenden Blick auf Charles' Erscheinung, »aber Mr. Newberry wollte kein Risiko eingehen. Wahrscheinlich würde er Sie immer noch gern schützen. Und die . . . Familie. Mr. Newberry möchte gern mit Ihnen sprechen, Chuck.«
Der Gedanke an Preston schoß Charles durch den Kopf. *Der Staatsanwalt, dieser Newberry, das ist ein schwieriger Kunde.* Preston hatte also seine Drohung wahrgemacht, er war zur Polizei gegangen.
»Bin ich verhaftet?« fragte Charles, hörte das trockene Räuspern in seiner Kehle, noch ehe er es spürte. Er konnte jetzt nicht von hier fortgehen, aber es wäre ein hoffnungsloses Unterfangen, Sterling Bolton davon überzeugen zu wollen, daß sich Alexandria in Gefahr befand. »Bin ich verhaftet?«
Sterling Bolton warf Logan einen Seitenblick zu. Dann räusperte er sich. »Ich habe Anweisung, Sie hinzubringen, nicht, Sie zu verhaften.«
»Dann können Sie mich gern haben«, sagte Charles, und er hörte einen Widerhall des anderen Charles in diesen Worten.
Sterling Bolton zog die Schultern hoch, ruckte an seinem Gürtel. Sein Gesicht rötete sich.
»Wenn Mr. Bancroft nicht verhaftet ist –« begann Logan, aber Sterling Bolton schnitt ihm mit einer scharfen, abfälligen Geste das Wort ab.
»*Mister* Bancroft hat hier nichts zu befehlen. Wir haben hier kein Oberschul-Fußballspiel.«
In diesem Augenblick faßte Charles einen Entschluß. Es war alles sehr einfach, heute morgen. Nachdem er nun wußte, daß er es tatsächlich getan hatte, nun, da er seine Schuld erkannte und akzeptierte –
Er sagte: »Ich komme mit.« Was mit ihm geschah, war nun unwichtig. Er würde früher oder später doch gehen müssen. Das hatte er natürlich die ganze Zeit gewußt. Und je eher er mit der Polizei sprach, desto schneller würde er ihre Hilfe zu Alexandrias Schutz erhalten. Es war wirklich merkwürdig, wie präzise sein Geist heute früh funktionierte.
Logan half ihm in den Mantel. Als er ihn anhatte, zog er den Revolver aus der Rocktasche. Er bemerkte Sterling Boltons Stirnrunzeln, beachtete es nicht.
»Logan«, sagte er. »Wissen Sie, wie man damit umgeht?«
»Ja, Sir«, antwortete Logan prompt und nahm die Waffe entgegen.
»Lassen Sie niemanden, den Sie nicht kennen, ins Haus. Sollte je-

mand versuchen, Mrs. Bancroft zu schaden, zögern Sie nicht, von der Waffe Gebrauch zu machen.«

»Wenn Sie meinen, Sir«, sagte Logan, ohne die Miene zu verziehen.

»Und lassen Sie Mrs. Bancroft unter keinen Umständen das Haus verlassen, ehe Sie von mir gehört haben.«

Er sah, wie Logan Sterling Bolton einen kurzen Blick zuwarf, als er den Revolver in die Tasche seines Jacketts steckte – und dann sah er das amüsierte, wissende Grinsen Sterling Boltons.

»Wenn Sie jetzt bereit sind, *Mister* Bancroft«, sagte der Polizist.

Der Mantel war schwer über dem steifen, klammen Anzug. Er verstärkte die Wärme. Charles wandte sich ab und öffnete die Tür. Ein kalter Windstoß fuhr herein. Feuchtigkeit glitzerte auf dem Rasen. Er verließ das Haus zum letzten Mal: er wußte es, aber es hatte seine Bedeutung verloren. Wenn nur die Polizei käme und den Schutz Alexandrias übernähme.

Er saß im Beifahrersitz des Polizeiwagens. Nun gab es keine Wärme mehr. Alle Wärme hatte die Welt verlassen. Er zitterte am ganzen Leib.

Sterling Bolton fuhr. Sterling Bolton zündete sich eine Zigarette an. Der Rauch erfüllte das Wageninnere. Charles hatte Atemschwierigkeiten. Sterling Bolton begann zu pfeifen.

Sie fuhren bergab, fort vom Shepperton-Golfplatz.

»Was wollen Sie eigentlich damit beweisen?« fragte Sterling Bolton schließlich. »Einfach einen Revolver herauszuziehen. Glauben Sie nur nicht, daß ich nicht merke, worauf Sie es abgesehen haben. Sie und der schlaue Anwalt Conway. Sie glauben wohl, Sie können sich diesmal herauswinden, wenn Sie so tun, als hätten Sie nicht alle Tassen im Schrank?«

Charles schwieg. Er spürte keinen Ärger, überhaupt keine Gefühlsregung. Nur sein Geist arbeitete weiter, plante voraus. Er war sich seiner geistigen Gesundheit nie sicherer gewesen, das erkannte er jetzt.

»Nun«, sagte Sterling Bolton und blies den Rauch in die Luft, »eines von beiden – entweder das Gefängnis oder das Irrenhaus.«

Irrenhaus. Das Wort klang merkwürdig. Komisch. Es hatte für ihn keinen Schrecken mehr. Aber noch etwas anderes lag in Sterling Boltons Stimme, seinem Benehmen. Etwas Persönliches. Es war von Anfang an spürbar gewesen.

»Immer ein guter Schwimmer, das waren Sie doch?« fragte Sterling Bolton. »Entsinnen Sie sich noch an den Sommer, als wir beide Bademeister waren?«

Charles antwortete nicht. Sie fuhren nun durch das Baumgewölbe, auf einer Straße, die ihm mittlerweile vertraut war.

»War nicht sehr *sportlich* von Ihnen, nicht wahr? In den Fluß fahren, und dann das Mädchen ertrinken lassen. Schlaue Weise, jemanden loszuwerden. Aber nicht sehr ... passend für einen guten Staatsbürger.«

Holly Mitchell war nicht ertrunken. Sie war an Lungenentzündung gestorben.

»Hätte ebensogut wie ein Unfall aussehen können, wenn Sie es nicht mit der Angst zu tun bekommen und Fersengeld gegeben hätten. Wie sind Sie überhaupt nach New York gekommen?«

Charles schaute zum Fenster hinaus. Er war wie erstarrt vor Kälte, aber er zitterte nicht mehr.

»Newberry kann unangenehm werden, Chuck. Probieren Sie es nur nicht mit Lügen bei Newberry. Wie sind Sie überhaupt von der Stelle an der Flußstraße bis zum Bahnhof von Lancaster Falls gekommen?«

Preston. Er hatte seinen Schwager angerufen. Hatte Preston ihnen das nicht gesagt? Oder wollten sie ihm eine Falle stellen, damit sie ihn bei einer Lüge ertappten?

»Schon gut, Chuck, Sie brauchen nicht zu antworten. Es war nur eine Frage der Zeit. Das wußte ich schon eine ganze Weile. Aber wer achtet schon auf den Dorfpolizisten von Lancaster Falls? Wer würde schon von einem Mann wie Charles Bancroft annehmen, daß er dazu fähig sei, ein Mädchen im Wagen mitzunehmen und es dann kaltblütig im Fluß zu ertränken?« Er fuhr nun schneller. »Genau das ist aber in meiner Stadt passiert, und die Autopsie beweist, daß sie schwanger war; Ihre hochgestochenen Freunde konnten aber eine Leichenschau nicht unterdrücken. Sie sind geliefert, *Mister* Bancroft.«

Dann Schweigen. Kalte Stille. Das Geschäftsviertel der Stadt wirkte gespenstisch. Früher Morgen. Einige Gestalten eilten zur Arbeit, gegen den Wind gestemmt. Der Wagen brauste durch eine Pfütze. Wasser spritzte an die Windschutzscheibe, trübte die Sicht.

»Haben Sie die verdammte Medaille noch immer?«

Sofort fiel Charles die metallene Scheibe in der Schreibtischschublade ein mit der Inschrift: *Sportlichkeit ... Führerschaft ... Gelehrsamkeit ... Staatsbürgerschaft ... Shepperton-Oberschule 1946.*

Sterling Bolton lenkte den Wagen zum Bordstein und hielt an. »Wer hat die ganzen Stürmer abgeschirmt? Wer hat die Angreifer blockiert, damit Sie Ihre Tore schossen?« Er drehte die Zündung ab. »Aber kriegt Sterling Bolton dafür eine Medaille? Na, Chuck, wir werden sehen, was die darüber denken, wenn man Ihnen eine Anklage wegen vorsätzlichen Mordes aufbrummt. Dann werden wir sehen, was der Rektor und die ganzen Lehrer nachträglich davon halten, Ihnen die Medaille gegeben zu haben.« Er öffnete die Tür und stieg aus dem Wagen.

Er hatte hinter dem steinernen Gerichtsgebäude geparkt. Aber Charles rührte sich nicht. Das war also die Erklärung für die persönliche Aversion. Das Unglaubliche und Widersinnige der ganzen

Sache berührte Charles nur wenig. Nur am Rande. Seine Verhaftung und Verurteilung würden für Sterling Bolton eine Genugtuung sein. Wieder eine kleine Rache. Und niemand anderem außer Sterling Bolton würde sie etwas bedeuten. Dabei wußte Charles, daß ihn, zumindest teilweise, etwas, das vor siebzehn Jahren geschehen war, in diese Lage gebracht hatte. Die Tür neben seinem Ellbogen wurde aufgerissen.
»Bitte, *Mister* Bancroft«, sagte Sterling Bolton und grinste dabei.
Wieder Kälte. Schneidend. Überwältigend. Sie verschlug ihm den Atem. Er bewegte sich steif. Durch eine schmale Tür in einer Ecke oder Rückwand. Einen Gang entlang. Kalt. In eine hohe, gewölbte Vorhalle. Geruch von Marmor und Alter. Ihre Schritte klickten scharf, hallten als metallisches Echo zurück. Sterling Boltons Gang: leicht, federnd, zügig. Die Kälte steckte nun Charles in allen Knochen. Steinerne Fußböden, glatt und naß, schimmernd. Wieder einen Gang entlang, muffig. *Staatsanwalt.* Sterling Bolton, nun mit feierlicher Miene, hielt die Tür auf.
Durch ein leeres Vorzimmer in ein Büro. Er wußte genau und sicher, was er nun zu tun hatte. Ein hochgewachsener Mann erhob sich hinter einem Schreibtisch, sehr muskulös, mit einem häßlichen Gesicht und einem oberflächlichen Lächeln. Er sprach mit tiefer, klangvoller Stimme, entschuldigte sich wegen der frühen Stunde, sagte, es sei keine offizielle Vorladung, nur eine freundschaftliche, informative Zusammenkunft, und ob Mr. Bancroft gern eine Tasse Kaffee trinken würde. Dann war das leere Lächeln verschwunden. Im Zimmer herrschte drückende Hitze. Es war, als träte man aus einer Eishöhle in den Krater eines Vulkans. Da entdeckte er Conway. *Ich halte so lange zu Ihnen wie Alexandria.* Was wollte Conway dann hier? Er saß auf einem Holzsessel, ein Bein über die Armlehne gelegt. Er rauchte eine Zigarre, nickte ihm zu. Charles hielt eine Tasse heißen Kaffees in der Hand. Der Dampf stieg ihm in die Augen. Zigarrenrauch erfüllte den Raum. Der hochgewachsene Mann ergriff wieder das Wort. Er konsultierte Notizen und Schriftstücke in einem Ordner auf seinem Schreibtisch, während er sprach. Seine Stimme klang trocken, kurzangebunden. Rücksichtsloses Fahren. Frühere Vergehen. Geschwindigkeitsüberschreitung. Bei Verdacht ungesetzlicher Vorgänge oder verbrecherischer Absicht geht der Fall an den Untersuchungsrichter.
Dafür war Charles nicht hierhergekommen. Das alles wußte er bereits. Aber der große Mann führte weiter das Wort mit seiner rauhen, trockenen Stimme. Wageneigentümer ermittelt. Begründete Annahme, daß eine weitere Person im Wagen war, zum Zeitpunkt des Unfalls oder Verbrechens. Dann schaute er Charles abwartend an.
Charles stellte die Kaffeetasse auf den Schreibtisch. »Wir vergeuden Zeit«, sagte er. »Das ist im Augenblick nicht wichtig.«
Newberry warf Conway einen Seitenblick zu. »Vielleicht überlassen

Sie mir die Entscheidung, Mr. Bancroft, was wichtig ist. Sie haben den Wagen gefahren, nicht wahr?«
»Das muß er nicht beantworten«, sagte Conway schnell. »Wenn Sie ihn verhaften wollen, Newberry, dann verhaften Sie ihn. Ich habe Ihnen gesagt, daß sich mein Klient nicht wohlfühlt. Er kann nicht noch zusätzlich belästigt werden.«
Newberry wandte sich Conway zu. »Das ist keine Belästigung, zum Teufel. Ich habe eine Aufgabe zu erfüllen, und ich versuche, sie so schonend wie möglich –«
»Dann tun Sie es doch! Verhaften Sie ihn. Was wird ihm zur Last gelegt?«
»Conway ... warum liegt Ihnen soviel daran, daß ich eine offizielle Verhaftung ausspreche?«
Charles wußte auch darauf die Antwort – aber es machte nichts. »Hören Sie!« hörte er sich sagen. Der Aufschrei erfüllte das Zimmer, hallte wider. Er spürte, wie Sterling Bolton von hinten auf ihn zutrat. »Da ist jemand, der meine Frau umzubringen versucht!«
Newberry schaute Conway an; der drückte seine Zigarre aus, sehr sorgfältig; und dann betrachtete Newberry Charles unter halb geschlossenen Lidern prüfend. Stille.
Hatte er sie überzeugt?
»Und wie«, fragte Newberry schließlich, »sind Sie zu diesem ... Schluß gekommen?«
»Er sagte mir, daß er es tun werde. Gestern.« Charles' Stimme klang heiser. »Er sagte mir, ich könnte ihn durch nichts aufhalten, außer, wenn ich ihn tötete.«
Newberrys Gesicht war ausdruckslos. »Und ... wer ist dieser geheimnisvolle ER? Hat er auch einen *Namen*, Mr. Bancroft?«
Er schluckte und sagte mit trockener Kehle: »Edward Albert. Er wohnt in der Gladstonestraße.«
Newberry lehnte sich auf seinem Stuhl weit zurück und fixierte Sterling Bolton. Dann, als sei ihm etwas eingefallen, beugte er sich vor und blätterte in den Schriftstücken, die auf seinem Schreibtisch lagen.
»Ein verwachsener Junge?« fragte Sterling Bolton. »*Der* Edward Albert? Den kenne ich, Mr. Newberry. Ist in derselben Nachbarschaft aufgewachsen wie ich, als wir noch in Shepperton wohnten.«
»Und?« fragte Newberry.
»Merkwürdiger Bursche, ja. Arbeitet nicht. Könnte keiner Fliege etwas zuleid tun.« Sein Ton klang verächtlich. »Hat vor seinem eigenen Schatten Angst.«
Charles merkte erst, daß er zitterte, als er sich, auf seine Fäuste gestützt, über den Schreibtisch des Staatsanwalts gelehnt hatte. »Ich bitte um Polizeischutz für meine Frau«, sagte er krächzend. Newberry nickte. »Ich habe es mir notiert. Sie haben mich überzeugt.«

Conway sagte: »Charles hat es mir gestern abend gesagt, Newberry«, aber seine Stimme klang erstaunt.
Wenn er ihn überzeugt hatte, warum setzten sie sich dann nicht in Bewegung. Warum schritt nicht irgendwer zu irgendwelchen Taten? »Er hat meine Frau gestern von der Straße abgedrängt. Bei Lancaster Falls. Weißer Jaguar.«
»Bolton? Ist uns ein solcher Vorfall gestern berichtet worden?«
»Da war ein kleiner Unfall. Ja. Mr. Houghton Parsons hat die Kontrolle über sein Fahrzeug verloren und ist in den Wald gerast.«
»Haben Sie ihn verhört? Sagte er etwas von einem anderen Wagen?«
Sterling Bolton warf Charles einen Seitenblick zu. »Na ja, er erwähnte ein anderes Auto, fällt mir jetzt ein. War verdammt aufgeregt.«
»Dann hat er es Ihnen gesagt!« rief Charles laut. »Er hat Ihnen erzählt, was geschehen ist!«
Sterling Bolton wich seinem Blick nicht aus. Seine Augen blickten verschleiert. »Houghton Parsons hat mir gesagt«, antwortete er ungerührt, »daß er Sie im Verdacht hat, dahinter zu stecken.«
Nun starrten ihn alle an. Alle. Fragend. Anklagend.
Es war Newberry, der das Wort ergriff. »Dieser Edward Albert«, sagte er, »war der Freund von Holly Mitchell, unseren Berichten nach. Oder wie man das heutzutage nennt.« Dann bellte er: »Warum würde der Junge Sie bedrohen, wenn er nicht glaubte, daß Sie Holly Mitchell absichtlich umgebracht haben?«
Ja, das glaubte Edward Albert auch. Aber –
Conway sagte: »Ich erhebe dagegen Einspruch, verdammt!«
Conways Gesicht war bleich, die Sommersprossen deutlich sichtbar. »Es steht noch nicht einmal fest, daß Holly Mitchell *getötet* wurde. Sie scheinen dabei zu übersehen, Newberry, daß sie an Lungenentzündung gestorben ist.«
»Das ist ein interessanter Punkt. Eine . . . Komplikation. Lungenentzündung *und* innere Verletzungen, laut dem Bericht des Leichenbeschauers.« Sein Ton wurde schärfer. »Ich habe nichts *übersehen*.«
»Sie können nicht böswillige Absicht nachweisen, wenn sie an einer Krankheit gestorben ist.«
»Eine Krankheit, die sie sich unter Wasser zugezogen hat, Conway. Die sie zweifellos nicht bekommen hätte, wenn sie nicht ins Wasser gefallen wäre. Ebenso die inneren Verletzungen.«
»Geben Sie es zu, Newberry – eine Jury wird Sie auslachen und den Fall absetzen – wenn der Richter es nicht vorher schon tut.«
»Das ist mein Risiko, nicht wahr? Was mich hier interessiert, sind Mr. Bancrofts Absichten.«
»Was Sie interessiert, ist ein aufsehenerregender Fall – prominente Leute und so weiter – um Ihnen die Nominierung zur Legislative zu sichern!«

Newberrys Stimme wurde hart, und er schlug mit der flachen Hand auf den Schreibtisch. »Meine Ambitionen haben hiermit nichts zu tun. Das Mitchell-Mädchen ist tot, weil Bancroft mit ihr herumgespielt hat. Und was sonst noch, das werde ich feststellen, wenn Sie Ihren Mund halten und mich endlich an Ihren Klienten ein paar sachdienliche Fragen richten lassen!«

Charles hatte den deutlichen Eindruck, daß die beiden miteinander fochten. Der Tod selbst war ein Teil des irgendwie unpersönlichen Duells zwischen ihnen. Ein listiger Gedanke kam Charles. Eine Versuchung. Er hatte Holly Mitchell auf dem Gewissen, nicht wahr? Was nun, wenn er ein Geständnis ablegte? Dann würden sie ihm alles andere, was er zu sagen hatte, auch glauben, und dann würden sie sich auf die Beine machen und Edward Albert suchen und ihn zurückhalten –

Conway beobachtete ihn, warf ihm stirnrunzelnd einen warnenden Blick zu. Als hätte er Charles' Gedanken erraten. »Ich habe Ihnen erklärt, Newberry, daß mein Klient keinerlei Erinnerungsvermögen hat, nicht weiß, was geschehen ist, damals, und einige Jahre zuvor.«

Sterling Bolton fluchte leise vor sich hin. »Er hat sich ganz gut an mich entsinnen können, als ich ihn vorgestern abend traf. Bis zurück zur Oberschule hat er sich besonnen.«

Newberry drehte den Kopf zu Conway, sagte: »Sie haben mir das sehr überzeugend erklärt. Aber ich kann in Mr. Bancrofts Benehmen heute früh nichts erkennen, das eine so ungewöhnliche Behauptung ... beweist.«

Sie hatten nicht vor, etwas zu tun. Das war vollkommen klar. Sogar, wenn er ein Geständnis ablegte, dann würde dieser Newberry nichts gegen Edward Albert unternehmen. Würde nichts anderes tun, als ihm einige zeitraubende Fragen stellen. Charles hatte die enervierende Empfindung, er müsse im nächsten Augenblick wie ein gefangenes Raubtier zu fauchen beginnen.

»Mr. Bancroft –« Charles stählte sich gegen weitere Fragen und beschäftigte sich insgeheim mit dem Gedanken, wann er zu Taten schreiten und was er dann eigentlich tun würde, »– Mr. Bancroft, warum sollte dieser Albert Ihre Frau bedrohen? Wenn er etwas gegen Sie hat, warum will er dann Ihre Frau umbringen?«

Weil das die einzige Möglichkeit ist, daß Sie Ihr Teil kriegen, Mister. Genau, wie ich meines gekriegt habe. Keiner würde ihm das glauben, und es war einfach keine Zeit mehr zu verlieren –

»Und, Mr. Bancroft, warum sollte Sie dieser Albert-Junge warnen, was er tun will? Würde ihm nicht sein Verstand sagen, daß er wegen vorsätzlichen Mordes bestraft würde? Wahrscheinlich hingerichtet?«

Glauben Sie, daß ich weiterleben will? Verdammt, ich wollte, ich wäre nie geboren. Glauben Sie, es macht mir etwas aus zu sterben?

Newberry erhob sich, blickte auf sie herab, kam dann um seinen Schreibtisch herum. »Bancroft, wenn das so eine Ausweichtaktik ist –«

In diesem Augenblick, noch ehe er sich über seine Aktion ganz klar war, setzte sich Charles in Bewegung. Er trat auf Newberry zu, ergriff seinen Arm, umklammerte ihn mit beiden Händen. »Es ist mir völlig gleich, was Sie von mir halten. Es ist mir völlig gleich, ob Sie mich verhaften oder nicht.« Er sprach in einem leisen, heiseren Flüstern. »Der Junge ist wahnsinnig. Er ist verrückt und meint jedes Wort, das er sagt, ernst. Ich bitte um Schutz für meine Familie! Das ist Ihre Aufgabe, bei Gott, und –«

Aber Sterling Bolton stand schon hinter ihm, riß seine Hände los, wirbelte ihn herum und schleuderte ihn brutal nach hinten an die Wand, wo Charles einen Augenblick betäubt stehen blieb, seinen Impuls, es ihm heimzuzahlen, mit gewaltiger Willensanstrengung unterdrückend.

Newberry zog seinen Rock gerade. »Edward Albert ist wahnsinnig, ja?« Die Ironie in seinem Ton war fast höhnisch, als er den Kopf schüttelte. »Ich dachte, das wäre Ihre Verteidigungsmethode, Conway?«

»Wir brauchen keine Verteidigungsmethode«, sagte Conway. »Sie haben noch keine Anklage erhoben.«

Newberry hatte seinen Blick nicht von Charles abgewandt. Nun ging er zum Angriff über, schob Sterling Bolton beiseite. »Das wollte ich gerade fragen: ist dies ein Ausweichmanöver . . . oder ist das Ganze die Ausgeburt eines verwirrten Geistes? Wenn Conway mir das letztere nicht so eifrig aufoktroyieren wollte, wäre ich geneigt, daran zu glauben.« Er trat näher, so daß man die großen Poren auf der häßlichen dicken Nase sehen konnte. »Meine *Aufgabe*, Mr. Bancroft, an die Sie mich eben freundlicherweise erinnerten, ist es, Kriminelle aufzuspüren und dem Gericht zu überliefern, *nach* einem Verbrechen. Es ist nicht meine Aufgabe, mich auf den Weg zu machen und einen jungen Krüppel zu verhaften, auf das Wort eines Mannes hin, dessen Anwalt mir erklärt, dieser könne sich an nichts erinnern, was vor drei Tagen geschehen ist.«

Charles warf einen Blick in die Runde. Auch gut. Er hatte sich entschlossen. Wenn sie ihm nicht helfen wollten, dann würde er allein damit fertig werden. *Es gibt nur eine Möglichkeit, mich aufzuhalten.* Er mußte nur erst einmal hier herauskommen –

Newberry kehrte zu seinem Schreibtisch zurück. Sein Gesicht war nun blaß, und seine Augen schwelten. »Conway, es mag sein, daß Sie recht haben, was den Zustand des Mannes betrifft, oder nicht. Aber ich bekomme jetzt ein paar Antworten auf meine Fragen! Also. Mr. Bancroft, wie sind Sie vom Lancaster-Falls-Aussichtspunkt zum Dorf Lancaster Falls gekommen? Sind Sie zu Fuß gelaufen?«

Conway sagte: »Newberry, ich erhebe Einspruch dagegen, mit der Begründung, daß dieser Mann krank ist –«

»Später«, unterbrach er ihn rauh. »Wie sind Sie zur Bahnstation gekommen, Bancroft?«

Preston. Sie wußten es. Preston hatte es Ihnen gesagt. Charles lehnte sich an die Wand. »Preston«, hörte er sich sagen und fragte sich, was passieren würde, wenn er jetzt schnell zur Tür rannte. Wenn er nun log, dann würden sie ihn sicher festhalten, und dann –

»Wer?« fragte Newberry scharf. »Wer?«

»Preston. Mein Schwager. Er hat mich abgeholt. Er fuhr mich hinüber, im Wagen meiner Schwester.«

Conway trat zwei Schritte vor. »Newberry, Sie stellen Fragen, deren Antworten Sie kennen, nur um –«

»Preston?« sagte Newberry wieder, und seine Stimme war leise. Er überflog ein Schriftstück in seiner Hand. »Was ist der Nachname Ihres Schwagers?«

»Ich weiß nicht«, sagte er. Sterling Bolton blockierte die Tür.

»Sie kennen nicht einmal den Nachnamen Ihres eigenen Schwagers?«

Conway fuhr dazwischen. »Verdammt, ich habe Ihnen doch gesagt –«

»Er erinnert sich aber, wer ihn abgeholt hat. Er sagt, daß er sich *daran* erinnert! Was ist mit seinem Gedächtnis los, dreht man es an und ab wie einen Wasserhahn?«

Charles schaute auf das eine Fenster hinter dem Schreibtisch. Wenn er Newberry veranlassen könnte, von seinem Schreibtisch wegzugehen –

Newberrys Stimme sank nun zu einem Flüstern herab. »Ich habe hier die Aussage eines Adrian Burr aus Lancaster Falls. Ein Farmer. Ihr Freund Sterling Bolton stieß auf ihn im Lauf seiner Untersuchung. Er sagt aus, daß er einen Mann gesehen habe, auf den Ihre Beschreibung paßt, der feuchte Kleider trug und entweder erschöpft oder betrunken wirkte, oder beides, und der ungefähr um sechs Uhr am Mittwoch abend in südlicher Richtung auf der Flußstraße ging. Er sagt aus, daß er seinen Lastwagen anhielt und den Mann bis zum Bahnhof von Lancaster Falls mitnahm, daß der Mann unzusammenhängend redete und nur sagte, er wolle nach New York.« Er warf das Schriftstück auf die Schreibtischplatte. »Warum sollte wohl ein Farmer wie Adrian Burr wegen einer solchen Sache lügen?«

Charles wußte es. Adrian Burr, wer immer er war, hatte nicht gelogen. Er spürte einen kurzen ärgerlichen Stich und war dafür dankbar. Es war natürlich Preston, der gelogen hatte.

»Wenn allerdings –« sagte Newberry in verändertem Ton mit einem flüchtigen Seitenblick auf Sterling Bolton. »Konstabler Bolton, ich weiß nicht, was Sie gegen Bancroft hier haben, aber persönliche

Streitigkeiten gehören nicht in eine polizeiliche Ermittlung. Hat Adrian Burr wirklich diese Aussage gemacht?«

»Und ob er sie gemacht hat, verdammt«, sagte Sterling Bolton.

Preston war also nicht zur Polizei gegangen, wie er gedroht hatte, weil Preston nämlich überhaupt nicht in der Gegend der Flußstraße an jenem Abend gewesen war. Mady hatte ihm dann von Charles' Gedächtnisschwund berichtet, und er hatte die Gelegenheit ergriffen, hatte ihn mit Lügen erpreßt.

»Noch eine Sache, Bancroft. Holly Mitchell hat im Krankenhaus, kurz bevor sie starb, eine Aussage gemacht. Sie war hysterisch, vielleicht im Delirium – das geben wir zu.« Er hielt ein anderes Schriftstück in der Hand, die leicht zitterte. »Sie wissen nicht vielleicht zufällig, was das für eine Aussage war?«

Charles nickte. Das Gebäude war fast leer. Wenn er Sterling Bolton durch einen Trick von der Tür wegbekommen konnte –

»Es stand nicht in der Zeitung«, sagte Newberry. Dann schwangen Ärger und Ekel in seinem Ton. »Ihr Freund, Konstabler Bolton, hat es Ihnen wahrscheinlich gesagt.« Charles fand die Kraft, wieder zu nicken, und sah den bösen Blick Newberrys in Richtung der Tür.

»Was hat sie gesagt?«

»Vor Gericht kommen Sie damit nicht durch«, warnte Conway.

»Zum Teufel damit! Mr. Bancroft, was hat Holly Mitchell gesagt?«

»›Er hat versucht, mich umzubringen‹«, sagte Charles, hörte nun die Worte laut ausgesprochen, die ihn seit vielen Stunden verfolgten –

Newberry betrachtete seine Notizen finster. »Was sie *genau* sagte, in der Gegenwart von zwei Polizeibeamten und einer Krankenschwester, war: ›Er hat versucht, uns umzubringen.‹« Dann machte er eine Pause und warf Sterling Bolton wieder einen grimmigen Blick zu. »Ich finde das ein wenig verwirrend, Mr. Bancroft. Glauben Sie, daß Sie eine Erklärung dafür haben?«

Vielleicht hatte Holly Mitchell an sich und das ungeborene Kind gedacht. Charles' ungeborenes Kind. »Nein«, sagte Charles.

Newberry durchblätterte wieder die Akte. »Mr. Bancroft, würden Sie bitte einen Blick auf dies hier werfen und mir sagen, ob Sie es irgendwann zuvor gesehen haben.« Dann fügte er etwas ätzend hinzu: »Oder besser: ob Sie sich *entsinnen* können, es gesehen zu haben.«

Charles nahm ein Blatt Papier entgegen, das ihm der Staatsanwalt entgegenstreckte. Er ging damit zum Fenster, vorsichtig, als brauche er mehr Licht, um die Schrift lesen zu können. Das Fenster war geschlossen und der Griff festgehakt. Bis er den Griff gedreht hatte, das Schiebefenster in die Höhe geschoben – Er konzentrierte sich auf den Brief, der mit Tinte auf ein normales, weißes Blatt Papier geschrieben war:

Liebster,
Du mußt mich besuchen. Ich kann es nicht aushalten, das meine ich ernst. Weißt Du, wie lange es schon her ist? Ich warte jeden Abend auf Dich. Verdammt, das kannst Du nicht mit mir machen. Habe ich Dich nicht glücklich gemacht, an Deinem Geburtstag? Ich war Dein Geburtstagsgeschenk, weißt du noch? Du hast gesagt, ich sei das einzige Nette, was Dir an Deinem Geburtstag begegnet ist. Einmal ist nicht genug. Für mich nicht. Komm lieber, weil ich Dir was Schreckliches sagen muß. Wenn Du nicht kommst, weiß ich nicht, was ich tue. Dann muß ich zu Dir kommen. Zu Dir ins Haus. Oder ins Büro. Es ist mein Ernst. Was ich Dir sagen muß, ist schrecklich. Ich kann so nicht weitermachen. Wenn mein alter Herr jemals dahinterkommt, bringt er mich um. Bitte. Bitte!
In Liebe. *Holly*

Während er las, stieg ihm in Gedanken das Bild des schmollenden, kindlichen Gesichts auf der Zeitungsphotographie auf, gleichzeitig mitleiderregend und etwas abstoßend, und er versuchte, die verschiedenen Informationsbruchstücke im Geist auszusortieren. Aber mit entsetzlicher Unabänderlichkeit schlugen seine Gefühle in Selbstverachtung und Abscheu um.
»Nun, Mr. Bancroft? Wissen Sie was das ›Schreckliche‹ nun war?«
»Ja«, sagte Charles, »ich weiß.« Aber er dachte an die Worte *Einmal ist nicht genug*, und spürte dabei eine gewisse, vage Erleichterung, die allerdings verschwommen blieb und nicht klar und deutlich in sein Bewußtsein drang.
Conway nahm ihm den Brief aus der Hand und las ihn, abgewandt dastehend.
»Dann geben Sie also zu, daß Sie von Miss Mitchells Schwangerschaft wußten?« Newberry ließ nicht locker.
»Er gibt überhaupt nichts zu«, fauchte Conway.
»Ich habe Ihnen gesagt«, wandte Newberry sich an Conway, »daß die Autopsie ergeben hat, daß Miss Mitchell drei Monate schwanger war.«
Da stritten sich Conway und Newberry wieder. Aber Charles, dem die Worte Newberrys noch in den Ohren dröhnten, hatte das nebelhafte Gefühl einer näherkommenden Befreiung. Erleichterung, Ungläubigkeit – Schock.
Conway sprach gerade, als Charles ihn unterbrach: »Sie sagten drei Monate –«
Conway und Newberry schauten ihn nun schweigend an.
Dann sagte der Staatsanwalt: »Möchten Sie den Leichenschau-Bericht gern sehen?«
Charles mußte sich sehr anstrengen, um das Gefühl schockierter Erleichterung nicht zu einer Hoffnung werden zu lassen. »Ich habe aber Holly Mitchell erst sechs Wochen gekannt«, hörte er sich sagen.

Newberry fuhr ihn an: »Daran erinnern Sie sich also?«
Charles hatte nicht einmal die Zeit, über die brillante Klarheit erstaunt zu sein, mit der sein Geist wieder funktionierte. Er griff in seine Brusttasche, zog die Brieftasche heraus, entnahm ihr den Führerschein und warf ihn auf den Schreibtisch – während die Erleichterung, die zunehmende Sicherheit sein Blut in Wallung brachten.
Newberry überflog die Daten im Führerschein, runzelte die Stirn. Dann wurde sein massiges Gesicht undurchdringlich. Er sagte nur: »Verdammt! Na sowas!«
»Das verstehe ich aber nicht«, murmelte Sterling Bolton hinter Charles' Rücken.
Newberry stieß ein verächtliches, grunzendes Lachen aus. »Das kann ich Ihnen erklären, Konstabler«, sagte er aalglatt. »Mr. Bancrofts Geburtstag war vor sechs Wochen. Der Brief besagt ziemlich deutlich, daß Miss Mitchell ihn an diesem Tag kennengelernt hat. Oder daß sie damals zum ersten Mal ... intim geworden sind. Sie war aber drei Monate in anderen Umständen.«
Jetzt würden sie ihm natürlich glauben müssen. Hoffnung stieg in ihm auf. Jetzt würden sie ihm selbstverständlich glauben müssen und handeln –
»Vielleicht hat er *gedacht*, er wäre der Vater«, meinte Sterling Bolton. »Sie muß ihm wohl gesagt haben, daß er es sei. *Sie* dachte doch, er sei es. Wie kam es, daß *sie* es glaubte?«
»Das hat sie nicht«, sagte Charles. »Sie hat gelogen.«
»Auf einmal«, sagte Sterling Bolton gedehnt, »erinnern Sie sich ziemlich deutlich an alles, nicht wahr? Wenn es nicht Ihr Kind war, wessen Kind war es dann?«
Sie verfluchte mich, spuckte mich an – und dann hat sie sich gleich da, da gleich ausgezogen und ist mit mir ins Bett gegangen –
»Wenn Sie sich nicht erinnern können«, sagte Sterling Bolton gerade, »woher wissen Sie dann, daß sie gelogen hat?«
Wie eine Woge fielen ihm die Worte des Barkeepers wieder ein: *Sie wissen ja, wie Holly ist, armes Ding – sieht so aus, als ob sie alles, was sie glauben will, sich so lange einredet, bis sie es glaubt.*
Und Edward Alberts Worte: *Sie hat gelogen. Sie hat die ganze Zeit gelogen.* Charles verfluchte sich innerlich: warum hatte er es nicht früher erkannt?
»Nun, Mr. Bancroft«, sagte Newberry und schob ihm den Führerschein über den Schreibtisch hin zu, »Ihr Gedächtnis scheint im Augenblick wieder ganz gut zu funktionieren, nicht wahr? Andrerseits gibt es noch andere mögliche Motive, nicht wahr?«
Charles' Blut strömte mit neuer Macht durch seine Adern. *Nachdem sie Sie getroffen hat, hat sie sich von mir nicht mehr anrühren lassen.* Er sah im Geist wieder die Wut und Leere in den tiefliegenden Augen Edward Alberts.
»Uns«, sagte Newberry nachdenklich, »›er hat versucht, *uns* umzu-

bringen‹. Hätte das bedeuten können, daß Miss Mitchell meinte, Sie würden sich selbst, gemeinsam mit ihr, umbringen wollen – ?«
»Nein«, sagte Charles flüsternd. »Nein«, sagte er und wußte, wußte endlich –
»Oder, da Sie ein erfahrener Schwimmer sind, kann sie das auch nur *angenommen* haben. Sie können geplant haben, sie im Wagen ertrinken zu lassen, so daß es wie ein Unfall aussieht –«
»Nein«, sagte Charles wieder, diesmal mit Schärfe und Nachdruck.
»Oder ›uns‹ hätte sich auf sie und ihr ungeborenes Kind beziehen können –«
»Uns«, sagte Charles, »hat bedeutet: Holly Mitchell und mich.« Die Gewißheit brannte nun heiß und schrecklich in ihm.
»Geben Sie zu – ?«
»Edward Albert hat uns von der Straße abgedrängt.«
Schweigen. Dann stieß Sterling Bolton wieder verhalten einen obszönen Fluch aus.
Die Gewißheit in Charles nahm wilde Proportionen an. *Er hat uns tatsächlich abgedrängt,* hatte Houghton gesagt, *aber ich habe den Kopf nicht verloren. Habe den Jaguar zu Schrott gefahren.* Verkrüppelt und sonst hilflos, kam sich Edward Albert in einem Auto mächtig vor. Mein Gott, warum hatte Charles das nicht eher durchschaut?
»Das ist eine ziemlich ernste Anschuldigung«, sagte Newberry nun. »Haben Sie irgendwelche Beweise dafür?«
Er hatte nichts, außer seinem Wissen, seiner eigenen Gewißheit. Und bis jetzt war er nicht einmal fähig gewesen, die Dinge klar zu übersehen.
»Was für ein mögliches Motiv könnte Edward Albert haben, Mr. Bancroft?« fragte Newberry heiter, ruhig.
Wie konnte er ihnen die verzerrten Ausgeburten von Edward Alberts Phantasie und Geist erklären? *Man muß ein Mann sein, sonst kann man nicht töten. Holly hat gesagt, ich sei nur ein halber Mann –*
»Wie, zum Teufel, kann er so etwas wissen«, fragte Sterling Bolton polternd, »wenn er sich nicht erinnern kann? Beides zusammen geht doch nicht.«
Charles schaute nun Conway an. Auch der war abwartend. Skeptisch. Nun nicht mehr überzeugt, gleichgültig, zu welchen Überlegungen er früher gekommen war.
Glauben Sie, sie hat es gewußt, kurz bevor sie in den Abgrund stürzte – hatte Edward Albert gern wissen wollen. Wenn Holly Mitchell gewußt hatte, daß er sie umbrachte, dann hätte ihm das etwas für ihn Lebenswichtiges bewiesen, in seinem verwirrten Geist.
Newberry knurrte wieder. »Antworten Sie auf die Frage des Konstablers, Mr. Bancroft«, sagte er.
Sie glaubten ihm nicht. Sie konnten nicht. Und wenn sie ihm nicht glaubten, dann würden sie auch gegen Edward Albert nichts unter-

nehmen. Während er bereits in diesem Augenblick auf dem Weg zum Haus der Parsons sein konnte –

Charles faßte einen endgültigen Entschluß. Es war, als rastete in seinem Gehirn etwas ein. Es gab jetzt keine andere Möglichkeit mehr. Er trat einen Schritt näher an den Schreibtisch heran.

»Bolton hat recht«, sagte er. »Ich habe gelogen.« Er hörte, wie ruhig und überzeugend seine Stimme klang. »Ich habe keine Amnesie. Habe nie Gedächtnisschwund gehabt.«

Er sah Verwirrung und Schock in Conways sommersprossigem Gesicht, hörte Sterling Boltons befriedigtes Grunzen hinter sich, sah, wie Newberry aufstand.

»Warum?« fragte der Staatsanwalt. »Warum haben Sie gelogen?«

Ein solcher Skandal könnte Vaters Tod bedeuten.

»Ich hatte gehofft«, sagte Charles, und seine berechnende Schläue überraschte ihn nicht im mindesten, »ich hatte gehofft, die Schande vermeiden zu können. Um der Familie willen.«

Newberry kam hinter seinem Schreibtisch hervor. »Sie haben Gedächtnisschwund vorgetäuscht, obwohl Sie wußten, daß Sie nicht schuldig waren?« Sein häßliches, massiges Gesicht schwebte dicht vor Charles' Augen. »Na gut. Erzählen Sie uns genau, was geschehen ist.«

Hastig rief Charles sich die Straße und die Klippe und den Aussichtspunkt und den Fluß ins Gedächtnis. Seine Stimme klang tonlos: »Er muß uns schon von der Stadt aus nachgefahren sein. Er schob sich neben uns, als wir in die Kurve fuhren. Er schnitt uns. Ich versuchte, einen Zusammenstoß zu vermeiden und fuhr über die Klippe.« Wenn es nicht genau so passiert war, so doch nicht viel anders: er war der Wahrheit so nahe gekommen, wie er konnte. Und während er nun sprach, kam ihm der Gedanke, er könne sich möglicherweise irren, überhaupt nicht.

Newberry nickte. »Was für eine Farbe hatte der Wagen?«

»Blau.«

»Modell?«

»Ich weiß nicht. Ich ... kenne mich mit Automodellen nicht aus.«

»Warum? Warum hat er es getan? Eifersucht?«

»Ja.« Seine Stimme war nun ein drängendes Flüstern: sie mußten ihm einfach glauben. Dann vervollständigte er die Lüge noch ein wenig, in dem Wissen, daß darin auch Wahrheit liegen mochte: »Und weil sie ihm gesagt hatte, daß sie ein Kind von mir erwartete.«

»Ich verstehe. Und jetzt erwarten Sie von uns, daß wir losrasen und diesen Edward Albert verhaften –«

Charles dachte an die lange Zeit, die inzwischen verstrichen war, weiter verstrich. »Er hat sie getötet«, sagte er nachdrücklich. »Wenn jemand dafür verantwortlich ist –«

»Sagen Sie mir«, meinte Newberry nun beiläufig, während er im

Zimmer auf und ab ging. »Was hat Miss Mitchell eigentlich am Mittwoch angehabt?«
Erschrocken wußte Charles keine Antwort. Was nun?
Aber Conway sagte in die Pause hinein: »Ein Mann erinnert sich nicht daran, was eine Frau –«
»Mischen Sie sich nicht ein, Conway«, fuhr Newberry ihn an, beschleunigte seine Schritte. »Hat sie einen Mantel angehabt?«
Es war kalt gewesen. »Ja«, sagte Charles. Worauf wollte Newberry nun hinaus?
»Was noch?«
Neue Fragen. Neue Zeitverschwendung. Wo es sogar jetzt bereits zu spät sein mochte. »Ein Kleid«, sagte Charles probeweise.
»Welche Farbe?«
Charles hielt den Atem an. Er hatte nicht die geringste Lust, weiter hier herumzustehen und kostbare Zeit zu vergeuden –
»Wer erinnert sich schon an die Farbe eines Frauenkleides?« warf Conway ein. Er vertrat Newberry den Weg, und der hochgewachsene Mann blieb stehen. »Sie sind nur böse, Newberry, weil Ihr Fall immer mehr Lücken bekommt –«
Newberry stemmte eine breite Faust in die Hüfte und schaute Conway an. Seine Stimme war heiser vor Wut. »Als die Staatspolizei Holly Mitchell am Flußufer fand, hatte sie nichts an. Später, als sie den Wagen herausgezogen hatten, fanden sich keine anderen Kleider im Wagen außer einem Kamelhaar-Polomantel auf dem Vordersitz. Und, bei Gott, wenn ein Mann sich erinnern kann, dann erinnert er sich an so etwas!« Er drehte sich scharf auf dem Absatz um und schaute Charles an, sein Gesicht war düster, wütend und unsicher. »Mr. Bancroft, Sie haben mir heute früh genug ausgefallene, unwirkliche Schilderungen aufgetischt! Aber jetzt lügen Sie. Nicht vorher – jetzt. Sie können sich an verdammt gar nichts erinnern, was am Mittwoch abend war!«
Schweigen. Draußen ertönte eine Hupe. Irgendwo in der Tiefe des Gebäudes klickten Absätze. Charles stand da, alle Blicke auf ihn gerichtet, wieder hilflos, in der selbstgebauten Falle gefangen. Es stand nun klar in ihren Gesichtern, in der Stille zu lesen. Er akzeptierte es: sie würden nicht helfen. Die ganze Erleichterung und Hoffnung der letzten Minuten, sogar das Dahinschwinden der enormen Schuldlast, die ihn bedrückt hatte, all das war wertlos, wenn sie nun nichts gegen Edward Albert unternehmen würden. Nun, da er sicher war, zu welchen Handlungen der Krüppel fähig war; nun, da er wußte, was Edward Albert bereits getan hatte.
Ich bin nicht wahnsinnig. Ich tue nur, was ich muß. Wozu mich die anderen zwingen. –
Vielleicht lag es an Charles' Ausdruck, vielleicht an einem plötzlichen Gewissensbiß oder einem Anflug von Mitleid oder Verständnis in Newberry: was immer der Grund gewesen sein mochte, er

senkte seine Stimme zu einer erstaunlich sanften, fast flehenden Bitte: »Seien Sie doch vernünftig, Mann. Seien Sie *vernünftig*. Es klingt doch völlig unsinnig. Warum sollte der Junge Sie oder Ihre Frau bedrohen, wenn er weiß, daß *er* Miss Mitchell getötet hat?«

Charles warf einen Blick in die Runde. Er konnte niemals die verrückte Logik der Gedankengänge Edward Alberts erklären. *Es gibt nur eine Möglichkeit, mich abzuhalten.* Newberrys mächtige Gestalt versperrte Charles den Weg. Sterling Bolton stand noch an der Tür. Während seine Hilflosigkeit ihn wie ein Stein im Magen bedrückte, rechnete Charles sich seine Chancen aus. Er schätzte die Entfernung zu Newberrys Kinn ab und fragte sich, was Conway tun würde –

»Ach, bei ihm ist eine Schraube locker«, brummte Sterling Bolton.

Kalte Wut erfüllte Charles, stetig und tief. Dann sah er, wie Newberry wieder zu seinem Schreibtischstuhl ging, dem Blick Conways auswich. Nun stand nur noch Sterling Bolton zwischen Charles und der Tür –

Während Newberry die Schriftstücke in den Aktendeckel steckte, schüttelte er den Kopf. »Der verrückteste Fall, der mir jemals untergekommen ist. Mr. Bancroft, ich behaupte nicht, daß Sie es nicht wirklich glauben – was immer Sie von dem Jungen in bezug auf Ihre Frau halten. Aber ich bin der ehrlichen Ansicht, daß Ihr Gleichgewicht ernsthaft gestört ist. Bitte begreifen Sie doch: niemand will Ihrer Frau etwas zuleide tun. Verstehen Sie das?«

Charles hörte den freundlichen, bestürzten und besorgten Unterton in der Stimme des Mannes, aber er begriff nur eine einzige Tatsache: was immer geschehen würde, er war auf sich selbst angewiesen.

Er wandte sich ab und ging zur Tür.

Sterling Bolton richtete sich steif auf. Sterling Boltons Augen in dem roten, runden Gesicht betrachteten ihn. Sterling Bolton stellte sich breitbeinig hin.

Dann sprach Conway: »Newberry, ich bin schon spät dran für eine wichtige Aufsichtsratssitzung in der Fabrik.«

Sterling Bolton stierte Charles nur an. Eine lauernde Hoffnung lag in seinem Blick. Hoffnung, daß Charles es versuchen würde.

»Gehen Sie nicht zu weit«, Newberrys Stimme klang müde, unsicher. »Bleiben Sie in der Stadt, Mr. Bancroft. Ich entlasse Sie, vorläufig. Ihr Anwalt wird mir für Sie bürgen.«

Sterling Bolton schaute ihn unverwandt an, und Charles überkam wieder der Impuls zur Gewalttätigkeit, zur Rache. Indessen hörte er Conway hinter sich näherkommen.

»Sie wollen ihn wohl hier herauslassen, damit er noch jemanden umbringen kann?« fauchte Sterling Bolton.

»Ich werde Ihnen sagen, was ich tun werde, Konstabler Bolton«, antwortete Newberry daraufhin gelassen. »Ich werde dafür sorgen, daß Ihre ganze Behandlung des Falls untersucht wird. Ebenso Ihr

unbefugtes Eindringen in Mr. Bancrofts Büro, um einen Privatbrief zu konfiszieren. Ohne Befugnis oder Erlaubnis von meiner Seite.«
Dann schrie Newberry ihn an: »Machen Sie, daß Sie ihm aus dem Weg kommen, verdammt. Das ist ein Befehl!«
Sterling Bolton blinzelte. Er zögerte nur den Bruchteil einer Sekunde, dann trat er grollend beiseite. Von der Tür fort.
Und dann setzte Charles sich in Bewegung, er rannte nicht, ging nur mit großen, schnellen Schritten, die laut auf dem Steinfußboden hallten, den Gang entlang, in die gewölbte Vorhalle, bemerkte nur am Rande, wie sich erstaunte Gesichter nach ihm umdrehten. Nun war der Drang zur Eile wieder freigesetzt und er trug ihn wie eine Woge.
Es gibt nur eine Möglichkeit, mich aufzuhalten.
Nein. Er vermochte nicht zu töten. Das wußte er nun.
Dann stand er vor dem Gebäude, der Wind zerrte an ihm und verstärkte die innerliche Kälte und das entsetzliche Dringlichkeitsgefühl; er hielt inne. Vor ihm lag die Stadt, fremd und doch vertraut.
Und die Straßenblocks bis zu dem Haus in der Gladstonestraße – die Meilen – dehnten sich vor ihm aus, unendlich, zeitraubend. Mit jedem Schritt bohrte sich eine kalte Klinge tiefer in seine Beine und seinen Unterleib. Die noch klammen Kleider scheuerten rauh auf der nackten Haut, wie auf entblößten Nervenenden. Es kam jetzt auf den Kunstgriff an, das wußte er, das Denken und Grübeln zu vermeiden. Es kam jetzt darauf an, Edward Albert zu schnappen, ehe Edward Albert es sich in sein krankes Hirn setzte, zu Alexandria zu gehen . . .

12

Er war noch nicht ganz vier Blocks gelaufen – die ihm bereits wie Meilen vorkamen, weil ihm keine menschliche Fortbewegungsmethode schnell genug sein konnte – als er das hohle, ungeduldige Aufheulen eines Motors an seiner Seite vernahm. Ohne anzuhalten, drehte er den Kopf zur Seite.
»Steigen Sie ein«, sagte Conway. Er saß geduckt am Steuer eines kleinen, ausländischen Sportwagens, der am Bordstein hielt.
Charles entschied sich schnell. Conway fuhr zur Aufsichtsratssitzung in die Fabrik. Nicht weit von Edward Alberts Haus in der Gladstonestraße entfernt. Charles beugte sich hinab und kroch durch die Tür, die Conway aufgestoßen hatte.
Der Motor stotterte zuerst, brach dann in ein aufgeblähtes Donnern aus, als der Wagen mit verschiedenen knallenden Fehlzündungen vorwärtsschoß.
In Charles' Gedanken nahm ein Plan bereits Formen an: er würde

sich Conways Wagen für seine Zwecke sichern. Diese neue Schläue schien nun zu ihm zu gehören.
Conway fuhr schnell. Nicht schnell genug. Wahrscheinlich konnte niemand schnell genug fahren, nachdem so viel Zeit verschwendet worden war. Nein, nicht verschwendet. Denn nun wußte er – daß nicht nur er selbst, sondern auch der andere Charles unschuldig war, daß Edward Albert die Schuld auf sich geladen hatte. Er wußte auch, was Edward Albert beabsichtigte. Und daß Edward Albert zurückgehalten werden mußte. Nur darauf kam es jetzt an.
Conway machte Konversation. Charles hörte nur Bruchstücke, als kämen sie aus weiter Ferne. Sein ganzer Körper schmerzte, jeder Muskel, jeder Nerv, das spürte er jetzt, da er saß.
»... gefällt mir gar nicht, wie Sie heute aussehen, Charles ... Grund, warum ich hoffte, sie würden Sie dort behalten ... Sie vor weiteren Schwierigkeiten bewahren –«
Lügen. Conway hatte vorher schon gelogen, hatte ihn verraten, immer wieder. Noch mehr Lügen. Was machte es schon.
»... Sie immer verachtet, Charles ... auf meine Gentleman-Art, natürlich ... mir in den letzten beiden Tagen Rätsel aufgegeben ... sah eine andere Seite ... Houghton hatte mich für sich eingenommen –«
Was wollte Conway damit sagen? Daß er Houghton nun erkannt hatte?
Sie fuhren über die Brücke.
»... wußte, was ich tat, als ich gestern nacht Alexandria von der Schwangerschaft des Mädchens berichtete –«
Der Abend stand in allen Einzelheiten vor ihm: Alexandrias bekümmertes, verstörtes Gesicht, Conway, der sie an sich drückte, seine Hand auf ihr Haar legte, ehe er ging, die wilde Szene auf der Straße hinterher –
»... Liebe blind, Haß auch blind ... Verzeihung ... habe Sie vorher nie richtig gesehen ... Sie nie richtig eingeschätzt, bis ich gestern nacht, als ich gegangen war, erkannte, wie sehr Alexandria Sie wirklich liebt –«
Nun war Charles überrascht. Alles spannte sich in ihm. Er strengte sich an, sich zu konzentrieren, den Gedanken an Edward Alberts Gesicht abzuschalten.
»Was ich damit sagen will, Charles – und es gelingt mir nicht besonders gut, fürchte ich – ist, daß ich gern Ihr Freund sein möchte.« Conway räusperte sich. »Ich bin Ihr Freund. Und gleichgültig, was kommt, Sie können auf mich zählen. Nicht der Familie wegen. Oder um Alexandrias willen. Nur um Ihretwillen.«
Sie hatten die Brücke hinter sich gelassen. *Parsons Company – Qualitätshüte seit 1877.*
»... kann es Ihnen nicht übelnehmen, wenn Sie mir nicht glauben ... Was halten Sie davon, Charles?«

Conway lenkte den kleinen Wagen durch das Tor in der Umzäunung auf den weiß abgegrenzten Parkplatz.
Charles wandte sich dem anderen zu. Er sah seine Verlegenheit, spürte, wie hart es ihn angekommen war, auszusprechen, was er gesagt hatte, wobei Charles noch nicht einmal genau zugehört hatte.
Conway schaltete den Motor aus. Er ließ den Schlüssel in der Zündung stecken.
Conway schaute ihn mit einem beschämten Grinsen an. »Sie haben sich heute da drüben verdammt gut gehalten. Lassen Sie sich nicht von Newberrys Diagnose, daß Ihr Geist ›ernsthaft gestört‹ sei, bedrücken. Vielleicht stimmt es. Aber ich habe mich die ganze Zeit gefragt: ist er gesund genug, um diese Reorganisationsvorschläge durchzuführen, sogar in diesem Zustand.«
Was sollte man darauf antworten. Der andere Charles wäre dazu in der Lage gewesen; aber er konnte sich das Wissen dieses Fremden noch immer nicht zunutze machen. Nicht, ehe er wieder ein Ganzes war.
»Jackson Manning kann es«, sagte er, dachte an die Worte des Betriebsleiters: *Da kannst du dich aber verdammt darauf verlassen, daß ich sie durchführen könnte.*
Conway stieg noch nicht aus. Er schüttelte den Kopf. »Ich weiß nicht, ob der Aufsichtsrat diese Lösung akzeptieren würde. Besonders gegen die Opposition von Clark Sanford.«
»Ich bin der Ansicht«, sagte Charles dann, während er darauf wartete, daß Conway ausstieg, »daß Clark Sanford hinter dem ganzen Verkaufsplan steckt. Zusammen mit Houghton. Sanford hat versucht, Tante Catherines Aktien zu kaufen. Und ich bin fast sicher, daß er den Anteil von Adele Barachois en bloc gekauft hat.«
Conway runzelte skeptisch die Stirn. »Das kann ich ziemlich leicht nachprüfen.« Dann öffnete er die Tür, und die kalte Luft drang schneidend ein. »Wenn wir drinnen sind, gehen Sie in Ihr Büro. Nehmen Sie keine Anrufe entgegen. Ich rufe Dr. Wheeler an, und sobald die Sitzung zu Ende ist, komme ich Sie abholen. Hören Sie?«
Charles hörte sehr wohl – und bedauerte, was er nun würde tun müssen.
Conway stand neben dem Wagen. »Versuchen Sie, bitte, in der Zwischenzeit nichts Verrücktes zu unternehmen. Alexandria zuliebe.« Dann fügte er rauh hinzu, als ärgere er sich selbst über die Worte: »Um Ihretwillen, verdammt!«
Charles wartete nicht länger. Er rutschte auf den Fahrersitz hinter das Steuer, zog die Tür zu und betätigte mit einer Hand den Schließmechanismus. Mit der anderen drehte er den Zündschlüssel. Der Motor erwachte wieder zu donnerndem Leben. Er schaltete den Hebel in den Rückwärtsgang. Er sah und ignorierte Conways bit-

tendes, degoutiertes, ängstliches Gesicht. Er riß das Steuer herum und lenkte den Wagen zum Tor.
Als er vorwärts wollte, versagte der Motor, das hohle Brüllen explodierte zu einer Reihe kurzer, stockender Fehlzündungen; dann fing sich der Motor mit einem tuckernden Geräusch, und der Wagen schoß durch das Tor auf die Straße hinaus.
Es war nun nicht mehr weit. Er war schon auf der anderen Seite des Flusses. Er drückte das Gaspedal hinab. Die Reifen quietschten an einer Ecke. Er kannte den Weg, aber er mußte vorsichtig sein. Konnte sich jetzt nicht wegen Geschwindigkeitsüberschreitung verhaften lassen. Wieder rücksichtsloses Fahren. *Eine Ironie, nicht wahr. Ich habe Sinn für Ironie.* Er mußte verdammt vorsichtig sein.
Es war stickig im Wagen mit dem Segeltuchverdeck. Ein Gurt schien um seine Brust geschlungen, eng zusammengezogen, immer enger. Er kurbelte das Fenster hinunter. Die kalte Luft von draußen schlug ihm ins Gesicht. Sein heißes Gesicht. Sein Gesicht und sein Nacken brannten. Aber er erstickte nicht mehr. Es ging weiter.
Er fuhr an Pete's Bar und Imbißstube vorbei. Sie sah verlassen und geschlossen aus. *Zu Pete hereinkommen, voll bis oben hin, als ob Ihnen die Welt gehörte.*
Nichts gehörte – er hatte sie verloren. Was wäre geschehen, wenn er in jener Nacht nicht zu Pete gegangen wäre? *Dies war wirklich alles nicht nötig.*
Noch einen Block. Gladstonestraße. Er bremste, fuhr um die Ecke.
Ein Straucheln. Ein Fehler. *Einmal ist nicht genug*, hatte Holly Mitchell geschrieben. Einmal war bereits zu viel gewesen.
Am Bordstein stand kein blauer Wagen geparkt. Charles spürte, wie sich seine Angst vertiefte.
Er parkte, und als er auf die Veranda zuging, sah er ein kleines Schild in einem der Fenster: SCHNEIDERIN. ÄNDERUNGEN. Sein Herz schlug mit ängstlicher, unsicherer Beständigkeit, als er anklopfte.
Kein Laut. Keine Bewegung innen. Die blaue fluoreszierende Lampe brannte nicht. Er klopfte nochmals, lauter. Hinter ihm in der Ferne pfiff ein Zug klagend auf der Eisenbahnbrücke.
Er streckte die Hand aus, ergriff den Türknopf. Er drehte sich. Das Wohnzimmer war schwach erleuchtet und unaufgeräumt.
Zu spät. Zu spät.
Dann vernahm er aus der Richtung des Schlafzimmers ein scharfes, schauderndes Atemholen. Er schritt zur halboffenen Tür.
Es war nicht Edward Albert, sondern seine Mutter. Sie saß auf einem Stuhl am Fenster, die Augen starr auf die rote Ziegelmauer davor gerichtet, der magere Körper war zusammengesunken. Als Charles näherkam, holte sie wieder Luft, und diesmal hörte es sich an, als komme der Laut aus dem Inneren ihres Körpers – als könne sie nun,

erschöpft vom Weinen, nur noch sitzen und starren und versuchen, nicht zu ersticken.

»Wo ist er?« fragte Charles. Er hatte sich hinabgebeugt, schüttelte ihre Schulter, die schlaff in seinem Griff lag. »Wo ist er?«

Sie brauchte eine Ewigkeit, bis sie ihn ansah. Als sie es schließlich tat, ihre rotumränderten Augen langsam die Umgebung erfaßten, wurden sie plötzlich bestürzt und dann füllten sie sich mit Angst und Bitterkeit. »Ich kenne Sie.« Die hohe, zaghafte, klagende Stimme klang nun hart. »Sie waren gestern da. *Sie* ... waren es, der Edward die Polizei auf den Hals gehetzt hat, nicht wahr?«

Erleichterung überkam ihn, und eine Sekunde lang sackte Charles in sich zusammen. Aber er blieb skeptisch. Hatte Newberry Sterling Bolton oder einen anderen Polizeibeamten doch noch hergeschickt, um Edward Albert zu verhaften?

»Ich habe immer gewußt, daß Edward noch in Schwierigkeiten kommen wird. Bei dem Jähzorn. Er hat nie etwas vergeben. Der schreckliche Jähzorn. Was hat er getan? Ich habe immer gewußt, daß noch einmal etwas Schreckliches passieren würde. Was hat Edward getan?«

Aber Charles ging bereits langsam mit weichen Knien aus dem Zimmer, das Gefühl der Dringlichkeit verebbte. Sie hatten Edward Albert verhaftet, und Alexandria war in Sicherheit.

»Er wollte mir nicht sagen, warum.« Mitleidheischend, einsam – verloren. »Er hat mich furchtbar beschimpft. Furchtbare Schimpfwörter. Ich bin keine Hure. Ich habe einen Fehler gemacht. Einen. Und ich habe dafür bezahlt. Wie kann Gott mir das antun?« Und Charles blieb an der Haustür stehen, die Stimme nagte an ihm. »Habe ich nicht genug bezahlt?«

Charles hatte darauf keine Antwort. Aber er konnte nicht gehen. Er konnte sich die Szene vorstellen: Edward Albert, jähzornig und ausfallend gegen seine Mutter, im Beisein der Polizeibeamten – sein Wahnsinn sogar jemandem wie Sterling Bolton offenbar. Es war vorbei.

Die Stimme hinter ihm fragte: »Wo ist er hingegangen? Wissen Sie es? Wo ist er hingegangen?«

Charles wirbelte herum, voll Spannung. »Wohin?« wiederholte er. »Hat nicht –?« Seine Stimme versagte. »Hat die Polizei ihn nicht mitgenommen?«

Das Gesicht der Frau im Schlafzimmer war eingefallen. Ihr Haar hing herab. Sie schüttelte den Kopf. »Sie haben nur Fragen gestellt. Sie haben nur geredet. Wohin ist Edward hinterher gegangen? Wissen Sie es?«

Es dauerte einige Augenblicke, die sich in ein verschlingendes, zeitloses Nichts dehnten, in denen Charles nur reglos dastand, ehe er begriff, was er soeben vernommen hatte. Betäubt. Still.

»Wissen Sie es?« fragte sie in ihrer zaghaften, klagenden Stimme.

Dann ging Charles durch das kleine Zimmer auf die Frau zu. »Wie lange ist es her?« Als er sprach, war ihm, als drehe sich eine Messerschneide in seiner Kehle um.
Sie schien die Frage weder zu hören noch zu begreifen. »Der arme Edward. Bitte, lassen Sie ihn nicht verhaften und einlochen. Bitte.« Sie wimmerte. »Er ist so zart. Er würde da sterben. Oder noch Schlimmeres. Edward muß seine private Abgeschlossenheit haben.«
»Wo ist Ihr Telephon?«
»Er hat nie arbeiten müssen. Mußte nie einen Finger krumm machen –«
»Haben Sie ein Telephon?« schrie Charles sie an.
Nun hatte sie endlich verstanden. Widerwille flackerte in ihren Augen. »Manche Leute«, sagte sie, »können sich ein Telephon *leisten.*« Sie trat anklagend einen Schritt auf ihn zu. »Sie stecken da irgendwie dahinter.«
»Wie lange ist er schon weg?« fragte Charles.
»Edward hat gesagt, sie würden ihn nicht einsperren.« Ihre Stimme wurde schrill. »Was hat er damit gemeint?«
Charles ging zur Haustür.
»Was hat er damit gemeint?« jammerte sie hinter ihm. »Er hat Unsinn geredet. Er hat gesagt, er hat sein eigenes Kind umgebracht. Edward hat kein Kind gehabt. *Was hat er damit gemeint?*«
Er klemmte sich in den Wagen, während ihr Klagen auf der Veranda zu einem Wimmern wurde. Der Motor sprang an, stockte.
Charles wußte, was Edward Albert gemeint hatte. Sterling Bolton hatte ihm gesagt, was er erfahren hatte. Kalt. Brutal. *Sein* Kind – nicht das von Charles. Drei Monate. Und diese Vorstellung hatte das letzte bißchen Vernunft in Raserei verwandelt.
Der Motor tuckerte im Leerlauf, knatterte, schließlich griff das Getriebe. Charles schoß mit dem kleinen Wagen vorwärts, wendete ihn in einer scharfen Kurve auf der engen Straße in die Gegenrichtung. Vielleicht kam er noch rechtzeitig. Verzweiflung brannte in ihm.
Ich bin wirklich froh, daß es nicht heute nachmittag geschehen ist. Ich habe jetzt einen viel besseren Plan. Jetzt, da Sie wissen, was kommt. Schön –
Unvermittelt wünschte er, er hätte den Jungen gestern zu Boden geschlagen, als er die Möglichkeit gehabt hatte, wünschte, er hätte ihn bis zur Bewußtlosigkeit mit den Fäusten traktiert, mit dem nächsten besten Gegenstand, der ihm in die Hand gefallen wäre. Statt dessen hatte er noch Mitleid mit ihm gehabt. Er wünschte nun, er hätte ihn gnadenlos verprügelt. Sogar totgeschlagen. Die Intensität dieses Wunsches explodierte vulkanartig in ihm, schoß heiß und wütend durch seine Adern, als er sich der Brücke näherte.
Ich tue nur, was ich tun muß. Wozu mich die anderen zwingen –
Seine Schultern schmerzten, so fest hatte er seine Hände um das

Steuerrad gekrampft. Daran durfte er jetzt nicht denken. Nicht zu denken wagen. Er mußte sich auf das Fahren konzentrieren. Vielleicht gab es einen anderen, schnelleren oder kürzeren Weg zum Haus der Parsons; er kannte ihn aber nicht. Er fuhr mit eiserner Entschlossenheit durch den Stadtkern, schnell, aber vorsichtig. Der kleinste Verkehrsunfall würde das Ende bedeuten. Der unbedeutendste Verstoß gegen die Straßenverkehrsordnung.
Dann fuhr er den Hügel hinan, der kleine, ausländische Sportwagen überdrehte bei der Geschwindigkeit, der donnernde Motorenlärm dröhnte unbarmherzig in seinem schmerzenden Kopf. Die Straße verschwamm ihm vor den Augen.
Indirekt hatte Charles die Polizei auf die Spur des Verrückten gebracht. Die Polizei war erschienen. Und dadurch war Edward Albert veranlaßt worden, schnell in Aktion zu treten.
Das ist das einzige, was bleibt, wirklich. Ironie. Nicht das Gute, nicht das Böse, kein Sinn – nur Ironie.
Charles hörte sich fluchen. Das Gemurmel kam gegen das schaudernde Dröhnen des Motors nicht an. Wenn irgend etwas passierte, dann war es seine Schuld –
Dann bog er in die Straße am Golfplatz ein, beschleunigte die Fahrt, als das Haus mit den weißen Säulen am hinteren Ende in Sichtweite kam.
Da oben ist es leer – wissen Sie? Also kann niemand schuldig sein. Niemand kann sich wegen irgend etwas schuldig fühlen.
Wenn Alexandria nun irgend etwas passierte, dann war es seine Schuld, eine Last, die er bis an das Ende seiner Tage würde tragen müssen.
Er stoppte den Wagen mit quietschenden Bremsen in der Auffahrt. Er stieg hastig aus, seine Brust schien am Zerspringen, er lief die Stufen hinauf, die Anstrengung durchfuhr ihn wie eine Brandung. Sein rechter Fuß kribbelte. Er machte ohne Zögern die Tür auf und trat ins Haus.
Houghton kam die Treppe herab. Charles schaute flüchtig hinauf.
»Hoffentlich bist du jetzt zufrieden, du Lump. Du hast Conway auch noch gegen mich gehetzt.«
Charles beachtete ihn nicht. All dies war bedeutungslos geworden. Er durchquerte die Diele und wollte die Treppe hinaufsteigen.
»Conway hat die anderen dazu überredet, für deinen verdammten Plan zu stimmen. Hat sie überzeugt, daß du ihn mit Hilfe von Manning in die Praxis umsetzen kannst, und hat sich geweigert, die Aktien meines Vaters zu verkaufen.«
Charles ging an Houghton vorbei.
Houghtons Stimme klang schrill hinter ihm her: »Clark Sanford hat sein Amt niedergelegt. Und ich trete auch aus. Du hast gewonnen, du Lump; nun hast du mich doch aus dem Haus getrieben, du hast gewonnen!«

Die Schlafzimmertür stand offen. Aber das Schlafzimmer war leer. Er ging ins Badezimmer. Er hörte, wie er ihren Namen rief.
»Sie ist nicht da, Mr. Bancroft.«
Charles ging zurück ins Schlafzimmer. Logan stand im Türrahmen.
»Sie hat nicht auf meinen Protest gehört, Sir. Sie bekam einen Telephonanruf – von einem Mann, dessen Stimme ich leider nicht erkannte. Dann fuhr sie in ihrem Auto fort, ziemlich aufgeregt –«
»Wie lange ist das her?« fragte Charles, den Atem anhaltend.
»Ein paar Minuten, Sir. Nicht mehr als zehn, eher fünf.«
Telephon. Charles ging, an Logan vorbei, der beiseite trat, quer über den Korridor zu Tante Catherines Tür, die er aufriß.
Sie kam gerade aus ihrem Schlafzimmer. »Gott sei Dank«, hauchte sie, als sie ihn sah, und ihr zerbrechliches Gesicht, bleich wie der Tod, fing an zu beben. »Gott sei Dank, daß du da bist. Ich konnte es den anderen nicht sagen. Ich hatte Angst.«
»Was ist?« knurrte er. »Was ist los?«
»Es ist Eugene.«
Er konnte sie nur fassungslos anstarren. Er konnte kaum atmen. Dann hörte er sich flüstern: »Eugene?«
»Sie haben ihn erwischt.«
Einen langen Augenblick, während sich alles in seinem Kopf drehte, das Zimmer zu schwanken schien und Tante Catherines Gesicht vor seinen Augen verschwamm, vermochte er nicht, zu sprechen.
»Ich habe die Stimme des Mannes nicht erkannt. Er hat sehr seltsam sprochen. Wie ein Schauspieler auf der Bühne. Er sagte, er hätte Eugene, und wenn Alexandria ihn ... wiedersehen wollte, dann müßte sie sich mit ihm treffen.«
Auch noch Eugene. Vor Bestürzung wie gelähmt stützte er sich auf die Rückenlehne eines der spindligen Stühle.
Warum auch noch Eugene? Doch im selben Moment kam ihm die Antwort: *Weil das die einzige Möglichkeit ist, daß Sie Ihr Teil kriegen. Genau wie ich meines gekriegt habe –*
»Kann das wahr sein, Charles?« Tante Catherines leise Stimme bebte, und ihre violetten Augen waren feucht. »Er sagte, wenn sie die Polizei benachrichtigte, dann ... würden wir Eugenes Leiche auf dem Grund des Flusses finden.«
Charles zuckte zusammen. Dann ergriff ihn eine jähe Wut.
Er hat Unsinn geredet. Er hat gesagt, er hat sein eigenes Kind umgebracht.
Charles holte tief Atem. »Wo sollte Alexandria ihn treffen?«
»Charles ... der arme, kleine Eugene. Was hat er getan, um das ...?«
»Wo, Tante Catherine? Wo, wo, *wo*?«
Sie hob ihr Kinn. »Am Bahnhof. Am Bahnhof von Lancaster Falls.«

Während er die Treppe hinabstürzte, versuchte Charles die Bilder, die sich ihm aufdrängten, abzuwehren.
»Kann ich Ihnen irgendwie helfen, Sir?« fragte Logan an der Haustür.
Charles blieb kurz stehen. »Schicken Sie die Polizei zum Bahnhof von Lancaster Falls. Sie sollen Mrs. Bancroft suchen und festhalten.« Er hatte die Tür schon in der Hand, als er sich noch einmal umdrehte. »Und geben Sie mir den Revolver.«
Logan reichte ihm die Waffe, und Charles war draußen, wieder in dem Wagen, sein ganzer Körper brannte. Ein brutaler Zorn hatte ihn ergriffen. Wenn einem von beiden auch nur ein Härchen gekrümmt worden war –
Er trat auf das Gaspedal, und die Hinterräder kamen ins Rutschen, als er aus der Auffahrt herausschoß.
Der Revolver lag schwer in seiner Rocktasche. *Ob die Polizei Sie verhaftet oder nicht, ich werde Sie finden, und ich werde Sie umbringen.* Ob es ihm damit zu dem Zeitpunkt, da er es gesagt hatte, ernst gewesen war oder nicht, sei dahingestellt; jetzt aber meinte er es ernst. Eine mörderische Wut war in ihm, ein Drang zur Roheit, ein wilder Hunger.
Er beschleunigte die Geschwindigkeit auf der Straße, als er einen Schrei hörte, etwas gedämpft durch den Motorenlärm. Zuerst hielt er ihn für eine Ausgeburt seiner Phantasie und verlangsamte seine Fahrt nicht einmal.
Aber dann hörte er ihn wieder, deutlich: »Hallo, Paps!«
Er trat auf die Bremsen.
Ihm wurde schwach und er fröstelte.
»Wohin so eilig, Paps!«
Eugene kam quer über die Straße auf den Wagen zu. Sein Hemd war zerrissen. Er hatte seinen Pullover über die Schultern gehängt und die Ärmel unter dem Kinn verknotet. Gesicht und Kleider waren schmutzig, unter seinem linken Auge sah man die Andeutung einer Beule und in der Nase verkrustete Blutstropfen. Und Charles schaute auf den salopp unter einem Arm getragenen Fußball.
»Wir haben gewonnen – 38:21. Ich habe einen Ball gehalten!«
Die Erleichterung war so übermächtig, so schlagartig, daß Charles nur zusammengesunken dasitzen konnte, während die Spannung von ihm wich.
Dann sagte Eugene stirnrunzelnd, an die Wagentür gelehnt: »Ich brauche aber einen Sturzhelm. Und Schulterpolster.«
Charles konnte ihn nur wie ein Wunder anstarren, sah zum ersten Mal sein Fleisch als sein Fleisch, dieses Kind als sein Kind. Es war ihm unbeschreiblich kostbar. Und in Sicherheit.
»Na, was ist damit, Paps? Vielleicht zum Geburtstag –«
Und dann dachte Charles an Alexandria. Entsetzen erfüllte wieder seine Gedanken. Der Alptraum aller vorstellbaren Schrecken stand

ihm vor Augen. Und während er noch seinen Sohn mit einer ihn selbst überwältigenden Zärtlichkeit betrachtete, spürte er wieder die kalte Wut aufsteigen.
»Du kriegst einen Helm«, brummte Charles und schob den Gang hinein. »Und Schulterpolster!« Ruckartig sprang der Wagen vorwärts.
Im Rückspiegel sah er Eugene dastehen und ihm nachsehen, den Fußball wie selbstverständlich unter einem Arm. Lebendig. Und nicht mehr so leicht verletzbar wie gestern.
Ich habe jetzt einen viel besseren Plan. Schön. Hatte Edward Albert sich dies bereits damals in Gedanken festgelegt? Diesen gemeinen Trick, um Alexandria zum Verlassen des Hauses zu bewegen?
Die wilde, atavistische Wut steigerte sich zu einer zerschmetternden Gewißheit: was immer nun passierte, sogar, wenn er Alexandria heil und gesund antraf – er würde Edward Albert umbringen.
Nachdem er diesen Entschluß gefaßt hatte, konnte er sich auf das Fahren konzentrieren. Er folgte der gleichen Route, die Preston gestern eingeschlagen hatte, als er seinen Erpressungsversuch unternahm. Einmal meinte er, einen Fehler gemacht zu haben – einmal falsch abgebogen, und er würde anhalten müssen und nach dem Weg fragen –, aber da tauchte die Flußstraße vor ihm auf.
Während er sie in südlicher Richtung befuhr, ergriff ein neuer Angstkrampf seinen kalten, fröstelnden Körper. Wenn Logan die Meldung weitergegeben hatte, würde sich die Polizei von Shepperton automatisch an die Polizei von Lancaster Falls wenden – an Sterling Bolton. Und was würde Sterling Bolton unternehmen?
Preston. Sterling Bolton. Die Vergangenheit. Der ungeheuer weitläufige, nicht überschaubare, nicht vorauszusehende Schicksalsplan, verwickelt und –
Er überholte andere Autos, Lastwagen. Raste an ihnen vorbei, schnell, aber immer mit strenger und starrer Aufmerksamkeit. Er schaute nicht auf den Tachometer: wie schnell er fuhr, war gleichgültig. Langsam genug, um keinen Zusammenstoß mit einem anderen Wagen zu riskieren, langsam genug, um dorthin zu gelangen, ohne ins Schleudern zu geraten, die Kontrolle zu verlieren, sich zu überschlagen. Der Fluß war nun zu seiner Rechten; halb unbewußt bemerkte er die ruhige Wasseroberfläche, die streckenweise mit der Straße fast auf gleicher Ebene lag. Hügel. Kurven. Noch ein Hügel, und der Fluß fiel ab. Einmal mußte er sein Tempo mäßigen, als zwei Lastwagen einander überholten, sich langsam, fast eine Ewigkeit aneinander vorbeischoben, ihm entgegenkamen. Dann konnte er wieder Gas geben, erblickte von einer Kurve aus einen sorglos auf den Schienen jenseits des Flusses dahinrollenden Zug. Die friedliche, hübsche, ländliche Szenerie, die an ihm vorbeihuschte, schien zu einer Welt zu gehören, die er hinter sich gelassen hatte. Vielleicht für immer. Eine Welt, die er nie wieder so kennen würde.

Warum Alexandria? *Sie nehmen doch an, daß Sie Ihre Frau lieben.* Neue Abgründe des Schreckens öffneten sich vor ihm. Dieser verstörte Geist war zu allem fähig. *Zu allem!* Aber, wies sich Charles selbst zurecht, wenn er nun in diese Tiefen blickte, wenn er auch nur einen einzigen Blick in die klaffenden Abgründe der Möglichkeiten warf, dann würde er es nie schaffen. Er würde die Kontrolle über den Wagen verlieren, ihn zuschanden fahren, niemals rechtzeitig dorthin kommen.
Rechtzeitig? *Rechtzeitig?*
Ein kalter Hauch der Verzweiflung wehte durch seine Gedanken. Zeit. Die Polizei würde nicht am Bahnhof sein. Noch nicht, sie würden noch nicht dort angelangt sein, wo sich jetzt die beiden sicher schon getroffen hatten. Während noch immer viele Meilen vor ihm lagen. Wie viele Meilen? Wie konnte er die Zeit richtig abschätzen, wenn er nicht einmal wußte, wie viele Meilen er noch zu fahren hatte. Wenn er sie traf, wo würde er sie hinbringen?
Wenn Charles so weitermachte, wenn er seiner Phantasie freien Lauf ließ –
Was für einen Plan hatte dieser verkrüppelte Wahnsinnige in seinem verkrüppelten Gehirn entworfen?
Ein Schild huschte vorbei: LANCASTER FALLS – STADTGRENZE.
Das Dorf Lancaster Falls ist noch sieben oder acht Meilen weiter südlich. Du mußt gedacht haben, daß du zu Fuß dorthin kommst, Junge.
Er trat das Gaspedal bis zum Boden durch, und der Wagen schoß vorwärts, noch schneller. Sieben oder acht Meilen. Bei einer Durchschnittsgeschwindigkeit von sechzig Meilen also sieben Minuten, acht!
»Laß sie in Sicherheit sein.« Er hörte seine eigene Stimme, fast flüsternd. »Laß sie in Sicherheit sein, es ist meine Schuld. Wenn es eine Gerechtigkeit gibt, laß sie in Sicherheit sein –«
Er verminderte unwillkürlich die Geschwindigkeit, als eine unübersichtliche Kurve vor ihm auftauchte. Dann sah und erkannte er den Felsbrocken zur Linken, um den sich die Straße in einer scharfen Kurve wand, und den Lancaster-Falls-Aussichtspunkt zur Rechten. Hier war es gewesen, wo Edward Albert ihn von der Straße abgedrängt hatte. Quer über den einspurigen Parkstreifen und über den Felsvorsprung. Er trat auf die Bremse, die Reifen quietschten. Er konnte sich die Schlucht zur Rechten vorstellen, auch wenn er sie von hier aus nicht sah. Warum aber hatte er sich von Edward Albert abdrängen lassen? Wenn sich Edward Albert in seinem blauen Wagen auch neben ihn geschoben und ihn bei großer Geschwindigkeit mehr und mehr bedrängt hatte – warum war Charles ausgewichen? Warum hatte er nachgegeben?
Darauf kam es jetzt nicht an, sagte er sich grimmig. Das gehörte der Vergangenheit an.
Er hatte den Aussichtspunkt hinter sich gelassen, die Straße fiel leicht

ab und führte nun geradeaus. Er gab wieder Gas und hörte, wie der Motor gegen die Gewalttour protestierte.

Wie war es möglich – wie konnte es sein – daß er sich ein Bild so lebhaft in Gedanken vorstellen, sich aber nicht daran *erinnern* konnte?

Es ist meine Schuld, meine allein. Laß sie in Sicherheit sein, wenn Tante Catherine recht hat und es irgendeine Art von Gerechtigkeit gibt, die es geben muß, wenn es einen Gott gibt. Laß sie in Sicherheit sein –

Zur Linken schoß etwas Kastanienbraunes vorbei. Ein Wagen war es, der nach Norden raste. Warum hatte er ihn nicht kommen sehen? Sein Blick glitt zum Rückspiegel. Ein kastanienbraunes Kabriolett, mit geschlossenem Verdeck. Alexandrias? Er fluchte knurrend. Warum hatte er nicht achtgegeben? Er verlangsamte die Fahrt, schaute angestrengt in den Rückspiegel, während der andere Wagen auf der Asphaltstraße immer kleiner wurde. Er erkannte zwei Köpfe, vermeinte, sie zu erkennen. Oder lag es daran, daß er zwei Köpfe sehen wollte?

Warum wollte Edward Albert denn Alexandria zurück nach Shepperton bringen?

Die Tankstelle vor ihm zur Rechten – jene Tankstelle, von der aus Charles angerufen hatte, laut Prestons Lügengeschichte.

Es gab viele kastanienfarbene Kabrioletts. Tausende. Hunderttausende –

Trotzdem riß er fluchend das Steuer herum, fuhr über den unbefestigten Randstreifen, an Benzinpumpen vorbei in einer Haarnadelkurve, und war wieder auf der Straße, auf der Gegenfahrbahn.

Plötzlich bestand die ganze Welt aus einem einzigen Lärm; ein ärgerliches Zischen von Luftdruckbremsen, ein Quietschen von Reifen, ein dröhnendes Hupen und metallisches Knirschen, und Charles sah an seinem Ellbogen die breite, blaue Schnauze eines Lastwagens. Er gewahrte flüchtig den Fahrer, über ihm im Führerhaus, ein wütendes und erschrockenes Gesicht, und gab Gas.

Der Wagen schoß nordwärts auf der Flußstraße davon; er ließ einen großen, aluminiumblauen Lastwagen, dessen Anhänger etwas zur Seite geschleudert war, aber aufrecht stand, hinter sich. Er raste weiter.

Knapp. So etwas durfte er nicht mehr riskieren. Er mußte sich konzentrieren. Schluß mit den Grübeleien, den Zweifeln. Die Entscheidung war gefallen.

Und wenn er sich nun durch die Hoffnung irreführen ließ, wenn Alexandria und Edward Albert noch immer am Bahnhof waren –

Das kastanienbraune Kabriolett war nicht mehr zu sehen.

Ihm brach der Schweiß aus allen Poren. Seine Handflächen auf dem Steuerrad waren feucht. Gefährlich feucht. Er packte fester zu. Er

beugte sich über das Steuer, als könne sein Körper den Wagen zu noch größerer Schnelligkeit antreiben.
Was für einen Plan verfolgte Edward Albert nun?
Weit voraus entdeckte Charles etwas Dunkelrotbraunes. Der kleine Wagen vibrierte nun vor Anstrengung, als würden alle Schrauben und Gestänge auseinanderbrechen, der Motor keuchte, als sprängen die Kolben im nächsten Moment durch die Kühlerhaube. Aber er holte langsam auf.
Er war nun nahe genug, so daß Charles durch das Rückfenster die Umrisse von zwei Köpfen ausmachen konnte. Von zwei Köpfen!
Aus welchem Grund wollte Edward Albert Alexandria zurück nach Shepperton bringen?
Es war tatsächlich Alexandria. Obwohl er nur einige Meter näher herangekommen war, wobei das Vibrieren gefährliche Formen angenommen hatte, erkannte er ihren Kopf. Das dunkle Haar fiel offen herab. Aber Alexandria saß nicht am Steuer. Charles hatte ein stechendes Gefühl in der Magengrube.
Während er weiter Zentimeter um Zentimeter aufholte, konzentrierte er sich auf den anderen Kopf, ahnte, daß es nur Edward Albert sein konnte. Dann erkannte er den schmalen Schädel, das kurzgeschorene Haar, die hochgezogene Schulter, und wußte es. Wie er es instinktiv schon die ganze Zeit gewußt hatte. Edward Albert steuerte Alexandrias Wagen.
Und dann, während alle Kraft aus ihm zu rinnen drohte, wußte, erkannte Charles schlagartig, was Edward Albert beabsichtigte. Edward Albert lenkte zwar den Wagen, aber er hatte nicht die Absicht, Alexandria nach Shepperton zurückzubringen. Er fuhr mit ihr zum Aussichtspunkt Lancaster Falls.
Eine Ironie, nicht wahr? Ich habe Sinn für Ironie.
Charles preßte das Gaspedal weiter hinunter, erreichte nur eine geringe Beschleunigung, aber ausreichend, um ihn noch mehr aufholen zu lassen.
Glauben Sie, daß ich weiterleben will? Verdammt, ich wollte, ich wäre nie geboren.
Er wußte es. Er wußte es. Aber was sollte er tun?
Es war Edward Alberts Plan, schön und ironisch, nach seiner verzerrten Logik, Alexandria – und sich selbst – über die Klippe in den Abgrund zu fahren. An genau der gleichen Stelle, an der er Charles und Holly Mitchell von der Straße abgedrängt hatte.
Der kleine Wagen war nur noch einige Meter entfernt. Wenn er noch genügend Kraftreserve hatte, konnte er vielleicht Edward Alberts eigenen Trick anwenden: sich neben das Kabriolett schieben, als wolle er überholen, und ihn dann nach rechts von der Straße abdrängen, vom Abgrund *weg*.
Wenn sich aber das Kabriolett bei dieser Geschwindigkeit überschlug oder gegen die Bäume prallte, dann konnte es für beide den

sicheren Tod bedeuten. Nicht nur für Edward Albert – für beide. Alexandria –

Was, zum Teufel, hatte er erwartet oder gehofft, tun zu können?

Dann dachte er an den Revolver. Aber auch diese Hoffnung verwarf er sofort. Unmöglich. Selbst, wenn er ihn im Fahren aus der Tasche ziehen konnte, zielen und wie durch ein Wunder durch das Rückfenster den schmalen Kopf treffen – dann würde dies bei der Geschwindigkeit eine solche Katastrophe bedeuten, daß er sie sich nicht einmal in Gedanken ausmalen konnte.

Vor ihm zur Rechten tauchte die hohe Felsformation auf. Jetzt mußte er handeln, schnell.

Da kam ihm der Gedanke, daß seine einzige, geringe Chance darin lag, sich neben den anderen Wagen zu schieben, als wolle er überholen, und dann auf der gleichen Höhe zu bleiben, um sicherzugehen, daß das andere Fahrzeug um die Kurve herum auf der rechten Fahrbahn blieb.

Er preßte das Gaspedal wieder bis auf den Boden. Es war natürlich möglich, daß Edward Albert, wenn er die Lage erkannte, den Wagen in den rechts gelegenen Felsbrocken rammte, oder das Steuer nach links riß, gegen Charles' kleinen Wagen prallte, so daß beide Fahrzeuge in den Fluß stürzen würden.

Was für eine andere Wahl hatte er noch?

Er zog den kleinen Wagen langsam auf die linke Fahrbahn, über den weißen Streifen hinweg, der von zwei gelben Warnstrichen eingerahmt war. Wenn nun ein anderes Auto oder ein Lastwagen ihm um die Kurve entgegenkam, konnte ein frontaler Zusammenstoß nicht verhindert werden.

Er hatte keine Wahl!

Seine vordere Stoßstange war nur noch Zentimeter von der hinteren Stoßstange des anderen Fahrzeugs entfernt. Der Motor donnerte ungleichmäßig, die Karosserie vibrierte. Dann fuhr er neben dem langen, schweren Wagen her.

Wenn er erst einmal jenseits des Aussichtspunktes war – wenn er es schaffte –, dann lag seine einzige Chance darin, sich vor das Kabriolett zu setzen, langsam zu bremsen, die Straße vor dem anderen zu blockieren, dann hinauszuspringen, und –

Aber es sollte anders kommen.

Vielleicht aus Angst vor der hohen Geschwindigkeit, die sie fürchtete und haßte, vielleicht, weil sie das Dröhnen des kleinen Wagens neben sich hörte – aus irgendeinem Grund wendete Alexandria den Kopf zur Seite. Sie sah ihn. Es geschah alles zu schnell, um ihren Gesichtsausdruck zu erkennen, aber sie hob eine Hand zum Hals, zum Mund.

Ob Edward es sah oder ob Alexandria einen Schrei ausstieß, Charles wußte es nicht. Aber er bemerkte, wie auch Edward Albert den Kopf drehte. Er sah blitzartig ein hämisches Grinsen, freudlos, aber triumphierend, die ernsten Augen tief in den Höhlen. Und dann stob der schwere Wagen mit einem plötzlichen und mächtigen Motorenbrüllen davon.

Ich tue nur, was ich tun muß. Wozu mich die anderen zwingen –

Charles stellte sich mit aller Gewalt auf das Gaspedal und hörte mit Schrecken, wie der Motor zu stottern und spucken begann.

Sie sind der Schuldige, nicht ich, Sie sind schuld daran und Sie zwingen mich dazu!

Hilflos umkrampfte Charles das Steuerrad, während der Motor weiter spuckte, sah mit alptraumhaftem Entsetzen, wie das kastanienbraune Kabriolett, statt sich nach rechts in die Kurve zu legen, geradeaus in einer tödlichen Spur diagonal über die Gegenfahrbahn nach vorn schoß. Es geschah genau so schnell, wie er es sich vorgestellt hatte: der schwere Wagen raste über den schmalen Parkstreifen am Aussichtspunkt, krachte über die niedere Steinbarriere, so daß Steinbrocken nach allen Seiten stoben und schoß dann, wie von einer unvorstellbar gigantischen Kanone abgefeuert, in hohem Bogen durch die Luft. Den Bruchteil einer Sekunde lang schien er fast zögernd über dem Abgrund zu schweben, bevor sich das Vorderteil nach unten senkte und das Auto nach vorne unten aus dem Blickfeld stürzte.

Charles hatte gegen die Geschwindigkeit des kleinen Wagens zu kämpfen, der sich bei dem jähen Bremsen zu überschlagen drohte und einige Meter weiterschleuderte. Der Wagen bockte und fauchte, aber er brachte ihn schließlich zum Stehen. Aber Charles selbst war wie gelähmt. Er konnte nur in totaler Erschöpfung sitzenbleiben, seine Gedanken setzten aus, als die ganze Erde von dem Geräusch eines so lauten und schrecklichen Aufplatschens erbebte, daß es wie ein unheimlicher, aus dem Abgrund dringender Donner klang.

Es war vorbei.

Und doch wollte ein zuckend lebendiger Teil seines Geistes es noch nicht hinnehmen. Es konnte nicht sein. Er wollte es nicht wahrhaben.

Er rannte halb stolpernd vom Wagen weg, mit verkrampften Muskeln und weichen Knien, Schmerzen und Todesangst überfielen ihn wieder, sein Fuß peinigte ihn, seine Brust war wie zugeschnürt, sein Kopf brannte, als er sich zum Weiterlaufen zwang. Er fiel auf das Pflaster, stand auf, rannte gebückt und atemlos weiter, und jeder Schritt sandte einen stechenden Schmerz in seine Bauchhöhle.

Er erreichte den Rand der Schlucht. Er starrte hinunter. In seinem Kopf drehte sich alles.

Die leicht gekräuselte Wasseroberfläche unten, mit kleinen Schaumkronen, schien unberührt, als wäre nie etwas in ihre Tiefen gefallen.

Alexandria –

Sein erster Impuls war, von der Klippe in voller Bekleidung hinunterzuspringen. Er schätzte schnell die Entfernung ab, zog das zerklüftete Felsenufer in Betracht, überlegte, daß er es in einem machtvollen Kopfsprung schaffen konnte. Aber er beherrschte sich. Wenn er sich verrechnet hatte, würde er überhaupt nicht mehr helfen können. Wenn er etwas Närrisches tat –

Er riß sich Mantel und Rock vom Leib, kletterte ein paar Meter von der glatten Felswand weg, fand eine Geröllhalde, wo Büsche und Unterholz wuchsen. Er ergriff eine stachlige Beerenstaude, die sich in seine Haut bohrte, er bemerkte es kaum, kletterte und rutschte über scharfkantige Steine, sein Griff entwurzelte den Busch, und er wäre fast abgestürzt, faßte Fuß in einer gezackten Felswand, die abbröckelte. Er rutschte, glitt, fand Halt, spürte, wie seine Füße in Schlamm gerieten, seine Knöchel versanken, wußte, daß er am Ufer war. Er schleuderte seine Schuhe weg, hörte nun das Rauschen des Flusses. Er war hier eng und reißend. Charles schaute zur Klippe hinauf, versuchte Fallwinkel und Entfernung zu berechnen, konnte es nicht. Ein Fehlschlag. Der Wagen war unter der Wasseroberfläche. Wo? Man sah nicht die geringste Spur.

Er holte automatisch tief Luft, vermochte aber nur flach zu atmen, schnellte sich mit dem Kopf zuerst hinein, so tief er konnte, und die Berührung mit dem Wasser ließ ihn eine Sekunde erstarren, hilflos unter Wasser treiben, sein Blut in den Adern gerinnen, seine Brust fast zerspringen, aber er tauchte tiefer. Er öffnete die Augen, war von der Kälte fast geblendet, aber ließ sie offen, als er mit ausgestreckten Armen den schlammigen Boden berührte. Seine Augen brannten, doch sah er nun deutlicher. Nicht mehr als zehn Meter entfernt, stromabwärts, sah er einen dunkleren Schatten im dunklen Wasser.

Er tauchte auf, ruderte wild mit Armen und Beinen, um die Blutzirkulation anzuregen. Die Luft kam ihm merkwürdig warm vor. Er atmete drei tiefe Züge ein und tauchte wieder, ruderte in die Richtung, in der er den dunklen Schatten gesehen hatte. Seine Hand stieß auf ein Stoffverdeck, bekam den Rahmen zu fassen. Er zog sich hinunter und manövrierte sich an die Seite der toten Metallkarosserie des Wagens. Er spürte mit der Hand, daß das Fenster geschlossen war, tastete weiter und fand die Tür geschlossen. Aber noch während er daran zu reißen begann, erwartend, daß seine Brust jeden Augenblick explodieren würde, wußte er, daß er sie nicht aufbekommen würde.

Sie würde sich nicht öffnen lassen, ehe sich nicht der Druck ausgeglichen hatte. Erst wenn genügend Wasser in das geschlossene Wageninnere gedrungen war, um dem Druck von außen entgegenzuwirken. Das wußte er sofort. Er lockerte seinen Griff und ließ sich an die Oberfläche treiben. Er mußte warten. Genau das hatte er Holly zu erklären versucht; hatte es ihr immer wieder und wieder zugebrüllt, aber er war durch ihr eigenes, schrilles, hysterisches Schreien nicht bis zu ihrem Verstand durchgedrungen, als er nach ihr gegriffen hatte, um zu verhindern, daß ihre Kräfte sich in sinnlosem und hysterischem Zerren und Herumschlagen erschöpften. Da hatte sie nach ihm geschlagen, ihn zurückgestoßen und sich aus seinem Griff gewunden –

Diesmal kam ihm die Luft an der Oberfläche nicht mehr warm vor, sondern genau so kalt wie das Wasser. Aber es war Luft. Während er sie gierig in großen Zügen einatmete, bohrten sich seine Rippen in die Lungen. Er vernahm halb im Unterbewußtsein rufende Stimmen von oben, kreischende Bremsen, ein Hupen. Und sah Tageslicht. Wie konnte es noch hell sein, wo es doch dämmrig, fast schon dunkel war, als er mit Holly über die Klippe gestürzt war? Und als er zur Oberfläche aufgetaucht war, allein, weil es ihm nicht gelungen war, sie aus dem Wagen zu ziehen, als er endlich die Tür aufgestoßen hatte, da hatte ihn eine völlige Dunkelheit umfangen und eine ungebrochene, schreckliche Stille. Und er hatte gewußt, wenn er weiter wartete, würde Holly sicherlich im Wagen ertrinken, da das Wasser durch die offene Tür drang.

Er schwamm gegen die Strömung und wartete.

Warum? Worauf wartete er?

Er mußte sich darüber klarwerden.

Er wartete darauf, daß sich der Druck in und um Alexandrias Wagen ausgleichen würde –

Alexandria –

Nun hatte er es. Es war Alexandria da unten, nicht Holly –

Und er konnte nicht länger zögern. Wenn das Wasser im Wageninneren zu schnell stieg und Alexandria die Tür nicht öffnen konnte –

Er tauchte wieder, in die eisige Strömung, zwang sich hinab, hinab, bis er etwas zu fassen bekam, irgend etwas. Wenn er nur nicht zu lange gewartet hatte. Es war nicht das gleiche, als wenn man von innen das Ansteigen des Wassers selbst beurteilen konnte. Damals hatte er gewartet, bis es an sein Kinn gestiegen war, ehe er die Tür zu öffnen versuchte. Und dann hatte er versucht, Holly mit sich hinauszuziehen, was aber mißlungen war, weil sie mit solcher Wildheit sein Gesicht zerkratzt hatte.

Er konnte den Wagen nicht mehr finden.

So war es das letzte Mal auch gewesen. Nachdem er Luft geholt hatte, war er wieder getaucht, und hatte mit tödlicher Sicherheit gewußt, daß er den Türrahmen des Wagens unter Wasser nie mehr würde finden können.

Seine Hand stieß auf Metall. Seine überanstrengten Augen, vor Schmerz und Kälte verschwollen, konnten wenig erkennen. Er zog sich tiefer hinunter. Sein Gesicht war neben einer Glasscheibe. Hinter dem Glas regte sich etwas Leichtes. Und seine Hand lag auf der Klinke. Er zog.

Die Tür ging nicht auf.

Er konnte durch die verschmierte Fensterscheibe nicht erkennen, wie weit das Wasser im Inneren gestiegen war. Er zog und zerrte, aber die Tür ging nicht auf. So war es das letzte Mal nicht gewesen. Er war durch die offene Tür getaucht, die Tür, die er selbst offen gelassen hatte, und hatte Holly gepackt –

Aber dies war nicht sein Packard. Es war Alexandrias Wagen. Und er wußte nicht, wie das Schloß funktionierte. Wie, wenn sie sich von innen eingeschlossen hätte? Er mußte loslassen, er mußte Luft haben, seine Lungen zerbarsten fast; wenn er keine Luft bekam, würde er trotzdem den Mund aufmachen, aber er wagte es nicht, den Mund aufzumachen, weil dann, dann –

Alexandrias Wagen. Wie konnte er es vergessen haben. Er hörte mit dem Rütteln auf. Dies war nicht sein alter Packard. Unter dem Türgriff war ein Knopf, der Öffnermechanismus. Er tastete mit dem Daumen, fand ihn, drückte, zog an der Tür, und sie glitt wie durch ein Wunder spielend auf. Er griff ins Innere, aber das war nicht nötig, Hände berührten ihn, ließen ihn los und ein schattenhafter Körper schwebte neben ihm in die Höhe; er konnte im Vorbeischwimmen die Beinstöße spüren, da ließ er den Griff los und ruderte mit fast versagenden Beinen in einer letzten Anstrengung nach oben, fragte sich, ob er jemals die Oberfläche erreichen würde, ehe seine Brust explodierte und er das dunkle, erstickende Wasser schluckte. Es wurde ihm schwarz vor den Augen, und er wußte, daß er sich jetzt nicht gehen lassen durfte, jetzt nicht, jetzt nicht –

Dann schlug ihm die Luft ins Gesicht. Er hatte nicht einmal gespürt, wie sein Kopf über der Oberfläche aufgetaucht war. Die Luft war zuviel. Sie war wie ein harter Schlag ins Gesicht, strömte in seine schmerzenden Lungen mit einer solchen Gewalt, daß ihm wieder schwarz vor Augen wurde, sein Kopf fast zersprang, ein wilder Schmerz sein Gehirn durchbohrte, in seinem Schädel wirbelte.

Er öffnete die Augen. Er hatte mechanisch Wasser getreten. Es war Tag. Es konnte aber nicht mehr Tag sein, denn als der blaue Wagen sich neben den Packard geschoben und ihn abgedrängt hatte, war es schon fast dunkel gewesen, und Holly hatte die Scheinwerfer nicht eingeschaltet, obwohl er es ihr gesagt hatte; und in dem letzten, wilden, verrückten Augenblick der Erkenntnis, als er merkte, daß der andere Wagen sie absichtlich abdrängte, im gleichen, unwahrscheinlichen Augenblick hatte er auch gewußt, daß Holly nicht in der Lage war, den Packard auf der Straße zu halten; und das letzte, was er wahrgenommen hatte, als der Packard ins Nichts geschleudert wurde, waren die Scheinwerfer des anderen Wagens, der sicher um die Kurve fuhr –

Die Benommenheit ließ etwas nach. Tageslicht. Wie konnte –?

Neben ihm bewegte sich das Wasser.

Alexandria. Alexandrias Gesicht.

Wie war sie hierhergekommen? Was machte Alexandria hier?

Tiefbestürztes Gesicht, bleich, erschreckte Augen, nackte Angst, dunkles, nasses Haar, strähnig, wie gestern im Regen, gestern, unter der Bogenlampe –
Sie hatte sich gedreht und schwamm nun dem Ufer zu, ihr Kleid blähte sich auf, und aus der Ferne ertönte das Heulen einer Sirene, gespenstisch und schwach.
Und er wußte, warum Alexandria da war. Edward Albert hatte sie hierhergebracht. Und bei der Erinnerung daran ergriff seinen Geist und Körper ein solcher Abscheu und Haß, daß er mit erneuten Kräften dem Ufer zustrebte. Die Strömung trieb ihn weiter flußabwärts, als er beabsichtigt hatte, seine Beine waren steif und die Schwimmstöße schwach, bei jedem Stoß bohrte sich ein stechender Schmerz in seine Achseln und seinen Brustkorb, aber er wußte, er würde es schaffen, weil Edward Albert da unten in Alexandrias Wagen eingeschlossen war.
Seine Knie versanken im Schlamm. Es gelang ihm, sich aufzurichten. Alexandria war nicht da. Obwohl es heller Tag war, konnte er nichts sehen. Er konnte nicht denken. Er konnte sich nur fallen lassen, seine Schultern hoben und senkten sich, und bei jedem Atemzug schnitt es unbarmherzig wie mit Messern in seine Lungen. Dann lag er rücklings flach auf Steinen, auf Stauden und Gras, und er konnte nur an Edward Albert denken, der in der Abgeschlossenheit des Wagens unter Wasser nach Luft schnappen würde, vielleicht schon tot war.
Der Gedanke bereitete ihm Vergnügen, eine heiße Freude, eine wilde Genugtuung. Soll er doch sterben. Er wollte ja sterben. *Soll er doch!*
Eine wilde, gewalttätige und primitive Wärme ließ ihn innerlich erglühen, obwohl er wußte, daß er am ganzen Leib zitterte, fröstelte. Alexandria war in Sicherheit, und Edward Albert war im Sterben oder tot.
Und Sie glauben, daß jeder für seine Sünden büßen muß? Wie es in den Religionsbüchern steht –
Charles wurde sich der Sirene bewußt, die über ihm heulte. Näher. Lauter. Über ihm im Himmel. Zu spät. Sie waren gekommen, aber zu spät. Edward Albert litt, litt und starb. Und er ließ es untätig geschehen –
Sterben kann eigentlich nicht schwer sein, wenn man nicht weiß, was geschieht.
Dort unten gefangen, während er im Wasser erstickte, würde er es wissen. Edward Albert würde genau wissen, was geschah.
Er soll es, er soll es wissen.
Charles stützte sich auf, und jeder Muskel und Nerv schrie vor Schmerzen. Er schaute zur zerklüfteten Klippe hinauf. Gesichter schwebten dort, verschwommen. War Alexandria da oben? Wo war Alexandria?

Er hörte, wie er ihren Namen ausrief, aber kein Ruf kam aus seiner rauhen Kehle, nur ein schwaches, brüchiges, hohles Flüstern. Er mußte es ihr aber sagen. Mußte ihr sagen, daß Eugene zu Hause in Sicherheit war und daß ihm niemand etwas zuleide getan hatte, daß es nur eine grausame verrückte List von Edward Albert war. Er rief wieder, auch diesmal brachte er keinen Laut heraus.

Er ließ seinen Kopf auf den sandigen Stein sinken.

Eugene war in Sicherheit. Alexandria war in Sicherheit, und Edward Albert war am Ertrinken. Oder war schon ertrunken.

Eine Ironie, nicht wahr? Ich habe Sinn für Ironie. Das ist das einzige, was bleibt, wirklich –

Aber während die Worte ihm noch in den Ohren klangen, verschwand seine wilde Genugtuung.

Ich glaube, daß es so etwas wie gut gibt. Er selbst hatte das gesagt. *Und so etwas wie böse.*

Dann sagte eine Stimme neben ihm: »Sind Sie in Ordnung, Chuck? Eine Ambulanz ist auf dem Weg. Sie haben Sauerstoff. Soll ich Ihnen helfen, nach oben?«

Sterling Bolton. Das breite, runde Gesicht. Unsicher jetzt, stirnrunzelnd. Charles spürte einen Anflug von Ärger. Glaubte Sterling Bolton ihm nun?

Und als er in das Gesicht hinaufschaute, fiel Charles der mürrische, breitschultrige Junge im Fußballdreß ein, das Beifallsgebrüll von der Tribüne, während Charles den Ball hoch in die durchsichtige Herbstluft sandte, erinnerte sich an Sterling Boltons neidischen und bitteren Seitenblick, nachdem er das siegbringende Tor geschossen hatte. Die Erinnerung in Charles war scharf und vollständig, und während sich die beiden Gesichter über ihm, das des Jungen und das des Mannes, deckten – in diesem Moment fühlte Charles sich erlöst. Er entsann sich an Sterling Bolton im Büro des Staatsanwalts, und er entsann sich mit fast gleicher Deutlichkeit, wie er vor Jahren ausgesehen hatte, ernst und auf schwerfällige Weise übelnehmerisch, wenn Charles die Spieltaktik erklärte.

Charles hörte sich etwas sagen, aber seine Zunge war geschwollen und trocken, und die Worte liefen ineinander.

»Was?« fragte Sterling Bolton stirnrunzelnd. »Was haben Sie gesagt?«

Charles richtete sich auf und stützte den Kopf auf einen Ellbogen, deutete auf das Wasser. Er sah, wie Sterling Boltons Blick seiner Armbewegung folgte.

»Er ist im Wagen«, hörte Charles sich sagen. »Edward Albert.«

Er sah, wie sich Sterling Boltons Gesicht vor Zweifel bewölkte, einer langsamen, skeptischen Unsicherheit. Sterling Bolton schaute zur Straße hinauf, wo sich noch mehr Leute angesammelt hatten. Dann betrachtete er wieder Charles.

Er sagte, betont und deutlich: »Und was soll ich nun dagegen tun?«
Charles gelang es, in dem Schlamm auf die Füße zu kommen. Seine Knie schwankten. Sein Gehirn war durch die Bewegung blutleer geworden, und alles in seinem Kopf drehte sich. Die Klippe tanzte hinter Sterling Bolton, und sein Gesicht war verschwommen. »Er wird ertrinken«, versuchte Charles zu erklären, der Ärger war wieder da, und er konnte ihn nicht unterdrücken.
Sterling dachte kurz darüber nach, warf einen Blick zum Rand des Felsens hinauf, als wollte er feststellen, ob er von oben beobachtet wurde. Dann sagte er: »Ich kann nicht schwimmen.«
Wissen Sie noch, der Sommer, als wir beide Bademeister waren?
Charles dachte einen Augenblick, er müßte in dieses Gesicht schlagen, er würde das letzte und kostbare bißchen Kraftreserve dazu benutzen, um Sterling Bolton in den Fluß zu werfen, aber dann wußte er, daß er mit seinen Kräften haushalten mußte, er brauchte sie –
Er schnellte sich ins Wasser. Er tauchte nicht gleich. Obwohl das Wasser kalt war, verschlug es ihm nicht völlig den Atem. Es war hell, und er wußte, wo er zuerst hinschwimmen mußte, ehe er tauchte. Aber als er etwa über dem Wagen war, in dem Augenblick, als er vor dem Untertauchen noch tief Luft holte, da hörte er etwas, was er für eine Halluzination hielt, was er unmöglich hören konnte, er hörte Alexandrias Stimme vom Ufer, die seinen Namen rief, sie schien außer sich, rief ihn warnend, alarmiert.
Aber es war zu spät. Er war unter Wasser, seine Ohren, Augen und Nase füllten sich, seine Rippen dehnten sich schmerzlich, und er zwang sich wieder nach unten, nach unten, bis er diesmal die vordere Stoßstange in Händen hatte, und dann ruderte und zog er seinen schwerelosen Körper zum Fahrersitz herum und fand die Tür.
Er konnte es nicht schaffen. Der Gedanke kam ihm langsam, sehr ruhig und mit einer tödlichen Sicherheit. Er hatte sich übernommen. Diesmal schaffte er es nicht.
Aber er hatte die Tür offen und griff nach innen, und sogar noch als seine Hände Stoff berührten, fiel ihm die kalte, glatte Haut von Hollys nackten Armen ein, als er die immer noch Widerstrebende aus dem Packard gezogen hatte. Er hatte den Körper des Jungen unter dem Kinn zu fassen bekommen, wie er auch Holly zu halten versucht hatte, aber Holly hatte sich gegen ihn gewehrt, sich gewunden und mit den Füßen getreten, so daß er seine Arme um ihre Taille geschlungen und sich dann von der Kühlerhaube abgestoßen hatte, um nach oben zu treiben. Hollys wildes Treten hatte das Auftauchen erleichtert, während das Gewicht von Edward Alberts bewußtlosem Körper ihn hinabzog, nach unten, und Charles wußte mit einemmal, daß ihnen keine Macht der Welt helfen würde, diese wenigen, unendlichen Meter, die sie von der Oberfläche, von Tageslicht und Luft trennten, zu überwinden.

Trotzdem trat er weiter und ruderte mit dem rechten Arm. Sein linker Arm war steif, und er hatte einen Krampf in beiden Waden. Wenn er die Last losließ, würde er natürlich fast automatisch an die Oberfläche treiben. Aber er konnte nicht lockerlassen, ihn nicht loslassen; er blies etwas Luft aus, langsam, langsam, und blieb doch in den dunklen Tiefen mit einem Körper, der bereits eine Leiche sein konnte, die ihn nach unten zog, so daß er nicht einmal wußte, ob er überhaupt stieg, Zentimeter um qualvollen, schmerzhaften Zentimeter, er war nicht sicher, und er hatte keine Kraft mehr in seinen Adern, überhaupt kein Quentchen Kraft irgendwo, um seine Anstrengungen zu vergrößern; er konnte nur noch den verrenkten, leblosen Körper loslassen und hoffen, es allein zu schaffen, aber Charles ließ ihn nicht los, spürte, wie ihn sein letztes bißchen Atem verließ, und nun war er am Sterben. So einfach war es, er starb, weil er keine Luft mehr hatte, und in einer Sekunde würde er den Mund aufreißen müssen, und wenn er das tat, dann wußte er natürlich, er wußte –

Er schluckte Wasser. Er spürte, wie es in seinen Kopf drang, seinen Mund, seine Nase, seine Lungen füllte. Und er bekam seinen Mund nicht mehr zu. Er spürte, wie das Gewicht des Wassers ihn zurückriß, an ihm zerrte, ihn wieder nach unten zog –

Dann starrte er plötzlich in Edward Alberts Gesicht, in die herausquellenden, farblosen, undurchsichtigen Augen, und erkannte daran, daß er sehen konnte, daß sein Kopf über Wasser war. Beim ersten Atemzug in seinen Lungen drehte sich ihm alles im Kopf. Und er war sicher, daß er nun doch noch, nach all dem, den grotesk leblosen Körper Edward Alberts würde loslassen müssen.

Da griffen Hände nach ihm, der Fuß schwappte hin und her in verrückten Winkeln, auf und ab, und andere Hände nahmen ihm seine Last ab, andere zogen ihn, zogen, dann lag er mit dem Gesicht nach unten auf harten, rauhen Steinen, und dann sprang der Reifen von seiner Brust, und seine Lungen zerbarsten nicht, sondern brannten, ein so intensives Brennen, daß es seine Knochen auszuhöhlen schien, dann drehten ihn Hände auf den Rücken, etwas wurde über sein Gesicht gestülpt, und er konnte frei atmen. Dann umfing ihn Dunkelheit, und er ließ sich fallen, mit einem hinausgezogenen Seufzer der Erwartung und Erleichterung hineinsinken.

13

Schlief er oder wachte er? Er konnte es nicht unterscheiden.

Glaubst du etwa, du kommst damit durch – in sechs Wochen nicht einmal wiederzukommen? Steig ein, bitte. Ich fahre. Ich habe schon immer diesen ausgefallenen Packard fahren wollen. Es ist mir ernst: steig ein, oder es wird dir leid tun. Weißt du, was ich unter diesem Mantel anhabe? Über-

haupt nichts. Wenn du also nicht einsteigst, dann reiße ich ihn herunter und fange zu schreien an, gleich hier auf dem Parkplatz –
Er war an dieser Szene beteiligt, und doch unbeteiligt. War es eine Erinnerung oder ein Traum? Er machte die Augen nicht auf.
Red mir nicht dazwischen, wie ich fahren soll. Ich fahre so schnell ich will! Es ist besser, wenn du weißt, wie die Dinge stehen, ja, das ist besser. Ich bekomme ein Kind. Ist das nicht einfach goldig? Ich bekomme ein Kind, und es ist von dir!
Nein, das stimmte nicht. Er wußte es jetzt.
Er öffnete die Augen. Er lag in einem stillen Raum, trocken und warm. Er lag in einem Bett, das wie das Lazarettbett in Korea aussah, aber er hatte keine Schmerzen, nur ein Jucken, die Erfrierungen an seinem Fuß. Er sah ein Fenster in dem abgeblendeten Zimmer. Obwohl es draußen dunkel war, konnte er sich genau vorstellen, was vor dem Fenster lag: weiße Häuser auf der anderen Straßenseite, eines neben dem anderen, die steinerne Kirche und die Straße, baumbestanden. Seine Mutter war im Krankenhaus von Shepperton gestorben. Und Eugene war hier geboren worden. Warum sollte er auch nur leicht überrascht sein, daß er sich daran erinnerte?
Es ist nur Edward. Den Wagen kenne ich überall heraus. Edward tut gar nichts, er stößt nur Drohungen aus. Dazu ist er nicht Manns genug –
Alles, was er in diesem Zimmer sehen konnte, war etwas verzerrt, weil sein Bett von einem durchsichtigen, zeltähnlichen Gebilde eingehüllt war. Er bemerkte einen Mechanismus aus Metall und einen Behälter an seiner Seite. Er schien sich nicht rühren zu können.
Mein Gott, er meint es ernst. Was kann ich machen? Ich weiß nicht wie – hilf mir, hilf mir! Er versucht, uns umzubringen!
Er erlebte, wie der Packard in den Abgrund stürzte, spürte nicht im mindesten Angst oder Schrecken, dachte nur, während der Wagen auf die Wasseroberfläche aufschlug, daß Alexandria es nun erfahren würde. Nun war alles vorbei. Daran dachte er auch noch, als er Holly aus dem Wagen gezerrt und ans Ufer gelegt hatte, als er dann auf der Flußstraße entlangging. Dann hatte ein Farmlastwagen angehalten, und er hatte dem Mann gesagt, er müsse zum Bahnhof von Lancaster Falls – weil er dort irgend etwas erledigen mußte, etwas Wichtiges, an das er sich selbst jetzt nicht mehr erinnern konnte – und statt dessen hatte ihn der Mann hierhergebracht. Er wußte, daß das nicht ganz in Ordnung war, aber er hatte keine Ahnung, weswegen und warum, er war sich einfach nicht sicher.
Er hörte ihren Namen. Er hörte ihn in dem stillen Zimmer, war aber nicht sicher, ob es ein Widerhall der Vergangenheit war, ob er ihn ausgesprochen hatte, oder jemand anderer. Aber das Zimmer war natürlich leer. Alexandria würde nicht kommen. Nun, da sie alles wußte, würde Alexandria ihm nie verzeihen. Niemals. Hing irgendwie mit ihrer Vergangenheit zusammen. Mit ihren Eltern, vor Jahren. Er war nie dahintergekommen.

Er hatte sich immer gewundert, aber nun wußte er es. Die Szene schoß ihm mit solcher Deutlichkeit vor Augen, daß er das Gefühl hatte, dabeigewesen zu sein, als Alexandrias Vater versucht hatte, ihre Mutter zu erwürgen, während das Kind es mitansehen mußte. Wie hatte er davon erfahren? Wo?
»Charles –«
Ein Schatten bewegte sich über ihm. Er kannte die Stimme. Es war ihre Stimme, aber sie konnte nicht mit dem huschenden Schatten zusammenhängen, der nun über dem gelblich getönten Zelt sichtbar wurde.
»Bist du wirklich wach?«
Es war nicht anders möglich, als daß ihre Stimme ihm im Geist ertönte, denn sie würde nicht kommen, nachdem sie die Wahrheit über Holly erfahren hatte.
»Es ist das erste Mal, daß du die Augen aufgemacht hast. Kannst du mich erkennen?«
Ihr Gesicht schwebte über ihm. Ungläubigkeit ergriff ihn. Ihr strahlendes Gesicht, nun bleich, ihre blauen Augen, die vor schrecklicher Besorgnis funkelten. Aber es war nicht ihr Gesicht, nicht wirklich Alexandrias, denn als er es das letzte Mal gesehen hatte, war sein Ausdruck bekümmert, verletzt, voll Elend und Wut gewesen. An einer Straßenecke. Im Regen. Dann später, im Fluß. Wie war Alexandria in den Fluß gekommen? Es war doch Holly, die –
»Es dämmert fast schon, Liebling.«
Sie war dem Weinen nahe. Er konnte nicht ertragen, wenn sie weinte. Nie wieder. Niemals wieder.
»Du hast meinen Namen gerufen. Die ganze Nacht. Kannst du mich verstehen, Charles? Du hast meinen Namen gerufen.«
Nun weinte sie; er hörte es aus ihrer Stimme, aber in ihre Augen traten keine Tränen. Es war ihm unmöglich, zu sprechen. Ein drängendes Bedürfnis, eine innere Not stieg in seiner Kehle auf, aber seine Zunge, trocken und leblos, wollte nicht gehorchen.
Wenn er sich nur wenigstens diesem Gesicht entgegenrecken könnte –
»Nein, Charles, bitte. Bleib liegen. Du mußt nicht sprechen. Du mußt ruhen. Bitte. Wenn du dich aufregst, dann lassen sie mich nicht bei dir bleiben. Ich habe ohnehin Himmel und Hölle in Bewegung setzen müssen, um bleiben zu dürfen. Bleib nur ruhig liegen und versuche zu vergessen. Alles zu vergessen.«
Aber er wollte nicht vergessen. Er konnte nicht.
Er erinnerte sich. Kein Damm war gebrochen, keine Wand war zerbröckelt, aber während er sprachlos in ihr Gesicht aufblickte, entsann er sich, wie er an der Straßenecke in New York dem aus der Pferdedroschke aussteigenden Liebespärchen zugesehen hatte, und er entsann sich seiner Verwirrung, wie er da gestanden hatte,

und des entsetzlichen Gefühls eines Verlustes, das ihn bei dem Anblick überfallen hatte.
»Mach die Augen zu, Charles. Es waren drei sehr hektische Tage. Wir haben Zeit, später. Wir haben alle Zeit der Welt.«
Und er entsann sich, wie er vor Jahren unter der Bogenlampe gegenüber dem Haus am Golfplatz mit den weißen Säulen gestanden hatte, und konnte die Sehnsucht und Verheißung nachempfinden, die er damals fühlte, als er sich vorstellte, wie sie hinter diesen märchenhaften Wänden lebte.
»Du wirst bald zu Hause sein.«
Zu Hause? Euklidstraße? Shepperton-Golfplatz?
Er war endlich am anderen Ufer des Flusses angekommen. Und während er in die unglaubliche, verstehende Schönheit ihres Gesichtes schaute, wußte er, daß er sie verdient hatte, auf eine ihm noch unerklärliche Art, und daß sie nun endlich sein war. Der andere Charles war verschwunden. Er selbst war eins mit sich und der Welt. Er war geheilt.
»Es waren drei schreckliche Tage«, flüsterte sie, eine Art von Entsetzen lag noch in ihrem Ton, »aber auch merkwürdig . . . wundervoll. Ich weiß nicht genau, wie ich es sagen soll, aber –«
Er wußte es. Das Leben war wieder ein unendliches Abenteuer, eine unvorstellbare Forderung und Herausforderung. Er verstand es selbst noch nicht, aber Alexandria hatte recht: sie hatten alle Zeit der Welt.
»Schlaf jetzt. Bitte, schlaf. Ich bin bei dir, wenn du aufwachst. Du brauchst so dringend deinen Schlaf.«
»Gute Nacht, Schatz.«
Er wußte nicht genau – konnte nicht ganz sicher sein – ob er die Worte laut ausgesprochen hatte.
»Gute Nacht, Charles. Und – hab Dank.«
Er schlief ein.